ELLIOTT MONOGRAPHS
IN THE ROMANCE LANGUAGES AND LITERATURES

Edited by
EDWARD C. ARMSTRONG

39

THE MEDIEVAL FRENCH
ROMAN D'ALEXANDRE

VOLUME IV
LE ROMAN DU FUERRE DE GADRES D'EUSTACHE:

ESSAI D'ÉTABLISSEMENT DE CE POÈME DU XIIe SIÈCLE TEL
QU'IL A EXISTÉ AVANT D'ÊTRE INCORPORÉ DANS LE
ROMAN D'ALEXANDRE, AVEC LES DEUX RÉCITS
LATINS QUI LUI SONT APPARENTÉS

PAR
E. C. ARMSTRONG ET ALFRED FOULET

PRINCETON UNIVERSITY PRESS
PRINCETON, N. J.

ELLIOTT MONOGRAPHS

The Elliott Monographs are issued in series composed of 300 or more pages. Price to subscribers: three dollars per series, payable on delivery of the first number. Subscription rates apply only to forthcoming issues. Individual numbers may be had at the prices indicated. Address subscriptions and orders to the Princeton University Press, Princeton, New Jersey.

1. Flaubert's Literary Development in the Light of his *Mémoires d'un fou, Novembre, and Éducation sentimentale*, by A. COLEMAN. 1914. xv+154 pp. $1.50.
2. Sources and Structure of Flaubert's *Salammbô*, by P. B. FAY and A. COLEMAN. 1914. 55 pp. 75 cents.
3. La Composition de *Salammbô*, d'après la correspondance de Flaubert, par F. A. BLOSSOM. 1914. ix+104 pp. $1.25.
4. Sources of the Religious Element in Flaubert's *Salammbô*, by ARTHUR HAMILTON. 1917. xi+123 pp. $1.25.
5. Étude sur *Pathelin*, par RICHARD T. HOLBROOK. 1917. ix+115 pp. $1.25.
6. *Libro de Apolonio*, an Old Spanish Poem, edited by C. CARROLL MARDEN. Part 1: Introduction and Text. 1917. lvii+76 pp. $1.50.
7. The Syntactical Causes of Case Reduction in Old French, by G. G. LAUBSCHER. 1921. xi+120 pp. $1.50.
8. Honoré de Balzac and his Figures of Speech, by J. M. BURTON. 1921. vii+98 pp. $1.00.
9. The Abbé Prévost and English Literature, by GEORGE R. HAVENS, 1921. xi+135 pp. $1.50.
10. The French Metrical Versions of *Barlaam and Josaphat*, by EDWARD C. ARMSTRONG. 1922. v+103 pp. $1.25.
11-12. *Libro de Apolonio*, an Old Spanish Poem, edited by C. CARROLL MARDEN. Part II: Grammar, Notes, and Vocabulary. 1922. ix+191 pp. $2.25.
13. *Gérard de Nevers*, a Study of the Prose Version of the *Roman de la Violette*, by LAWRENCE F. H. LOWE. 1923. vii+72 pp. $1.00.
14. *Le Roman des Romans*, an Old French Poem, edited by IRVILLE C. LECOMPTE. 1923. xxxii+67 pp. $1.25.
15. A. Marshall Elliott, a Retrospect, by EDWARD C. ARMSTRONG. 1923. 14 pp. 30 cents.
16. *El Fuero de Guadalajara*, edited by HAYWARD KENISTON. 1924. xviii+55 pp. $1.00.
17. L'Auteur de la Farce de *Pathelin*, par LOUIS CONS. 1926. ix+179 pp. $1.80.
18. The Philosophe in the French Drama of the Eighteenth Century, by IRA O. WADE. 1926. xi+143 pp. $1.50.
19. The Authorship of the *Vengement Alixandre* and of the *Venjance Alixandre*, by EDWARD C. ARMSTRONG. 1926. xiii+55 pp. $1.00.

(continued on third page of cover)

ELLIOTT MONOGRAPHS
IN THE ROMANCE LANGUAGES AND LITERATURES
Edited by
EDWARD C. ARMSTRONG

39

Alexander the Great (Romances, etc.)

THE MEDIEVAL FRENCH
ROMAN D'ALEXANDRE

VOLUME IV
LE ROMAN DU FUERRE DE GADRES D'EUSTACHE:
ESSAI D'ÉTABLISSEMENT DE CE POÈME DU XIIe SIÈCLE TEL
QU'IL A EXISTÉ AVANT D'ÊTRE INCORPORÉ DANS LE
ROMAN D'ALEXANDRE, AVEC LES DEUX RÉCITS
LATINS QUI LUI SONT APPARENTÉS

PAR
E. C. ARMSTRONG ET ALFRED FOULET

PRINCETON UNIVERSITY PRESS
PRINCETON, N. J.
1942

COPYRIGHT, 1942
EDWARD C. ARMSTRONG
PRINCETON UNIVERSITY

Contrairement à notre usage antérieur nous employons la langue française dans l'introduction de ce volume. Alors que nos collègues qui sont sur la terre de France ont tant de peine à poursuivre leurs travaux et à en publier les résultats, nous avons tenu à marquer ainsi notre foi en un avenir plus heureux où ils redeviendront libres de contribuer comme par le passé à faire comprendre et apprécier les monuments de leur littérature.

AVANT-PROPOS

La partie du Roman d'Alexandre qui renferme le récit d'une razzia au cours de laquelle les Grecs envahissent les terres du duc de Gadres ne remonte pas, sous sa forme actuelle, plus haut qu'Alexandre de Paris, mais elle contient tout ce qui subsiste du texte d'un poème antérieur où notre compilateur avait largement puisé: le *Roman du fuerre de Gadres* d'Eustache. Ce poème perdu, dont Alexandre de Paris ne nous a conservé qu'un corps tronqué et des membres épars, a exercé une puissante influence sur le *Roman d'Alexandre*, non seulement sur la version d'Alexandre de Paris mais déjà sur celle de son prédécesseur Lambert-2, de sorte qu'il n'est possible de rendre pleinement compte des incarnations successives du grand poème cyclique que si l'on arrive à rétablir le contenu et, dans la mesure du possible, le texte même du *Roman du fuerre de Gadres*. C'est pour cette raison que nous offrons dès maintenant les tomes IV et V de notre édition, où se trouvent réunis et analysés tous les matériaux qui ont trait aux problèmes soulevés par le fuerre de Gadres. A une date ultérieure paraîtront les volumes par lesquels se compléteront nos études sur le *Roman d'Alexandre:* le tome III qui reste réservé aux notes et aux variantes de la branche I, et les tomes VI et suivants qui seront consacrés aux branches III et IV.

A la section de l'Introduction qui traite du style d'Alexandre de Paris se trouvent incorporées des conclusions formulées par Mr Marion E. Porter dans sa thèse de doctorat. Cette thèse, intitulée *The second battle of Babylon in the Roman d'Alexandre: internal evidence as to its authorship* et qui date de 1937, n'est pas destinée à l'impression, mais le manuscrit est en dépôt à la Bibliothèque de l'Université de Princeton, où l'on pourra le consulter.

Nous tenons à remercier Mlle Teresa Lodi, la directrice de la Bibliothèque Laurentienne de Florence, de nous avoir autorisés à faire photographier le feuillet sur lequel Boccace a transcrit la traduction latine du *Roman du fuerre de Gadres*, et Mr S. H. Thompson, professeur à l'Université de Colorado, qui nous a fourni au sujet de ce feuillet plusieurs indications paléographiques des plus utiles. Mr A. C. Krey, professeur à l'Université de Minnesota, a répondu fort aimablement à plusieurs questions que nous lui avons adressées à propos de l'*Historia* de Guillaume de Tyr, et nous lui en exprimons ici notre reconnaissance.

Notre dette envers Mr Francis P. Magoun, Jr., professeur à l'Université Harvard, est grande. Faisant preuve d'une générosité que l'on peut à bon droit qualifier d'exceptionnelle, il n'a pas hésité à mettre à notre disposition sa collection de reproductions photographiques des manuscrits de la rédaction I[3] de l'*Historia de Preliis*. Sans ce précieux concours il nous aurait été impossible de trouver la solution de bien des problèmes posés par un texte dont l'importance est capitale pour toute étude du fuerre de Gadres.

Nous désirons également dire combien nous sommes redevables à l'University Research Committee of Princeton University, qui a bien voulu nous accorder une subvention destinée à faciliter la publication du tome IV.

TABLE DES MATIÈRES

INTRODUCTION... 1
   Le Roman du fuerre de Gadres, poème perdu composé par Eustache... 1
   Le récit du fuerre de Gadres dans la rédaction I³ de l'Historia de Preliis... 3
   Texte des chapitres 26–27 de la rédaction I³................ 11
   La traduction latine du poème d'Eustache.................. 15
   Texte de la traduction latine du poème d'Eustache.......... 17
   Le fuerre au Val Daniel, adaptation du poème d'Eustache.... 21
   Le fuerre de Gadres chez Alexandre de Paris............... 22
   La "Version Gadifer" du fuerre de Gadres.................. 26
   Le Roman du fuerre de Gadres: analyse et date de composition 27
   Examen critique des laisses I 129–57 et II 1–109 du Roman d'Alexandre.. 37

LE ROMAN DU FUERRE DE GADRES: ESSAI D'ÉTABLISSEMENT DU TEXTE... 89

INDEX... 104

PLANCHES

Les versions du fuerre de Gadres: schéma.................. viii
La traduction latine du poème d'Eustache: facsimilé........suit la page 16

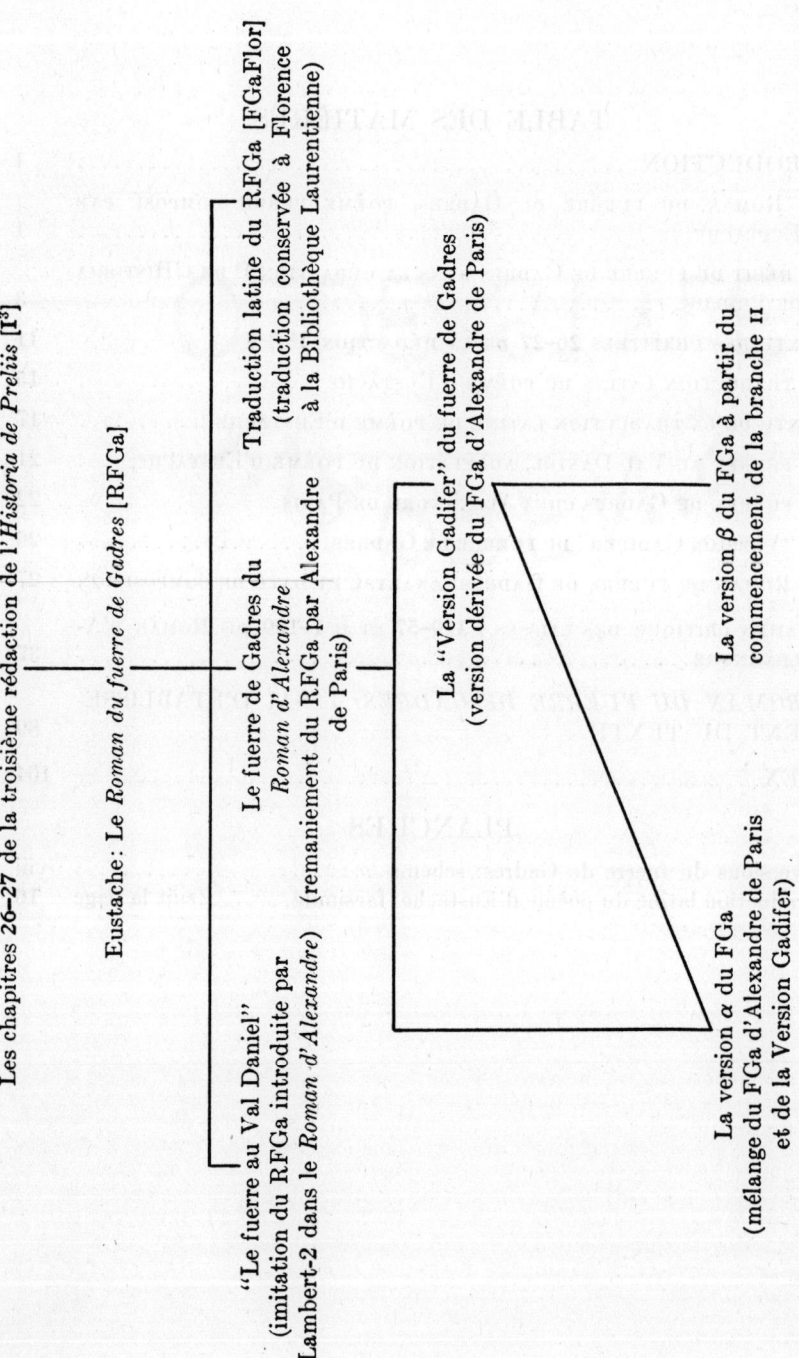

INTRODUCTION

le Roman du fuerre de Gadres, poème perdu composé par Eustache

Lorsque Alexandre de Paris remania le *Roman d'Alexandre*, il y introduisit un récit du siège de Tyr[1] qui se distingue surtout par l'incident que voici: une petite troupe de chevaliers grecs est chargée de ravitailler l'armée assiégeante, mais, surprise au loin par un ennemi infiniment supérieur en nombre, elle court les plus grands dangers jusqu'au moment où Alexandre vient à son secours. Sous sa forme la plus ancienne ce récit, auquel nous donnerons dès maintenant son nom de "fuerre de Gadres,"[2] est constitué par deux courts chapitres de la troisième rédaction de l'*Historia de Preliis* [I^3].[3] Entre I^3 et le RAlix il a existé un FGa intermédiaire, un *Roman du fuerre de Gadres*, poème composé par un nommé Eustache et qu'AdeP a incorporé dans son RAlix. C'est là un fait que mettent hors de doute six constatations.

1) Le FGa a été imité par un rédacteur [Lambert-2] du RAlix dont le travail de révision et de remaniement avait précédé celui d'AdeP. Or c'est à la version du FGa donnée par AdeP, bien plus qu'au récit de I^3, que ressemble ce "fuerre au Val Daniel" de Lambert-2. Il faut en conclure que Lambert-2 et AdeP ont tous deux eu recours à un FGa postérieur à celui de I^3.

2) Bien souvent des vers et même des laisses entières du FGa d'AdeP n'ont de raison d'être que si l'on voit en eux des raccords entre deux textes à l'origine dissemblables, ce qui s'explique si AdeP s'est efforcé de rattacher au RAlix un poème qui avait existé en dehors de l'ouvrage cyclique.

3) Comme garant de sa véracité, AdeP cite le témoignage d'un certain Eustache, et de telle façon que ledit Eustache est presque nécessairement l'auteur d'un FGa en langue vulgaire.

4) Il existe un FGa latin du XIVe siècle, beaucoup plus proche du RAlix que de I^3 et qui pourrait passer pour une traduction du texte d'AdeP, n'était l'absence de tous les passages qu'AdeP a ajoutés au FGa. Mieux vaut y voir une traduction du poème d'Eustache.

5) Les laisses II 1–109 du RAlix d'AdeP ont plusieurs fois été détachées de

---

[1] I 129–57, II 1–109.
[2] Le mot *fuerre* n'est employé que deux fois dans le RAlix (II 1 17: *Emenidus d'Arcage comande en fuerre aler;* II β125 17: *ja mais n'irés en fuerre*). Il faut noter que le sens ordinaire de *fuerre* était celui de 'fourrage' et que *aler (courir, venir, envoier) en fuerre* voulait dire 'faire (etc.) une expédition pour trouver du fourrage'; voir les exemples donnés par Godefroy, et le *Roman de Troie* 10523, 26763. Mais dans notre texte il s'agit de bétail, non pas de fourrage; voir II 2 27–29 et le mot *proie* ('bétail') aux vers 45, 55, 62, 79, 123. Il en résulte qu'il faut traduire l'expression *le fuerre de Gadres* par "la razzia au pays de Gadres." Quant aux *fourriers* (II 20, 39, 120 etc.) ce ne sont pas des fourrageurs mais "les cavaliers qui participent à la razzia." Quand nous emploierons le mot fourrier, ce sera au sens qu'il reçoit dans notre texte.
[3] Voir plus loin, "Le récit du fuerre de Gadres dans la rédaction I^3."

l'ensemble du roman et paraissent avoir connu une grande vogue sous cette forme: phénomène dont il est facile de rendre compte dès qu'on admet l'existence d'un FGa français antérieur à la version d'AdeP. Ce poème uniquement consacré au fuerre, bien que remplacé dans la faveur du public par le FGa d'AdeP, aurait cependant eu assez d'influence pour établir la tradition d'un FGa circulant à l'état isolé.

6) L'expression "fuerre de Gadres," qui se rencontre dans des fragments du XIIIe siècle relatifs à la Galilée[4] et dans *Girart de Rossillon*,[5] ne figure nulle part dans le texte d'AdeP, mais elle apparaît sporadiquement dans la tradition manuscrite de son œuvre.[6] Ces faits sont à rapprocher de notre cinquième constatation. Si l'on admet que le FGa indépendant qui a servi de source à AdeP a été suffisamment agissant, avant de disparaître, pour détacher les laisses II **1–109** du reste de l'œuvre d'AdeP, l'on sera également d'avis que ce FGa antérieur a été assez influent pour léguer son titre aux laisses II **1–109** lorsqu'elles eurent commencé à circuler indépendamment. Quand l'auteur de la description de la Galilée mentionne un *Roman du fuerre de Gadres*, il est fort probable que c'est à la version détachée du RAlix qu'il songeait, et il est encore plus probable que le titre que cet auteur lui donne appartenait déjà au poème indépendant qui avait servi de source à AdeP.

Le but que nous nous proposons dans le présent volume, c'est de déterminer le contenu et, autant que faire se peut, le texte du poème d'Eustache, ce *Roman du fuerre de Gadres* qu'Alexandre de Paris a incorporé, sous une forme remaniée, dans sa version du *Roman d'Alexandre*. C'est là une entreprise délicate, mais, dans la mesure où notre analyse des laisses I **129-57** et II **1–109** aura su satisfaire aux qualités de prudence et de patience indispensables à l'heureuse conduite de travaux de ce genre, nous osons croire que le texte du RFGa établi par nous ne s'écartera pas trop du poème qu'Eustache avait composé.

---

[4] "Entre ces montaignes a une grant valee c'on apiele le *Val de Bacar*, la u li homme Alixandre alerent en fuerre quant il asseja Sur, dont on dist ou roumant rimé dou *Fuer de Gadres* k'il estoient alé el *Val de Yosaphas*. Ce n'ert mie li Vaus de Yosaphas, ains estoit li Vaus de Bacar, et est encore." Voir *Itinéraires à Jérusalem et descriptions de la Terre Sainte*, p.p. Henri Michelant et Gaston Raynaud, Genève, 1882, pp. 56 et 78.

[5] *Girart de Rossillon*, éd. E. B. Ham, New Haven, 1939, p. 252 (vers 5007, 5009): "Nous rendrons tel estour senz faire reculee . . . , Puis le feiure de Gaidres ne fu si fiers vehuz."

[6] Les manuscrits *N* et *U* font précéder la laisse II **1** de la rubrique: "Ci commence le fuerre de gadres," et *U* fait suivre II **109** de: "Ci fenist li fuerre de gadres." Notons aussi, tout à la fin de II **149** (vers 3100.1), l'assertion erronée de *JKH:* "Que li fuerres de gadres est ichi afinés," et, en tête de la *Prise de Defur*, la rubrique bien plus déplacée de *H:* "Ci commence li fuers de gadres. . . ." —Le FGa d'AdeP a été interpolé dans les trois manuscrits du *Roman de toute chevalerie* de Thomas de Kent; dans la dernière laisse, qui rime en *-ent* au lieu de *-ois* (voir AdeP II **109**), on lit ce vers: "E la branche del forre ci prent deffinement." Il est à noter aussi que le *Buik of Alexander*, dont la première partie est constituée par une traduction du FGa d'AdeP, lui donne le titre de "Forray of Gadderis" (éd. Ritchie, Vol. I, p. 1).

LE RÉCIT DU FUERRE DE GADRES DANS LA RÉDACTION I³ DE L'HISTORIA DE PRELIIS

Le Pseudo-Callisthène a été deux fois traduit du grec en latin, la seconde fois au cours du IXe siècle par un archiprêtre du nom de Léon. De la traduction de Léon il existe trois versions interpolées respectivement appelées la première, la deuxième, et la troisième rédaction de l'*Historia de Preliis* [I¹, I², I³]. Or les chapitres **26** et **27** de la rédaction I³ renferment un fuerre de Gadres qui soulève plusieurs questions auxquelles il importe de répondre. Ainsi, les chapitres **26–27** de I³ présentent-ils la plus ancienne version du fuerre de Gadres? Si oui, comment peut-on expliquer leur composition et à quelle date furent-ils écrits? Est-ce là la source immédiate du poème d'Eustache?

Avant de discuter ces questions, résumons le contenu des chapitres **26–27**. Nous soulignerons de quelle façon le rédacteur de I³ a modifié sa source,[1] la rédaction I¹: les additions du rédacteur de I³ au texte de I¹ seront indiquées par l'emploi de caractères italiques.

I³ **26**.—Alexandre conquiert la Syrie (1). Puis, Sidon s'étant soumise, il vient camper au-dessus de Tyr (2). *Le roi l'assiège longtemps en vain; la ville, bâtie sur une île, est si bien fortifiée qu'elle ne peut être prise d'assaut (3). Alexandre construit dans la rade un énorme édifice qui servira à bloquer le port; puis il cherche comment pénétrer dans Tyr (4). L'armée grecque commence à être à court de vivres* (5). Alexandre écrit au grand prêtre des Juifs pour lui demander d'aider au ravitaillement de ses hommes et de se reconnaître son vassal; le grand prêtre, qui prétend rester fidèle à Darius, refuse (6).

I³ **27**.—Alexandre, furieux, jure de se venger (1). Mais pour le moment il s'obstine à prendre Tyr (2). *Il envoie Méléagre en expédition avec 500 hommes: ils iront au val de Josaphat, là où tout près de la cité de Gadir paît un abondant bétail (3). Sanson, qui connaît fort bien la région, leur sert de guide (4). Les Grecs s'emparent de nombreux bestiaux, mais Theoselius "dux armentorum" attaque les fourriers et en tue un bon nombre (5). Méléagre met en fuite vachers et bouviers, et Caulus fait voler la tête de leur chef (6). Sortent alors de Gadir Biturius et trente mille guerriers, et la terre tremble sous leurs pas (7). Les fourriers sont remplis d'inquiétude; Méléagre voudrait qu'Alexandre fût prévenu, mais aucun de ses compagnons ne consent à servir de messager (8). Le combat s'engage et Sanson est tué par Biturius (9); les fourriers sont près de succomber sous le nombre (10). Ce que voyant, Arideus s'en va alerter le roi (11). Alexandre quitte Tyr pour Josaphat et écrase les forces de Biturius (12). Revenu à Tyr, il trouve en ruines la forteresse qu'il avait fait élever dans la rade: pendant son absence Balaam et les Tyriens l'avaient prise d'assaut (13). Alexandre et ses Macédoniens sont tout prêts de lever le siège de la ville* (14). Le roi fait venir un devin à cause d'un songe qu'il a eu (15). Interprétation du songe: Alexandre prendra Tyr et la foulera aux pieds,

---

[1] I³ et I² dérivent indépendamment de I¹. Cette rédaction I¹ a été éditée par O. Zingerle (*Die Quellen zum Alexander des Rudolf von Ems*, Breslau, 1885) et I² par A. Hilka (*Der altfranzösische Prosa-Alexanderroman*, Halle, 1920). Il n'existe pas encore d'édition critique de I³.

à condition d'agir individuellement ["propriis viribus"] (16). *Le roi imagine un moyen de s'emparer de la ville* (17). *Il construit un édifice flottant retenu par une centaine d'ancres, et si élevé qu'il domine les murailles et les tours de Tyr* (18). *Seul, il gagne la plate-forme supérieure de l'édifice et commande à ses hommes d'attaquer dès qu'ils le verront pénétrer dans la ville. Les câbles des ancres ayant été coupés, l'édifice flottant prend la direction des murs de l'enceinte* (19). *Alexandre saute sur le chemin de ronde d'une tour où Balaam s'est posté et le précipite à sa mort* (20). *Ce que voyant, les Grecs escaladent les murs sans rencontrer de résistance de la part des Tyriens, paralysés par la mort de leur chef* (21). [Dans I³ le passage précédent en remplace un où dans I¹ il est dit: là-dessus Alexandre emporte la ville d'assaut.] Tyr *est détruite de fond en comble* (22). *Deux autres villes sont prises à la pointe de l'épée* (23). *Même aujourd'hui les Syriens se rappellent ce qu'ils souffrirent alors* (24). *Ensuite l'armée grecque reprend sa marche et parvient devant Gaza; après s'être emparée de Gaza, elle avance rapidement vers Jérusalem* (25).

I³ 28.—[Au cours de ce chapitre, I³, tout comme I¹, raconte comment Alexandre et le grand prêtre se réconcilièrent.]

Pour nous les chapitres **26–27** de I³, qui viennent d'être résumés, représentent la plus ancienne version du fuerre de Gadres et ils constituent la source du RFGa d'Eustache.

Il est vrai que Friedrich Pfister, ayant à discuter le fuerre de I³,[2] a soutenu que les chapitres **26–27** ne sont que la forme abrégée d'un fuerre bien plus étendu dont dérive également le poème français, mais les quatre arguments sur lesquels Pfister prétendait fonder sa thèse ne résistent pas à l'examen.

1) Le fuerre de I³, dit-il, est trop court pour avoir pu servir de canevas au poème français. Réponse: Pfister songeait à la version d'AdeP, mais celle d'Eustache est bien moins disproportionnée par rapport au récit de I³.

2) Du moment qu'on ne rencontre pas dans le texte français les passages que I¹ et I³ ont en commun, on est en droit d'affirmer que le fuerre français ne peut dériver de I³, car pourquoi son auteur aurait-il écarté ces passages que I³ a hérités de I¹? Réponse: les passages dont il s'agit (négociations avec le grand prêtre, 26 6, et le songe du roi, 27 15–16) ne sont guère à leur place dans un poème consacré au fuerre; Eustache a été amené tout naturellement à écarter de telles digressions.

3) Dans le fuerre de I³ les personnages paraissent le plus souvent sans avoir été préalablement présentés au lecteur; nous avons donc affaire à une version abrégée. Réponse: les éclaircissements réclamés par Pfister sont presque toujours présents, quoi qu'il en dise. Ainsi, si I³ ne s'arrête pas à nous dire qui sont Méléagre et Arideus et Caulus, c'est qu'il aura l'occasion de les inclure plus loin dans sa liste des héritiers d'Alexandre.[3] Lorsque Theoselius paraît pour la première fois, on nous explique qu'il est le chef des bouviers et des vachers du val de Josaphat, "dux armentorum." Balaam est qualifié de seigneur des

---

[2] ZFSL 41 (1913), pp. 102–08.
[3] I³ 127.

Tyriens, et, quant il est dit que Biturius sort de Gadir, nous devinons aisément que cette ville lui appartient. Le seul personnage au sujet duquel on puisse hésiter, c'est Sanson: dire seulement qu'il a été choisi comme guide parce qu'il connaît fort bien le pays satisfait mal notre curiosité.[4]

4) Le fuerre de I^3 est un récit mal venu qui offre de sérieux vices de construction; il s'agit là d'une imitation fautive et non pas de la version première du fuerre de Gadres. Réponse: cette critique de Pfister ne s'applique qu'au texte qu'il a publié,[5] un texte des chapitres **26–27** de I^3 d'où il a retranché les passages que cette rédaction de l'*Historia de Preliis* a en commun avec I^1. Dès qu'on restitue à I^3 les phrases omises par Pfister, on se trouve en présence d'un texte parfaitement cohérent; on peut facilement s'en rendre compte en relisant le résumé que nous avons donné du texte entier de I^3 **26–27**.

Aussi les arguments de Pfister nous laissent-ils absolument libres d'accepter I^3 **26–27** comme la source du poème d'Eustache et comme la plus ancienne version du fuerre de Gadres. Nous pouvons même identifier les sources des additions que le rédacteur de I^3 a greffées sur le texte de I^1 et sa façon de les combiner avec ce texte. Voyons donc ce que contenaient **26–27** avant le travail de révision qui en a modifié la teneur. Il y avait: la conquête de la Syrie par Alexandre (**26** 1), son arrivée devant Tyr (**26** 2), la réponse défavorable du grand prêtre (**26** 6), la colère du roi et sa décision de ne pas lever le siège (**27** 1–2), l'interprétation du songe d'Alexandre (**27** 15–16), la prise de Tyr (que I^3 remplacera par **27** 17–21), sa destruction et la prise de deux autres cités (**27** 22–23), les souffrances des Syriens (**27** 24), la prise de Gaza et la marche sur Jérusalem (**27** 25). Sur ce canevas, correspondant au texte de I^1, I^3 brode ce qui suit: 26 3–4 (Tyr est pour ainsi dire inexpugnable, Alexandre construit une forteresse destinée à bloquer le port [détails empruntés par I^3 à Quinte-Curce IV ii–iv]); 26 5 (les assiégeants manquent de vivres [détail qui sert à amorcer le récit de l'expédition au val de Josaphat]); **27** 3–12 (l'expédition au val de Josaphat [voir plus bas]); **27** 13–14 (destruction de la forteresse et découragement du roi [détails tirés de Quinte-Curce IV iii 2–11]); **27** 17–21 (stratagème qui amène la prise de Tyr [ici figurent de nouvelles réminiscences de Quinte-Curce[6]]) Il s'ensuit qu'exception faite du fuerre les additions introduites par I^3 sont empruntées uniquement à Quinte-Curce. Mais l'exception est d'importance. Ce serait peine perdue que de chercher au fuerre de Gadres—à cette expédition de fourriers grecs qui partant de Tyr vont razzier le val de Josaphat—une seule source, car

---

[4] Cela, Eustache l'a senti, et il a fait de Sanson un prétendant à la seigneurie de Tyr; voir RAlix ii 1 23: "Sanson qui claime Tyr."
[5] ZFSL 41 (1913), pp. 104–05, et *Münchener Museum* 1 (1911), pp. 255–58.
[6] L'édifice flottant qui permet à Alexandre de s'approcher des murs de Tyr rappelle les vaisseaux liés deux à deux de QC (IV iii 14–18) avec lesquels les Grecs s'efforcent—mais sans succès—de prendre la ville. Lorsque Alexandre saute de la plate-forme de l'édifice sur les remparts, on songe à un épisode de QC (IX iv–v) au cours duquel le roi saute à l'intérieur d'une ville du haut du mur qu'il vient d'escalader. Du reste AdeP se servira—et d'une façon bien plus détaillée—de ce même épisode de QC: au texte d'une laisse d'Eustache il ajoutera vingt-cinq vers (ii 1960–64, 1973–84, 1989–97) dont le contenu est tiré de QC IX iv–v; voir plus loin, "Examen critique" ii **84**.

il y en a plusieurs, chacune fournissant un élément par-ci, un élément par-là. Ces éléments, le rédacteur de I^3 les a combinés et mêlés de telle façon qu'on est en droit de dire que son récit du fuerre lui appartient en propre.

Comme auteurs qui lui ont fourni plusieurs éléments de sa narration, citons Quinte-Curce, Albert d'Aix et l'auteur de la *Chanson de Jérusalem*. Quinte-Curce se borne à dire que pendant le siège de Tyr un groupe de soldats grecs chargés d'abattre des arbres sur les pentes du Liban avait été surpris et décimé par les Arabes, qu'Alexandre s'était porté au secours des siens et qu'à son retour devant Tyr il avait trouvé ruiné par les assiégés le môle qu'il avait construit pour pouvoir s'approcher de la ville.[7] Chez Quinte-Curce donc nulle mention d'une razzia des Grecs; cependant l'incident mentionné par lui était de nature à s'associer dans l'esprit d'un homme du XIIe siècle à un incident beaucoup plus récent, arrivé au cours d'un autre siège de Tyr et où cette fois-ci il s'agit bien d'une razzia. Voici ce second incident tel que le raconte Albert d'Aix dans son *Historia Hierosolymitana*.[8] En 1112 Baudouin Ier assiège Tyr. Albert d'Aix a déjà parlé de la résistance vigoureuse des Tyriens, de la construction de deux tours roulantes "muros plurima altitudine supereminentes" qui permettent aux Chrétiens de harceler les Sarrasins, de contre-attaques sans grand effet, les tours étant protégées par des peaux et des nattes d'osier,[9] puis de la destruction des tours au moyen de mâts enflammés, malheur qui n'arrive pourtant pas à ébranler la résolution de Baudouin de prendre la ville.[10] Suit le récit de la razzia. Sept cents écuyers et soixante chevaliers s'en vont chercher du fourrage, mais la malchance veut qu'ils se trouvent soudain en présence de vingt mille Sarrasins commandés par Dodequin, émir de Damas, qui, répondant à une demande de secours des Tyriens, s'approche avec l'intention de surprendre Baudouin en le prenant à revers; les fourriers sont taillés en pièces, excepté un bien petit nombre d'entre eux qui s'échappent et vont porter la nouvelle à Baudouin.[11] On remarquera les liens qui unissent le fuerre de I^3 au récit fait par Albert d'Aix: les fourriers sont moins d'un millier (Albert: 760; I^3: 500), ils sont attaqués par des forces infiniment supérieures en nombre (Albert: 20,000; I^3: 30,000), ils passent un bien mauvais quart-d'heure, une poignée d'hommes (I^3: un seul homme) va prévenir le roi. De ces ressemblances il ressort clairement que le rédacteur de

[7] QC IV II 18–24, III 1–10.
[8] XII I–VII [*Recueil des hist. des Croisades: Hist. occ.* IV].
[9] "... machinae coriis taurinis, camelinis, equinis, crateribusque vimeneis vestitae" (XII VI).
[10] "Tamen Rex in obsidione mansit imperterritus, volens urbem aut fame aut aliqua arte adhuc edomare" (XII VI).
[11] "Qui [Duodechinus] ilico, viginti milibus equitum ascitis, per montana descendit usque ad confinia Tyri, ut in crastino Regem suosque in castris incurreret, et sic urbem de manu Regis et ejus obsidione liberaret. Eadem vero die qua idem Dochinus, vel Duodechinus, confinia Tyri per montana intravit, armigeri septingenti, cum sexaginta probis equitibus de exercitu Regis, ad quaerenda pabula equorum egressi, irruerunt casu et ignoranter supra arma et vires Turcorum: qui universi in sagitta et gladio ab hostibus perempti et detruncati perierunt, praeter paucos qui, vix evadentes, retulerunt quae gesta sunt" (XII VII). Albert d'Aix ajoute que Baudouin, sur le conseil de ses barons, leva le siège et s'en retourna à Jérusalem.

I^3 a lu Albert d'Aix[12] et que c'est cette lecture qui a pu l'amener à insérer un récit de razzia[13] dans le texte de I^1.

Mais le texte qui a le plus marqué de son empreinte les chapitres **26–27** de I^3, c'est la *Chanson de Jérusalem*. Tout au début de ce poème,[14] au moment où les Croisés campent à La Mahomerie (el-Bireh), à environ six lieues au nord de Jérusalem, Godefroi de Bouillon et dix mille chevaliers s'en vont razzier le val de Josaphat. Ils s'emparent d'une infinité "de cameus et de bugles et de maint cras moton," mais sont soudain attaqués par cinquante mille Sarrasins, qui sous la conduite de leur roi Cornumarant se précipitent hors de Jérusalem. Godefroi propose qu'on aille prévenir Raimond de Saint-Gilles et Tancrède, qui sont restés à La Mahomerie, mais les fourriers gagnent la bataille tout seuls, avant l'arrivée des autres Croisés. Les ressemblances qui unissent les deux textes ne laissent pas que d'être frappantes: c'est le val de Josaphat qui est razzié, les fourriers s'emparent d'un bétail abondant, l'ennemi sort tumultueusement d'une ville voisine, le reste de l'armée est alerté et marche au secours des fourriers. De ces deux textes c'est sûrement la *Chanson de Jérusalem* qui a influencé l'autre, car il est conforme à la vraisemblance topographique que des guerriers installés à La Mahomerie s'en aillent razzier le val de Josaphat et qu'ils soient attaqués par la garnison de Jérusalem, mais fort peu naturel que ce même val soit razzié par des gens qui assiègent Tyr.[15]

Reste à parler d'un incident du fuerre dont on ne trouve pas trace dans la *Chanson de Jérusalem*, Albert d'Aix ou Quinte-Curce. Il s'agit du passage (I^3 27 8–11) où Méléagre cherche en vain un Grec qui consente à quitter le champ de bataille pour aller porter un message à Alexandre. Nous avons là un conflit éminemment chevaleresque entre la prudence d'un chef soucieux de ménager le sang de ses hommes et l'intrépidité de subordonnés qu'anime le désir de ne pas faillir aux préceptes de l'honneur. Et c'est ce conflit qui deviendra bientôt l'élément caractéristique du fuerre. Certes, Eustache saura en tirer un bien meilleur parti que le rédacteur de I^3, mais c'est à celui-ci que revient le mérite de l'avoir introduit dès le début dans le fuerre de Gadres.[16]

L'étude des noms propres qui figurent dans le fuerre de I^3 n'est pas pour démentir notre thèse que ce fuerre est le premier en date des fuerres de Gadres;

[12] A noter surtout le petit nombre, mais exactement spécifié, des fourriers; dans la *Chanson de Jérusalem*, qui débute par une razzia dont il va présentement être question, les fourriers constituent une vraie armée, car ils ne sont pas moins de dix mille.

[13] Albert d'Aix est le seul chroniqueur, croyons-nous, qui mentionne cet incident du siège de 1111–12.

[14] *La Conquête de Jérusalem*, éd. C. Hippeau, Paris, 1868, vers 1–476. La rédaction qui nous est parvenue date du XIII⁰ siècle, mais ce n'est pas la plus ancienne, tant s'en faut.

[15] C'était déjà l'avis d'un géographe du moyen âge, qui refusait de voir dans le val de Josaphat l'endroit razzié par les Grecs venus de Tyr; voir plus haut, "Le RFGa, poème perdu," note 4.

[16] Bien entendu, nous ne prétendons pas que le rédacteur de I^3 ait inventé le conflit entre sagesse et prouesse. Il y a là un thème qui séduisait le public féodal et qui avait des modèles très connus: *Roland* 1049ff., *Rou* II 1797ff., *Chanson d'Antioche* II, pp. 200–05.

au contraire on peut en tirer des arguments qui lui sont favorables. Ainsi au chapitre 127 de l'*Historia de Preliis* Alexandre, sur son lit de mort, partage son empire entre ses généraux, mais les noms de ces légataires varient selon qu'il s'agit de I¹, de I² ou de I³.[17] Or les noms des trois chevaliers grecs mentionnés par I³ au chapitre 27 (Arideus, Caulus, Meleager) ne paraissent que dans la version que I³ donne du chapitre 127, et l'un de ces trois noms, celui de Caulus, ne se trouve dans aucun texte antérieur à I³, du moins dans aucun où il soit question d'Alexandre.[18] C'est donc à sa propre version de 127 que I³ a emprunté ARIDEUS, CAULUS et MELEAGER.

Voyons maintenant comment se nomment les autres personnages du fuerre de I³. BALAAM, duc de Tyr, doit son existence à I³ qui s'est peut-être souvenu du devin de la bible, auquel il aura prêté les fonctions de son ami Balac, roi de Moab.[19] BITURIUS de Gadir rappelle trop Betis de Gaza (QC IV vi 7–29) pour ne pas avoir été inspiré par une lecture de Quinte-Curce, mais il reste à expliquer la déformation que I³ a fait subir à ce nom: c'est ce que nous proposons de faire lorsque nous aurons à examiner le nom de Gadir. THEOSELIUS, "dux armentorum," semble bien avoir été inventé par I³, car on ne trouve aucune trace de ce nom dans les écrits qui lui ont servi de sources; observons en passant que ce chef de pâtres porte un nom bien prétentieux. Quant à SANSON, nous avons déjà dit que c'est le seul personnage dont I³ n'ait pas précisé l'identité, soit aux chapitres 26–27 soit ailleurs dans sa rédaction. Il se borne à indiquer qu'il s'agit d'un certain Sanson que sa familiarité avec les lieux a fait choisir pour guide.[20] Il est vrai que l'*Alexandre décasyllabique* (53–71) accorde un rôle de premier plan à un Sanson qui est clairement le même Sanson: il est originaire de la ville de Tyr et, parce qu'il connaît bien la région, Alexandre l'expédie en mission à Césarée. Du moment que les deux Sanson, celui de I³ et celui de l'ADéca, n'en font qu'un, on pourrait se demander si I³ n'aurait pas emprunté ce personnage à l'ADéca. Il n'en est rien; c'est le contraire qui a eu lieu.[21] Le nom de Sanson a sans doute été suggéré par le Sanson biblique, qui mourut à Gaza, et peut-être aussi par Sanson, un des compagnons de Roland qui mourut avec lui à Roncevaux (*Roland* 105, 1574, etc.).

Les noms de lieu introduits par I³ dans les chapitres 26–27 sont au nombre de deux: le val de JOSAPHAT et la cité de GADIR. En situant sa razzia au val de

---

[17] La plupart des noms communs aux trois rédactions viennent en dernière analyse de Quinte-Curce, surtout de sa liste des diadoques.

[18] La forme *Caulus* est assurée pour 127 comme pour 27. Rares sont les manuscrits de I³ (dont on connaît 39) qui présentent des graphies telles que *Paulus*, *Saulus* et *Aulus*.

[19] Un autre Balac entre peut-être aussi en ligne de compte, à savoir un émir sarrasin qui mourut dans un combat contre les Chrétiens, à l'époque du second siège de Tyr (1124). Dans ce cas, I³ aurait lu non seulement Albert d'Aix mais Foucher de Chartres également. Voir plus loin, "Le RFGa: analyse," note 15.

[20] I³ ne mentionne que deux fois Sanson: *Sanson vero conducebat eos, quia universa loca illius regionis apertissime cognoscebat* (27 4); *Pugnatum est tandem inter eos, ubi Sanson a Byturio est extinctus* (27 9).

[21] On en trouvera la démonstration dans un volume de notre édition qui paraîtra par la suite.

Josaphat, I³ paraîtrait tout d'abord avoir démarqué la *Chanson de Jérusalem* de façon servile, mais à y regarder de plus près on s'aperçoit que son utilisation de ce lieu est en grande partie justifiée par le reste de son récit. Le fuerre vient tout de suite après l'échec des pourparlers entre Alexandre et le grand prêtre des Juifs, et le refus de ce dernier de ravitailler les Grecs en leur fournissant *venalia que vulgo "mercatum" dicuntur* (I³ 26 6). Lorsque le roi commande à Méléagre d'aller razzier le val de Josaphat, il cherche seulement à obtenir par la force ce qu'il n'a pu obtenir par des moyens plus pacifiques, et c'est toujours en Judée qu'il cherche à se ravitailler. Il est vrai que les défenseurs des troupeaux ne font plus irruption de Jérusalem comme dans la *Chanson de Jérusalem*, mais ce qui avait été parfaitement naturel dans un poème où la capitale de la Judée était aux mains des Sarrasins aurait été déplacé dans un texte qui va bientôt nous narrer la complète réconciliation d'Alexandre et du grand prêtre (I³ 28). Il ne fallait pas que leur mésentente dégénérât en une guerre ouverte rendant malaisé cet accord prochain.

A défaut de Jérusalem, qui ne convient pas au récit de I³, quelle ville dégorgera l'ennemi innombrable par lequel la petite bande des fourriers se verra soudain si gravement menacée? Ce sera Gadir,[22] mais qu'est-ce au juste que "Gadir"? On songe d'abord à Gaza, car le duc de Gadir est appelé Biturius et Biturius de Gadir ne paraît guère autre chose qu'une déformation du Betis de Gaza dont parle Quinte-Curce dans la partie du livre IV (ch. II–VI) qui a servi de source au rédacteur de I³. Mais il importe d'observer que cette déformation de Betis en Biturius et de Gaza en Gadir est voulue par I³ et non pas accidentelle. A la fin de ce même chapitre 27 qui contient le récit du fuerre, I³ mentionne la prise de Gaza par Alexandre et cette fois-ci conserve à la ville son nom habituel.[23] I³ entend donc établir une distinction entre Gaza et Gadir. Gaza restera Gaza, c'est-à-dire une cité de Palestine située sur les confins de l'Egypte fort loin des lieux visités par les fourriers d'Alexandre et dont le gouverneur s'appelle Betis; mais Gadir est une ville qu'on devra chercher tout près du val de Josaphat, et son duc se nommera Biturius. Ville imaginaire ou ville réelle? Le rédacteur de I³ se rappelle peut-être que parmi les quatorze cités situées dans les plaines de Judée dont parle le livre de Josué (15, 33–36: *in campestribus vero ... urbes quatuordecim*) figure Gedera.[24] En ce cas Gadir représenterait un croisement de Gaza et de Gedera. Quoi qu'il en soit de cette dernière hypothèse deux choses demeurent cependant assurées: Biturius et Gadir dérivent de Betis et de Gaza, et la déformation de ces deux noms correspond à une intention de I³.

Parvenus à ce point de notre discussion, nous disposons de renseignements suffisants pour pouvoir prétendre que c'est l'écho d'événements arrivés de son temps qui a amené I³ à insérer le récit d'une razzia dans l'*Historia de Preliis*, et que ce faisant il s'est inspiré de certaines œuvres narratives rédigées au XIIe

---

[22] I³ 27 3 et 27 7. Aucun doute au sujet de l'orthographe de ce nom: sauf un exemple de *Gadii* et un de *Cadir*, partout dans les manuscrits on rencontre *Gadir*.

[23] Les manuscrits hésitent entre un *z* et un *ç*; P⁸ a d'abord *Gazam*, puis *Gaça*.

[24] Gedera (Jedireh) se trouve à environ trois lieues de Jérusalem et du val de Josaphat.

siècle; ou, pour présenter les choses de façon plus générale, disons que l'histoire de son époque l'a conduit à remanier les chapitres **26-27** de **I³** afin de donner une importance plus grande au siège de Tyr.[25] Il existe en effet un rapport naturel et dont il faut toujours tenir compte entre le champ d'opérations d'Alexandre le Grand et celui des Croisades: plus les chrétiens d'alors—clercs ou laïques—se passionnaient pour les luttes qui se déroulaient en Syrie et en Palestine et plus ils tendaient par contre-coup à s'intéresser à la marche triomphale qui avait mené le héros jusqu'aux limites extrêmes du monde oriental. Jérusalem, qui ajoutait à son prestige de ville sainte celui de capitale d'un grand état fondé par les Croisés, resta bien entendu au premier plan des préoccupations des Latins d'Orient et d'Occident mais sans nuire à l'éclat dont s'illuminèrent plusieurs autres cités enlevées elles aussi aux Sarrasins, parmi lesquelles il faut citer Antioche, Acre, Tripoli et Tyr. Par deux fois les Francs assiégèrent Tyr, en 1111-12 et en 1124, et ce ne fut que la deuxième fois qu'ils s'en emparèrent. Le second siège, tout comme le premier, leur coûta de grands efforts. Quoi d'étonnant à ce qu'on ait songé au siège non moins difficile qui précéda la prise de la ville par Alexandre? Inversement, qui ne voit qu'un écrivain du XIIe siècle occupé à narrer les campagnes de ce roi était fatalement conduit à interroger l'histoire des Croisades pour y découvrir de quoi éclairer ou embellir son œuvre? Ce dernier cas est très certainement celui du rédacteur de **I³**.

Il importe de constater que les passages interpolés par **I³** viennent s'insérer dans le texte de **I¹ 26-27** avec méthode et logique. Après l'annonce dans **I¹** de l'investissement de Tyr (**26** 1-2), **I³** dit quelques mots des fortifications de la ville et raconte les débuts du siège (**26** 3-4), puis il signale le fait que les assiégeants sont à court de vivres (**26** 5), ce qui permet de considérer les négociations qui interviennent entre Alexandre et le grand prêtre (**I¹ 26** 6 et **27** 1-2) comme une première tentative de la part d'Alexandre de ravitailler son armée et ce qui autorise l'insertion du fuerre (**27** 3-12) comme une seconde tentative d'obtenir des vivres pour les Grecs. **I³** mentionne ensuite le découragement du roi après son retour devant Tyr (**27** 13-14) et cette addition sert de transition au songe réconfortant présent dans **I¹** (**27** 15-16). Le récit de la prise de Tyr, tout à fait incolore dans **I¹**, est transformé en un récit plus étendu et plus pittoresque par **I³** (**27** 17-21) mais qui se raccorde parfaitement à la fin du chapitre, qui reste le même que dans **I¹**. Bref, au lieu de la série d'interpolations décousues dont parle Friedrich Pfister, les chapitres **26-27** de **I³** nous présentent un texte parfaitement uni et bien préférable à celui de **I¹**.

Quelle est la date de **I³**? La réponse ne peut être qu'approximative. **I³** utilise l'*Historia Hierosolymitana* d'Albert d'Aix, qui fut composée entre 1121 et 1130.[26] G. L. Hamilton affirmait que **I³** appartient au premier quart du XIIe siècle,

---

[25] Quinte-Curce a été consulté lui aussi mais, répétons-le, cette consultation n'aurait peut-être pas eu lieu sans l'impulsion venue des Croisades.

[26] Voir Manitius, *Gesch. der lat. Lit.*, III, p. 426. Anouar Hatem (*Poèmes épiques des Croisades*, Paris, 1932, p. 374) place la composition de la *Chanson de Jérusalem* entre 1130 et 1135, mais il s'agit là de dates insuffisamment sûres pour que nous puissions en tirer un *terminus a quo*.

mais les raisons qu'il avançait établissent seulement que notre rédaction précède de quelques années le milieu du siècle.[27] Autrement dit, le rédacteur de I³ n'a guère pu écrire avant 1130, ni guère après 1140. La date approximative serait donc environ 1135.

TEXTE DES CHAPITRES 26–27 DE LA RÉDACTION I³ (ÉDITION CRITIQUE)

26. Deinde, accepta militia, Syriam est profectus. Siri vero, viriliter resistentes, pugnaverunt cum eo et quosdam suos milites occiderunt. Exinde, veniens Damascum, eam viriliter expugnavit (1). Deinde, capta Sidone, castra metatus est supra civitatem Tyrum (2), ubi Alexander cum exercitu longo tempore commoratus multa incommoda est perpessus; in tantum enim erat fortis civitas tum maris circumdatione, tum edificiorum constructione, tum etiam ipsius loci fortitudine naturali, quod nullatenus civitatem poterat per impetum obtinere (3). Construxit autem Alexander edificium ingens in mare, quod civitatem tam fortiter opprimebat quod nulla navigia neque classes poterant portum civitatis attingere; Alexander autem intendebat qualiter urbem posset invadere (4). Cepit itaque exercitus indigere (5). Mox Alexander misit litteras ad pontificem Judeorum nomine Jadum, monens eum ut sibi auxilium impenderet et venalia que vulgo "mercatum" dicuntur suo exercitui prepararet, censum etiam quem dabant Dario sibi sine dilatione aliqua exhiberent eligerentque magis amicitiam Macedonum quam Persarum. Pontifex vero Judeorum respondit litterarum portitoribus jusjuranda Dario se dedisse ne unquam contra eum arma levarent et, vivente Dario, juramenta nullatenus posse mutari (6).

27. Audiens hec, Alexander iratus est valde contra pontificem Judeorum, dicens: "Talem faciam in Judeos vindictam ut discernant quorum precepta debeant conservare" (1). Noluit tamen relinquere Tirum (2). Elegit autem Meleagrum deditque sibi milites quingentos; precepit autem illis ut vallem peterent Josaphath, ubi armenta plurima pascebantur extra civitatem Gadir (3). Sanson vero conducebat eos, quia universa loca illius regionis apertissime cognoscebat (4). Cum igitur vallem intrassent predamque ducerent infinitam, obviavit eis Theoselius, dux armentorum, multosque ipsorum mortuos prostravit (5). Meleager vero, robustus in fortitudine armorum, universos armentorum custodes expugnavit; Caulus vero ipsius ducis verticem amputavit (6). Dum igitur hec omnia essent Bytirio cognita, de civitate Gadir exivit cum equitibus .xxx. milia ad prelium preparatis; tanta siquidem erat copia pugnatorum quod ex nimio clamore terra tremere videbatur (7). Quod videntes, Macedones turbati sunt valde. Volebat igitur Meleager mittere ad Alexandrum ut in eorum subsidium perveniret; nullus autem illorum legationem suscipere voluit Meleagri (8). Pugnatum est tandem inter eos, ubi Sanson a Byturio est

---

[27] George L. Hamilton, *Speculum* 2 (1927), pp. 145–46. Il se fonde en partie sur des éléments de datation rassemblés par F. Liebermann, *Neues Archiv der Gesell. für ältere deut. Gesch.* 18 (1893), pp. 240–43, mais la seule chose qui ressorte avec certitude de leurs démonstrations c'est que I³ a écrit plusieurs années avant 1150.

extinctus (9). Macedones vero, nimia hostium circumfusione oppressi, succumbere videbantur (10). Quod videns, Arideus abiit ad Alexandrum sibique Grecorum incommoda recitavit (11). Alexander vero relinquens Tyrum venit in Josaphath, ubi Byturium et totum ejus exercitum circumfudit (12). Reversus autem Tyrum, invenit edificium quod in mare construxerat funditus dissipatum; Balaam enim cum omnibus habitatoribus Tyri, post recessum Alexandri egressus, edificium illud viriliter expugnavit (13). Quod videntes, Macedones in tantum turbati sunt, et Alexander cum eis, quod quasi de occupatione Tiri omnifarie diffidebant (14). Nocte itaque subsequenti apparuit Alexandro in somno quasi teneret uvam in manu et cum eam jactaret in terram tundensque pedibus vinum ex ipsa plurimum exprimebat. Exurgens Alexander a somno fecit ad se venire ariolum sibique quod viderat somnium enarravit (15). Cui ariolus respondit: "Rex Alexander, esto robustus in Tirum et noli de aliquo titubare: uva quam tenebas in manu eamque proiciens in terram pedibus contundebas, hec civitas est quam debes propriis viribus expugnare, ipsamque pedibus conculcabis" (16). Audiens hoc, Alexander statim cogitavit quibus modis posset apprehendere civitatem (17). Construxit itaque in mari ingens edificium classicum quod erat .c. ancoris alligatum; erat siquidem tante celsitudinis quod et muris et turribus Tyriorum altius eminebat (18). Alexander autem, solus ipsum edificium ascendens armis undique circumfultus, precepit ut totus exercitus prepararetur ad pugnam et mox, ut viderent ipsum ingredi civitatem, omnes impetum facerent versus muros. Decisis igitur ancoris, edificium petebat latera civitatis (19). Alexander autem prosilivit in turrim ubi stabat Balaam et, facto impetu, illum occidit, faciens ipsum cadere in profundum (20). Videntes hoc, Macedones et Greci continuo muros ascendere inceperunt, alii scalis alii manibus adherentes. In tantum enim erant Tyrii interitu Balaam ducis eorum exterriti quod nullatenus Grecorum impetui resistebant (21). Sicque capta est civitas et usque ad radices funditus dissipata (22). Alias etiam duas civitates radicitus expugnavit (23). In quibus quanta mala sustinuerunt Syri ab Alexandro usque hodie memorantur (24). Deinde, amoto exercitu, pervenit ad civitatem Gazam et, capta Gaça, Jerosolimam ascendere festinabat (25).

Notice

Sur les 39 manuscrits qui renferment la troisième version interpolée de l'*Historia de Preliis*, il y en a cinq auxquels manquent les chapitres **26** et **27**. Ces cinq manuscrits ne contiennent donc pas de fuerre de Gadres. Restent 34 manuscrits où il se trouve. En voici une liste dressée d'après un article publié dans *Speculum* (IX, 1934, pp. 84–86) par A. Hilka et F. P. Magoun. Nous avons conservé aux manuscrits les sigles choisis par ces deux savants.

1. B[1] Berlin, Staatsbibl., *lat. quarto 518*.
2. B[2] Berlin, Staatsbibl., *lat. octavo 49*.
3. Be   Berne, Universitätsbibl., *247*.
4. Bo[1] Bologne, R. Bibl. Univ., *1951*.
5. Bo[2] Bologne, R. Bibl. Univ., *2761*.
6. C[3] Cambridge, St. John's College Lib., *184 (G. 16)*.
7. Co   Cortone, Accademia Etrusca, *240*.
8. Dr   Darmstadt, Hessische Landesbibl., *231*.

9. F Florence, Bibl. Laurenziana, *Riccard. 522*.
10. H Cambridge (Mass.), Harvard Coll. Lib., *lat. 34*.
11. Ho Holkham, Nf. (Gr.-Br.), Library of Lord Leicester, *457*.
12. Ka[1] Karlsruhe, Bad. Landesbibl., *Reichenau LXIII*.
13. Ka[2] Karlsruhe, Bad. Landesbibl., *Reichenau 134*.
14. M[3] Munich, Bayer. Staatsbibl., *lat. 14796*.
15. Ma Madrid, Bibl. Nacional, *10222*.
16. Mi[1] Milan, Bibl. Braidense, *A.D. XIII 29*.
17. Mi[2] Milan, Bibl. Ambrosiana, *C. 218*.
18. Mi[3] Milan, Bibl. Ambrosiana, *I. 64*.
19. P[8] Paris, Bibl. Nat., *fonds lat. 8514*.
20. P[9] Paris, Bibl. Nat., *fonds lat. 11291*.
21. Pg[1] Prague, Bibl. Metropol., *842*.
22. Pg[2] Prague, Bibl. Metropol., *1956*.
23. Pg[3] Prague, Oeffentl. u. Univ. Bibl., *1871*.
24. Pg[4] Prague, Oeffentl. u. Univ. Bibl., *2036*.
25. R[1] Rome, Bibl. Casanatense, *274*.
26. R[2] Rome: Cité du Vatican, *Vat. lat. 2947*.
27. R[3] Rome: Cité du Vatican, *Barbarini lat. 104*.
28. Sg Saint-Gall, Stiftsbibl., *624*.
29. T Turin, Bibl. Naz., *H. IV 12*.
30. V[3] Venise Bibl. Naz. di San Marco, *lat. X 68 (3301)*.
31. V[4] Venise, Bibl. Naz. di San Marco, *lat. X 130 (3655)*.
32. V[5] Venise, Bibl. Naz. di San Marco, *lat. XIV 174 (4606)*.
33. W[3] Vienne, Nazional-Bibl., *3097*.
34. Z Zwickau, Ratschulbibl., *10*.

Il est possible d'établir un classement satisfaisant des 34 manuscrits que nous venons d'énumérer en bornant la collation aux chapitres 26 et 27 de I[3].

Tout d'abord l'on distinguera deux familles: α qui comprend 22 manuscrits (P[8]MaBeV[4]Ka[1]M[3]Pg[1]Pg[2]W[3]Pg[3]Pg[4], B[2]Mi[3]V[5]Mi[2], V[3]SgR[3]Bo[2]TB[1]Mi[1]) et β qui en comprend onze (DrR[1]R[2]FHC[3]CoHoP[9]ZBo[1]); quant au 34e manuscrit (Ka[2]), il a été transcrit par un scribe qui avait deux manuscrits ouverts devant lui, l'un du type α et l'autre du type β.

Les critères auxquels se reconnaît la famille d'un manuscrit donné sont un nombre d'une quinzaine. Les voici:

26 3 (α) cum exercitu ... commoratus; (β) cum exercitu ... commorato (ou bien: commorando). **26** 3 (α) quod nullatenus civitatem poterat per impetum obtinere; (β) quod nullatenus civitas poterat per impetum obtineri. **27** 4 (α) quia (ou bien: per) universa loca illius regionis apertissime cognoscebat; (β) qui universa loca illius regionis apertissime cognoscebat. **27** 6 (α) in eum (ou bien: facto impetu in eum; ou même rien du tout) universos armentorum custodes expugnavit; (β) eum et universos armentorum custodes expugnavit. **27** 8 (α) nullus ... legationem suscipere voluit Meleagri; (β) nullus ... legationem suscipere voluit. **27** 9 (α) Pugnatum est ... Sanson a Biturio extinctus est; (β) Meleager vero pugnatus est ... Sanson et Biturius extincti sunt. **27** 13 (α) cum omnibus habitatoribus Tyri; (β) cum omnibus habitantibus Tyro. **27** 15 (α) quod viderat somnium enarravit; (β) quod viderat in somnio enarravit. **27** 18 (α) quod et muris et turribus Tyriorum altius eminebat; (β) quod muris et turribus altius eminebat. **27** 19 (α) solus ipsum edificium ascendens armis undique fultum; (β) solus ipsum edificium ascendens armis undique circumfultus. **27** 19 (α) omnes impetum facerent versus muros; (β) omnes impetum facerent versus muros civitatis ejusdem. **27** 20 (α) Alexander autem prosilivit in turrim (ou bien: in terram); (β) Alexander autem prosilivit in Tyrum. **27** 20 (α) faciens ipsum cadere in profundum; (β) faciens ipsum cadere in profundum murorum. **27** 24 (α) usque hodie memoratur; (β) usque ad hanc diem memorantur.

A l'intérieur de la famille α on peut distinguer trois groupes: α^1, α^2 et α^3. Caractéristiques de α^1: **26** 3 les mots *longo tempore* sont tombés, **26** 6 *nec unquam contra eum arma levare*, **27** 10 *nimia hostium circumflusione* (ou bien: *circumfulsione*) *oppressi*, **27** 24 les mots *ab Alexandro* sont tombés. Caractéristiques de α^2: **27** 6 les mots *que vulgo mercatum dicitur* et *respondit* ont été omis, **27** 10 *nimia hostium multitudine oppressi*. Quant à α^3, les caractéristiques de ce groupe sont négatives plutôt que positives: en font partie tous les manuscrits qui ne se rattachent ni à α^1 ni à α^2. Le meilleur manuscrit de α^1 (P^{8}MaBeV^{4}Ka^{1}M^{3}Pg^{1}Pg^{2}W^{3}Pg^{3}Pg^4) est sans contredit P^8; dans le cas de α^2 (B^{2}Mi^{3}V^{5}Mi^2), c'est B^2; α^3 (V^{3}SgR^{3}Bo^{2}TB^{1}Mi^1) a pour chef de file V^3.

Nous arrêterons à ce point précis le classement des manuscrits de I^3, bien qu'on puisse le dépasser en subdivisant la famille β à son tour en plusieurs groupes, puis en montrant que les groupes des deux familles se composent d'une douzaine de sous-groupes. Le but de notre classement est purement pragmatique. Il s'agit seulement d'établir un texte des chapitres 26 et 27 de I^3 qui corresponde approximativement à la version utilisée par Eustache. Or il suffit de rapprocher la laisse II 24 du *Roman d'Alexandre* du passage (**27** 9) de I^3 auquel elle remonte pour voir que le modèle du poète n'a pu être un manuscrit de la famille β.

Nous avons ainsi été conduits à choisir notre manuscrit de base parmi ceux de la famille α. Des trois chefs de file désignés plus haut, P^8 se révèle légèrement supérieur à B^2, qui est à son tour un tant soit peu préférable à V^3. Nous avons fait suivre les leçons rejetées ou douteuses de P^8 des variantes fournies par Ma, le meilleur manuscrit de α^1 après P^8; par B^2, le meilleur manuscrit de α^2; par V^3, le meilleur manuscrit de α^3; par Dr, le représentant le plus autorisé de la famille β; et enfin, s'il y a lieu, par la première version interpolée de l'*Historia de Preliis* [I^1]. Rappelons que l'auteur de I^3 a emprunté les passages suivants à I^1: **26** 1-2, **26** 6, **27** 1-2, **27** 15-16, **27** 23-25. Les corrections qui ne portent que sur l'orthographe de P^8, telles que par exemple *incommoda* au lieu d'*incomoda* n'ont pas été indiquées.

Variantes

26 1. Sirii P^8, Syri MaB^{2}Dr, Siri V^{3}I^1

26 3. exercitu commoratus P^{8}Ma, exercitu longo tempore commoratus B^{2}V^{3}Dr

26 6. magnam amicitiam P^{8}B^2, magis amicitiam V^{3}DrI^1

26 6. jurisjurando P^{8}Ma, jurejurando B^2, jusjuranda V^{3}Dr, sacramenta I^1

26 6. nec . . . levare P^{8}MaDr, ne . . . levarent B^{2}V^{3}I^1

26 6. nulla ratione P^{8}Ma, nullatenus B^{2}V^{3}DrI^1

27 3. ex civitate P^{8}MaV^3, extra civitatem B^{2}Dr [Bien que la plupart des manuscrits de α offrent la leçon *ex civitate*, le témoignage unanime de β renforcé de celui de cinq manuscrits de α (B^{2}V^{5}Mi^{2}Mi^{3}R^3) montre que l'archétype portait sans doute *extra civitatem*. La leçon *ex civitate* est suspecte à un autre titre: elle n'offre pas un sens satisfaisant, même si l'on traduit par "qui venaient de la ville de Gadir," car on imagine assez mal que tout ce bétail (*armenta plurima*) pût être logé à l'intérieur d'une ville lorsqu'il n'était pas aux champs.]

27 6. armorum universos P^{8}Ma, armorum facto impetu in eum universos B^2, armorum in eum universos V^3, armorum eum (eos DrFH) et universos β [Le pronom *eum* paraît avoir figuré dans l'archétype et c'est peut-être β qui a conservé la bonne leçon.]

27 7. Bytirio [Parmi les 34 manuscrits il y en a bien peu qui conservent la même orthographe à ce nom les trois fois qu'il se présente (**27** 7, **27** 9, **27** 11). Bornons-nous à constater que la tendance de α est d'écrire *Biturius*, tandis que β préfère *Butirius*.]

27 7. cum equitatibus triginta milia [Seuls les manuscrits BeB²Mi³Dr portent *cum equitatibus triginta milibus*.]
27 8. nullus autem aliorum P⁸Ma, nullus autem illorum V³Dr, nullus autem eorum B²
27 9. inter eos ubi Sanson P⁸B², inter eos Sanson Ma, inter eos ut Sanson V³, inter eos et ibi Sampson Dr
27 14. in tantum turbatis et P⁸, in tantum turbati sunt et MaB²V³Dr
27 15. Nocte . . . exprimebat [La syntaxe de cette phrase laisse quelque peu à désirer; le rédacteur de I¹ s'était exprimé d'une manière plus correcte: *Nocte itaque eadem apparuit Alexandro in somnio quasi teneret uvam in manu et jactaret eam in terram et tundens calcibus faceret ex ea vinum.*]
27 16. Ariolùs respondit Alexander P⁸MaDr, Ariolus rex Alexander B²V³, Ariolus ait rex Alexander I¹
27 16. tenebas eamque P⁸, tenebas in manu eamque MaB²V³, tenebas in manu et I¹
27 19. fultum P⁸MaV³B², circumfultus (circumfultum Dr) β [Les manuscrits hésitent entre *circumfultus*, qui se rapporte à Alexandre, et *fultum*, qui ne peut se rapporter qu'à *edificium*, mais les autres récits montrent clairement que *circumfultus* est préférable à *fultum*; voir QC IV iv 10: *Alexander . . . regio insigni et armis fulgentibus conspicuus*; AdeP ii 1917: *Ne ja plus n'i avrai fors armes et conroi*; Lamprecht 893–98: *Alexanders schilt was helfenbein, bezzer wart nie nechein. Sin helm was also gut, so der nie nechein swert durch gewuht. In der hende truch er einen ger von golde gedroseht vil her.*]
27 19. precipit P⁸, precepit MaB²V³Dr
27 19. preparetur P⁸V³D³, se pararet Ma, prepararetur B²
27 19. pugnam mox P⁸V³, pugnam et mox MaB²Dr
27 20. et facto impetu illum occidit P⁸Ma, et facto impetu super illum occidit B²V³, et facto impetu super illum occidit eum Dr
27 21. Balaam exterriti P⁸, Balaam ducis eorum exterriti MaB²V³Dr
27 24. Syri usque P⁸Ma, Syri ab Alexandro usque B²V³Dr, Siri ab Alexandro que usque I¹
27 24. memoratur P⁸MaB²V³, memorantur DrI¹

LA TRADUCTION LATINE DU POÈME D'EUSTACHE

Au recto et au verso du feuillet 66 du manuscrit *Plut. XXIX 8* de la Bibliothèque Laurentienne à Florence se trouve transcrit un fuerre de Gadres latin qui diffère sensiblement des chapitres 26–27 de I³. A ce texte nous donnerons le nom de Fuerre de Gadres de Florence [FGaFlor]. La transcription du FGaFlor commence au haut du recto du feuillet 66 et se termine—sans que le récit du fuerre soit achevé—avant que le milieu du verso ait été atteint, le reste de la page étant demeuré blanc. On distingue au recto comme au verso, bien qu'assez effacées, des lignes d'une écriture beaucoup plus grosse, qui forment des barres verticales et qui montrent que le feuillet 66 n'est que la moitié d'une page pliée en deux, page qui avant d'être transformée en palimpseste appartenait à un manuscrit de grand format. Nous avons jugé utile d'inclure dans le présent volume une reproduction de ce feuillet.[1]

Le manuscrit *Plut. XXIX 8* jouit d'une grande célébrité parmi les érudits qui se sont spécialement intéressés au Trecento. En effet la seconde partie de

---

[1] Pour cette reproduction nous nous sommes servis d'une photographie faite sur le manuscrit lui-même.

ce manuscrit (fo. 44vo à 77ro) se compose d'une cinquantaine de textes latins (poèmes, lettres, etc.) collectionnés et copiés par Jean Boccace.[2] C'est Henri Hauvette qui a démontré que ce recueil d'extraits où figurent côte à côte des lettres de Boccace, des vers de Pétrarque et des lettres de Dante a non seulement appartenu à Boccace mais que ce dernier l'a écrit de sa propre main.[3]

Le feuillet 66 fait partie intégrante du manuscrit, car les lignes grattées qui le sillonnent verticalement s'aperçoivent également aux feuillets 1-24, 45-65 et 67-74[4] et l'écriture qui le recouvre est la même que celle des feuillets précédents et des feuillets suivants. Mais, s'il semble hors de doute que ce soit Boccace qui ait transcrit le FGaFlor, ce morceau présente trop de tournures douteuses, voire franchement incorrectes, pour qu'on puisse l'attribuer à l'humaniste à qui l'on doit le *De claris Mulieribus* et la *Genealogia deorum gentilium*.

Le FGaFlor fait l'effet d'un exercice scolaire. A côté de tours extrêmement gauches et d'une latinité plus que suspecte, on relève des expressions ampoulées et prétentieuses. Certaines de ces expressions, telles que *juravit per deos aetheris* et *per Stygias juro*, méritent pourtant de retenir notre attention puisqu'elles montrent que leur auteur avait été touché par un de ces courants d'humanisme dont devait sortir la Renaissance. Lorsqu'on les rapproche de la date du *Plut. XXIX 8* (environ 1348), il est permis de supposer que, lorsque Boccace s'est avisé de le transcrire dans son recueil d'extraits, le FGaFlor n'existait que depuis un temps relativement court. Il paraît probable également que cet exercice scolaire a vu le jour en Italie, car, les exercices scolaires n'étant guère matière d'exportation, on ne voit pas pourquoi celui-ci aurait été expédié de France en Italie. Ajoutez à cela que le FGaFlor est, comme nous allons le voir, la traduction du poème d'Eustache et que ce poème semble avoir complètement disparu du territoire français après que le RAlix d'AdeP l'eut condamné à l'oubli.[5]

Le FGaFlor se présente d'abord à nous comme une traduction de matériaux empruntés aux laisses II 1-32 du RAlix d'AdeP. Mais bientôt on remarque que les passages d'AdeP auxquels rien ne correspond dans le FGaFlor sont ou des interpolations évidentes d'AdeP ou bien des passages qu'il est facile de lui attribuer. Il en résulte que le FGaFlor n'est pas une traduction du texte d'AdeP mais une traduction du poème perdu d'Eustache. Du moment qu'il en est ainsi, le FGaFlor peut rendre de grands services à qui veut démêler dans le texte d'AdeP la part qui revient à son prédécesseur, surtout lorsque le passage que

---

[2] Les feuillets 44-77 du manuscrit ont été reproduits dans un album de facsimilés paru à Florence (chez Leo Olschki) en 1915 et tiré seulement à 50 exemplaires: *Lo Zibaldone boccaccesco mediceo-laurenziano Plut. XXIX 8*. La préface de cet album, rédigée par Guido Biagi, a aussi été publiée dans *Bibliofilia* 17 (1915-16), pp. 45-53.

[3] Voir *Mélanges d'archéologie et d'histoire* publiés par l'Ecole française de Rome, 14 (1894), pp. 87-145. La démonstration de Hauvette a été acceptée par Oskar Hecker (*Boccaccio-funde*, Braunschweig, 1902, pp. 36-37).

[4] Voir Hauvette, *l.c.*, p. 105.

[5] On se rappellera que c'est aussi à l'Italie que nous devons la conservation de l'ADéca, puisque le manuscrit *A* y a longtemps séjourné et que le manuscrit *B* y est né; voir ci-dessus, tome I (EM 36), pp. xi et 362.

Florence: Biblioteca Laurenziana, Plut.29.8, folio 66ro

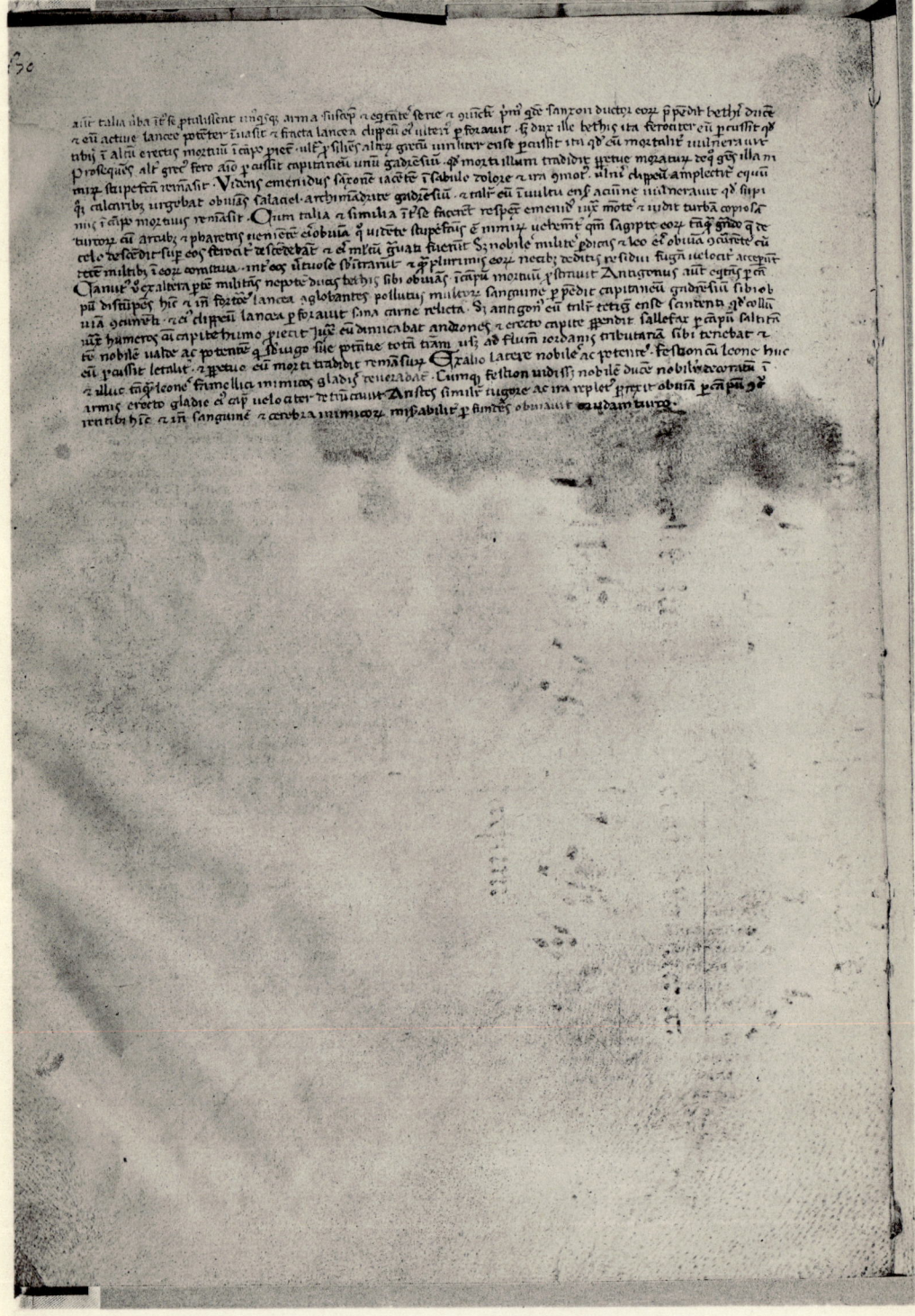

Florence: Biblioteca Laurenziana, Plut.29.8, folio 66vo

l'on examine (vers, groupe de vers ou laisse) résiste à l'analyse et qu'on n'arrive pas tout de suite à voir s'il s'agit ou non d'une interpolation. En pareil cas la réponse donnée par le FGaFlor peut être décisive, car la traduction faite par son auteur témoigne maintes fois d'une fidélité méticuleuse.

Le FGaFlor s'arrête à un endroit qui correspond au milieu de la laisse II 32 du RAlix, ce qui pourrait signifier que son auteur n'avait pas poussé plus loin sa traduction du poème d'Eustache, ou bien que Boccace ne s'était intéressé qu'à la première partie du fuerre.[6] Quoi qu'il en soit, nous sommes redevables à Boccace de nous avoir conservé un texte sans lequel il eût été bien plus difficile de dégager le RFGa des laisses du RAlix où il gisait enseveli.

Le Fuerre de Gadres de Florence a déjà été publié une première fois par Paul Meyer.[7] En le publiant à notre tour, nous avons respecté les particularités orthographiques du manuscrit, telles que *condam* (*quondam*), *Sanxonem* (*Sansonem*), *con* (*cum*), *ingnoto* (*ignoto*), *cumdingnum* (*condignum*), *dingnaretur* (*dignaretur*), *cumdecenter* (*condecenter*), *congnoscam* (*cognoscam*), *istudio* (*studio*), etc. Afin de faciliter les renvois à ce texte nous avons divisé le FGaFlor en 58 segments dont les numéros d'ordre se trouveront placés à la fin des segments respectifs. Au bas de chaque page nous indiquons les leçons rejetées et certaines émendations moins assurées que celles qui ont été introduites dans le texte.

TEXTE DE LA TRADUCTION LATINE DU POÈME D'EUSTACHE

Tempore quo condam prepotens ac nobilis Macedonum rex Alexander civitatem Tyri opibus et armis multipliciter obsedisset, que quidem civitas menibus altis atque turribus vallata erat, quam[1] vi nec arte sibi subjugare valeret (1), (et)[2] ob hoc castrum fortissimum in insula quadam ex opposito civitatis construxit, ut portus et introytus navigantium intrantium civitatem totaliter impediret (2). Hoc quoque peracto juravit per deos e(c)theris[3] quod neminem eorum misericorditer suscipiet, sed morte crudeli omnes pariter punientur (3). Providens post hec utilitatibus omnium, vidit quod exercitui suo victui necessaria jam quasi penitus defecissent (4). Cum non esset circumquaque qui tante(m) necessitati subcurrere valeret, appellavit ad se predilectum et electum militem suum, Emenidum de Arcadia nomine, et ei tribuit pro comitiva condecenti septies centum milites, ut irent secum et predam adquirerent pro necessitati communi (5), deditque eis ducem nomine Sanxonem, virum nobilem ac sagacem; capitaneos quoque eorum ordinavit Perdicas et Leonem, Laudinium, Lycanor et Phylotem, et plures alios nobiles milites ac potentes (6). Tunc recesserunt milites cum licentia regis Alexandri, duce Sanxone previo, ordinatim

---

[6] Celle qui montre les chevaliers grecs refusant à tour de rôle d'aller quérir du secours.
[7] *Romania* 11 (1882), pp. 325–32. Meyer ne paraît pas avoir collationné son texte avec le manuscrit; du reste les divisions qu'il adopte sont fautivement numérotées.

[1] *Corriger en* quoniam?
[2] *Cet* et *paraît de trop.*
[3] *Comprendre* aetheris.

et secrete (**7**). Equitantes die toto ac nocte sequenti, clarescente die in valle Yosaphat devenerunt; cumque ad locum illum fertilem et copiosum devenissent, boves et oves et animalia multa, circumquaque pascua querentes, invenerunt (**8**). Emenidus vero con comitiva sua predam arripere cupiebat (**9**), sed pastores non sicut pueri sed sicut predones, armat(e)i clippeis et lanceis, armenta sua deducebant (**10**), et, cum clamassent, eorum vox in auribus civium resonabat (**11**). Tunc congregaverunt milites animalia, ut predam exercitui deportarent (**12**), sed pastores vocem emiserunt taliter quod tota civitas fuit perturbata et commota (**13**). Tunc audiens, Ocheserie, dominus eorum, cornu altissime persufflavit, ut gentem suam coadunaret (**14**) et Grecos predones letaliter invaderet (**15**). Exiens Ocheserie de civitate, quem primum invenit corpus ejus miserabiliter perforavit, alterum humo mortuum prostravit, tertium quoque capite privavit, transiens ultra, coadunatos separans (**16**) (et)[4] Grecosque taliter repellens quod malis gratibus eorum predam quam fecerunt viriliter reassunsit[5] (**17**). Cumque vero Emenidus hoc vidisset, gentem suam in tam novo primordio conflictam, iratus nimirum et furore nimio perturbatus, illam melius quod potuit recollegit; prosiliens ultra, evaginato gladio, gentem Gadrensem potenter invasit et, antequam lora retraheret, quamplurimos eorum vita carere fecit totaliter (**18**). Tunc incepit bellum crudelissimum ex utraque parte au[g]mentari (**19**). Caulus vero, miles nobilis, primo perpendit[6] Canutum nepotem Ocheserie, quem active lancee[7] mortuum sabulo prostravit, ultra progrediens, equum calcaribus urgens (**20**). Videns Ocheserie nepotem mortuum, animo turbatus, Grecum unum nobile[m] mucrone lancee sue (corpus ejus) perforavit (**21**), sed Leo, invadens Ocheserie, lancea clippeum ejus et loricam laniavit, ultra progrediens (**22**). Alter vero Grecus, ex obliquo procedens, percussit eum in capite, quod[8] galeam ejus ruptam in terram projecit, et capite denudato remansit (**23**). Retrovertens se(o)[9] Leo percussit canutum, id est Ocheserie senex, in capite canuto, taliter quod emsem suum in ejus cerebro balneavit et eum mortuum in terram porrexit (**24**). Cumque vero gens Gadrensium se vidisset domino privata[m], fu(r)gam arripuit cursu veloci, dolore conflicta (**25**). Quo patrato, gens Greca predam congregavit, ut exercitus necessitati abundantiam ministraret, sed aliter accidit quam credebant (**26**), quia, antequam modicum longe pertransissent, obviam eis venerunt gentes inique, ut armenta propria iterum ab eis violenter recipere[n]t (**27**). Cumque vero aliquantulum longius pertransissent, Emenidus, retro respiciens, vidit per montes infinitam et innumerabilem multitudinem gentium descendere, eos acriter persequentem (**28**). Tunc turbatus est Emenidus, premeditans qualiter se haberet et quomodo pressuram et pondus tam magne multitudinis gens sua pauca substinere posset (**29**), quia dux Bethis Gadrensium contra eos venieba(n)t cum quattuor milia et septicentis pugillibus in armis (**30**). Providens Emenidus vero (et)[10] corde meditatus est

[4] *Voir la note 2.*
[5] *Pour* resumpsit.
[6] *Traduire par* "il arrêta son regard sur."
[7] *Paul Meyer propose de corriger en* quem ictu *(ou bien* actione*)* lancee.
[8] *Ailleurs dans ce texte on rencontre* taliter quod *plutôt que* quod *tout court.*
[9] *Meyer imprime* Retrovertens (seo) Leo.
[10] *Voir la note 2.*

quod nuntium regi Alexandro transmicteret, ut tante necessitati nobilium subsidium demandaret (**31**). Tunc vocavit Lycanor et dixit ei: "Carissime, succurratis necessitati nostre. Ite ad regem Alexandrum nostrum, ut nobis auxilium tribuat et necessitati nostre, sicut videtis, auxilium transferat opportunum, aut aliter flos nobilitatis militie hodierna die peribit" (**32**). Lycanor autem respexit Emenidum, quasi turbatus animo, et dixit: "Non recedam a societate nobilium donec clippeum videam perforatum et lanceam in manibus tenere [non] valeam, et emsis meus in sanguine decies vel duodecies fuerit madefactus" (**33**). Post hec, videns Emenidus quod nil cum eo proficeret, vocavit Phylotem et dixit ei: "O vir bone et prudens, placeat nobilitati vestre ut pro omnibus laborare velitis, eundo ad civitatem Tyri, et nuntietis Alexandro que gesta sunt et que nobis contingere gens invencta[11] procurat" (**34**). Respondit ei Phylotem dicens: "Amice, quid vobis videtur de me? Quare me elegistis pro viliori, qui me nuntium facere procuratis et dimictere societatem in tempore necessitatis? Tamen credo quod emsis meus tam bene scindit sicut vester et adhuc corpus et arma sana sunt, que hodie probare conabor. Et merito et ratione rex et Aristoteles, si sanis armis et persona non lesa tale nuntium eis in presentia militum preferrem, tanquam proditorem et timidum me digito mostrare deberent" (**35**). Retro quoque respexit Emenidus, vidit Leonem et rogavit eum dulciter ut ad Alexandrum se transferret, talia que videat[ur] ei pro necessitate communi prolaturum (**36**). Ipse vero, tanquam miles probus et fidelis, quasi eodem modo se similiter excusavit (**37**). Vocavit Perdicas, qui se animo preliandi similiter excusavit (**38**); quod quidem fecerunt Caulus[12] et Aristes (**39**). Deinde vocavit Sansonem et rogavit eum humiliter ut provideret suis sequentibus, ne duce ingnoto gens sequens periret, et quod ipse personaliter iret ad Alexandrum, ut genti sue in tam ferventi negotio succursum preberet cumdingnum, et non dimictat sicut mercennarius gregem suam a feris et avibus acriter devorari (**40**). Tunc respondit ei Sanxon: "Dixistis me fore pastorem gentium et ductorem, et vos vultis quod ego dimictam gregem mihi traditum, cum lupus advenerit, et fugam. Merito et ratione consona veritati posset me rex nuncupare mercennarium, proditorem et mendacem" (**41**). Ex obliquo enim respiciens, Emenidus vidit militem sub arbore quadam sellam equo ponentem et arma sua que habebat diligenter prospicientem, cum non haberet unde se tueri queat nisi solummodo clippeum, lanceam et emsem, nec tamen tanti valoris era[n]t quod nobilis secum assotiare[13] dingnaretur. Miles vero formosus erat: membris, corpore et capite gratioso formatus et facie et facundia[14] nobiliter imbutus (**42**). Transiens Emenidus juxta eum, eum dulciter advocare visus est et dixit: "O frater care, rogo vos ut ad Alexandrum vos transferre velitis, quod si, nisi breviter et absque mora genti sue auxilium et succursum prebuerit, omnes pariter tot quot sunt sciat in hoc die procul dubbio perituros, et duellum erit grave, nec arma habetis unde vos cumdecenter personam vestram defendere possitis (**43**). Miles autem ei crudeli

---

[11] *Meyer corrige en* inuncta, *mais* invicta *serait une correction plus indiquée. Traduire par* "et les choses qu'une gent invincible s'occupe de nous faire arriver"?
[12] *Le manuscrit porte* raulus.
[13] *Corriger en* associare.
[14] *Le manuscrit porte* fecundia.

animo dixit: "O nobilis dux et ductor omnium nostrum, non modicum admiror cur talia mihi dicere potuistis, qui me pauperem et ingnotum nuntium instituere velitis, cum nec rex me nec ego regem nec etiam barones congnoscam, neque enim decens est ut de paupere fiat nuntius tante multitudini adjuturus; nec ego propter penuriam cor alibi quam voveram tradidi, nec etiam personam meam in armis probavi, sed per Stygias juro quod hec hodierna die probare conabor. Sed vos qui estis notus et estis in consilio inter nobiles, et scitis verba vestra sicut diligens predicator multipliciter propalare, procul dubio juste et rationabiliter talia regi nuntiare deberetis, quia ipse fidem dictis vestris adhiberet cumdingn(i)am (44). Post hec vocavit Emenidus Aristem, irato animo et crudeli furore concussus, et dixit: "O nobilis amice et socie, nic[h]il aliud mic[h]i videtur utilius pro necessitate et utilitate nostrum omnium faciendum ad presens, nisi quod unusquisque diligenter arma arripia[t] et istudio diligenti personam suam tueri procuret et inimicos, in quantum uniuscujusque vis se extendit, agravare nitatur" (45). Cum autem talia verba inter se protulissent, unusquisque arma suscepit, et equitantes serie et conjunctim (46), primus quidem Sanxon ductor eorum prependit[15] Bethis ducem et eum active lancee[16] potenter invasit et, fracta lancea, clippeum ejus ulterius perforavit; sed dux ille Bethis ita ferociter eum percussit quod, tibiis in altum erectis, mortuum in campo projecit (47). Ultra prosiliens, alterum Grecum viriliter ense percussit, ita quod eum mortaliter vulneravit. Prosequens alter Grecus fero animo percussit capitaneum unum Gadrensium, quod morti illum tradidit perpetue moraturum, de quo gens illa nimirum stupefacta remansit (48). Videns Emenidus Sanxonem jacentem in sabulo, dolore et ira commotus (49), ulnis clippeum amplectitur, equum quoque calcaribus urgebat, obvians Salaciel, archimandrite Gadrensium, et taliter eum in vultu ensis acumine vulneravit quod supinus in campo mortuus remansit (50). Cum talia et similia inter se facerent, respexit Emenidus juxta montes et vidit turbam copiosam Turcorum cum arcubus et pharetris venientem eis obviam; quo vidente,[17] stupefactus est nimirum vehementer, quoniam sagipte eorum, tanquam grando que de celo descendit, super eos ferociter descendebant, et [ab] eis multum gravati fuerunt (51). Sed nobiles milites Perdicas et Leo, eis obviam concurrentes cum decem militibus in eorum comitiva, inter eos virtuose subintrarunt, et, quamplurimis eorum necibus deditis, residui fugam velociter acceperunt (52). Canutus vero, ex altera parte(m) militans, nepotem ducis Bethis sibi obvians[18] in campum mortuum prostravit (53). Antigonus autem, equitans per campum, disrumpens hinc et inde fortiores lancea conglobantes, pollutus multorum sanguine, perpendit[19] capitaneum Gadrensium sibi obviam concurrenti[20] et ejus clippeum lancea perforavit, sana carne relicta; sed Antigonus eum taliter tetigit ense scindenti quod collum juxta humeros cum capite humo projecit (54). Juxta eum dimicabat Androncs, et

[15] *Voir la note 6.*
[16] *Voir la note 7.*
[17] *Faute pour* Quo viso?
[18] *Corriger en* obviantem.
[19] *Voir la note 6.*
[20] *Corriger en* concurrentem.

erecto capite perpendit[21] Sallefax per campum saltitantem, nobilem valde ac potentem, qui sub jugo sue potentie totam terram usque ad flumen Jordanis tributariam sibi tenebat (55), et eum percussit letaliter, et perpetuo eum morti tradidit remansurum (56). Ex alio latere nobiles ac potentes Festion cum Leone, huc et illuc, tanquam leones famellici inimicos gladiis devorabant. Cumque Festion vidisset nobilem ducem nobiliter decoratum in armis, erecto gladio, ejus caput velociter detruncavit (57). Aristes similiter, vigore ac ira repletus, perrexit obviam per campum concurrentibus; hinc et inde sanguinem et cerebra inimicorum miserabiliter perfundens, obviavit cuidam Turco (58).

LE FUERRE AU VAL DANIEL, ADAPTATION DU POÈME D'EUSTACHE

La branche III du *Roman d'Alexandre* contient un épisode[1] qui est visiblement calqué sur le *Roman du fuerre de Gadres* d'Eustache. Alors qu'Alexandre assiège Babylone, mille chevaliers grecs s'en vont razzier un certain "Val Daniel,"[2] mais ne tardent pas à être attaqués par soixante mille Babyloniens commandés par l'émir Nabugor.[3] Tholomé, qui paraît être le chef des fourriers, voudrait qu'Alexandre fût prévenu du danger qui menace ses hommes. Interpellés par lui, Cliçon, Filote, Aristé, Licanor et Antigonus refusent à tour de rôle de porter un message qui les éloignerait du combat. Cependant, lorsque la petite troupe a été décimée par l'ennemi, Cliçon n'hésite plus à aller prévenir Alexandre, qui, accourant sur les lieux, met en fuite Nabugor et ses soixante mille Babyloniens.

Comme on le voit, le Val Daniel et Tholomé et l'émir de Babylone sont venus prendre la place du Val de Josaphat et d'Eménidus et du duc de Gadres. Non seulement les deux fuerres sont construits de la même manière mais le fuerre babylonien pousse l'imitation jusqu'à reproduire les expressions et les mots de son modèle. Le "fuerre au Val Daniel" a été introduit dans le RAlix par Lambert-2, le plus ancien des remanieurs du roman; entre sa rédaction et celle d'AdeP plusieurs rédactions différentes sont venues s'insérer.[4] Donc c'est très tôt dans l'histoire du RAlix que le fuerre de Gadres à été incorporé à ce roman, mais en changeant toutefois de scène et d'acteurs. Dans les rédactions qui suivent celle de Lambert-2, le fuerre au Val Daniel s'est conservé, à peine modifié de révision en révision.

Le fuerre au Val Daniel peut à l'occasion nous aider à déterminer si tel ou tel vers de la branche II du RAlix d'AdeP faisait partie ou non du RFGa. N'oublions pas non plus qu'on peut y trouver la preuve que le RFGa a été composé bien des années avant la version d'AdeP.

---

[21] *Voir la note 6.*
[1] III 317–40; pour une forme plus ancienne du texte, voir *A* 322–45, *B* 482–505, *L* 695–718.
[2] Evidemment ainsi nommé en l'honneur du prophète Daniel.
[3] Nabugor est sans doute une forme apocopée de Nabugordonosor (Nabuchodonosor); voir *Romania* 6 (1877), p. 6.
[4] L'Amalgame, B* et Bʸ; au sujet de Lambert-2 et des rédacteurs qui le suivirent, voir ci-dessus, tome II (EM 37), le schéma en face de la page ix.

LE FUERRE DE GADRES CHEZ ALEXANDRE DE PARIS

Lorsque Alexandre de Paris entreprit de donner une nouvelle version du *Roman d'Alexandre*,[1] la partie du poème qui précédait le prologue de Lambert le Tort (III 1) était fort courte: elle se composait de l'*Alexandre décasyllabique* et de deux laisses de raccord où était racontée la création des douze pairs de Grèce.[2] Le récit qu'AdeP consacre aux "enfances" du héros représente un remaniement complet de l'ADéca qui se trouve récrit en vers dodécasyllabiques et considérablement allongé (I 1–128). A la suite de sa rédaction des enfances AdeP a inséré le *Roman du fuerre de Gadres* d'Eustache, mais non sans en avoir profondément modifié le contenu par toute une série d'interpolations et d'additions (I 129–57 et II 1–109). Entre la fin de sa version du Fuerre et le début de l'œuvre de Lambert, AdeP a jeté un pont d'une quarantaine de laisses (II 110–49) qui se termine par une laisse dans laquelle il appelle tout ce qui précède "les siens vers."[3] Comme il ne semble pas revendiquer la paternité de ce qui suit[4] et que les modifications qu'il a fait subir dans la branche III au texte de l'Amalgame sont relativement peu importantes, ce sont les deux premières branches qui devraient jeter le plus de lumière sur sa manière de composer et d'écrire. Voyons donc quels sont les procédés de style et de composition qu'affectionne AdeP, tels qu'ils ressortent de tout examen de sa version du FGa.

Parmi les interpolations dont AdeP a gratifié le RFGa, il en est bon nombre qui trouvent leur point de départ dans des sources écrites, qu'il s'agisse de courts passages ou d'épisodes entiers. Notre remanieur s'est surtout inspiré de l'*Histoire d'Alexandre* de Quinte-Curce: si nombreuses sont les imitations et les réminiscences qu'il serait oiseux d'en dresser la liste.[5] Bornons-nous ici à attirer l'attention sur un emprunt qui altère gravement les proportions qu'Eustache avait accordées au fuerre. Ayant décidé d'identifier le Bétis de Gadres d'Eustache au Bétis de Gaza de Quinte-Curce,[6] AdeP fut amené à ajouter une rallonge au RFGa où il raconte d'après l'historien latin (IV VI: siège de Gaza)

---

[1] Gui de Cambrai a attaché son *Vengement Alixandre* à un manuscrit du RAlix d'AdeP (voir *Vengement* 62 et 1229); AdeP a donc écrit avant 1191. A cause des emprunts qu'AdeP a faits à Guillaume de Tyr il est visible qu'il a lu une grande partie de l'*Historia*, mais il est moins sûr qu'il ait connu ce texte sous sa forme finale. Il s'ensuit que 1184 ne constitue pas nécessairement le *terminus a quo* du RAlix d'AdeP et qu'une date quelque peu antérieure—mettons 1180—est peut-être la seule qu'on puisse déduire du fait que l'*Historia* a été utilisée par AdeP. Dans un volume qui paraîtra par la suite nous nous occuperons plus en détail de ce problème.

[2] Ces deux laisses, dans un texte fortement altéré, nous ont été conservées par B; voir B **77–78**.

[3] II **149** 3098–99.

[4] AdeP a jugé à propos de répéter son nom tout à la fin du RAlix (IV **75** 1699–1701), mais dans des termes qui ne précisent point quel rôle il s'attribuait dans la composition des branches III et IV.

[5] Ces emprunts faits par AdeP à QC seront indiqués en temps et lieu dans "l'Examen critique des laisses I **129–57** et II **1–109** du RAlix." C'est à cet Examen du reste qu'on pourra s'adresser pour l'analyse des passages où AdeP consulte d'autres auteurs.

[6] Voir plus loin, "Le RFGa: analyse."

comment Alexandre s'empara de Gadres. Ce faisant il tend à reléguer au second plan la razzia d'Eménidus et de ses compagnons, bien que cette razzia fût le sujet principal du RFGa.

L'*Historia* de Guillaume de Tyr a elle aussi exercé une assez forte influence sur AdeP. Puisque cet ouvrage a été composé au cours d'une période qui s'étend de 1167 à 1184,[7] c'est-à-dire à une époque où le RFGa existait déjà, il est impossible qu'un passage du FGa qui s'inspire de Guillaume de Tyr puisse remonter à Eustache; nous disposons donc là d'une pierre de touche qui pourra rendre service lorsque nous analyserons le RAlix pour y retrouver ce qui a appartenu au RFGa. A l'historien des Francs de Syrie et de Palestine AdeP semble avoir surtout emprunté des détails destinés à parer son poème de prestiges exotiques. Voici la liste de ses emprunts: étymologie des noms d'*Antioche* (I **129** 2668–71), de *Tyr* (I **130** 2691–97) et de *Scandalion* (I **139** 2884–91); l'affirmation que Tyr se trouve sur une presqu'île (I **140** 2922–23); sans doute le nom de *Salehadin* (II **25** 533); son allusion au lait de chamelle (II **30** 611); l'idée de situer des villes sur la mer Rouge (II **26** 544–47 et II **37** 771–76); la mention des villes égyptiennes de Damiette et de Laris (II **33** 696–99); enfin l'existence en Asie d'un lieu appelé le Pré de Pailes (II **120** 2671–78).

Il y a aussi des passages qui montrent qu'AdeP avait lu plusieurs autres textes latins, tels que l'*Historia de Preliis* (voir II **87–88**), le *Tudebodus continuatus et imitatus* (voir II **87**: la forme *Araine*), et la version interpolée de l'*Histoire d'Alexandre* de Quinte-Curce (voir II **89–90**).

Quant aux sources en langue française qu'AdeP a utilisées, citons d'abord l'*Alexandre* d'Albéric (voir I **130** 2698–2700 et II **101–06**) et le *Roman de Troie* (voir II **30** 621 et **97** 2242–43); mais c'est surtout le RAlix lui-même, tel qu'il s'offrait à lui dans l'Amalgame, qu'il a mis à contribution. La matière des vers II **26** 540–43 vient de l'*Alexandre décasyllabique*, poème qui constituait la première partie de l'Amalgame. A la partie dodécasyllabique de l'Amalgame il emprunte le terme "douze pers,"[8] dont il s'est déjà fréquemment servi dans son remaniement de l'ADéca, et les noms de la plupart de ces douze pairs.[9] A tout propos et même hors de propos, il introduit dans le fuerre deux d'entre eux, Tholomé et Cliçon,[10] qui n'avaient pas paru chez Eustache mais dont Lambert-2

---

[7] Voir A. C. Krey, "William of Tyre, the making of an historian in the Middle Ages," *Speculum* 16 (1941), pp. 149–66. On trouvera un texte de l'*Historia rerum in partibus transmarinis gestarum* au tome I du *Recueil des hist. des Croisades: Hist. Occid.*

[8] Voir II **13** 212, **17** 293, **18** 326, **41** 902, **49** 1136.

[9] La création des douze pairs de Grèce est racontée par l'Amalgame dans les deux laisses qui soudent l'ADéca au prologue de Lambert le Tort, mais la liste qu'en donne *B* (*B* **77–78**) a besoin d'être corrigée à l'aide du manuscrit *A* (*A* 365 4945 et 4964–69). A son tour AdeP rapporte la création des douze pairs (I **31**), mais il remplace Festion, Litonas et Listés par Caulus, Lioine et Aridé. Ces trois derniers personnages, qui sont absents de l'Amalgame, il les emprunte au RFGa.

[10] I **129** 2677, **132** 2726, **145** 3038, **149** 3115, **156** 3234; II **1** 25, **11** 192–93, **14** 240, **17** 291, **18** 307–08, **40** 877, **48** 1097, **48** 1117–18, **51** 1183, **69–70–72, 76, 82**; en plus fréquemment dans II **85–109**.

avait fait les héros de son "fuerre au Val Daniel." Un autre pair qui est absent du RFGa mais qu'AdeP y fait figurer, Antiocus,[11] vient lui aussi du RAlix de Lambert-2. D'autres réminiscences de l'Amalgame se rencontrent aux laisses suivantes: II 68 (rime et plusieurs tournures); II 70–71 (le cheval de Tholomé); II 76 1785 et 100 2288 (Boniface, nom du destrier de Cliçon); II 85 (Tyr fief d'Antipater); II 91–94, 96 et 101 (développement du côté pittoresque du siège); II 107–08 (chef ennemi massacré par des soldats grecs).

On peut facilement reconnaître chez AdeP des traits de style caractéristiques, dont beaucoup révèlent un manque de proportion ou d'exactitude. Ainsi il aime à multiplier les récits de bataille et à les prolonger de façon excessive.[12] Il se délecte à citer les paroles de ses personnages;[13] souvent ces paroles prennent la forme d'un "regret" suggéré par une situation douloureuse.[14] AdeP introduit dans le FGa l'emploi du mot *Mascedoine* en tant que cri de ralliement; ailleurs dans le RAlix ce cri n'est proféré que par le roi, mais AdeP le met dans la bouche de n'importe quel guerrier grec.[15]

Un autre trait bien marqué chez AdeP, c'est le plaisir qu'il prend à jouer au prophète: de temps en temps il intervient dans son récit pour prédire ce qui va arriver par la suite.[16] Tout aussi artificiel est le procédé qui consiste à varier la terminaison d'un nom propre, qu'il s'agisse ou non de se soumettre aux exigences de la rime.[17] D'ailleurs AdeP n'hésite pas à tirer deux moutures d'un même sac en reprenant un passage descriptif sans y apporter de modification notable,[18] ou bien encore il lui faut deux épisodes pour développer le même sujet.[19] Typique également de la manière d'AdeP est l'affection qu'il porte aux rimes rares,

[11] I 129 2669; II 87 2035–42, 98 2251–58, 139 2908.

[12] Voir I 140–57, où il intercale une longue série de joutes devant la ville de Tyr; II 26, 35–37, 39–41, 45, 49, 51, 68–74, laisses ajoutées par AdeP au récit du combat livré par les fourriers aux Gadrains; II 91–109, où il invente une bataille devant la ville de Gadres.

[13] II 8 128–34, 24 516–20, 27 566–67, 32 667–75, 45 1022–34, 49 1144–50, 78 1824–43, 79 1867–71, 80 1879–87, 82 1906–26, etc.

[14] II 17 291–97, 18 298–310, 25 526–29, 48 1119–21. L'emploi de ce procédé avait sans doute été suggéré à AdeP par la série de regrets qui occupe une si large place dans la branche IV (IV 33–59) et aussi par un passage du RFGa où Eménidus jette un pleur après la mort de Sanson (II 25 524–25 et 530: *Emenidus le pleure et se pasme trois fois, Bonement le regrete et depiece ses dois: "Sansons, s'or ne vos venge, couars sui et revois."*). D'ailleurs, AdeP profite de ce passage du RFGa pour insérer par ci par là des vers ou tel ou tel fourrier parlera de venger la mort de Sanson: II 25 537, 28 576, 32 655, 33 692.

[15] I 153 3178, 155 3219; II 33 719, 37 786, 40 899, 45 1174.

[16] II 2 34–38, 23 500–05, 27 566–67, 42 926, 47 1096, 48 1129, 70 1684–95, 76 1797–98, 84 1993–97.

[17] Citons *Josaphas* II 208(:), *Josafaille* II 21, II 28(:) etc.; *Cervagaille* II 247(:), *Cervadoine* II 2252; *Lerus* II 1743(:), *Lerin* II 2212(:); *Seraphin* II 2323(:), *Serafoi* II 2354(:). AdeP a trouvé le modèle de cet artifice dans l'épisode de la reine Candace (III 246–71): *Valgrenue* 4700, *Valgrenoi* 4731, *le val de Grenis* 4750, *Valgrenor* 4861; voir aussi III 5110 *Valgrenie*.

[18] Les villes de Clere et d'Ale (II 37 771–76 et II 26 544–47) sont décrites de façon si semblable que divers copistes se sont mépris et ont cru qu'il s'agissait d'une seule cité.

[19] Comparer le don qu'Alexandre fait de la ville d'Araine (II 89–90) à celui qu'il avait fait de la ville de Trage (I 125–29).

ou peu usitées dans les parties du RAlix composées par d'autres auteurs.[20] Eustache, tout comme Lambert le Tort, avait évité au cours d'une même laisse de répéter un mot identique en signification et en flexion. Lambert-2 avait déjà montré moins de soin à cet égard; quant à AdeP, il n'en tient aucun compte.[21]

La révision grâce à laquelle AdeP a incorporé le RFGa d'Eustache dans le RAlix ne s'est pas opérée en une seule fois, car il est visible que sa première ébauche du Fuerre ne contenait pas certains passages qui font pourtant partie de sa rédaction. Il se peut qu'il ait inséré ces passages supplémentaires tous ensemble au moment où il mettait la dernière main à son livre, mais il semble bien plus probable qu'au cours de son travail de composition il revenait de temps en temps sur ses pas pour insérer des laisses ou des vers suggérés par le développement de son thème. Un exemple frappant de ces passages ajoutés après coup est fourni par les vers 404–14 de II 20. Il est manifeste que le contenu de ces onze vers s'applique au héros de la laisse 18 (Corineus) et non à celui de la laisse 20 (le chevalier anonyme). Une telle erreur d'attribution ne s'explique que si les vers 404–14 ont été composés après la mise sur pied des laisses 18–20.[22] D'autres passages qu'AdeP a insérés après coup seront cités au cours de notre analyse de son remaniement du Fuerre.[23]

Dans le rifacimento qu'il a donné du RFGa, AdeP a été desservi par ses qualités aussi bien que par ses défauts. C'est en somme largement à cause de l'étendue de ses lectures et du désir qu'il avait d'en tirer parti qu'AdeP a commis l'erreur de surcharger d'interpolations et d'additions une œuvre qui, par la savante économie de sa composition, ne se prêtait nullement aux enrichissements et aux embellissements d'un remanieur. La facilité et l'aisance de son style lui ont nui également, car elles l'ont poussé à multiplier les interpolations, interpolations où se remarquent les travers habituels de cet écrivain: impropriétés de langue et de versification, manque de précision et de clarté dans l'expression. Heureusement les sources d'AdeP nous sont suffisament connues et les particularités de son style sont suffisamment marquées pour nous permettre de reconnaître—ou en tout cas pour nous aider grandement à reconnaître—les vers et les laisses qu'AdeP à ajoutés au *Roman du fuerre de Gadres* d'Eustache.

---

[20] AdeP introduit la rime en *-aille* à quatre reprises: I **41**, II **2**, II **15**, II **137**; ailleurs dans le RAlix, seul l'ADéca offre cette rime (*A* **38** et **66**). L'unique laisse du RAlix qui rime en *-onde* (II **9**) a été considérablement allongée par AdeP. La rime en *-estre* (II **21**) ne se retrouve que dans une laisse (III **146**) où il y a un mélange de rimes en *-este* et *-estre*.

[21] A remarquer particulièrement *a ouvré* II **75** 1771 et 1773, *dart molu* II **84** 1949 et 1954. Voir aussi *baillie* I **129** 2670 et 2681 et 2687, *la mer* I **132** 2738 et 2752, *bel* I **157** 3265 et 3280, *fu* II **84** 1966 et 1973, *son escu* II **84** 1967 et 1980, *veü* II **84** 1968 et 1989, *venu* II **84** 1979 et 1988, *espee nue* II **7** 88 et 98, *estor plenier* II **32** 641 et 658, *iriés* (*s.sg*.) II **47** 1073 et 1096, *fu* II **48** 1106 et 1117, etc.

[22] Voir plus loin, "Examen critique" II **18, 20** et **39**.

[23] Voir plus loin, "Examen critique" I **129** 2666–77, II **70** et II **85–91**. Dans sa version en vers dodécasyllabes de l'ADéca il y a un autre cas où AdeP a inséré un passage après coup: il s'agit de la description de la tente d'Alexandre (I **91–100**), qui forme une enclave dans son épisode des dons envoyés par Darius à son adversaire (I **88–90** et **101–04**).

LA "VERSION GADIFER" DU FUERRE DE GADRES

Les manuscrits du *Roman d'Alexandre* d'Alexandre de Paris peuvent être répartis en deux familles: α et β, familles qui d'habitude ne diffèrent l'une de l'autre que sur des points de détail. Ainsi ni chez α ni chez β on ne rencontre aucune interpolation s'étendant sur toute une série de laisses. Il existe pourtant une exception: pour ce qui est des laisses II 1-79, la section du RAlix qui renferme la plus grande partie du fuerre de Gadres, α et β présentent des versions nettement différenciées. Le récit dans β est délayé par l'introduction de bien des épisodes qui manquent à α, de sorte que le texte de β est beaucoup plus long: 132 laisses au lieu de 79. Assurément on ne peut attribuer au rédacteur de β la composition de tant de laisses supplémentaires: un tel procédé serait absolument contraire à ses habitudes. D'ailleurs le thème principal des laisses particulières à β c'est l'histoire des exploits d'un chevalier qui s'appelle Gadifer; or certaines laisses où il est question de lui se trouvent aussi dans α (α52-55 et α57-67) mais ces laisses renferment de nombreux indices qui font clairement apparaître qu'elles n'ont jamais appartenu au texte d'AdeP. L'explication la plus satisfaisante que l'on puisse proposer de ces deux faits, c'est de postuler l'existence d'une version remaniée et amplifiée du fuerre de Gadres d'AdeP, version connue de α et de β et qu'ils auraient utilisée indépendamment l'un de l'autre.

Lorsque la forme qu'AdeP avait donnée au fuerre en l'incorporant dans le RAlix eut fait perdre sa popularité au RFGa, le poème d'Eustache garda assez de force en disparaissant pour maintenir chez le public le goût d'une œuvre consacrée uniquement au fuerre de Gadres, goût que l'on a satisfait en détachant du RAlix toute cette partie de la branche II qui en traitait. L'un des premiers de ces tirages-à-part—peut-être même le premier—a dû être la version remaniée et amplifiée à laquelle α et β ont eu recours. Parmi toutes les additions qui caractérisent cette version le seul trait qui mérite qu'on s'y arrête consiste en l'invention de Gadifer. Ce modèle de toutes les vertus chevaleresques appartient au parti des Gadrains et vient servir de pendant à Eménidus, le champion des fourriers. Les exploits de Gadifer sont longuement décrits et constituent évidemment la raison d'être du bouleversement introduit à l'intérieur des laisses II 1-79; le rédacteur, il est vrai, insère encore d'autres interpolations après la mort de Gadifer, mais elles ne sortent pas du domaine de la banalité, tandis que son personnage de Gadifer ne manque pas d'un certain prestige romanesque. L'invention de ce Gadrain aux prouesses innombrables change complètement la physionomie du fuerre de Gadres, déjà sensiblement altérée chez AdeP: Eménidus et même Alexandre sont passés au second plan et tout le récit n'existe plus qu'en fonction de Gadifer. Voilà pourquoi nous donnons à cette rédaction le nom de Version Gadifer.[1]

L'auteur de la rédaction α et celui de la rédaction β se sont tous les deux servis de la Version Gadifer, mais ils sont loin d'avoir procédé de la même façon. Séduit par la figure de Gadifer, β substitua tout simplement la Version Gadifer au texte correspondant d'AdeP. Attiré lui aussi par Gadifer mais plus éclectique,

---

[1] La discussion détaillée de la Version Gadifer et de la manière dont elle a été utilisée par α et par β fait partie de l'Introduction du tome V (EM 40).

α se borna à accueillir dans le texte d'AdeP une interpolation d'une quinzaine de laisses empruntées à la Version Gadifer. Les laisses α1–51 et α68–109 remontent directement à AdeP, tandis que α52–55 et α57–67 proviennent de deux endroits différents de la Version Gadifer. La laisse α56, composée par α, a pour rôle de souder ensemble deux tronçons primitivement séparés.[2]

Dès que nous nous rendons compte que les laisses α52–67 ont été interpolées par le rédacteur α, l'unité de cette partie du texte d'AdeP ne laisse plus rien à désirer, car α68 constitue une suite excellente à α51.

Le Roman du Fuerre de Gadres: analyse et date de composition

Félicitons-nous de ce que, parmi tous ceux qui au XIIe siècle portèrent un vif intérêt à l'histoire ancienne en même temps qu'aux chroniques ou aux chansons de geste qui traitaient des Croisades, il se soit rencontré un homme prêt à célébrer ce double goût en vers français. Dans le récit du fuerre de Gadres que lui fournissait I[3], Eustache découvrit un épisode susceptible d'être détaché de l'ensemble formé par la carrière d'Alexandre et qui se prêtait à un traitement indépendant. Il ne lui échappa pas non plus qu'un des incidents du fuerre recélait assez de pathétique pour qu'on pût en faire la scène principale d'un poème narratif. Le rédacteur de I[3], dans un style dont la sécheresse ne laisse percer aucune émotion, avait indiqué qu'un conflit d'ordre moral s'élève entre un chef et ses subordonnés, mais il n'avait pas su tirer parti de la situation esquissée par lui. De ce conflit imaginé par I[3], mais négligé par lui, Eustache s'est emparé et il s'en est servi pour animer un poème tout entier construit sur ce sujet.

Félicitons-nous aussi de ce qu'Eustache ait su maintenir son poème dans de justes limites. S'il avait cédé à la tentation de composer une œuvre de longue haleine, il n'aurait peut-être pas su éviter les répétitions, les contradictions, les clichés et le manque d'unité qui gâtent les compositions de tant de ses contemporains et en particulier le remaniement du RFGa que nous a laissé AdeP. Eustache, lui, se contente d'un poème à texture serrée qui ne dépasse pas sept cents vers et dans lequel il ne s'écarte pas du sujet qu'il a choisi. Les deux incidents dont I[3] avait encadré le fuerre, à savoir l'investissement et la prise de Tyr, sont non seulement conservés par Eustache mais reçoivent dans son poème un certain développement; par contre il a éliminé de son récit, comme n'y étant pas essentiels, les pourparlers d'Alexandre avec le grand prêtre (I[3] 26 6) et le songe du roi (I[3] 27 15–16). Il a compris qu'il aurait tort de tirer en longueur

---

[2] Dans α55 (β44) il avait été question surtout d'Eménidus et ni le duc Bétis ni Gadifer n'y figuraient. Dans α57 (β86) on nous dira dès le commencement que "li dus" et Gadifer sont en pleine fuite; cette assertion, qui était toute naturelle dans β86 puisque dans β85 nous avions appris que le duc Bétis et Gadifer s'étaient décidés à s'enfuir, ne pourrait pas servir de suite à α55. Aussi le rédacteur de α, essayant de mettre d'accord α55 et α57 par l'addition de α56, y introduit-il "li dus Betis" et y raconte-t-il qu'Eménidus inflige une grave blessure à Gadifer, ce qui tant bien que mal prépare sa fuite dans α57. Il montre pourtant un assez grand manque d'habileté, car il dépeint Bétis comme toujours sûr de la victoire (1313–14); d'ailleurs la blessure de Gadifer ne suffit pas pour motiver la fuite sur laquelle s'ouvre α57.

l'escarmouche préliminaire au cours de laquelle les fourriers se heurtent aux pâtres armés d'Oteserie et, plus loin, de profiter de l'arrivée du roi sur le champ de bataille pour introduire dans son récit une nouvelle série de joutes et de combats singuliers, ce qui dans l'un et l'autre cas n'eût pas manqué de désaxer son poème. Chez lui on ne rencontre qu'une seule bataille, celle qui met aux prises les fourriers et l'armée des Gadrains, bataille presque perdue quand Aridé se décide enfin à aller prévenir le roi mais qui sera gagnée dès qu'Alexandre viendra au secours des siens. C'est cette bataille-là qu'il racontera tout au long, car c'est d'elle uniquement, de ses différentes phases, de son dénouement éventuel, que dépend la solution du cas de conscience qui constitue la raison d'être du poème. A cause de l'unité et de la cohérence dont fait preuve le RFGa et de l'esprit qui anime cette œuvre, il paraît difficile de refuser à son auteur un véritable talent littéraire.

Les personnages du *Roman du fuerre de Gadres* méritent qu'on examine leurs noms à cause du jour que cela jette sur les sources du poème et sur la manière dont Eustache les a utilisées. Commençons par les chevaliers grecs qui prennent part à la razzia. ARIDÉ et CAULUS viennent en droite ligne de I^3 26-27, où ils s'appellent Arideus et Caulus. ARISTÉ a été emprunté à la liste des diadoques (I^3 127: testament d'Alexandre), car c'est là seulement qu'on rencontre le nom (Aristius ou Aristis ou Aristes: les manuscrits hésitent) qui a pu servir de modèle pour Aristé. A I^3 encore (I^3 127) ou bien à Quinte-Curce Eustache prend LICANOR[1] et PERDICAS. Quant à ANDROINE, ANTIGONUS, FESTION, FILOTE et LIOINE, ils ne paraissent pas dans I^3 mais Quinte-Curce mentionne parmi les généraux d'Alexandre les noms d'Andronicus (VII III 2), Antigonus (X x 2 etc.), Hephaestion (III XII 15 etc.),[2] Philotas (IV XIII 26 etc.) et Leonnatus (X x 2 etc.).

Le chef des fourriers, EMÉNIDUS, doit certainement son existence au célèbre Eumenes à qui Cornélius Népos a consacré une de ses *Vies* et qui figure chez Quinte-Curce (X x 3 etc.), mais les raisons qui ont amené Eustache à changer *Eumenes* en *Emenidus* restent obscures. Dans le RFGa Eménidus prend la place de Méléagre, chef des fourriers dans I^3. Pourquoi cette substitution? Peut-être parce que I^3 n'avait pas accordé à Méléagre un rôle qui le signale vraiment à l'attention. La seule fois qu'il fût question de lui après que le roi lui eut confié le commandement de l'expédition au val de Josaphat, c'était pour nous dire que Méléagre voulait envoyer un messager à Alexandre mais qu'aucun de ses compagnons n'avait consenti à lui obéir. Eustache, qui entend donner autant d'importance que possible au conflit entre prouesse et sagesse, est logiquement

---

[1] Nommé Nicanor par I^3 et QC. Le changement de la lettre initiale est dû à Eustache, comme nous pouvons le voir par le FGaFlor qui porte *Licanor* tout comme le RAlix. La forme *Licanor* ne se rencontre que chez Eustache, AdeP et Lambert-2.

[2] En ancien français on pourrait s'attendre à une forme *Efestion*; ce n'est qu'après aphérèse de la voyelle initiale qu'on a pu aboutir à *Festion*. Festion figurait dans la partie perdue du poème d'Albéric, comme il appert d'un recoupement de témoignages (ADéca *A* 168 et *B* 154; Lamprecht, manuscrit de Strasbourg, 389 [Vestian]). C'est peut-être à Albéric que remonte l'aphérèse.

amené à accorder un rôle de premier plan au chef des fourriers. Il aurait pu lui conserver son nom de Méléagre mais, ayant remarqué que chez Quinte-Curce c'est un personnage des plus effacés, il préféra remplacer Méléagre par un des héros de Cornélius Népos. N'oublions pas que le *De Viris illustribus* a de tout temps été un livre lu dans les classes par ceux qui apprennent le latin. Népos loue à la fois chez Eumène ses talents militaires et sa fidelité à la mémoire d'Alexandre. Il n'est point douteux que ce soit dans la biographie que lui consacre Népos qu'Eustache est allé chercher Eumène, car cela ressort du lieu d'origine qu'il attribue à son Eménidus. Les manuscrits du RAlix nomment ce lieu "Arcage" ou "Arcade." Or, Népos qualifie Eumène de "Cardianus," c'est-à-dire qu'il le fait naître dans la ville de Cardia (Chersonèse de Thrace), tandis que Quinte-Curce n'indique pas la patrie d'Eumène. Sept des passages où AdeP écrit les mots "Emenidus d'Arcage"[3] remontent à Eustache. Il est tout naturel de supposer que le texte du RFGa, au lieu de "d'Arcage," portait une forme suggérée par Cardia et susceptible d'être déformée en "Arcagc" par AdeP. Cette forme intermédiaire a dû être "de Carge."[4] Quand AdeP rencontra *decarge* dans le manuscrit du RFGa qu'il avait devant ses yeux, il se trompa et crut qu'il avait affaire à l'Arcadie. Il changea donc *de Carge* en *d'Arcage*.[5]

CORINEUS, un chevalier grec qui ne fait qu'une courte apparition dans le RFGa (voir II **28**), fait penser à Corineus roi de Cornouailles, personnage qu'on rencontre dans plusieurs œuvres appartenant à la matière de Bretagne.[6] Eustache nous dit que Corineus était monté sur le destrier "q'a Cesaire ot con-

---

[3] II 17, 127, 275, 676, 955, 991, 1152.—Dans *Ille et Galeron* un guerrier grec porte le nom d'Emenidus (2873, 2890, 2899, 2919, 3033, Emenidon 3026). Gautier d'Arras commença a écrire ce roman entre 1167 et 1170; voir P. A. Becker, ZRPh 35 (1935), pp. 269–79, et E. Hoepffner, *Studies presented to M. K. Pope* (1939), p. 144. La manière dont Gautier a altéré le nom d'Eumène indique qu'il avait lu le RFGa. Mr F. A. G. Cowper, professeur à Duke University, qui possède une reproduction photographique du manuscrit Middleton d'*Ille et Galeron*, a eu l'obligeance de nous faire savoir que ledit manuscrit ne diffère pas du texte de l'édition Foerster aux vers 2873 etc., excepté qu'on y lit *E*umenidus et *E*umenidun.

[4] Nous n'avons trouvé aucun texte en ancien français où il soit question de Cardia. Théoriquement *Cardia* aurait pu donner *Carde* ou *Cardie* aussi bien que *Carge* mais, dans le cas d'Eustache, la forme *Cardie* est exclue par le mètre. Quant à *Carde*, cette forme a dû sembler moins souhaitable que *Carge* au poète, car, à cause de Carthage, *Carge* donnait bien mieux l'impression d'un nom de ville.

[5] L'auteur du FGaFlor, qui a traduit Eustache en latin, a commis une erreur identique, puisqu'il écrit "Emenidum de Arcadia" (FGaFlor **9**). Il est assez souvent question de l'Arcadie dans la littérature française du moyen âge quoique d'habitude les auteurs ne sachent pas trop au juste où se trouve cette région. Voici les formes les plus fréquentes du nom: *Arcage* (*Aliscans* 8034, *Folque de Candie* 14443), *Arquage* (Godefroy s.v. arcage), *Arcade* (Ambroise, *Estoire* 11546, *Bueve de Hantone*, 2e version 13347), *Archade* (*Faits des Romains* 396, 13).

[6] Wace, *Roman de Brut* (éd. Ivor Arnold, 1938), 779ss., 1181ss., Geoffroy de Monmouth, *Historia* (éd. E. Faral, *Les Légendes arthuriennes*, t. III, 1929) ch. 17ss., 21ss.

quis," ce qui doit s'interpréter comme une allusion à la guerre qui mit aux prises Alexandre et Nicolas, roi de Césarée. Cette guerre figure dans plusieurs des vies légendaires du conquérant macédonien,[7] mais c'est seulement dans l'*Alexandre* d'Albéric et dans l'ADéca que la capitale de Nicolas s'appelle Césarée;[8] comme l'ADéca est postérieur au RFGa, nous avons donc la preuve qu'Eustache connaissait le poème d'Albéric. En plus du nom de Corineus, l'on relève chez Eustache deux autres allusions à la matière de Bretagne: aux endroits où il est question de joueurs de harpe bretons (II 10 166–67) et de Costentin de Bretagne (II 43 972).[9]

Eustache conserve à SANSON[10] le rôle qu'il tenait dans I³ 27. Pourtant I³, qui avait laissé entendre que Sanson, à cause de son nom et de sa parfaite connaissance du pays, était un chevalier né en Palestine ou en Syrie, avait négligé d'expliquer comment il était entré au service d'Alexandre. Cette lacune a été notée par Eustache qui parle de lui comme de "Sanson qui claime Tyr" (II 1 23), indiquant par là que Sanson s'était rallié aux Grecs dans l'espoir qu'il obtiendrait d'Alexandre la seigneurie de Tyr lorsque la ville serait prise. Bien qu'Eustache se soit contenté de cette unique allusion aux ambitions de Sanson, elle allait éveiller d'importants échos dans l'ADéca et chez AdeP. L'ADéca consacre une vingtaine de laisses (*A* 52–70) aux origines de Sanson et aux droits qu'il avait sur Tyr. AdeP conserve tout ce petit roman dans sa branche I et y renvoie plusieurs fois dans sa version du fuerre; il va même plus loin: Alexandre promet de rendre Tyr à Sanson, malgré la futilité d'une telle promesse, puisque le destin de Sanson veut qu'il meure avant la prise de la ville.[11]

ARISTOTE, mentionné tout à fait en passant (II 10 176), ne paraît pas dans I³ 26–27, mais presque toutes les vies d'Alexandre nomment à un moment ou l'autre le célèbre précepteur du roi. Ainsi I³ parle de lui au chapitre 15. SALOR et SABILOR, noms portés par deux fourriers grecs qui tombèrent sous les coups des Gadrains tout à fait à la fin du combat (II 50 1154–55), sont des personnages inventés par Eustache au cours d'une laisse où la terminaison de ces deux noms s'adapte à la rime.

BALÉS, duc de Tyr, correspond au Balaam de I³. De même que I³ n'introduit Balaam qu'au moment de la prise de Tyr (27 20–21), Eustache n'avait fait

---

[7] Dans I¹, I², I³ (17) et chez Julius Valérius (éd. Kuebler), I 11–12.

[8] L'unique fragment qui nous soit parvenu du poème d'Albéric s'arrête bien avant l'épisode de la guerre contre Nicolas, mais il n'est pas douteux que cet épisode ait été narré par Albéric; voir Paul Meyer, AlGr II, pp. 126–27.

[9] Constantin de Bretagne paraît chez Wace (*Brut*, éd. Le Roux de Lincy, t. II, pp. 232ss.) et chez Geoffroy de Monmouth (*Historia*, éd. Faral, ch. 78ss.).

[10] La rime montre que chez Eustache *Sansons* est la forme du cas sujet, il en est de même dans l'ADéca (voir *A* 560, 571, etc.). Mais, d'accord avec le *Roland*, AdeP préfère *Sanses* (forme assurée par la scansion: I 726, 754, 827, 2097, 2682) et il remplace *Sansons* d'Eustache par *Sanses* sauf une seule fois (II 506) où *Sansons* a été protégé par la rime. Nous avons rétabli *Sansons* dans le RFGa chaque fois qu'il le fallait: II 511, 521, 576, et (vocatif) II 530.

[11] Au sujet des droits de Sanson, voir I **32–35, 48, 129,** II **48** 1113 et 1121. Pour ce qui est des promesses du roi, voir I **34** 793–97, **129** 2686–97, **132** 2726, II **17** 283, **24** 507. Ce sont tous des passages qu'a composés AdeP.

intervenir Balés que dans les dernières laisses du RFGa. C'est sans doute dans un passage fortement remanié ensuite par AdeP qu'Eustache avait nommé Balés: il en résulte qu'aucun des vers remontant au RFGa ne nous a transmis ce nom. Se fondant sur cette apparition unique, mais qu'il ne nous a pas conservée, du nom de Balés dans le texte du RFGa, AdeP l'a maintes fois employé dans son remaniement du poème d'Eustache.[12] AdeP en a fait un nom indéclinable, ce qui lui fournit un pendant à *Betis*, également indéclinable. Quant à Eustache, il distinguait probablement entre *Balés*, cas sujet, et *Balec*, cas régime. La transformation du *Balaam* de I^3 en une forme française écrite *Balec* ou *Balés* peut s'expliquer autrement que par l'effet du hasard ou du caprice si l'on admet qu'il y a là une influence exercée par l'*Historia Hierosolymitana* de Foucher de Chartres. Ce chapelain de Baudouin Ier, dont l'histoire des Croisades s'étend jusqu'à l'année 1127, consacre plusieurs chapitres au second siège de Tyr et à la prise de cette ville par les Chrétiens en 1124.[13] Après avoir narré l'investissement de Tyr et donné quelques détails sur son passé glorieux (III xxvii–xxx), Foucher explique comment le redoutable Balac[14] fut mortellement blessé près d'Hiéropolis (Membidj) au moment même où il se préparait à secourir la garnison musulmane de Tyr, et ne manque pas de signaler la joie des Chrétiens lorsqu'ils apprirent la mort de leur adversaire, "quia suffocatus est ille draco saevissimus qui Christianismum diu tribulaverat et pessundederat" (III xxxi). Peu après, à la suite de négociations intervenues entre les Francs et l'émir de Damas, les Tyriens capitulèrent (III xxxii–xxxiv). Si nous supposons qu'Eustache ait connu le livre de Foucher, il n'aurait pu manquer d'être frappé par la figure de ce Balac, perpétuel sujet d'alarmes pour les Francs et dont la mort contribua grandement à la capitulation de Tyr, après un long siège au cours duquel la garnison sarrasine avait repoussé toutes les attaques. Dans ce cas aussi l'on aurait le droit de dire qu'Eustache, au lieu de conserver le *Balaam* de I^3, sous la forme *Balan* par exemple, lui a substitué le *Balac* de Foucher de Chartres et qu'il a francisé ce dernier nom en un *Balec* dont *Balés* serait le nominatif.[15]

Le plus redoutable ennemi des fourriers se nomme BETIS de GADRES. Le

---

[12] Voir AdeP I 2699, 2716, 2939, 2951, 3018, 3065, 3087, 3105, 3260; II 113, 1824, 1847, 1870. Au vers I 2951 *Balés* se trouve au cas régime et à la rime dans une laisse en -*és*.

[13] Livre III, ch. xxvii–xxxiv (éd. H. Hagenmeyer, Heidelberg, 1913).

[14] Nour ed-daoula Balak Ghazi, émir d'Alep, s'était emparé de la personne de Baudouin II l'année précédente (1123). Le roi de Jérusalem n'était pas encore sorti de captivité à l'époque du second siège de Tyr. Au sujet de Balac voir R. Roehricht, *Geschichte des K. Jerusalem*, Innsbrück, 1898, pp. 152–62.

[15] Il se peut que I^3 lui aussi, comme nous l'avons déjà suggéré (voir ci-dessus, "Le récit du FGa dans l'*Historia de Preliis*," note 19), ait subi l'influence de Foucher en choisissant le nom de Balaam. Quant Balac eut été tué, dit Foucher, les Tyriens cessèrent leur résistance; et I^3 d'écrire: "In tantum enim erant Tyrii interitu Balaam ducis eorum exterriti quod nullatenus Grecorum impetui resistebant" (**21 21**). La capitulation de Tyr qui suit la mort de Balac ou de Balaam dans l'un et l'autre texte et l'association biblique qui unit ces deux noms feraient croire que le rédacteur de I^3 avait lu le récit de Foucher.

rédacteur de I³, tout en empruntant ce personnage à Quinte-Curce, avait déguisé Bétis de Gaza en un Biturius de fantaisie, duc de la non moins imaginaire ville de Gadir, située tout près du val de Josaphat. Chez AdeP Biturius de Gadir est devenu Bétis de Gadres,[16] et c'est déjà ainsi qu'il devait s'appeler dans le RFGa.[17] Eustache accepte le point de vue de I³ selon lequel les fourriers sont attaqués par le seigneur de la ville dont les troupeaux paissent au val de Josaphat, mais rien ne prouve qu'il situe Gadres dans les environs immédiats de cette vallée.[18] En bon lecteur de Quinte-Curce, Eustache a bien dû voir que le Biturius de Gadir de I³ n'était autre que le Bétis de Gaza de l'historien latin. Tout en conservant Gadir francisé en Gadres, l'auteur du RFGa a rendu au nom du seigneur de la ville sa forme originelle. AdeP se rapproche encore davantage du point de départ, c'est-à-dire du texte de Quinte-Curce: pour lui Gadres c'est Gaza. Tandis qu'Eustache avait fait des troupeaux paissant au val de Josaphat ceux de la ville de Gadres, AdeP s'arrange pour qu'il n'ait aucun lien entre Bétis et les pâtres du val de Josaphat; chez lui c'est pur hasard si Bétis, qui se porte au secours des Tyriens, rencontre en route les fourriers grecs (II 8 113–26). Et, lorsque AdeP raconte le siège de Gadres (II 91–109), une rallonge ajoutée par lui au fuerre de Gadres, c'est le récit du siège de Gaza, tel qu'il le trouvait dans Quinte-Curce (IV VI 7–29), qui lui sert de modèle. Mais il n'a pas jugé nécessaire de rendre à la ville de Bétis la forme primitive de son nom, impressionné qu'il était sans doute par les avantages que lui offrait du point de vue de la mesure l'hémistiche "le duc Betis de Gadres." Bientôt, à cause de la popularité dont jouissait le RAlix d'AdeP, Gadres apparaît dans divers textes comme un équivalent de Gaza.[19] La vogue de Gadres en tant que variante de Gaza donna naissance à une forme latinisée *Gazara* qui se trouve dans plusieurs récits de pèlerinages en Terre Sainte. Ainsi dans sa *Descriptio Terrae Sanctae*, qui date d'environ 1283, Bouchard du Mont Sion dit au sujet de

---

[16] Chez AdeP *Betis* est indéclinable. Au cas régime ce nom se trouve par trois fois à la rime (II 572, 1676, 2404) et chaque fois la rime est en *-is* (non pas *-iz*). L'accusatif chez QC est *Betim* (IV VI 25).

[17] D'un vers qui remonte au RFGa (II 572) on peut déduire que chez Eustache le nom se terminait en *-is*. Une forme plus voisine du *Biturius* de I³, telle que *Betris*, est exclue par le fait que le FGaFlor porte chaque fois *Bethis* (FGaFlor **30**: *dux Bethis Gadrensium;* **47**: *Bethis ducem;* **53**: *ducis Bethis*). Il est visible qu'Eustache n'a pas retenu la forme *Gadir* de I³, car la scansion des vers II 139 (*Et voit la gent de Gadres*), 215, 534, 679, 748, 1127 s'y oppose. Le FGaFlor ne nomme pas la ville mais appelle *Gadrenses* ses citoyens (FGaFlor **25, 30, 48, 54**), ce qui prouve que le texte d'Eustache portait *Gadres* et non pas *Gadir*.

[18] La laisse II **8**, où Eustache avait dû indiquer la location exacte de Gadres, a été tellement remaniée par AdeP que nous ne sommes pas en mesure de reconstituer le texte du RFGa à cet endroit du poème; voir plus bas, "Examen critique," II **8**.

[19] *Guadres:* Ambroise, *Estoire de la Guerre Sainte* 6483 (composée dans les dernières dix années du XIIe siècle après qu'Ambroise fut revenu de la troisième croisade). *Gadres: Covenant Vivien* 1359. *Gazres: Faits des Romains* (p. 397, ligne 9), ce qui représente un croisement de *Gadres* et de *Gaza* (c'est cette dernière forme que l'auteur des *Faits* avait trouvée dans la *Pharsale*, son modèle à cet endroit de sa compilation).

Gaza: "nunc communiter dicitur Gazara."[20] Dans le *Libellus de locis sanctis* (XIIIe ou XIVe siècle) on lit: "Gaza, quae nunc vocatur Gazara," et "Gaza sive Gazara."[21] Johannes Poloner, dans sa *Descriptio Terrae Sanctae* (vers 1425) écrit: "Gaza, Gazara distat a Jerusalem per tres dietas."[22] Enfin, en 1484, nous trouvons chez Félix Fabri le passage suivant:[23] "Gaza civitas est binomia, quia et Gaza dicitur, ut communiter in Scriptura, et Gazara, I Maccab. 7, 45 et postea saepe. Et ita hodie ab omnibus nominatur. Gazara, praesidium, monumentum, vide II Maccab. 10, 32sqq., quod expugnavit Judas."[24] Il n'est pas hors de propos de faire remarquer que la forme arabe de Gaza est Ghazza et qu'on ne découvre dans aucun texte de langue arabe un *r* faisant partie de la dernière syllabe. De plus, les auteurs des itinéraires cités plus haut précisent tous que *Gaza* et *Gazara* sont des formes qui existent concurremment et que la première ne s'est pas effacée devant la seconde; la façon dont ils s'expriment "nunc dicitur Gazara," ou "nunc vocatur Gazara," ou bien "ita hodie ab omnibus nominatur") indique assez que *Gazara* représente une latinisation d'une forme courante dans la langue vulgaire. Il s'agit évidemment de *Gadres*, que les clercs, sous l'influence de la forme biblique, ont latinisé en *Gazara* plutôt qu'en *Gadara*.[25] Pour nous résumer, disons que nous sommes en présence d'un curieux

[20] *Peregrinatores medii aevi quattuor*, éd. Johann C. M. Laurent, 2e éd., Leipzig, 1873, p. 85.

[21] *Theoderici Libellus de locis sanctis*, éd. Titus Tobler, Saint-Gall et Paris, 1865, pp. 83 et 112. Tobler date l'ouvrage de 1172, mais ses considérations (pp. 113–24) sur la datation du *Libellus* et sur Theodericus n'ont pas la moindre valeur. La plupart des matériaux du *Libellus* sont empruntés à des récits antérieurs et on est en droit de se demander si Theodericus a jamais été en Terre Sainte. Le seul point de repère qui permette de dater ce texte c'est la date du manuscrit qui nous l'a conservé (British Museum: Cotton, Titus D. III; non daté dans le catalogue du British Museum). Cette date serait le XIIIe siècle au plus tôt, le XIVe au plus tard, à en croire Titus Tobler et A. Molinier, éditeurs des *Itinera Hierosolymitana* (p. xxii), Genève, 1870 (voir aussi le compte rendu par Meisner, dans *Historische Zeitschrift* hggn von H. von Sybel, neue folge 14 [1883], pp. 183–85). Dans ce recueil on trouvera les itinéraires antérieurs au *Libellus* et dont il dérive, mais aucun n'offre *Gazara* comme synonyme de Gaza. Voir aussi R. Roericht, *Bibliotheca geographica Palaestinae*, Berlin, 1890, p. 9.

[22] *Descriptiones Terrae Sanctae*, éd. Titus Tobler, Leipzig, 1874, p. 280.

[23] *Evagatorium in Terrae Sanctae, Arabiae et Egypti Peregrinationem*, éd. C. D. Hassler, Stuttgart, 1843, 3 vols., Vol. II, p. 378. En plus du passage susdit, on relève chez Fabri "Gaza vel Gazara" (II, p. 357), "Gazam vel Gazaram" (II, p. 359).

[24] Ici Fabri confond Gazer (Tell-Gezir, que les livres des *Macchabées* appellent *Gazara*) et Gaza.

[25] La forme *Gazara* s'explique peut-être aussi par l'ignorance de certains clercs qui ont tendu à confondre Tell-Gezir et Gaza, erreur commise, nous l'avons vu, par Félix Fabri. Parce que toutes les mentions de *Gazara* figurent dans des itinéraires de Terre Sainte, cela ne signifie pas nécessairement que les auteurs de ces pèlerinages aient fait connaissance du doublet de Gaza pendant qu'ils étaient en Orient. Les auteurs d'itinéraires se sont copiés les uns les autres et il aura suffi à l'origine d'une unique affirmation de l'équivalence Gazara/Gaza pour lancer une coutume fidèlement respectée par la suite. Cette première apparition de *Gazara* peut parfaitement être due au succès du RAlix; dans le poème d'AdeP, on s'en souvient, Gadres voulait dire Gaza.

enchaînement de circonstances: sous la plume du rédacteur de I³ Gaza devient Gadir, ville imaginaire située tout près du val de Josaphat; Eustache francise Gadir en Gadres; chez AdeP Gadres s'identifie topographiquement à Gaza; sous l'influence de Gadres, Gaza finit par se doubler d'une forme mixte, Gazara.

OTESERIE (II 58, 85, 89, 95, 99) correspond à Theoselius, "dux armentorum" (I³ 27 5–6). Apparemment qu'Eustache avait jugé qu'un chef de pâtres était un trop petit personnage pour pouvoir porter un nom aussi prétentieux que celui de Theoselius; au moment de le franciser, il lui a enlevé de sa solennité en lui faisant subir une sorte de métathèse.[26] Le neveu d'Oteserie, LUCIANOR (II 83), a été inventé par Eustache, qui a ajouté le contenu de II 6 aux événements racontés par I³.[27]

Passons aux noms de lieu. GADRES, fief du duc Bétis, est un nom que nous avons déjà longuement analysé lorsqu'il était question de Bétis. JOSAPHAS (I³: Josaphat) est la forme normale de ce nom en ancien français.[28] ALIER, dans l'expression *Alixandre d'Alier* (II 20 428), est un nom de lieu que nous n'avons retrouvé dans aucun texte antérieur au RAlix, et l'unique fois qu'il figure chez Eustache semble bien constituer sa plus ancienne apparition.[29] Certains savants du moyen âge ont dû savoir que Pella avait été la capitale de la Macédoine— ils auraient pu l'apprendre chez Pline l'Ancien par exemple—mais il n'en reste pas moins que le seul lieu d'origine un peu plus précis que Macédoine attribué à Alexandre dans le RAlix c'est Alier. Tant qu'on n'aura pas découvert de source pour Alier,[30] il faudra voir en *Alixandre d'Alier* une fabrication du même

---

[26] Le FGaFlor (**14, 16, 20–22, 24**) emploie la graphie *Ocheserie*, ce qui indique qu'Eustache a dû écrire *Otheserie*. Cette forme O-the-serie, sauf le changement de *l* en *r*, rend fidèlement les sons du nom Theoselius.

[27] Il n'est pas sûr que *Lucianor* soit la forme primitive de ce nom, bien qu'elle soit suffisamment établie pour AdeP. En effet le FGaFlor (**20**) nomme le neveu d'Oteserie *Canutus*. Lucianor et Canutus sont peut-être tous deux des altérations du nom qui se trouvait chez Eustache.

[28] *Josaphas* se trouve à la rime au vers II 208, vers qui remonte au RFGa. AdeP a remplacé partout *Josaphas* par *Josafaille* excepté au vers 208. Dans notre texte du RFGa nous avons rétabli la forme originelle (II 44, 54, 79, 1110, 1126).

[29] Alier ne figure ni dans l'*Alexandre en Orient* de Lambert le Tort ni dans l'ADéca. A deux reprises *Alixandre d'Alier* paraît dans des passages introduits dans le RAlix par Lambert-2 (III 5336 et 5543), qui a dû tirer cette expression du RFGa. Le rédacteur de B*, l'ayant remarquée chez Lambert-2, s'en sert une fois (III 2806). Tous les autres exemples présents dans le RAlix peuvent être attribués à AdeP (I 57, 662, 667, 1422, 2889; II 1130). L'expression se retrouve dans les versions postérieures à AdeP, telles que la Version Gadifer (II β81, β89, β104) et la rédaction L de la branche I (L 29 701). Eustache ne nous dit pas si pour lui Alier désigne un pays ou une ville; AdeP en fait un pays (I 667: *En la terre d'Alier dont il ot le surnon*); L au contraire affirme qu'il s'agit d'une cité (L 29 701–08). Les manuscrits P et T de la version rimée de la *Chanson de Roland* connaissent un *Alier* (Estorgant d'Alïer) mais ces manuscrits sont postérieurs à AdeP. Pour d'autres exemples, également tardifs, d'*Alier* voir la table des noms propres de *Folque de Candie*, éd. Schultz-Gora.

[30] Paul Meyer veut voir en Alier un avatar d'*Illyricum* (voir AlGr II, p. 375, note 1, et W. Hertz, *Gesammelte Abhandlungen*, 1905, p. 58, note 1). Bien que l'on rencontre à l'occasion *Illyria* dans les textes latins du moyen âge, il n'existe

ordre que *Licanor de* MORMONDE (II **9** 149) ou *Aridé de* VALESTRE (II **47** 1073). Après avoir assigné un lieu d'origine authentique (Carge) à Eménidus, Eustache en a inventé d'autres (Alier, Mormonde, Valestre) pour Alexandre, Licanor et Aridé—ce qui du reste lui a fourni des rimes commodes. Le nom de GIBIERS (II **3** 44), donné à des collines qui s'élèvent près du val de Josaphat, fait également l'effet d'une cheville.[31] Pourtant, quand il ne s'agit pas d'un nom propre, Eustache ne sacrifie que rarement à la rime.

Il ressort de ce qui précède qu'Eustache avait varié ses lectures. Il connaît ses historiens latins (Quinte-Curce et Cornélius Népos), la légende d'Alexandre (la troisième rédaction de l'*Historia de Preliis* et l'*Alexandre* d'Albéric) aussi bien que les chroniqueurs des Croisades (Foucher de Chartres). Lui sont également familières la *Chanson de Roland* et la matière de Bretagne (le *Brut* de Wace ou bien l'*Historia regum Britanniae* de Geoffroy de Monmouth). Le poème d'Eustache a existé en tant que poème indépendant et, autant que nous pouvons en juger, sa composition est due à l'intérêt qu'Eustache portait aux Croisades. Par la suite, AdeP comprit que le *Roman du fuerre de Gadres* formerait une excellente transition entre son remaniement de l'*Alexandre décasyllabique* et l'*Alexandre en Orient;* il l'a donc incorporé au *Roman d'Alexandre*, où sa version du fuerre fait en quelque sorte double emploi avec le "fuerre au Val Daniel," épisode inséré dans le RAlix par Lambert-2 et qui dérive lui aussi du RFGa.

La langue du RFGa n'est que d'un faible secours à qui veut dater le poème, puisque nous n'en possédons qu'un remaniement d'AdeP, ce qui limite nos recherches à l'analyse des rimes. La laisse **11** (*-eie*) ne contient pas de rimes en *-oie*. Le poète distingue *-en* de *-an*, comme on peut le voir par les laisses **8** (*-ent*), **29** (*-ant*) et **46** (*-ance*). Il ne confond pas non plus *-s* (**12, 13, 28, 50**) avec *-z* (**34, 47**), si ce n'est que la laisse **25** (*-oiz*) renferme un exemple de la rime *-ois* (*lois* 533). On constate chez Eustache l'amuïssement de *r* devant consonne: *ars* (**12** 210), *tierz* (**47** 1078) et peut-être la laisse **3** à cause d'*esclairiez* (**3** 43). Aux vers 280 et 288 de la laisse **17**, *-on* figure comme désinence de la première personne du pluriel. Que conclure d'aussi maigres indices? Tout au plus qu'Eustache a pu écrire vers le milieu du douzième siècle aussi bien qu'à la fin de ce siècle.

On arrivera à de meilleurs résultats en cherchant à dater le RFGa par rapport à d'autres textes du douzième siècle. Ainsi l'on peut affirmer qu'Eustache a

---

pas de forme correspondante en ancien francais: d'habitude la notion d'Illyrie est rendue par une forme quelconque d'*Esclavonie* (voir l'index des noms propres des *Faits des Romains*, s.v. Esclabonie). Amyot traduit encore ἐν Ἰλλυριοῖς par *en Esclavonie* (*Vies des hommes illustres*, Paris, 1559, p. 815). Notons que le traducteur français de Guillaume de Tyr omet purement et simplement de traduire *Illyricum* (voir *Rec. des hist. des Croisades: Hist. Occ.*, I, pp. 93, 106, 946).

[31] A moins d'y voir Gibeon (El-Djib), petit bourg de Judée au nord-ouest de Jérusalem. D'autres noms propres ayant bien l'air d'être des chevilles sont: Baiart de Tyr (II **22** 463), Godouain (père de Calafer: II **30** 608), Murgaifier (oncle d'un duc persan: II **32** 649), un cheval d'Abilance (II **46** 1042).

écrit après l'époque de Foucher de Chartres, dont l'*Historia Hierosolymitana* va jusqu'à l'année 1127, et après la composition de la rédaction I³ de l'*Historia de Preliis*, qu'il faut placer autour de 1135.[32] Sa connaissance de la matière de Bretagne, il l'a puisée dans le *Brut* de Wace (1155), ou peut-être déjà dans l'*Historia* de Geoffroy de Monmouth (1136–39).[33] L'*Alexandre* d'Albéric n'entre guère en ligne de compte, car sa date est par trop incertaine.[34] Comme *terminus ad quem* on peut choisir l'*Alexanderlied* de Lamprecht, qui n'est certainement pas postérieur aux années 1160–65;[35] nous verrons bientôt[36] que Lamprecht connaissait le RFGa.

Voici donc notre conclusion au sujet de la date: si c'est à Geoffroy qu'Eustache a emprunté Corineus et Constantin, le RFGa a été composé entre 1139 et 1165; si c'est à Wace qu'il est redevable de ces deux noms—et c'est cette seconde hypothèse qui paraît la plus vraisemblable—il faut situer la composition du poème d'Eustache entre 1155 et 1165.

Nous n'avons aucun indice qui nous permette de localiser Eustache. Ses rimes fournissent quelques données linguistiques que nous avons citées à la page 35 et qui porteraient peut-être à croire que sa langue littéraire était le "normannique," mais ces données sont trop peu nombreuses et trop incertaines pour que l'on ose se prononcer. Il est fort probable que dans l'épilogue de son poème il avait indiqué son lieu de naissance mais cet épilogue ne nous est pas parvenu.[37]

Il importe de remarquer que le RFGa a été écrit en vers dodécasyllabiques, groupés en laisses de longueur variable. Parmi les poèmes de ce genre celui d'Eustache est un des plus anciens que l'on puisse dater avec une relative précision.[38]

[32] Voir plus haut, "Le récit du FGa dans I³."
[33] Geoffroy, tout aussi bien que Wace, aurait pu lui fournir les noms de Corineus et de Constantin mais, comme nous n'avons aucune preuve qu'Eustache ait étendu ses lectures de chroniques latines contemporaines au delà du cercle formé par la légende d'Alexandre et l'histoire des Croisades, il paraît plus naturel de supposer que c'est Wace qu'Eustache a lu.
[34] Albéric a sans doute écrit après le premier siège de Tyr par les Francs (1111–12). Son *Alexandre* a servi de modèle à l'*Alexanderlied* de Lamprecht.
[35] La plus ancienne version de l'*Alexanderlied* se trouve transcrite dans le manuscrit 276 (jadis XI) du monastère de Vorau, manuscrit qui constitue une sorte d'histoire universelle formée par la juxtaposition de textes allemands du XII° siècle. Tout porte à croire que ce "miroir historique" a été exécuté à Vorau presque immédiatement après la fondation du monastère (1163). La composition du poème de Lamprecht précède, si peu soit-il, sa transcription dans le manuscrit de Vorau et ne peut avoir eu lieu après 1165. Voir ce qu'en dit Jan van Dam, dans *Geschichte der deutschen Literatur* par Th. C. van Stockum et Jan van Dam, 1934–35, I, pp. 83–84 (no. 61), II, p. 312. Au sujet de la date de l'écriture du manuscrit on consultera Joseph Diemer, *Deutsche Gedichte . . . aufgefunden im regulierten Chorherrenstifte zu Vorau*, Vienne, 1849, pp. iii–vi, et Karl Kinzel, éd. de *Lamprechts Alexander*, Halle, 1884, p. xi.
[36] Voir plus loin, "Examen critique" II **80–84**.
[37] Voir plus loin, "Examen critique" II **84**.
[38] Le *Rou* de Wace contient un long passage qui est jeté dans le même moule, passage qui se trouve près du début d'un poème commencé en 1160 et aban-

EXAMEN CRITIQUE DES LAISSES I **129–57** ET II **1–109**
DU ROMAN D'ALEXANDRE

Le *Roman du fuerre de Gadres* du poète Eustache, comme nous l'avons déjà dit maintes fois, est un métal qui n'existe plus à l'état pur et qu'il faut extraire du minerai où il se trouve enfoui. C'est à cette opération de raffinage que nous allons procéder maintenant, en analysant l'une après l'autre les laisses du fuerre de Gadres d'Alexandre de Paris. Ce texte, tel qu'il a été établi au tome II de la présente édition,[1] correspond à une restitution de la rédaction α d'AdeP; en effet la rédaction β s'écarte tellement de α qu'à l'époque de la publication du tome II il fut jugé prudent de s'en tenir à α et de remettre à plus tard un examen critique de β dont l'objet serait de déterminer la nature des rapports qui unissent β à α et à AdeP. Depuis, cet examen a eu lieu et a permis de formuler les conclusions qui ont été consignées plus haut, dans la subdivision de l'Introduction consacrée à la "Version Gadifer."[2]

Quels sont les critères qui permettent de reconnaître si tel vers ou si telle laisse du fuerre de Gadres remonte à Eustache? D'abord, ce que nous savons des thèmes favoris, des habitudes, des manies et des sources d'AdeP.[3] Puis nous pouvons invoquer le secours de I^3, du FGaFlor, du fuerre au Val Daniel et de la Version Gadifer. En éliminant les additions insérées par AdeP ou par le rédacteur de la Version Gadifer, en contrôlant le texte résiduel au moyen de I^3, du FGaFlor et du fuerre au Val Daniel, l'on arrive à restituer le poème d'Eustache. Aucun doute quant au fond, et pas trop d'hésitations pour ce qui est du texte. Bien entendu, il a pu de temps en temps nous arriver de conserver des vers qui sont de la main d'AdeP, mais nous croyons que dans les cas de ce genre l'inclusion ou l'exclusion éventuelle des vers en question ne modifierait que de manière minime la teneur du poème.

Afin de faciliter notre analyse, nous avons découpé le fuerre d'AdeP (I **129–57** et II **1–109**) en un certain nombre de segments contenant soit des groupes de laisses, soit des laisses isolées. Ces segments se présentent de deux façons: des blocs portant l'indication "remarque générale" et qui servent à marquer, s'il y a lieu, les articulations du récit, et des laisses isolées (ou bien des blocs de laisses) où il est particulièrement question des problèmes soulevés par le texte. Dans

---

donné après 1170. Pourtant nous ne sommes pas en mesure de dire si les alexandrins rimés de Wace sont plus anciens que ceux d'Eustache ou si c'est le contraire qui est vrai. Pour ce qui est des origines de l'alexandrin, voir M. E. Porter, MLN 51 (1936), pp. 528–35. L'emploi de ce mètre par Eustache et Lambert le Tort amena AdeP à l'adopter pour tout le RAlix; à son tour la popularité du RAlix accrût le nombre de poètes qui se servirent du vers dodécasyllabique. La date du RFGa par rapport à l'AOr de Lambert sera discutée dans un volume postérieur de notre édition.

[1] EM 37 (1937), pp. 60–127: I **129–57** et II **1–109**.
[2] La rédaction β est analysée tout au long au tome V de la présente édition (EM 40), qui renferme également les variantes des rédactions α et β de la branche II.
[3] Voir plus haut, "Le fuerre de Gadres chez Alexandre de Paris."

la seconde catégorie on trouvera toujours indiqués entre crochets les vers qui dans une laisse ou dans un groupe de laisses remontent au RFGa d'Eustache, indication qui à son tour sera toujours suivie d'un résumé de ce que contenait le texte d'Eustache ou, au cas où la laisse a été ajoutée par AdeP, d'un résumé de ce que contient le texte d'AdeP. Nous ferons d'abord porter notre analyse sur la partie du fuerre de Gadres qui se trouve comprise dans la branche i (i **129-57**).

---

i **129-57**: remarque générale. Pour les laisses i **105-28** AdeP avait utilisé les sources suivantes: Quinte-Curce (au cours des laisses **105-20**); un *Roman de Lancelot* qui n'existe plus (**121-23**); et l'*Historia de Preliis* (**124-28**).[4] Arrivé à la fin de la prise de Trage (**125-28**), AdeP annonce qu'Alexandre envahit la Syrie (*le regne de Sire* 2660), ce qui lui permet d'aborder son récit du siège de Tyr, qui, ne l'oublions pas, est en partie emprunté au RFGa. Aux laisses **129-30** il raconte comment les Grecs investirent la ville et il décrit rapidement les défenses de Tyr. Il consacre le reste de la branche i aux commencements du siège.

i **129-30** [RFGa: 2678-79, suivis de plusieurs vers maintenant remplacés par 2680-2710]. Alexandre, toujours prêt à se lancer dans de nouvelles expéditions, se met en route et arrive devant Tyr (2678-79); il investit la ville par mer et par terre (2711-12, FGaFlor 1), mais cette place, munie de tours et de murailles fort hautes (2690, I^3 26 3, FGaFlor 1), paraît inexpugnable (2703-04, I^3 26 3, FGaFlor 1).—Les laisses **129-30**[5] sont les deux seules laisses de la branche i qui contiennent des traces du RFGa. La difficulté qu'on éprouve à analyser ces deux laisses provient du fait qu'AdeP a eu recours à un plus grand nombre de sources que d'habitude et qu'il a entremêlé de façon presque inextricable tous ces fils provenant de narrations diverses. S'il commence à consulter Eustache, dont le récit s'ouvre à cet endroit, il ne cesse pas d'utiliser l'*Historia de Preliis*, qui vient de lui servir pour les laisses **124-28**; il s'inspire également de Quinte-Curce, d'Albéric et de Guillaume de Tyr. AdeP n'est pas parvenu à fondre ensemble les éléments empruntés par lui à divers modèles, et c'est ce manque d'unité et de cohérence qui aidera à déceler les additions et les remaniements d'AdeP. Il ne faut pas négliger non plus le secours apporté ici par la rédaction I^3 (source du RFGa) et par le FGaFlor (traduction du RFGa). Si nous faisons abstraction des premières phrases du chapitre **26** de I^3, qui ne sont là que pour servir de transition,[6] I^3 et le FGaFlor devraient fournir à eux deux tous les

---

[4] Et aussi, sporadiquement, l'*Epitomé de Julius Valerius*. Le *Lancelot* dont il s'agit est celui qui a servi de source au *Lanzelet* d'Ulrich von Zatzikhoven, voir R. S. Loomis, dans PMLA 48 (1933), p. 1009. C'est M. Loomis qui nous a signalé le parallélisme qui existe entre le tertre aventureux du RAlix et le château de la mort du *Lanzelet* (communication orale).

[5] Et en plus les deux premiers vers de **131** (2711-12).

[6] Il s'agit des mots empruntés par I^3 à I^1: *Deinde, accepta militia, Syriam est profectus. Siri vero, viriliter resistentes, pugnaverunt cum eo et quosdam suos milites occiderunt. Exinde, veniens Damascum, eam viriliter expugnavit. Deinde, capta Sidone,* . . .

éléments qu'Eustache avait groupés au début du RFGa.[7] Afin de faciliter la comparaison que nous entendons instituer, nous allons reproduire les trois passages suivants: Quinte-Curce IV ɪɪ 1 (source de I³ et, en dernière analyse, du FGaFlor); I³ 26 2–3; FGaFlor 1.

Quinte-Curce.—Jam tota Syria, jam Phoenice quoque, excepta Tyro, Macedonum erat, habebatque rex castra in continenti, a qua urbem angustum fretum dirimit.

I³.— . . . castra metatus est supra civitatem Tyrum (**26 2**), ubi Alexander cum exercitu longo tempore commoratus multa incommoda est perpessus; in tantum enim erat fortis civitas tum maris circumdatione, tum edificiorum constructione, tum etiam loci fortitudine naturali, quod nullatenus civitatem poterat per impetum obtinere (**26 3**).

FGaFlor.—Tempore quo condam prepotens ac nobilis Macedonum rex Alexander civitatem Tyri opibus et armis multipliciter obsedisset, que quidem civitas menibus altis atque turribus vallata erat, quam vi nec arte subjugare valeret (FGaFlor **1**). . . .

Dépouillé de ses fioritures de style, le FGaFlor fournit deux renseignements: Alexandre a investi Tyr; la ville, munie de tours et de hautes murailles, paraît inexpugnable. Le fait additionnel donné par I³, à savoir que le siège fut long et ardu, ne figurait pas nécessairement dans le début du RFGa, puisqu'il se dégage clairement du corps du poème. L'accord qui règne entre I³ et le FGaFlor indique que ce dernier texte ne s'est pas écarté de ce que pouvait contenir le RFGa. Ajoutons que le *maris circumdatione* de I³ et les vers 2711–12 du RAlix laissent supposer que le rédacteur du FGaFlor a rendu par *multipliciter* l'expression *et par mer et par terre* présente dans le RFGa.

Si nous passons maintenant au texte tel qu'il se trouve chez AdeP, nous nous apercevrons que la laisse **129** se compose de deux parties assez mal soudées l'une à l'autre: 2666–77 et 2678–88. Bien que les vers 2674–76 aient déjà annoncé que la Syrie s'est soumise à Alexandre, cela est répété aux vers 2680–81. De plus, 2666 et 2672–76 reproduisent **128** 2660–65 sans autre changement qu'un changement de rime; 2667 déclare que la Syrie sépare "Trage" (*celle terre*) de la Perse, géographie fantaisiste qui laisse entendre que ce vers est un vers de remplissage.[8] Le vers 2677 a pour unique raison d'être la présence de Tholomé: Tholomé ne figurait pas dans le RFGa, mais AdeP va lui accorder un rôle dans son remaniement du poème d'Eustache. Les quatre vers de la première partie de **129** qui restent à commenter (2668–71) empruntent à Guillaume de Tyr ce qu'il dit de la fondation d'Antioche.[9] Du point de vue de la narration, le seul bénéfice à retirer de la mention d'Antioche, c'est de frayer un chemin à Antiocus, son soi-disant fondateur, c'est-à-dire à un personnage ajouté au FGa par

[7] Rappelons que la laisse ɪɪ 1 ne saurait représenter le début du RFGa puisque ce qui correspond aux premiers vers de ɪɪ 1 dans les récits parallèles de I³ et du FGaFlor, c'est I³ 26 4 et FGaFlor 2.

[8] A noter aussi que **129** 2666 reprend la forme *Sire* de **128** 2660; au vers 2680 et partout ailleurs apparaît la forme normale, *Surie* ou *Sulie*.

[9] *Historia rerum in partibus transmarinis gestarum* IV ɪx: *Hanc* [*civitatem*] *post mortem Alexandri Macedonis Antiochus, qui post eum regni ejus partem obtinuit, turribus et muro validissimo circumdatam et in statum reparatam meliorem, de nomine suo vocari praecepit Antiocham.*

AdeP.[10] Passons maintenant à la seconde partie (2678–88) de **129**. Les deux premiers vers (2678–79) conviennent parfaitement au début d'un poème indépendant qui aurait pour sujet le siège de Tyr ou tout épisode se rattachant à ce siège. Leur auteur s'est imaginé, comme il en avait d'ailleurs le droit, que les noms d'Alexandre et de Tyr étaient des vocables suffisamment prestigieux pour éveiller d'emblée l'attention et l'intérêt du public et pour qu'il fût dispensé d'explications préliminaires. Il se contentera donc de dire, en ces deux premiers vers de son poème (RAlix I 2678–79), que, jamais las de pousser plus avant, Alexander est arrivé en vue de Tyr:

> Tant chevauche Alixandres, qui d'aler ne s'oublie,
> Qu'il vit les tours de Tyr et la terre a choisie.

On voit qu'Eustache a commencé le RFGa avec une vivacité et une netteté qu'a obnubilées la paraphrase diffuse du FGaFlor. Quant aux deux vers qui suivent (2680–81), leur emplacement illogique—ils suivent au lieu de précéder la mention de l'arrivée devant Tyr—et le fait que rien ne leur fait écho dans le FGaFlor montrent assez qu'il faut les attribuer à AdeP; tout comme les vers 2674–76, ils ressassent le contenu de **128** 2660–65.[11] Les vers 2682–88 font dialoguer Sanson et Alexandre, alors que dans I³ et le FGaFlor Sanson ne paraît pas avant le moment où il sert de guide aux fourriers;[12] ce dernier fait déjà rend douteuse l'authenticité du passage en ce qui concerne le RFGa. Au cours du dialogue, le roi promet de donner Tyr à Sanson, promesse qu'il répétera plusieurs fois par la suite, mais toujours dans des passages interpolés par AdeP.[13] Il est visible que toute la laisse **129**, à l'exception de deux vers, doit être attribuée à AdeP, mais que les vers 2678–79 ont jadis constitué les deux premiers vers du RFGa. Ce qui suivait dans la première laisse du RFGa (investissement de Tyr, formidables défenses de la ville) a été éliminé par AdeP afin d'introduire à sa place le dialogue entre Alexandre et Sanson. La seconde partie de la laisse **129** (2678–88) représente certainement la forme première de cette laisse dans la rédaction d'AdeP; ce ne sera qu'ensuite qu'il aura ajouté 2666–77, où il utilise ce que Guillaume de Tyr dit des origines d'Antioche: passage qu'il a peut-être inséré en marge de son brouillon.

Ce que nous allons dire de la laisse **130** viendra compléter notre commentaire de **129**. Les vers 2689–90, au début de la laisse, sont des vers de transition qui reprennent certains mots de 2678–79, mais qui renferment aussi des termes provenant de la partie de la laisse 1 du RFGa (I **129**) qu'AdeP n'a pas conservée.[14] Aux vers 2691–97 AdeP emprunte à Guillaume de Tyr un passage sur

---

[10] Tous les autres passages du FGa où il est question d'Antiocus (voir II **15, 87, 98**) sont de la main d'AdeP.

[11] La substance de 2660–65, AdeP l'a tirée de QC; voir ci-dessus, p. 39.

[12] I³ 27 4, FGaFlor **6**, RAlix II 1 23–24.

[13] Pour d'autres allusions à ce don, se référer à ce que nous avons dit de Sanson dans "Le Roman du FGa: analyse et date."

[14] Ainsi Eustache avait certainement parlé des murs de Tyr, comme il ressort du FGaFlor (1: *civitas menibus altis atque turribus vallata erat;* or le vers 2690 porte: *les tours vit bateilliees et les murs haus et granz.* Mais par-dessus le marché il faut tenir compte de l'influence de QC qui s'est exercée ici peut-être à la fois

les origines de Tyr,[15] de la même manière qu'à la laisse **129** il avait fait un sort à ce que l'historien des Croisades avait dit de la fondation d'Antioche. Les vers 2698–2700 nous apprennent que Balés est seigneur de Tyr et qu'il tient la ville en fief de son suzerain Darius.[16] Ce n'est que bien plus tard, lors de la prise de Tyr, que I^3 mentionnera Balés; quant au FGaFlor, qui s'arrête au beau milieu du combat du val de Josaphat, Balés n'y figure point du tout. Il faut donc attribuer 2698–2700 à AdeP, qui accorde un rôle de premier plan au duc de Tyr dans son récit du siège de la ville (I **131–57**). Les vers 2701–04 déclarent que Tyr s'élève sur une île. Comme on peut le voir par I^3 26 3 (. . . *in tantum enim erat fortis civitas tum maris circumdatione* . . .), Eustache avait dû donner ce renseignement sur l'assiette de la ville mais, bien entendu, il l'avait inséré dans la laisse 1 du RFGa, c'est-à-dire dans cette partie de I **129** qu'AdeP a éliminée pour la remplacer par le dialogue entre Sanson et Alexandre. La position si favorable de Tyr, AdeP la décrit maintenant en termes qui sentent leur Quinte-Curce,[17] ce qui ne l'empêchera nullement d'ailleurs, le moment venu quand il imaginera une sortie faite par les assiégés, de changer l'île de Tyr en presqu'île et, ce faisant, de rejeter le témoignage de Quinte-Curce en faveur de celui de Guillaume de Tyr.[18] La fin de la laisse (2705–10) amorce les vers **131** 2714–21, où il sera question de la crainte qu'Alexandre inspire aux Tyriens. AdeP a composé **130** pour deux raisons: nous rapporter ce que Guillaume de Tyr dit des origines de Tyr, et préparer sa longue interpolation des laisses **131–57**.

I **131–35** [RFGa: 0]. Alexandre investit Tyr (**131** 2711–12).[19] Les Tyriens offrent une couronne d'or au roi mais lui refusent l'entrée de leur cité (**131** 2714–24, **132** 2725–42). Deux prodiges sont diversement interprétés par les Tyriens et par les Grecs (**132–135**).—L'incident de la couronne d'or offerte au roi et l'histoire des deux prodiges viennent de Quinte-Curce (IV II 2–4, 13–14; III 16–18; IV 3–5). Les vers 2832–37 servent de transition conduisant à la laisse **136**.

I **136–38** [RFGa: 0]. Les Grecs construisent un môle dont les fondations sont

---

sur Eustache et sur AdeP, voir QC IV II 9: *muros turresque urbis praealtum mare ambiebat*.

[15] *Historia* XIII I: *Certum est juxta veterum traditiones quod Tyras septimus filiorum Japhet, filii Noe, hanc urbem condiderit et a suo sumptu vocabulo nomen eidem indiderit.*

[16] Sans doute une réminiscence d'Albéric, à en juger par le manuscrit de Vorau, vers 725–28 de l'*Alexanderlied*. Lamprecht écrit que les Tyriens étaient les sujets de Darius: "daz was Darios, rex Persarum, deme sie undertan waren."

[17] QC IV II 9: *Muros turresque urbis praealtum mare ambiebat: non tormenta nisi e navibus procul excussa mitti, non scalae moenibus adplicari poterant.*

[18] *Historia* XIII IV: *Sita autem est haec eadem civitas, juxta verbum Prophetae, in corde maris, ita ut pelago undique ambiatur, nisi in modico spatio, quantum arcus sagittam jaculari possit.* Après avoir écrit le vers **130** 2702 (*De toutes pars li est la mer entour cloans*), AdeP n'hésite pas à nous donner le vers **140** 2923 (*Toute est close de mer fors la porte de bise*).

[19] Eustache avait parlé de cet investissement dans la partie de **129** qu'AdeP a supprimée. Le vers suivant (2713: *Mout ot en sa navie char et vin et anonne*) est plutôt inattendu, puisque nous allons bientôt apprendre que les Grecs sont à court de vivres (II 1 14: *Car entour aus ne pueent vitaille recovrer*).

sapées par les Tyriens (**136-38**).—La source d'AdeP est toujours Quinte-Curce
(IV ɪɪ 16-24; ɪɪɪ 2-11). Le récit de la destruction du môle a été fortement
écourté, sans doute parce que le poète avait besoin des détails donnés par
Quinte-Curce pour une occasion plus importante: la destruction de la tour
bâtie par les Grecs à l'entrée du port (ɪɪ **78-79**). Chose curieuse, chez AdeP les
Grecs ne vont plus chercher du bois au Liban (QC IV ɪɪ 24), mais dans la forêt
de "Josaphaille."

ɪ **139** [RFGa: **0**]. Alexandre pense sérieusement à lever le siège (2875-82).
A trois lieues de Tyr, il fait construire le château de Scandalion (2883-91). Une
voix, entendue en songe, lui enjoint de retourner à Tyr (2892-94). Le roi fait
commencer la construction d'un nouveau môle (2896-2910). Il fait également
bâtir un ouvrage destiné à bloquer le port (2911-12). Les Tyriens se préparent
à demander aide aux gens de Gadres (2913-21).—Dans cette longue laisse où
AdeP multiplie les incidents, Quinte-Curce continue à être la source principale
(IV ɪɪɪ 11, ɪᴠ 1; ɪɪ 17; ɪɪɪ 8-9; ɪɪ 10-11; ɪɪɪ 19-22), mais AdeP fait aussi un
emprunt à Guillaume de Tyr[20] et aux vers 2911-12 il anticipe sur ce qu'il va
lui-même raconter un peu plus loin (ɪɪ **1** 1-9).

ɪ **140-56** [RFGa: **0**]. Bétis de Gadres promet d'aller au secours de Tyr
(**140-41**). Alexandre envoie aux Tyriens des messagers qui n'obtiennent pas
gain de cause (**141-43**, QC IV ɪɪ 15). Balés et les Tyriens font une sortie qui est
repoussée (**143-56**).—La promesse de Bétis prépare l'explication qu'AdeP donnera (ɪɪ **8**) de la présence des Gadrains à Josaphat. L'incident de la sortie est
inventé de toutes pièces par AdeP, qui n'a pu résister à la tentation d'insérer
une de ces longues séries de joutes dont il raffole, et qui pour contenter ce désir
est obligé de rattacher Tyr au continent.

ɪ **157** [RFGa: **0**]. Les Tyriens rentrent dans leur cité (3252-53). Alexandre
ôte ses armes (3254-59). Balés, ayant fait soigner sa blessure, expédie un
messager à Bétis pour implorer son aide (3260-71). Une troupe de jeunes Grecs
pousse jusqu'à la maître porte, espérant provoquer une nouvelle sortie des
assiégés (3272-76). Alexandre envoie Licanor et Sabel rassembler tous les bateaux qui se trouvent le long de la côte (3277-80). Dans la rade de Tyr, les
Grecs élèvent un château fort en pierres de taille (3281-84).—Dans cette laisse
de transition AdeP enfile un chapelet d'incidents divers, mais il a su rattacher
les vers 3252-76 à ce qui précède[21] et les vers 3277-84 à ce qui va suivre. Les
vers 3277-80, où le roi demande à Licanor et à Sabel de lui amener tous les
bateaux qu'ils pourront découvrir entre Tyr et le port Daniel[22] et où il est dit

[20] *Historia* XI xxx: *Castrum aedificat in eodem loco ubi Alexander Macedo, ad
expugnandum eamdem urbem Tyrum, olim dicitur fundasse idem praesidium et de
suo nomine Alexandrium vocasse. Est autem locus fontibus irriguus, vix quinque
miliaribus a Tyro distans, in littore maris constitutus. . . . Hunc locum hodie
appellatione corrupta populares appellant* Scandalium. *Arabice enim Alexander*
Scandar *dicitur.*

[21] Cela est vrai même du message de Bétis, puisque Balés ne fait que répéter
un premier appel qu'il a adressé au duc de Gadres, voir ɪ **140**.

[22] Sabel et le port Daniel, qui ne reparaîtront plus dans le fuerre d'AdeP, ont
tout l'air d'être des noms fabriqués pour les besoins de la rime. Lorsque Lambert-2 situe un "Val Daniel" dans les environs de Babylone (ɪɪɪ **318** 5655), c'est

qu'ils exécutent cet ordre, sont jusqu'à un certain point en désaccord avec II **81**. Selon AdeP, le roi avait une flotte à sa disposition lors du commencement du siège, mais cette flotte avait été gravement éprouvée par une tempête (I **132**), de sorte qu'il n'est pas surprenant que l'auteur introduise une nouvelle flotte quand Alexandre est en train de construire le château fort maritime (I **157**). Pourtant, de cette seconde flotte il ne sera plus question que bien plus loin (II **81**), après la destruction du château, et là AdeP répétera l'histoire de l'expédition de Licanor à la recherche de bateaux à réquisitionner, en employant presque les mêmes mots que ceux que l'on trouve dans I **157** 3277-80. Puisque dans II **81** c'est la destruction du château qui amène le roi à assembler sa nouvelle flotte, AdeP aurait dû revenir à I **157** pour y biffer 3277-80, mais nous n'avons que trop d'exemples du cas où il néglige de mettre d'accord deux passages qu'il a composés et qui sont séparés par un certain intervalle.

II **1-109**: remarque générale. Ayant atteint la section du RAlix que Paul Meyer a baptisée la "branche II," AdeP se remet à utiliser le poème d'Eustache, qu'il avait laissé de côté comme source pendant qu'il composait les laisses I **131-57**. Son FGa se terminera à la laisse II **109**, mais ce n'est qu'aux laisses II **1-84** que se manifeste l'influence du RFGa.

II **1** [RFGa: 1-20, 23-24, 26]. Dans la mer, face aux murs de Tyr, Alexandre fait élever une puissante forteresse destinée à bloquer le port de la cité (1-9, I^3 **26** 4, FGaFlor **2**); de jour en jour il fait livrer des attaques aux défenseurs de la ville qui les repoussent avec une résolution inébranlable (10-12, I^3 **26** 2, FGaFlor **1**); le roi s'irrite de ce retard apporté à ses plans, car il n'arrive plus à assurer le ravitaillement de ses troupes (13-14, I^3 **26** 5, FGaFlor **4**); de colère il jure qu'il ne fera grâce à aucun prisonnier (15-16, FGaFlor **3**);[1] il envoie en expédition 700 fourriers sous le commandement d'Eménidus (17-18, de même I^3 **27** 3 où Meleager tient la place d'Eménidus, FGaFlor **5**), lui adjoignant Perdicas, Lioine, Caulus, Licanor et Filote (19-20, de même FGaFlor **6** où l'on trouve Laudinius au lieu de Caulus); comme guide des fourriers il choisit Sanson, qui connaît bien le pays (23-24, I^3 **27** 4, FGaFlor **6**); les fourriers montent à cheval et s'en vont (26, transition qui amorce II **3**, la première laisse authentique que l'on rencontre après II **1**).—Tous les éléments essentiels du récit d'Eustache se trouvaient déjà dans I^3 **26-27** sauf la liste des lieutenants d'Eménidus aux vers 19-20, qui paraît bien être une addition de l'auteur du RFGa et qui s'explique par son désir de nommer dès le début du poème les fourriers les plus importants; en l'espèce il s'agit des cinq chevaliers auxquels Eménidus s'adressera tout d'abord lorsqu'il voudra désigner un messager chargé d'aller avertir Alexandre du péril où se trouvent ses hommes (voir II **9-13**). Aux vers

---

qu'il a été influencé par le fait que le prophète Daniel a vécu dans cette ville, mais on ne voit pas trop pourquoi un port méditerranéen a été baptisé "le port Daniel" par AdeP.

[1] Bien que la menace du roi ne figure pas à cet endroit de I^3, le rédacteur ne manquera pas, plus loin, de rapporter la vengeance cruelle qu'Alexandre tira de la ville qui lui avait résisté si longuement (I^3 **27** 22-23). A remarquer aussi qu'il existe une certaine ressemblance quant à la forme entre les vers 15-16 et le passage de I^3 où Alexandre jure qu'il se vengera des Juifs (I^3 **27** 1).

3-4, Eustache ne se gêne pas pour avouer qu'il est mal renseigné sur l'architecture précise de cet "edificium ingens in mare" qu'il a emprunté à I³ 26 4; en traduisant ces vers, l'auteur du FGaFlor se borne à écrire (FGaFlor 2): "castrum fortissimum in insula quadam." Au vers 5, l'accord de la plupart des manuscrits nous porte à croire que les mots "de la porte *vers terre*" se trouvaient dans le texte d'AdeP, mais cette leçon jure avec les vers 6–7, et il est tout à fait probable que le RFGa portait quelque chose qui ressemblait aux mots "de la porte *marage*," variante donnée par plusieurs manuscrits.[2] Les vers 8–9 sont suffisamment corroborés par I³ 26 4 et FGaFlor 2 pour qu'on puisse les attribuer à Eustache. Les vers 10–12 reproduisent le "quod nullatenus civitatem poterat per impetum obtinere" de I³ 26 3 et se reflètent dans le "quam vi nec arte sibi subjugare valeret" du FGaFlor 1.[3] Au vers 17, l'appellation "d'Arcage" accordée à Eménidus constitue une déformation du "de Carge" qu'offrait certainement le RFGa.[4] Au vers 23, "qui claime Tyr" manque dans I³ et dans le FGaFlor; c'est sans doute Eustache qui a ajouté ce renseignement afin d'expliquer la présence dans l'armée grecque d'un nommé Sanson.[5]

Considérons maintenant les quelques vers qui représentent des additions d'AdeP. Aux vers 21–22 il est dit qu'Alexandre a entendu vanter la vallée de Josaphat; mais dans I³ et le FGaFlor il n'est aucunement question de telles rumeurs, et par-dessus le marché 21–22 se présentent à nous comme la plus gauche des parenthèses; ces deux vers paraissent avoir été insérés par AdeP dans le dessein d'amorcer II 2, autre interpolation de sa façon. Le vers 25, pour lequel il n'existe de parallélisme ni dans I³ ni dans le FGaFlor, annonce que le roi garde auprès de lui Cliçon et Tholomé. On se souviendra[6] que chaque fois que ces deux chevaliers paraissent dans le FGa, c'est dans des interpolations dues à AdeP; il s'ensuit que 25 ne remonte pas au RFGa.

II 2 [RFGa: 0]. Les Grecs partent pour le val de Josaphat avec Sanson pour guide. Avant de s'emparer du cheptel convoité, il pourra en cuire à maint

---

[2] *De la porte vers terre* est un hémistiche qui a l'appui de **G**B*V***M** de la version α et de *KC***H** de la version β, tandis que *de la porte marage* ne se rencontre que dans *N,Q,L* (α) et *JI,EU* (β). Il n'en reste pas moins vrai qu'AdeP, lui-même, avait déjà indiqué l'emplacement correct de la forteresse, à savoir en pleine rade, et pas du tout entre la ville et le continent (voir I 139 2911–12). Aussi faut-il peut-être admettre que ce sont certains scribes de α et de β, qui, influencés par une "porte vers terre" dont il est à chaque instant question dans les laisses finales de la branche I (vers 3014, 3040, 3226, 3250), ont indépendamment changé l'hémistiche *de la porte marage* (devenu en ce cas la leçon d'AdeP) en un *de la porte vers terre*.

[3] Il faut pourtant remarquer que dans l'un et l'autre texte latin ces attaques d'Alexandre que repoussent les Tyriens ont lieu avant la construction du château fort; on s'attendrait donc à les trouver indiquées par Eustache dans la première laisse de son poème (I 129). Comme nous avons perdu le texte exact de cette première laisse du RFGa, il se peut fort bien qu'Eustache y ait inclus l'équivalent de II 1 10–12 et que ce soit AdeP qui ait transféré le dit passage à II 1. En tout cas, les attaques des Grecs ont assurément été mentionnées dans le RFGa, que ce soit dans l'un ou l'autre endroit.

[4] Voir ci-dessus, p. 29.
[5] Voir ci-dessus, p. 30.
[6] Voir ci-dessus, pp. 23–24.

fourrier.—La laisse **2** est faite de pièces et de morceaux empruntés à ce qui précède et à ce qui suit; elle constitue un obstacle à la marche en avant du récit: lorsqu'on l'élimine, **3** vient se rattacher tout naturellement à **1**. Le vers 27 fait double emploi avec le vers 39, 28 avec 23 et 44, 29 avec 55–56, 30–33 avec 46–49. Aux vers 34–38, nous constatons l'emploi d'un procédé dont AdeP se sert fréquemment: le poète fait pressentir un événement encore à venir.[7] La rime -*aille*, qui n'est employée dans aucune des laisses attribuables à Eustache, est une des rimes préférées d'AdeP, qui en fait usage aux laisses I **41**, II **2, 15, 137**, III **372** et **406**; le mot qui détermine ici la rime est *Josafaille*, une forme de *Josaphat* qui semble bien avoir été inventée par AdeP,[8] et cette invention est peut-être la raison d'être d'une laisse tellement superfétatoire. D'un bout à l'autre la laisse **2** porte la marque d'AdeP.

II **3** [RFGa: 39, 42–49]. Les fourriers, ayant chevauché tout le jour et toute la nuit, atteignent à l'aube la vallée de Josaphat, où paissaient des bestiaux surveillés par leurs gardeurs (39, 42–45, de même FGaFlor **7–8,** et dans une large mesure I^3 **27** 4); les vachers étaient armés de boucliers, lances et dards (46–49, FGaFlor **10**).—Il est dit aux vers 40–41 et 50–51 que les fourriers confient leurs armes et leurs destriers à leurs écuyers et, qu'arrivés à destination, ils descendent de leurs palefrois afin d'endosser leur armure. De tout cela le FGaFlor ne souffle mot; pourtant, à cet endroit du récit, le FGaFlor reproduit le contenu du poème d'Eustache avec une fidélité presque servile. C'est ce qui nous conduit à penser que les détails donnés par 40–41 et 50–51 sont de l'invention d'AdeP.[9] De même les vers 52–53, qui manquent eux aussi au FGaFlor, n'ont pu faire partie du RFGa. Dans ces deux vers on voit Eménidus et une centaine d'autres chevaliers prendre les devants, mais la suite du poème ne nous renseignera aucunement sur le but de cette manœuvre. Remarquons enfin que le vers suivant (**4** 54) est plus clair quand il vient tout de suite après 49, puisque dans ce cas *lor* du vers 54 renvoie aux vachers de 45–49. Dans les laisses **3–4** ce sont les Grecs auxquels l'auteur donne un rôle, et non pas à Eménidus; l'endroit le plus favorable pour reparler d'Eménidus ne se trouve ni aux vers 52–53 ni plus bas aux vers 63–65, mais à partir du vers **5** 68, car la laisse **5** est la seule qui décrive de manière précise la part que ce preux prend à la lutte contre les vachers. Il s'ensuit que les vers 40–41, 50–53 et 63–67 doivent tous être attribués à AdeP.

II **4** [RFGa: 54–62]. Les Grecs se précipitent dans la vallée de Josaphat et font main basse sur le bétail qui y abonde (54–56, I^3 **27** 5, FGaFlor **8** et **12**); le chef des gardeurs, nommé Oteserie, sonne du cor pour les rallier autour de lui; se jetant sur les Grecs, ils en tuent sept et reprennent leurs bestiaux (57–62, de même FGaFlor **14–17**, et en gros I^3 **27** 5).—L'indication au vers 57 que les vachers poussent des cris d'alarme, absente de I^3 mais qu'on retrouve dans le FGaFlor, appartient à Eustache. Ni I^3 ni Eustache ne spécifient si le chef des gardeurs (58: I^3 **27** 5) se trouvait dans la ville de Gadir ou déjà dans la vallée

---

[7] Voir ci-dessus, p. 24.
[8] Voir ci-dessus, p. 24.
[9] D'ailleurs la laisse II **23** donne à entendre que chaque fourrier ne disposait que d'une monture.

de Josaphat au moment de la razzia grecque; l'auteur du FGaFlor est plus net: Oteserie était à Gadir lorsque les cris d'alarme lui parvinrent, ce qui signifie que, du moins pour ledit auteur, Gadir se trouvait à portée de voix du val de Josaphat.

Les vers 63–67, à quoi rien ne correspond ni dans I^3 ni dans le FGaFlor et qui brisent la continuité de la narration entre 60–62 et **5** 68–69, sont l'œuvre d'AdeP, comme nous l'avons dit plus haut; voir **3** 52–53.

II **5-8**: remarque générale. Jusqu'ici Eustache n'a guère brodé sur la trame que lui fournissait I^3, mais comme dorénavant son modèle va se montrer de plus en plus avare de détails sur la hardiesse et l'héroïsme des fourriers, le poète français, pour qui la razzia entreprise par les compagnons d'Alexandre constitue le sujet qu'il se propose de traiter, est amené à voler de ses propres ailes: il imaginera toute une série d'incidents dont I^3 ne souffle mot. De plus, le chef des fourriers devient chez Eustache un personnage bien autrement important qu'il ne l'est dans I^3; au lieu de se distinguer uniquement dans un combat livré à des vachers, c'est en luttant contre Bétis et ses trente mille chevaliers qu'il se couvre de gloire. Cette importance accrue du capitaine de l'expédition s'accompagne d'un changement de nom qui la reflète. Méléagre, un des lieutenants les moins connus d'Alexandre, fait place à Eumène, cet Eumène que Cornélius Népos a rangé parmi ses hommes illustres.[10]

II **5-6** [RFGa]. Eménidus donne le signal de la contre-attaque en chargeant furieusement l'ennemi; la mêlée entre Grecs et vachers est des plus sanglantes (**5**, FGaFlor **18-19**), car ces derniers sont de rudes guerriers; Caulus tue un neveu d'Oteserie (**6**, FGaFlor **19-20**).[11]

II **7** [RFGa: 89–108]. Oteserie venge son neveu en lui immolant un Grec (89–93, FGaFlor **21**); Lioine brise l'écu d'Oteserie (94–98, FGaFlor **22**), qui avait déjà perdu son heaume dans un précédent combat (99–101, FGaFlor **23**); Lioine fend la tête d'Oteserie d'un coup d'épée (102–03, FGaFlor **24**); déconcertés par la mort de leur chef, les vachers prennent la fuite (104–05, FGaFlor **25**), en laissant aux mains des Grecs un abondant bétail (106–07, FGaFlor **26**); mais les fourriers ne sont pas encore au bout de leurs peines (108, FGaFlor: *sed aliter accidit quam credebant*).

Les vers 87–88, qui séparent de façon arbitraire **6** 82–86 de **7** 89–90 et qui ne font que résumer le contenu de la laisse **6**, peuvent être attribués à AdeP.

II **8** [RFGa: 109, suivi de vers perdus maintenant remplacés par le reste de **8**]. Les Grecs prennent le chemin du retour (109, FGaFlor **27**); mais bientôt Eménidus aperçoit une immense armée qui descend des collines (plusieurs vers perdus, FGaFlor **28**); anxieusement il se demande comment parer à la menace (plusieurs vers perdus, FGaFlor **29**); c'était le duc Bétis de Gadres, propriétaire du troupeau razzié (voir FGaFlor **27**: *armenta propria*), qui était sorti de sa ville avec trente mille sept cents guerriers et qui s'était lancé à la poursuite des fourriers (plusieurs vers perdus, I^3 27 7, FGaFlor **30**).—C'est dans cette laisse-ci

---

[10] Voir ci-dessus, pp. 28–29.
[11] Ce neveu s'appelle Lucianor dans le RFGa et Canutus dans le FGaFlor, voir ci-dessus, p. 34.

qu'Eustache avait fait sa première allusion à Bétis, mais AdeP, qui s'est déjà occupé du duc de Gadres à plusieurs reprises (I **139-41, 157**), est obligé de remanier complètement II **8** afin de conserver à Bétis le rôle qu'il lui a précédemment accordé, celui d'un allié de Balés de Tyr. Pour retrouver ce que la laisse avait pu contenir du temps qu'elle faisait partie du RFGa, il faut s'en rapporter à I^3 et au FGaFlor. Dans I^3 Biturius sort de la ville de Gadres à la tête de trente mille cavaliers tout prêts à combattre: le galop de leurs chevaux fait trembler le sol et les Grecs sont remplis d'appréhension à leur aspect. Le FGaFlor nous dit que les Grecs étaient déjà sur le chemin du retour, quand ils furent rattrapés par une foule d'ennemis: c'étaient les propriétaires des bestiaux enlevés qui venaient les reprendre. S'étant retourné, Eménidus aperçut cette multitude qui, lancée à leur poursuite, se précipitait du haut des collines. Il fut frappé d'inquiétude, car il se demandait comment sa petite troupe allait soutenir le choc d'une telle masse d'hommes; et voilà le duc Bétis de Gadres qui s'avance à la tête de quatre mille sept cents guerriers armés jusqu'aux dents. Le premier texte (I^3) est plutôt squelettique, cependant il permet de se rendre compte que le second (FGaFlor) a conservé les données essentielles du RFGa; à peine si un désir d'embellir et de paraphraser a amené quelques répétitions. C'est donc ce dernier texte qui se rapproche le plus de ce qu'a pu être à cet endroit du récit le RFGa. Le chiffre de 30,000 se trouve dans I^3; le *set cent*, ajouté par Eustache pour rendre plus frappant le contraste entre l'énorme multitude des Gadrains et la petite bande des 700 fourriers et aussi, avouons-le, afin de profiter de la rime, éveille un écho dans le FGaFlor (*cum quatuor milia et septicentis*).[12]

AdeP n'a maintenu sans changement qu'un seul vers de toute la laisse, c'est le vers initial; déjà au vers suivant (110) il récrit le dernier vers de la laisse précédente (**7** 108). Aux vers 111-26 on comprend pourquoi AdeP a si profondément remanié **8**: du moment qu'il s'est décidé à identifier Bétis de Gadres à Bétis de Gaza et à ne voir en Gadres qu'une variante de Gaza, il va prétendre que si Bétis rencontre les fourriers au val de Josaphat c'est parce qu'il avait choisi de passer par là pour se rendre à Tyr, où l'appelle son allié le duc Balés.[13] Les vers 127-34 contiennent une exhortation adressée par Eménidus aux siens, ce qui s'accorde avec ce que nous savons de la prédilection qu'AdeP manifeste pour le discours direct. De plus, le mot *devant* (129) se trouve inséré dans une série de vers qui riment en *-ent*; or on rencontre souvent chez AdeP des laisses où il mélange *-ent* et *-ant*.[14] Les vers 135-137 anticipent fâcheusement sur **23** 489-93. Le moment n'est pas encore venu de nous dire que les Grecs s'arment pour le combat, car actuellement ils ont à écouter la requête qu'Eménidus leur adresse; ce ne sera qu'après cet échange de prières et de refus (**9-22**) qu'il sera temps de parler des préparatifs militaires des fourriers. C'est en tout cas ainsi que l'entend le FGaFlor qui ne mentionne pas ces préparatifs avant d'être arrivé à un passage (FGaFlor **46**) qui correspond à II **23**.

[12] AdeP préfère le chiffre rond de 30,000 quand il fait allusion aux effectifs des Gadrains (II **10** 162, **17** 280, **23** 499, **48** 1112).
[13] Voir ci-dessus, p. 32.
[14] Voir I **54**, 135; II **122**, 140, etc.

II 9-14: remarque générale. Ici commence la série d'appels adressés par Eménidus à ses compagnons. L'accord est complet entre les laisses 9-14 et le FGaFlor (FGaFlor 32-39) quant aux noms des compagnons et quant à l'ordre dans lequel ils sont interpellés; les dialogues entre chef et subordonnés, bien que le FGaFlor soit loin de les avoir calqués, reproduisent dans l'ensemble les arguments qu'Eustache avait placés dans la bouche des différents acteurs de cette scène. Pourtant, à partir de la requête adressée à Lioine (11, FGaFlor 36-37), l'auteur du FGaFlor se met subitement à résumer fortement ce que lui fournissait son modèle; il en sera ainsi dans les passages consacrés à Perdicas, à Caulus et à Aristé (12-14, FGaFlor 38-39), mais après cela il reprend sa paraphrase.

II 9 [RFGa: plusieurs vers perdus suivis de 149-58]. Eménidus se décide à envoyer un messager à Alexandre pour lui demander de venir au secours de ses hommes (les vers perdus, I³ 27 8, FGaFlor 31); il fait donc appel à Licanor,[15] mais celui-ci refuse de porter un message au roi (149-58, FGaFlor 32-33). — Il est clair que chez Eustache la laisse a dû débuter par la décision que prend Eménidus d'expédier un messager au roi, préface toute naturelle à la requête qu'il va adresser à Licanor; qu'on se reporte à I³ (27 8: *Volebat igitur Meleager mittere ad Alexandrum ut in subsidium perveneret*) et au FGaFlor (31: *Providens Emenidus vero corde meditatus est quod nuntium regi Alexandro transmicteret, ut tante necessitati nobilium subsidium demandaret*). Mais aujourd'hui, à la place de ce qu'Eustache avait écrit, nous lisons les vers 138-48, qui sont d'AdeP.

Les diverses modifications qu'AdeP avait fait subir à la teneur de la laisse précédente diminuaient l'à-propos des vers initiaux de II 9 tels qu'ils se lisaient dans la version d'Eustache, vers qu'AdeP a du reste vaguement conservés sous la forme de deux vers de II 8 (133-34). Dans II 9 il les a remplacés par 138-48; le vers 138[16] fait pendant à 8 119, et les vers 139-48 développent une idée déjà exprimée aux vers 8 128-29. Il y a encore une autre raison qui a poussé AdeP à allonger la laisse: elle rime en *-onde*, et AdeP aime les rimes qui sortent de l'ordinaire. Ces vers 139-48 font un peu l'effet d'un éteignoir, car ils rendent bien moins visibles les vers 149-58, qui renferment les paroles échangées par Eménidus et Licanor, alors qu'Eustache avait mis ces derniers en vedette, comme on pouvait s'y attendre dans un poème consacré au point d'honneur.

II 10 [RFGa: 159, 163-76]. Eménidus dit: "Allez-y, Filote (159, FGaFlor 34); si Alexandre ne vient pas vite nous secourir, il nous aura placés dans une situation des plus périlleuses" (163-64, FGaFlor 34); Filote répond par un refus (165-76, FGaFlor 35). — Les vers 163-64 sont rendus dans le FGaFlor par *Nuntietis Alexandro que gesta sunt et que nobis contingere gens invencta procurat*; l'obscurité du texte latin[17] reflète l'incertitude de l'auteur du FGaFlor à l'égard du passage français à traduire: la phrase de son modèle est quelque peu contournée et le sens métaphorique des mots *riote* et *defrote* a pu lui échapper. Les

---

[15] Appelé ici Licanor de Mormonde; au sujet de cette appellation, voir ci-dessus, p. 35.

[16] Au vers 138 AdeP invente un nom propre (Anemonde) afin de décrocher une rime de plus en *-onde:* ce faisant, il ne s'écarte guère du chemin frayé par Eustache (149: Mormonde).

[17] Voir ci-dessus, p. 19.

vers 171–76 ont servi de patron à la réponse faite par Cliçon à Tholomé dans le fuerre au Val Daniel (III **319** 5678–84).[18]

La rareté de la rime en -*ote*, qui (comme c'est le cas pour -*onde* dans II **9**) ne se trouve qu'ici dans tout le RAlix, ne pouvait manquer d'aiguillonner AdeP: encore une occasion d'exhiber son habileté de versificateur en imaginant quelques vers supplémentaires à rime peu commune. Comment expliquer autrement l'existence de vers aussi médiocres que 160–62? *Amiote* et *mote* (surprenant participe de *movoir* tiré de *terremote*, 'tremblement de terre') ont été spécialement fabriqués pour la circonstance, et Gadres s'est changé en Gadre pour permettre une élision. Les vers 177–78, qui terminent la laisse, s'écartent de la forme d'un refus pour devenir un encouragement, une exhortation, et à ce titre sont des plus suspects.

II **11** [RFGa: 186–91, 194–98]. Eménidus s'adresse à Lioine, qui refuse (186–91, 194–98, FGaFlor **36–37**).—Chez Eustache la laisse **11**, tout comme **10** et **12**, s'ouvrait par la requête d'Eménidus.

Les vers du début (179–85), qui font pendant et écho à **9** 138–48, et les vers 192–93, qui contiennent une allusion à Tholomé et à Cliçon, devront être attribués à AdeP.

II **12** [RFGa]. Eménidus s'adresse à Perdicas, qui refuse (**12**, FGaFlor **38**).

II **13** [RFGa: 211, 213–20]. Il s'adresse à Caulus, qui refuse (211, 213–20, FGaFlor **39**).

Le vers 212, qui sépare malencontreusement le vers 211 du vers 213, ne sert qu'à nous rappeler l'institution des douze pairs de Grèce. Comme toute allusion de ce genre dans le RFGa, elle est due à AdeP.[19]

II **14** [RFGa: 221, 225–34, 242–43]. Eménidus s'adresse à Aristé, qui refuse (221, 225–34, 242–43, FGaFlor **39**).

Les vers 222–24 forment une enclave des plus gauches entre 221 et 225: on peut les attribuer sans crainte à AdeP, à qui ils ont été suggérés par **9** 150. Les vers 235–41 reproduisent le contenu de **10** 171–76 et contiennent une nouvelle allusion à Cliçon et à Tholomé, semblable à celle qu'on rencontre aux vers **11** 192–93.

II **15–16** [RFGa: 0]. Eménidus fait appel à Antiocus, qui répond par un refus (**15**, manque au FGaFlor), et à Antigonus, qui refuse également (**16**, manque au FGaFlor).—La laisse consacrée à Antiocus porte l'empreinte d'AdeP. La rime en -*aille*, le procédé qui consiste à varier la terminaison d'un nom propre (Cervagaille du vers 247 qui deviendra Cervadoine au vers 2252), la répétition du même mot à la rime (Cornouaille 249 et 258) et le fait qu'Antiocus ne figure pas dans le FGaFlor, tout concourt à montrer que la laisse **15** est l'œuvre d'AdeP. La laisse **16**, consacrée à Antigonus, doit également lui être attribuée. S'il est vrai qu'Antigonus figure chez Eustache dans un passage (II **29**) dont l'équivalent se retrouve dans le FGaFlor (FGaFlor **54**), c'est à un moment où Eménidus a déjà terminé la série de ses appels. AdeP, pourtant, qui aime à grouper les pairs en couples allitératifs et qui a déjà plusieurs fois assemblé de

[18] Voir ci-dessus, p. 21.
[19] Voir ci-dessus, p. 23.

cette façon Antiocus et Antigonus au cours de la branche I (voir I 26, 29, 42), est fatalement conduit à composer une laisse en l'honneur d'Antigonus après en avoir composé une pour Antiocus.

II 17 [RFGa: 275–82, 284–89]. Eménidus s'adresse à Sanson, qui refuse (275–82, 284–89, FGaFlor 40–41).—Après avoir atteint l'appel adressé par Eménidus à Sanson, l'auteur du FGaFlor reprend sa paraphrase, méthode un instant abandonnée en faveur du plus sommaire des résumés; il monte en épingle une métaphore fort banale, du genre de celles dont il lui arrive d'orner son style, métaphore si banale qu'on ne peut guère supposer qu'Eustache en ait fait usage avant lui, d'autant plus qu'il n'y en a pas trace dans le texte d'AdeP.

Le vers 283 rappelle la promesse faite par le roi à Sanson de lui rendre son fief (Tyr); comme c'est AdeP qui a imaginé cette promesse, il s'ensuit que le vers 283 est de lui.[20] Les vers 290–97, qui renferment une fois de plus une allusion à Tholomé et à Cliçon et une mention des douze pairs, constituent une sorte de préface aux vers 298–310 de la laisse 18, laisse interpolée par AdeP; on y relève une de ces négligences qui ne sont que trop fréquentes chez AdeP: au vers 292 Eménidus a l'air de dire que c'est lui qui a demandé à Tholomé et à Cliçon de rester avec Alexandre, tandis qu'au vers 25 c'est par ordre du roi qu'ils n'accompagnent pas les fourriers.

II 18 [RFGa: 0]. Eménidus s'adresse à un chevalier sans fortune du nom de Corineus qui était descendu à terre pour revêtir ce qui lui tenait lieu d'armure; Corineus répond par un refus (18, manque au FGaFlor).—Les treize premiers vers (298–310) reprennent le thème des regrets d'Eménidus, déjà développé à la fin de la laisse précédente (17 290–97), et derechef il est question (307–08) de Tholomé et de Cliçon. Le reste de la laisse traite de la pauvreté de Corineus et de son refus en termes qui indiquent que Corineus ressemble à s'y méprendre au pauvre soldat de la laisse 20, et qui montrent clairement que 18 est calquée sur 20; qu'on veuille bien comparer 18 311–12 à 20 392–93, et 18 320 à 20 415. Au vers 326 nouvelle mention des douze pairs. Plus tard Corineus va figurer dans une laisse authentique (28) d'Eustache; on le verra paraître aussi dans une laisse interpolée (39) où sa présence dans 18 se trouvera expliquée.[21]

II 19 [RFGa: 0]. Eménidus fait appel à Festion, qui refuse (19, manque au FGaFlor).—Festion est bien un personnage qu'on rencontre chez Eustache (voir 31), mais ici son seul rôle semble être de se voir accorder en partage une longue laisse destinée à séparer deux laisses trop semblables pour pouvoir se trouver l'une à côté de l'autre (18 et 20). AdeP érige Festion en "maître chambellan" du roi (346), sur la foi d'une source qu'on chercherait vainement.[22]

II 20 [RFGa: 392–94, 396–402, 415–22, 426–34]. Jetant les yeux autour de lui, Eménidus aperçoit un soldat peu fortuné qui était descendu à terre et qui vérifiait le harnais de son cheval: c'était un bel homme, mais il n'avait pour

---

[20] Voir ci-dessus, p. 30.
[21] Quant à onze vers dont AdeP avait certainement l'intention d'insérer le contenu entre 319 et 320, afin de lier plus étroitement encore 18 à 39, voir ci-dessus, ce que nous disons des vers 404–14 de la laisse 20.
[22] AdeP réussit ainsi à caser Festion, qu'il avait exclus de sa liste des pairs; voir ci-dessus, p. 23, note 9.

ainsi dire pas d'armes (392–94, 396–402, FGaFlor **42**); Eménidus le prie de porter son message à Alexandre (415–22, FGaFlor **43**); le soldat refuse (426–27, FGaFlor **44**), sous prétexte qu'il ne connaît pas même de vue le roi et qu'il est trop pauvre pour parler à une majesté, enfin et surtout parce qu'il brûle de prendre part à la première bataille rangée de sa carrière (428–34, FGaFlor **44**).— Ce héros de son invention a plu à Eustache, puisqu'il lui consacre la plus longue des laisses de son poème (excepté peut-être II **84**). AdeP, trouvant que son devancier s'était malgré tout montré parcimonieux, allonge encore la sauce. L'auteur du FGaFlor paraphrase en l'occurrence le texte d'Eustache avec une grande fidélité. C'est lui qui nous garantit l'authenticité du vers 428 (*Certes je ne vi onques Alixandre d'Alier*) qu'il rend par *cum nec rex me nec ego regem nec etiam barones cognoscam* (FGaFlor **44**), et nous fournit ainsi la preuve qu'Eustache est apparemment le premier à avoir appelé le roi Alexandre d'Alier.[23]

Les vers 395 et 403, qui introduisent dans le portrait du soldat des détails inconnus au FGaFlor, doivent sans doute être attribués à AdeP. Les vers 404–14 reproduisent à l'avance le contenu de **39** 852–56, mais leur présence ici témoigne d'une insigne maladresse, car la scène où un oncle reconnaît un neveu qu'il croyait perdu (847–72) a pour protagonistes Eménidus et Corineus, non pas Eménidus et le soldat de la laisse **20**. Evidemment c'est par suite d'une bévue qu'AdeP a inséré ici les vers 404–14; l'endroit où il aurait dû incorporer leur contenu, c'est entre les vers 319 et 320 de la laisse **18**, laisse qu'AdeP avait composée pour faire un portrait de Corineus. Cette bévue est une indication très nette que ce n'est qu'en composant **39** qu'il a eu soudain l'idée d'insérer le contenu de 404–14 dans la partie antérieure de sa version du FGa, autrement il ne se serait pas trompé d'endroit. Pour les raisons qui l'ont amené à rédiger ces onze vers additionnels, voir plus loin notre examen de **39**. Les vers 423–25 sont suspects: jusqu'à ce moment Eménidus s'est adressé aux sentiments généreux des chevaliers qu'il a interpellés, et il serait étrange qu'il fît brusquement miroiter la possibilité d'une récompense matérielle. A exclure également du RFGa sont les vers 435–39. Dans le FGaFlor le soldat fonde son refus sur le fait qu'il ne connaît pas personnellement le roi et que sa pauvreté l'empêchera d'être pris au sérieux par Alexandre; n'ayant encore jamais éprouvé son courage et ses forces dans le creuset d'une bataille, il jure de ne pas laisser passer l'occasion qui s'offre aujourd'hui,[24] et il suggère qu'à cause de son rang et de sa faconde Eménidus ferait un bien meilleur messager que lui. Tout cela, implicitement ou explicitement, les vers 428–34 l'expriment, ce qui en fait une excellente fin de laisse; le reste (435–39) est superflu ou répète ce qui a déjà été dit.

II **21** [RFGa: 0]. Eménidus s'adresse à un cousin d'Aridé de Valestre, et ledit cousin refuse (**21**, manque au FGaFlor).—Ce cousin est suspect à deux titres: il ne reparaîtra plus au cours du Fuerre, et il fait son apparition avant qu'il ait été question de son illustre parent. La laisse a évidemment été interpolée par

[23] Lambert-2 et AdeP, qui se servent tous deux de ce nom de terre, l'ont emprunté au RFGa; voir ci-dessus, p. 34, note 29.
[24] Pour l'expression "per Stygias juro," qui rend le "Certes" du poète français (433–34), voir ci-dessus, p. 16.

AdeP, qui a emprunté au RFGa (II **47**, 1073) l'appellation "de Valestre" accordée par Eustache à Aridé et qui a bâti autour de cette appellation toute une laisse en *-estre* dans le but d'étaler sa virtuosité de versificateur.[25] L'auteur de la Version Gadifer, afin d'éviter les défauts signalés plus haut, remplaça α21 par une laisse (β20) où Eménidus s'adresse à son propre neveu.

II 22 [RFGa: 463, 465–69, 472–86]. Eménidus aperçoit Aridé, qui était sur son cheval Bayard, et le supplie instamment d'être son messager (463, 465–69); Aridé accepte à contre-cœur, mais il a soin de stipuler qu'il n'ira chercher de l'aide que lorsqu'il aura combattu jusqu'à la limite de ses forces (472–86).—Le FGaFlor (FGaFlor **45**) n'est ici d'aucun secours, car son auteur confond Aridé avec Aristé et, comme Aristé a déjà refusé de quitter ses compagnons, il s'écarte de son modèle en prêtant de tout autres paroles à Eménidus: il lui fait dire à Aristé qu'il ne reste plus aux fourriers qu'à vendre cher leur vie. Le lieu d'origine du destrier d'Aridé (463: Baiart de Tyr) a tout l'air d'une rime chevillée.[26]

Les vers 454–62 renferment une description d'armée sur le point d'attaquer qui ressemble beaucoup au passage dans lequel AdeP a décrit la sortie des Tyriens (I **144** 3014–17), et tout à l'heure nous verrons qu'en interpolant 464 AdeP a songé à cette sortie. D'ailleurs chaque nouvel appel d'Eménidus commence chez Eustache en même temps que la laisse qui le renferme, mais déjà AdeP a fait précéder la requête adressée à Lioine (II **11**) d'une description (179–85) analogue aux vers 454–62. Ajoutons que le verbe *souffrir* qui se trouve à la rime de 455 rend assez mal compte des sentiments probables d'un Bétis qui s'apprête à écraser un ennemi bien inférieur en nombre, et que de plus ce verbe termine également le vers 474. L'on n'hésitera pas à conclure que les vers 454–62 sont d'AdeP. Le vers 464, selon lequel Aridé avait conquis sa monture sur Ladinés de Mommir, est très certainement de l'invention d'AdeP, puisque Ladinés est un personnage imaginé par lui et auquel il a donné un rôle important dans la première partie de sa version du Fuerre (voir I **136**, **141–43**, **144**, **149–50**, **155–56**). La rime de II 22 (*-ir*) permet à AdeP de placer une nouvelle allusion à Ladinés de Mommir.[27] Les vers 470–71 doivent eux aussi être attribués à AdeP. Eustache, qui a bâti tout un poème fondé sur le point d'honneur chevaleresque, n'aurait jamais fait dire à Eménidus qu'il fallait choisir entre la résistance ou la fuite (471); pour lui l'alternative était tout autre: prévenir Alexandre ou ne pas le prévenir du danger qui menaçait les fourriers. Quant au vers 487, le dernier de la laisse dans le texte d'AdeP, il empêche la laisse de se terminer sur le refus de l'interpellé, comme ç'a été partout le cas jusqu'à présent. De plus, les mots *de deus pars s'entrevienent apresté de ferir* viennent trop tôt, car c'est seulement à la fin de la laisse suivante (**23**) que les Grecs seront prêts à combattre. Encore une inconséquence d'AdeP.

II 23 [RFGa: 488–99]. Les Grecs sautent à terre, s'arment, remontent et

---

[25] La laisse II 21 est la seule laisse du RAlix qui rime en *-estre*.

[26] Voir ci-dessus, p. 35. AdeP ajoute un vers (464) pour dire qu'Aridé avait conquis Bayard sur Ladinés de Mommir, ce qui n'empêche pas le même AdeP de déclarer ailleurs (I **144** 3019) que le cheval de Ladinés se nommait Ferrant.

[27] Ce sera d'ailleurs la dernière.

s'avancent en formation compacte (488–96, FGaFlor **46**); mais combien désavantagés: ils ne sont que sept cents contre trente mille (497–99).—Il se peut que les vers 497–99 ne remontent pas au RFGa, car il n'y a rien qui leur corresponde dans le FGaFlor; mais, comme il n'existe pas d'autre raison pour les rejeter, nous les avons laissés subsister dans le texte d'Eustache. L'on remarquera que les fourriers, après avoir sauté à terre et s'être préparés au combat, remontent sur les mêmes chevaux. Nulle part Eustache n'a dit qu'ils ont emmené avec eux écuyers et palefrois;[28] pareil procédé étonnerait de la part de gens se livrant à une razzia. Que les fourriers n'ont chacun qu'un seul cheval, voilà ce qui ressort déjà d'un passage qui précède celui-ci: au vers 22 463 Eustache nous a montré Aridé chevauchant son destrier, Bayard de Tyr.

Les vers 500–05 (rien de pareil dans le FGaFlor) annoncent à l'avance des événements qui seront racontés par la suite; c'est là un procédé qu'affectionne AdeP; l'on constate aussi que le mot *perent*, placé à la fin du vers 505, se trouve déjà à la rime du vers 495.

II **24** [RFGa: 506, 508–15, suivis de plusieurs vers perdus, maintenant remplacés par 516–20]. La bataille commence par une passe entre Sanson et Bétis, au cours de laquelle la lance de Sanson vole en éclats, mais de la sienne Bétis transperce son adversaire et le jette mort à terre; puis il continue droit devant lui (506, 508–15, FGaFlor **47–48**); d'un coup d'épée il blesse à mort un chevalier grec, mais un autre Grec égalise les choses en tuant un chef gadrain, ce qui contrarie vivement les gens de Gadres (les vers perdus, FGaFlor **48**).—Au lieu du contenu des cinq derniers vers de la laisse (516–20) on lit dans le FGaFlor: *... alterum Grecum viriliter ense percussit, ita quod eum mortaliter vulneravit. Prosequens alter Grecus fero animo percussit capitaneum unum Gadrensium, quod morti illum tradidit perpetue moraturum, de quo gens illa nimirum stupefacta remansit.* Cette conclusion parfaitement logique de l'épisode doit représenter la terminaison de la laisse chez Eustache.

Le vers 507 a été interpolé par AdeP: il est question de la promesse faite par Alexandre à Sanson de lui rendre son fief, et nous savons que c'est AdeP qui a imaginé de faire prendre un tel engagement au roi.[29] Les vers 516–20, où l'on voit Bétis insulter le cadavre de Sanson, sont en désaccord avec le vers précédent (515), d'après lequel Bétis ne s'est pas arrêté; de plus l'alliance qui est censée lier Tyr et Gadres et à laquelle Bétis fait allusion (519) n'existe qu'en vertu de passages précédemment interpolés par AdeP (I 139–41, 157, II 8).

II **25** [RFGa: 521–25, 530–36]. Les Grecs pleurent la mort de Sanson, qui gît étendu sur le sol; Eménidus se tord les mains de douleur et jure de le venger (521–25, 530, FGaFlor **49**); il s'élance sur l'archevêque de Gadres et d'un coup d'épée lui enlève la vie (531–37, FGaFlor **50**).—Le fameux Saladin,[30] dont le nom s'écrit Salehadin en ancien français, n'a commencé à devenir célèbre qu'après la date où fut composé le RFGa; il est donc presque certain que la forme

---

[28] Les vers II 40–41 qui contiennent ce renseignement ont été interpolés par AdeP.
[29] Voir ci-dessus, p. 30.
[30] Né en 1137, sultan d'Egypte en 1169, mort en 1193.

Salehadin au vers 533 ne remonte pas plus haut qu'AdeP,[31] et que le *Salaciel* du FGaFlor reflète le nom employé par Eustache. Ce nom, qui remonte au Salathiel biblique (1 Par. 3, 17, etc.), se retrouve dans le *Roman de Thèbes* (6597), *Aspremont* (680, etc.), *Folque de Candie* (3209), et *Bueve de Hantone* (*passim*); aussi dans RAlix III 1979 et 1986. Le FGaFlor rend le mot archevêque (534) par *archimandrita*, qui d'habitude a le sens de 'supérieur d'un monastère' mais qui peut également à l'occasion signifier 'archevêque.'[32]

Les vers 526-29, auxquels rien ne fait écho dans le FGaFlor, font tout de suite songer à AdeP à cause de la "complainte" qu'ils constituent;[33] le mot *regrete* du vers 525, qu'Eustache avait employé afin de nous acheminer au vers 530, a été utilisé par AdeP pour y accrocher ces quatre vers. Les vers 537-39, également absents du FGaFlor, marquent une interruption de la lutte alors que l'action est à peine engagée, et peuvent eux aussi être attribués à AdeP. Toutefois il faut noter qu'on pourrait conserver 537, tout en rejetant 538-39, à condition de le considérer comme une sorte de refrain déclenché par le serment que fait Eménidus de venger Sanson (au vers 530); mais justement il importe d'examiner 537 en fonction des trois autres exemples de ce "refrain," c'est-à-dire en fonction des vers **28** 576-77, vers qui tout comme 537 n'éveillent nul écho dans le RFGa, **32** 655-56[34] et **33** 692, vers qui fait partie d'une interpolation d'AdeP (688-706). Puisque rien ne correspond à ce "refrain" dans le FGaFlor et que dans un cas il s'agit bel et bien d'une addition d'AdeP, et puisque dans les trois autres le vers qui précède ferait un excellent vers final de laisse, ledit "refrain" appartient presque nécessairement à AdeP. La vengeance à laquelle Eménidus se voue au vers 530 s'accomplit dès les vers suivants (531-36), quand il immole à sa colère un haut et puissant personnage de l'armée ennemie. Eustache est libre alors de retourner à son thème principal, la lutte désespérée des fourriers bataillant contre un adversaire infiniment plus nombreux. Il ne reparlera de la mort de Sanson qu'au moment où il en fera une des causes de la colère qu'Alexandre ressent à l'égard de Bétis et de la terreur que le roi inspire au chef des Gadrains.[35]

II **26** [RFGa: 0]. Salaton était monté sur Liart, un cheval extraordinaire (540-43); ce comte était seigneur d'Ale sur la mer Rouge, une riche ville que les Grecs ont depuis lors conquise et dévastée (544-47); il attaque et tue un chevalier grec nommé Ostale (548-51); survient une gent basanée, dont les flèches font cruellement souffrir les Grecs (552-55).—La laisse **26** est suspecte à bien des titres. Les mots placés à la rime sont peu naturels ou même franchement artificiels: l'adjectif *blancherale* et les noms propres de 541, 548 et 549 ont l'air d'avoir été inventés de toutes pièces; des féminins tels que *tale* et *communale*

---

[31] Dans ce cas, AdeP a sans doute introduit le nom de Salehadin sous l'influence de Guillaume de Tyr, qui dans son *Historia* accorde une large place à Saladin (Saladinus).

[32] Voir Du Cange, s.v. *archimandrita*.

[33] Sur ces "complaintes" ou "regrets" voir ci-dessus, p. 24.

[34] Le FGaFlor s'arrête avant la fin de **32** et partant ne fournit aucun indice dans le cas présent.

[35] Voir **50** 1155 et **75** 1770.

(au lieu de *tal* et *communal*) sont étrangers au poème d'Eustache; au vers 552 les mots *et de pale* constituent une cheville éhontée; les vers 542–43 imitent maladroitement un passage de l'ADéca (98–99: description de Bucéphale), et l'unique manière de tirer un sens de 543 est de faire dire à ce vers plus qu'il ne contient;[1] les vers 552–55 ne sont qu'un écho du commencement de II 27, ou plutôt de la forme qu'Eustache avait donné à ce début de laisse. On n'hésitera pas à attribuer toute la laisse 26 à AdeP.

Les vers 544–47 fournissent une preuve additionnelle du fait que II 26 a été interpolée par AdeP, car ils s'inspirent d'un passage de Guillaume de Tyr. L'historien du royaume de Jérusalem, ayant à décrire une expédition de Baudouin Ier, rapporte que le roi poussa jusqu'à la mer Rouge et occupa Helim, ville connue par ses fontaines et ses palmiers, dont la population, frappée de terreur, s'était enfuie à l'approche des Francs.[2] Dans les deux cas nous avons une cité illustre sise sur la mer Rouge et abandonnée par ses habitants; à peu près la seule modification que se soit permise AdeP, ç'a été de remplacer les Francs par les Grecs et de faire d'un nommé Salaton le seigneur de la ville.

La laisse II 26, nous le verrons par la suite, a été composée par AdeP afin d'introduire une mention de la ville d'Ale,[3] tout comme la laisse 37, interpolée elle aussi par AdeP, a pour but principal la description de la ville de Clere. Ces deux laisses sont unies l'une à l'autre par des liens si étroits qu'il vaut mieux attendre le commentaire de II 37 pour étudier leur commune histoire.

II 27 [RFGa: plusieurs vers perdus suivis de 560–65]. Un corps d'archers turcs survient et inflige aux Grecs des pertes sérieuses (les vers perdus, FGaFlor 51); Perdicas et Lioine, suivis d'une petite troupe de chevaliers, attaquent et massacrent les Turcs (560–65, FGaFlor 52).—Ce que contenaient les vers perdus du RFGa peut être inféré d'une comparaison des vers d'AdeP qui les ont remplacés (552–59) avec le FGaFlor; les détails communs au FGaFlor et à AdeP remontent certainement à Eustache: *Respexit Emenidus juxta montes et vidit turbam copiosam Turcorum cum arcubus et pharetris venientem eis obviam* (voir

---

[1] "De la chair salée, moulue menu comme avoine, est emballée dans des coffres portés par des bêtes de somme et sert de nourriture au cheval" (?).

[2] *Historia* XI XXIX: *Transiens Jordanem et transcursa Syria Sobal, per vastitatem solitudinis ad mare Rubrum descendit, ingressus Helim civitatem antiquissimam, populo Israelitico aliquando familiarem, ubi leguntur fontes duodecim fuisse et palmae septuaginta. Ad quam cum pervenisset, loci illius incolae, domini regis adventu praecognito, naviculas ingredientes in mare vicino mortem effugere cupientes se contulerunt. Ubi dominus rex, locis notatis et consideratis diligentius, eamdem qua venerat remensus viam ad Montem Regalem . . . reversus est.*

[3] *Ale* se trouve à la rime dans une laisse qui rime en *-ale*. Il est fort probable qu'AdeP avait commencé par franciser *Helim* en *Ele* mais que son penchant pour les rimes rares (en dehors de II 26 il n'y a dans tout le RAlix que IV 31 à rimer en *-ale*) l'a amené à changer *-ele* en *-ale* et *Ele* en *Ale*; on remarquera qu'à côté d'indiscutables rimes en *-ale* (*pale, male,* etc.) la laisse 26 accueille un mot qui rime normalement en *-ele* (*tale* 545).—Peut-être faut-il, pour rendre compte de la voyelle finale des formes *Ele* et *Ale*, admettre dans l'esprit d'AdeP une rencontre d'*Elim* (Exode 15, 27; 16, 1; Nombres 33, 9) avec *Aila* ou *Ailath* (III Rois 9, 26; IV Rois 16, 6; II Paral. 8, 17; 26, 2), ville située elle aussi sur la mer Rouge et que les scoliastes confondaient souvent avec Elim.

552–54); *quo vidente, stupefactus est nimirum vehementer, quoniam sagipte eorum . . . super eos ferociter descendebant, et [ab] eis multum gravati fuerunt* (voir 555 et 556–59).

Pour clore la laisse **26**, laisse interpolée par lui, AdeP s'est servi des vers par lesquels avait débuté chez Eustache la laisse **27**. Remaniés par AdeP, ils sont devenus les vers 552–55. Ayant ensuite atteint **27**, il a modifié le contenu des vers initiaux de cette laisse (556–59) pour éviter qu'ils ne répétassent de bout en bout les vers **26** 552–55 qu'il en avait tirés. Il est fort probable que les mots *roieles* (556) et *isneles* (557) qu'on rencontre à la rime se lisaient déjà chez Eustache. Les vers 566–67, que rien ne reflète dans le FGaFlor, témoignent de deux procédés chers à AdeP: emploi du style direct et évocation d'événements à venir; d'ailleurs 564–65 terminent la laisse de manière parfaitement satisfaisante.

II **28** [RFGa: 568–75]. Corineus tue un neveu de Bétis (**28**, FGaFlor **53**).— Au lieu de Corineus le FGaFlor porte *canutus*, 'un vétéran,' ce qui s'explique sans doute par une faute de lecture de la part de l'auteur du FGaFlor. C'est dans **28** que se trouve la seule apparition de Corineus qu'on puisse attribuer à Eustache; les trois autres laisses où paraît son nom (**18, 39, 57**) ne remontent pas au RFGa. L'allusion à un combat livré à Césarée (568: Cesaire) montre qu'Eustache avait lu Albéric.[4] A la matière de **28**, qui dans le FGaFlor également est traitée en peu de mots, Eustache n'accorde que huit vers, tout comme il n'en avait consacré que huit à la mort de Lucianor (II **6**).

AdeP s'empare du Corineus de **28**, qui dans le RFGa ne faisait qu'une fugitive apparition, et en fait le protagoniste de deux longues laisses interpolées par lui, **18** et **39**. Les vers 576–77 et leur "refrain" sur la mort de Sanson devront être attribués à AdeP.

II **29** [RFGa: 578–81, 585–95]. Antigonus galope à travers la mêlée (578–81, FGaFlor **54**); d'un coup d'épieu, il jette mort à terre un Arabe qui l'avait manqué (585–95, FGaFlor **54**).—Dans le FGaFlor l'Arabe est devenu un "capitaneus Gadrensium" et, au lieu de mourir embroché par une pique, il se voit décapiter d'un coup d'épée.

Les vers 582–84 et 596–99 n'ont rien qui leur fasse écho dans le FGaFlor; la mention aux vers 582–84 du cheval d'Antigonus, "si bon qu'un empereur ou un roi en chercherait en vain un meilleur," fait obstacle à l'enchaînement naturel qui devrait unir 578–81 à 586ss.; quant aux vers 596–99, ils nous apportent un renseignement qui eût semblé superflu dans le RFGa, car chez Eustache Antigonus est un personnage sans importance que l'auteur du RFGa ne fait paraître sur la scène qu'une seule fois. Mais l'attitude d'AdeP envers Antigonus est tout opposée. Il a inclus Antigonus parmi les douze pairs (I **31**) et lui a consacré une laisse interpolée (II **16**) pour en faire un des chefs des fourriers; il a l'intention également de le faire reparaître plus loin (II **87–88**). Quoi de plus naturel donc que dans **29** AdeP interpole 582–84 afin de doter Antigonus d'un destrier incomparable, et 596–99 pour suggérer d'autres ex-

---

[4] Voir ci-dessus, pp. 29–30, où l'on trouvera aussi l'indication de la source d'où Eustache avait tiré le nom de *Corineus*.

ploits que cette victoire de second plan remportée sur un Arabe resté anonyme.

II **30** [RFGa: 600–08, 623–24]. Androine pique des deux et se porte à la rencontre du féroce Calafer (FGaFlor: Sallefax), seigneur de tout le territoire avoisinant le Jourdain (600–08, FGaFlor **55**); d'un puissant coup de lance il le fait passer de vie à trépas (623–24, FGaFlor **56**).—Calafer (ou Sallefax?) et Godouain sont vraisemblablement des noms fabriqués de toutes pièces; ajoutons que ce dernier doit son existence au fait qu'il fournit une rime en -*ain*, mais nous savons qu'il arrive parfois à Eustache d'inventer des noms propres.[5]

Les vers 609–22, à quoi rien ne correspond dans le FGaFlor, constituent un ramassis de détails pris à droite et à gauche. Les vers 609–11 sont un hors-d'œuvre, car il y est question des habitudes des Arabes sur lesquels règne Godouain, père de Calafer. Or l'un de ces trois vers (611: *Lait boivent de chamel et au soir et au main*) a ceci d'intéressant qu'il rappelle un passage de Guillaume de Tyr où nous voyons le roi Baudouin Ier faire cadeau de deux chamelles à la femme d'un émir arabe, pour qu'elle pût en boire le lait.[6] C'est évidemment l'allusion faite par Eustache aux Arabes de la vallée du Jourdain qui a rappelé à AdeP le passage de Guillaume de Tyr dont il s'est servi pour composer 609–11.[7] Avec les vers 612–16 AdeP nous offre une glose[8] sur la fabrication des lances en canne.[9] Au vers 617 notons le mot *commain* qui ne se rencontre pas ailleurs sous la forme d'un substantif mais qui apparaît encore une fois en tant qu'adjectif, dans un passage composé par AdeP (II 1419: *une route commaine*).[10] Aux vers 619–20 le comte grec abattu par Calafer ne devient le cousin d'Androine que pour fournir à AdeP la rime *germain*. Au vers 621 Elain doit être Helenus, fils de Priam, un des personnages du *Roman de Troie*.

II **31** [RFGa: 625–31, 635–40]. Le preux Festion, qui avait fait broder trois lionceaux sur le caparaçon de son destrier, aperçoit et attaque un "riche duc" (625–31, FGaFlor **57**); frappant son adversaire d'un grand coup d'épieu, il l'étend raide mort sur le sol (635–40, FGaFlor **57**).—Le FGaFlor fait précéder son compte rendu de l'exploit d'une phrase où il est dit que Festion et Lioine parcouraient le champ de bataille comme des lions affamés et que de leurs épées ils dévoraient l'ennemi: comparaison et métaphore qui sont bien dans la manière

---

[5] Voir ci-dessus, p. 35.

[6] Le roi avait enlevé cette dame au cours d'une razzia faite dans le pays d'Outre-Jourdain, mais s'était décidé à l'abandonner sur le chemin du retour, parce que sa captive avait soudain été saisie des douleurs d'un prochain enfantement (*Historia* X xi).

[7] Son identification de l'Arabie d'outre le Jourdain à la "terre Madiain" se fonde sur sa connaissance de la Bible. Le livre des Juges (voir ch. 6–8) indique nettement que la terre de Midian se trouve à l'est du Jourdain.

[8] Puisée à quelle source, nous l'ignorons.

[9] Le mot *cane*, au sens de 'lance de canne,' figure cinq fois dans le FGa (Eustache: II 938, 942, 986; AdeP: II 614, 765); AdeP a jugé qu'il méritait d'être commenté, bien qu'on le trouve déjà dans la *Chanson de Jérusalem* (3180, 3184). Voir aussi l'*Estoire de la Guerre Sainte* d'Ambroise (5682).

[10] Le sens de *commain* et de *route commaine* semble être le même, celui de 'troupe'; *commain* est à distinguer de *Coumain*, nom de peuple que l'on relève par deux fois dans divers manuscrits du Fuerre: voir II 1655, variante de β, et β132.5 10, variante de C.

faussement poétique de l'auteur du FGaFlor. Comme au cours de cet épisode il ne sera plus question de Lioine et que ce personnage a déjà (II 27) joué le rôle qu'on pouvait attendre de lui, on peut soutenir que le mot "lionciaus" a déclenché la comparaison léonine ("tanquam leones famellici") et la présence de Lioine ("Leo") dans le FGaFlor. Ayant prêté une épée dévorante à Festion, le traducteur ne la lui retire pas lors de sa rencontre avec le "riche duc": au lieu de transpercer celui-ci de son épieu comme dans le RFGa et AdeP, Festion le décapite de son épée.

Les vers 632–34, qui n'éveillent aucun écho dans le FGaFlor et qui ne répondent à aucun événement raconté antérieurement, peuvent sans crainte être attribués à AdeP.

II 32 [RFGa: 641–46, 648, 665, 649–54. Aristé fend la presse, répandant partout le sang et la cervelle des Gadrains (641–46, 648, 665, FGaFlor 58); il frappe un seigneur persan (649: dans le FGaFlor la place du Persan est prise par un Turc), et le tue (650–54).—Le FGaFlor, qui s'arrête court au beau milieu de la joute d'Aristé, traduit ainsi le texte d'Eustache: *Aristes similiter, vigore ac ira repletus, perrexit obviam per campum concurrentibus; hinc et inde sanguinem et cerebra inimicorum miserabiliter perfundens, obviavit cuidam Turco.* C'est là une façon assez juste de rendre les vers 641–46 et 648, mais en plus il y a les mots *sanguinem et cerebra inimicorum miserabiliter perfundens*, qui reflètent à n'en pas douter le "sanc et cervele espandre" du vers 665. Or le FGaFlor se termine par une traduction du vers 649; il s'ensuit qu'en ce qui regarde 665 le récit a été modifié soit par AdeP soit par le rédacteur du FGaFlor, et il semble bien que celui des deux qui a introduit des changements soit AdeP. A partir du vers 657 Aristé est de plus en plus éclipsé par Eménidus: s'étant précipité pour la seconde fois dans la mêlée, Aristé devient le témoin des faits d'armes d'Eménidus et lui adresse des compliments qui n'en finissent plus (667–75). Dans les laisses consacrées jusqu'ici au combat du val de Josaphat, on ne nous a jamais présenté à l'intérieur d'une même laisse les exploits de deux héros appartenant au même camp.[11] Nous sommes donc en droit de conclure que dans le RFGa la laisse 32 ne renfermait que la joute d'Aristé et qu'elle se terminait par la mort de son adversaire. Nous pouvons ajouter que le FGaFlor est resté fidèle au RFGa en déclarant que c'est Aristé (et non Eménidus) qui faisait jaillir sang et cervelles. Lors de sa joute (649–54) Aristé se sert de sa lance, mais pour fendre la presse (646, 648, 665) il a dû employer son épée.

Chez Eustache la laisse 32 était relativement courte; AdeP s'est arrangé pour la rendre bien plus longue. Il l'a coupée en deux parties, dont la première (641–56) correspond à peu près à ce que la laisse était dans le RFGa; quant à la seconde (657–75), elle a pour protagoniste le héros de la laisse suivante (33), Eménidus. AdeP retire de la première partie le vers "Sanc et cervele espandre et poins et piés trenchier" afin d'en faire hommage à Eménidus; à titre de

---

[11] Nous exceptons le cas de II 27 où Perdicas et Lioine sont présentés comme combattant l'un aux côtés de l'autre, et non pas l'un après l'autre. Dans II 24 un Grec anonyme tue un Gadrain également anonyme, mais ce n'est là qu'un simple détail de la mêlée qui suit la mort de Sanson.

compensation, sans doute, il insère dans la première partie le vers 647, qui n'est qu'un écho du vers 681 de la laisse **33** (*Q'encontre son acier n'a nule arme duree*), où c'est d'Eménidus qu'il s'agit.[12] A la fin de la première partie, AdeP ajoute les vers 655–56 qui contiennent le "refrain" sur la mort de Sanson dont nous avons déjà parlé.[13] Dans la seconde partie, notons la longue apostrophe si caractéristique de la manière d'AdeP (667–75) et le fait qu'Eménidus est traité de "connétable" (668), autre invention d'AdeP.[14]

II **33**ss.: remarque générale. Le FGaFlor s'étant arrêté au point qui correspond à la laisse **32,** à partir de **33** nous ne disposons plus pour établir le texte du RFGa d'un moyen de contrôle qui s'était montré particulièrement précieux.

II **33** [RFGa: 676–79, 684–87, 707–17]. Eménidus soutient vigoureusement ses compagnons (676–79) jusqu'au moment où son épée se brise (684–87); là-dessus les Gadrains attaquent de plus belle et font plier les Grecs mais Eménidus, en se servant de sa lance, réussit à arrêter l'ennemi et à rallier les siens (707–17).

L'on se rend bientôt compte que la laisse **33** était bâtie à l'origine autour de l'idée que les Grecs sont contraints de plier mais qu'Eménidus empêche ce fléchissement de se transformer en déroute. AdeP, qui a déjà ajouté une rallonge (664–75) à la laisse précédente afin de faire la part plus belle à Eménidus, étire tant qu'il peut **33,** et pour la même raison. Parmi les 48 vers que compte la laisse, on peut sans crainte en attribuer 29 (680–83, 688–706, 718–23) à AdeP mais, puisqu'il n'est plus possible d'avoir recours au FGaFlor, il n'est pas sûr que nous ayons réussi à isoler tous les vers qu'AdeP a pu interpoler dans le texte du RFGa. Examinons donc les passages dont le caractère postiche ne peut être mis en doute. D'abord 680–83: ces quatre vers obscurcissent le sens de 684, parce que *lor* (684) ne renvoie plus à *la gent de Gadres* (679) mais aux Grecs (680: *les*) et parce que le texte porte maintenant que *li dus* (680; entendez: Eménidus) tue *un duc* (684; comprenez: un duc de l'armée gadraine).[15] Puis 688–93: ce passage s'accorde mal au contexte, qui laisse entendre que tout ce qu'espérait Eménidus c'était de pouvoir tenir tête à la poussée des Gadrains; nous avons affaire à une transition qui nous amène aux vers 694–706. Signalons aux vers 692–93 un nouvel exemple du "refrain" sur la mort de Sanson.[16] Quant aux vers 694–706, qui nous rapportent la mort du sénéchal de Bétis, ils nous décrivent le fief de cette victime d'Eménidus en des termes qui font tout de suite songer à Guillaume de Tyr. Voici ce qu'écrit AdeP (696–99): "Cil tenoit Damïete, une cité loëe, Del tans saint Abraham fu desus mer fondee; Sieue iert la paumeroie, qui tant iert renomee, Toute tresq'en Larris ot la terre

---

[12] Voir plus bas, l'examen de II 33.

[13] Ledit refrain est une des innovations introduites par AdeP dans le FGa, voir ci-dessus, p. 24, note 14.

[14] Dans la Version Gadifer Eménidus porte également ce titre, voir II 66 1601, β35 43, β121 11, β124 2.

[15] AdeP a évidemment interpolé 680–83 parce qu'il tenait à mentionner le destrier d'Eménidus. C'est d'après Eustache (II 5 70, 44 994) qu'il l'appelle Ferrant (voir aussi I 53 1190, I 153 3193, II 43 964). Chez Lambert-2 le cheval d'Eménidus se nommait Pierne (III 36 695).

[16] Voir ci-dessus, p. 54.

aquitee." Or Guillaume de Tyr raconte (*Historia* XX xv–xvi) qu'en 1169 les Francs investirent Damiette, ville très ancienne (XX xv: *antiqua et nobilis*); qu'après plusieurs jours ils changèrent de camp et, traversant les parcs autour de la ville, s'établirent plus près des murs,[17] et que pour des usages divers ils abattirent un bosquet de palmiers qui s'élevaient dans le voisinage de leurs tentes.[18] En ces quelques phrases de Guillaume de Tyr AdeP a puisé tous les éléments des vers 696–99, excepté la mention de Larris; toutefois Larris (Laris, dans le texte latin), ville située sur la côte désertique qui sépare Damiette de Gaza, est fréquemment mentionnée par Guillaume à d'autres endroits de son livre.[19] Enfin l'interpolation des vers 718–23: Eménidus y pousse le cri de guerre de "Mascedoine" et donne tant de coeur aux siens qu'ils se mettent à charger l'ennemi à bride abattue. Ce cri de "Mascedoine" est une invention d'AdeP, ainsi qu'il ressort d'un examen des autres passages du RAlix où il se fait entendre.[20] Du reste, Eustache vient de nous dire aux vers 716–17 qu'Eménidus est tout juste arrivé à reformer les rangs des Grecs, et la laisse suivante (34) va nous montrer les fourriers parvenant tout au plus à s'accrocher au terrain. Il paraît donc évident que chez Eustache la laisse 33 se terminait aux vers 716–17 et que le reste a été ajouté par AdeP.

II 34 [RFGa]. S'étant ressaisis, les Grecs combattent vaillamment (724–26); bien qu'ils ne puissent vaincre à cause de leur petit nombre, ils tiennent du moins à vendre leur vie aussi cher que possible (727–32).

Depuis le début de la bataille (II 24) jusqu'à leur repli de la laisse 33, les fourriers avaient fort bien tenu tête à leurs innombrables adversaires, mais avec 34 commence pour le RFGa une seconde phase de la lutte; à partir d'ici les Grecs vont avoir nettement le dessous (voir 38, 42–44, 46–48, 50).

II 35–37: remarque générale. Ces trois laisses sont suspectes parce que le sujet qu'elles développent ressemble étrangement au contenu de la laisse 27. De plus il existe d'autres indices qui décèlent en 37 l'œuvre d'AdeP. Nous

---

[17] *Historia* XX xv: *Nostri quidem pomeria quae inter castra et urbem media jacebant transeuntes, urbi viciniora figunt tentoria unde liber ad moenia erat discursus.* A remarquer particulièrement le mot *pomeria*. *Pomerium*, qui signifie la zone autour d'une ville qu'on laissait libre de toute construction, a souvent pris au moyen âge, par suite d'une fausse étymologie, le sens de 'verger de pommiers' (voir Du Cange, s.v.). C'est sans doute la présence de *pomeria* dans l'*Historia* qui a suggéré à AdeP l'emploi d'un mot *paumeroie* ('verger de palmiers'), mot qui n'a pas fait fortune et qui semble avoir attendu le XIXe siècle pour reparaître (mais comme une formation nouvelle: *palmeraie*). Le dictionnaire provençal de Levy relève un exemple unique de *palmareda* qui se trouve dans la *Prise de Damiette;* notons que la palmeraie en question est probablement celle dont Guillaume de Tyr avait parlé au siècle précédent.

[18] *Historia* XX xvi: *Caedebatur ad usus varios sylva palmarum castris contermina.* La suite de ce siège n'offre rien qui intéresse spécialement le lecteur du RAlix.

[19] *Historia* XI xxxi, XII xxiii, XVII xxx, XIX xxiv, XXI xx et xxiv.

[20] C'est un cri attribué au roi lui-même (I 3219), à Sanson (I 3178), à Eménidus (ici et II 786), à Filote (II 899), à Cliçon (II 2941). Il se fait entendre aussi dans la Version Gadifer, voir II 1174 (Alexandre) et II β62 29 (Eménidus): ce dernier vers répète mot pour mot II 786.

allons analyser ces laisses une à une pour montrer qu'il faut les rejeter toutes les trois.

II 35 [RFGa: 0]. Les Grecs se défendent bravement contre la "pute gent" (733–34); plus de sept mille Turcs les attaquent et il n'y a guère de fourrier qui ne soit blessé (735–38); mais le soleil qui brille leur donne du courage (739–42). —Les vers 733–34 paraphrasent **34** 731; les vers 735–37 font écho au début de **27** (tel qu'il se lisait dans le texte d'Eustache); le vers 738 exprime sous une autre forme l'idée contenue dans **34** 732; les vers 739–40 sont des vers de remplissage; le vers 741, où il est question de la bannière du roi, fait songer aux passages où AdeP spécifie que "Macédoine" est le cri de guerre des fourriers; le vers 742 reprend sous une autre forme **27** 565.

II 36 [RFGa: 0]. Les fourriers sont à bout de forces; il n'y en a guère qui n'aient été blessés par les traits que les Turcs font pleuvoir (743–49); Eménidus et Licanor foncent sur eux et les mettent en fuite (750–59).—Les vers 743–49, tout comme **35** 735–37, font écho au début de la laisse **27,** tel qu'il se trouvait dans le texte d'Eustache. Les vers 750–59, où Eménidus et Licanor font fuir les Turcs, sont modelés sur **27** 560–65, où Perdicas et Lioine rendent le même service à leurs compagnons.

II 37 [RFGa: 0]. Aux Turcs qui se retirent sans être poursuivis, succèdent sept mille Nubiens armés de boucliers et de lances de canne (760–67); ils sont conduits par Salatin, un ennemi juré des Grecs (768–70); Salatin résidait d'habitude dans une ville fort riche, sise tout en haut de la mer Rouge, appelée Clere lors de sa fondation et dont les pêcheries fournissaient de poisson toute la Syrie, "mais or l'ont crestïen trestoute desertie" (771–76); Salatin, qui mène la charge, fond sur les Grecs en poussant des cris sauvages (777–79); plus que jamais les fourriers ont besoin d'aide (780–81); Eménidus se place entre eux et les Nubiens; il encourage ses compagnons en poussant leur cri, "Mascedoine" (782–86).— Les vers 760–61 sont des vers de transition. Les vers 762–67, où paraît un corps de sept mille Nubiens, fait pendant aux vers **35** 735–36 et leur sept mille Turcs; les *canes* et les *roëles* des Nubiens correspondent aux flèches et aux *roëles* dont Eustache avait doté les Turcs au début de **27**.[21] Les vers 768–70 font écho à **38** 787–89. Les vers 771–76 montrent l'influence de l'*Historia* de Guillaume de Tyr, ce qui indique qu'ils ont été composés par AdeP (voir le paragraphe suivant). Les vers 777–79 sont des vers de transition. Les vers 780–86 font écho à **33** 714–17 et à **27** 566–67; ils donnent à entendre qu'Eménidus va jouer un rôle dans la laisse suivante, ce qui pourtant ne sera pas le cas, et ils contiennent un exemple de "Mascedoine" employé en tant que cri de guerre, autre preuve qu'AdeP les a écrits.

Les vers 771–76 célèbrent les pêcheries de la ville imaginaire de Clere. Ce que raconte AdeP, Guillaume de Tyr l'avait déjà dit des pêcheries de Pharamie.[22]

[21] Les Nubiens sont à rapprocher de la *gent noire* de **26** 52. Dans **38** (789) Eustache déclare que Salatin est un Bédouin et il est naturel de supposer que pour Eustache les soldats de Salatin étaient eux aussi des Bédouins.

[22] Pharamie, située sur la branche orientale du delta du Nil (Ostium Pelusiacum) et près du lac Sirbonis, s'élevait à peu près sur l'emplacement que Pelusium avait occupé dans l'antiquité.

Dans un premier passage, l'auteur de l'*Historia* nous fait savoir qu'en 1118 Baudouin Ier s'empara de Pharamie et la livra au pillage; il ajoute que le roi y mangea trop de poissons et eut une indigestion dont les suites lui furent fatales.[23] Plus loin, ayant à décrire le Nil, il déclare que la bouche orientale de ce fleuve se trouve près de Pharamie et est tournée du côté de la Syrie.[24] Enfin, dans un troisième passage, Guillaume note à propos du lac Sirbonis (tout près de Pharamie) que ses eaux sont extrêmement poissonneuses, au point qu'elles servent à approvisionner les villes les plus lointaines aussi bien que celles qui sont voisines, et il termine en disant que Pharamie est maintenant [en 1184] une ville déserte.[25] Il ne laisse pas d'être surprenant qu'AdeP ait mentionné le fait que la ville fut détruite par les chrétiens. Sans doute est-ce là l'inconscient aveu qu'il mélangeait à l'histoire d'Alexandre des éléments tirés de celle du douzième siècle.[26]

Les laisses **35-37**, fabriquées à l'aide d'emprunts faits à II **27** et à l'*Historia* de Guillaume de Tyr, et la laisse **26**, qui se trouve exactement dans le même cas, sont unies encore par un autre lien: Salatin et sa ville de Clere (**37**) ressemblent de façon frappante à Salaton et à sa cité d'Ale (**26**). Le moment est venu de rechercher ce qui a pu amener AdeP à composer deux passages presque pareils et de voir quel plan il a suivi en les insérant dans le Fuerre. Son but principal a dû être d'utiliser ce que Guillaume avait raconté sur les villes de Pharamie et de Helim. A Pharamie il substitue la ville imaginaire de Clere, et au lac Sirbonis la mer Rouge; comme seigneur de Clere il choisit le Salatin de II **38**. A Helim il donne la forme *Ale* tout en lui gardant sa position sur la mer Rouge; il lui donne pour seigneur un certain Salaton, en qui il faut évidemment voir un personnage différent du Salatin de II **37-38**. Cherchant un endroit du poème où il pourrait bien introduire ce Salaton, il finit par le caser entre la mort de Sanson (II **24-25**) et l'attaque des archers turcs (II **27**). A la fin de cette laisse interpolée (**26**) il insère, après l'avoir remanié, le début de **27** (texte d'Eustache). AdeP utilisera une seconde fois **27**, et cette fois-là toute la laisse au lieu du commencement seulement, lorsqu'il composera **35-37**; on y voit reparaître les Turcs et dans **37** surgit Salatin seigneur de Clere, véritable sosie de Salaton seigneur d'Ale. Pourtant AdeP n'entend pas qu'on confonde les deux personnages. Si Salatin

---

[23] *Historia* XI XXXI: *Cum ingentibus copiis descendit rex in Aegyptum, et urbem antiquissimam Pharamiam nomine, confregit violenter, et confractae copias suis commilitionibus dedit in praedam.... Captis igitur de piscibus quorum illic maxima est copia....*

[24] *Historia* XIX XXIII: *Prima pars, quae nostram Syriam respicit, inter duas antiquissimas urbes maritimas mare ingreditur, inter Tafnim et Pharamiam.*

[25] *Historia* XX XIV: *Tanta solet piscium includi multitudo ut non solum finitimis verum etiam remotis urbibus uberiores et inauditas piscium praestet commoditates.... Pharamia vero, unde supra fecimus mentionem, civitas deserta, olim multo frequentata habitatore, juxta primum Nili ostium, quo marinis excipitur fluctibus, sita est, quod vulgo Carabes dicitur.*

[26] Pharamie fut de nouveau mise à sac en 1150, cette fois-ci par les Templiers, voir Röhricht, *Gesch. des K. Jer.*, p. 273, note 1. Cet événement relativement récent au temps où AdeP rédigeait sa version du RAlix conférait à son Fuerre comme une note d'actualité.

ressemble un peu trop à Salaton, Clere diffère sensiblement d'Ale, et, bien que ces deux cités soient toutes deux sises sur la mer Rouge, la première a été détruite par les chrétiens, la seconde par les Grecs. Reconnaissons toutefois que les copistes se sont mépris sur les intentions d'AdeP et ont tendu à ne voir qu'un seul personnage en Salatin et Salaton.[27]

II **38** [RFGa: 787–96, 801–07]. Salatin tue un cousin de Filote (787–96); Filote se venge en massacrant tous les Gadrains qu'il rencontre dans sa course furieuse (801–07).—Eustache avait fait de Salatin un personnage de second plan qui ne paraissait que dans **38** et qui, ayant tué un Grec faisant également figure de comparse, ne reparaîtra plus. Le seul résultat de l'exploit minime commis par lui était d'inciter Filote à massacrer un nombre encore plus grand de Gadrains.

Les vers 797–800 font mourir Salatin, afin de le punir d'avoir tué le cousin de Filote, mais le vengeur au lieu d'être Filote, comme on s'y attendrait, se trouve être Licanor, ce qui ne devient clair que dans une laisse interpolée par AdeP où nous apprendrons que Licanor est le frère de Filote (**40** 874) et par conséquent le cousin du cousin de son frère. Ajoutons que le passage contient une comparaison peu heureuse, puisque le fait d'armes de Salatin ne ressemble en rien au meurtre par Caïn de son frère Abel. Le vers final (808), qui amorce la laisse interpolée qui va suivre (**39**), peut également être attribué à AdeP.

II **39** [RFGa: 0]. Le chevalier pauvre et mal armé, neveu d'Eménidus, ayant triomphé d'un riche Gadrain, s'empare de son armure et se jette de nouveau dans la mêlée (809–33); apercevant Eménidus en grave danger d'être pris par l'ennemi il le délivre de ses assaillants; il lui révèle alors qu'il se nomme Corineus, lui apprend qu'il est le neveu du grand Eménidus et qu'il s'est mis en quête de son oncle; plein de joie, Eménidus lui demande de combattre dorénavant à ses côtés, et Corineus accepte avec une joie égale (834–72).—Corineus, qui ne figure qu'une seule fois dans le RFGa (voir la laisse **28**), était resté pour Eustache un personnage de second plan. AdeP fait de lui le héros de deux laisses supplémentaires (**18** et **39**). La première de ces deux interpolations (**18**) est visiblement modelée sur la laisse **20**, où Eustache nous montre Eménidus s'adressant en désespoir de cause à un chevalier peu fortuné: pareillement Corineus, dont Eménidus voudrait également faire son messager, est présenté au lecteur comme un chevalier pauvre de biens mais riche en courage. Notons que pour l'instant AdeP ne dit pas que Corineus soit le neveu d'Eménidus. Mais, la seconde fois qu'AdeP s'occupe spécialement de lui, c'est-à-dire dans la laisse même que nous sommes en train de commenter (**39**), il déclare dès le début (vers 810) que Corineus est le fils de la sœur d'Eménidus, ce qui va lui permettre de placer une scène romanesque dont voici le canevas: un oncle et son neveu,

---

[27] Aux vers **37** 768 et 777, *NV* (α) et **JMC** (β) portent *Salatins*, mais **G** et *B* (α) ont *Salatons;* *H* hésite, donnant à la fois *Salatins* (768) et *Salatons* (777). Par contre le *Salatons* de **26** (540, 544, 548), forme que rend certaine l'accord des groupes **GMJ**, devient *Salatins* pour le groupe **C**. Dans le texte de l'édition, où sur la foi de $\bar{G}B$ nous avons imprimé *Salatons* aux vers 768 et 777, *Salatons* est à corriger en *Salatins*. A noter également qu'au vers **37** 773 *NV*, au lieu de *Clere*, portent *Ele* (= Ale?).

depuis longtemps séparés, soudain se retrouvent et se reconnaissent. Or, en analysant la laisse **20**, nous avons signalé onze vers (404–14) interpolés par AdeP et qui correspondent aux vers 850–57 de **39**, selon lesquels le pauvre soldat anonyme inventé par Eustache serait lui aussi le neveu d'Eménidus; nous avons montré que c'est par suite d'une bévue qu'AdeP a rattaché ses onze vers au soldat de **20** au lieu de les enchaîner à sa description de Corineus, le "povres hom" de **18** 313–19. Pour qu'AdeP ait procédé avec tant de maladresse, il faut que 404–14 aient été insérés après coup, et nous sommes en droit de conclure que quand AdeP a composé **18** il n'avait pas encore songé à écrire **39**. Ayant plus tard, au moment où il rédigeait **39**, imaginé d'apparenter Corineus à Eménidus, il jugea utile d'indiquer ce lien de parenté dès la première apparition du personnage. Il s'ensuit qu'AdeP aurait dû insérer les vers 404–14—ou plutôt, pour parler de façon précise, leur contenu—dans la laisse **18**, mais qu'il est tombé dans un piège que sans le vouloir il s'était dressé à lui-même. Ayant calqué **18** sur **20**, il s'est trompé de laisse quand il est revenu sur ses pas et a choisi **20** pour y introduire les onze vers (404–14) qui amorcent **39**, alors que son choix aurait dû se porter sur **18**.[28]

II **40–41** [RFGa: 0]. Licanor et son frère Filote regrettent que le roi, Tholomé et Cliçon ne soient pas au courant de la situation critique des fourriers; sur quoi Licanor fait voler la tête d'un Gadrain qui était le fils d'un certain Sarator (**40** 873–81); Guimadochet, célèbre devin africain, attaque Filote et l'abat de son cheval (**40** 882–95); les Gadrains se précipitent sur leur ennemi étendu à terre, qui appelle à l'aide en criant "Mascedoine" (**40** 896–900); quatre pairs, Perdicas, Lioine, Licanor et Eménidus, répondent à son appel et le remettent en selle (**41** 901–07); les Gadrains cèdent du terrain, puis reviennent à la charge; les Grecs sont trop peu nombreux pour pouvoir résister victorieusement (**41** 908–15).—Il est visible que ces deux laisses ont été composées par AdeP. Les vers 873–81 affirment que Licanor et Filote sont frères, parenté qui n'est constatée nulle part dans le RFGa;[1] ils renferment un "regret" (876–79) qui est tout à fait dans le ton de ceux auxquels AdeP nous a accoutumés; on voit paraître aussi Tholomé et Cliçon, deux personnages qui sont entièrement absents du RFGa; enfin il est question d'un Gadrain tué par Licanor dont on se borne à nous dire qu'il est le fils de Sarator, illustre inconnu (880–81). Les vers 882–95, qui mettent en scène un guerrier gadrain au nom bizarre et dont on nous dit qu'il est un devin réputé, Guimadochet[2] sire de Melide,[3] se signalent par une

---

[28] Dans la Version Gadifer, Corineus reparaîtra encore une fois pour y succomber sous les coups de Gadifer, voir ci-dessous, l'analyse de la Version Gadifer, tome V, p. 113.

[1] Cette parenté n'est mentionnée que quatre fois dans tout le RAlix: ici (II 874); dans la Version Gadifer (II β32 1), sans doute sur la foi de II 874; dans la branche IV (**24** 435, **58** 1333). Notons que Quinte-Curce dit (VI VI 19) que Philotas était le frère de Nicanor.

[2] Ce nom est à rapprocher de Guignehochet, nom d'un diable bon enfant dont Jacques de Vitry a fait le héros d'un de ses *exempla;* voir Robert Bossuat, éd. de *Bérinus*, SATF, II, p. 225.

[3] Il est difficile de dire si Melide représente un pays réel (l'île de Malte) ou bien un pays imaginaire (celui de Cocagne); voir la note de W. Foerster au vers 2358 d'*Erec*.

fâcheuse répétition: en effet le vers 888 (*En la terre d'Aufrique n'ot tel sortisseor*) fait double emploi avec le vers 884 (*Onques en nule terre n'ot tel devineor*). Le récit de la déconfiture de Filote (890–98), où le vers 897 reflète le *qui les Grieus n'aime mie* d'Eustache (ii **37** 768), est suivi de deux vers (899–900) qui contiennent le cri de guerre "Mascedoine," indice, nous l'avons dit, de la main d'AdeP.[4] Les vers 901–07, en même temps qu'une nouvelle allusion à "Mascedoine" (*l'ensegne Alixandre* 901), renferment aussi une allusion aux douze pairs (902),[5] et le *maint pié et maint poing . . . voler* (907) reflète le *poins et piés trenchier* d'Eustache (ii **32** 665). Les vers 908–15, qui annoncent que les Gadrains lâchent pied et puis retournent à l'attaque, n'ajoutent pas grand'chose au récit et semblent bien n'être que des vers de remplissage. Somme toute, les laisses **40–41** permettent à AdeP de prolonger la bataille en accordant une joute à Filote. C'est d'ailleurs une joute assez mal conçue dans laquelle Filote, vite et aisément abattu par Guimadochet, est sacrifié à la gloire de son adversaire—sacrifice qui ne se comprend que si Guimadochet était destiné soit à être puni, soit à jouer un rôle de premier plan, ce qui n'est point le cas.[6]

ii **42** [RFGa: 927–48]. Eménidus fait plier les rangs des Gadrains sous la vigueur de ses coups mais est atteint par derrière d'un javelot à pointe acérée qui se brise dans son corps (927–42); après avoir pourfendu celui qui venait de le blesser si gravement, Eménidus bande lui-même sa plaie pour arrêter l'effusion du sang (943–48).

Les vers 916–26 raccordent la longue interpolation d'AdeP (laisses **39–41**) au texte du RFGa. Eménidus y joute avec l'émir d'Ascalon et Filote est remis en selle; remarquons que **41** 906–09 nous avaient déjà très suffisamment éclairés sur le sort de Filote. La prédiction (926) qu'avant la nuit tombée Filote fera payer cher sa chute malencontreuse est tout à fait dans la manière d'AdeP, et remarquons qu'elle ne s'accomplira ni ce jour-là ni par la suite. Les vers 949–53 expliquent qu'Eménidus fait lui-même le pansement de peur que les fourriers, s'ils apprenaient la gravité de sa blessure, ne soient complètement découragés. C'est là une explication inutile; la vraie se trouve au vers 959 de la laisse **43**, où nous apprenons qu'Eménidus était loin ("estraigne") des autres Grecs. Si nous omettons 949–53, nous pouvons passer sans heurt des vers 946–48 aux vers 954–61.

ii **43** [RFGa: 954–63, 970–82]. Bétis, seul témoin de la blessure infligée à Eménidus, s'imagine que le chef des fourriers ainsi affaibli n'est plus trop à craindre et pique des deux dans sa direction, non sans avoir crié à sa gent de le suivre de près (954–63); la joute est des plus brèves, car d'un seul coup d'épée Eménidus fait voler hors de la selle son adversaire (970–82).

Les vers 964–69 constituent une parenthèse aussi inutile qu'illogique. Ferrant, le cheval d'Eménidus, a été nommé il y a beau temps[7] et il est bien tard pour nous indiquer le lieu dont il est originaire (*Cartaigne* 964, endroit imaginaire servant de cheville); et si Bétis s'était trouvé aussi éloigné de l'endroit où

[4] Voir ci-dessus, p. 24.
[5] Voir ci-dessus, p. 23.
[6] Guimadochet ne reparaîtra plus, sauf tout à fait en passant dans deux vers composés par AdeP (ii **73** 1756–57).
[7] Voir ci-dessus, ii **33**, note 15.

Eménidus avait été blessé que l'indiquent les vers 968–69 il n'aurait pas été seul à surprendre ce qui était arrivé au chef des fourriers. Assurément 964–69 ne faisaient pas partie du texte d'Eustache.

II 44 [RFGa]. Trois escadrons de Gadrains descendent dans la vallée, dégagent Bétis et font refluer les Grecs (983–90); au moment de sa passe avec Bétis, Eménidus a rompu les rênes de son cheval, et Ferrant, prenant le mors aux dents, emporte son cavalier loin de la mêlée (991–99); si les rênes n'avaient pas été définitivement hors de service, Eménidus aurait encore fait beaucoup de mal aux Gadrains (1000–01).

II 45 [RFGa: 0]. Trois escadrons de Gadrains descendent dans la vallée et dégagent Bétis (1002–05), qui demande à ses hommes de le venger (1006–09); Eménidus répare ses rênes et retourne au combat (1010–14), mais les Grecs pris de panique fuyaient (1915–18); Eménidus, les yeux pleins de larmes, adresse une longue exhortation à ses compagnons (1019–34).—Les vers 1002–09 et 1015–18 sont patronnés sur **44** 983–90. Les vers 1010–14 servent à ramener Eménidus au combat juste à temps pour assister à la déroute de ses compagnons, et dans 1019–34 tout ce qu'il fait pour remédier à cette calamité c'est de les tancer au cours d'une longue apostrophe plaintive qu'il termine en disant (1034) qu'il va de nouveau participer à la lutte. Evidemment le seul but de la laisse est de ramener Eménidus sur le champ de bataille, AdeP ayant besoin de lui pour le faire figurer dans une série d'épisodes: ainsi se trouvera prolongé indéfiniment un combat qui selon Eustache est sur le point de se terminer par l'arrivée d'Alexandre. Cette laisse d'AdeP rompt le fil de la narration fort mal à propos: dans **44** la petite bande des Grecs était réduite aux abois et Eménidus, gravement blessé, avait été entraîné loin de la bataille, les deux derniers vers indiquant qu'il ne pourrait plus y participer; et dans **46** Bétis, tout en rendant hommage au courage des fourriers, croit que le moment est venu de les écraser. La laisse **45** engage le récit dans une voie très différente de celle que lui avait tracée Eustache.

II 46 [RFGa: 1035–51]. Bétis, étonné de la résistance de cette poignée de Grecs, affirme que si toute l'armée d'Alexandre est de pareille trempe personne ne saura l'arrêter et ajoute qu'il n'y a pas un moment à perdre si l'on veut écraser définitivement les fourriers (1035–41); lançant une attaque contre Licanor, qui était devant les autres, il le blesse grièvement (1042–45); Licanor riposte et aurait fait payer cher sa blessure si Bétis n'avait pas éte entouré par un large contingent de compagnons dévoués (1046–51).

Les vers 1052–57 ajoutent que les compagnons de Bétis abattent Caulus, Aristé et une trentaine de Grecs, de sorte que la balance penche contre les fourriers. Il y a pourtant beau temps que l'équilibre est rompu, puisque les Grecs sont déjà aux abois. Ces vers appartiennent évidemment au prolongement de la bataille conçu par AdeP et font partie d'une interpolation qui comprend aussi les vers 1058–72 de la laisse **47**.

II 47 [RFGa: 1073–95]. Aridé de Valestre,[8] furieux de voir périr ses com-

---

[8] Ce n'est qu'ici qu'Eustache assigne un lieu d'origine à Aridé; voir ci-dessus, p. 35.

pagnons, parcourt le champ de bataille et ses coups font reculer partout ses adversaires, mais il finit par être couvert de plaies et de bosses (1073-84); voyant que les fourriers n'en peuvent plus, il se décide à porter le message et galope tout d'une traite jusqu'à la tente d'Alexandre.

Les vers 1058-72 détournent de nouveau le récit de son cours logique: Eménidus et ses fourriers, que nous avions toute raison de croire exténués et pour ainsi dire hors de combat, s'escriment soudain comme s'ils étaient toujours frais et dispos. Ici encore nous avons affaire au prolongement de la bataille introduit par AdeP. Le vers 1096 renferme ce genre de prédiction qu'affectionne AdeP et qu'il aime à placer tout à la fin d'une laisse; une rime du même au même (voir 1073) résulte de l'insertion de ce vers.

II **48** [RFGa: 1100-05, 1107-10, 1122-28]. Le roi voit devant sa tente un messager fort mal en point: graves blessures et armes en pièces; l'ayant dévisagé, il reconnaît Aridé et l'interroge; Aridé lui apprend la déconfiture des fourriers et réclame son aide (1100-05, 1107-10); Alexandre et toute l'armée grecque se mettent immédiatement en route et, conduits par Aridé, ils atteignent la vallée de Josaphat et surgissent brusquement devant les Gadrains (1122-28).

Aux vers 1097-99 notons la présence de Tholomé et de Cliçon, introduits du reste fort mal à propos; "l'assaut" (1098) doit être dans le genre de ceux dont il est question au début du RFGa (II 1 10-12). Le vers 1106 doit également être attribué à AdeP à cause de sa mention des douze pairs. A de nombreux indices on peut reconnaître que 1111-21 ne sont pas authentiques. Par exemple, si Aridé, en priant instamment Alexandre d'aller au secours des fourriers, avait vraiment jugé utile de se répandre en détails (1111-14), il n'aurait pu s'empêcher de parler d'Eménidus; pareil oubli est si étonnant de sa part que le rédacteur de **JM** a inséré deux vers (1114.1-2) destinés à le réparer. D'ailleurs il est fait mention de la chute de Filote, incident qui n'a été rapporté que dans une interpolation d'AdeP (II **40-41**). Aridé interrompt sa demande de secours pour confier au roi qu'il a l'intention de retourner à Josaphat, ce qui est bien oiseux (1115-16). Egalement superfétatoires sont les commentaires auxquels se livrent Cliçon et Tholomé (1117-18), mais ils font suite aux vers interpolés par AdeP au début de la laisse. Enfin que penser des pleurs versés sur le sort de trois fourriers qu'Aridé n'a même pas mentionnés (1119-21)? Le vers 1129, qui contient une de ces prédictions de fin de laisse dont AdeP est coutumier, commence une interpolation qui embrassera toute la laisse **49**.

II **49** [RFGa: 0]. Dès que les Grecs s'aperçoivent de l'approche d'Alexandre, ils reprennent courage et contre-attaquent (1130-38); Bétis, lui, adresse une exhortation aux Gadrains, leur demandant de lui prouver par la vigueur de leurs coups combien ils lui sont attachés (1139-50).—Dans le RFGa, la laisse suivante (**50**: quand Alexandre arrive les fourriers sont à bout de force) sera suivie immédiatement de la laisse **75** (Bétis, épouvanté par la soudaine arrivée du roi et de son armée, renonce à la lutte et se sauve). Ce brusque dénouement s'accorde mal aux projets que nourrit AdeP: depuis quelque temps déjà le poète donne des signes indéniables de vouloir prolonger la bataille, coûte que coûte; afin de rendre possible l'insertion de huit laisses supplémentaires (**51** et **68-74**) entre **50** et **75,** il juge le moment venu d'interpoler une laisse (**49**) qui peut s'interpréter ainsi: bien que les fourriers soient à bout de forces (1134–37) l'arrivée du roi leur redonne de l'élan (1130–33 et 1138), et bien que cette arrivée effraie Bétis (1139–43) il exhorte ses hommes à tenir bon (1144–50). A remarquer le désaccord qui existe entre le premier vers de **49** (1130), où "li Grigois" sont les fourriers, et le vers 1128, où "li Grigois" sont les soldats de l'armée du roi; à remarquer aussi la cheville grossière de 1139: *vers les puis d'Alïer*, suggérée sans doute par *Alixandre d'Alier* du vers 1130. Signalons également la mention des douze pairs au vers 1136. Le vers 1137, dans la forme qu'il a reçue dans *G* et *F* et que nous avons maintenue dans le texte imprimé, est visiblement corrompu, tant pour ce qui est du nombre des pairs (trois au lieu des quatre qu'on attendrait) que pour l'hésitation entre le cas sujet et le cas régime (*Aristé*). Le flottement des leçons pour 1137 est tel que nous ne sommes pas en mesure de dire quelle était la forme précise du vers dans le texte d'AdeP.[9]

II **50** [RFGa]. Lorsque Alexandre arrive à la rescousse on avait bien besoin de lui: Eménidus et Licanor étaient blessés, Filote avait été abattu de son cheval, Caulus et Aristé et Salor avaient été faits prisonniers, Sanson et le comte Sabilor avaient été tués; les destriers des fourriers étaient si fourbus que le pas était devenu leur allure la plus rapide (1151–56); si le roi avait tant soit peu tardé, les sept cents hommes qu'il avait envoyés au val de Josaphat auraient reçu une si cruelle "morsure" qu'il n'en serait pas resté dix (1157–58); immédiatement l'armée grecque livre combat à l'ennemi (1159).—La laisse **50,** qui est fort courte, faisait en son entier partie du RFGa. Comment mourut Sanson et furent blessés Eménidus et Licanor, nous l'avons appris aux laisses **24, 42** et **46,** mais nulle laisse que nous puissions attribuer à Eustache ne nous a décrit le sort d'aucun des autres fourriers qui sont nommés dans les vers 1152–55; il faut donc comprendre que ce qui est arrivé de fâcheux à Filote, Caulus, Aristé, Salor et Sabilor s'est passé entre le départ d'Aridé et l'entrée en scène du roi. Salor et Sabilor sont des fourriers qu'Eustache ne nomme pas ailleurs: ce sont deux personnages de circonstance qu'il invente afin d'allonger la liste des pertes éprouvées par les fourriers, et la terminaison qu'il a donnée à leurs noms a été sans doute déterminée par les besoins de la rime. Au vers 1159 les Maures que le poète associe aux Gadrains ont déjà été inclus par lui parmi les alliés de Bétis (II **34** 731), ce qui nous dispense de voir en *Mors* une cheville. Au vers 1153 les manuscrits s'accordent à donner *Et Filote abatus* mais, comme c'est ici le seul cas où nous trouvons *Filote* sans *-s* au cas sujet, il est fort probable qu'Eustache avait écrit *Filotes abatus* et que la leçon *Et Filote abatus* est le résultat d'une bévue: en effet les deux vers qui suivent 1153 commencent tous les deux par *Et*. A remarquer que Lambert-2, dans le fuerre au Val Daniel, commence la laisse qui annonce l'arrivée du roi (III **339**) en transcrivant textuellement le premier hémistiche de 1151: "Qant Alixandres vint."

II **51** [RFGa: 0]. Une lutte acharnée s'engage et les plus hardis sont mal en point s'il leur arrive de perdre leurs armes (1160–62); Alexandre fonce sur

---

[9] Pour une discussion détaillée de ce vers, voir au tome V de cette édition la note aux vers II **49** 1134–38.

l'ennemi et a tôt fait de régler leur compte à deux chevaliers gadrains (1163–76); ce que voyant, Bétis s'écrie: "Se cist vit longues, malement ai ouvré," et aidé de cinq compagnons il fait pleuvoir une grêle de coups sur le roi, qui s'affaisse sur Bucifal (1177–82); Cliçon et Tholomé viennent à la rescousse et la bataille continue de plus belle; les Grecs finissent par exécuter un mouvement tournant (1183–86); les Gadrains perdent courage et reculent, et Bétis, voyant que son armée cède du terrain, arrête net la charge de son destrier (1187–88).—La laisse **51** a été écrite à la va-vite. Le rôle du roi est par trop piètre: après avoir tué deux Gadrains quelconques, il se trouve réduit à l'impuissance par une pluie de coups qui l'aplatissent sur le dos de son cheval; Cliçon et Tholomé (dont la présence indique également que nous avons affaire à AdeP) se précipitent au secours de leur maître, mais on néglige de nous dire quand et comment ils le délivrent de ses adversaires. Il semble bien que **51** représente une tentative peu heureuse de fondre ensemble des éléments disparates: Eustache avait composé la laisse **50** pour nous montrer que les fourriers sont à bout de forces au moment où le roi paraît sur le champ de bataille; dans la laisse qui suit **50** chez Eustache (II **75**) il est dit que l'arrivée d'Alexandre remplit Bétis et les Gadrains d'une telle terreur qu'immédiatement ils se mettent à fuir. AdeP, qui tient à prolonger la lutte, ajourne ce dénouement, trop rapide pour lui plaire, et fabrique **51**, première laisse interpolée d'une série de huit (**51, 68–74**). Notons que la rime (*-é*) et certaines expressions de **51** sont empruntées à **75**.[10] Proviennent également de **75** la participation d'Alexandre au combat et le recul de Bétis et des Gadrains, mais AdeP coupe court à la victoire des Grecs afin de permettre à Bétis de se retirer sur des positions plus favorables d'où il reprendra la lutte (II **68**).

II **52–67** [RFGa et AdeP: 0]. Ces seize laisses constituent une interpolation introduite par le rédacteur de α, qui les a tirées, à l'exception de **56** qu'il a lui-même composée, de la Version Gadifer.[11] L'endroit qu'il a choisi pour insérer cette longue interpolation n'est peut-être pas plus mauvais qu'un autre, mais de ce choix résultent quand même de sérieux inconvénients; bornons-nous ici à noter que la laisse **68** est violemment séparée de la laisse **51**.[12] Pour l'analyse des laisses **52–67** nous renvoyons au tome V, où l'on trouvera un examen détaillé de la Version Gadifer.

II **68–74**: remarque générale. Les laisses **68–74**, au cours desquelles les fourriers continuent à combattre après qu'Eustache a annoncé (II **50**) l'arrivée d'une armée de secours conduite par le roi, ont sans aucun doute été interpolées par AdeP. Cela est si clair que nous ne prendrons pas la peine de relever tous les indices qui l'établissent.

II **68** [RFGa: 0]. Le duc Bétis, voyant Alexandre qui s'avance bannière déployée, se résout à chercher un terrain plus favorable; il bat en retraite,

---

[10] Comparer *malement ai ouvré* (1178) à *que il a mal ouvré* (1771), et *si a son frain tiré* (1188) à *s'a l'escu adossé* (1776).
[11] Voir ci-dessus, pp. 26–27, et l'Introduction du tome V (EM 40).
[12] Dans **51** Bétis, voyant que ses soldats lâchent pied, tire sur les rênes de son cheval, mais ce n'est que dans **68** qu'il se met lui aussi à battre en retraite.

poursuivi par les Grecs (1635–45); s'étant engagé dans le repli d'une montagne, il rallie ses hommes et fait face aux Grecs (1646–49).—L'interpolation du rédacteur α (52–67) une fois éliminée, 68 fournit une suite toute naturelle à 51, où Bétis, s'apercevant du fléchissement des siens, cesse de pousser en avant. AdeP a emprunté la rime (-*aigne*) et plusieurs expressions à deux laisses qui remontent à Lambert-2.[13]

II 69 [RFGa: 0]. La montagne protège les flancs et les arrières de l'armée gadraine et les meilleurs guerriers de Bétis se postent à l'entrée du val de Guisterain (1650–54); les Grecs sont criblés de flèches par les archers du duc; Cliçon s'empare de Nassal, "de la terre au soutain," et le livre à Alexandre (1655–75).—Voilà un personnage qui paraît pour la première fois et dont le rôle consiste surtout à allonger la narration. Nassal sera mentionné encore deux fois (voir **70** et **71**), puis il disparaîtra dans la nuit dont il était un instant sorti.

II 70 [RFGa: 0]. Bétis, désolé que Nassal ait été fait prisonnier, se lance à l'attaque (1676–85); il ne tardera pas à être désarçonné par Tholomé, qui va s'emparer de son destrier et qui l'emmènera par la suite dans de lointains pays (1686–93); c'est ce même cheval que montera Alexandre le jour où Porus mourra de sa main (1694–95).—Pure laisse de remplissage! Les vers 1676–92 résument à l'avance le contenu des laisses **71–72**. Les trois autres vers de la laisse (1693–95), qui paraissent fournir la raison d'être de **70**, identifient de façon catégorique la monture de Bétis au cheval que le roi empruntera à Tholomé après la mort de Bucéphale, identité qui va se trouver vaguement suggérée dans **71–72**. La laisse **70**, enfin, a tout l'air d'avoir été introduite après coup par AdeP à un moment où il avait déjà composé la série **51, 68–69, 71–74**.[14]

II 71–72: remarque générale. En composant ces deux laisses qui racontent comment Tholomé s'empara du cheval de Bétis, il est évident qu'AdeP s'est souvenu de la monture que le roi enfourchera au cours de son duel à mort avec Porus et que Lambert-2 décrit soigneusement (III 233 4177–83). D'abord le "vair destrier" du vers II **71** 1698 rappelle le "vair Tholomé" de III 233 4177; puis la comparaison de ce destrier avec Bucéphale (II **71** 1700) fait songer au fait qu'Alexandre remplaça Bucéphale, qui venait d'être tué par Porus, par le destrier que lui prêta Tholomé; enfin au vers 1728 de II **72** AdeP souligne le ferme désir qu'a Tholomé de garder sa nouvelle acquisition. Il importe de noter que nulle part dans **71–72** AdeP ne dit formellement que le cheval capturé par Tholomé est celui qui plus tard servira au roi: il s'est contenté d'indiquer qu'il a pensé à la possibilité d'une telle identification et de laisser la porte ouverte à quiconque voudrait la tenter. Ensuite en relisant **71–72** il s'est décidé à trancher lui même la question, ce qui l'a conduit à composer **70**. Dans **70**, alors, il nous donne une "pré-histoire" du cheval dont Lambert-2 parlera dans III 233.

II 71 [RFGa: 0]. Bétis, rendu furieux par la perte de Nassal, éperonne son cheval gris pommelé qui n'a d'égal au monde que Bucéphale; Tholomé, monté

---

[13] II 1636, 1641, 1644–46, 1648–49 reflètent III 679, 688, 681, 683–85; II 1637 répète mot pour mot III 5119.

[14] Pour d'autres cas chez AdeP d'additions postérieures à la première ébauche de sa version, voir ci-dessus, "Le RFGa chez AdeP."

sur un destrier de couleur brune, se porte à sa rencontre (1696–1701); le choc est si violent que leurs lances se brisent et que les deux chevaux s'effondrent sur leur croupe (1702-13).

II **72** [RFGa: **0**]. Le premier, Tholomé reprend ses esprits et a tôt fait de planter un formidable coup d'épée sur le casque de son adversaire; il lui est facile alors de s'emparer du destrier du duc (1714–28); Bétis crie à l'aide et les Gadrains quittent leur abri montagneux pour se porter à son secours (1729–31); les douze pairs effectuent un mouvement tournant afin de couper la retraite à leurs ennemis (1732–34); puis commence une lutte acharnée dont la personne du duc est l'enjeu (1735–39).—La bataille avait été engagée à nouveau dans le val de Guisterain (voir **69** 1658), c'est-à-dire dans le défilé où le repli montagneux rejoint la plaine (voir **69** 1652); la manœuvre décrite aux vers 1732–34 force les Gadrains à combattre en rase campagne sans qu'ils puissent désormais se retirer dans leur forteresse naturelle.

II **73** [RFGa: **0**]. Dans la plaine d'Orius on se bat avec acharnement à l'entour de Bétis; ses compagnons réussissent à le redresser et lui amènent une nouvelle monture (1740–48); mais il est de nouveau renversé, cette fois-ci par Caulus et Aristé, qui avaient été ses prisonniers plus tôt dans la journée (1749–55); Guimadochet annonce que la bataille est perdue et conseille un sauve-qui-peut général (1756–57).—C'est Eustache qui dans **50** (1154) nous a dit qu'Aristé et Caulus avaient été faits prisonniers, mais c'est AdeP qui a préparé leur participation à la bataille de Guisterain quand il explique (**49** 1143) que les Gadrains avaient relâché tous leurs captifs en voyant paraître Alexandre et son armée. Guimadochet, le devin qui avait désarçonné Filote au cours d'une joute (**40**), ne se montre ici que pour prédire la débâcle.

II **74–79**: remarque générale. L'auteur de la Version Gadifer, qui se propose de remanier considérablement le texte d'AdeP à cet endroit du poème, est amené à faire sauter les laisses **74–79**; il s'ensuit qu'elles manquent à la rédaction β.

II **74** [RFGa: **0**]. Enfin les Gadrains parviennent à remettre Bétis à cheval (1758–59); il était temps, car à la tête du bataillon royal s'avance Alexandre (1760–67).—Cette laisse a été introduite par AdeP pour servir de transition entre sa bataille du val de Guisterain (**68–73**) et la laisse **75**. En grande partie elle décrit une situation identique à celle qui a déjà été décrite dans **49** 1139–46.

II **75** [RFGa: 1768–71, 1776, suivi de vers maintenant remplacés par 1772–75]. Bétis voit paraître Alexandre, qui lui semble d'autant plus redoutable que le roi aura certainement à cœur de venger Sanson (1768–71); il jette sa lance et suspend son écu sur son dos (1776); suivi de ses troupes, il prend la fuite et se réfugie dans sa ville de Gadres; Alexandre ne se soucie pas d'aller l'y assiéger; ayant atteint son but, qui n'était que de porter secours à ses hommes, et ayant hâte de reprendre le siège de Tyr, il rebrousse chemin avec les fourriers et le reste de son armée (les vers perdus).—La laisse **75** est la première que l'on rencontre, après avoir dépassé **50**, qui dérive du RFGa, car **51**, **68–74** ont été interpolés par AdeP et **52–67** par le rédacteur de α. Les quatre vers du début (1768–71) et le dernier (1776) peuvent être attribués à Eustache: si on les place tout de suite après **50,** ils fournissent un sens parfaitement cohérent.[15] AdeP, qui vient de composer **74**, n'avait aucune raison de les rejeter du moment que **74** sert à amorcer **75**. Mais les vers 1772–75 ont tout l'air d'avoir été rédigés par AdeP (voir plus bas). Pour découvrir ce que le RFGa contenait en plus des vers 1768–71 et 1776, consultons la rédaction I[3] de l'*Historia de Preliis*. Selon I[3] 27 11, le roi quitte Tyr pour gagner la vallée de Josaphat (même chose chez Eustache), *ubi Byturium et totum ejus exercitum circumfudit;* selon I[3] 27 13, le roi est de retour à Tyr (ce qui est le cas dans **80,** la laisse qui suivait **75** dans le RFGa). Ainsi les sept mots de I[3] qu'on vient de lire rendent compte de ce que fut le sort des Gadrains après l'arrivée du roi. En analysant le RFGa, nous avons souvent été à même de constater qu'Eustache a étoffé et embelli le récit sec et prosaïque de son modèle, mais nous avons vu aussi qu'il n'était pas sorti du cadre que I[3] lui avait tracé. Tout cela nous permet de conclure que dans la partie perdue de **75** Eustache s'était borné à rapporter la fin de l'aventure des fourriers à peu près de la manière que nous l'avons fait dans le résumé de la laisse. Il est pourtant probable que la laisse **75,** qui dans le RFGa était la dernière du fuerre proprement dit, avait reçu un développement qui la rendait sensiblement plus longue que celle qui la précédait, cette laisse **50** où la brusque arrivée d'Alexandre précipite le dénouement offert par **75**.

AdeP a été forcé de remanier **75** parce que son intention était d'introduire un siège de la ville de Gadres (**77–79** et **91–109**), siège abandonné presque aussitôt que commencé mais plus tard repris et mené à bien. Il élimine donc de **75** tout ce qui s'oppose à l'accomplissement de son plan et ne laisse subsister que cinq vers de la laisse du RFGa. La laisse étant ainsi devenue trop courte, il l'allonge à l'aide de quatre vers de remplissage: 1773 répète 1771 (dont AdeP avait déjà tiré **51** 1178) et 1774–75 s'inspirent de III 233 4197–99, où il s'agit de menaces qu'Alexandre profère contre Porus. Ces vers 1772–75 sont composés à la hâte et sont insérés sans grand bonheur: même mot employé dans le même sens à la fin de 1773 comme à la rime de 1771; le *Sa* de 1776 semble renvoyer à Alexandre plutôt qu'à Bétis. Pourtant, en s'arrangeant pour que 1776 devienne le vers final de la laisse, AdeP rend possible l'interpolation de **76,** où, après plusieurs vers récapitulatifs, le récit reprend au vers 1782 avec les mots "A la fuie s'est mis."

II **76** [RFGa: **0**]. Le sol, nous dit Eustache, était jonché de morts et de blessés (1777–78); le duc, à la vue d'Alexandre qui le menace, est saisi d'épouvante et prend la fuite au milieu d'un sauve-qui-peut général (1777–82); Cliçon poursuit Dicace, un Gadrain dont le destrier, nommé Boniface, lui fait envie (1783–87); ayant tué Dicace, il s'empare de Boniface qu'il emmènera "es desers d'Ynde et el regne Candace" (1788–98).—La laisse **76,** comme on peut le voir par des

---

[15] L'authenticité de ces cinq vers est démontrée également par leur présence, sous une forme qui diffère à peine, à la fois dans **75** et dans la laisse qu'AdeP a modelée sur **75**, c'est-à-dire **51** (comparer 1768, 1771, 1776 à 1177, 1178, 1188). Au début de **75** (1768), au lieu de "Li dus," Eustache avait sans doute écrit "Bétis," puisqu'il n'avait pas été question de lui dans la laisse **50**; mais AdeP, qui a commencé **74** par les mots "Le duc Betys," peut sans obscurité écrire "Li dus" à la laisse **75**.

indices suffisament nombreux et suffisamment probants, est d'un bout à l'autre l'œuvre d'AdeP. Les quatre vers qui suivent 1777-78, à savoir 1779-82, ont été composés à l'aide de matériaux empruntés aux laisses **74-75** et **77**.[16] Le reste de **76** (1783-98) a été suggéré par III 120, une laisse au cours de laquelle Cliçon, monté sur un cheval du nom de Boniface, joute avec Porus roi de l'Inde. Dans **76** le récit piétine et s'immobilise. Plusieurs répétitions et une digression, voilà en somme le bilan de cette laisse.

En composant **76,** AdeP semble surtout avoir été désireux de nommer un certain Estace[17] qu'il nous donne pour garant d'une assertion inscrite au début de la laisse. La façon dont AdeP invoque l'autorité d'Eustache montre assez que le public de son temps devait savoir parfaitement de qui il s'agissait. Or il existe dans la laisse **50** un passage auquel s'applique le témoignage des vers 1777-78, car dans **50** 1151-55 nous apprenons que, lorsque Alexandre parut sur le champ de bataille, de nombreux fourriers avaient déjà été tués ou blessés. Qu'on se rappelle maintenant que, dans le poème utilisé par AdeP, **50** était suivi de **75** et qu'à elles seules ces deux laisses formaient le dénouement de l'aventure des fourriers. AdeP, qui a si radicalement remanié **75** et les quelques laisses du RFGa qui suivaient **75**, n'a rien changé à **50**. Il s'ensuit qu'en citant Eustache aux vers 1777-78 AdeP se réfère à la dernière laisse du RFGa qu'il incorpore telle quelle dans son remaniement. Même avant notre analyse des rapports qui unissent **50-51** et **75-76** il était bien naturel de supposer que cet Eustache nommé par AdeP était l'auteur d'un Fuerre antérieur au sien,[18] mais nous sommes maintenant en mesure d'ajouter que le Fuerre composé par ledit Eustache n'est autre que le *Roman du fuerre de Gadres* dont de nombreux tronçons longs ou courts, y compris la laisse **50,** ont été incorporés mot pour mot par AdeP dans sa rédaction du RAlix.

Comment AdeP savait-il que l'auteur du RFGa se nommait Eustache? Presque toujours au douzième siècle, du moins autant que nous pouvons en juger, le nom d'un auteur en langue vulgaire n'était connu que s'il avait pris la précaution de se nommer dans son œuvre, et dans le cas d'Eustache il est particulièrement improbable qu'AdeP ait connu son nom par transmission orale, puisqu'un quart de siècle s'était écoulé entre la période où Eustache avait écrit et celle où lui-même il avait pris la plume. Nous pensons donc qu'il est logique de supposer qu'Eustache s'était nommé quelque part dans son poème, et il paraît fort probable que c'est la dernière laisse du RFGa (II **84**) qui con-

[16] Pour 1779 voir **75** 1768 et 1772; pour 1780 voir **75** 1773; pour 1781 voir **75** 1770; pour 1782 voir **75** 1776, **77** 1800 et **73** 1757.

[17] Les formes les plus fréquentes du nom Eustache en ancien français sont *Eüstace* et *Eustace*, mais on rencontre aussi *Estace*. Sous une forme ou une autre ce nom se trouve souvent dans les traductions françaises de la vie de saint Eustache; pour les différentes graphies qui figurent dans ces traductions voir les textes énumérés par Holger Petersen, pp. 67-68 de ses *Deux versions de la vie de saint Eustache* (Helsingfors, 1925), et surtout *La vie de saint Eustache*, Paris, 1928 [CFMA 58], où l'on trouvera plusieurs exemples de la graphie *Estace*. Signalons en passant, bien qu'il ne puisse s'agir de lui ici, que le nom du poète latin Stace pouvait également s'écrire *Estace* en ancien français.

[18] C'était déjà l'opinion de Paul Meyer, AlGr II, p. 241.

tenait sa signature. AdeP, qui va proclamer à la fin de la branche II (**149** 3098–3100) que tout ce qui précède est de lui et constitue "les siens vers," et qui n'a pas voulu conserver la partie de **84** où Eustache avait signé le RFGa, insère pourtant la laisse **76** pour avouer qu'il a consulté l'œuvre de son devancier.

A ce sujet on peut quand même se poser une question. Pourquoi AdeP, qui dans II **149** s'est substitué à Eustache en tant qu'auteur du Fuerre, a-t-il jugé bon de le nommer, alors que dans les deux premières branches du RAlix il utilise l'ADéca et les histoires de Quinte-Curce et de Guillaume de Tyr sans jamais en nommer les auteurs? D'abord parce qu'il est bien plus directement redevable à Eustache, puisqu'il lui emprunte continuellement des passages reproduits tels quels: vers, laisses, ou même séries de laisses à la file. Et puis le poème d'Eustache jouissait d'une certaine célébrité qu'il a dû conserver jusqu'au moment où le public lui préféra le remaniement qu'en donna AdeP.[19] Il s'ensuit qu'AdeP ne pouvait manquer de se dire que ses lecteurs ou auditeurs sauraient reconnaître l'origine de passages qu'il avait voulu faire siens tout en les recopiant mot pour mot. En nommant Eustache, AdeP semble donc avoir agi par prudence plutôt que par l'effet d'un scrupule.

Le fait que **77** s'enchaîne d'une manière toute naturelle à **75** permet de supposer que **76** n'a été ajouté qu'après coup, au moment où AdeP mettait la dernière main à son rifacimento du FGa. Bien avant d'atteindre ce dernier stade de son travail il avait fait sauter de **84** les vers dans lesquels Eustache revendiquait la paternité du RFGa. Plus tard, en se relisant, l'idée lui sera venue d'insérer une laisse supplémentaire (**76**) afin d'avouer sa dette à l'égard de son devancier.

Bien que les deux premiers vers de **76** (1777–78) soient comme la raison d'être de toute la laisse puisque c'est là que se rencontre le nom d'Eustache, on aurait tort de négliger le reste de la laisse (1779–98). Le nom de son prédécesseur étant venu s'inscrire à la fin du premier vers, AdeP se trouvait avoir à composer une laisse rimant en -*ace*. Une association d'idées qui n'était pas purement fortuite lui présenta le nom de Boniface: ainsi s'appelle dans III **120** (2070: vers faisant déjà partie de l'Amalgame) le cheval de Cliçon, et dans une rallonge ajoutée au FGa AdeP venait d'enregistrer cette appellation (voir II **100** 2288). En plus de la terminaison requise, Boniface avait l'avantage d'appartenir à Cliçon, personnage que du point de vue d'AdeP il n'était nullement déplacé de mentionner à cet endroit du poème. Rappelons-nous que c'est AdeP qui a introduit Cliçon et Tholomé dans le FGa et qu'il semble éprouver un penchant marqué à les mettre en scène. Or, alors qu'il mettait la dernière main à un passage où Tholomé conquiert sur Bétis un magnifique cheval gris pommelé (II **71–72**), AdeP avait été amené à ajouter une laisse (**70**) où il déclare que ce destrier appartenait encore à Tholomé lors de la campagne contre Porus. Rien de plus naturel alors qu'il se serve de l'espace disponible dans **76** pour faire en quelque sorte de **76** le pendant de **70**. A cause de sa prédilection pour Tholomé et Cliçon et du désir qu'il a que les exploits de ces deux frères d'armes suivent un cours parallèle,

---

[19] Voir ci-dessus, "Le RFGa, poème composé par Eustache," et "Le RFGa, analyse et date."

AdeP nous contera dans **76** que Cliçon conquiert lui aussi un cheval sur l'ennemi et que ce destrier sera le sien lors de la campagne contre Porus. Voilà ce qui explique la symétrie si frappante entre les laisses **70** et **76.**

II **77–79**: remarque générale. D'après le RFGa, Alexandre retourne directement du val de Josaphat à Tyr, mais AdeP ne peut résister à la tentation de compliquer la situation. Il lance donc le roi aux trousses de ce Bétis qu'il vient de déconfire. Ayant poursuivi son adversaire pendant quatre jours et demi, Alexandre parvient sous les murs de Gadres dont il entreprend immédiatement le siège, siège qu'il est obligé de lever presque aussitôt afin de reprendre un autre siège, celui de Tyr, gravement compromis par la destruction du château fort que les Grecs avaient élevé dans l'espoir de bloquer Tyr du côté de la mer.

II **77** [RFGa: **0**]. Le duc, déconfit et n'espérant de salut que dans la fuite, file dans la direction de Gadres, suivi de près par Alexandre (1799–1802); au bout de quatre jours et demi il y arrive et s'empresse de barricader les portes de la ville; les Grecs investissent Gadres (1803–11).—Puisque **76** ne faisait pas d'abord partie du Fuerre d'AdeP, **77** devrait pouvoir se rattacher à **75,** et nous avons déjà indiqué qu'un tel enchaînement s'impose.

II **78–79** [RFGa: **0**]. Les Grecs assiègent Gadres pendant quatre jours; entretemps les Tyriens apprennent que leurs alliés ont subi une grave défaite, mais que lancés à leur poursuite les Grecs n'ont laissé devant Tyr que la garnison du château bâti dans la rade; le duc Balés de Tyr décide, d'accord avec ses sujets, que l'occasion est venue de détruire ledit château (**78**). Les Tyriens font pleuvoir une grêle de projectiles sur l'édifice et en même temps envoient des plongeurs au fond de l'eau chargés d'en saper les fondements; le château finit par s'écrouler dans la mer et tous les défenseurs périssent; dès qu'Alexandre apprend ce malheur, il abandonne le siège de Gadres et part en hâte pour Tyr (**79**).—Ce n'est qu'à la laisse **80** qu'Eustache annoncera l'attaque dont le château est l'objet et sa destruction par les Tyriens, mais AdeP, dont l'intention est de remanier de fond en comble **80**, compose **78–79** afin de faire un sort à cet incident. Parmi les détails qui lui ont servi à le développer, celui des plongeurs est emprunté à Quinte-Curce (IV III 10: destruction du second môle).

II **80–84**: remarque générale. Ces cinq laisses sont consacrées à la prise de Tyr. A partir de **80** le fossé qui séparait la version α de la version β est soudain comblé et il n'y aura plus de différence appréciable entre ces deux rédactions, ce qui dans une certaine mesure simplifiera l'établissement du texte d'AdeP. En cherchant à délimiter ce qui dans **80–84** remonte à Eustache, il importe d'abord de retrouver tout ce qu'Eustache a pu tirer de sa source, la troisième version interpolée de l'*Historia de Preliis* (voir **I³ 27** 13–22), car les éléments qui appartiennent en commun à l'*Historia* et à AdeP figuraient sans doute aussi dans le RFGa. Mais il ne faut pas négliger non plus de consulter l'*Alexanderlied* du curé Lamprecht, poète allemand du douzième siècle, qui accorde une place considérable au siège de Tyr.[20] Ainsi que l'a montré Alwin Schmidt (*Ueber das*

[20] Version de Vorau (éd. Karl Kinzel, Halle, 1884, et éd. Hans Ernst Müller, Munich, 1923), aux vers 700–1030. Lamprecht a écrit son *Alexander* avant 1163; voir Kinzel, p. xi, et Martin Lintzel dans ZDPh 51 (1926), pp. 13–33, et 54 (1929), pp. 168–74.

Alexanderlied *des Alberic*, Bonn, 1886, pp. 51–67), le récit de Lamprecht, ou plutôt celui d'Albéric que Lamprecht a paraphrasé, se guide sur les chapitres II–IV du quatrième livre de Quinte-Curce. Parfois Lamprecht s'écarte de son modèle, le poème perdu d'Albéric: notamment aux vers 823–907 de l'*Alexanderlied*, qui trahissent une influence indéniable du FGa. Ainsi l'ouvrage détruit par les Tyriens pendant l'absence du roi est appelé "ein castel,"[21] l'édifice élevé sur deux bateaux est qualifié de "perfriht,"[22] et il est dit qu'Alexandre transperce le duc de Tyr d'un dard avant de sauter sur le rempart de la ville assiégée.[23] Puisque AdeP a écrit vers la fin du douzième siècle, Lamprecht n'a pu connaître son œuvre, et, puisque l'influence inverse est exclue par les habitudes de l'époque, nous sommes amenés à expliquer les ressemblances entre le récit de Lamprecht et celui d'AdeP par l'utilisation d'une source commune aux deux textes, source qui ne peut être que le poème d'Eustache.

II 80 [RFGa: 1875–76, suivis de vers maintenant remplacés par 1877–87]. Alexandre arrive à Tyr et trouve son château fort complètement abattu (1875–76), car les Tyriens et leur duc Balés avaient profité de son absence pour l'emporter d'assaut; d'abord découragé, le roi se ressaisit et imagine un stratagème qui lui permettra de pénétrer dans la ville (les vers perdus, I³ 27 14 et 17).—Sans aucune hésitation on peut attribuer à Eustache les vers 1875–76, qui reproduisent le texte de I³ (**27** 13): *Reversus autem Tyrum, invenit edificium quod in mare construxerat funditus dissipatum.* Tout le reste de **80** témoigne d'une complète refonte par AdeP, et pour savoir ce qu'avait dit Eustache il faut s'adresser à I³, où on lit que les Tyriens et leur duc Balaam[24] avaient profité de l'absence du roi pour emporter d'assaut l'édifice qui servait à les bloquer; qu'Alexandre et ses hommes sont profondément abattus (**27** 14) mais que le

[21] QC IV II 23: "duasque *turres* ex capite molis erexit." I³ **26** 4: "construxit autem Alexander *edificium* in mare." AdeP II **80** 1876: "Son *chastel* vit fondu et en la mer gesir." Lamprecht 828: "ein *castel* si im zebrachen."

[22] QC IV III 14–15: "quippe binas quadriremes Macedones inter se ita junxerant ut prorae cohaererent, puppes intervallo, quantum capere porerant, distarent: hoc puppium intervallum antennis asseribusque validis deligatis, superque eos *pontibus* stratis qui militem sustinerent, impleverant." I³ **27** 18: "construxit itaque in mari ingens *edificium classicum* quod erat centum ancoris alligatum." AdeP II **82** 1913: "De ceste part sor nes si ferai un *berfroi*." Lamprecht 854ss.: "Alexander chom mit grozer chrefte Unt tet sceph zesamen hephten Imer zwae unde zwaie neben. ... *Perfriht* dar uff si sazten."

[23] I³ **27** 20: "Alexander autem prosilivit in turrim ubi stabat Balaam et, facto impetu, illum occidit, faciens ipsum cadere in profundum." AdeP II **84** 1954ss.: "Lors li lance Alixandres un *dart* qu'il tint molu, Que la targe a percie et son hauberc rompu Et tres par mi le pis son acier enbatu; ... Li rois le vit lai ens en la cité cheü. ... Molt a bien Alixandres li rois son *dart* segu, Qant du berfroi ou iert, de si haut com il fu, Est saillis tous armés, a son col son escu, Sor les murs de la vile." Lamprecht 903ss.: "Er scoz in mit tem *gere* durch Unde falt in tot in die burch. Du teht der chunich ainen spruhnc. ... Fon den perfriden uf die zinnen."

[24] *Balaam enim cum omnibus habitatoribus Tyri* (I³ **27** 13). Ce n'est qu'un peu plus tard, lorsque Balaam paraît pour la seconde fois, que I³ expliquera qu'il est duc de Tyr (*interitu Balaam ducis eorum*, **27** 21). Eustache aura sans doute corrigé cette petite négligence de I³.

roi se ressaisit (**27** 15–16)²⁵ et imagine un stratagème qui lui permettra de s'emparer de la ville (**27** 17).²⁶

En composant **78–79** AdeP a incorporé des éléments qui dans le RFGa faisaient partie de **80** et dans **80** il leur substitue des vers de son propre cru. Le vers 1877, qui parle des fondations sapées, renvoie à **79** 1856–64. L'apostrophe des vers 1878–87 est bien dans la manière d'AdeP, et les deux derniers vers (1886–87) préparent une nouvelle interpolation d'AdeP, celle de la laisse **81**. AdeP, qui introduit Balés dès le commencement du Fuerre, nous a expliqué à ce moment-là (I **130** 2699) que Balés est un duc dont Tyr est le fief, de sorte que parvenus aux laisses **78–79** nous comprenons tout de suite qui est "li dus Balés" (1824, 1847, 1870) et à la laisse **80** "le duc" (1884).

II **81** [RFGa: 0]. Le roi, attristé par la perte de son château fort et par la mort de ses défenseurs, veut se constituer une flotte et expédie Licanor et Elie dans tous les ports de Syrie; les vaisseaux ramenés par eux sont disposés de manière à bloquer Tyr du côté de la mer (1888–98); Balés commence à perdre courage (1899–1903).—Dans I³ il n'est pas question de blocus après le retour d'Alexandre à Tyr mais uniquement de l'assaut décisif, et il a dû en être de même chez Eustache. Attribuons tout ce qui se trouve dans **81** à AdeP, à condition pourtant de reconnaître qu'il s'est souvenu ici de Quinte-Curce. D'après l'historien latin une flotte grecque venue de Chypre (IV III 11) figure dans un combat naval livré aux vaisseaux tyriens. L'arrivée de la flotte suit immédiatement le passage (IV III 10) où Quinte-Curce raconte comment les Tyriens s'y sont pris pour saper les fondations du môle construit par les Grecs, passage utilisé par AdeP dans son interpolation de la laisse **79**. Il est vrai que dans I **157** AdeP avait déjà narré l'arrivée d'une flotte, et qu'il avait sans doute l'intention de montrer quel usage le roi allait en faire mais le récit d'Eustache, qu'il se remet à paraphraser dès la laisse suivante (II **1**) et qui est muet sur la présence d'une flotte, lui a évidemment fait perdre de vue les vaisseaux rassemblés par Licanor et Sabel. Lorsque le roi est revenu à Tyr, AdeP se rappelle l'existence de la flotte assemblée par Licanor, car les Grecs en auront besoin pour prendre la ville. Il juge alors plus simple de dire à nouveau qu'Alexandre charge Licanor de la mission de lui réunir une flotte, mais il néglige de biffer les vers I **157** 3277–80 qui font double emploi avec II **81** 1889–95.²⁷

II **82–83** [RFGa: texte perdu, mais dont des vestiges se retrouvent dans **82** 1913–17, 1923, et **83** 1935–36]. Alexandre fait construire un beffroi flottant, y entre tout seul, armé de pied en cap, et monte au sommet; il ordonne aux Grecs d'être prêts à se lancer à l'assaut dès qu'ils le verront pénétrer dans la ville; les vagues poussent le beffroi, qui était plus haut que les tours des murs, jusqu'à l'enceinte

---

[25] Dans I³ c'est un rêve favorable qui redonne du courage au roi et lui suggère le moyen de vaincre Tyr. Dans le texte français il n'y a aucun vestige de ce rêve, qu'Eustache, pour qui le siège et la prise de Tyr ne servent que de cadre au Fuerre, a dû écarter complètement.

[26] Dans I³ et dans le RFGa on racontera par la suite la construction d'un édifice flottant.

[27] Des deux émissaires seul le premier est important; l'autre, qu'il se nomme Elie ou Sabel, n'existe qu'en fonction de la rime.

de Tyr (II **82-83, I³ 27** 18-19).—Ici AdeP a tellement modifié le texte d'Eustache que pour rétablir le contenu du RFGa il faut chercher ce qu'il y a de commun entre II **82-83** et **I³ 27** 18-19. Les éléments présents dans l'un et l'autre récit sont les suivants: 1) Alexandre fait construire un édifice flottant, édifice qu'Eustache a dû nommer "berfroi" (**82** 1913; **I³**: *construxit itaque in mare ingens edificium*);[28] 2) il y entre tout seul etc. (**82** 1916-17; **I³**: *solus ipsum edificium ascendens armis undique circumfultus*);[29] 3) il ordonne aux Grecs etc. (**82** 1923; **I³**: *precepit ut totus exercitus prepararetur ad pugnam et mox, ut viderent ipsum ingredi civitatem, omnes impetum facerent versus muros*); 4) les vagues poussent le beffroi etc. (**82** 1914-15 et **83** 1935; **I³**: *[edificium] erat siquidem tante celsitudinis quod et muris et turribus Tyriorum altius eminebat*). Tous les éléments de **I³**, à une exception près,[30] se retrouvent dans le récit que nous venons d'attribuer à Eustache, et presque tous les éléments que nous lui attribuons se rencontrent aussi dans l'*Alexanderlied*, où Lamprecht raconte que le beffroi (*perfriht*) sur lequel le roi monte est un édifice flottant qui, en même temps que d'autres édifices de cette espèce, est amené tout près des murs de Tyr (854-62, 884-86); Alexandre grimpe jusqu'en haut (887); ses armes sont des armes prestigieuses (893-98); il donne à ses soldats l'ordre d'attaquer (888-90). La série de recoupements unissant les trois récits qui ont survécu (**I³**, AdeP, Lamprecht) suffit à garantir le bien fondé de notre reconstruction du RFGa à cet endroit du poème. Ajoutons qu'Eustache s'était sans doute contenté d'une laisse unique au lieu des deux (**82** et **83**) qu'on trouve chez AdeP. Il y a deux mots qui faisaient assurément partie du texte d'Eustache: *berfroi* (**82** 1913) et *maire* (**83** 1935). La laisse d'Eustache rimait-elle en *-oi* comme **82** ou bien en *-aire* comme **83**? La plupart des échos produits par le RFGa s'entendent dans **82,** et le mot *berfroi* paraît à plusieurs reprises dans le texte d'AdeP (1913, 1935, 1941, 1946, 2002); de plus c'est le mot qui a tellement frappé Lamprecht qu'il en a transféré la signification au mot allemand *perfriht*. C'est donc la rime de **82** qui représente en toute probabilité la rime originale.

Les modifications et additions qui constituent l'apport d'AdeP s'expliquent en partie par son désir d'introduire plusieurs détails supplémentaires empruntés à Quinte-Curce. Dans **82,** le bref repos que s'accordent les Grecs (1904-05) rappelle le *biduo deinde ad quietem dato militibus* de l'historien latin (QC IV IV

---

[28] L'*Alexanderlied* de Lamprecht confirme la présence du mot *berfroi* dans le texte d'Eustache. En ancien français beffroi avait fréquemment la signification "tour de bois mobile qu'on employait dans les sièges pour s'approcher des remparts" (*Dict. Gén.*, voir aussi TobLom), mais il n'en est pas de même en vieil allemand, où on ne trouve le mot *perfriht*, employé dans le sens qui vient d'être défini, que chez Lamprecht au cours de son récit de la prise de Tyr (vers 859, 884, 907). C'est donc chez Eustache que Lamprecht a trouvé en même temps que le mot *berfroi* le sens étranger au mot allemand qu'il va donner à *perfriht*. Alfred Goetze (*Beitr. z. Gesch. d. d. Spr. u. Lit.*, 59 [1935], p. 317) ne cite que les trois exemples relevés chez Lamprecht lorsqu'il indique que *perfriht* avait parfois le sens de 'belagerungsturm.'

[29] L'équivalent du mot *ascendens* se trouve dans le *montés* de **83** 1936.

[30] Dans **I³** on lit que l'édifice était provisoirement immobilisé par une centaine d'ancres (**27** 18).

10); la forme dialoguée qu'ont revêtue les vers 1906–26 est un des procédés caractéristiques d'AdeP; à remarquer également la présence de Tholomé (1918), personnage qu'on ne rencontre pas chez Eustache; les pierriers (1910) et les beffrois supplémentaires (1922) appartiennent en propre à AdeP; 1911–12 répètent **81** 1895–98, et 1914–15 annoncent par avance le contenu de **83**. Dans **83,** les vers 1927–29 reflètent *jussique militibus . . . machinas admovere* (QC IV ɪv 10); 1730–34 sont un développement de **82** 1923, et 1937–39 font écho à **82** 1914–15; 1935–36, qui reflètent, tout en la modifiant, l'assertion d'Eustache que le beffroi était plus haut que les tours de Tyr, déclarent que le beffroi s'élève plus haut que les autres beffrois, changement amené par l'existence chez AdeP de plusieurs beffrois;[31] 1940 fait écho à *unus precipue telis petebatur* (QC IV ɪv 11); les quatre derniers vers de **83** (1941–44) développent la même idée que les quatre premiers vers de la laisse suivante (**84** 1945–48).

ɪɪ **84** [RFGa: 1945–46 suivis d'un vers perdu, 1954–56, 1959, 1957–58, 1965–69, 1971–72, 1985–88, 1998–2000 suivis de plusieurs vers perdus]. Le duc, apercevant le roi sur le beffroi (1945–46), se poste en face sur le mur (le vers perdu); Alexandre lui lance un dard en pleine poitrine (1954–56); voyant Balés qui tombe à la renverse (1959) et dont le corps va s'écraser sur le pavé de la ville (1957–58), le roi, malgré la hauteur du beffroi et le poids de son armure, saute sur le rempart de Tyr alors que tous le regardent (1965–68); les Tyriens, frappés de stupeur, restent immobiles un bon moment (1969, 1971–72); les Grecs escaladent les murs et s'emparent des portes (1985–88); ils massacrent ceux qui leur résistent mais font grâce à ceux qui se rendent (1998–2000); épilogue où Eustache s'est nommé (les vers perdus).—Ici encore ce sont **I**^{3} et l'*Alexanderlied*[1] qui vont nous permettre de trier dans le texte d'AdeP ce qui remonte au RFGa. Les deux vers du début (1945–46) ont dû se trouver dans le poème d'Eustache, car ils servaient à relier **82** à **84,** mais il y avait sans doute un vers supplémentaire qui indiquait où Balés s'était posté (Lamprecht: "en face de lui sur le mur"; voir aussi **I**^{3}: *turrim ubi stabat Balaam,* et AdeP 1949: *encontre lui s'estut*). Les vers 1954–56 ne s'autorisent d'aucun passage de **I**^{3}, mais leur pendant existe chez Lamprecht, qui déclare que le roi avait un javelot à la main et qu'il s'en servit pour tuer le duc; il s'ensuit que c'est Eustache qui a été le premier à armer le roi d'un dard.[2] Les vers 1959, 1957–58 répondent à **I**^{3} (*illum occidit, faciens ipsum cadere in profundum*) et au texte de Lamprecht ("le roi le fait tomber dans la ville, raide mort"). Les vers 1965–68 paraphrasent **I**^{3} (*prosilivit in turrim* **27** 20, *videntes hoc* **27** 21) et Lamprecht leur fait écho ("le

---

[31] Quinte-Curce dit que le roi monte "in altissimam turrem" (IV ɪv 10: 'dans une tour très élevée'): AdeP a pu se souvenir de cette expression et lui avoir donné le sens de 'dans la tour la plus élevée.'

[1] Selon Lamprecht, Alexandre voit le duc de Tyr planté en face de lui sur le mur, le transperce d'un javelot et le fait tomber dans la ville, raide mort (899–904); le roi saute du *perfriht* sur le rempart; c'est ainsi qu'il compte s'emparer de Tyr (905–08). Ensuite les deux récits divergent.

[2] Dans **I**^{3} ce n'est qu'après avoir sauté sur le mur que le roi attaque et tue le duc: *Alexander autem prosilivit in turrim ubi stabat Balaam et, facto impetu, illum occidit.*

roi saute du beffroi sur le rempart"). Les vers 1969, 1971–72 répètent ce que dit I³ (*In tantum erant Tyrii ... exterriti quod nullatenus Grecorum impetui resistebant*). Les vers 1985–88 reflètent, mais de façon lointaine, I³ (*Macedones et Greci continuo muros ascendere inceperunt, alii scalis alii manibus adherentes*). Les vers 1998–2000 développent quatre mots de I³ (*Sicque capta est civitas*).

Comme nous l'avons déjà vu en analysant II **76**, le nom d'Eustache qu'AdeP a tenu à inscrire au vers 1777 provient sans doute d'un épilogue du RFGa qui se lisait à la fin de la laisse **84**. Des renseignements donnés dans cet épilogue biffé par lui AdeP n'a retenu que le nom de l'auteur, trouvant superflu de reproduire ce que son devancier avait pu dire au sujet du titre de son poème ou de son lieu de naissance. Si Eustache avait vraiment fait mention de ce dernier détail, il est très regrettable qu'AdeP ne nous l'ait pas conservé.

La laisse **84** a été fortement remaniée par AdeP, qui n'a pu s'empêcher d'interpoler toute une série de passages et qui a ainsi allongé la laisse outre mesure. Les vers 1947–48 renferment une allusion à un autre passage d'AdeP: la sortie désastreuse des Tyriens (I **143–57**). Les vers 1949–53, où c'est le duc Balés qui attaque d'abord, sont également interpolés, car ni I³ ni Lamprecht ne parlent d'un coup porté par Balés, et la ressemblance entre 1949–50 et 1954–56 indique que 1949–53 ont été calqués sur 1954–56. Les vers 1957–59 remontent bien au RFGa, où pourtant 1959 précédait 1957–58. AdeP transpose ce vers 1959—assez maladroitement du reste[3]—afin de l'attacher à son interpolation de 1960–64. Le vers 1970 est une addition de plus à mettre au compte de notre remanieur: ce vers vient s'intercaler fort inutilement entre les vers 1969 et 1971–72, qui font bloc et reproduisent exactement la teneur d'une phrase de I³.

Restent à commenter vingt-six vers (1960–64, 1973–84 et 1989–97) dont la substance est empruntée au neuvième livre de Quinte-Curce et auxquels rien ne correspond ni dans I³ ni chez Lamprecht. Voici d'abord un résumé du passage de l'historien latin (QC IX IV 26–33 et V 1–20). Lors de la campagne des Indes Alexandre donnait l'assaut à une forteresse des Sudracae (Oxydraques); les échelles étaient appliquées à la muraille mais seul le roi parvint à prendre pied sur l'étroite plate-forme qui couronnait le mur. Pendant que ses soldats lui criaient de redescendre, il eut l'idée d'une action follement téméraire: ce fut de sauter à l'intérieur de la ville ennemie, bien qu'il s'exposât à être massacré ou fait prisonnier.[4] Mais Alexandre fut assez heureux pour retomber sur ses pieds et eut également le bonheur de découvrir tout près de lui un arbre dont le feuillage touffu semblait fait exprès pour le protéger et contre le tronc duquel il put s'adosser afin de ne pas être attaqué par derrière.[5] Tout d'abord le roi

[3] Plusieurs rédacteurs ont remarqué qu'il y avait quelque chose de fautif dans la manière dont AdeP avait ordonné les vers 1957–59, d'où l'insertion d'un vers supplémentaire (1956.1) par *H*, *L* et *B* (voir aux variantes).

[4] QC IX V 1–3: ... *rem ausus est incredibilem atque inauditam multoque magis ad famam temeritatis quam gloriae insignem* (voir AdeP 1961–64). *Namque in urbem hostium plenam praecipiti saltu semet ipse immisit* (voir AdeP 1973); ... *opprimi poterat et capi vivus* (voir AdeP 1974–75).

[5] QC IX V 4: *Vetusta arbor haud procul muro ramos multa fronde vestitos, velut de industria regem protegentes, objecerat: hujus spatioso stipiti corpus, ne circumire posset, adplicuit* (voir AdeP 1976–78).

réussit à écarter les traits de ses adversaires, car, intimidés par son grand nom, ils se tenaient à distance respectueuse et la plupart de leurs missiles allaient se perdre dans les branches qui entouraient le roi;[6] mais bientôt, comme la horde des assaillants croissait rapidement, son bouclier se hérissa de javelots, son casque fut mis en miettes par une volée de pierres, et d'épuisement il tomba à genoux; soudain enhardis, ses ennemis s'avancèrent,[7] et l'un d'eux infligea au roi une blessure des plus graves, lui transperçant le corps d'une flèche; cependant quatre Grecs qui avaient à leur tour escaladé la muraille s'efforçaient de porter secours au roi. Trois d'entre eux, Peucestes, Timaeus et Leonnatus tombèrent sous les coups qu'on leur porta et il n'y avait plus d'espoir qu'en Aristonus.[8] Lui aussi venait d'être blessé quand les Grecs, rendus furieux par le danger que courait leur maître,[9] se ruèrent à l'assaut, pénétrèrent dans la ville et balayèrent tout devant eux.

Il n'est pas douteux que c'est AdeP qui a utilisé ce passage de Quinte-Curce où l'on voit Alexandre qui saute du haut du rempart à l'intérieur d'une ville des Indes et qu'il a essayé d'en greffer le contenu sur un récit quelque peu différent où Eustache nous avait montré le roi sautant sur le rempart de Tyr.[10] Du mélange de ces deux récits il résulte un texte assez confus. Pour l'interpréter de manière satisfaisante il faut sans doute comprendre qu'Alexandre saute par deux fois: une première fois, comme chez Eustache, de la tour flottante sur le rempart (1965–68), et une seconde fois du rempart à l'intérieur de la cité (1973), mais une allusion au "saut de Tyr" qu'AdeP interpolera dans la branche III (III **155**) ne parle que d'un seul saut; une autre allusion, qui se trouve dans la branche IV (IV **25**), mentionne pourtant deux sauts.[11]

II **85-109**: remarque générale. Eustache s'était arrêté à la fin de la laisse **84**, mais AdeP, du moment qu'il a composé les laisses **77-79,** ne peut accepter que

---

[6] QC IX v 5: *missilia ramis plura quam clipeo incidebant.* Les branches feuillues qui se courbaient autour du roi et qui le protégeaient des traits ont dû suggérer à AdeP un arceau de feuillage (1977: *arc volu*).

[7] QC IX v 7: *Sed cum subinde hostis adflueret, jam ingentem vim telorum exceperat clipeo, jam galeam saxa perfregerant, jam continuo labore gravata genua succiderant* (voir AdeP 1979–82).

[8] QC IX v 18: *in Aristono spes ultima haerebat* (voir AdeP 1989–90). Aristonus ne paraît que deux fois chez QC (ici et X VI 16). C'est la ressemblance entre les noms *Aristonus* et *Aristé* qui a amené AdeP à donner ici un rôle à Aristé et à prédire qu'il deviendrait un jour le successeur de Porus; pour l'événement qui a donné naissance à cette prophétie voir III **430** 4110–14.

[9] QC IX v 19: *Inter haec ad Macedonas regem cecidisse fama perlata est* (voir AdeP 1983–84). Le cri poussé par les Grecs, "le roi avons perdu" (1984), rappelle le "Cliçon avons perdu" de III 1805 (leçon de l'Amalgame changée par AdeP en *Ja avrons Clin perdu*).

[10] Le saut est calqué sur I[3], où il paraît pour la première fois en tant qu'incident du siège de Tyr. Du reste il est fort probable que c'est l'exploit raconté par QC dans son neuvième livre qui avait amené le rédacteur de I[3] à imaginer d'attribuer au roi une prouesse analogue lors de la prise de Tyr.

[11] Voir III **155** 2629–31: *Li hardemens parut a Tyr desor la mer, Qant du berfroi salistes el mur sor le piler, Que nus hom terriëns fors vos n'osast penser.* Voir aussi IV **25** 449: *Qant je sailli en Tyr du mur et du berfroi.* Lambert-2 a également fait allusion au saut de Tyr, qu'il connaissait pour avoir lu le RFGa; voir III **60** 1128: *Car te menbre du saut que tu feïs a Tyr.*

la fin du RFGa marque aussi la fin de son propre Fuerre. Il nous a montré son héros lancé aux trousses de Bétis, le poursuivant jusqu'à Gadres et obligé presque aussitôt de lever le siège de cette ville et de repartir pour Tyr. Lorsque Tyr aura été réduite, il est inévitable que les Grecs se remettent à assiéger Gadres. La rallonge ajoutée au Fuerre par AdeP comprend les laisses **85–109**. Pour composer ce récit du siège de Gadres et de la mort de Bétis, AdeP s'est guidé surtout sur ce que Quinte-Curce dit du siège de Gaza et sur ce que Lambert-2 raconte au sujet de la prise de Babylone, mais après coup il a eu l'idée d'insérer entre la prise de Tyr et le retour du roi devant Gadres un nouvel épisode, composé celui-là à l'aide de sources très hétérogènes: l'épisode du siège d'Araine (**86–90**). Ensuite, quand il aura terminé sa version du Fuerre, AdeP s'occupera de divers incidents de la campagne d'Alexandre contre Darius dont la narration (II 110–49) constitue un raccord entre le FGa et la branche III.

II **85–90** [RFGa: 0]. Grâce au plus téméraire des sauts, le roi s'est emparé de Tyr; c'était sa nature que de se montrer doux envers les siens mais féroce à l'égard de ceux qui lui résistaient; il se prend d'affection pour Tyr et en fait don à Antipater, un scélérat qui par la suite empoisonnera son bienfaiteur; le cinquième jour Alexandre se met en route et se dirige tout droit vers Gadres; que Bétis se rende compte qu'il est en grand danger de perdre la tête (**85**). Traversant la Syrie, pays montagneux, Alexandre aperçoit la riche cité d'Araine (**86**). Il demande aux habitants de lui ouvrir les portes de la ville mais ils lui répondent par un refus hautain (**87**). Le roi ordonne l'assaut, mais à peine l'attaque a-t-elle commencé que les citoyens changent d'avis et lui rendent la cité (**88**). Un chevalier persan d'origine nubienne, prisonnier des Grecs, se jette aux pieds du roi et lui demande un don quelconque pour le tirer de sa pauvreté; au même moment arrivaient les conseillers municipaux d'Araine portant les clefs de la ville; là-dessus Alexandre fait cadeau d'Araine au prisonnier quémandeur (**89**). Le Persan, épouvanté à l'idée des responsabilités qu'un tel don lui ferait encourir, prie le roi de lui donner plutôt de l'argent ou des vêtements; Alexandre fait verser trente marcs au piètre bonhomme (**90**).—Les laisses **85–90** brisent le fil de la narration. A la fin de **84** (1999–2000) les Tyriens avaient rendu leur ville et au commencement de **91** (2136–37) il est dit que le roi installe une garnison dans la ville de Tyr.[12] Or selon la laisse **85** Alexandre, dès son départ de Tyr, se dirige tout droit vers Gadres, sa seule pensée étant de se venger du duc Bétis, mais dans **86–90** il ne paraît guère pressé d'arriver devant Gadres puisqu'il s'arrête pour entreprendre le siège d'une ville rencontrée en chemin. C'est déjà une indication que l'épisode de la prise d'Araine ne faisait pas partie de la première ébauche du Fuerre d'AdeP et qu'il l'a ajouté après coup.

La laisse **85** est une laisse de transition composée entièrement d'échos d'autres passages du RAlix et de vers de remplissage. Les vers 2001–04 résument l'exploit

---

[12] Le texte de **91**, sans nommer Tyr expressément, porte (2136): "Qant *cil* orent la vile Alexandre rendue," où *cil* doivent être les Tyriens (voir **84** 1999–2000: "*Cil* qui sont pris a force sont destruit et pendu, Et *cil* orent merci qui sain se sont rendu"). Dans son contexte actuel, la ville de **91** 2136 a l'air de renvoyer à la ville d'Araine, mais nous verrons tout à l'heure que **85–90** ne faisaient pas partie de la première rédaction du FGa d'AdeP.

narré dans la laisse précédente (**84**), et 2005–06 ajoutent une observation de la part de l'auteur qui n'est pas particulièrement à sa place s'il s'agit de la morale à tirer du "saut de Tyr." Aux vers 2007–10 AdeP pose un jalon destiné à amorcer la laisse **452** de la branche III, où (III 7729–34) il sera dit que Divinuspater est le représentant à Tyr d'Antipater, qui lui est le gouverneur de toute la Phénicie. Quant aux vers 2011–15, on les dirait calqués sur certains vers de la laisse **91**.[13] Cette répétition deviendrait encore plus flagrante si l'on songeait à soutenir que la laisse **85** faisait déjà partie de la première ébauche, car en ce cas-là les vers **85** 2011–15 seraient suivis à seulement deux vers d'intervalle des vers **91** 2838–41. Nous pouvons donc conclure qu'AdeP a composé la laisse **85** après la laisse **91** et que **85** doit son existence à l'insertion de l'épisode de la prise d'Araine: pour que le roi puisse assiéger cette ville il faut qu'il quitte Tyr, et c'est ce départ qu'annonce **85**.

L'épisode de la prise d'Araine se compose d'éléments primitivement séparés qu'AdeP a combinés en un récit unique. Il importe de distinguer entre ce qui rapporte au siège de la ville et l'histoire du chevalier aux sentiments mesquins. La première partie de l'épisode (**86–88**) s'inspire d'un chapitre de l'*Historia de Preliis*.[14] Chez AdeP il ne s'agit plus, comme dans sa source, d'Abdera, ville de Thrace, mais d'une cité qu'il nomme Araine. D'où vient ce nom? Les chroniqueurs des croisades parlent à plusieurs reprises d'une forteresse dont Francs et Sarrasins se disputèrent longtemps la possession, forteresse située en Syrie non loin d'Antioche et qu'ils appellent tantôt Harem, tantôt Hareng, tantôt Areg, ou bien encore Arenae,[15] forme à laquelle répond exactement Araine.

La seconde partie (**89–90**) est modelée sur une anecdote que l'on rencontre dans une version interpolée de Quinte-Curce.[16] A un Lycien, fait prisonnier

---

[13] **85** 2011–12: *Au quint jor mut li rois et mena son barnage, Tout droitement vers Gadres acuelli son voiage* (voir **91** 2138–39: *Au quint jor est meüs, du siege se remue, Tout droitement vers Gadres a sa voie tenue*). **85** 2013–15: *Or sache bien Betys n'i metra autre gage, Se li rois le puet prendre ne lui ne son barnage, Que la teste au partir li laira en ostage* (voir **91** 2140–41: *Or sache bien Betys paine li est creüe Que ja mais ens sa vie ne li sera tolue*).

[14] HPr **38**: Lorsque les habitants d'Abdère refusent de lui ouvrir les portes de leur ville, Alexandre menace d'y mettre le feu; les Abdéritains se hâtent alors de capituler.

[15] *Tudebodus continuatus et imitatus* [*Rec. des Hist. des Croisades: Hist. occ.* III], p. 190: "in castro quod vocatur Arenae." Ici le chroniqueur anonyme reproduit les mots "in castro quod vocatur Areg" de Tudebodus (*ibid.*, p. 43). Un texte arabe de l'époque donne une description de cet endroit: c'est une ville que domine un château fort, très bien approvisionné, près duquel se trouvent des arbres, des sources et un ruisseau (voir Guy Le Strange, *Palestine under the Moslems*, New York, 1890, p. 449). Tout cela ressemble assez à ce qu'AdeP dit d'Araine (**86** 2020–22), mais on hésiterait à voir là autre chose qu'une coïncidence.

[16] L'auteur des interpolations cherchait à combler les lacunes dont le texte de QC souffrait déjà au moyen âge. La version interpolée date au plus tard du douzième siècle: deux manuscrits de ce siècle la contiennent (Vaticane, fonds latin 1869, et Oxford, Corpus Christi 82; voir A. Thomas, *Revue critique*, 1880, tome II, pp. 75–78, et Paul Meyer, AlGr II, pp. 381–86), et Albéric l'a utilisée (voir A. Foulet, *Rom.* 60 [1934], pp. 237–42).

d'abord par les Perses et ensuite par les Grecs, Alexandre offre une ville, mais le Lycien refuse. Voici le passage: *Lucio quoque cujus ducato Persidem intraverat urbem quandam donavit. Verum, cum ille se mensus invidiam muneris refugisset dicens urbem fortune vel conditioni sue non convenire, "Non considerabam, inquit Alexander, quid te decebat accipere sed quid me dare." Lucio vero urbem omnino renuente, rex ei xxx talenta dono donavit.*[17]

Le thème de la générosité sans bornes d'Alexandre, qui reçoit un développement frappant dans le don d'une ville accordé par le roi à un chevalier pauvre et malheureux, AdeP l'avait déjà traité de manière fort semblable dans un épisode au cours duquel Alexandre fait cadeau de la cité de Trage à un chevalier qui l'avait charmé en jouant de la harpe (I 125–27). Notre auteur a pourtant su donner de la variété à ses deux récits en nous proposant dans chaque cas une morale différente: le don de Trage laisse entendre qu'on ne saurait se montrer trop généreux envers les artistes, mais le don d'Araine prouve que les plus grandes largesses ne suffisent pas pour inspirer de la hardiesse à ceux qui n'en ont point. Dans le RAlix l'épisode du don de Trage est situé juste avant le siège de Tyr (I 128ss.). Lorsqu'il a voulu insérer après coup son récit de la prise d'Araine, AdeP lui a trouvé un emplacement juste après la fin du siège de Tyr, et, tout comme la prise de Trage était suivie immédiatement par l'entrée du roi en Syrie (I 128 2660 et 129 2666), la prise d'Araine parle de nouveau d'une entrée en Syrie (II 86 2017) sans doute suggérée par l'autre. Enfin de tous les points de vue on est autorisé à compter **85–90** parmi les passages qui appartiennent à la rédaction finale du Fuerre d'AdeP. Nous avons déjà signalé que pour composer cet épisode AdeP s'est servi de deux textes qu'il n'avait pas utilisés auparavant: la version interpolée de Quinte-Curce et le *Tudebodus imitatus*. Voilà peut-être une indication que dans l'intervalle qui s'écoula entre la première forme de sa version du Fuerre et la révision finale il s'était livré à de nouvelles lectures dont il a profité pour faire des additions à son poème.

II **91** [RFGa: 0]. Ayant établi une garnison dans la ville, le roi repart le cinquième jour et se dirige tout droit vers Gadres (2136–39); que Bétis se rende compte qu'il n'aura plus un instant de tranquillité tant qu'il vivra (2140–41); ayant appris qu'Alexandre est en route, Bétis convoque partout de nouvelles troupes (2142–49);[18] les Grecs arrivent et investissent la place (2150–51).— Dans la première rédaction du Fuerre d'AdeP, les mots *cil* et *vile* (2136) renvoyaient au *cil* de **84** 1999–2000 et à la ville de Tyr, mais en ajoutant par la

---

[17] Vaticane, fonds latin 1869, fo. 173ro, col. 1. L'interpolateur a emprunté son Lycien à Quinte-Curce (QC V vii 1–12, voir en particulier vii 12: *Postero die Lycio, itineris quo Persidem intraverat duci, xxx talenta dono dedit*), mais l'incident de la ville offerte et refusée vient du *De Beneficiis* de Sénèque (II xvi 1: *Urbem cuidam Alexander donabat, vesanus et qui nihil animo nisi grande conciperet. Cum ille cui donabatur se ipse mensus tanti muneris invidiam refugisset dicens non convenire fortunae suae, "Non quaero, inquit, quid te accipere deceat sed quid me dare"*).

[18] Parmi ces nouvelles troupes il y a, selon le texte de *G*, une "gent boçue" venue de "Betaine" (Béthanie), mais chez AdeP les leçons correspondantes ont dû être "gent becue" et "Bithine" (Bithynie); voir plus loin au tome V la note au vers II 2146.

suite **85–90** AdeP s'est arrangé pour qu'un vers placé à la fin de l'épisode interpolé (**90** 2133) répète à l'avance **91** 2137. Grâce à cet expédient la ville de 2136 a l'air d'être la ville dont il est question aux laisses **85–90**, c'est-à-dire Araine.[19]

II **92–109** [RFGa: 0]. Les Grecs mettent le siège devant Gadres; le roi poste ses meilleurs guerriers aux principales portes: Licanor et Filote à la première porte et Tholomé et Cliçon à la porte la plus fréquentée; on pourvoit à l'approvisionnement des troupes en pillant la terre de Gadres (**92**). Dans l'espoir de mettre fin au pillage, Bétis expédie un messager au roi qui lui offre trente sommiers chargés d'or et d'argent pour qu'il consente à se retirer de la terre de Gadres, et en même temps il envoie un cartel à Tholomé. Alexandre repousse les ouvertures de son ennemi et Tholomé accepte de jouter avec Bétis (**93**). Le messager rend compte à Bétis du résultat de son ambassade; pendant la nuit on fait le guet et le lendemain les Grecs s'arment de bon matin; la joute a lieu devant les tentes de Tholomé (**94**). Bétis et ses Gadrains, s'étant armés, sortent par la porte Ludin, *et li Grieu les encontrent orgelleus et de brin;* une bataille sanguinaire s'engage entre Grecs et Gadrains; mêmes les plus hardis étaient sûrs de périr s'ils avaient le malheur de perdre leurs armes (**95**). Les Gadrains sortent en rangs serrés, *et li Grieu les encontrent orgelleus et armé;* Bétis, furieux de voir que "li compains Cliçon" est monté sur le *vairet* qui lui avait appartenu, attaque Tholomé, il en résulte une joute d'où ni l'un ni l'autre ne sort victorieux; ensuite Cliçon et Dilas s'entre-désarçonnent (**96**). Dilas est à bout de forces et son cheval s'est sauvé; Cliçon aurait pu le tuer sans l'arrivée de Bétis; Dilas s'esquive et ne tardera pas à traiter de male manière un parent de Perdicas (**97**).[20] Le vacarme augmente et déjà les cadavres s'entassent sur le sol au hasard de leur chute; Antiocus attaque un Persan nommé Gebus qu'il aurait tué sans l'arrivée de Bétis, qui combattait à ce moment-là dans le bataillon conduit par Abilans (**98**). Une bande de féroces sauvages force les hommes de Tholomé à se replier, mais Eménidus et sa compagnie arrivent à la rescousse et reprennent le terrain perdu (**99**). Dilas le fier guerrier, dont le destrier s'appelle Noirenue, se jette dans le combat et tue un chevalier grec; Cliçon donne de l'éperon à Boniface,[21] désarçonne Dilas et s'empare de Noirenue; le reste de l'armée gadraine sort de la ville et les Grecs de Tholomé s'avancent à leur rencontre (**100**). Le roi se lève et fait sa prière du matin; entendant le vacarme, il est dépité de n'avoir pas été parmi les premiers à prendre part à la bataille; il se lance dans la mêlée sans même prendre le temps d'endosser son armure,

---

[19] Pourtant AdeP, comme il lui arrive souvent, laisse la suture incomplète, n'ayant rien fait dans **90** pour pourvoir d'un antécédent le *cil* de **91** 2136. Pour que l'on attache le *cil* à l'interpolation de l'épisode d'Araine, il faudrait que ce *cil* renvoie aux *pers d'Araine* de **89** 2105–08, passage qui est séparé du *cil* de **91** 2136 par vingt-sept vers (**89** 2109–17 et toute la laisse **90**) qui traitent un sujet entièrement différent.

[20] Les vers 2242–43 de la laisse **97** renferment une allusion au *Roman de Troie* (vers 26313–14), où déjà se trouvaient couplés à la rime les noms du Grec Acamas (ou Atamas, voir les variantes au vers 26313) et du Troyen Eneas.

[21] Le nom du cheval de Cliçon est emprunté à III **120** 2070, tout comme l'allusion à Boniface déjà faite au vers II **76** 1785.

ce qu'il aura l'occasion de regretter, car le comte Pinçon va bientôt lui porter un coup terrible; le roi tue un Gadrain nommé Porçon; les Gadrains se groupent autour de la porte Mabon dans l'intention de faire passer un mauvais quart d'heure à Alexandre (**101**). Les Gadrains se groupent autour de la porte Mabin, et voilà que le prince Pinçon atteint le roi d'un dard qui lui traverse la cuisse; les Grecs, craignant que la blessure ne soit mortelle, sont en proie au désespoir (**102**). Le roi pourtant se fait panser et ne renonce pas au combat (**103**). Les Gadrains, croyant n'avoir plus rien à craindre du roi, se réjouissent; mais, quand le prince Pinçon reparaît, Alexandre se porte à sa rencontre (**104**) et tue son adversaire (**105**). Les Grecs font traîner le cadavre de Pinçon par des chevaux (**106**). Bétis et ses troupes essaient de se réfugier dans la ville de Gadres, mais les Grecs y pénètrent en même temps que les fuyards (**107**). Les Grecs matent toute résistance et massacrent Bétis qui refusait de se rendre; Alexandre établit son autorité sur tout le pays de Gadres (**108**). Ayant pourvu Gadres d'une garnison grecque et ayant enrôlé dans son armée l'élite des guerriers gadrains, le roi s'en va cinq jours après avoir pris la ville; son départ ne présage rien de bon pour Darius de Perse et l'Indien Porus (**109**).

AdeP a composé **91–109** en mélangeant des éléments empruntés à deux sources: l'histoire du siège de Gaza selon Quinte-Curce (QC IV vi 7–29)[22] et le récit du siège de Babylone d'après Lambert-2 (RAlix iii **283–341**). Voici comment il a disposé ses emprunts. ii **91**: Bétis, ayant appris qu'Alexandre est en route, convoque partout de nouvelles troupes (RAlix iii 5200–06: l'émir de Babylone, ayant appris qu'Alexandre s'approche, convoque le ban et l'arrière-ban). ii **92**: les Grecs investissent Gadres (QC 7–13: les Grecs mettent le siège devant Gaza; RAlix iii 5107: les Grecs marchent sur Babylone). ii **92**: le roi donne des ordres à ses meilleurs guerriers: Licanor et Filote, Tholomé et Cliçon (RAlix iii 5131–34: le roi s'est entouré de ses meilleurs guerriers: Licanor et Filote, Tholomé et Cliçon). ii **92–93**: Bétis est affligé du pillage auquel se livrent les Grecs (RAlix iii 5285–87: l'émir est furieux de voir que les Grecs pillent ses terres). ii **93**: Bétis offre de l'argent au roi pour qu'il se retire (RAlix iii 5350–52: l'émir offre de l'argent au roi pour qu'il se retire). ii **93**: Bétis envoie un cartel à Tholomé (RAlix iii 5355–56: le sénéchal de l'émir envoie un cartel à Tholomé). ii **94**: Bétis apprend que le roi refuse son offre et que Tholomé relève le défi (RAlix iii 5391–98: l'émir apprend que le roi refuse et que Tholomé accepte). ii **94**: pendant la nuit les assiégés font le guet (de même RAlix iii 5400–01). ii **95**: les Gadrains font une sortie, et un grand combat en résulte (QC 14: les gens de Gaza font une sortie, et un combat en résulte). ii **96**: joute indécise entre

---

[22] QC 7–13: Alexandre assiège Gaza; 14: la garnison fait une sortie, et un combat en résulte; le roi entend le tumulte et se jette dans la mêlée; 15–16: un soldat arabe essaie sans succès de le tuer par traîtrise; 17–18: il est blessé d'un dard et le sang coule à flots, ce qui épouvante ses compagnons; 18–20: il se fait panser et les Grecs le ramènent à sa tente; 20: Bétis, le croyant mort, rentre joyeux dans sa ville; 21: Alexandre, à peine guéri, reprend le siège; 22–24: il finit par pénétrer dans la place; 25–29: il s'empare de Bétis et le fait traîner, encore vivant, autour des murs.

Tholomé et Bétis (RAlix III 5456–71: joute indécise entre Tholomé et le sénéchal de l'émir). II 101: le roi se lève et fait sa prière du matin (de même RAlix III 5101–03). II 101: il est dépité de n'avoir pas pris part au combat (de même RAlix III 5603–08). II 101: il se jette dans la mêlée à moitié armé seulement (QC 14: pour un peu le roi se serait jeté dans la mêlée sans prendre la précaution de revêtir sa cuirasse). II 102: il est blessé par un dard et son sang coule à flots, ce qui épouvante ses compagnons (de même QC 17–18). II 103: il se fait panser (de même QC 18). II 104: joie de ses ennemis, qui s'imaginent qu'Alexandre ne se remettra pas (QC 20: Bétis, croyant qu'Alexandre a succombé par suite de sa blessure, rentre tout joyeux dans Gaza). II 104: le roi n'abandonne pas la lutte (QC 21: le roi, à peine guéri, reprend le siège). II 106: les Grecs font traîner par des chevaux le cadavre d'un comte qui avait failli tuer leur roi (QC 29: le roi fait traîner Bétis, encore vivant). II 107: les Gadrains fuient "et li Grieu les enchaucent a coite d'esperon" (RAlix III 5926–28: les Babyloniens fuient "et li Grieu les enchaucent as chevaus qu'il ont frois"). II 107–08: les Grecs pénètrent dans la ville en même temps que les fugitifs et massacrent Bétis (de même RAlix III 341 dans la version que l'Amalgame donne de cette laisse [voir B 506 8830–33], où les Grecs massacrent l'émir de Babylone; voir aussi QC 22–29).

A cause du mélange d'éléments tirés de ces deux sources il y a dans le texte de II 92–109 des solutions de continuité assez marquées,[23] ce qui ne nous surprend pas vu qu'AdeP arrive souvent à un résultat analogue quand il ajoute de nouveaux morceaux au texte primitif de sa rédaction.

En plus de Quinte-Curce et de Lambert-2, AdeP s'est adressé à un autre auteur, Albéric, afin de dramatiser l'incident de la blessure d'Alexandre.[24] AdeP nous dit qu'un comte nommé Pinçon[25] lance un dard contre le roi et le blesse (101 2312–13, 102 2322–30), mais Alexandre se fait panser et ne renonce pas au combat (103 2341–46); ensuite il retrouve Pinçon, l'attaque et le tue (104 2354–59, 105, 106 2369–70, 107 2382–83). Selon Albéric, Alexandre, lors de la bataille du Granique, est blessé et abattu par le duc Memnon et n'est sauvé de la mort que par l'intervention de Cliçon, qui le remet sur Bucéphale (1239–1338); Alexandre rencontre un comte nommé Pinçon, qui s'était emparé du gonfanon du roi pendant qu'il gisait à terre (1339–42); le roi coupe la tête à Pinçon et lui reprend son gonfanon (1343–71); là-dessus Memnon attaque de nouveau Alexandre, qui le tue (1372–81)[26] Ici, comme chez AdeP, nous avons deux joutes

---

[23] Voir surtout la laisse 95 (basée sur QC), qui fait enclave entre 93–94 et 96–97 (basées sur Lambert-2).

[24] La partie de l'*Alexandre* d'Albéric qui contenait le passage en question n'ayant pas été conservée, nous ne connaissons son contenu que par l'intermédiaire de la traduction qu'en a faite au douzième siècle le curé allemand Lamprecht. Le résumé que nous donnerons de ce passage se fonde sur les vers 1239–1381 (manuscrit de Vorau) de l'*Alexanderlied* de Lamprecht.

[25] La première fois qu'il le mentionne, AdeP qualifie Pinçon de "comte" (2312); ensuite il lui accorde le titre de "prince" (2323, 2345, 2354, 2360).

[26] Par la suite les Persans abandonnent la lutte, la bataille est perdue pour eux, et Alexandre, une fois ses blessures guéries, se met à la poursuite de l'ennemi (1382–89).

conçues selon un principe identique: dans la première le roi est blessé, et au cours de la seconde il tue son adversaire. Le fait que par-dessus le marché dans les deux textes le comte tué par Alexandre s'appelle Pinçon montre clairement qu'AdeP s'est adressé au poème d'Albéric.[27]

Ayant prolongé le Fuerre d'Eustache par l'addition des laisses **85–109**, AdeP termine son propre Fuerre et consacrera le reste de la branche II (**110–49**) à la guerre faite par Alexandre à Darius. Pour l'analyse de la fin de la branche, voir au tome V la note à II **110–49**.

Dans les pages qui suivront nous n'avons pas adopté pour le texte d'Eustache un numérotage qui lui soit propre, mais chaque vers sera accompagné d'un renvoi au texte d'Alexandre de Paris donnant le numéro d'ordre que les éditeurs du RAlix lui ont assigné au tome II. La présence de trois points devant ou après un de ces numéros sert à attirer l'attention sur le fait qu'AdeP a interpolé un passage à l'endroit indiqué. Sauf où il s'agit d'errata, qu'on trouvera signalés au tome V (EM 40), les rares cas où nous nous écartons, si peu que ce soit, des leçons offertes par le RAlix[28] ont chacun à son tour fait l'objet d'un commentaire expliquant pourquoi nous avons modifié le texte d'AdeP. De temps en temps les données à notre disposition n'ont pas suffi pour que nous fussions en mesure de retrouver les mots mêmes dont Eustache s'était servi: nous nous contentons alors d'indiquer en caractères italiques quel a dû être le contenu du passage disparu. Pour le texte du RFGa, comme déjà pour celui d'AdeP, nous avons maintenu les formes picardes du manuscrit (*G*) qui a servi de manuscrit de base aux éditeurs de la branche II.

Le texte du *Roman du fuerre de Gadres* que nous offrons au lecteur est le résultat de la minutieuse enquête à laquelle les pages de cette introduction servent en quelque sorte de procès-verbal. Si, en dehors du RAlix où AdeP a si profondément remanié l'oeuvre de son devancier, le temps avait épargné un manuscrit quelconque du poème d'Eustache, même tardif mais dont le scribe ou le rédacteur aurait respecté davantage le dessein de l'auteur, il est probable que nous n'aurions pas eu besoin, nous qui sommes du vingtième siècle, de reconstruire un texte du douzième. En l'absence d'un tel manuscrit, nous avons fait de notre mieux pour rendre à un petit chef-d'oeuvre sa forme première. Peut-être l'aurons-nous retiré de l'oubli où depuis si longtemps il est demeuré enseveli. S'il en est ainsi, notre labeur, qui a déjà trouvé sa récompense dans le plaisir que nous y avons pris, aura également obtenu sa pleine justification.

---

[27] AdeP supprime Memnon, mais aux vers 2316–18 (II **101**) il introduit, sans raison visible, un nommé Porçon. Il se peut que la mort de ce Porçon ne soit qu'un vague écho de la mort de Memnon.

[28] Tels que *Josaphas* pour *Josafaille* (voir plus haut, la note 28 à la page 34), *Emenidus de Carge* pour *Emenidus d'Arcage* (voir plus haut, pp. 28–29), *Sansons* pour *Sanses* (voir plus haut, la note 10 à la page 30) *Salacïel* pour *Salehadin* (II **45** 533), *Corineus* pour *Corneüs* (II **28** 568, voir plus loin, tome V, note à II **18** 313), *Costantins* pour *Corestins* (II **43** 972, voir au tome V la note à II **43** 972), *Betis* pour *Li dus* (II **75** 1768, voir plus haut, la note 15 à la page 72).

LE ROMAN DU FUERRE DE GADRES

ESSAI D'ÉTABLISSEMENT DU TEXTE

Texte d'Eustache	(AdeP i **129**)
Tant chevauche Alixandres, qui d'aler ne s'oublie,	2678
Qu'il vit les tours de Tyr et la terre a choisie.	2679

[*Le roi investit la ville par mer et par terre, mais cette place, munie de tours et de hautes murailles, paraît inexpugnable*].

Texte d'Eustache	(AdeP ii **1**)
Devant les murs de Tyr, la dedans en la mer,	1
Li rois de Mascedoine fist un chastel fremer.	2
Molt fu riche la tour s'ot entor maint piler;	3
La façon du chastel ne vos sai deviser.	4
De la porte marage lor veut le port veer,	5
Q'a la cité ne puissent ne venir ne aler,	6
Ne barges ne galies n'i puissent ariver;	7
Li rois i commanda de sa gent a entrer,	8
Armes et garnisons i fait assés porter.	9
Souvent de jor en autre lor fait assaut livrer	10
Et cil se deffendirent a traire et a geter,	11
Que la cité ne veulent ne rendre ne livrer.	12
Alixandre i anuie forment a sejorner,	13
Car entour aus ne pueent vitaille recovrer;	14
Li rois par maltalent commença a jurer	15
Que ja n'en prendra un que nel face afoler.	16
Emenidus de Carge commande en fuerre aler	17
Et set cens chevaliers ensamble o lui mener,	18
Perdicas et Lioine et Caulon qui fu ber,	19
Licanor et Filote por les forriers garder;	20 ...
Sanson qui claime Tyr les commande a guïer,	23
Qui bien set le païs et les destrois passer;	24 ...
Et cil issent de l'ost si font lor gent monter.	26

Texte d'Eustache	(AdeP ii **3**)
Le jor vont bien li Grieu en guise de forriers,	39 ...
Toute nuit chevalchierent sans bruit et sans noisiers;	42
Au matin par son l'aube, quant jors fu esclairiés,	43
El val de Josaphas vers les puis de Gibiers	44
Ont veüe la proie et choisi les vachiers.	45
Mais il n'aloient mie en guise de berchiers,	46
Ains ierent bien armé, car il lor iert mestiers,	47

Et d'escu et de lance, de dars trenchans d'aciers, 48
Et ont chevaus d'Arrabe abrievés et corsiers. 49 ...

Texte d'Eustache (AdeP II 4)

El val de Josaphas lor font li Grieu saillie 54
Et acuellent la proie, une si grant partie 55
Dont l'ost peüst bien estre molt lonc tans replenie; 56
Mais li cris est levés et la gent estormie. 57
Li sires qui les garde ot non Oteserie, 58
A un cor d'olifant les rassamble et ralie. 59
Devant lor sont venu sous la roche enhermie, 60
A set des premiers Grieus ont tolue la vie, 61
La proie lor resqeuent, malgré aus l'ont guerpie. 62 ...

Texte d'Eustache (AdeP II 5)

Emenidus ot ire quant vit ses compaignons 68
Morir por la bataille dont li rois l'ot semons. 69
Ferrant, qui tost li vait, broche des esperons 70
Et fiert si le premier qu'il vuide les arçons, 71
Et l'auberc li faussa com se fust auquetons, 72
Par mi le cors li passe fer et fust et penons, 73
Si que de l'autre part en geta les regnons. 74
De deus pars s'entrevienent, baissiés les gonfanons, 75
Des mors et des navrés fu sanglans li sablons. 76
Tant forment s'entrefierent n'ont cure de prisons, 77
As espees d'acier paient lor raençons. 78

Texte d'Eustache (AdeP II 6)

El val de Josaphas vont li Grieu proie prendre, 79
Mais cil ont bon talent qui lor veulent deffendre, 80
As espees d'acier lor sont venu contendre. 81
Caulus point le destrier, grans saus li fait porprendre, 82
Et fiert Lucianor que l'escu li fait fendre, 83
Le plus hardi des lor et si estoit li mendre, 84
Niés fu Oteserie, el champ le fist estendre, 85
Si l'a a mort feru l'ame li estuet rendre. 86

Texte d'Eustache (AdeP II 7)

Duel ot Oteserie de la descovenue ... 89
Qant voit mort son neveu desor l'erbe menue. 90
Le cheval esperone, qui molt tost se remue, 91
Et fiert si un Grigois de l'espee esmolue 92
Que la teste du bu li a au branc tolue. 93

Lioines point le brun toute une voie herbue	94
Et fiert Oteserie sor la targe volue;	95
Desous la boucle d'or li a fraite et fendue,	96
Mais sa lance peçoie comme un raim de ceüe;	97
Outre s'en est passés et traist l'espee nue.	98
Mais a Oteserie fu male eure venue,	99
Q'en une autre bataille, q'a un Grieu ot tenue,	100
Furent li las rompu et la coiffe cheüe.	101
Et Lioines le fiert en la teste chanue,	102
Que l'espee li a tresq'es dens enbatue.	103
Qant li sires fu mors, l'autre gent fu vaincue,	104
Par mi une montaigne s'en fuit toute esperdue.	105
Et li Grieu de la proie i ont tant retenue	106
Dont l'ost peüst bien estre un lonc tans repeüe,	107
Mais avant que il l'aient lor sera chier vendue.	108

Texte d'Eustache (AdeP II 8)

Li Grieu s'en retornerent vers l'ost molt lïement.	109 ...

[*Mais bientôt Eménidus aperçoit une immense armée qui descend des collines; très inquiet, il se demande ce qu'il faut faire pour parer à cette menace, car le duc Bétis de Gadres, propriétaire du troupeau razzié, était sorti de sa ville avec trente mille sept cents guerriers et s'était lancé à la poursuite des fourriers*].

Texte d'Eustache (AdeP II 9)

[*Eménidus se décide à envoyer un messager à Alexandre pour lui demander de venir au secours de ses hommes*].

[*Emenidus*] apele Licanor de Mormonde:	... 149
"Biaus ja est tes destriers, plus isniaus d'une aronde.	150
Car va dire Alixandre, se tost ne nos habonde,	151
Hui perdra de la gent que plus aime en cest monde."	152
Qant l'entent Licanor, ne puet müer ne gronde,	153
Et ne laisse por qant que son sens ne responde:	154
"Non ferai, dist li quens, par ceste teste blonde,	155
Ains parra mes escus estre targe reonde,	156
Et avrai detrenchie du cors la maistre esponde	157
Q'ançois isse du champ que des lor nen i tonde."	158

Texte d'Eustache (AdeP II 10)

Emenidus a dit: "Car i alés, Filote.	159 ..
Se tost ne nos secort, en si male riote	163
Nos a mis Alixandres que chascuns s'en defrote."	164
Et cil li respondi: "Ne me pris une bote	165

S'ançois ne vois au branc commencier une note 166
C'onques Bres ne fist tele en vïele n'en rote. 167
Molt estera honis qui verra tel complote 168
Et partira du champ se ançois n'i escote; 169
Ne cuit que cis besoins soit pas gieus de pelote. 170
Qant mes haubers sera pertuisiés comme cote 171
Et mes escus a or com dras qu'on haligote 172
Et li sans de mon cors seur mon arçon me flote 173
Et revenra au pas mes chevaus qui or trote, 174
Se lors vois en message ne diront: 'Cis asote,' 175
Ne ne m'en blasmera li rois ne Aristote." 176 ...

Texte d'Eustache (AdeP II 11)

Emenidus apele Lioine si li proie ... 186
D'aler a Alixandre, por le secors l'envoie; 187
Et s'il fait cest afaire, tout le pris l'en otroie. 188
Et Lioines respont: "Ja puis Dieus ne me voie 189
Que je aille en message desi que on me croie; 190
Mes escus est tous sains et ma lance ne ploie. 191 ...
La gent que j'ai menee en cest champ guerpiroie? 194
Li rois les m'a chargiés et sans aus m'en iroie? 195
Dont porroit on bien dire que traîtres seroie. 196
Mieus veul avoir percié d'une lance le foie 197
Que ja aie tesmoingne que vis recreans soie." 198

Texte d'Eustache (AdeP II 12)

Emenidus apele le hardi Perdicas: 199
"Car nous fai cest message, biaus amis, car i vas." 200
Et cil li respondi: "Or ne m'amés vos pas, 201
Ge vos vaudrai aidier a descroistre cel tas. 202
Ains iert ma lance fraite et mes escus tos qas 203
Et mes chevaus corans iert revenus au pas; 204
Mieus i vuel estre ocis, du tout matés ou las, 205
Que g'isse de l'estor fors ne haitiés ne cras. 206
Se je venoie au roi armes saines et dras 207
Et vos laissoie mors el val de Josaphas 208
Molt avroie bien fait le service Judas; 209
Li rois seroit malvais se demain n'estoie ars." 210

Texte d'Eustache (AdeP II 13)

Emenidus a dit: "Car i alés, Caulus, 211 ...
Et dites Alixandre que tout somes conclus. 213
Se tost ne nos secort, mort somes et confus, 214

Car a sa gent de Gadres nos a enclos li dus.	215
Or somes en esprueve et il sont au desus."	216
Et cil li respondi: "Cest afaire refus.	217
Par la foi que vos doi, biau sire Emenidus,	218
Qant de cest champ istrai, nen i remanra nus	219
Se ne sui mors ou pris ou tornés au dejus."	220

Texte d'Eustache (AdeP II 14)

Emenidus a dit: "Alés i, Aristé,	221 ...
Et dites Alixandre que tant avons alé,	225
Se tost ne nos secort, mort somes et outré.	226
Se nel faites por nos, si le faites por Dé	227
Et por l'amor du roi qui tant nos a amé."	228
Cil li a respondu: "Or avés bien parlé!	229
Ne vauroie estre sains por iceste bonté;	230
Au plus malvais de tous m'avés or esgardé	231
Par mon chief vos meïsmes qui l'avés commandé;	232
Se ja mais estions de cest besoing torné,	233
Assés en petit d'eure m'en avrïés gabé.	234 ...
Je n'en prendroie mie tout paradis en gré	242
Por ce que je n'eüsse en cest besoing esté."	243

Texte d'Eustache (AdeP II 17)

Emenidus de Carge en apele Sanson:	275
"Car i alés, fait il, gentieus fieus a baron,	276
Et dites Alixandre, qui fu fieus Phelippon,	277
Qu'il nos viegne secorre a coite d'esperon,	278
Que l'enpires de Gadres nos enclost environ;	279
Et sont bien trente mile, a itant les esmon."	280
Et cil a respondu: "Vous parlés en pardon.	281
Je sui ja tous armés et tieng mon gonfanon,	282 ...
Et ateng la bataille, ves la ci, ja l'avrom;	284
Et or aille el message a guise de garçon?	285
Mieus vuel estre tornés a grant confusion	286
Que g'isse de cest champ se mors ou navrés non.	287
Ou l'onnor en iert nostre, si que nos le verrom,	288
Ou nos i morrons tuit, ja n'avrons garison."	289 ...

Texte d'Eustache (AdeP II 20)

Emenidus resgarde desous un olivier,	392
Descendu vit a terre un povre saudoier.	393
Sa sele ravoit mise et cenglé son destrier;	394 ...
Il a lance et escu et espee d'acier,	396

N'a plus de toutes armes, que nes pot esligier,	397
Et celes furent tels, s'il les vausist laissier,	398
Ja frans hom par droiture ne les deüst baillier.	399
Gros fu par les espaulles et les par le braier	400
Et grailles par les flans s'ot le viaire fier,	401
Blonde cheveleüre et longe por trecier.	402 ...
Emenidus l'apele sel prist a araisnier:	415
"Amis, en cest message vos vauroie envoier,	416
Car i alés por Dieu et por nos conseillier,	417
Et dites Alixandre, s'il nos venoit aidier,	418
C'onques en un seul jor ne pot tant gaaignier	419
Ne de sa gent rescorre ne de ciaus enpirier	420
Qui nos cuident anqui laidement damagier;	421
N'avés pas bones armes, remanoir ne vos quier."	422 ...
Et cil li respondi belement sans noisier:	426
"Biaus sire Emenidus, ne m'en devés proier.	427
Certes je ne vi onques Alixandre d'Alier,	428
Ne par iteus paroles ne m'i veul acointier.	429
Ja de povre home estrange ne faites messagier,	430
Envoiés i plus riche, qui mieus sache plaidier;	431
Ja Dieus, se je i vois, ne m'en doinst repairier.	432
Certes je ne fui onques en nul estor plenier,	433
En cestui remaindrai, je m'i veul ensaier."	434 ...

Texte d'Eustache (AdeP II 22)

Aridés de Valestre sist sor Baiart de Tyr;	... 463 ...
Emenidus l'apele o plors et o souspir:	465
"Ha! sire, car pensés de ceste gent garir;	466
Ne voi mais nul secors se m'en volés faillir.	467
Tel m'ont hui du message respondu lor plaisir	468
Qui seront ains le vespre trop tart au repentir."	469 ...
Et li vassaus respont: "Des or me puis haïr	472
Puis que on ne me veut au grant fais sostenir;	473
On me soloit jadis o les mellors soufrir.	474
Et ne por qant bien doi si preudome obeïr,	475
C'onques mieudres de vos ne pot lance tenir.	476
Por vos et por le roi, que devons tuit servir,	477
Et por ce que ciaus voi en ensai de perir,	478
Le message ferai, Dieus nos en laist joïr!	479
Mais ains verrai mon hiaume enbarer et croisir,	480
Et mon escu percier, mon hauberc desartir,	481
Et le sanc de mon cors a grant randon issir,	482
Le cheval desous moi d'aigre suor covrir.	483
Sans bien voires ensegnes ne veul le champ guerpir;	484

Ne m'en devra nus hom gaber au departir 485
Ne li rois trop blasmer se a lui puis venir." 486 . . .

Texte d'Eustache (AdeP II 23)

Molt furent peu li Grieu, mais bien se conforterent. 488
Tuit descendent a pié, communalment s'armerent; 489
Lor poitraus ont restraint, lor chevaus recenglerent, 490
Lor guiges racorcierent et lor resnes nouerent, 491
Ensegnes et penons en lor lances fremerent; 492
Lor escus a lor cols, sor lor chevaus monterent, 493
Estroitement chevalchent et sagement errerent. 494
Lors dist li uns a l'autre que bones oevres perent; 495
Les paroles sont beles de ciaus qui bien ouvrerent. 496
La fu grans li meschiés ou li Grieu assamblerent 497
A l'empire de Gadres, quant ensamble ajosterent, 498
Car ne sont que set cens et cil trente mil erent. 499 . . .

Texte d'Eustache (AdeP II 24)

A l'assambler des Grieus josta premiers Sansons; 506 . . .
Il et li dus Betys brochent des esperons, 508
Si grans cops s'entredonent, baissiés les gonfanons, 509
Que li hauberc fausserent tres par mi les blasons. 510
Sansons brise sa lance s'en vole li tronçons, 511
Et li dus feri lui, iriés comme lions, 512
Que desous la mamele li caupe les regnons, 513
Toute plaine sa lance l'abat mort des arçons. 514
Outre s'en est passés si goins comme uns faucons, 515 . . .
[et d'un coup de son épée il blesse à mort un chevalier grec. Mais un autre Grec égalise les choses en tuant un chef gadrain, ce qui contrecarre bien les gens de Gadres].

Texte d'Eustache (AdeP II 25)

La fu molt grans li dels ou Sansons fu chaois 521
Et jut mors a la terre sor son escu tous frois; 522
La veïssiés les Grieus coreçous et destrois. 523
Emenidus le pleure et se pasme trois fois, 524
Bonement le regrete et depiece ses dois: 525 . . .
"Sansons, s'or ne vos venge, couars sui et revois." 530
Le destrier esperone contre mont un chaumois, 531
Si se met en la presse que tous i fu estrois, 532
Et fiert Salacïel, qui sire iert de leur lois, 533
Arcevesques de Gadres ausi noirs comme pois, 534

Que desous la mamele de l'auberc ront les plois, 535
L'eschine li trencha o l'acier qui fu frois. 536 ...

Texte d'Eustache (AdeP II **27**)

[*Eménidus jette un regard vers les collines et voit arriver une grosse bande de Turcs; ils ont des roieles, des arcs, des flèches très isneles, et ces flèches font beaucoup de mal aux Grecs*].
Perdicas et Lioines sordent d'unes vauceles, ... 560
Lor espees sanglentes, lor mains a lor maisseles. 561
De toutes lor compaignes qu'il menoient si beles 562
N'ont que vint chevaliers qui mais sieent en seles. 563
Vers les Turs esperonent par mi unes combeles, 564
As espees lor trenchent les pis et les mameles. 565 ...

Texte d'Eustache (AdeP II **28**)

Corineus sist el bai q'a Cesaire ot conquis, 568
Des esperons le hurte, es grans galos s'est mis; 569
En la presse se met, de bien faire pensis, 570
Comme bons chevaliers qui iert d'armes penis, 571
Et fiert un chevalier, neveu au duc Betys, 572
Que le cuir et les ais trenche de l'escu bis; 573
Mort l'abat des arçons ou li ors iert assis. 574
Molt li a bien mostré qu'il n'iert pas ses amis. 575 ...

Texte d'Eustache (AdeP II **29**)

Antigonus de Gresce vint par l'estor poingnant, 578
Lance droite sor fautre et l'escu trait avant, 579
Les langes de l'ensegne vont au vent baloiant, 580
Bien samble chevalier hardi et combatant. 581 ...
Et voit un Arrabi qui les rens vait cerchant, 585
La compaigne des Grieus forment affebloiant; 586
Quatre lor en a mors d'un poindre maintenant. 587
Antigonus laist corre le cheval remuant, 588
Et cil broche vers lui, nel va pas redoutant. 589
Li Arrabis failli, car cheval ot tirant; 590
Antigonus le fiert, tous plains de maltalant, 591
Grant caup en son escu de son espié trenchant, 592
Desous la boucle d'or fent les ais d'olifant; 593
Par grant vertu li ront son hauberc jasarant, 594
Tant com hanste li dure, l'abat mort sovinant. 595 ...

Texte d'Eustache (AdeP II **30**)

Androines sist armés et galope sor frain, 600
Lance roisde levee et l'enarme en la main. 601

LE ROMAN DU FUERRE DE GADRES

As garnemens tenir ne sambla pas vilain,	602
Plus cointement nes tint nus fieus de chastelain;	603
Si s'afiche es estriers qu'en croissent li lorain	604
Et broche le destrier qu'il ot delivre et sain.	605
Un Arrabi felon encontra premerain,	606
Qui tint tout le païs d'environ flun Jordain,	607
Calafer ot a non et fu fieus Godouain,	608 ...
Tant com hanste li dure l'abat mort el terain,	623
Le cors en laist sanglent et sans arme tot vain.	624

Texte d'Eustache (AdeP II 31)

Festions sist armés sor un amoravi,	625
Ainc hom ne vit mellor gascon ne arrabi;	626
D'un chier paile iert covers, onques mellor ne vi,	627
Trois lionciaus d'or fin i ot toissu en mi;	628
Et li vassaus fu preus si ot le cuer hardi,	629
A l'estraindre des armes li destriers tressailli.	630
Et fiert un riche duc que des autres choisi,	631 ...
Tel li done ens l'escu frait li a et parti,	635
Le blanc hauberc du dos derrout et desarti;	636
El cors li met l'espié a tout le fer burni,	637
Si que dedens le pis la hante li croissi.	638
Tant roisdement l'enpaint q'a terre l'abati;	639
Cil est mors a dolor et maint autre autresi.	640

Texte d'Eustache (AdeP II 32)

Aristés vint poignant par mi l'estor plenier,	641
Hante roisde sor fautre a loi de bon guerrier;	642
Li fers en fu trenchans et l'anste de pumier,	643
Les langes de l'ensegne laist au vent baloier;	644
Le cors ot bel et gent et le visage fier.	645
Ainc ne veïstes home mieus samblast chevalier,	646 ...
Durement se penoit des Gadrains damagier,	648
Sanc et cervele espandre et poins et piés trenchier.	665
Et fiert un duc de Perse, niés estoit Murgaifier,	649
Que le cuir et les ais fait de l'escu percier	650
Et le hauberc du dos desrompre et desmaillier.	651
Par mi le cors li fait son gonfanon baignier,	652
Si que de l'autre part li a fait essiauier;	653
Tant com hanste li dure l'abat mort du destrier.	654 ...

Texte d'Eustache (AdeP II 33)

Emenidus de Carge vit la gent honoree	676
Por l'amor Alixandre de mort abandonee,	677

Que por meschief que voie ne se tient effreee	678
Ne vers la gent de Gadres ne doute la mellee.	679 ...
Un duc lor a trenchié tres par mi l'eschinee,	684
Si que l'une moitiés est de l'autre sevree,	685
Mais l'espee li brise si q'en trois est volee	686
Par mi l'enheudeüre ou de viés fu quassee.	687 ...
La maisnie Betys se fu dont rasamblee,	707
Seure li sont couru et font une hüee.	708
Se la gent Alixandre ne l'a bien encontree	709
Au grant meschief qu'il voient, n'en doit estre blasmee.	710
Lors ont estal guerpi et place remüee	711
Tresq'a une plaissie q'ont devant aus trovee.	712
Ja fust la gent roial toute desbaretee,	713
Ne fust Emenidus a la chiere menbree	714
Qui derriere se mist o la lance aceree	715
Et a tant le grant fais et la presse enduree	716
Que trestoute la chace a par force arestee.	717 ...

Texte d'Eustache (AdeP II 34)

La ou li Grieu recuevrent fu li chaples molt grans,	724
Et selonc le meschief li afaires pesans,	725
Mais li home Alixandre fierent grans cops des brans;	726
Bien voient qu'il ne sont pas per ne a tans quans,	727
Il ne se fïent mie en lor chevaus courans,	728
Car uns ne se fuiroit por un mui de besans;	729
Il cuideroit bien estre plus vieus que recreans.	730
Mais molt se vendent chier as Mors et as Persans,	731
Qu'il nes tenront hui mais de ferir por enfans.	732

Texte d'Eustache (AdeP II 38)

Devant ses compaignons vint armés Salatins	787
Baus des Grieus desconfire, tous les tint a frarins;	788
Onques puis ne fu nes si cointes Beduïns.	789
Ses chevaus fu covers de deus cendaus porprins,	790
Orfresés environ et par roies sangins.	791
O le fer de sa lance fu ocis uns meschins,	792
Cil iert parens Filote et ses germains cousins.	793
Onques nel pot garir li haubers doublentins,	794
Par mi le cors li passe li gonfanons porprins,	795
Que tous en fu sanglens li blïaus ostorins.	796 ...
Filotes tint l'espee et fu sous l'elme enclins	801
Qant vit mort son parent q'a terre jut sovins,	802
Bonement le regrete, o ses mains trait ses crins.	803
Por l'amor du vassal commença tels traïns	804

Dont le jor fu perciés mains peliçons hermins,	805
Et maint bon chevalier aprochié de lor fins;	806
Des mors et des navrés fu jonchiés li chemins.	807 ...

Texte d'Eustache (AdeP II 42)

Emenidus laist corre le cheval abrivé	... 927
Et se fiert li gentieus en l'estor aduré.	928
Ausi comme esprevier qui vole a recelé	929
Depart les estorniaus qui pasturent el pré,	930
Derront Emenidus par vive poësté	931
La force des Gadrains quant mieus sont ajosté.	932
Cele part ou il torne sont il molt effreé,	933
De conduire son cors a chascuns enpensé;	934
Cil qui onques ains pot li a chemin livré.	935
Au departir d'un Turc qu'il lor a mort geté,	936
Le fiert uns Arrabis qui derrier l'ot visé,	937
D'une cane molt roide o un fer aceré	938
Le blanc hauberc li a desrout et desserré	939
Et le vassal el cors d'outre en outre navré,	940
Si que de l'autre part en a le fer mostré;	941
La cane brise el pis, qui molt l'a esgené.	942
Il meïsmes l'en traist, qui molt ot grant fierté,	943
Puis a celui de pres o le branc si hasté	944
Que tresqu'en la çainture l'a fendu et caupé.	945
De son blïaut d'ermine a le pan desciré,	946
Par mi lieu de ses plaies en a son cors bendé	947
Por le sanc estanchier qui'n aloit a plenté.	948 ...

Texte d'Eustache (AdeP II 43)

Cil de Gadres n'ont mie conneüe l'ovraigne,	954
Si com Emenidus de Carge la sovraigne	955
Est ferus ens el cors assés pres de l'entraigne,	956
Fors seul li dus Betys a la chiere grifaigne;	957
Cil vit le caup ferir et la plaie qui saigne.	958
Por ce que sa maisnie le trueve si estraigne,	959
Et tous li recovriers estoit de sa compaigne,	960
En fu liés en son cuer, n'a droit que il s'en plaigne.	961
Vers lui point le cheval, mais ains crie s'ensaigne	962
Et commande sa gent que cele part s'estraigne.	963 ...
Iluec s'entrencontrerent a si riche bargaigne	970
Molt en porra li uns peu prisier la gaaigne.	971
Ains ne dona tel caup Costantins de Bretaigne	972
Ne cil de Durendal qui fu niés Challemaine	973
Com fait Emenidus, cui maltalens engraigne.	974

Betys n'a si fort hiaume que trestout ne li fraigne, 975
N'il n'a tant de loisir que au cheval se praigne; 976
Si lons com il estoit mesura la champaigne. 977
Qui voit sa contenance ne cuide qu'il se faigne, 978
Tels rais li saut du nes qui son visage baigne. 979
Or li avra mestier mires qui plaie estraigne, 980
Car cil l'a encontré qui maint orguel mehaigne; 981
Des or mais est bien drois que ses orgeus remaigne. 982

Texte d'Eustache (AdeP II 44)

Por rescorre Betys i sont ses gens venues, 983
Trois eschieles qui sont du tertre descendues; 984
En la menor avoit mil lances esmolues 985
Et mil canes molt roides et mil espees nues. 986
Les compaignes le roi ont durement ferues 987
Et laidies forment et si escombatues 988
Que ferant les en mainent et mortes et vaincues 989
Vers un viés chastelet tout unes gastes rues. 990
Emenidus de Carge ot ses resnes rompues, 991
Au guenchir vers le duc les ot courtes tenues, 992
Li bougon estendirent si furent fors issues. 993
Et Ferrans s'en vait mieus par ces combes agües 994
Que faucons monteniers ne randone aprés grues. 995
Cil se prent au cheval qui maintes ot veües, 996
Ses oevres au besoing n'ierent pas desseües; 997
Delés unes broceles menüement fuellues 998
La retint le cheval dont paines ot eües; 999
Se les resnes ansdeus li avoit Dieus rendues, 1000
As Gadrains reseroient dures paines creües. 1001

Texte d'Eustache (AdeP II 46)

Qant voit li dus Betys des Grieus la contenance, 1035
C'onques si poi de gent n'orent si grant poissance, 1036
Il en jure ses dieus ou il a sa creance: 1037
"Se li home Alixandre sont tuit de tel poissance, 1038
Il n'a cité el mont ou truisent contrestance; 1039
Ou il ne sevent gaires ou il le font d'enfance. 1040
S'or nes fais remüer, molt avrai grant pesance." 1041
Le destrier esperone qui fu nes d'Abilance 1042
Si feri Licanor, qui les autres avance, 1043
Devers le costé destre sor la reconissance, 1044
Par mi le cors li passe les coutiaus de la lance. 1045
Licanor tint le branc aceré de Valance 1046
Et fiert le duc Betys ens l'elme de Costance. 1047

Si grant caup li douna que sor l'arçon le lance.	1048
Si navrés com il iert en preïst la vengance,	1049
Qant aprés le duc poingnent tels mil d'une sieuance	1050
Qui tuit ierent si home de la sieue aliance.	1051 ...

Texte d'Eustache (AdeP II **47**)

Aridés de Valestre va par l'estor iriés,	... 1073
De la mort as Grigois est forment coreciés.	1074
Vait ferir un Gadrain dont il fu aproismiés,	1075
Que par desous le foie est li penons baigniés;	1076
Mais troi conte le fierent de lor trenchans espiés,	1077
Li dui en son escu et en l'auberc li tiers.	1078
Sor l'arçon deerain en est tous enbrunchiés,	1079
Li chevaus s'agenolle, tant fu de caus charchiés;	1080
Mais par molt grant vertu s'est li vassaus dreciés,	1081
O l'espee qu'il tient s'est d'aus si esmouschiés	1082
Qu'il n'i ot si hardi ne s'en soit eslongiés.	1083
De deus espiés trenchans fu ens el cors plaiés.	1084
Des Grigois entor lui li prist molt grans pitiés,	1085
Bien voit s'il n'ont secours lor termes est jugiés;	1086
Par lui iert Alixandre li messages nonciés.	1087
De la presse se part quant fu pris li congiés,	1088
Forment pleure sous l'elme quant les siens ot laissiés.	1089
Cil de Gadres le voient, tienent soi enigniés;	1090
Qui chaut? que ja par home ne sera mais bailliés.	1091
Par mi une montaigne s'en va tous eslaissiés,	1092
Au devaler d'un tertre s'est en un val plungiés,	1093
Li chevaus desous lui a bien rompu ses giés.	1094
Tresq'au tref Alixandre n'iert mais ses frains sachiés.	1095 ...

Texte d'Eustache (AdeP II **48**)

Li rois devant son tref voit le mes descendu,	... 1100
Molt resamble bien home de felon lieu issu;	1101
Vit sa lance brisie et percié son escu	1102
Et son hauberc fausé et son elme fendu,	1103
Et le vassal meïsme par mi le cors feru;	1104
Sous l'elme le regarde si l'a reconeü.	1105 ...
Li rois li demanda: "Aridés, dont viens tu?"	1107
Et cil li respondi: "Mal nos est avenu.	1108
Rois, car secors tes homes a force et a vertu;	1109
El val de Josaphas sont tuit mort et vaincu."	1110 ...
"Par foi, dist Alixandres, or ai je molt perdu."	1122
Puis s'escrie: "Montés! trop avons atendu,	1123
Gardés que n'i remaigne ne joene ne chanu."	1124

Aridés les en maine par mi un val herbu 1125
El val de Josaphas delés un bos fuellu. 1126
Ançois que cil de Gadres soient aperceü, 1127
Lor sourdent li Grigois, qui molt sont irascu. 1128 ...

Texte d'Eustache (AdeP II 50)

Qant Alixandres vint, grant mestiers en iert lors; 1151
Emenidus de Carge estoit navrés el cors, 1152
Filotes abatus et navrés Licanors 1153
Et Caulus retenus, Aristés et Salors, 1154
Et Sansons mors getés, et li quens Sabilors. 1155
N'issoient mais du pas bruns ne bauçans ne sors. 1156
S'auques tardast li rois, ja preïssent tel mors 1157
Que de lor set cens homes n'en fuissent dis estors. 1158
Lors josterent li Grieu as Gadrains et as Mors. 1159

Texte d'Eustache (AdeP II 75)

Betis voit Alixandre sor le cheval armé, 1768
Onques n'ot en cest siecle home tant redouté; 1769
Por Sanson le redoute que il ot mort geté, 1770
Bien set, s'il le puet prendre, que il a mal ouvré. 1771 ...
Sa lance gete a terre s'a l'escu adossé. 1776
[*Avec ses troupes il prend la fuite et se réfugie dedans sa ville de Gadres. Alexandre ne se soucie pas d'aler l'y assiéger. Ayant atteint son but, qui n'était que de porter secours aux fourriers, et ayant hâte de reprendre le siège de Tyr, il s'en va avec son armée et les fourriers*].

Texte d'Eustache (AdeP II 80)

Li rois de Mascedoine en est venus a Tyr, 1875
Son chastel vit fondu et en la mer gesir, 1876 ...
[*car les Tyriens et leur duc Balés avaient profité de son absence pour l'emporter d'assaut; d'abord découragé, le roi se ressaisit et imagine un stratagème qui lui permettra de pénétrer dans la ville*].

Texte d'Eustache (AdeP II 82)

[*Alexandre fait construire un "berfroi" (beffroi) flottant, y entre tout seul, armé de pied en cap, et monte au sommet; il ordonne aux Grecs d'être prêts à se lancer à l'assaut dès qu'ils le verront pénétrer*

*dans la ville; les vagues poussent le beffroi, qui
était "maire" (plus haut) que les tours des murs,
jusqu'à l'enceinte de Tyr*].

    Texte d'Eustache   (AdeP II **84**)

Li dus vit Alixandre, bien l'a reconneü,	1945
Tout seul le vit monter seur le berfroi tendu;	1946 ...
[*Il se poste sur le mur en face d'Alexandre*].	
Lors li lance Alixandres un dart qu'il tint molu,	1954
Que la targe a percie et son hauberc rompu	1955
Et tres par mi le pis son acier enbatu.	1956
Li rois le vit lai ens en la cité cheü,	1959
Les deus jambes a fraites et pecoié le bu	1957
Et la teste fendue, le cervel espandu.	1958 ...
Molt a bien Alixandres li rois son dart segu	1965
Qant du berfroi ou iert, de si haut com il fu,	1966
Est saillis tous armés, a son col son escu,	1967
Sor les murs de la vile si que tuit l'ont veü.	1968
Et cil de la cité furent si esperdu	1969 ...
Que plus d'une louee ont ainsi esteü	1971
C'onques n'i ot par aus ne lancié ne feru.	1972 ...
Sor les murs de la vile sont li pont abatu	1985
Li mur et les batailles sont de Grigois vestu.	1986
Cil qui dedens saillirent sont as portes couru,	1987
Et cil qui defors ierent en sont dedens venu.	1988 ...
Ilueques veïssiés un estor maintenu;	1998
Cil qui sont pris a force sont destruit et pendu,	1999
Et cil orent merci qui sain se sont rendu.	2000

[*Ici finit l'histoire du Fuerre de Gadres composée
par Eustache, natif de* . . .].

INDEX DU TOME IV

Le présent index renvoie aux noms propres et aux mots qui se trouvent discutés dans l'Introduction. Le relevé complet des noms propres figurant dans les trois textes (I³ **26-27**, FGaFlor, RFGa) ne sera donné que dans un index général qui terminera notre édition du RAlix.

Abdère. Ville de Thrace qui ouvre ses portes à Alexandre 83 note 14.
Abel. Allusion à son meurtre par Caïn 63.
Abilance. Nom de lieu 35 note 31.
Abilans. Nom d'un Gadrain 85.
Abraham. Damiette aurait été fondée de son temps 59.
Acamas. Personnage du *Roman de Troie* 85 note 20.
ADéca: *Alexandre décasyllabique*. A emprunté à I³ le personnage de Sanson 8. Forme le noyau de la branche I du RAlix 22. Festion figure parmi les personnages du poème 28 note 2. Est postérieur au RFGa 30. Consacre une vingtaine de laisses à Sanson 30. Sert de source à AdeP 23, 35, 55, 74.
AdeP: Alexandre de Paris. A écrit vers 1180-1190: 22 note 1. Signe à deux reprises son remaniement du RAlix 22. Ses sources 22-24. Ses procédés de composition 24-25. Les manuscrits de sa version du RAlix se divisent en deux familles 26. Aide à répandre le vers alexandrin 36 note 38.
Albéric de Pisançon. Son *Alexandre* a servi de source à AdeP 23, 41 note 16, 87-88. Eustache lui emprunte la forme Festion 28 note 2. Donne le nom de Césarée à la capitale de Nicolas 30. Date probable de son *Alexandre* 36 note 34. La plus grande partie de son poème n'existe plus, mais l'adaptation allemande du curé Lamprecht permet d'en retrouver le contenu 75-76.
Albert d'Aix. Son récit du siège de Tyr par les Francs en 1111-12 (*Historia Hierosolymitana* XII I-VII) a été utilisé par I³: 6-7. Peut servir de *terminus a quo* pour I³: 10-11.
Ale. Ville sise sur la mer Rouge 24 note 18, 54-55, 62-63.
Alexanderlied. Voir **Lamprecht**.
Alexandre décasyllabique. Voir **ADéca**.
Alexandre de Paris. Voir **AdeP**.
Alier. Ville ou contrée dont Alexandre est originaire 34-35, 51, 68.
Alïer (*les puis d'A.*). 68.
Aliscans. 29 note 5
Amalgame. Version du RAlix qui fond l'un dans l'autre les poèmes de Lambert le Tort et de Lambert-2: 21, 22, 23, 24, 74, 81 note 9, 87.
Ambroise. *Estoire de la guerre sainte* 29 note 5, 32 note 19, 57 note 9.
Androine. Nom d'un Grec 28, 57.
Anemonde. Nom de lieu 48 note 16.
Antigonus. Nom d'un Grec 21, 28, 49-50, 56.
Antioche. Ville de Syrie 10, 23, 39 note 9, 83.
Antioche (*Chanson d'A.*). 7 note 16.
Antiocus. Nom d'un Grec 24 note 11, 40 note 10, 49-50, 85.
Antipater, Nom d'un Grec 24, 82-83.

Araine. Ville prise par Alexandre et dont il voudrait faire don à un chevalier pauvre 23, 24 note 19, 82–85.
Arcage. Nom de lieu 29, 44.
archimandrita. 54.
arc volu. 81 note 6.
Aridé, Arideus. Nom d'un Grec 4, 8, 23 note 9, 28, 35, 51–52. Dans le FGa prévient Alexandre du danger qui menace les fourriers 66–67. Confondu dans le FGaFlor avec Aristé 52.
Aristé. Nom d'un Grec 21, 28, 48, 49, 58, 66, 68, 71, 81 note 8.
Aristote. 30.
Ascalon (l'émir d'A.). 65.
Aspremont (*Chanson d'A.*). 54.

Babylone. Siège de cette ville par Alexandre 21, 42 note 22, 82, 86–87.
Babylone (l'émir de B.). 21, 86–87.
Balaam. Duc de Tyr 3–4, 8 note 19, 30–31, 76, 79 note 2.
Balac. Roi de Moab 8.
Balac. Emir d'Alep 8 note 19, 31.
Balés. Duc de Tyr 30–31, 41, 42, 47, 75–77, 79–80.
Baudouin Ier. Roi de Jérusalem 6, 31, 55 note 2, 57 note 6, 62.
Baudouin II. Roi de Jérusalem 31 note 14.
Bayard de Tyr. Nom du cheval d'Aridé 35 note 31, 52 note 26, 53.
Bédouins. 61 note 21.
Bérinus (*Roman de B.*). 64 note 2.
Betaine, Bithine. Nom de pays 84 note 18.
Bétis. Duc de Gadres 21, 27 note 2, 31–34, 42, 46–47, 52–53, 56, 59, 65–72, 75, 82, 83 note 13, 85–88.
Bible. 9, 33 note 24, 54, 55 note 3, 57 note 7.
Biturius. Duc de Gadir 3, 5, 8, 9, 32 note 17, 47, 72.
blancherale. 54.
Boccace. 16–17.
Boniface. Nom du cheval de Cliçon 24, 72–75, 85 note 21.
Bouchard du Mont Sion. 32.
Bretons (joueurs de harpe br.). 30.
Bucéphale. Nom du cheval d'Alexandre 55, 69, 70, 87.
Bueve de Hantone. 29 note 5, 54.
Buik of Alexander. 2 note 6.

Caïn. 63.
Calafer. Nom d'un Gadrain 35 note 31, 57.
Candace (la reine C.). 24 note 17, 72.
cane. 57 note 9.
Canutus. Nom du neveu d'Ocheserie dans le FGaFlor 34 note 27, 46 note 11.
canutus. 56.
Caulus. Nom d'un Grec 3–4, 8 note 18, 23 note 9, 28, 43, 46, 48, 49, 66, 68, 71.
Cervagaille. Nom du cheval d'Antiocus 24 note 17, 49.
Césarée. 8, 29–30, 56.

Clere. Ville sise sur la mer Rouge 24 note 18, 61-63.

Cliçon. Nom d'un Grec 23 note 10, 24, 44 note 6, 49 note 18, 50, 60 note 20, 64, 67, 69, 70, 72-75, 81 note 9, 85-87. Dans le Fuerre au Val Daniel prévient Alexandre du danger qui menace les fourriers 21.

commain. 57 note 10.

Constantin de Bretagne. 30 note 9, 36, 88 note 28.

Corineus. Nom d'un Grec 25, 29, 36, 50, 51, 56, 63-64, 88 note 28.

Cornélius Népos. 29, 35, 46.

Cornouaille. 49.

Croisades. Leur influence explique l'intérêt porté par le XIIe siècle au siège de Tyr du temps d'Alexandre 10.

Damiette. Ville d'Egypte 23, 59-60.

Daniel (le port D.). 42 note 22.

Daniel (Le prophète D.). 42 note 22.

Darius. Roi de Perse et adversaire d'Alexandre 3, 25 note 23, 41 note 16. 82, 86, 88.

Dicace. Nom d'un Gadrain 72.

Dilas. Nom d'un Gadrain 85.

Divinuspater. Nom d'un Grec 83.

Dodequin. Emir de Damas 6 note 11.

Elain. Sans-doute le Troyen Hélénus 57.

Elie. Nom d'un Grec 77.

Eménidus. Grec à qui Alexandre confie le commandement des fourriers 1 note 2, 21, 24 note 14, 26, 27 note 2, 28-29, 35, 43-55, 58-61, 63-68, 85, 88 note 28.

Enée. Personnage du *Roman de Troie* 85 note 20.

Epitomé de Julius Valérius. 38 note 4.

Eumène. Sa biographie par Cornélius Népos 29, 46.

Eustache. Auteur du RFGa 1-2, 27-36, 72-74.

Eustache (*Vie de saint E.*). 73 note 17.

Faits des Romains. 29 note 5, 32 note 19, 34 note 30.

Félix Fabri. 33.

Ferrant. Nom du cheval d'Eménidus 59 note 15, 66.

Festion. Nom d'un Grec (Héphestion) 23 note 9, 28 note 2, 50, 57.

FGa: le Fuerre de Gadres. Ce que contient cet épisode de la légende d'Alexandre 1. Analyse du FGa de I[3]: 3-4.

FGaFlor: Le Fuerre de Gadres du ms. Plut. XXIX 8 de la Bibliothèque Laurentienne de Florence 15-17. Texte 17-21.

Filote. Nom d'un Grec (Philotas) 21, 28, 43, 48, 60 note 20, 63-65, 67-68, 85-86.

Folque de Candie. 29 note 5, 34 note 29, 54.

Foucher de Chartres. 8 note 19, 31, 36.

fuerre. 1 note 2.

Fuerre au Val Daniel. Episode inventé par Lambert-2 au cours duquel il a imité le RFGa d'Eustache 21, 24, 49, 68.

Gadifer. Nom d'un héros gadrain 26-27, 64 note 28.

Gadres. Nom d'une ville imaginaire de Palestine, formé par Eustache sur Gadir, nom qui avait été inventé par le rédacteur de I³ et qui lui avait été suggéré par le nom de la ville réelle de Gaza. Pour AdeP Gadres cesse d'être une ville fictive et s'identifie à Gaza 1 note 2, 9, 22–23, 24 note 12, 31–34, 46–47, 53, 71–72, 75, 82, 85–87.

Gebus. Nom d'un Gadrain 85.
Geoffroy de Monmouth. 29 note 6, 30 note 9, 36.
Gibiers (*les puis de G.*). 35.
Girart de Rossillon. 2 note 5.
Godouain. Nom du père de Calafer 35 note 31, 57.
Gui de Cambrai. 22 note 1.
Guignehochet. 64 note 2.
Guillaume de Tyr. Son *Historia* a servi de source à AdeP et nous fournit donc un *terminus a quo* pour le RAlix d'AdeP 22–23. Groupés dans l'ordre où ils se trouvent dans l'*Historia*, les passages dont s'inspire AdeP sont les suivants; IV ix (Antioche) 39 note 9, X xi (le lait de chamelle) 57 note 6, XI xxix (Helim) 55 note 2, XI xxx (Scandalion) 42 note 20, XI xxxi (Pharamie) 62 note 23, XI xxxi (Laris) 60 note 19, XIII i (Tyr) 41 note 15, XIII iv (Tyr) 41 note 18, XIII xxvii (Pratum Palliorum) 23, XIX xxiii (Pharamie) 62 note 24, XX xiv (Pharamie) 62 note 25, XX xv–xvi et xxv (la palmeraie de Damiette) 60 notes 17–18.
Guimadochet. Nom d'un devin africain 64–65, 71.
Guisterain (*le val de G.*). 70–71.

Helim. Nom d'une ville sise sur la mer Rouge 54–55, 62–63.
Historia de Preliis. Nom donné aux trois rédactions interpolées (I¹, I², I³) de la traduction latine du Pseudo-Callisthène faite par Léon: 3. Une de ces rédactions a servi de source à AdeP 23, 38, 83 note 14.
HPr: *Historia de Preliis.*

I¹: première rédaction interpolée de l'*Historia de Preliis* 3, 5.
I²: deuxième rédaction interpolée de l'*Historia de Preliis* 3.
I³: troisième rédaction interpolée de l'*Historia de Preliis*. C'est elle qui contient le plus ancien récit du Fuerre de Gadres 3–11. Texte des chapitres *26–27* de I³: 11–15. Source du RFGa 27–36.
Ille et Galeron. 29 note 2.
Itinéraires à Jérusalem. 2 note 4.

Jadus. Grand-prêtre des Juifs 3–5, 9.
Jérusalem. 4–7 9–10.
Jérusalem (*Chanson de J.*). Source de I³: 7, 9–10. Voir aussi 57 note 9.
Johannes Poloner. 33 note 22.
Josafaille. Forme de **Josafas** apparemment inventée par AdeP 24 note 17, 42, 45, 88 note 28.
Josafas. Val de Josaphat à côté de Jérusalem 2 note 4, 3–5, 7–9, 32, 34 note 28, 42, 44–45, 58, 67–68, 72, 75, 88 note 28.
Jourdain. 55 note 2, 57.

Ladinés de Mommir. Nom d'un Tyrien 52 note 26.

Lambert le Tort. Auteur de l'*Alexandre en Orient* 22, 23 note 9, 25, 34, 36 note 38.

Lambert-2. Auteur d'un remaniement de l'*Alexandre en Orient* auquel il a soudé en guise de préface l'*Alexandre décasyllabique* 1, 21, 23–25, 28 note 1, 34 note 29, 35, 51 note 23, 59 note 15, 68, 70, 81 note 11, 86–87.

Lamprecht. Curé allemand auteur d'un *Alexanderlied*, poème qui constitue, du moins dans le manuscrit de Vorau, une traduction de l'*Alexandre* d'Albéric 28 note 2, 36 note 35, 41 note 16, 75–76, 78 note 28, 79 note 1, 87 note 24.

Lancelot. Roman perdu de ce nom 38.

Lanzelet. 38 note 4.

Laris. Ville d'Egypte 23, 60 note 19.

Léon. Auteur d'une traduction latine du Pseudo-Callisthène 3.

Libellus de locis sanctis. 33.

Licanor. Nom d'un Grec (Nicanor) 21, 28, 35, 42–43, 48 note 15, 61, 63, 64, 66, 68, 77, 85, 86.

Lioine. Nom d'un Grec (Leonnatus) 23 note 9, 28, 43, 46, 49, 52, 55, 57–58, 61, 64, 81.

Listés. Nom d'un Grec 23 note 9.

Litonas. Nom d'un Grec 23 note 9.

Lucianor. Nom du neveu d'Oteserie 34, 46 note 11, 56.

Ludin (la porte L.). 85.

Mabon (la porte M.). 86.

Madiain (*la terre M.*). 57 note 7.

Mascedoine! Cri de guerre des Grecs 24, 60 note 20, 61, 64–65.

Maures. 68.

Méléagre. Chef des fourriers grecs dans le récit de I^3: 3–4, 7–8, 28–29, 43, 46, 48.

Mélide. Guimadochet en est sire 64 note 3.

Memnon. Nom d'un général de Darius 87–88.

Mormonde. Nom de lieu 35, 48 note 15.

mote. 49.

Murgaifier. 35 note 31.

Nabugor. Nom de l'émir de Babylone (Nabuchodonosor) 21 note 6.

Nassal. Nom d'un Gadrain 70.

Nicolas. Roi de Césarée 30.

Noirenue. Nom du cheval de Dilas 85.

Nubiens. 61.

Orius (*les plains d'O.*). 71.

Ostale. Nom d'un Grec 54.

Oteserie. Chef des pâtres du val de Josaphat 34, 45–46.

pairs (les douze p. de Grèce). 22 note 2, 23 note 9.

paumeroie. 60 note 17.

Perdicas. Nom d'un Grec (Perdiccas) 28, 43, 48, 49, 55, 58 note 11, 61, 64, 85.

perfriht. 78 note 28.

Pharamie. Ville d'Egypte 61–62.

Pinçon. Nom d'un Gadrain 86–88.
pomerium. 60 note 17.
Porçon. Nom d'un Gadrain 86, 88 note 27.
Porus. Roi des Indes et adversaire d'Alexandre 70, 72–73, 75, 86.
Pré de Pailes. Nom de lieu 23.
Prise de Damiette (en 1219). Texte provençal 60 note 17.
Prise de Defur. Poème du XIIIe siècle 2 note 6.
Quinte-Curce. Source d'Albéric 76. Source des chapitres **26-27** de I^3: 5, 10 note 25, 81 note 10. Utilisé par Eustache 28. Sert de source à AdeP 22, 38. Groupés dans l'ordre où ils se rencontrent dans le texte latin, les passages dont s'inspire AdeP sont les suivants: IV ii-iv (siège et prise de Tyr) 38, 40 note 11, 41–42, 77–79; IV vi 7-29 (prise de Gaza) 32, 86–87; VI vi 19 (Philotas est le frère de Nicanor) 64 note 1; IX iv-v (Alexandre saute à l'intérieur d'une place forte) 80–81. La rédaction interpolée de Quinte-Curce a également été utilisée par AdeP 23, 83–84.
RAlix: *Roman d'Alexandre.*
rédaction α du RAlix d'AdeP 26–27.
rédaction β du RAlix d'AdeP 26–27, 71.
RFGa: *Roman du fuerre de Gadres.* Sources du poème d'Eustache 28–35. Langue 35. Date 36. Ecrit en vers dodécasyllabiques 36. Utilisé par Lamprecht 75–76.
Roland (*Chanson de R.*). 7 note 16, 8, 30 note 10, 34 note 29, 35.
Rouge (la mer). 54–55, 61–63.
Sabel. Nom d'un Grec 42, 77.
Sabilor. Nom d'un Grec 30, 68.
Salaciel. Nom d'un Gadrain 54, 88 note 28.
Salatin. Nom d'un Gadrain 61–63.
Salaton. Nom d'un Gadrain 54–55, 62–63.
Salehadin. Nom d'un Gadrain 23, 53–54, 88 note 28.
Sallefax. Nom d'un Gadrain 57.
Salor. Nom d'un Grec 30, 68.
Sanson. C'est lui qui guide les fourriers jusqu'au val de Josaphat 3–4, 5 note 4, 8, 24 note 14, 30, 40–41, 43, 44 note 5, 50, 53–54, 59 notes 13 et 16, 62, 68, 71, 88 note 28.
Sarator. Père d'un Gadrain tué par Licanor 64.
Scandalion. Nom d'un château fondé par Alexandre 23, 42.
Scandar. Forme arabe du nom d'Alexandre 42 note 20.
Sénèque. 84 note 17.
Sire. Autre forme de *Surie* ou *Sulie* (Syrie) 38, 39 note 8.
Stygias (*per S. juro*). 16, 51 note 24.
Thèbes (*Roman de Th.*). 54.
Theoselius. Dans I^3 chef des pâtres du val de Josaphat 3–4, 8, 34.
Tholomé. Nom d'um Grec 21, 23–24, 39, 44 note 6, 49, 50, 64, 67, 69, 70–71, 74, 79, 85–87.
Thomas de Kent. 2 note 6.

Trage. Nom de ville 24 note 19, 38, 84.

Troie (*Roman de Tr.*). Source d'AdeP 23. Voir aussi 1 note 2, 85.

Tudebodus continuatus et imitatus. 23, 83 note 15.

Turcs. 55, 61.

Tyr. L'épisode du fuerre de Gadres se rattache à celui du siège de Tyr par Alexandre 1. Le siège et la prise de cette ville ont été racontés par I^3: 3-4, par Eustache 27, par AdeP 38, par Albéric 41 note 16, 76, et par Lamprecht 76. En 1111-12 les Francs assiégèrent Tyr sans succès 6, mais en 1124 ils s'en emparèrent 8 note 19, 31. Du temps de Quinte-Curce Tyr s'élevait sur une île 39, mais au XIIe siècle cette île était devenue presqu'île 41 note 18. Son fondateur serait un nommé Tyras 23, 41 note 15. Alexandre en fait cadeau à Sanson 40.

Tyras. Fondateur légendaire de Tyr 41 note 15.

Val Daniel. Vallée que Lambert-2 place aux environs de Babylone 21, 42 note 22.

Valestre. Nom de lieu 35, 51, 66 note 8.

Version Gadifer. 26-27, 59 note 14, 60 note 20, 64 note 28, 64 note 1, 69, 71.

Wace. 7 note 16, 29 note 6, 30 note 9, 36.

ELLIOTT MONOGRAPHS
IN THE ROMANCE LANGUAGES AND LITERATURES

Edited by
EDWARD C. ARMSTRONG

40

THE MEDIEVAL FRENCH
ROMAN D'ALEXANDRE

VOLUME V

VERSION OF ALEXANDRE DE PARIS:

VARIANTS AND NOTES TO BRANCH II

WITH AN INTRODUCTION
BY
FREDERICK B. AGARD

PRINCETON UNIVERSITY PRESS
PRINCETON, N.J.

ELLIOTT MONOGRAPHS

The Elliott Monographs are issued in series composed of 300 or more pages. Price to subscribers: three dollars per series, payable on delivery of the first number. Subscription rates apply only to forthcoming issues. Individual numbers may be had at the prices indicated. Address subscriptions and orders to the Princeton University Press, Princeton, New Jersey.

1. Flaubert's Literary Development in the Light of his *Mémoires d'un fou*, *Novembre*, and *Éducation sentimentale*, by A. COLEMAN. 1914. xv+154 pp. $1.50.
2. Sources and Structure of Flaubert's *Salammbô*, by P. B. FAY and A. COLEMAN. 1914. 55 pp. 75 cents.
3. La Composition de *Salammbô*, d'après la correspondance de Flaubert, par F. A. BLOSSOM. 1914. ix+104 pp. $1.25.
4. Sources of the Religious Element in Flaubert's *Salammbô*, by ARTHUR HAMILTON. 1917. xi+123 pp. $1.25.
5. Étude sur *Pathelin*, par RICHARD T. HOLBROOK. 1917. ix+115 pp. $1.25.
6. *Libro de Apolonio*, an Old Spanish Poem, edited by C. CARROLL MARDEN. Part 1: Introduction and Text. 1917. lvii+76 pp. $1.50.
7. The Syntactical Causes of Case Reduction in Old French, by G. G. LAUBSCHER. 1921. xi+120 pp. $1.50.
8. Honoré de Balzac and his Figures of Speech, by J. M. BURTON. 1921. vii+98 pp. $1.00.
9. The Abbé Prévost and English Literature, by GEORGE R. HAVENS, 1921. xi+135 pp. $1.50.
10. The French Metrical Versions of *Barlaam and Josaphat*, by EDWARD C. ARMSTRONG. 1922. v+103 pp. $1.25.
11-12. *Libro de Apolonio*, an Old Spanish Poem, edited by C. CARROLL MARDEN. Part II: Grammar, Notes, and Vocabulary. 1922. ix+191 pp. $2.25.
13. *Gérard de Nevers*, a Study of the Prose Version of the *Roman de la Violette*, by LAWRENCE F. H. LOWE. 1923. vii+72 pp. $1.00.
14. *Le Roman des Romans*, an Old French Poem, edited by IRVILLE C. LECOMPTE. 1923. xxxii+67 pp. $1.25.
15. A. Marshall Elliott, a Retrospect, by EDWARD C. ARMSTRONG. 1923. 14 pp. 30 cents.
16. *El Fuero de Guadalajara*, edited by HAYWARD KENISTON. 1924. xviii+55 pp. $1.00.
17. L'Auteur de la Farce de *Pathelin*, par LOUIS CONS. 1926. ix+179 pp. $1.80.
18. The Philosophe in the French Drama of the Eighteenth Century, by IRA O. WADE. 1926. xi+143 pp. $1.50.
19. The Authorship of the *Vengement Alixandre* and of the *Venjance Alixandre*, by EDWARD C. ARMSTRONG. 1926. xiii+55 pp. $1.00.

(continued on third page of cover)

ELLIOTT MONOGRAPHS

IN THE ROMANCE LANGUAGES AND LITERATURES

Edited by
EDWARD C. ARMSTRONG

40

THE MEDIEVAL FRENCH
ROMAN D'ALEXANDRE

VOLUME V

VERSION OF ALEXANDRE DE PARIS:

VARIANTS AND NOTES TO BRANCH II

WITH AN INTRODUCTION
BY
FREDERICK B. AGARD

PRINCETON UNIVERSITY PRESS

PRINCETON, N.J.

1942

Copyright, 1942
EDWARD C. ARMSTRONG
Princeton University

PREFACE

The text of Branch II of the version by Alexandre de Paris of the *Roman d'Alexandre* has appeared in Volume II of our edition (Elliott Monographs 37). It represents, for stanzas **80** to the end of the Branch, our reconstitution of the AdeP text, but for stanzas **1–79,** where there exist radical differences between the narratives contained in the α family and the β family of manuscripts, we were not yet in a position to pronounce ourselves upon the interrelations of the α and β families, and so for II **1–79** we offered a reconstitution of the α text, reserving for the Introduction of the present volume the treatment of the β text and its relation to the AdeP text.

Branch II is of especial interest because stanzas **1–109** are a revision and expansion of the *Roman du fuerre de Gadres*, the poem which we have recently studied in Volume IV (EM 39). In consequence of this interrelationship each of the volumes IV and V is an indispensable complement to the other.

To our regret, conditions of health prevented our colleague L. F. H. Lowe from continuing the collaboration which he had begun by preparing the text of II **1–109**. His place has been taken by Frederick B. Agard, who made a complete new collation of all the Branch II manuscripts, who put the Variants and Notes in form for press, and who has prepared the Introduction. Mr. Agard is well equipped for this work by reason of having earlier presented a doctoral dissertation on the relation of manuscript *B* to the Fuerre de Gadres. The essentials of this previous study have been embodied in the present volume, and the dissertation, deposited in manuscript form with the Princeton University Library, will not be separately printed.

Attention is called to the fact that errata in the text of Branch II will be found recorded in the Notes to the passages involved.

We desire to express to Princeton University our appreciation of a generous grant which has aided in the publication of this volume.

E. C. A.

June 1, 1942

TABLE OF CONTENTS

INTRODUCTION

    THE NARRATIVE OF THE FUERRE DE GADRES ACCORDING TO THE β VERSION, INCLUDING TEXT, VARIANTS, AND NOTES FOR ALL STANZAS ABSENT FROM α... 1

    EVIDENCE THAT THE β VERSION REPRODUCES AN EARLIER "GADIFER VERSION" WHICH HAD CIRCULATED AS A SEPARATE POEM.......... 100

    THE EVOLUTION OF THE GADIFER VERSION FROM THE VERSION BY ALEXANDRE DE PARIS.. 107

    EXTENT OF THE UTILIZATION OF THE GADIFER VERSION BY THE REDACTOR OF α.. 118

    CONCORDANCE OF THE α AND β VERSIONS OF THE FUERRE DE GADRES (Table 1)... 122

    THE FUERRE DE GADRES: DERIVATIVES FROM THE TEXT OF ALEXANDRE DE PARIS (Table 2).. 123

    STANZA ORDER IN THE MANUSCRIPTS OF THE FUERRE DE GADRES (Table 3)... 123

    THE MANUSCRIPTS OF THE FUERRE DE GADRES, INCLUDING THE SECTION OF THE *Roman de toute chevalerie* DERIVED FROM THE FUERRE DE GADRES... 125

VARIANTS AND NOTES TO BRANCH II...................... 150

INDEX... 244

INTRODUCTION

THE NARRATIVE OF THE FUERRE DE GADRES ACCORDING TO THE β VERSION

The narrative of the *Fuerre de Gadres* as presented in the β family of manuscripts differs from the narrative in the α family in two important respects. 1) In length: it contains 162 stanzas as against 109 in α;[1] moreover, a number of the stanzas individual to β are inordinately long. 2) In the sequence of the 101 stanzas which are common to β and α: apart from a few unimportant variations the differences of order are in the location (a) of β41–44 and (b) of β86–88, 91–98;[2] these stanzas are located in α (a) as α52–55 and (b) as α57–67 with one intervening stanza (α56) individual to α, and we shall later see[3] that the α location of these stanzas results in serious conflicts with contiguous α narrative.

In order to show clearly the form of the β narrative and to prepare the way for an analysis of its relation to the α text, we shall now give the text of the β version. In the case of stanzas which are common to β and α our presentation consists of brief résumés,[4] but for stanzas present only in β we provide the full text and, at the end of each stanza, the variant readings and critical notes as well.

The text of the supplementary β stanzas represents an attempt to restore the form which the β redactor gave them. Manuscript *J*, which has been taken as the base, is the best manuscript of the J group (*JIK*), which in turn is the best group in the β version; no attempt has been made to better or to standardize the purely orthographic features of *J*.[5]

β1–13 (α1–13).—Alexandre a fait élever dans la mer devant Tyr une forteresse destinée à bloquer le port, et en attendant que la ville se rende il envoie Eménidus d'Arcage faire une razzia dans la vallée de Josaphat, à la tête de 700 chevaliers; Sanson de Tyr leur servira de guide. Au moment où ils s'emparent du bétail convoité, les fourriers sont attaqués par les gardeurs, qui étaient armés, mais ceux-ci s'enfuient lorsque Lioine tue Oteserie, leur chef. Cependant Bétis de Gadres, averti par le duc de Tyr, vient couper la retraite des fourriers avec

[1] There are 101 stanzas common to β and α; 61 stanzas in β but not in α; 8 stanzas in α but not in β.
[2] β89–90 are stanzas individual to β.
[3] See below, pp. 103–05.
[4] For the text of these stanzas see above, Vol. II (EM 37), pp. 74ff. All deviations of the β version from the α version can be controlled by consulting the Variants as recorded below, pp. 150–244.
[5] The scribe of *J* has an inconsistent and at times even a freakish orthography, but this is true of every manuscript of the β family. For a study of the manuscripts containing Branch II see below, pp. 125–49. Stanzas present in some manuscript or manuscripts but absent from the canon of the β version will also be discussed later, see pp. 125–46.

30,700 hommes. S'apercevant du danger où sont ses troupes, Eménidus prie plusieurs barons d'aller appeler le roi à leur secours. Licanor, Filote, Lioine, Perdicas, Caulus refusent tour à tour de quitter le champ de bataille.

β14 (α19). — Eménidus fait appel à Festion, qui refuse d'aller chercher le roi.
β15 (α16). — Eménidus s'adresse à Antigonus, qui refuse également.
β16-17 (α14-15). — Aristé et Antiocus refusent l'un et l'autre d'écouter la prière d'Eménidus.
β18-19 (α17-18). — Sanson refuse, puis Eménidus fait appel à un nommé Corineus, chevalier sans fortune, en lui promettant de belles récompenses; mais Corineus ne se laisse pas tenter.

β20

  Or voit Emenidus la cose est tant venue
  N'en pueent mais tourner sans bataille ferue.
  La gent le duc Betis sounent tabours et hue
4 Et la premiere esciele est pour ferir meüe.
  Son neveu en apelle, car li besoins l'argüe;
  D'un plus bel chevalier n'iert mais cançons seüe
  Ne dite en nule court, em place ne en rue,
8 Ne de gaires millour, tant ait teste cannue
  Ou soit de peu d'aage, en cui ait point d'aiue.
  Fieus ert de sa serour, Aiglente d'Arvolue,
  Qui tint en mariage la tour de Blanchenue,   (J 46ro)
12 Le val et la montaingne de tous biens ravestue.
  En maint roiaume estoit sa biautés conneüe;
  Com plus ert esgardee, plus ert bele veüe.
  "Niés, dist Emenidus, tous li cors me tressue
16 Pour çou qu'ai ma proiere vers ceste gent perdue;
  Ja iert, se Dieus nel fait, nostre gent desronpue.
  Sires, car i alés, honnours vous soit creüe
  Et la moie vous soit hui cuitement rendue,
20 Bounement la vous doins se vous querés aiue."
  Et li vassaus respont parole aparcheüe:
  "Sire oncles, jovenes sui, ne sai pas ma rissue,
  Peu seroit ma parole devant roy entendue.
24 Dieus ne plache que terre vous soit par moi tolue,
  La moie vous otroi, dont la gent est qremue;
  Ne veul mie premiers corner la recreüe;
  Rices cuers, ce savés, au bessoing s'esvertue.
28 Hui soit chevalerie entre nous maintenue
  Si que la gent Betis en soit taisans et mue,
  Par nous et par nos armes matee et confondue,
  Et nostre gent en soit aprés nous maintenue.
32 Entour vous me tenray o ceste lanche agüe;
  Ja honte n'en avrés se je ne me remue."

INTRODUCTION 3

VARIANTS

β20 (Mich 103, 1) — 5 *JI* a.quant l. — 9 *ICH omit, EU alter* — 13 *J omits* — 14 *JEU* esg.p.est (*E* et p.) b.tenue, *IKCH* esg.p.e.(*I* p.ot, *C* et p.) b.v. — 16 *JI* P.c. qu'est (*J* c.e.) m.proeche — 20 *JICH* B.le v. — 22 *K omits*, **C** S.o.trop s.j., *JI* n.s.p. (*I* n'i s.preu) m.r., *C* ja n'iert par moi seue, *H* ce sacies sans falue, *E* por querre vostre aue, *U* pou iert m'onor creue — 23 *CH omit* — 26 *J* p.sonner — 27 *J* c.c.sacies — 29 *CH omit* — 31 *J* s.puis no mort m., *I* s.por nos mieus m., *C* E.no geste e.s.plus a nos mors ramentue, *HEU* E.n.geste e.(*E* i) s.a.n.m.(*H* s.puis le mort cier tenue) — 33 **C** s.cuers (*H* mors) n.

NOTES

β20 17. *se Dieus nel fait* is the reading of all manuscripts. Interpret: "Si Dieu ne fait que ma prière soit écoutée . . . "

β20 22. No one of the meanings given by Godefroy for *rissue* fully covers its use in this line, where it is apparently closely allied to the meaning of the modern noun *issue*, 'façon dont on sort d'une affaire.'

β21 (α20). — Toujours à la recherche d'un messager, Eménidus s'adresse à un pauvre chevalier presque dépourvu d'armes, sans savoir que c'est son neveu, récemment échappé des prisons du roi Darius. Le jeune vassal refuse de porter le message, sous prétexte qu'il est trop pauvre pour parler au roi qu'il ne connaît pas même de vue.

β22-29 (α22-29). — Eménidus trouve enfin son messager en Aridé de Valestre, qui accepte à contre-coeur d'aller chercher de l'aide, mais ce ne sera que lorsqu'il aura combattu jusqu'à la limite de ses forces. Les fourriers se plongent alors dans une lutte mortelle avec l'armée de Gadres, et Sanson est le premier Grec à tomber. Il s'ensuit une série de combats individuels où les barons de Grèce se chargent de venger Sanson: Eménidus tue Salehadin, Ostale succombe sous les coups du comte Salaton, Perdicas et Lioine se font valoir contre un corps de Turcs, Corineus tue un neveu de Bétis, Antigonus tue un chevalier arabe.

β30 (α31). — Festion tue un duc ennemi.

β31 (α30). — Androine tue l'Arabe Calafer.

β32

Licanor et Filote, doi frere molt waillant,
D'une ouevre et d'un corage mais n'ierent pas d'un grant;
Filotes ert plus lons, ce trouvons nous lisant,
4   Uns chevaliers alis, nul plus bel ne demant.
Licanor ot plain vis et ciere souriant,
Gais fu et amoureus et d'un joieus samblant,
Plus espés et plus fors et mendres en estant.
8   Armé d'une coulour vinrent as rens poingnant;
Escus ont de sinople, mais el cantel devant
Ot cascuns un lion d'or burni reluisant,
Lance ot roide cascuns et gonfanon pendant.
12 Licanor sist el bai, Filotes ou ferrant;
Hobés n'esmerillons ne fauconchaus volant
Ne vont mie si tost, a l'oisel descendant,
Com vienent a l'estour li destrier remuant.

16 Licanor va ferir Mustamor l'Aufricant,
    Que des vaines dou col li sans a rais espant;
    Mort l'abat des archons, quel virent li auquant,
    Qui plourerent des ieus et pour lui sont dolent. (J 48vo)
20 Et Filotes refiert un neveu l'amustant
    De Tripe en Barbarie, Corbin le fil Balant;
    Tieus armes com il ot ne li firent garant,
    Si vilment l'abat mort com un petit enfant.
24 De cest cop s'esfreerent li Turc et li Persant,
    Et cil de Babiloine en furent esmaient.
    La ou les lances fraingnent sont recouvré li brant,
    Plus d'une arbalestree les vont si demenant
28 Ne truevent chevalier envers aus trestournant;
    Trestout li plus hardi sont devant aus fuiant,
    Et li pluseur s'en vont de la mort redoutant.

β32 (Mich 120, 22) — 2 *JI* D'u.o.(*J* eure) e.d'u.aage — 3 *J* F.e.li mendres, *KM* F.e.uns l., *HL* F.estoit l., *J* si com t.l., *MEU* c.trueve l'en l. — 5 *J* e.la c.riant — 6 **J** d'u.cortois s. — 7 *JIMPQYL* f.e.mieudres — 8 *JI* A.(*J* Armes) tout d'un samblant — 9 *J* Eescu o., **M** Armes o., *CH* Lor escu sont vermel — 10 *J* cascun, *IHL* l.a fin or r. — 11 *HU* L.r.sor feutre, *E alters* — 13–15 *EU omit* — 13 *J* Hobiaus n'amerlillons, *RHL* Ostoirs n'e., *IK* f.bruiant — 14 *J* l'o. destendant, *CHL* a l'o.(*L* comme il vont) randonnant — 15 **M** C. en l'e. s'embatent — 16 *I* f.mortamus l'a., *QC* f.justamont l'aufferrant (*C* l'amirant), *Y* f.lacanor l'a., *H* f.m.le tirant, *EU* Et fiert un arrabi qu'a la terre l'estent (*U* a.de l.t.au joiant), *L* f.murgafier l'a. — 17 **J** Q.d.v.(*J* Qui dou canal) d.c.(*IK* cors) l.s.(*K* le sanc) a r.(*J* rai, *K* terre) e., **M** Q.d.v.d.cuer l.s.(*MRSPQ* le sanc) a r.(*Y* val) e.(*Q* descent, *Y* r-e.), *C* Q.d.v.de c.l.ruis en saut del sanc, *C*ᵐ Q.d.v.d.c.l.s.a r.l'e., *H* Q.d.v.d.cors l.s. vermaus e., *E* D.v.de son cors l.s.a val descent, *U* D.v.de son cuer li saut a rai le sanc, *L* D.v.et d.cuer l.s.a rai e. — 18 *J* a.que v. — 19 *IH omit* — 20 *KMPQHEUL* n. l'amirant — 21 *U omits*, *JCH* b.corbin (*J* -bel, *I* -pin, *C* -brin), **ML** b.cousin, *E* b. raimbaut — 22 *JH* Les (*I* Ces) a.que i.o.(*JKH* porte) — 24 *JIMRSPY* s'e.(*J* s'esfererent), *K* se fremirent, *QEU* s'esbahirent, *C* s'esmervelent plusor e.l.auquant, *H* s'esmaierent l.preudome sacant, *L* s'esmaierent, *KMY* l.petit e.l.grant — 26 *H omits*, *J* la.brisent, *IRSPC* la.f., *KQYE* la.faillent, *MU* la.froissent, *L alters* — 27 *JL omit* — 29 *J* Trestous l.p.hardis, *JM* s.envers a. — 30 *YHL omit*, **M** E.tuit l.plus seur se v. espoentant, *CEU* E.l.plus segurant (*EU* sovereins), *J* m.respitant

NOTES

β32 17. *li sans* as subject of the intransitive verb *espant* seems to be the correct reading, as attested by *JIYC*ᵐ*HEL*. Since *Licanor* serves as subject of *va* in line 16 and of *abat* in 18, several scribes apparently preferred to retain the same construction in 17 and so employed *espandre* actively (*i.e.* 'répandre') with Licanor as subject and wrote *le sanc* in the oblique.

β33

Armés de riches armes et de molt bel atour,
Desor un vair destrier vint Caulus a l'estour;
Hui mais se conterra a loi de poingneour,

INTRODUCTION

4 On puet bien recouvrer en une ost un piour.
     Ses escus fu a or, entiers d'une coulour,
     Fors el cantel devant ot d'asur une flour;
     Lance roide sor fautre portoit de grant vigour
8 S'ot gonfanon tout blanc qui fu a l'aumaçour.
     Lait courre a ciaus de la, vers cui n'ot point d'amour;
     Endroit lui ne sont mie li Gadrain a sejour,
     N'il n'ont aprés son cop de grant joie loisour.
12 Le prinche de Corinte feri par tel vigour
     Que li tranche l'escu sus el cantel hautour,
     Le hauberc fausse et ront tant vint par grant vigour,
     Ou pis li mist le fer a la clere brunour,
16 Si que de l'autre part en vit on la luour;
     Le cors del chevalier tresperche a tel dolour
     Mort l'abat sans parler del cheval coureour.
     Sa lance vole en pieces com uns rains sans verdour,
20 Car ne fu mie caus d'aprentis vavassour;
     Il met la main au branc et guencist vers les lour;
     Cui il ataint a cop, il a de mort poour.
     Autresi comme bestes s'en vont devant pastour
24 Les a menés un poindre, ains n'i firent trestour.

VARIANTS

*β*33 (Mich 121, 30) — 1-2 *JU 2,1* — 1 **MCEUL** A.d.toutes (*QU* beles, *E* bones) a., *J* e.fu d.b.a., **M***HE* m.riche a. — 3 *JE* l.d'empereour — 4 **J***HL omit* — 6 *J* candel — 7 *JI* g.valour — 8 *J* Son g., *CL* g.pendant, *U* g.destors — 9 *H omits*, *JME* l.a c., *J* n'o.nule a. — 10 *JI* Envers — 11 *JI* N'i.n'ot — 12 *H* Un amiral encontre sel fiert p.t., *L* L.premier qu'il encontre, *IC* t.irour, **M** f.p.grant iror — 13 *J* l'e.demi pie et plain dour, *I* l'e.sor le port tot altor, *K* l'e.ens el borc plus h. — 14 *HL omit*, *J* Li haubers, *JK* g.fierour — 15 *JKQH* O.cors l.m.l.f.(*JQ* l'achier), *J* qu'est de fer bruneour, *K* qui traioit em b. — 17 *HU omit*, *E* ch.trespasse a celui tor — 18 *J* M.l'a.d.ch.s.p.c., *I* D.ch.l'a.m.c'on tient por c., *K* M.l'a.a la terre, *QUL* ch.misaudor, *E alters* — 19 *JMCHU* un rain, *L alters* — 20 **J** d'a.jousteour — 21 *J* m.le m. — 22 *JU* c.i.n'a d.m.retour (*U* losour), *H* c.n'a d.mie loisor, *E* c.n'a d.m.nul sejor — 23 *HL (and RTCh)* b.fuient d.

*β*34

     Leoines vint as rens sor un destrier norrois,
     Et fu molt bien couvers d'un vert paile grigois
     Bendé tout environ a grans bandes d'orfrois;
4 Pour çou que molt l'ama li ot donné li rois.
     Sor le fer de sa lance ot gonfanon turquois
     Assés bel de façon et de coulour indois,
     Molt richement ouvré d'un drap antiocois,   (J 49ro)
8 Et tint a quatre claus d'or cuit arabiois;
     Une manche ridee si blance comme nois
     Ot li bers en son bras en guisse de François.
     Li vassaus fu molt preus et ses chevaus tous frois,

12　Les enarmes tint bel et vint tous ademois,
　　En l'escu de son col fiert Maudras le courtois,
　　Qui sire ert de Facons et visquens de Barbois;
　　Escus ne li valut la montance d'un pois
16　Ne li haubers dou dos la monte d'un balois;
　　Par mi le cors li met le fer sarasinois,
　　Mort l'abat des archons, ains ne li fist sourdois.
　　Ne fist pas lonc sejour, outre en va de manois,
20　Le branc nu en sa main d'un achier verdunois,
　　Ains ne tira son frainc, s'en ot abatu trois
　　Qui mais ne li metront riche terre en deffois.

VARIANTS

*β*34 (Mich 122, 15) — *CHL* L.fu armes s. — 2 *J* couvert — 3 *J* Bendes, *IKMPYCL* Brosde, *E* Bordez — 5 **M** S'ot el f., *JC* un g. — 6 *EUL omit* — 7 *CU omit*, *J* D'U. riche d.o.m.bien en ciennois, *IK***M** M.r.o.d'u.d.(**M** paile) a.(*K* sarrasinois), *H* (*6,9,7*) Ouvree r.d'u.d.antigonois, *E* R.fu vestuz d'u.d.arrabiois, *L* Li penon sont o.d'u. paile a or grijois — 8 *HE omit*, *MRSPYU 4,8,5*, *QCL 5,8,6* — 9 *JCHE* r.plus, *CH* b.que n'est n. — 10 *JH* s.branc, *J* d'un f. — 11 *JICL* c.fu f. — 12 *RSPQH omit*, *CEUL* v.t.demanois — 13 *J* m.li c. — 14 **J** Q.s.e.d.terons (*K* turquie) e.v.d.barbais (*I* braibois, *K* e.d.tous les baclois), **M** Q.s.e.d.facons (*Q* fagons, *Y* fransois) e.v.d.herblois (*M* herbois, *Q* d'erembois), *C* Q.s.e.d.halape e.biaus princes adrois, *C*ᵐ Q.s.e.d.faucons e.uns cuens d.barbois, *H* Vesques e.d.faros e.s.d.lor lois, *EU* Sires e.d'aufalerne (*U* des barons) e.si tenoit (*U* e.sires des) baclois, *L* Q.s.e.d.misors e.jusques en barlois, *RTCh* Q.s.e.d.pharons (*D* badres) e.v.d.barbois — 15 *JQ* Ses e.n.l.vaut — 16 *HL omit*, **J** N.l'auberc de son d. — 17 *MRSPQC* f.saragoucois — 19 *J* v.li marcois — 20 *J* a.vendomois, *ML* a.coulognois — 21 *J* s'e.a a. — 22 *JIUL* Que, *J* metrons

NOTES

*β*34 12. As a variant form of *ademis*, past participle used adjectively in the sense 'empressé,' two other examples of *ademois* are cited by TobLom. The *ademois* (**JMY**) seems to have been unfamiliar to various scribes, for *RSPQ* and *H* omit the line and *CEUL* substitute *de manois*.

*β*35

　　Perdicas vit les os de deus pars assambler,
　　S'oit buisines et cors et monïaus sonner,
　　Et voit maint gonfanon desploier et moustrer
4　Et maint bon chevalier de ferir aprester
　　Et soi racoragier et grant cose penser
　　Et les auquans fremir et les plusours douter,
　　Car de mains se peüst uns couars esfreer.
8　Les bons voit par les rens et venir et aler,
　　Les uns poindre d'eslais, les autres galoper,
　　Auquans ferir d'espees et les autres jouster.
　　Preus fu et bien armés, plus que ne sai conter.
12　Et sist sor un cheval qui molt fist a loër.

Lait coure a chiaus de la, qu'il ne pooit amer;
En la presse le fait parfondement entrer
Et fiert un chevalier tant com puet randonner,
16 Des quinze fieus Marcel, Hobé l'oÿ nonmer,
El regne aus Arabis n'avoit tel baceler;
Adont nel pot escus ne blans haubers tenser
Par mi le cors n'en fache et fer et fust passer;
20 Si l'abat des archons ains n'en pot relever,
N'il n'ot loisir d'un mot de sa bouche parler.
Outre s'en va poingnant sans point de recouvrer,
Le branc nu en sa main qui molt fait a douter;
24 Cui il ataint a cop ne li pot escaper
Qu'il n'en tranche la char et traie le sanc cler,
Et s'en fait les talons envers le chiel voler   (*J* 49vo)
Et le coing de son elme a la terre hurter.
28 Plus d'une arbalestree fait son poindre durer,
Qu'ains n'i lut chevalier guencir ne trestourner,
Quant ses chevaus caï par le frain sortirer,
Au travers d'un roion qu'il devoit trespasser;
32 De deus piés entra ens sel convint a tumber.
Li Gadrain s'esforcerent de sor lui recouvrer;
Le lor acointement peüst ja comparer,
Quant Emenidus point le vassal delivrer;
36 Devant le sien acier convient les rens branler,
Plus l'outra c'on ne puet une piere geter.
Tout ausi com il va devienent li renc cler;
Teus quatre chevaliers lor fist desafeutrer
40 Li plus povres avoit bon castel a garder,
Et li pires ert preus pour ses armes porter.
Ou il voillent ou non, si l'a fait remonter;
En itel connestable se doit on bien fïer.

VARIANTS

β35 (Mich 123, 1) — 1 *JCH* l.gens, *I* l.grius — 2 **J** c.e.maint tabour (*I* ot timbres) s., *EU* c.menuement s. — 3 *KRSPQL* e.venter — 5–6 *KH 6,5* — 7 *J* d.main — 10 *L omits*, *JQHU* e.l.a.(*J* li autre) j., *MRSPC* (*and* RTCh) e.l.pluseurs j., *Y* e.l.auquans j., *E* e.de lance j. — 12 *J omits* — 13 *J* l.qui nes p. — 14 *J* les f. — 15 *MRSPYC* p.raviner — 16 *K omits*, *JIMC* f.marcel (*I* martel, **M** merel, *C* merec) hobe (*I* hobeus, *Q* hobel, *Y* hobei) l'o., *H* Et estoit f.d'un roi aquin l'o., *EU* Li uns des f.marcel (*U* martel) ainsi l'o., *L* D.quatre f.marsope ensi l'o., *RTCh* f.merel holbe (*P* morel hole) l'o. — 17 *J* r.arabiois — 18 *J* blanc hauberc — 19 *JKL* c.en (*L* li) fait, *I* c.ne f., *E* c.li passe e.f.e.f. plané — 22 *JI* s.p.(*J* plus) d.r., *K* s.un p.retorner, **M** s.p.desconreer, *C* s.celui (*C*ᵐ nului) encontrer, *H* s.plus a demorer, *EU* s.p.d.l'arester, *L* son poindre fait outrer — 23 *J* a loer, *I* que m.pooit amer — 24 *J* Mais qu'il a., *IK* Qui lui a. — 25 *J* e.raie, *KH* Qu'i.n'e.praingne (*H* Ne li tolle) l.teste sans point de (*H* plus a) demourer — 26 *IMUL* c.torner, *KH* t.encontre mont (*H* vent) v. — 28 *J* p.voler, *E* p.outrer, *L* p.outre aler — 29 **ML** *omit*, *J*

n'i vaut, *KH* c.envers lui retorner, *EU* Onc (*U* Qui) ne vit c.venir n.retorner
— 30 *CEUL* Mais, *J* ch.cuida, *MYH* f.soustirer, *QL* alter — 32 *L* omits, **JC**
D.(*KU* Des) d.p.(*E* pars) ent.ens (*HE* i ent.), *J* s.c.encombrer, *I* s.c.a colper,
C s.c.averser, *C*^m s.c.a t., *E* s.c.arester, *KHU* si le c.t.(*U* trembler), **M** Des
d.p.en travers le c.a t. — 33 *JI* Et l.grieu (*J* grieus) s'e.d.s.l.retourner (*I*
atorner), *KH* Et l.g.(*H* Cil de gadres) s'esforcent d.s.l.al (*K* de d.s.l.) cha-
pler, *L* Et l.grijois s'esforcent que veulent r., *EU* s'e.qu'il (*U* si) le cuident
corbrer (*U* combrer) — 35 *J* p.qui l.va d., *I* p.l.ceval pumeler, *K* p.por lui
a d., *QU* p.por l.v.garder (*U* aidier) — 36 *JIRSPQHEU* r.tranler — 37 *JI*
P.outre c'o.n.puist, *M* P.loin que l'en n.p., *Q* alters, *HEUL* P.loin c'o.n.
poroit, *J* d'u.p., *HEL* ruer — 38 *H* omits, *J* v.li raie l.sans c., *IK* v.lor espant le sanc c., *L* alters — 40 *KE* Que l.pires a., *J* un c., **M***HL* cinc (*H* trois)
chastiaus — 41 *HU* omit, *J* E.l.p.molt p., *K* E.e.bons chevaliers, *E* E.si estoit molt pr. — 42 *J* s.l'ont f., **M***L* n.les a f.retorner (*M* reuser, *Q* reculer, *L*
remuer)

NOTES

β35 30. The preponderance of manuscript testimony supports *sortirer* as against *soustirer* in Godefroy, whose single example of this verb is drawn from the Michelant edition of *H* and has the support of *MY* only. *RS* and *CU* clearly break the word into two parts — *RS* writing *seur* instead of *sor* — a fact which perhaps testifies to the comparative rareness of the word. It recurs in β102 5, in the third singular, spelled uniformly *sortire* (*sour-*, *seur-*) in all those manuscripts which have it save *Y*: *soustire*. The *HL* substitution *trop tire* in the second occurrence lends support to a notion of excess not implicit in Godefroy's definition 'tirer un peu.'

β35 37. *Plus l'outra* appears in manuscripts of all three groups (*KRSPYC*), and is a good reading if the antecedent of *le* is seen as *le vassal*, line 35; *i.e.* "il dépassa le vassal." Those manuscripts which alter apparently took the meaning to be "il traversa les rangs" and eliminated what they thought to be an erroneous construction in which *le* referred to *les rens*.

β36

Par le camp vait poingnant li niés Emenidun,
Pirrus, cil de Monflour, a la clere fachon,
Qui ot cors et corage et chiere de baron.
4 Ademetant s'en va sor un cheval gascon,
De millour se puet bien consirer uns preudon.
Et il fu en tous sans de boune affaitison;
S'il connut malvais homme, ains n'ama son sermon
8 Ne ne vaut retenir les vers de sa cançon;
Molt honora les bons ses tint en sa maison,
La donna son avoir ou furent sauf li don,
Si que la soiie ensaingne estoit de grant renon
12 Et tout si anemi en male soupeçon,
Sa proëche les mist en molt male frichon.
Dieus, qu'il ne pot durer! Trop se mist a bandon.
Tous jours voloit par armes esmovoir tel tenchon
16 Dont chevalier geüssent par terre ens el sablon;

INTRODUCTION 9

  Si droit ne vole mie materas ne boujon
  Com il aloit ferir, desploié gonfanon,
  Chiaus qui vers Alixandre n'eurent subjection;
20 Pour çou l'amoit li rois et si franc compaingnon,
  Ses oncles en faisoit molt souvent orison
  Que Dieus le garisist de mort et de prison,
  Car onques n'en oï vilaine retrachon.   (J 50ro)
24 Des soies grans biautés la maniere diron:
  Si pié furent vautiç et pendant si talon,
  Large ot l'enfourcheüre et le cors par raison,
  Grelles flans et vautis et les rains gros selon,
28 Et large pis et gros de bele fourmaison,
  Et les mains grans et fors et lons bras a fuison,
  Et le col lonc et droit et quarré le menton,
  La bouche bien seant et les dens environ
32 Plus blans que nus yvoires ne nus os de poison,
  Et le nes avenant sans nule mesprison,
  Les ieus vairs et apers en guise de faucon,
  Et biaus les ot et clers plus que la fille Othon,
36 Qui par biauté fu dame dou roiaume esclavon;
  Les caviaus lons et crespes, n'i ot riens se bien non;
  Adont li venoit barbe et poingnoient grenon,
  Molt bien li avenoit, car mieus en sambloit hom;
40 Itieus en est la soume de la description.
  Envers lui sont tuit lait li plus bel que savon;
  E! Dieus, com bel li sieent si doré esperon
  Et les cauches de fer o l'auberc fremillon
44 Et li elmes a pierres qui cler reluist en son!
  Ses escus fu a or s'ot un vermel lion —
  C'est avis qui l'esgarde qu'il soit nes el blason —
  Et sa lance fu blance, o vermel confanon,
48 Roides en est li fus d'un fraisne de saison,
  Par quatre fois recuit o chire et o savon,
  Li fers ert plus tranchans que faus en fenison;
  Qui tel le veut atendre de la mort le semon,
52 Bien est drois qu'au partir se tiengne pour bricon,
  Car puis n'ara loisir nis de querre pardon.

VARIANTS

β36 (Mich 131, 16) — 1 *QEU* c.esperonne, *Q* apres e., *Y* l.quens e., *EL* l.preus e., *U* l.viel e. — 2 *CHL* C'est p.d.m., *IKMSPYL* l.gente f. — 3 *JIMHU* o.cuer, *JQ* d.lion — 4 *L omits*, *J* Et dementant s'e.v., **M** Molt se v.desreant, *C* (*but not C*ᵐ) Adementant s'e.v., *U* A demoustrer s'e.v., *J* s.u.destrier g., *K* desor son arragon — 5 *H omits*, *J* s.peust c., *L alters* — 8 *IKMRSQYL* s.lecon — 9 *E omits*, **J***UL* b.et t., *H alters* — 11 *fragment g begins* (*see below, page 147*) — 12 **J** E.s.a.erent, *MHU* e.molt m.fricon, *RSPYg* e.ont m.fricon, *Q* A touz ses anemis avoit m.fricon, *L* Que tous ses anemis mist e.m.fricon — 13

E omits, *MYg* e.mo.grant soupecon, *RSPHUL* e.ma.soupecon, *Q* e.sa subjection — 14 *H omits*, *J* Dusqu'i.n.p.d.s.m.il a b., *L* He di.si durast auques t. — 15 *JKU* a.e.la ten., *HL* a.mostrer t.(*L* movoir le) con-t. — 16 *L omits*, *JIMQY* g.p.(*J* a) t.ens (*MY* et) el s., *KEU* g.envers (*E* pasme, *U* sanglent) sor (*U* par) le s., *RSPCH* g.p.t.et par (*C* u en) s., *g* g.a le t.u s. — 16.1 *C* (*but not C*ᵐ) S'il droit ne voloit faire mis estoit en prison — 17 *JEUL* d.n.vole, *I* (*and* RTCh *P*) d.n.volent, *KMC*ᵐ*Hg* (*and* RTCh *D*) d.n.voloit, *C* Ne s.roit n.voloit faus n.esmerilon, *JC*ᵐ*HEUL* (*and* RTCh) ma.n.b., **M** ne quarrel n.b., *g* apolin n.mahon, *fragment g discontinues* — 18 **M***HL* f.destors le g., *CEU* f.d.le pinon — 19 *J* subjecton, *Q* A c.q.a.veulent confondison, *CH* a.movoient la tencon, *L* a.veulent movoir tencon — 22 **M** l.defendist, *H* l.detornast, *EU* Q.li deu l.garissent (*E* gardassent), *L* A lor d.qui l.gardent — 23 *H omits*, **M** On.n'oi de lui v., *J* retrachion, *L alters* — 24 *E omits*, *JCC*ᵐ De la soie biaute (*C* bonte) l.m.(*J* m.en) d., *I* De ses grandes b.vos dirai le facon, *Q* De sa bele figure l.semblance d., *H* De sa tres grant proecce verite en d., *U* De sa grant remenbransa l.m.d., *L* Mais de se grant biaute un poi vous conteron — 25 *QL* e.bien fait s. — 26 *CEU* (*and* RTCh) *omit* — 27 **J***H omit*, **M***C* G.f.e.v.(*Q* tretis, *C* soutis) e.l.r.g.(*Q* l.r.larges, *C* l.r.grosses) s., *E* G.fu e.tretis e.larges r.de lonc, *U* G.fu par les r.e.l.f.g.et lon, *L alters* — 28 **J** *omits*, *H* L.p.e.espaules s'ot large f., *E* E.avoit g.le vis d.b.afaitoison, *U* E.si ot l.p.d.b.f., *L* S'ot l.p.e.g.et d.b.faicon — 29 *E omits*, **J** b.par raison, *I* Les b.et g.e.f.e.les m.a f., *K* b.de baron, *Q* Les m.ot g.e.f.e.les b.par raison, *CL* E.les puins g.e.f.(*L* gros) e.lons b.a (*C* e.s'ot de b.) f., *H* Les b.gros et quarres les puins gros a f., *U* E.les m.avoit g.e.de bele facon — 30 *IM* E.l.c.l.e. gros, *H* L.c.l.e.poli e.forme l.m., *E* E.cler ot le visage, *L* d.e.bien fait l.m. — 31 *L omits*, *J* L.b.b.seans e.l.d.a bandon, *H* Biele bo.riant — 32 *JI* q.uns y.n.uns o., *K* q.n'est y. — 33 *JI* L.n.ot a. — 34 *JKMCL* L.i.v.(*JKC* gros) e.a.(*J* quarres, *KQ* rians), *I* L.gros i.v.a., *H* L.i.ot v.el cief, *EU* Et l.i.avoit v., *J* e.g.d'un f., *K* qui li sielent ou front, *C* plus que la fille oton — 35 *CL omit*, *JK* E.(*J* Mais) vers l.o., *H* E.si l.o.rians, *E* Assez p.c.l.o.q., *U* E.p.l.avoit biaus q., *K* c.assez p.d'un faucon — 36 *KL omit*, *J* esclabon — 37 *H omits*, *IKCL* L.c.blons (*I* blois, *L* bons) e.c. (*CL* cres), *E* E.l.c.ot c.et plains jusqu'anz en son, *U* L.c.avoit c., *Q* et faites au savon, *L* et par mesure lons — 39 *J* M.l.a.c., **M** Qui l.a.mo., *JK* c.m.re-s.h. — 40 *JH* Et tieus, *JICH* d.sa d. — 42 *JU* E d.c.(*J* tant) bien l.s. — 43 *QH omit*, *JMRSPYEUL* et l'a., *IKC* o l'a., *J* femillon — 44 *E omits*, **J** q.reluisoit (*I* reluisent) c.s., *QU* E.l'e.en son chief q.reluisoit e.s., *H* q.r.environ, *L* q.c.luisent e.s. — 45 **J** s'o.en mi u.l., *MRSP* si o.u.vermeillon, *Q* s'o.dedens u.l., *YCU* s'o.u.v.l., *HL* n'i o.pas vermillon, *E* E.l'e.a son col o.v.singlaton — 46 *YE* e.sablon — 47 *IU* f.roide, *K* f. grosse, *H* L.roide sor feutre, *E* S.l.si estoit, *L* S.l.f. molt roide, *JL* au v.c., *IE* d'un fraisne de saison, *K* s'ot v.c., **M***C* o (*RSQ* a) v.c., *H* et v.c., *U* a un v.panon — 48 *HE omit*, *I* Bons en estoit l.fers trencans a confanon, *MRSPY* d.plancon, *Q* De f. fort et r.fu l'ante du plancon, *L* Molt estoit fors et r.faite fu d'u.plancon — 49 *QL omit*, **J** r.en c.e.en s.(*J* saion, *K* sablon), *MRSPYH* r.o glu e. — 50 *I omits*, *JK* 50, 49, *HU* L.f.en trance p.q.li (*U* e.fu trenchans comme) f.e.saison — 51 *QE omit*, *J* Q. teus l.v., *KU* Q.cellui v., *H* Q.a.l.v.d., *L* C'a caup l.v., *IK* m.l.fievon — 52 *H omits*, *L alters* — 53 *HL omit*, *J* n'a.pooir, *JC* n.(*J* vis) d.q.(*J* quarre, *K* crier) p.(*I* d.q.n.p.), **M** l.d.re-q.p., *EU* l.d.q.voir p.

NOTES

β36 17. Only *I* has a plural verb (*volent*); the remaining manuscripts have *vole* or *voloit*, with singular on account of post-position of subject.

β36 35. *la fille Othon* is Florence de Rome, daughter of Emperor Otto and wife of Esmeré, Hungarian prince who had lived at the court of the king of Sclavonia. Albert Henry (*Archivum Romanicum* 19 [1935], pp. 342–58) has noted this passage of the FGa as a link to the poem *Florence de Rome*, the preserved text of which (ed. Wallensköld, SATF 55) dates from the first quarter of the 13th century. If our dating of the GV of the FGa through other evidence is correct (see below, Introduction, p. 106), the two texts are approximately contemporary and the GV author's allusion to the beautiful Florence is presumably a wholly modern touch. A passage in the *Naissance du Chevalier au Cygne* gives evidence of a primitive lost version of *Florence de Rome*, on which theoretically the GV author could have drawn; however, since the GV can have been composed shortly after the existing version of the *Florence*, it is hardly justifiable to regard the GV allusion as corroborative evidence of the hypothetical lost *Florence*.

β37

Li varlés sist armés sor le destrier isnel
Qu'il ne donnast le jour pour l'onnour d'Arondel;
Les armes le couvrirent, qui molt li sieent bel,
4 Lance porte sor fautre et l'escu en cantel;
Le destrier esperonne, qu'il en perche la pel,
Et cil pourprent la terre qui ot plat le musel,
Pié reont et coupé, mieus valoit d'un castel.
8 En l'escu de son col va ferir Gastinel,
Qu'il tranche le vernis, l'alun et l'argüel
Et le cuir et les ais par mi le taint nouvel,
Del hauberc ront les mailles et fausent li clavel,
12 Tout le fer de sa lanche sentirent li bouel, (J 50vo)
Par mi outre l'escine en passent li coutel,
Que lui et le cheval abat en un moncel;
Li cors dou chevalier tresbuche en un doitel,
16 La morut en noiant, ains n'isi du ruisel.

VARIANTS

β37 (Mich 132, 26) — 1 *KMHL* un d. — 2 *HEUL* (and RTCh) l'o.(*H* tout l'or, *U* l'uevre) d'un castiel — 3 *JMCHL* a.li convinrent (*CHL* avinrent), *EU* a.furent bonnes — 7 *RSPQYEU* omit, *M* L'erbe desront et coupe plus v., *CH* Le p.cave e.r., *L* Le p.ot plat c., *H* plus tos vait d'arondel, *J* d'u.cantel — 9 *H omits, fragment g resumes*, **J** v.et l'al.(*I* l'asur) fait nouvel, **M** Que l.v.li t.l'al.e.l'ar.(*Q* l'azurel, *Y* le clavel), *C* Qu'i.t.l.v.qui molt i seoit biel, *CᵐELg* (and RTCh) Qu'i.t.l.v.(*L* Si qu'i.en fent les ais) l'al.(*ELg* and RTCh *D* l'azur) e.l'ar.(*E* l'argitel, *g* le glinel), *U* Qu'i.li t.le cuer jus l'abat du poustrel — 10 **JM***Cg* E.l.c.(**M** l'escu) e.l.(*J* li) a.p.m.l.t.n.(*JI* rouvel, *K* vermeil), *H* Qu'il li perce et porfent p., *E* E.les a.li perca de son escu n., *U* E.les en fent par mi du fort escu n., *L* E.l.c.a trencie p. — 15 *H omits*, *JI* Et le c.d.cheval abat e.u.d., *K* Et li c.d.vassal se torne e.u.vaucel, *QYC* ch.chei e., *Q* u.vaucel, *Y* u.orlel, *C* u.ruisel, *U* u.poutrel, *fragment g discontinues* — 16 **J** m.e.buvant, *Q* m.maintenant, *CH* alter, *L* m.li vassaus

NOTES

β37 2. For the name *Arondel* see the study of English place-names in OFr by F. Bestmann in *Romanica Helvetica* 9 (1938), p. 187. The author of the GV may have drawn the name from Gui de Cambrai's *Vengement Alixandre*, where it occurs frequently (EM 23, lines 358, 564, 642, etc.).

β37 9. There is little doubt of the authenticity of *argüel* as the original rhyme word of this line. It survives in two of the three groups and in the RTCh, the J reading being a group alteration. The eight manuscripts which offer the word—namely *MRSPC^mL* and RTCh *DP*—give it uniform spelling and syllable count, and it unquestionably underlies *E*'s *argitel*. The complete alterations by *C* and *U* can be dismissed at once, as may indeed the variants *l'azurel* (*Q*), *le clavel* (*Y*), *le glinel* (fragment *g*). Godefroy and TobLom are lacking in examples of the word *argüel*, and well they may be, since its existence had not been noted until in 1916 Antoine Thomas (*Romania* 44, pp. 327–28) called attention to the use, in wine recipes, of the Prov. *arguel*, which seems to mean 'tartre' and to be linked semantically with the Anglo-Norman *argol* which survives in English with the meaning 'wine-lees.' This link suggested to Thomas the existence of a common source in standard OFr, for which however no evidence was at hand. Does this line of the FGa prove Thomas' case? It is indeed difficult to fit the meaning 'tartre' to *argüel* in this context, yet let us examine closely: "Il tranche l'écu de Gastinel," declares the narrator, "en en perçant le vernis, l'alun, le tartre (?), le cuir et les planches ... " One at first visualizes five layers of substance being successively pierced; but alum is merely a chemical, present only as an ingredient of the dressed leather and not in any real sense 'tranché' by the lance. The way is thus opened for viewing the *argüel* as not necessarily a coat to be pierced, but merely as present in the leather in some capacity analogous to that of the alum. Apparently the author knew something of the process of tanning as practiced in the Middle Ages, and here filled out his line with the use of a couple of technical terms. Books and articles on tanning agree that the alum process is one of the earliest known, but they uniformly fail to mention by name any other agent which might be identified as wine-lees. One early source (*Stat. des tanneurs de Bordeaux*, 415, cited by Gay, *Gloss. Arch.*, under *tanneurs*), speaks of "deux ou trois poudres"; modern alum tanning uses common salt along with the alum to prevent the swelling of the skin, and sodium bicarbonate to precipitate the alum. It therefore does seem plausible here to regard the *argüel* as some agent accompanying the alum, and to suppose that this agent could have been tartar.

β38

Li vallés pert sa lanche, car au retraire brise;
Il n'est mie esperdus, car mautalens l'atise;
Met la main a l'espee qui fu forgie en Frise,
4 Li saing en erent d'or a lettre bien assise,
La coulour ne fu mie trop blanche ne trop bise
Mais brune verdoiant, qui d'autre se devise;
S'ele fu boune assés, singnour ot en sa guise,
8 Car cil l'a a porter qui en son cuer se prise.
A cest poindre fera des Gadrains grant justise,

Qui or l'atant a cop ne quire autre juïse.
Jou ne di pas d'un home qu'il fache grant ochise,
12 Mais teus vint en trespasse n'i a celui ne gise;
Cist ont bien as Grigois droite trieue proumise.

VARIANTS

β38 (Mich 133, 5) — 1 *CH* v.prent, *J* c.a.r.b., **M** qui (*SP* que) a.r.b.(*Q* mes a.sachier la b.), *CEUL* l.a.(*C*ᵐ qu'a.) r.le (*L* li) b., *H* qui a tiere li b. — 2 *J* mautalent — 3 **M** e.pise — 4 *QH* L.poins en estoit d'o., *EUL* L'enheudeure fut (*L* Li heus f.trestous) d'o., *JEU* a lettres — 6 *J* M.boune v.q.c'autre — 7 **M** a.bien estut a s.g.(*Q* b.li plot a devise), **C** (*and* RTCh) a.s.o.a devise, *L* a.s.o.qui se prise — 8 *fragment h begins (see below, page 147)* — 9 *H* omits, *JKMY* g.justice, *IRSP* g.justise, *QCEUh* g.occise, *L* alters — 10 *CH* omit, *KEUh* Q. l'atendra a, *MRSPQL* Q.il ataint a — 11 **JMC** g.justise (*I* juise, *K* franchise), *E* f.tele emprise — 12 *J* M.tel v.au trespas, *K* M.t.v.en abat, **M** M.t.v.e.i let — 13 *J* t.permisse

NOTES

β38 6. *deviser* employed reflexively here seems to mean 'différer,' 'être différent.' Godefroy gives this meaning only with the past participle *devisé* 'différent,' but TobLom offers three examples of *deviser* with reflexive object in the meaning 'sich absondern.' Thus the phrase *qui d'autre se devise* is to be interpreted as "qui ne ressemble à aucune autre [couleur]."

β39

Pirrus est en l'estour, si cop i sont parant,
Car nus de son aage n'ot corage si grant,
Ne pour armes baillier corage si vaillant.
4 De millour ne plus bel ne vous cont nus ne chant,
Car se il le disoit, il nen avroit garant
Que tieus de son aage portast lance ne brant.
Dieus! com il va les rens a l'espee cerquant,
8 Le grant orguel de Gadres fierement reüsant!
Emenidus l'esgarde, qui le cuer ot joiant,
Licanor en apele si li dist en riant:
"Veés de mon neveu com il va destravant,
12 Le grant orguel de Gadres durement deboutant.
Qui veut bon chevalier ja millour ne demant;
Se cestui puet avoir, plus loing nel voist querrant."
Lor s'afeutre li oncles et tint l'escu avant,
16 Lance roide en son poing a un fer damagant,
Et ot a quatre claus d'or fin resplendisant
Sor le fer atachié un gonfanon pendant.
A l'estraindre des armes fist tressaillir Ferrant,
20 Et cil li va molt bien la terre pourprendant,
Les cailliaus et les pieres sous ses fers esgrunant.
De Barbais va ferir un molt riche amirant;
Cil ot a non Cadoç, et fu fieus Rodoant

24 De la serour Betis, a l'amourous samblant, (J 51ro)
　　Gente dame bien faite o le cors avenant;
　　Et de celui trouvons en l'estoire lisant
　　Qu'il n'ot tel chevalier arabi ne persant
28 En la terre de Gadres puis le tans Moÿsant,
　　Ne si large de cuer ne franchement donnant.
　　Emenidus le fiert de sa lance tranchant,
　　Que par mi le blason ront l'auberc jaserant;
32 Si li perche le cors la bouele en espant,
　　Mort l'abat des arçons a val un desrubant.
　　Et Pirrus lor escrie: "Cha vous venés traiant!
　　Cist vous garra dou mal dont vous estes tramblant.
36 Che ne sont mie cop d'aprentiç païsant,
　　Mais dou millour dou mont fors le roy conquerrant.
　　Fieus sui de sa serour, bien est drois que m'en vant,
　　Car de par lui me vient honnours a mon vivant.
40 Ains la nuit vous donra d'un tel boivre en ferant
　　Ains ne burent a Gadres de nul plus enivrant."

VARIANTS

β39 (Mich 133, 16) *B has* 39 (*absent from* α) — 2 C*h* d.s.lignage (*C* sa contree *U* corage), *UB* (*and* RTC*h*) n'o.proece — 2.1 *B* Il no fiert chivalier qui no sgombre l'auferant — 3–4 *B omits* — 3–7 *L omits and substitutes seven individual lines* — 3 *JE* N.pot a., *J* b.corages, *K* b.eust tel hardement, **M** b.nul cuer isi v., *EUh* b.si preus ne si v. — 4 *J* v.sai que nus ch. — 5–6 *B places after 14* — 5 *B* Que qui me lo deist nel terrave a g. — 6 *B* n.gant — 7–8 *B omits* — 7 H*Uh* l'e.trancant — 8 M*L* L.fier o., *JRSPYh* f.r.(*JRP* reversant), *IKMU* durement r., *Q* va forment r., *CH* endroit (*H* desous) lui r.(*H* confondant), *E* durement et tensant, *L* va durement caant — 10 *B* Mostra li a perdicas s. — 11 *J* destravant, *I* desrengant, *K* desraviant, **M** debatant, *C* destranant, *C*ᵐ*EU* (*and* RTC*h*) destragnant, *HL* c.se v.contenant, *h* desregnant, *B* detraiant — 12 *HL omit*, M*E* ga.entor li abessant, *C* ga.et par force abatant, *h* ga.endroit li deb., *B* ga.com il le va reusant — 12.1 *B* E d'en hora en hora chivalier abatant — 14–20 *L omits and substitutes eleven individual lines* — 14 *JQC omit*, *H* S'il encontrer le viut pl.ne le v.q., *U* Car il i faudroit bien se il l'aloit q., *B* S.c.poi a.meillor n.va a–q. — 15–41 *B omits* — 15 *MRSPQH* L.s'affiche, *CU* L.s'afaite — 16 *J* L.r.empoingnie, *MRSPY* a u.f.avenant, *QEU* a u.f.bien (*U* dont le f.est) tranchant, *C* u ot f.reluisant, *H* L.r. sor feutre et confanon pendant, *h* a u.f.d'aimant — 17 *HE omit*, *Jh* E.i (*h* si) o.q., *MRSPQ* f.arabiant — 18 *H omits*, *E* Et avoit s.l.f.u., *J* le. g. — 21 *U omits*, *J* p.s.ces f.agrunant, *I* esgroant, *Q* quartelant, *C* esmiant, *H* degietant, *L* esgarant, *h* rempant — 22 *JCHLh* D.barbais (*I* -ois, *C* -iaus, *L* brubois, *h* D.ber v.), **M** Par ire, *EU* Demanois, *KL* r.aufriquant — 23 *J* cador, *IE* cados, *Q* caldes, *H* galafres, *h* cadores, *JIE* roboant, *U* codroiant, *h* raoant — 25 *JKCU* f.et ot c., *h alters* — 27 *J* arabis — 29 *fragment g resumes*, *JK* N.s.l.donneres (*K* S.l.donneor) n.si bel despendant, *I* N.s.l.baron par son avoir d., *H alters*, *L* N.s.largement doinst n.va pas prametant — 33 *JQ* a.dales u., *MRSPY* a.par mi u. — 35 *fragment g discontinues* — 35–36 *L omits* — 36 *J* d'a.ne d'enfant — 37–39 *H omits*, *L alters and adds five individual lines* — 38–41 *I omits* — 39 *JK* d.sa part m.v. — 40 *L omits*, *JK* d'u.buvrage e.f., *H* Ancui v.moustrera d'u.t.b.poisant, *E* d'u.t.aboivrement — 41 *J* A.n.bistes(?), *QC* p.ennoiant, *H* si agrevant

NOTES

*β*39 11. There would be no reason to alter *J*'s *destravant* to any other rhyme word, for all variant readings are confined to single manuscripts or groups; *destraver* 'bouleverser' fits the context, and may underlie *K*'s *desraviant* (unidentified) as well as the *CEU* reading *destragnant*, cf. *C*'s *destranant*. Given that *destravant* stood in *β* if not in the GV, possibly its unusual use here as an intransitive verb (with object implied but not expressed), in which construction it more commonly means 'décamper,' brought about the numerous alterations.

*β*40

Bien volt Emenidus son poindre parfurnir,
De celui trait la lance qu'ot fait el camp jesir;
Si s'affiche es estriers le fer en fait croissir,
4 Et li chevaus li quert de si tres grant aïr
Des quailliaus et des pieres a fait le fu saillir.
Il et Pirus ses niés les vont si envaïr —
Et tout li autre Grieu qui ne vaurent faillir —
8 Que par mi les harnas les font outre ferir
Et pour paour de mort laidement resortir,
Quant virent Gadifer d'unes bruiles issir
O trois mil chevaliers qu'il ot tous a baillir.
12 Cil sot bien que li Grieu ne vauroient fuïr
Mais vendre soi molt chier ains que viengne au morir;
Pour çou se fist armer belement a loisir
Qu'il les vaura s'il puet desrompre en son venir.
16 Ses compaingnons a fait de bataille garnir;
Entour lui veïssiés maint confanon bruïr,
Et oïssiés buissignes et tabours rebondir
Et grans cors d'olifant sonner et retentir.
20 Li Grieu tirent lor frains quant les virent venir,
Et traient as destrois pour lor vies garir;
Ne lor tient de gaber ne de rien escarnir,
Car de plus grant meschief ne porrés vers oïr;
24 N'i a celui qui mort n'atende sans languir.

VARIANTS

*β*40 (Mich 135, 37) — 2 *H* omits, *J* D.celi t.a la., *I* c.cair, *KEU* c.morir, *Lh* c.fenir — 3 *J* S.s'effiche as es. — 5 *MRSPQ* omit — 7–9 *E* omits — 7 *J* grieus, *JY* q.nel, *QL* v.fouir — 8 *KC* o.flatir, *Q* o.guenchir, *Y* o.sallir, *U* o.fouir, *L* alters — 9 *HU* omit, *KL* m.arierre r. — 11 *CE* A tout m. — 12 *J* grieus — 13–24 *H* has individual version — 13 *JCh* M.v.s.(*I* M.els v.) m.c.a.q.v.a.m.(*J* a.fuir, *K* a l'issir, *h* veignent m.), **M***L* Ainz (*L* Et) se vendront m.c.a.qu'il voeillent m.(*ML* partir), *E* M.v.m.c.a.q.soient a.m., *U* M.c.se voudra v.a.q.v.a.m. — 17 *MRSPY* El mileu v., *Q* E.euz v., *ICHh* c.burnir — 18 *K* t.restentir, *MRSPYEUh* e.ces t.(*E* e.araines, *h* e.meint tabor) bondir, *Q* (*11,18,12*) Fist b.sonner e.ces cors retentir, *C* e.moiniaus tentir, *L* Cors b.sonner moieniaus r. — 19–24 *I* omits — 19 *JQL* omit, *K* d'o.et s.e.bondir — 20 *J* grieus, *J* q.le v. — 21 *JKQ* omit — 22 *J*

N.l.vient, *J* r.esjoir — 23 *K* n.porries vous o., **M***EU* n.porroit (*E* pooit) nus o., *L* Onques p.g.m.n.pot nus om veir, *h illegible* — 24 *JK* s.mentir, *U* s.faillir, *h* s.gar[ir?]

β41-44 (α52-55). — Dans notre version, c'est toujours la première bataille. Par contre dans la version α, au point où se place ce groupe de laisses, Aridé était déjà parti chercher Alexandre à Tyr (α47) et le roi lui-même était arrivé auprès des fourriers et avait pris part au combat, repoussant vigoureusement les Gadrains et donnant assez d'inquiétude à leur duc (α51). Pourtant dans l'une et l'autre version, la présente série de laisses ne fait aucune allusion à la proximité d'Alexandre.

La première de ces quatre laisses nous offre un portrait de Gadifer de Larris, le véritable héros parmi les combattants de Bétis. Dans la version α il apparaît ainsi pour la première fois, mais dans β il était déjà survenu à la tête de 3000 de ses propres vassaux et les fourriers s'étaient retirés pour mieux se défendre contre son attaque (β40). Gadifer ne tarde pas à tuer un Grec: c'est le comte Sabilor (déjà mort dans α, à la laisse α50). Puis Pirrus, le jeune neveu d'Eménidus dont on nous a fait connaître les qualités et dont on nous a rapporté plusieurs exploits aux laisses β36-40, mais qui apparaît à ce moment dans α comme un personnage inconnu (α53), tue un neveu de Gadifer. Celui-ci, enragé par la mort de son parent, assène un coup mortel à Pirrus, et l'auteur de nous redire, théâtralement, que ce jeune homme d'Alénie n'était point un soldat ordinaire mais Pirrus de Monflor, le neveu d'Eménidus! Alors ce dernier, désespéré par la perte de ce neveu qu'il aimait tendrement, redouble ses efforts contre les Gadrains.

β45-46 (α32-33). — Suite de la première bataille dans les deux versions. Aristé tue un duc persan, entendant ainsi venger la mort de Sanson, dont il a été question à la laisse β24 (α24). De même, dans la laisse suivante, c'est Sanson qu'Eménidus venge en frappant à mort un duc ennemi. Ensuite Eménidus abat le sénéchal de Bétis, lequel est seigneur de Damiette, de la palmeraie et de toute la terre avoisinante jusqu'à Larris. Alors les Gadrains se rallient et s'élancent sur Eménidus, qui a de la peine à protéger ses fourriers déjà affaiblis et doit les ramener dans une espèce d'enclos qui se trouve tout près; là ils reprennent courage.

β47

La ou li Grieu requeuvrent devant le plaisseïs
Fu molt fiers li estours et durs li phereïs,
De lances et d'espees mervilleus froisseïs,
4 De targes et d'escus molt grans li hurteïs,
De buissines, de cors grans li escroisseïs,
De cors de chevaliers grans li abateïs;
Ains mais par tant de gent ne fu teus capleïs
8 Ne a si grant mescief si aigres poingneïs.
Licanor se desfent les le chief d'un larris,
Cui il ataint a cop tous en est malbaillis;
Il lor tranche les elmes et les escus vautis
12 Et fait le sanc raiier par les haubers traillis.
Quant le voit Gadifer de ses armes garnis,
Le gonfanon destours, l'escu devant le pis,
Licanor vait ferir, car bien ert aramis
16 Et de chevalerie a cel poindre aatis;

INTRODUCTION 17

De l'escu li trancha le taint et le vernis,
Li blans haubers dou dos est rous et desartis,
Bien haut desous l'aisselle a forche desconfis,
20 Ja fust mors li vassaus quant li fers est guencis;
Ne pour quant si l'abat tous remest estourdis,
Tost fu par sa main destre li bons chevaus saisis.
Mais cil li calenga qui n'ert pas esbahis,
24 Onques ne li sambla a cel cop aprentis,
Emenidus le fiert qui preus est et hardis;
Si durement l'abat quant il fu escuellis
Li elmes fu tereus et li haubers laidis.
28 Bien peüst de cest cop remanoir escarnis
Et li dieus de Pirrus fust illuec acomplis—
Pour l'escange de lui durement escarnis—
Quant tel mil l'ont rescous que il avoit nourris
32 Et rendu son cheval qui n'est mie faintis.   (J 54vo)
Mais li bais Licanor li fu bien contredis,
Cil i est remontés quil perdoit a envis,
Par la regne li rent de tous li plus eslis.
36 Il ne prist ains consel as recreans faillis,
Ne ses avoirs ne fu a preudoume escondis,
N'onques ne vint en court qu'il ne fust bien servis,
Et il portoit honour as grans et as petis
40 Qui n'estoient forfait n'en oeuvre ne en dis;
Ja mais de millour homme ne sera vers oïs.

VARIANTS

β47 (Mich 140, 9) *fragment g omits* — 1 *J* grieus — 2 *J* Fust m.durs l.e., *KHE* F.m.fors l.e., *MU* F.m.granz l.e., *JEU* et fiers, *K* et grans, *L* et fors, *IU* l. capleis — 3 *J* m.tourneis, *QU* i ot grant f., *H* m.fereis, *L* m.capleis — 4 **M** estranges (*Q* perelleus, *Y* mervilleus) h., *C* si tres g.h., *H* tant aspres h., *EUL* fu (*E* si) g.l.h.(*L* cicleis) — 5 *L omits*, **M** D.c.et d.b.molt fier (*RSPQ* fors) e., **C** mervelous (*E* i ot grant, *U* molt grans li) souneis (*HU* corneis) — 6 *JK* Et d. ches (*K* desor) ch., **M** (*7,6*) Ne si fais (*RSP* fiers, *Q* fort) hurtemens ne tel a., **C** pesans (*U* fu grans) a., *L* Ainc mais ne vit nus om itel a. — 6.1 *JK* Des navres et des mors grans fu li joincheis (*K* D.m.e.d.n.f.tous l.chans vestis) — 7 *JC* A.m.de t., *J* f.tel c., *I* De t.d.g.n.f.m.si grans fereis, *K* Des le premerain home n.f.t.fereis, *L* Ne m.p.t.d.g.n.f.cans si furnis — 8 *MRSPQ omit*, *JY* N.s.a g.m., *JL* s.engres p., *C* uns s.grans p., *H* N.isi g.m.ne iteüs p., *E illegible save* s.a.p. — 9 *JE* L.si d.(*E* estoit), *IH* L.s.descent, *J* da-l.u.grant l., *L* l.u.bruel u l. — 10 *JHEU* c.t.(*E* il, *U* si) est de la mort fis, *IC* c.t.en est m.b., *K* c.molt par est m.b., **M**L c.mors est et m.b. — 11 *JRSPH* t.lor e.e.lor e., *I* t.cerveles, *K* t.ces e.e.ces e. — 13 *JEU* Q.il v.g., **M** Q.i vint g., *CH* Q.l.v.g., *L* A tant vint g., *J* qu'est des a.g., *IK* qui d'a.est g.(*I* penis) — 14 *K omits*, *JIMRSPQUL* destors, *YCH* destort, *E* destordre — 15 *JICEU* f.c.(*EU* qui) b.(*U* b.en) e.(*C* vint) a.(*I* aatis, *U* garnis), *K* Entre-f.se vont sor les escus brunis, **M**L f.si com vint a.(*L* ademis), *H* f.qui venoit ademis — 16 *KU omit*, *J* a tel p.a., *IRSPQ* a c.point a.(*I* arramis), *L alters* — 17 *JL* tr.l'azur e. — 18 *JMRSP* Le blanc hauberc d.d.deront (*M* est rout) e.d., *I* L.h.de son d.li est tos d., *KYCHL* L.b.h.d.d.est rous (*H* des-r.) e.d., *QEU*

Et le hauberc d.d.(*Q* li a) deront e.(*E* li avoit) d. — 19 *U omits*, *KRSPQCH* d.la
selle, *C* est frais et d., *HE* li est il (*E* ou estoit) desartis — 21–22 *IE omit* — 21
J q.il l'a.qu'il r., *K alters* — 22 *U omits*, *J* d.tost l.cheval de pris — 23 *QU* p.ses
amis — 24 *J* a c.jour a. — 25 *J* f.que p., **M** f.comme p.et h. — 26 *MRSPY*
l'a.que bien vint e., *QCH* S.(*CH* Molt) d.l'a.car bien f.e., *EL* Tant (*L* Molt)
d.l'a.com il (*L* si c.) vint e.(*L* aatis), *U alters* — 27–28 *U omits* — 28 *J* p.r.d.c.c.
esbais, *EL* r.estordiz — 29–30 *RSPQ omit* — 29 *JEU* p.fu i. — 30 **J** l.fust (*J* fu,
K et) li vengemens pris, *MYCL* d. (*E* fu illuec) e. (*Y* esclairis, *EU* esclarcis, *L* esbaudis) — 31 *JK* qu'i.a.tous n. — 32 *J* n'e.pas f., *HL* n'e.m.(*L* pas) fuitis — 33
J bai — 34–35 *U omits* — 34 **J** q.(*J* qui) p.(*I* perdroit), **ML** q.perdist (*L* guer-
pist), *C* qui le pert, *H alters*, *E* q.perdent — 35 *RSPQCEL* p.hardis — 37 *JUL* a
povre (*UL* nul) home e. — 38 *JL* qu'i.(*IL* que) n.(*K* n'i) f.b.s., **M** ou molt n.f.
joiz, *CH* que trop n'i f.(*H* molt se sunt) jois, *EU* ou i.n.f.s. — 39 *J* a g. — 40 *E
omits*, *JI* Qu'il, *KCHUL* f.ne en fais n.

NOTES

β47 30. The **J** reading for the second hemistich, *fust li vengemens pris*, should
be rejected as a late change because of the rhyme word *pris* in a stanza which
was originally pure *-iz*. The **M** group (represented by *MY* as the subgroup
RSPQ omits) shows that its source, **J***, as well as **CL**, presumably had for the
second hemistich the adverb *durement* plus some three-syllable past participle.
What that participle was, in the GV or even in β, is problematical: *esclairis* or
esclarcis (*YEU*) is obscure, *esbaudis* (*L*) is individual, and *escarnis* (*MCH*)
repeats the rhyme word of line 28. Yet precisely in this last form, appearing
in manuscripts of two groups, one is tempted to see a deliberate redundance on
the part of the composer—a conceit in which the second *escarnis*, as well as
the first, serves as complement of *remanoir* (line 28) and refers to Gadifer, subject of *peüst*: line 30 as a whole would thus be parenthetical and emphatic,
having its main stress on the intensifying adverb *durement*. Moreover the
source of *RSPQ* can well have had *escarnis* in both 28 and 30, for the *RSPQ*
scribe omitted lines 29–30, a natural error if his eye returned to the second
escarnis after he transcribed the first. On the basis of a calculated rhyme-repetition the remaining variants can be satisfactorily explained: failing to interpret
the sense of the passage, *Y*, *EU* and *L* endeavored to substitute for the second
escarnis meaningful participles referring to *dieus* of line 29; **J** altered radically.

β48

    Aridés de Valestre regarde Emenidon
    Qui souvent lor guenchist sor Ferrant l'arragon;
    Petit fiert chevalier qui ne vole el sablon,
4 Assés en petit d'eure lor a fait maint paon.
    "E! Dieus, ce dist li quens, com fait cuer de baron!
    Com par a bien assis li rois son gonfanon,
    Car molt par a proueche et foi sans traïson,
8 En ouevre et en parole set bien garder raison,
    Ne pour un chevalier ne canga son archon.
    Dire puet c'or li soumes trop mauvais compaingnon,
    Pour doutanche de mort avons fait mesprison.

12   Sel savoit Alixandres, de cui nos fiés tenon,
     Demain seriemes tout bani de sa maison;
     Et se je nel sequeur, ja n'ait m'ame pardon."
     A tant broche li bers le bai de Carrion
16   Qui de Castele fu tramis roi Phelippon,
     Cers ne cavreus ne dains qui bien est de saison
     Ne se tenist a lui quant il ceurt de randon;
     Et fiert un chevalier qui tint Carphanaon,
20   Que le hauberc li tranche tres par mi le blason
     Et les vaines dou cuer res a res dou poumon,
     Envers le ciel en tournent ambedoi li talon.
     Et li Grieu recouvrerent par tele aatison
24   Que ferir les alerent en la gringnour fuison;
     Li abatu ont tost paié lor raençon,
     Il n'i laissent hostages se de la teste non;
     Li queüs entre piés se tient bien a bricon,
28   Qu'il ne set de son cors conroi ne garisson.

VARIANTS

β48 (Mich 117, 23) *fragment g omits* — 1 *JQCU* Aristes — 3 *I* q.n.voist e.s., *MRSPY* qu'il n.couche e.s., *QUL* qu'il n'abate e.s., *CH* qu'il n.caie e.s., *E* q.n.vuide l'arcon — 5 *JL* E d.d.arides, **C** (*and* RTCh) E d.c.d.l.dus (*H* bers), **ĊL** c.f.cors (*E* cous) d.b. — 7 *J* m.a de p., **M** s.achoison (*Q alters*), *C* s.mesproison — 8 *IM* b.metre (*IY* mostrer, *Q alters*) r. — 9 *J* N'ainc p. — 12 *J* c.nous — 13 *JC* D.seriemes t., *IMHEU* D.serions t., *KL* D.seriens (*L* serons) tres-t. — 14 *J* E.s.j.ne sequeure, **M** j.mais n'aie p. — 15 *JU* Adont br., *J* b.de b. — 16 *J* rois — 17 *JQL* q.(*L* quant) e.b.d.s., *K* quant il e.en s., *MU alter*, *H* quant ist d.sa s., *E* q.tant soit d.s. — 19 **M** u.amirant — 22 *JH* Que vers, *K* Devers — 24 *JI* e.l.plus grant f., *K alters* — 25 *JQ* o.tout — 27–28 **M** *omits* — 27 *JL* s.t.b.(*J* molt) a (*JL* por) b., **C** L.cau e.p.s.tienent a (*H* por) b. — 28 **C** N.sevent d.lor c., *J* secours n.g., *H* nesune raencon, *L* confort n.g.

β49–60 (α34–45). — Ayant repris courage, les Grecs tiennent ferme. La version β ajoute, à la fin de la laisse β49 (α34), vingt vers qui manquent à la version α: c'est une louange d'Eménidus et surtout de Ferrant, son cheval incomparable.

Un gros corps de Turcs attaque les fourriers, mais il est repoussé aussitôt. Surviennent alors plus de 7000 Nubiens conduits par Salatin, le seigneur de Clere: les Grecs sont près d'être mis en déroute, mais Eménidus leur inspire le courage de résister. Salatin tue un cousin de Filote, puis Licanor le venge en tuant Salatin, et on recommence la bataille générale près d'une sapinière.

La laisse β54 (α39) reprend la matière de la laisse β21 (α20). Un pauvre chevalier mal armé, neveu d'Eménidus quoique celui-ci l'ignore, saisit l'armure et le cheval d'un Gadrain qu'il a abattu, et s'empresse d'aller délivrer Eménidus qui se trouve désarçonné et menacé par plusieurs Gadrains. Le guerrier reconnaissant lui demande son nom, et le jeune homme répond qu'il est son neveu et qu'il s'appelle Corineus — nom qui le relie aussi au personnage de la laisse β19 (α18). Oncle et neveu jurent de ne plus se quitter.

Licanor et Filote regrettent l'absence d'Alexandre. Guimadochet, célèbre devin de la suite de Bétis, frappe et abat Filote, et plusieurs Gadrains s'assemblent autour de lui. Grâce à des efforts surhumains Eménidus et trois compagnons parviennent à dégager Filote, mais le péril des fourriers sera extrême s'ils

n'ont bientôt du secours. Ils soutiennent toutefois la lutte: Eménidus seul tient
les Gadrains en échec, mais enfin il est percé d'un javelot par derrière. Lui-même
retire l'arme de son corps et bande sa blessure. Le duc Bétis a seul vu le coup et
en profite pour jouter avec le chef des fourriers, dans l'espoir d'en finir; mais
Eménidus lui fait face et d'un coup formidable le désarçonne. Alors trois escadrons de Gadrains viennent secourir Bétis et font refluer les Grecs. Eménidus
a rompu ses rênes, et pendant quelques instants lui et son cheval s'égarent; en
revenant il trouve ses hommes en proie à la panique, et dans une belle exhortation il les engage à se ressaisir, à mieux mériter les honneurs dont le roi les a
toujours comblés.

β61

Bien ot Emenidus rehaitie sa gent,
Mais il voit et connoist et set a essïent
Que plus li couvient faire que dire seulement;
4   Pour quant s'ot il le cors sous le hauberc sanglent.
Il enbrache l'escu, par l'enarme le prent,
En haut lor dist: "Baron, n'errés vilainnement.
Hui servons no singneur en la fin doucement, (J 58vo)
8   Qui nous soloit donner son or et son argent,
Et nous proumet honour, et nous tient bien couvent
Quant il les a conquisses, ses donne bounement;
Se ja pour mort li fauç, m'ame n'ait sauvement."
12 Il broche le destrier qui li bruit et destent,
Ne s'i tenist oisiaus ne fors trespas de vent,
En la presse gringnour se met estroitement,
Ne consiut devant lui que trestout ne cravent;
16 La forche dou cheval li valut durement
Et li corages fiers, plains de grant hardement,
Et li besoins et l'ire qui l'atise et esprent;
Molt a bien poursiui son envaïssement,
20 Nus n'esgarde ses cols qui ne s'en espoënt.
Trois contes lor ochist, si que les chiés en prent;
Helas! que n'est si fres comme au commencement!
Ancui rendist Betis sans contretenement
24 Et proies et prisons, çou qu'a forche pourprent.
Emenidus lor fait del dur achier present,
Li plus hardis nel veut pas encontrer souvent,
Aprés son cop remainent li plus haitié dolent;
Bien doit estre dou roy qui s'onnour si deffent.

VARIANTS

β61 (Mich 129, 3) *EU omit* — 1-11 *Y omits* — 4 *J* c.de son h. — 5 *H omits, J*
l'enarmes, *MRSC* l'esc.aus enarmes, *P alters* — 6 **M** n'ovrez, *H* n'esrons, *L*
n'ales — 7 **JQC** H.(**J** Mais) s.no (*I* serves vo) s., *M* H.de-s.l'onnor, *RSP*
H.s.le s., *H* S.nostre s., *L* Serves vostre s. — 8 *J* Que, *IL* Q.vos — 9 *JMQCHL*
honour, *RSP* honors — 10 **JMC** Q.i.les a c., *H* Et q.i.l'a conquis, *L alters* — 13
M n.boufee d., *HL alter* — 15 *QL* qu'a terre n. — 17 *MRSPQ* g.maltalent —
18 **M** *omits, J* besoing, *JL* l'a.forment — 19-20 *IHL omit* — 20 *J* n'e.s'espee q.

INTRODUCTION

— 21 *YHL omit,* **J** o.q.l.testes e. — 22 **J** s.fors, *H* s.sains, *L alters* — 23 *J* b.s.nul contraingnement, **M***C* b.son c., *HL* b.un lait asamblement (*L* encontrement) — **M** pri.qu'a sa f., *HL alter* — 25 **M** *omits* — 27 **J** c.fait il le p.h.(*JK* hardi), *QH* p.hardi — 28 **M** *omits, HL* e.preudom q.vers lui (*L* q.ensi) se d., *J* li d.

NOTES

β61 7. *no singneur* gives linguistic testimony with reference to the GV, for the Picard short form of the first person plural possessive adjective — *no* for *nostre* — seems the only likely reading for the original text. The **J** group (*I* reads *serves vo s.*), *Q* and *C* preserve this form, while with *YEU* omitting the line the rest alter as follows: *M* introduces a complete variant *Hui deservons l'onor;* *RSP* read *le seignor*, surely not the original meaning; *HL* suppress the opening word *Hui* and write the long form of the possessive (*H: servons nostre s.; L: Serves vostre s.*). All are patent attempts to avoid the form *no*. — On the basis of this testimony we retain the form *vo*, present also in *JL*, β130 16.

β61 23–24. Except for *J*'s individual variant in line 23, the **J** reading is *Ancui rendist Betis sans contretenement Et proies et prisons çou qu'a forche pourprent*, while **M**'s is *Ancui rendist Betis son contretenement Et proies et prisons qu'a sa force porprent*. With *HL* individual in both lines and *EU* omitting the stanza, only *C* can help us decide between the two readings. *C* writes *son contretenement* in 23 but agrees with **J** in 24: thus *qu'a sa force* appears purely as an **M** variant; on the other hand the agreement of **M***C son* as against **J** *sans*, where the words are extremely similar in form, need not be taken as indicative of the original. The erroneous writing of *son* in place of *sans* is easily attributable to both **M** and *C* independently if the context is examined: without reading ahead to lines 24–25, a scribe would assume *Emenidus* as subject (as of the context thus far) and *Betis* as object of *rendist*, and would interpret: "Tout de suite il rendrait à Bétis *sa* résistance . . . " But in conjunction with line 24, the sense is necessarily: "Tout de suite Bétis rendrait, sans résistance, et bestiaux et prisonniers: en somme, tout ce dont il est en train de s'emparer par force." Then in line 25 *Emenidus* again becomes subject.

β62

Betis et li Gadrain, cil de sa compaingnie,
Virent la gent le roy et le vasal ques guie.
Onques si peu de gent ne fist tele estoutie
4 Comme d'atendre en camp isi faite ost banie.
Ses barons en apele et doucement lor prie,
Si com faire le siut belement les castie
Et dist que molt est liés de tel chevalerie:
8 Il ne cuidoit el mont si faite baronnie
Que pour si poi de gent la voit si estourmie,
Fuïr et esbahir comme beste estourdie;
"Mais qui avroit d'un seul la forche departie,
12 Li autre sont tuit mort, ne donroie en lor vie
De tous les avoirs Dieu la monte d'une aillie;

Et s'or ne me failliés, ja li ferai saillie.
Ja verrés sor son cors mainte lance croisie,
16 Et s'il or nous escape, poi pris ma singnourie."
Ains que li dus eüst sa parole fenie,
S'esciele devisee et sa gent esbaudie,
Trestourne Emenidus qui sa resne ot guenchie; (J 59ro)
20 En mi lieu de sa force a s'ensaingne coisie,
Et cil qui la portoit iert uns dus de Nubie;
Emenidus le fiert, autrement nel deffie,
Tant souef l'abat mort qu'il ne brait ne ne crie,
24 Puis fiert le duc Betis, a cui n'ot drüerie,
Par sous le cercle d'or un peu dalés l'oïe,
Tant roidement l'abat la chiere en ot laidie.
Outre s'en est passés pour sa gent qu'il ralie,
28 Vers le bruilet se trait ou durement se fie,
Grant hardement lor donne quant Marcedoine crie.

VARIANTS

β62 (Mich 129, 29) *EU* omit — 4 *J* e.ost si f.o.b. — 6 *JI* s.bounement, *KL* s.doucement — 7 *K* E.d.m.e.dolans quant tel gent les laidie, *CHL* e.lait — 8 *J* Je n.cuidoie, *MCH* s.fiere — 9 *K* Quant, *CH* Et, *JI* le voi s.e., *KL* est s.estoultoie (*L* acouardie), *MRSPY* l.v.s.e., *Q* a la seue e., *CH* le v.s.e. — 10 *Y* omits, *JIQC* F.e.e.(*Q* departir) c.b.e.(*I* esmarie), *K* Et fuient ca et la c.b.esbahie, *MRSPC*ᵐ*H* Et (*H* De) f.esbahiz c.b.e., *L* Esbais c.b.por les ciens e. — 12 *J* n.d.de l.v., *I* n'en doteroie mie, *MCH* (but not *C*ᵐ) n'en d.(*H* ne valent) une aillie, *L* Ja puis de tos le autres ne d.une alie — 13 *IM* omit, *J* dieus, *CHL* (but not *C*ᵐ) alter — 15 *J* v.s.mor c.m.l.froisie, *K* l.brisie — 16 *H* omits, *J* o.vous e.p.p.m.gingnourie, *KL* m.(*K* no) baronie — 18 *MH* g.departie, *YL* g.restaublie — 21 *J* q.le p. — 23 *J* m.qui n. — 24 *J* deruerie — 25 *IM* desos l'o., *H* jouste l'o., *L* desor l'o. — 26 *ML* T.durement

NOTES

β62 7–13. An obscure passage. The preponderance of testimony calls for *liés* in line 7. *K* (*dolans*) and *CHL* (*lait*) did not accept the word in the ironical sense intended: Betis is reproaching his men ("Je suis tout à fait enchanté de cette espèce de chevalerie que vous manifestez"). *J* begins the direct quotation with line 8 (*Je ne cuidoie*) but all the rest continue in the third person in both this line and the next — *Il ne cuidoit . . . voit*. *J*'s *voi* indicates that line 9 must read *la voit* rather than *l'avoit*. Many of the manuscripts read *le* here, but this may be nothing more than the Picard feminine. For line 10 there are two main variants: type *Fuir et esbahir* (*JIQC*) and type *Et fuir esbahis* (*MRSPC*ᵐ*H*). Since *esbahir* can be used either transitively or intransitively, and since a masculine plural could be employed referring to the individuals making up the *baronie* of line 8, no decision is to be made between the two types and we retain the basic reading. The direct quotation must begin with line 11. A paraphrase of the entire passage: "Et il se dit rempli d'aise à la vue d'une conduite si chevaleresque — il ne croyait pas qu'il fût au monde un groupe de barons ainsi constitués qu'on les verrait s'effrayer à cause d'un adversaire si peu nombreux, et fuir et s'ébahir comme des bêtes étourdies — 'Mais si quelqu'un venait à écarter la force d'un certain individu (Eménidus), les autres seraient tous morts; je ne donnerais pas une alise de leurs vies!' "

β63 (α46). — Les quatre premiers vers, qui manquent à la version α, rattachent cette laisse à la précédente (β62): Bétis se relève et remonte à cheval. Alors il regarde les Grecs, se rend compte de leur fermeté inébranlable et de la nécessité où il se trouve pourtant d'en triompher. Il blesse Licanor. Puis accourent au moins mille combattants du duc, qui abattent Caulus et Aristé et tuent une trentaine de fourriers; les Grecs sont enfin sur le point de perdre la bataille.

β64

Gadifer vit les Grieus tourner en aventure,
Comme cil qui molt bien connut desconfiture.
Nen i a fors un seul qui mais en prengne cure;
4 Pour son lige singnour, qui cil ot fait laidure,
S'est ellaisiés vers lui plus tost que l'ambleüre.
Emenidus le voit si li fait chiere sure (J 59vo)
Pour son neveu qu'a mort, dont vieut avoir droiture;
8 Ferrant li laisse coure si tres grant aleüre
Ne s'i tenist oisiaus, che conte l'escripture.
Entreferir se vont par si tres grant ardure
N'i ot escu si fort ou il n'ait desjointure.
12 La lance Gadifer est tournee a frainture;
Emenidus le fiert, qui preus iert par nature,
En la targe a or fin desous l'emboucleüre;
Ne la trueve tant fort ne la broingne tant dure
16 Que cinc piés ne mete ens de la lance meüre.
Il ne prist mie en char, mais sor l'aiseile pure
Li fait passer le fer et la lanche a droiture,
Tant roidement l'abat que tout le deffigure
20 Del nes et dou sourcil a tout l'entroilleüre.
Mors fust quant li dus point et ses homes conjure
Que cil qui vieut avoir de son fief teneüre
Ne ja mais a nul jour manoir en vesteüre
24 Hui se mete a bandon de vengier sa laidure.
Il dist ce qu'il voloit, mais l'oeuvre en est plus dure
Que brebis ne aingniaus amener en pasture;
Li plus hardis des siens molt se desaseüre,
28 Vis li est que li mons est tous en aventure.

VARIANTS

β64 (Mich 141, 13) *YEUL* omit, *H* has thirty-nine individual introductory lines — 3 *J* a que u.s., *Q* a c'u.tout s., *H* a mes que u.q.il e.p., *J* q.des grieus (*J* grieu, *K* lor) p. — 4 *J* s.que cist (*J* ci) o.(*JI* ont) f., *MRSP* s.q.(*M* que) c.o.(*RS* ont) f., *Q* s.a q.ont f., *CH* s.q.(*C* que) il o.f. — 6 *MRSP* v.qui c.l.f.s., *CH* v.a la c.seure — 7 *J* m.s'en v. — 8 *J* c.de s.g. — 11 *J* o.n'i a.desjoindure, *IC* o.i.n'a d., *KH* o.(*H* qui) n'eust d., *MRSP* qu'i.n'i a.d., *Q* n'en facent d. — 13 *IMRSPH* E.f.bien q. — 14 *J* d.la boucleure (*J* boucle sure) — 15 *J* N.le, *M* n.l.boucle

— 16 *J* p.nel — 17 *J* l'a.dure — 18 *H omits*, *J* e.l.l.a d., *I* o l'acerin meure, *K* tout outre par mesure, **M** maintenant a d., *C* outre en outre a d. — 19 **M** q.de chanter n'a cure — 20 *IH omit*, *J* l'entroulleure, **M** Li n.li est brisiez desouz l'entailleure — 21 *J* p.a s.h.conduire — 23 **M** j.avoir en-v., *C* N.m.n.j.en ait force ne v., *H* (*23,22*) j.n'aront re-v. — 24 *JQ* b.pour v. — 25 *M* I.d.qu'i.le v., *RSP* I.d.que i.v., *JQ* m.li (*Q* cele) o.est, *J* p.sure, **M** trop d. — 26 **M** *omits*, *JK* b.ou a., *J* pour mener — 27 **M** s.de riens ne s'aseure — 28 *KM* V.lor e., *J* q.l.mors et tout e.a., *IK* q.de mort soit t.(*K* sont tout) e.a., *H* m.soit mis e.a.

NOTES

β64 3–4. *qui mais en prengne* seems to be the source reading for line 3, of which **J**'s *qui des grieus prengne* is merely a more explicit rendition. In line 4, the sense seems to demand *qui* (*i.e.: cui*) as in *RSPQH* rather than *que* as in *JMC*, as indirect object of *fait laidure*. The subject of this verb seemingly should be *cil*, referring not to Emenidus (if so it would be *il*, as in *CH* only) but to Licanor, whose act of *laidure* toward Betis is specifically described in the preceding stanza (β63 1046–48). *MRSP* write *cil*, while *J*'s scribal habits point to this form back of the actual *ci*, rather than to *cis*(*t*) as in *IK*. The auxiliary verb is singular in *KM'PCH*, plural in *JIRSQ*, but if its subject is *Licanor* the singular form must be accepted as correct. Interpretation of lines 1–5: "Gadifer a vu les Grecs exposés au péril avec les yeux d'un homme qui connaît bien la détresse; il n'y a plus qu'un seul [Grec, à savoir Emenidus] qui s'occupe encore d'eux; pour l'amour de son seigneur, que cet autre (Licanor) avait injurié, il (Gadifer) s'est élancé vers lui (Eménidus) . . . "

β64 6. *si li fait chiere sure*: "et il lui fait mauvais visage." The adjective is the OFr and modern *sur*, 'acide.' TobLom cites an example from Baudouin de Condé showing this same use with *chiere* in an extended meaning not possible in modern French.

β65

    Gadifer fu a pié en la combe d'un val,
    Sor lui s'ont aresté li compaingnon roial;
    Emenidus s'areste sor le cors dou vasal,
4   Et a traite l'espee au poing d'or a cristal,
    Si li tranche a un cop en travers le nasal
    Que li cuevre de sanc la cote de cendal.
    Molt le seceurent bien si home natural
8   Qui pour lui ont soufert en maint estour grant mal;
    De deus pars sont venu a l'estour communal,
    De lances et d'espees i font maint cop mortal.
    Mais li Grieu ne sont mie envers iaus par ingal;
12 Li Gadrain les esforchent et font gerpir estal,
    Et ont a Gadifer ramené son cheval;
    N'en presist mie a gré d'escange Bucifal
    A la sele d'or fin et a l'ourle a esmal.
16 Des or se gardent bien li Grieu, je n'en sai al;
    Ne pueent acointier plus felon marescal,

Il lor cuide mouvoir un felon batestal, (J 60ro)
A perte et a doumage atourner cest journal.

VARIANTS

β65 (Mich 143, 10) *YEUL* omit — 1 *JRSQ* comble — 2 *MC* c.loial — 4 **J** a esmal — 5 *J* Se, *J* le vassal — 6 *J* del s., *JM* le coste dou c., *IKRSPQC* la (*RSPQ* sa, *C* le) cote d.c., *H alters* — 7 *RSPQ* Et m.l.sorent (*Q* virent) b. — 10 *IQCH* d'e.fierent (*CH* donent) m.c. — 11 *J* grieus — 12 *JK* L.g.s'esforcherent, **M** L.g.l.enchaucent — 14 *J* g.en cange b. — 15 *K* omits, *J* f.a l'ourlet a e., *QC* f.e.a l'uevre a e., *H (15,14)* Qui s.ot a f.or e.le frain a e. — 16 *KH* s.gaitent, **M** l.g.n'e.savons a. — 17 *JI* N.sevent a., *K* Onques mais n'acointierent — 18 *QC* u.cruel b., *H* u.si fier b. — 19 **M***C* retorner (*MP* retornent), *H* lor torra, *JH* cel j., **M** li (*Q* le) j.

β66

Li Grieu laissent l'estour si s'en partent a tant,
Des plusours vous os dire que il s'en vont fuiant,
Li Gadrain les encauchent ques vont molt destraingnant.
4 D'Emenidus vous di qu'il se va deffendant,
Grosse lanche en son poing desrier contretenant
Et le grant fais des lor et la presse endurant
Et de maint chevalier les grans cols recevant;
8 Cui il encontre bien a la terre l'espant.
Avoec lui reguencissent des autres ne sai quant,
Li proudoume et li per, li chevalier vaillant.
Gadifer de Laris i vint esperonnant,
12 Si navrés com il iert sa lance paumoiant,
Grosse l'ot recouvree a un fer bien tranchant,
Et sist bien affichiés el destrier ataingnant.
Mieus vieut, ce dist, morir que s'en aillent gabant;
16 Quant il s'en partira ne cuide c'uns s'en vant.
Emenidus li tourne la teste de Ferrant,
De deus millours chevaus ne vous cont nus ne cant,
Et li singnor sont tel, com on trueve lisant,
20 Qu'ains doi millour ne furent en cest siecle vivant;
Li uns ot gros le cuer, li autres fier talent.
Entreferir se vont seur les blasons devant,
N'i arestent li fer ne qu'en un tenve gant;
24 Mais li hauberc sont fort et seré et tenant,
Et li vassal sont preu, et li cheval courrant
Ne vont pas l'ambleüre mais d'eslais ravinant.
Si affichié se truevent n'en i ot un ploiant,
28 Pour çou froissent les lances que le fais orent grant;
Des escus s'entrehurtent si fort en trespassant
Que les boucles en froissent qui sont d'or reluissant,
Tous les genous s'escorchent si pres se vont rasant,
32 Brisent nasaus et cercles d'or fin resplendisant

Et rompent les frontaus comme un viés bougerant,
Les mailles vont la char et le cuir desrompant,
Que tous jours lor iert mais a lor vies parant.
36 Tous li mains estounés ot le chief si pesant
Qu'a val tourne le coing de l'elme sousclinant;
N'i ot si fort cheval qui remaingne en estant,
Et il tout estourdi sont a terre gisant, (*J* 60vo)
40 N'i a celui qui riens son compaingnon demant.

VARIANTS

β66 (Mich 143, 29) *YEUL* omit — 1 *JK* s'e.tournent — 2 **J** v.puis d., *JI* qu'i.s'e.tournent f. — 3 **J** e.ses v.m.d.(*J* destraingnent), **M** m.jostisant, *H* m.damajant — 4 **J** d.bien s. — 6 *J* endurent — 7 *JI* g.c.bien soufrant, *MRSP* g.c.encharchant — 8 *RSPQ* l'estant — 9 *KH* a.li auquant — 11 **J***MQCH* G.dou l., *RSP* G.des l. — 14 *IH* d.auferrant, *RSPQ* d.remuant — 15–17 *I* omits — 15 **M** q.il s'e.aille a tant — 16 *J* n.c.nus s'e.v., *KM* n.cuit que u.s'e.v., *QH* n.cuidiez (*H* quic pas) qu'il s'e.v. — 17 *JRSP* dou f. — 18 *J* n.n.quant — 20 **J** A., *J* d.millours n.f.e.tout le mont v. — 22 *J* lel b. — 23 **J** u.tenve (*J* tenre) g., **M** u.troe g., *C* u.tenvene g., *C*ᵐ u.teneve g., *H* alters — 24 **M** h.estoient e.s. — 27 *J* t.ne se vont remuant — 28 **M** omits, *JK* c.brisent, *J* q.li f.furent g., *ICH* q.l.(*CH* les) f.o.g., *K* car f.en o.g. — 31 *J* grenous, **J** si se v.p.r.(*J* raiant) — 32–35 *Q* omits — 32 *J* e.elmes, *MRSP* c.a o.r. — 33 *I* omits, *J* E.brisent, *KMRSP* l.poitraus — 34 *J* v.le ch., *KH* cu.deschirant, *MRSP* cu.detrenchant, *C* cu.depecant — 35 *J* Q.t.j.m.i ert a l.vis a-p. — 39 *J* E.chiaus

NOTES

β66 11. For the establishment of *de* as against the *dou* or *des* of all the manuscripts, see below, note to II 699.

β66 33. The material known in OFr as *bougerant, bouquerant*, was a much less coarse material than the modern weave known as *bougran*, English *buckram*. For examples see TobLom, *boquerant*.

β66 35. "De sorte que pendant toute leur vie ces blessures seront apparentes." The text is that of *IKC*ᵐ. All manuscripts (*Q* omits) but *J* read *vie(s) parant*. *MRSP* begin with *Qu'a*, **M** has *en lor vie*, *CH de lor vies*, *RSP* alter *ert* to *est*; but all of these variants seem to be insignificant or incorrect alterations.

β67

Molt se furent malmis li vassal aïrous,
Espris de mautalent et de pris couvoitous,
Mais nus de cel caïr ne doit estre hontous,
4 Qu'il erent li plus preu et li mains paourous
Qui fussent a cel tans ne portassent adous.
Il n'i ot un seul Grieu de fuïr si coitous
Tost ne soit reguenchis, fiers et chevalerous,
8 La ou cil est cheüs qui n'est pas orgillous
Mais frans et debounaires et dous et amourous,
Et met son cors pour iaus es destrois perillous.
Et li Gadrain repoingnent, qui cuident a estrous

12 Que mors soit Gadifer, li vassaus vigerous;
　　Assés i ot de chiaus qui ont les ieus plourous
　　Et les cuers effreés, pensis et dolerous.
　　La peüssiés veoir mainte lanche par trous
16 Et maint bon chevalier jesir elme terous.
　　Ferrant et son singnor ont li Grieu bien rescous
　　Et lui mis a cheval, dont il ert desirous;
　　Tout deffendant l'en mainent par mi un val herbous,
20 La traient a garant as destrois encombrous;
　　N'en i veïssiés un de bien faire houblious.

VARIANTS

β67 (Mich 144, 33) *YEUL omit* — 2 *J* d.pres c. — 3 *JM* M.nul — 4 *J* l.e. — 5 *H omits*, *J* Q.furent, *I* en cest siecle, **M** en cele ost bien l'os dire d'eus dous (*Q* de tous), *C* et li plus coragous — 6 *JC* o.si hardi d., *J* f.ne fust cous, *QCH* f.(*H* ferir) couvoitous — 7 *JK* r.fors, *MRSP* r.fres — 10 *JM* en besoing (*JQ* estour) p. — 12 *J* g.qui tant iert vig., **M** l.vas.airous (*Q* vertuous) — 17 *J* F.a, *J* grieus — 18–21 *H omits* — 18 **MC** E.re-m. — 19 *J* deffendent, *J* herbus — 20 *JKM* a.d.(*JK* au destroit) perillous, *I alters* — 21 *J* v.nul

NOTES

β67 5. For the *adous* 'armure du dos' cf. the TobLom example of *ados*.

β67 10 and 20. The *destrois* of 10 has the meaning 'embarras,' 'gêne,' 'rigueur' (compare the variant *besoing*), while in 20 it is better taken in the concrete meaning of 'lieu étroit,' as an actual place to which the Greeks withdraw for protection. Although in 20 the testimony regarding the rhyme word is balanced between the very nearly synonymous *perillous* (*JKM*) and *encombrous* (*RSPQC*), the former seems merely an echo of line 10.

β67 18. With *H* omitting we find **MC** showing *Et remis a cheval*, yet this is probably a coincidental error, for the object of *remis* would in this construction be *Ferrant et son singnor* of the preceding line — an obvious impossibility.

β68–72 (α47–51). — Les sept premiers vers de β68 (α47), qui manquent à la version α, rattachent cette laisse aux précédentes (β64–67): Gadifer, qui était tombé par terre ainsi qu'Eménidus (β66), est remonté à cheval; il est grièvement blessé, mais son courage n'est point diminué et il tient à prolonger la lutte contre les Grecs. Mais pendant le reste de la laisse il n'est plus question de Gadifer: il s'agit plutôt du message à Alexandre. Aridé, qui avait promis d'aller chercher le roi quand il serait hors d'état de combattre (β22 [α22]), trouve que le moment est venu: il part. Les Gadrains s'inquiètent à le voir s'éloigner, mais ils ne sauraient le rattraper.

Aridé arrive à Tyr et annonce à Alexandre la situation des fourriers. Il parle de la mort de Sanson, des mésaventures de Licanor et Filote. Le roi se hâte de rassembler son armée et de la conduire au val de Josaphat. Il était temps qu'il arrive: quatre des douze pairs sont déjà faits prisonniers, Eménidus et Licanor sont blessés, Sanson et Sabilor sont morts. Voir, pour ce dernier, la laisse β41 (α52); dans α, comme on l'a déjà fait remarquer (résumé de β41–44), Sabilor ne succombera qu'après cette constatation de sa mort.

L'armée d'Alexandre attaque immédiatement, et le roi tue deux chefs gadrains. Bétis et cinq chevaliers attaquent Alexandre, mais il est secouru par Cliçon et Tholomé, qui étaient venus avec lui de Tyr. Les Gadrains perdent courage et battent en retraite.

*β*73-75 (*α*68-70). — Rien qu'à voir la redoutable armée d'Alexandre s'avancer bannières déployées, Bétis suit l'armée gadraine dans sa fuite. Les Grecs s'acharnent à la poursuite, mais Bétis rallie ses troupes dans le repli d'une montagne.

Bataille dans la vallée de Guisterain, près de la montagne. Cliçon capture un certain Nassal de Salore, du pays du "soltan," et l'amène au roi, qui le livre à son tour à deux de ses barons. Bétis, attristé par la perte de son ami Nassal, fait une sortie avec quatre cents chevaliers choisis pour reprendre le prisonnier. Mais il rencontre Tholomé, qui le désarçonne et lui enlève son cheval. Le vainqueur gardera longtemps ce destrier, et le roi lui-même l'aura dans sa bataille avec Porrus, roi d'Inde.

*β*76 (*α*73). — Suite de la même bataille dans la plaine d'Orius, qui doit faire partie de la vallée de Guisterain, car c'est là l'endroit "où le duc était tombé" dans sa passe avec Tholomé. On amène à Betis un nouveau cheval, mais à peine y est-il monté qu'Aristé et Caulus le renversent à terre derechef. Sur ce nouveau revers de Bétis, Guimadochet le devin (voir la laisse *β*55 [*α*40]) conseille un sauve-qui-peut général. Notre version ajoute, à la fin de cette laisse, cinq vers qui manquent à la version *α*: Guimadochet avoue qu'il aimerait mieux être chez lui, et Bétis, qui n'a point perdu courage, lui reproche sa lâcheté.

*β*77

    Hymers, uns chevaliers qui de forfait n'ot cure,
    Sages et bien apris, de tele atempreüre
    Onques n'ama desroi ne fole desmesure
4 Mais argent et deniers sor toute creature —
    D'un povre sairement se rendist ains parjure
    Qu'il perdist trois deniers pour nule fourfaiture —
    Au duc s'est acostés plus tost que l'ambleüre
8 Si li a dit: "Biaus sire, car esgardés mesure.
    Vous estes riches hom et de grant teneüre,
    Et je molt bien manans et en riche pasture,
    Assés ai pain et vin et autre fourneture,
12 Brebis, vakes et bués et autre noureture
    Et tel femme qui set bien faire une presure,
    Pour quant se on m'en gabe je la cuit nete et pure;
    Viés cote et viés chemise et vielle cauceüre
16 Et copons de candoille et remennans d'ointure,
    Gaïne sans coutel et boucle sans çainture
    Et trop viés esperons et sans enboucleüre
    Met volentiers en sauf et desous fremeüre;
20 Et rainier selonc çou vaurai m'engendreüre,
    Car d'armes vient molt tost une grans bleceüre;
    Il me pert a la main, veés ent l'enfleüre.
    Dieus confonde tel gieu, car l'uevre en est trop dure,
24 Perdue en ai bataille pour tant d'afoleüre.
    Volés vous moi et vous metre en tele aventure

INTRODUCTION 29

  Com ces autres quetis qui n'ont neis vesteüre?
  Fuions nous an, biaus sire, fous est qui trop endure;
28 Ja ne ruis Alixandre connoistre ne s'ardure.
  Je doi bien envers vous descouvrir ma laidure;
  Ains plus couars de moi ne vesti armeüre,
  Certes je ne vauç mie une poume meüre
32 Tres puis que li miens cors siet sor l'enfeutreüre."
  A tant s'en part de lui s'enforche s'aleüre,   (J 64ro)
  Sa lance jete a terre, dont la hante est meüre.
  Et li dus s'en sourist, qui point ne s'en rencure:
36 "Cuers de ventre! fait il, hom de franche nature,
  Vous n'estes mie estrais de fole gent tafure,
  Volentiers arestés en grant desconfiture;
  Il n'est mie vilains qui vous livre pouture,
40 Car tost li conquerrés toute Egypte et Assure."

VARIANTS

β77 (Mich 166, 19) *U omits* — 1 *JY* Hymers u.c.(*J* H.de chiaus d'aufrique), *I* Saiers, *K* Murmugales u.hons, *ML* Aymers, *RSPQ* Lymers, *CC*ᵐ Ymers (*C* Ytiers), *H* Sunes, *E* Es vous un chevalier, RTCh *D* Cosmer, RTCh *P* Homers — 2 *JK* d.grant a.(*J* entrepresure), *I* et d.t.aprenture — 3 *J* f.mespresure, *K* f.entrepresure — 5-6 *E omits* — 6 *RSPQC* Que i.en p.t.p., *Y* Qu'i.en p.t.fleves p., *CHL* tant de f. — 7 **J** d.s'e.acointies (*K* aprochies), *H* d.en e.venus, *J* l'ableure — 8 *IKE* e.droiture — 9 **J** h.s'aves g. — 10 *JKQE* E.j.sui b., *H* E.estes b., *L* J.sui m.b. — 12 *J* V.br.e.bu.e autres n., *E* Bu.v.e br. — 14 *J* P.cou s.j.m'e.g.s'est ele n., *KHE* j.l.taing n. — 15 *J* V.c.e.v.surcot e.v.cainteure, **M** ch.e.v.afubleure — 17 **J** e.bourse — 18 *J* E.deus v.es.lais s.en., *K* E.ses v.es.et vies en., *EL* E.le (*L* un) v.es.tot s.en. — 19 *J* Ma volente en fas d.ma couverture, *K* d.serreure — 20 **J** E.r.(*I* tenir, *K* regnier) s.c.,**M** Acroistre s.c., *C* Atraire s.c., *C*ᵐ*H* (*and* RTCh *P*) Trainer s.c.(*C*ᵐ moi), *E* E.garder s.c., *L* Avancier se je puis, **J***PQ* volra (*J* verra) m'e. — 22 **JM***CHL* I.m.pert (*IL* pt) a l.m.(*CH* al coste, *L* a me cuise), *E* I.pt bien a ma m., *JL* v.(*L* dales) l'enseleure, *I* ves l'enseeleure, *K* v.e.l'encloure, **M** vez une navreure (*Y* vees u.blesure), *CE* v.m'on (*E* vez en ci) l'e., *H* ves la la fiereure — 23 *J* D.c.teus grieu — 24 *JL omit*, *I* p.tele a., *K* alters, *H* p.ceste a. — 26 **M** n'o.soing (*RSPQ* vont sanz) v., *CC*ᵐ*EL* (*and* RTCh *P*) n'o.sol (*CL* fors) v. — 27 *J* biau — 29 *JI* v.connoistre, *C* v.demostrer, *H* alters — 33 **CL** (*and* RTCh) A t.se p.del duc (*E* d'illuec), **J***E* s'e.s'ambleure — 34 **J** S.l.j.jus, *MRSPQ* S'enseigne j.a t., *C* S.glave j.a t., *JCH* d.l.h.(*J* li pointe) e.m., *I* qui e.de fraisne pure, *K* d.l.pointe estoit dure, *MRSP* d.l.lance e.trop dure, *Q* qu'il n'en avoit plus cure, *Y* d.l.h.e.trop dure, *E* del porter il n'a cure, *L* car de jouster n'a cure — 35 *J* p.n'ot de rencunre, *MCL* (*and* RTCh) p.n.s'asseure — 36 *JH* C.del v., *JI* v.re-f.h., *KL* alter — 38 *J* a g. — 39 *MRSPQHE* (*and* RTCh) l.pasture, *L* alters — 40 *J* C.tout, **M** t.gresce e.a.

NOTES

β77 1. The knight's name appears in the manuscripts as *JY: Hymers; ML: Aymers; RSPQ: Lymers; C: Ytiers; Cᵐ: Ymers;* RTCh *D: Cosmer;* RTCh *P: Homers.* Among these we may eliminate initial *L*- and *C*-, and if *ML*'s initial *A*- is a misreading for *H*-, there is ample testimony to the authenticity of the form (*H*)*Ymers.* — The opening of this stanza qualifies the GV author as a not inexpert user of the light touch. Seemingly commencing a standard heroic characterization of the knight named Hymer (lines 1–3), he abruptly changes the tone with line 4, and in line 6 his *fourfaiture* 'perte' provides a gloss for the *forfait* of line 1, which at first sight seems to have the meaning 'mauvaise action' but which is shown by line 6 to have its other meaning 'perte.'

β77 13–14. A double meaning is involved: the *la* of line 14 could refer to *presure* 'présure' or to *femme*. In addition it may be that *faire une presure* has a vulgar secondary signification.

β77 20. The meaning of this line seems to have confused most scribes. Among the verbs of the first hemistich, all are unsupported save *JK: rainier (regn-)* and $C^m H$: *traïner* (also in RTCh *P*). The form *rainier* may well underlie *traïner* ([E]t rain[i]er); furthermore *rai[s]nier* as a transitive verb can have the meaning 'endoctriner.' In this case the auxiliary verb of the second hemistich should be in the first person (so *MRSYCL*), and the line would mean: "Et je tiendrai à mettre mes enfants dans la même disposition d'esprit."

β77 22. For the rhyme word, *J* with *enseleüre* and *I* with *enseeleüre* have individual unidentifiable forms. It seems probable that *veés ent l'enfleüre* (compare *K: v.e.l'encloüre; C: v.m'on l'e.; E: vez en ci l'e.;* also *H: ves la la fiereüre*) represents the original reading and that an early scribal omission of the *ent* gave rise to the individual variants.

β77 34. The reconstitution of the first hemistich is self-evident: *S'enseigne* replaces *Sa lance* in *MRSPQ* only because in them *lance* appears as the noun of the second hemistich; *a terre* is common to all save **J**. In analyzing the second hemistich, let us first strike out *QEL*, which have made complete alterations of a similar nature rhyming in *cure*. In the remaining manuscripts, the noun is *pointe (JK)*, *lance (MRSP)*, *hante (YCH)*; the rhyme word is *meure (JCH)*, *dure (IKMRSPY)*. The testimony of *Y* — the member of the **M** group nearest the source — enables us to see what took place here. If we assume that *YCH*'s *hante* represents the β reading rather than a coincidence, the source of **M** at one time must have read: *Sa lance jete a terre dont la hante ert trop dure;* Y reflects this stage, while the common source of *MRSPQ* proceeded to a further emendation: *S'enseigne jete a terre dont la lance ert trop dure*. *IK* show the rhyme word *dure* as well as **M**, but since neither contains *trop* before *dure* — *I* alters completely (*qui est de fraisne dure*) while *K* adds a syllable to the verb (*estoit*) — there is no reason to suppose that *IK* and **M** reflect a common source reading. On the other hand *meure (JCH)*, appearing in two groups, may well represent the original. Therefore, to obtain the most probable β reading, we adopt that of *J* with the substitution of *la hante* for *li pointe*.

β78

Gadifer voit les Grieus et le roi engramir
Et d'aus tourner de place durement arramir —
Or leur veulent par force la montaingne tolir —
4 Mais ja tant com il puist les destrois maintenir
N'a talent qu'il s'en voist, car molt het le fuïr.

Clichon le fil Carduit, qui les rens fait fremir,
Vit devant tous les autres a esperons venir;
8 Li chevaus desous lui fait le camp retentir
Et pierres et cailliaus de cler fu resplendir;
Gadifer, qui bien set un chevalier ferir,
Se laisse seurmonter et lui outre burir,
12 Et quant le voit en fourme qu'il ne s'en puet partir,
Dont li laisse cheval, lance et escu guenchir;
Devers destre le prant, qu'il nel veut pas nourir,
Ains sera molt dolans se li couvient faillir;
16 Le blanc hauberc dou dos fait rompre et desartir,
Endroit la grosse coste fust et acier sentir,
Del bon cheval l'en porte par isi grant aïr
Le hiaume hurte en terre, qui l'a fait rebondir;
20 Tost li taut le veoir, le parler et l'oïr,
Et fait le sanc par nes et par bouche saillir,
Entr'iaus va le cheval parfondement saisir;
Onques ne vaut sa lance ne jeter ne guerpir,
24 La resne met ou bras si s'en va a loisir,
Car li Grieu s'aresterent, qui jetent grant soupir
Et cuident de Clichon qu'iluec doie fenir.
Parole li revint, les ieus prist a ouvrir;
28 Tholomers, qui plouroit si qu'il l'estuet tenir,
Li demande: "Compains, en porrés vous garir?"
Cil fu de grant corage, ne se vaut asouplir,
Le roy ne ses barons pour lui faire engremir;
32 "Amenés moi cheval, fait il, que molt desir
Celui a encontrer qui chi m'a fait jesir;
Ains de moi, se Dieu plaist, verrés autrui morir."

VARIANTS

β**78** (Mich 163, 9) — 1 *J* grieu, *KEU* v.le r.et sa gent e.(*EU* estormir), *J* r.enbramir — 2 *J* t.la p.d.esgramir, *I* p.et d.laidir, *KC* p.d.a., **M***H* p.d.aatir, *EU* p.d.envair, *L* alters — 4 *QEU* puissent, *JC* le destrier m., *U* le destor m., *L* son estor m. — 5 *J* s'e.vait — 6 *JHL* Clichons li fieus, *JY* carduel, *IKMRSPQCHL* carduit (*MRSPQ* cad-, *H* cald-, *L* cand-) *E* crudus, *U* cadrus, *JQC* q.f.l.r.f. — 8 *HEUL* f.la tiere tentir (*UL* bondir) — 11 *Y* o.ferir, *H* o.bondir, *UL* o.envair — 12-13 *I* omits — 12 *U* omits, *HE* p.guencir, *L* p.gandir — 13 *J* es.croisir, *H* es.guerpir, *E* es.vertir — 14-16 *L* omits — 14 *JRSPEU* qu'i.ne v.(*RS* pot) p.n.(*E* morir, *U* fenir), *II* altero — 15 *J* d.si l. — 16 **J***Y* d.d.(*IK* li fait) des-r. — 17 *JCH* E.(*H* Desous) le g.c.(*IKC* les grosses costes), **M** Entre le gros des costes (*Q* cuisses), *E* Et dedenz le coste, *U* Dedens le coste destre, *L* Tel li done de hanste, *JKCH* f.(*K* fer) e.a.s., *IEU* li fait l'a.s., **M** fet fer e.f.s., *L* le fer li fait s. — 19 *JME* L.h.(**M** Que l'h.) h.e.t., *I* L'elmes hurta a t.et prist a r., *K* Que l.h.en a f.contre t.bondir, *CL* Li elmes h.(*L* fiert) e.t., *H* Que le quin de son h.f.e.t.ferir *U* Que le f.a la t.vilainement flatir, *JMRSPQL* qui (*RSQ* qu'il, *L* si) l'a f.r., *YC* si quel f.r., *E* que le f.r. — 21 **J** omits — 22 **J** li chevaus, *JQU* p.saillir — 23 *J* j.n.guenchir — 25 *J* s'a.et j., *IMPQYEUL* (and RTCh) maint s. — 26 *JC* qu'i.d., *IKH* que lues (*I* lors) d.,

M*EUL* que il d. — 28 *HE* T.fait tel noise (*E* duel), *UL* Et t.p.(*U* en pleure), *JK* qu'i.e. — 29 *HU* Et li a dit c., *EL* Si (*L* Puis) d.c. — 31–32 *L omits* — 31 *Y omits*, *JI* b.ne vaut f.e.(*J* agremir), *K* b.p.son mal e., **M** f.amornir (*M* amortir) — 32 *JIHU* A.mon c., *JKCH* q.(*JC* car) m.(*J* jel, *KH* trop) d. — 33 *J omits*, *IQL* C.voel e.(*Q* E.v.c.), *KMRSPYCU* C.a e.(*MRSPY* A e.c., *U* De c.e.), *HE* C.ai encontre — 34 **J** s.d.(*J* dieus) p.convient a.

NOTES

β78 17. The agreement of **JC** as against *Entre* in **M** and individual readings in the rest of the **C** group calls for *Endroit* as the opening word, following which, with *EU* and *L* still individual and **M** writing *le gros des costes*, there seems little choice between *JH*'s singular *le grosse coste* and *IKC*'s plural *les grosses costes*. We take the basic reading, altering the seemingly Picard *le* to *la*. In the second hemistich, it seems unlikely that the verb *fait* should have stood in the original as a repetition of *fait* in the preceding line, on which *sentir* may easily depend. Ruling out therefore *IEU: li fait l'acier sentir* (and *L: le fer li fait sentir*) we select the reading of *JCH*, supported in the main by *K: fer et acier sentir*.

β78 19. In regard to the second hemistich, the testimony of *IKHU* is valueless. There remain *JMP: qui l'a fait; RSQ: qu'il l'a fait; YC: si quel fait; E: que le* (or *qu'ele*) *fait; L: si l'a fait*. Interpreting according to *JMP* we should have (going back one line): "Il l'abat de son cheval avec tant de violence qu'il fait heurter son casque à la terre, qui le fait (l'a fait) rebondir." Or according to *RSQ:* "Il l'abat de son cheval; il fait heurter son casque à la terre avec tant de violence qu'il le fait (l'a fait) rebondir." There is always the possibility that *JMP* have written erroneously *qui* for *qu'il* (a mistake frequent enough in *J*); yet the readings of *YCEL* incline to support the first interpretation, while the second involves a construction rather complicated for the average style of the GV.

β78 32–33. The GV reading is restorable here beyond any reasonable doubt. *JIHU* (*mon cheval*) are wrong, for Cliçon's horse has been captured and what he means is "Amenez-moi un cheval." The *car* of *J* occurs elsewhere only in *C*, the remaining manuscripts having the conjunction *que*. This *que* was taken by some scribes as a relative pronoun whose antecedent was *cheval*, with alterations resulting in the following line: *I: Celui voel encontrer* (*L* also has this reading but omits line 32); *Q: Encontrer veul celui; HE: Celui ai encontre*. The *jel* which precedes *desir* in *J* is individual and accompanies this manuscript's omission of line 33. The adverb is *molt* (*IMCEU*) or *trop* (*KH*). The reading of line 33 is that of *KC*, with *MRSPY* writing *A encontrer celui* and *U: De celui encontrer*.

β79

   Li dus voit Alixandre, qui s'est a lui merlés, (*J* 64vo)
    Ja en a plus de set a terre craventés,
    La grant presse deront, car de çou est fievés
4 Qu'il ne fiert chevalier qui molt ne soit grevés.
    Il en a ses barons doucement apelés

Si lor a dit: "Singnour, un petit m'entendés.
Je vous ai tous nouris et chierement amés
8 Et mes avoirs pramis et volentiers donnés;
Grans bienfais au besoing doit estre reprouvés,
Se proudom la reçut, tost ert gerredonnés.
D'un afaire vous pri que raison esgardés:
12 Cil nouviaus rois de Gresce nous cuide avoir trouvés,
Au samblant que il fait est il faus ou dervés
Ou trop outrecuidiés, si com veoir poés.
De mes homes qu'a mors sui forment adolés,
16 Dire puet c'or lor sui trop mauvais avoués,
Ja serai mors de duel s'il n'est bien encontrés.
Certes mieus en veul estre par mi le cors navrés
Ou pris ou retenus ou dou tout afolés
20 Que ja li fieus Phelippe soit si de nous doutés
C'or ne soit atendus de tans homes armés.
En tant riche besoing est mes cors esprouvés
Ne partirai de cest si ere a lui mellés;
24 S'il ert ore a chest poindre un petit reboutés,
Tost nous querroit en l'autre plus de poins en nos des
Et reseroit li vers en autre fuel tournés,
Car puis qu'enfes s'esmaie a paine est recouvrés,
28 Et uns jovenes orgieus est tost anoientés.
Plus dout jou les fouriers que les autres assés,
Car c'est la flours de Gresce et de tous les mieus nes,
Des plus eslis par armes, des mieus enparentés,
32 De tous les plus vaillans et des plus alosés,
Et cil Emenidus, qui les a amenés,
Il n'est outrecuidiés ne trop desmesurés
Mais frans et debounaires et molt bien atemprés
36 Et chevaliers si bons comme vous le savés,
Se je nel vous disoie, sel savés vous assés;
Teus vint mil homes a ses nons espoëntés
Onques ne fu encores de lor ieus resgardés.
40 Ne m'aime pas, ce sai, mais par moi n'iert blamés, (J 65ro)
Car chevaliers vers lui ne doit estre loés;
Ains quel voions conquis, iert si chier comparés
Longuement en sera li doumages plourés.
44 Mais ce me reconforte que molt est agrevés,
Par mervilleus effors est ses escus portés,
Sachiés que de grant cuer li vient si grans bontés."
A tant broche li rois et vient tous abriévés,
48 L'escu par les enarmes, richement conraés,
Envers le duc s'adreche, sous son elme enclinés;
Tholomers vint aprés et Clins li adurés
Et li baron de Gresce que li rois ot casés.

VERSION OF ALEXANDRE DE PARIS

52 La ot mains confanons desploiés et moustrés
　　Et mains riches escus d'or et d'argent listés
　　Et mains haubers doubliers menüement safrés
　　Et mains elmes burnis diversement gemés,
56 Chieres reconnoissanches et penonchiaus frasés,
　　Bien vienent comme gent plaine de grans fiertés;
　　De toutes pars le roy s'acoste ses barnés,
　　Mais or sache Alixandres, et si est verités,
60 Qu'il n'ert mie a cest poindre des Gadrains refusés.
　　Betis est de ses homes molt bien asseürés,
　　Ja ne fuiront pour mort quatre piés mesurés
　　S'ilançois ne lor dist teus est sa volentés
64 Qu'a garisson se traient, car trop est agrevés;
　　S'il premiers ne s'en va, ja n'i ert dos tournés.
　　Il les encontre bien, que ja n'iert effreés,
　　Ains lor vient de bien faire garnis et aprestés;
68 Au soloil resplendist des armes la clartés,
　　De gonfanons fu riches entour lui la plentés,
　　E vous les deus orgueus illuec entrehurtés.
　　Ains chevaliers n'i fu par autre deffiés,
72 Par bouche manachiés ne d'oume ramprosnés,
　　Entreferir se vont assés plus que lor gres,
　　Que d'une part que d'autre en i eut de versés,
　　Tieus i caï le jour qu'ains ne fu relevés.
76 Qui vit en cel estour les grans cols presentés
　　Et les escus perchiés et les haubers fausés
　　Et les elmes tranchiés et les cercles quassés
　　Et les brans enochiés et frains et tronçonnés
80 Et par terre jesir les mors et les navrés,
　　Bien pot dire pour voir, quant se fu escapés,　　　　(*J* 65vo)
　　Que ains puis icele eure que Adam fu formés
　　Ne fu fais teus encontres ne dis ne racontés.

VARIANTS

*β*79 (Mich 154, 36) — 5 *J* aplés — 6 *J* m'atendés — 9 *YE omit*, *J* Grant bienfait a.b.d.bien e.moustrés, *I* e.recovrés — 10 *JQY* p.la recut (*Y* recieut), *MRSPCH* p.le recoit, *EU* p.l'a eu, *L* alters, *J* tout e. — 11 *J* (*14,11,15*) p.car r. — 12 *JL* C.mauvais, *EU* C.meinnes — 13 *J* e.f.o.tous (*J* f.outre) d. — 15 *HEU* f.airés — 17 *J* mort — 20 **M** *omits* — 21 *J* tant, *IH* t.rices a. — 21.1 **M** Que il soit mors ou pris tant soit bien encontrez — 22 **M***H* b.ai este e., *E* e.m.escuz portez — 22.1 *E* Ou il a este fierement esprovez — 23 **M***H* l.jostez — 24 *JPH* S'i.est o.a c.p., *MRSY* S'i.ert o.a c.p., *QE* S'i.estoit a c.p., *C* S'ert encore e.c.p., *U* Cil ont a cestui p., *L* S'i.puet estre a c.p., **J** u.p.deboutés (*K* redoutez) — 25 *JY* Plus, *IKMRSPCH* Tost, *JMRSPYCH* n.q.(*K* cherra), *JCH* e.l'a.(*IK* a l'a., *H* as autres), *MRSPY* ce cuit, *E* Tant q.apres pl.d.po.enz e.lor d., *U* Bien n.q.assez pl.d.loing e.vos d., *QL* alter, *JKCC*ᵐ*H* pl.d.po.(*C* plain) e.n.(*J* vo, *H* un) d., *I* d.millor po.assés, *MRSPY* uns po.(*RSP* un point) pl.e.n.d.(*M* pl.honorez, *RS* pl.ennordez) — 27 **J** C.p.

que on s'e., *EU* C.p.que fous s'e., *L* Et prince qui s'e., **M** e.retornez — 28
M*E omit*, **J** e.molt t.amontés, *CU* e.t.a nient alés (*U* tornez), *C*ᵐ*HL* e.t.a.
— 31 *H omits*, *K* D.mieus e.por a.et d.plus redoutez, *C* D.mious valans p.a.et
d.m.enparlés, *E* Et d.p.redoutez p.a.esprovez, *U* Et les meilleurs p.a.et les plus
redoutez — 32 **KMC** *omit* — 36 **J** b.c.v.tout (*J* tous, *I* bien) s., *RSPY* b.com
v.bien l.s., *H* b.com veir l.poés, *U* b.c.savoir poés — 37-39 *H omits* — 37 *QU
omit*, *J* S.j.n.v.d.si s.v.a., *I* S.nus n.nous desist s.savons nous a., *K* Et s.j.n.d.s.
connoit on a., **M***CE* S.nous ne le disons (*Y* disiens) s.savons nous a.(*Y* s.saves
a., *C* si esse verités), *L* S.j.ne le d.se s.v.a. — 38 *J* T.trente m.h.a des nos
apoentés — 39 *J* d.ses i. — 40 **J***Q* Bien s.n.m'a.p.(*JK* mie), *H* Encor n.nos aint
il ja p.nous n'i.b., *L* De moi ne de mes omes ne doit estre b. — 42 *JIM* A.q.(*J*
que) v.(*MRSPQ* voiez) c., *KUL* A.que l'aions (*L* l'aie) c., *C* A.que m'aient c.,
HE Ancois qu'il soit c., *JIE* i.molt c.c., *KH* sera c.(*H* si) c., *L alters* — 44 *JL*
q.m.e.ag.(*L* en-g.), *I* q.m.e.esgarés, *KQC* q.il e.m.(*K* q.m.par e.) grevez,
MRSPYEU q.m.e.esgenez, *H alters* — 46 **M***H* d.haut c., *J* s.grant b. — 47
MRSPQ l.dus, *JICEU* v.t.effreés, *KML* v.t.a., *RSPQYH* v.t.desreez — 48
M *omits*, *J* anarmes, *CE* r.acesmés, *H* en l'auberc aclinés, *L* r.fu armés — 49 *H
omits*, **J** d.s'areste — 50 *J* a.dans c.l.a., *I* a.e.dans c.l'a., *KL* a.e.c.l.a., **M** a.qui
molt est redoutez, *C* a.clicons l.a., *H* a.e.clincon desreés, *EU* Et t.re-v.a.l.a. —
50.1 **M** Et dans clins ses compains qui du roy est privez (*RSPQ* amez) — 51 **M**
b.de l'ost qu'alixandre o. — 52 *J* maint confanon desploie — 53 **M** *omits*, *J*
maint bon bel escu d'o.e.d'a.listé — 54 *J* maint hauberc doublier m.safré, **M**
E.blans h.tresliz — 55-56 *L omits* — 55 *I omits*, *J* maint elme burni, *JRQH*
menuement g.(*J* gemé), *K* b.de fin acier tempré, *E* b.tres richement oevrez,
U b.de pierres aournez — 56 *KMYU* Riches r. — 57 *J* grant fierté — 58
M*CHE* p.du r., **J** r.ac.(*J* acostes), *J* son barné, **M***CEUL* li b. — 60 *JH* n'est
— 63 *J* teux — 64 *IMRSPQC* s.traie, *J* c.t.sui a., *KH* c.t.somes (*H* soient)
grevez, *E* quant seront t.grevez, *UL alter* — 65-69 *H omits* — 65 *JIY* j.n'i
e.des-t.(*J* tres-t.), *C* j.n'en seront t., *EUL alter* — 66 *J* S'il, *IEU* Cil (*I* Cis),
KC Il, *MRSPY* Ainz, *QL alter*, *JKL* que (*K* car), *IEU* qui, **M***C* qu'il —
67 **M** Touz les vit d., *IEU* e.conreés, *C* e.apensés, *L alters* — 69 **M***EL omit* — 70
J orgueux, *JQ* i.entrecontrés, *HE* a un caple (*E* ensamble) ajoustés, *U* l'un a
l'autre mellez — 71 *J* autres, **M** a.aresonnez — 72 *EL omit*, *J* manachier, *K* n.de
rien r., *MPCH* n.d'autre r. — 73-75 *H omits* — 73 *JIC*ᵐ a.p.q.l.g., *K* de bien
faire avisez, **M** nuz n'i est arrestez, *C* com fusent tout dervés, *EU* non mie (*U* ne
sont) asseurez, *L* trestot abandonés — 76 *JKL* Q.veist e.l'es.(*L* lor dos), *H alters*, *EU* Q.veist les (*U* La veissiez) g.c.en l'es.p. — 77 *JEU* E.ces es.p.(*J* a or)
e.ces h.f.(*U* c.elmes cassez), *K* Ces es.et ces broingnes e.ces h.f., *H* E.mains es.p.e.
mains h.f. — 78 *HEU omit*, *K* E.ces el.t.e.ces c.q., *JL* tranchier, **M***L* e.l.escuz
troez (*L* cauper) — 79 *H* E.mains, *EU* E.ces, **M** b.nuz oschiez e.touz ensanglentez — 79.1 **M** Et chevaliers plaiez et touz esbouelez — 80 *E* ces m.e.ces n. — 81
JKL B.puet, *J* qu'a seus f.e., *IKC* q.s.(*K* en, *C*ᵐ il) f.e.(*I* porpensés), **M***EUL*
qui en f.e., *H* qui fust d'iluec tornés — 83 *HL* N.f.si biaus e.(*L* uns tes estors)
veus ne esgardés, *E* N.f.tele bataille ne teus mortalitez, *U* N.f.itel estour ce est la
veritez

NOTES

β79 9-10. The verb *reprouver*, as employed passively in line 9, is defined in
Godefroy as 'reprocher.' Two examples there cited of *reprover un servise* (or
un servir) seem however to mean rather 'rappeler un service rendu.' The meaning of the two lines seems best approximated through such a paraphrase as the
following: "Lorsqu'on a bien besoin d'être secouru, on a le droit de rapeller
aux autres des bienfaits autrefois accordés: si le recevant est un honnête homme,
ces bienfaits seront vite récompensés." In line 10 the verb *recevoir* is used in an

absolute sense, and the preceding *la* is the adverb ('là') with a temporal meaning of 'par le passé,' 'autrefois.'

β79 12. Two earlier occurrences of the expression *nouvel roi de Gresce* as applied to Alexander are found in Branch I, lines 548 and 641. Since Branch I was composed by AdeP and is older than the GV of the FGa, the phrase was presumably invented by AdeP. At the moment Alexander is first qualified as *nouvel roi*, his father Philip is still alive and still king: the exact meaning of the term is thus open to speculation. The word *nouvel* seemingly has the frequent medieval connotation of 'jeune'; but further than that it is possible to see in AdeP's terminology a reflection of contemporary practice whereby a crown prince was actually crowned and became the 'novus rex' or 'rex junior' while his father was the 'rex senior' (see Alexander Cartellieri, *Philipp August, könig von Frankreich*, I, Leipzig & Paris, 1899–1900, appendix 7; see also Chrétien de Troyes, *Erec et Enide*, lines 2370–71). On the other hand, since Alexander at this time (I 548) has received no crown, it is perhaps wiser to regard AdeP's designation as merely the equivalent of 'heir apparent'; and he is deserving of the name *roi* at least in the sense that he has taken over his father's function of commander-in-chief of the Greek fighting forces. There is no record in the RAlix of King Philip's death, hence no way of determining precisely when Alexander ceases to figure as *nouvel roi*. In any case, use of the term here by the GV author can hardly be viewed as valid *per se:* it is in all likelihood a verbal imitation of the Branch I phrase, and in the mouth of Betis it does little more than complement the notion that Alexander is an *enfes* (line 27) and his attitude a *jovenes orgieus* (line 28).

β79 25. In the first hemistich, the *en* (or *a*) *l'autre* of **J** has the support of *CH*, while *ce cuit* (**M**) is a group alteration. **M** likewise seems to have introduced an emendation in the second hemistich (*uns poins plus*), whereas the authentic reading is *plus de poins* as in *JKC^mHE* supported by *C* (*plus de plain*) and *U* (*plus de loing*), and the meaning seems to be: "Dans la prochaine attaque nos dés montreraient plus de points, c'est-à-dire que nous gagnerions" (*querroit=charroit*, 'tomberait').

β79 26. *Et reseroit li vers en autre fuel tournés*, "et le présage serait tout autre." The expression *torner le vers en autre fueil* has the meaning "choisir au hasard un autre passage pour voir si l'on pourrait en retirer un présage différent." See, with reference to "sortes biblicae," Gregory of Tours' *Historia Francorum* (IV 10, V 14, V 49) and *Flamenca* 2291–96. The expression *torner en autre fueil*, when applied to conversation or discussion, can mean 'donner un autre tour à'; cf. RAlix I 1758 (*Li maistre a le conseil en autre fuel torné*). For occurrences of *li vers est changiez* (without *en autre fueil*) 'la situation est changée' see *Roman de la Rose*, ed. E. Langlois, note to 3761.

β79 28. The reading *anoientés*, appearing in *C^mHL*, is certainly that of **C**, for *E* omits and *CU* read *a nient alés* (*U: tornés*). With **M** omitting the line, we should normally accept the reading of our basic group as against that of **C**, but in this case **J**'s *est molt tost amontés* provides no suitable meaning (cf. the parallel idea in line 27) and is probably the result of a **J** ancestor's miscopying the -ni- of *anientés* as an *m*. The syllable reduction accompanying this error would bring about the subsequent insertion of *molt*.

β79 66. It may be that *J*'s opening *Sil* (*S'il*) is a miswriting for *Cil*, or that the *J* scribe was confused as to the structure of this passage and began this line also with an 'if,' cf. lines 63 and 65. *Il* (present in *JKC*) evidently refers to Betis and is thus preferable to *Cil* (*Cis*) of *IEU*, a pronoun generally employed to designate a person other than the one to be expected from the immediate context. **M** has transferred *Ains* from the following line, cf. the variant for 67. In the second hemistich, *que* is apparently a conjunction rather than a relative pronoun, cf. *K: car*, **M***C: qu'il* as against *IEU: qui*.

β80

Emenidus esgarde le dur encombrement
Que Betis lor a fait si tres hardïement;
Vit la force des Grieus qui si bruit et destent,
4 Et se fierent entr'iaus sans espoëntement,
Li rois tous premerains qui ne vint mie lent,
Et Tholomers aprés qui bien cointe se rent,
Et Dans Clins et li autre qui fierent durement;
8 Nus n'i puet cop donner n'en reçoive ensement,
Car Betis les encontre et non pas faintement,
Ains n'i ot sanblant fait de nul faintisement;
Entreferir se vont sans nul arestement,
12 Que d'une part que d'autre chieent espessement.
Liés fu Emenidus si s'en rist bounement
Pour ichou que Betis isi bien l'entreprent,
Car or savront li Grieu auques de lor couvent:
16 S'il furent as fouriers de bon acointement,
Com les orent tenus a destroit jugement,
Quant il vers l'ost de Gresce quierent deffendement
Et meïsme le roy encontrent fierement.
20 Ses compaingnons apele si lor dist bounement:
"Molt avés hui soufert et esté en tourment
Et tout estes navré, cascons grant dolour sent;
Mais cil pert son bienfait qu'en la fin se repent.
24 S'or ne vous contenés devant chiaus vivement
Qui sont venu tout fres de lor enbuschement
Ne sevent la couvine de nostre assamblement,
A aus trairont le pris de l'envaïssement.
28 Qui daarains fait bien si l'en porte souvent,
Mais au partir verrons, se Dieus le nous consent,
Li quel tenroient mieus un dur tournoiement:
Ou nous ou li nouvel qui vienent freschement.
32 Tholomers n'a encore le pelichon sanglent,
Ne li chevaus Cliçon de courre poil sullent;

Anquenuit aprés vin si diront coiement
Qu'il nous ont tous rescous ens el val frïelent,
36 Et de nostre bienfait n'ert parlé de noient.
Se je lor sueffre ainsi, Damedieus me cravent!
Et se je ne lor fas certain connoissement
Que sui Emenidus, qui toute l'ost apent
40 A conduire et mener deseur estraingne gent, (*J* 66ro)
Si com j'en ai dou roy don et otroiement,
Dont porra on bien dire mauvaistié me souprent.
Ja m'ame au darrain jour n'ait bien ne sauvement
44 Ne la joie dou chiel que mains preudom atent
Se ja ne lor en fas si bel demoustrement
Connoistre me porront sans autre ensaingnement.
Hé! Ferrant, qu'en ferés? j'en ai si bon talent,
48 Envie de bien faire et fierté m'en esprent;
Molt vous ai esprové, ains ne vous trouvai lent;
Se ore me failliés, molt me ferés dolent."
Il enbrace l'escu, par l'enarme le prent,
52 Des esperons le hurte, cil tresaut roidement,
De terre li tresqueurt en poi d'eure un arpent,
Ne se tenist a lui li bruns de Bonivent
Que Tholomers prisoit ses quinze pois d'argent.
56 Ja i fera tel cose par le mien essïent,
Et l'estoire le dist se la lettre ne ment,
Dont il avront envie plus de mil et set cent;
Betis et li Gadrain harront molt son present.

VARIANTS

β80 (Mich 156, 30) — 1 **JM**C*HE* l.d.(*IH* fier, **M** grant, *E* lor) e.(*IKCH* encontrement, *E* contenement), *UL* E.d'arcade si vit l'e.(*L* d'a.v.l.contenement) — 2 *J* f.a cel encontrement, *I* f.et le grant hardement, *K* f.par s.fier maltalant — 3 *J* V.les forces d.grieu q.li b. — 5 **M** Alixandres premiers — 6 *J* q.ne s.va faingnant, *IC* q.b.c.s.r., *K* desravineement, **M** q.b.quite li r., *H* q.ne va mie lent, *EU* q.chier a eus s.vent, *L* biau conforte se gent — 8 *U* omits, *JL* N.ne p.c.d., *JIC*ᵐ*E* ne recoivre (*C*ᵐ recuevre) e., *KMCL* n'e.(*K* nel, *RSP* n'i) r.e., *H* ne recoit e. — 9 *JC* et n.(*J* nont) p.f.(*J* lentement), **M** qui ne vient f.(*Q* n.se faint noient, *Y* v.mie lent), *H* molt aireement, *EL* issi faitirement (*L* parfitement), *U* si tres ardiement, RTCh *P* n.p.feintisement, RTCh *D* ne mie f. — 10 *E* n.affiement, *U* n.deffiement, *L* n.effroement, RTCh *D* n.flatissement — 11 *JH* omit — 12 *JHEU* p.et d'a. — 14 *JI* b.s'i (*I* le) reprent, *K* P.cou q.i.bi.be.les e., **M***U* b.se deffent, *CC*ᵐ*EL* i.(*C* si tres) b.l'e., *H* b.les en prent — 15 *JEL* g.a.d. l.talent, *U* g.d.son acointement — 16 **M***L* omit, *IK* d.douc a., *CE* (and RTCh) d.dur a., *H* Si fisent a.f.itel a., *U* alters — 17 *U* omits, **M** Hui, *J* au d., *C* Qui si l.ont t.a force et a torment, *H* Quant l.o.enclos al d.j., *E* Or si l.ont trovez au d.fierement, *L* alters — 18 *JQEL* Q.en-v., *HU* alter — 19 **M***L* E.meismes li roys se contient f. — 21 **M***L* s.de poine et de t. — 22-23 *I* omits — 22 *K* omits, *J* tous e.navres — 24 *JHEU* d.aus — 25-26 *K* omits — 27 *J* traient — 28 **J** f.mieus — 30 **J** u.fort t. — 31 *J* q.v.erraument, *H* q.ci sunt en present, *EU* q.v.novelment — 32 *JHE* e.son p. — 33 *JK* N.clicons son cheval d.c.point s., *I* N.clicons ses compains encore point sanlent, *MRSPQCEUL* N.l.c.c., *Y* N.l.ch.soz lui nes un seul p.sanglant, *H* N.le ceval cl.ne voi jou pas s., *M* d.sueur un p.lent, *RSPQC* d.c.p.(*RSPQ* c.un p.) s., *EUL* n'a pas le p.s.(*EU* suant) — 34 *JI* omit, *EU* alter — 35 *U* omits, **J** r.e.e.v.f.(*K* fierement), **M***HL* r.de mort et de torment, *CC*ᵐ r.e.e.(*C* r.el) v.de follent (*C* fraelent), *E* Il sont venu tout sain e.e.v.josuant, RTCh *P* r.del vassal affrilent — 36 *JC* n'e.(*J* ne) parole n., **M** n'e.p.d.(*M* n'i e.p.) n., *C*ᵐ n'estra p.n., *H* ne parleront n., *E* n'i a p.n., *U* alters, *L* n'e.il p.n., RTCh *P* n'e.ja p.n. — 37 **M** S.a.l.soffron noz en serons dolent — 38 *U* omits, **J** c.acointement, *H* plus lonc aresnement, *E* c.demonstrement — 39 *JK* Qui — 42–46 *H* omits — 42 *YEU* omit — 43 **J** n'a.verai (*J* vraie) s., *EUL* alter — 44 *CEUL* omit, *J* N.ja j., *JRSPQ* q.maint preudome a. — 45 *J* omits — 48 *JK* m'i, *RSPQCL* sorprent — 49 **M** M.v.a.hui pene (*Y* provet) — 50 *J* S.or m.f. me feries d., *IKMCUL* S.o.(*MRSPY* S.vous or, *CL* S.de cou, *U* S.vous hui) m.fa., *H* S.ci m.f.or vous me feries d., *E* alters, *IKCL* m.m.f.d., **M** mo.avrai maltalent, *U* mo.en serez d. — 53 *J* Et d.t.l.queurt, *KU* E.p.d'e.l.cort d.t.u.a., *H* Asses e.p.de terme cort d.t.u.a. — 55 *U* omits, **J***MCHEL* s.(*M* les, *RSPQ* cent, *Y* bien) q.(*J* douze, *RSPQ* mile, *EL* quatre) p.(*MRSPQ* mars) d'a. — 57 *J* E.l'e.nous d.s.l.l.nel m. — 58 *IH* D.(*H* Si) en a., *Q* De quoi a., *E* D. averont, *U* alters

NOTES

*β*80 9–10. It seems probable that *faintement* (*MRSPC*) stood as the original *β* rhyme word of line 9 and that **J**'s *lentement* as well as the individual alterations of *QYHEUL* were due to the similarity of the rhyme word of line 10, *faintisement*. Although Godefroy lists no examples other than the present one of a substantive *faintisement*, there is no doubt of its authenticity here: it is present in all manuscripts save *EUL* and the RTCh.

*β*80 15. *li Grieu* refers to the main army of Alexander as distinguished from the *fourriers*, and *lor* refers to the *Gadrains*.

*β*80 35. The adjective *frïelent*, appearing (as *val frïelent*) here and in III 3552 ('frais'? 'glacial'?) has not been located elsewhere.

*β*80 36. It is curious that *parolé* should occur here in both **J** and *C*. *J* attempts to rectify by changing to *ne parole noient*, but the present singular is poor. The best reading is that of the **M** group — *n'ert parlé de noient* — and the change made by one manuscript of this group (*M*) perhaps furnishes a clue to the various **J** and **CL** readings: the scribe of *M* eliminated the second *de*, which he apparently took for an erroneous repetition of the first *de*. A similar reaction could account for the other scribes' failure to preserve the perfectly good adverbial phrase *de noient*, 'en rien.' We therefore adopt the **M** reading.

*β*81

Estout furent li renc et perilleus et fier
Et la noisse fu grans as lanches abaissier.
Li rois et Tholomers et Clins joustent premier
4   Et li baron de Grescc qui furent coustumier
Des ruistes os desrompre et des gens damagier;
Mais ains nuit porront dire, et bien l'os affichier,
Ne vouroient lor armes vendre ne engagier.
8   Cil de Gadres se tinrent qui ne vaurent ploier,
Ains lor vienent si tost com püent chevauchier.

La peüssiés veoir deus orgieus acointier;
Onques n'i ot parlé de nullui empirier,
12 Par bouche ramprosner ne vers home tencier,
Ains ont tout lor affaire atourné a lancier,
Entreferir se vont sans nului araisnier;
Molt se painent li un des autres damagier.
16 La veïssiés ces lances sor escus esclicier,
Ces blans haubers safrés desrompre et desmaillier
Et ces elmes quasser et ces cercles tranchier
Et ces espees fraindre et tordre et enochier
20 Et maint cop traversain et plusour droiturier,
Dont par terre gisoient maint cors de chevalier.
A une part dou camp furent trait li fourier,
Ne queïssent hui mais en l'estour approchier,
24 Mais il redoutent honte et vilain reprochier (J 66vo)
Et le franc connestable ques a a ensaingnier;
Pour quant s'il n'ont hauberc ne garnement entier,
Encore i veulent il lor proëche assaier,
28 Dont brochent tout ensamle o lor confanonnier.
Emenidus lait coure tout a val un sentier,
Ferrant qui bien l'en porte ne tenés a lasnier,
Car tout li plus isnel sont vers lui escachier;
32 Tout par devant les ieus Alixandre d'Alier
Ala ferir Betis, qu'il n'avoit gaires chier.
N'oïstes pour un cop escu si esmïer;
Il li tranche le cuir et fait les ais perchier
36 Et les mailles estendre dou blanc hauberc doublier,
Entre les grosses costes en fait le sanc raier
Et tout a val le cors filer jusqu'au braier,
Tant roidement l'en porte a terre dou destrier
40 Que l'elme a or en fait en la terre fichier;
A pieche n'en peüst par lui seul redrechier.
Alixandres le vit sel courut enbrachier
Et lait en mi le camp Betis tout estraier;
44 Pris le peüst avoir, mais o grant desirrier
Courut Emenidus acoler et baisier,
Puis li dist oiant tous, ne vaut pas consellier:
"Li pains soit beneois que vous daingniés maingnier,
48 Car molt avés proëche et bonté sans dangier;
Ains hom ne vous trouva vilain ne nouvelier,
Ne ne vausistes jour servir de losengier.
Tres hui matin avés soufert cest enconbrier
52 Et estes combatus duques a l'annuitier,
Ferus par mi le cors de manois sans lancier,
Et or peüstes si cele lance emploier
Il n'a home en cest siecle ne s'en puist mervillier.

56 Qui vous a de maisnie bien se doit rehaitier,
   Car nus ne se porroit a vous aparillier.
   Vous et Ferrans ne faites mie a descompaingnier;
   Dieus vous garisse andeus, qui tout puet justichier,
60 Et moi doinst veoir l'eure que vous puisse vengier.
   Se perdu vous avoie, qui me porroit aidier?
   N'avroie mais talent, ce cuit, d'armes baillier."
   A icest mot desrengent li cent et li millier, (J 67ro)
64 Desor le duc Betis ot fait maint paonnier.
   De boune gent nourrir doit on bien essauchier,
   Çou parut sor le duc a l'estour commenchier.
   La veïssiés deus gens fierement angoissier,
68 Les uns pour retenir les autres calengier;
   Assés en poi de terme font maint archon vuidier,
   Maint fil de franche dame en sanc vermel baingnier,
   Maint riche brant d'espee en cervel toueillier.
72 Qui qu'en doie estre liés ne auques courechier,
   Bien furent li Gadrain a cel estour gruier,
   Et vassal et preudoume, pour lor singnour aidier;
   A cheval le ront mis, qui qu'en doie anuier,
76 Court en ont deservie s'on droit lor vieut jugier,
   Car pour paour de mort ne le vaurent laissier.

VARIANTS

β81 (Mich 158, 7) — 1 **M** L.estour fu molt granz, **J**RSPQ e.mervilleus (*IK* orguillous) e.f. — 3 *JM* t.dans c. — 4 *JKC* qu'en f. — 5 *L* omits, *KMYU* r.cols d.(*KU* donner), *HE* e.d'estors commencier — 7 *JHUL* a.ne v.n'e.(*HL* ne cangier) — 8 *JK* t.ains n., *I* t.n.se v., *RSPQY* n.daignent, *JHEU* v.plaissier — 10 *EUL* v.fort estor commencier, *KMQ* o.aprochier (*M* abessier) — 12–14 *HL* omit — 12 *U* omits, **M** b.menacie — 15 *JCHU* (and RTCh *P*) s.paine l.uns (*U* rois), **J** a.empirier — 16 *J* Dont — 17–18 *J* omits — 17 *RSPQY* h.fausser — 19 *U* omits, **J**M*CHL* E.c.e.f.(*JMRSQ* tordre, *P* trere, *Y* taindre, *H* fendre), *E* C.e.desrompre, *JEL* estordre (*J* fraindre, *L* croisir) e.e., **M**C*H* et t.(*MRSPQ* fraindre, *C* taindre) e.e. — 20 *L* omits, *JEU* c.traverser, *J* sor singnour d., *IKMRSPQC* e.p.(*C*ᵐ plusors) d., *YEU* e.maint droit (*EU* e.autres) adrecier, *H* maint autre d., RTCh *P* feru e d. — 21 *CL* Et p.t.gesir, *U* alters — 22 *JKEU* c.se traient, *I* c.estoient, *H* c.f.tout, *L* c.erent mis — 25 *U* omits, *J* qui les a e., *IKMYHEL* q.a a justicier — 26 *J* P.q.(*I* Encor) n'ait (*K* n'ot) il h., **M**C*HEL* P.q.(*MRSPQ* ce) s'i.(*YC* si, *L* il) n'o.(*E* n'a) h., *U* Non p.q.n'orent armes — 27 *JKCL* E.i (*J* il) v.(*JL* revieut, *K* voloit) i., *IMRSPYHE* Si iront (*I* volra,*H* revont, *E* vuet) i.e.(*H* ensamble), *Q* Ne leront qu'i.ne voisent, *U* Et e.vont i., *JEUL* sa (*U* la) p.a., **M**C*H* l.(*H* por) p.a. — 28 *J* broche — 29 *KQEUL* c.contre v.u., *MRSPY* c.tout le fons d'u. — 34 *J* c.estour s.esmaier — 35 *J* I.escorche l.c.e.f.l.a.ploier — 36 *YEU* omit — 37 **M** Endroit l.mestres c. — 38 *L* omits *IKCE* (and RTCh *P*) f.par le b., *H* alters, *U* a. couler contre val le b. — 39 *J* T.l'eslonga (*I* le porta) la lance, *CHU* T.r.l'abat, *KU* de l'auferrant d. — 40 *JL* f.ens el sablon f. — 41 *J* pe.pour un s. — 43–44 *U* omits — 44 *J* m.a, *MEL* m.par, *RSPYC* m.o, *QH* alter — 46 *J* d.devant t., **M** d.en o.n., *EU* alter, *JIMRSPQ* ne v.p.c., *KYC* nel v.p.c., *HL* ne li v.c. — 47 *JPY* q.v.d.m., *I* c'on v.done a m., *KMRSQCL* q.v.devez m. — 48.1 *J* Et vous saves tenir contre ces aresier — 49 *J* t.v.re-n. — 50 *JK* N'ainques n.me v.s., *I* N.me v.ainc s., *H* N.ainc j.n.v.s., *U* N.onques n.servistes nul j.d.l. — 51 **J** s.tel e. — 52 *H* omits, *CL* c.bien pres de l'a., *EU alter* — 53 *E omits*, *J* d.m.s.dangier, *I* d'une cane d'acier, *K* d'un roit tranchant espiet, *HU alter* — 54 *RSPQY* l.apuier — 55 *E omits*, *JKL* h.(*J* hom) e.c.s., *IMU* h.e.c.mont, *CH* (*and* RTCh *P*) h.sousiel — 57 *J* p.ver v. — 58 *JMRPQEU* ferrant — 59 *MRSPQCEU* t.a a jugier — 60 *CE omit* — 61 *J* q.m.p.vengier, *MRSPYH* q.m.p.(*H* feroit) hetier, *C* nus ne m.feroit liet, *C*ᵐ nus hom esleechier — 61.1 *C*ᵐ Ne me poroit ja mais ne faire rehaitier — 63 *J* m.destendent — 64 **JU** Des gens l.d., *J* b.i o.m.p. — 65 *U omits*, *JC* g.nourrie, **M***H* g.veoir — 66 *J omits*, *IK* Si p., *EU* Il p.bien au d. — 67 *J* f.engroissier — 69 *E omits*, *ICUL* (*and* RTCh *P*) A.e.petit d'eure — 71 *HEU omit*, *KC* b.d'acier — 73 *J* B.fuient, *K* B.fierent, *H* B.le font, *JL* e.guier, *MRSPQ* e.guerrier, *YC* e.gruier, *H* e.premier, *EU alter* — 76–77 *Y omits* — 76 *H omits*, *J* se drois le v.j., *IKMCEU* s'o.(*Q* se, *EU* qui) d.l.v.(*CE* l.v.d.) j., *L* s'o.l.voloit j. — 77.1 *MRSP* Car comme lor seignor l'aiment et tienent chier

NOTES

β81 19. The first two infinitives of this line are by preponderant testimony *fraindre* and *tordre*. Although *J* and certain **M**-group manuscripts place *tordre* in the first hemistich and *fraindre* in the second, the opposite order for the original is supported by *IKE*, which begin the second hemistich with *estordre*, seemingly an error for *et tordre*.

β81 20. The faulty *plusour*, with a following adjective in the singular, has convincing manuscript support.

β81 26–27. That these lines have a plural subject is attested by *n'ont* (line 26) in all save *JE* and by plural verb forms (line 27) in all save *JEL*, which seem to have made Emenidus subject. All open 26 with *Pour quant* save *IMRSPQ*, and all but *JUL* follow with *s'il* (or *si*); our reading (substituting *s'il* for *si*) is that of *YC*. As for 27, *encor(e)* is in all save *QH*, and opens the line in *JKCL*; the verb is some form of *vouloir* (*JCEL*) or *aller* (**M***HU*), the former wherever *Encore* opens the line; of the forms of *vouloir*, we are forced to adopt *C*'s plural *veulent*. *J*'s first *il* is clearly a slip for *i*, as in *KCL*. Finally we change *sa* of *JEL* to *lor* as in **M***C*. In line 28, *J* is alone in employing a singular verb.

β81 65–66. The auxiliary *doit* indicates probability rather than obligation: "L'on est sûr de s'élever en honneur si l'on nourrit de bons vassaux: cela s'est fait voir à l'égard du duc au début du combat."

β81 68. The rhyme verb *calengier* depends, as does the preceding rhyme verb *angoissier*, on *veïssiés* in line 67. It is used intransitively, with subject *Les uns* and with adverbial complement *pour retenir les autres*.

β81 73. Back of the variants *guier* (*JL*), and *guerrier* (*MRSPQ*) there clearly lies the form *gruier*, 'habile,' present in *YC*.

β81 76. *Court en ont deservie* seems to mean: "Ils ont bien mérité d'être accueillis à la cour de leur duc." For further GV examples of (*la*) *court* in the sense of 'cour du souverain' see β100 31 and β126 5.

β82 (α71). — Dans notre version c'est Gadifer plutôt que Bétis qui s'empresse de jouter avec Tholomé, et c'est pour venger l'injure faite à Bétis par Eménidus dans la laisse précédente (β81, vers 29–41) — motif remplaçant celui de délivrer Nassal, qui ne reparaît plus. Dans α_y Gadifer n'existe plus dans cette partie du récit: il a été tué dans un combat qui dans β n'a lieu que plus tard (voir β93 [α62]).

Gadifer et Tholomé se donnent l'un à l'autre de tels coups que tous deux roulent par terre, les armes fracassées.

β83

    Illuec ou li vassal sont a terre queü
    Veïssiés un estour par force maintenu.
    La ot maint cop de lanche et d'espee feru
4   Et maint hauberc faussé et perchié maint escu
    Et maint elme enbarré et reont et agu
    Et maint brant tout entier a chevalier tolu,
    Mainte teste tranchie et sevree dou bu.
8   Gadifer ont li sien fierement secoru
    Et lui trait de l'estour, a son col son escu,
    Et ont son bon cheval a force retenu
    Et remise tel sele dont li pris molt grans fu,
12 Car li arçon en ierent tout a fin or batu;
    Estourdi le remontent et auques esperdu,
    Car ne sevent sans lui la monte d'un festu.
    Corages li revint s'a vers iaus entendu,
16 Lor s'afiche as estriers et sache le branc nu,
    Ja nel tenront hui mais li Grigois pour lor dru.
    Deseure Tholomer sont li sien acoru   (J 67vo)
    Sel trouverent gisant, laidement abatu;
20 Il ot toutes les gambes et le cors estendu,
    A molt grant paine i ont point de vie sentu;
    Envers lui se sont trait quant l'ont aparcheü,
    La pleurent et regretent li grant et li menu.
24 Parole li revient s'a le cri entendu,
    Com ains puet se redrece, car trop i ot geü,
    Si lor a dit: "Taisiés, car tous sui en vertu.
    Amenés moi cheval ou sans crin ou crenu,
28 Pour chou nel blamerai se vous l'avés tondu."
    Alixandres meïsmes li a le brun rendu,
    Il i monte et Dans Clins li a l'estrier tenu;
    Ci resont as Gadrains doi anemi creü.

VARIANTS

β83 (Mich 167, 36) *EU omit* — 3 *JL* M.c.i o.d., *H alters* — 4 *J* *2,3,6,4,7*, *K* *2,4,3,6,7* — 5 *JKL omit*, *I* m.e.fausse — 6 *KM* m.bras — 9 **M** E.trestrent d.l'e.s.e.a fendu — 11 *J* E.r.sa s., *IK* E.reprise t.s. — 13–14 **J** *omits* — 15 **J** i.destendu — 18 **M** Tout droit a t. — 19 *J* gisent — 22–23 *C omits* — 23 *H omits* — 27 *JYH* A.mon c., *RS* A.le c., *JK* auferrant o.c., *HL alter* — 28 **M***H* blameroie s.l'en l'avoit (*H* sel trovoie) t., *L alters* — 30 *JKCC*ᵐ*L* (*and* RTCh *P*) I.monta (*JC* monte) e. — 31 *JCH* Cil, *IK***M** Ci (*PY* Si, *Q* La), *L* Ja, *J* gadains d.anemis

β84

Les cinq premiers vers sont les mêmes dans les deux versions (voir Variantes, α 1714–18), si ce n'est que Gadifer, plutôt que Tholomer, est le premier à se remettre de la joute racontée à la laisse β82, α71 (entre Gadifer et Tholomé dans β, entre Betis et Tholomé dans α). Le texte de β suit:

Molt se furent maumis li vassal au jouster,
Onques mais n'oï plus deus houmes estouner;
Ains eüssiés loisir d'une traitie aler
4 Que onques li uns d'aus se peüst relever.
Gadifer se recuevre premerains comme ber,
Envers les maistres rens commanche a raviner,
Le branc nu en sa main, qui molt fait a douter;
8 En un escu le pert, brisié au trespasser,
Mais il fu plus aidans que ne vous sai conter;
A un Grieu taut sa lance, ains ne li vaut rouver,
Si li traist fors des mains le cuir en fist voler;
12 Son compaingnon meïsmes la fait tost comparer,
Un chevalier en fiert tant com puet randonner,
Par mi le cors l'en fist une toise passer,
Mort l'abat des archons, qu'ains ne pot mot sonner.
16 Tholomers fu dolans quant le vit souviner,
Il ert de sa maisnie sel devoit molt amer;
Espris de lui vengier prist a esperonner,
Pour Gadifer souprendre commence a traverser
20 Et les rens envers lui sor destre a sormonter.
Cil fu sages et preus, duis de guerre mener,
Bien se sot au besoing et conduire et garder;
Tout a un fais li lait le cheval trestourner,
24 C'or le voura de lance et d'escu encontrer.
Mais cil ne fait samblant qu'il veulle refuser,
Ains le fiert comme cil quil vousist mort jeter
Ou de cors ou de menbres, s'il peüst, affoler;   (J 68ro)
28 Par la pane devant li fait le fer passer,
Mais la lance ne pot le grant fais endurer,
La force dou cheval ne dou vassal porter,
Au broier sor l'auberc le convint a quasser.
32 Et cil li vait un cop a damage donner
Par sous l'ourle desus el double dou coler,
Que la teste o tout l'elme li fait a val cliner
Et au fais dou hauberc jusqu'en terre couler.
36 Par la regne de soie vait le cheval coubrer;
Dans Clins vint au travers pour calenge moustrer
Sil feri de sa lance de tant com puet aler,
Que bien haut en a fait les esclices voler;
40 Mais onques de cel cop nel pot desconraer,

N'il n'en lait pour Cliçon le cheval a mener,
Tholomer quidast prendre sel peüst araisner.
Mais il vit son singnour laidement demener,
44 As piés de maint cheval contre terre fouler,
Et quant il se redrece sil font des pis hurter
Et d'une part et d'autre tout estourdi voler;
La se trait Gadifer pour le duc delivrer,
48 En la grant presse fist le sien cheval entrer.
Illuec reçut maint cop pour son singnour sauver;
A cheval le remist, qui qu'en doie peser,
Sor le brun Tholomer qui tant fait a loër.
52 S'il ne fust trop batus, bien le puis afïer,
Molt sist en bon cheval pour richement ouvrer;
Assés vaut mieus dou vair et plus s'i puet fïer.
S'or se veut de la presse partir et desevrer,
56 Et li chevaus ne chiet, bien s'en puet escaper.

VARIANTS

β84 (Mich 169, 1) — 2 *H omits*, **J** O.m.n'o.(*K* O.n'oistes) si, **M** Ainz m.n'oistes p., *CL* O.m.(*C* nus) n'o.p.(*L* mius), *EU alter* — 4 *JL* Q.o.(*I* Ne se peut, *L* C'o.puis) l.u.d'a., **M** C'o.l.u.d'a.deus (*MPY* C'o.nes u.seus d'a., *Q* C'o.neiz u.d'a.), *C* Q.nus des deus vassaus, *H* Q.l.u.ne li autres, *EU* Q.nus d'a.(*U* Ainz q.n.) s.p.lever ne redrecier (*U* r.n.l.), **JM** s.p.(*I* en nul sens) acesmer (*J* rachamer, *IY* r-a.), *CHL* s.p.r. — 5 *J* s.relieve, *HEU* s.redrece — 6 *HL* commenca a aler, *E* c.a retorner, *U* c.esperonner — 7 **M** s.m.commence a trestorner, *H* s.m.que bel savoit porter — 8 *J* brise — 10 *JMRS* g.(*J* grieus) tost s.l., *HL* Uns grius (*H* gars) tint une l.qui n.l.v.douner, *EU* Uns grieus si (*U* qui) tint s.l.que je ne sai noumer (*U* qui ert venus jouster) — 11 *J* S.l.taut, **J** l.c.(*J* taint) e.f.aler (*K* oster), *H* l.cuer li f.crever, *L alters* — 12 *HL omit* — 13 **M** Durement le feri t.c.p.raviner — 15 **M** Si l'a., *J* ar.ai. — 17 *J* ma.si d., *MRSPYE* ma.s. pooit, *CUL* ma.si (*C* molt) le d.(*L* vaut molt) a., *H alters* — 18 **M** *omits* — 19 *J* g.son poindre, *HL* commanca a outrer, *U alters* — 20 *RSQ omit*, **JH** d.s. — 21 *HL omit*, *J* p.de g.de-m. — 22 *JME* c.e.mener, *CHUL* c.e.guier — 23 *KEU* c.randonner, *L alters* — 24 **J** ou d'e. — 25 *Y omits*, **M** s.quel v. — 27–28 *C omits* — 27 *J* m.se i.puet — 28 **M** le f.outrer, *HL* l'escu quasser — 31 *JI* A.brochier, *JL* sous l'a., *C* A.b.(*C*ᵐ brocier) des vasaus, *H* Iluec s.le a., *L* En vain desous l'a., **M***H* li (*Y* la) c. — 32 *J* E.c.le v. — 33–34 *L omits* — 33 **J** P.s.(*I* son) l'o.d.(*K* desor), **M** P.deseure l'escu, *C* (*and* RTCh *P*) P.l'o.de l'escu, *H* P.son le cercle d'or, *E* Et p.l'o.d., *U alters* — 34 *JK* en f.a v.c. (*J* voler), *RSPQY* v.couler — 35 *J* a.fer, *K* t.cliner, **M***U* t.verser, *L alters* — 36 **J** *omits*, **CL** (*and* RTCh *P*) l.r.a or fin (*EL* frois, *H* and RTCh *P* les regnes a o.) — 39 *IH omit* — 40 *JR* cest c., *UL* p.desafeutrer — 41 *JC* Ne n'e., *IKML* N'i.n'e. — 42 *JEU* T.quida p., *JRSPYCH* s'il p., *IKML* sel p., **J** aresner (*J* araisner), *M* encontrer, *RSPQYC* (*and* RTCh *P*) arester, *HL* adestrer, *E* s'il l'en p.mener, *U* et l'en cuida mener — 44 *IQYHU* ch.a t.(*IHU* ch.laidement) de-f., *EL* t.verser — 45–46 *U omits* — 45 *J* si f.dou p.h., *IC*ᵐ*HE* s.f.d.pies h., *QL alter* — 46 *RSQHE* t.estendu — 48 *MRSPQL* le bon (*RSQ* brun), **ML** c.aler, *E* c.coler, *U alters* — 50 **CL** (*and* RTCh *P*) l.ra mis — 51 **ML** th.a fait betis monter (*L* l'avoit f.re-m.) — 52 **M** *omits*, *JK* f.tant b., *HL* f.si laidis, *J* puist — 52.1 *CL* Ja fesist son anui as grijois (*L* A.omes alixandre le f.) comparer — 53 **M** M.est bons a son oeus p. — 54 *J* m.donner, *HEUL* m.d.sien — 55 *J* O.s'en vaut — 56 *J* Se l., *JCH* (*and* RTCh *P*) b.s'e.(*IH* se) p.e.(*C and* RTCh *P* delivrer), **M** b.porra e., *EUL* b.s'e.porra aler

NOTES

β84 12. The possessive *Son* refers to *un Grieu*, line 10; *compaingnon* is indirect object of *fait*, whose subject is still Gadifer; *meïsmes* is here used adverbially (hence the *-s* is permissible) in the sense of 'de plus,' 'aussi,' 'encore.'

β84 41–42. The subject of the verbs shifts here from Cliçon (lines 37–40) to Gadifer, as is demanded by the sense and confirmed by the presence of the subject pronoun *il* in *IKML*. For line 42 we might hesitate to retain the rhyme verb *araisner*, which does not occur outside the **J** group and which is cited in Godefroy and TobLom only with a horse or similar mount as object, meaning 'attacher (un cheval, etc.) par les rênes et l'arrêter.' However, the only other verb with support is *arester* (*RSPQYC*), and this is quite possibly a *lectio facilior* for *aresner;* it seems therefore permissible to accept *araisner*, to take the pronoun object in *sel* (= *se le*) as referring to *le cheval* rather than to *Tholomer*, and to interpret the verb as denoting 'tenir fermement par les rênes.' To paraphrase the two lines: "Il (Gadifer) ne cesse pas non plus de mener le cheval malgré les efforts de Cliçon; il croyait bien prendre Tholomé s'il pouvait toujours tenir le cheval fermement par les rênes."

β84 45. *des pis*, i.e. *des pis* ('poitrines') *des chevaus;* compare line 44, *as piés de maint cheval*.

β85

Molt ot bien Gadifer son singnor delivré
Et remis a cheval que molt ot desirré;
Mais il se sent blecié et forment esgené,
4 Del roidement caïr ot le cors estouné,
Ne cuide mais tenir ne castel ne cité.
Il a dit a ses homes: "Trop i avons esté.
Baron, tournons nos ant tout rengié et seré,
8 Si deffende cascuns sa vie et sa santé,
Car li rois nous het molt de laide cruauté,
Et li fourrier se sont avoec lui ahurté;
Cil nous heent de mort, ja n'ert mais acordé.
12 Mais une riens vous os dire par verité:
Ne fusent li fourier, qu'a iaus sont ajousté, (J 69vo)
Ja ne fusiens dou camp par les autres jeté."
"Sires, dist Gadifer, vous dites verité.
16 Puis que li fourrier sont avoec iaus assamblé,
N'i porrons demourer a nule sauveté;
Peu sont et peu s'esmaient et si sont molt grevé,
Ne ja lor connestable ne verrés effreé."
20 A cest mot a cascuns son escu adosé,
Ses esperons n'i vaut nus avoir houblïé,
Droit vers Gadres s'en vont fuiant acheminé,
Mais ançois qu'il i viengnent seront de pres hasté.

VARIANTS

β85 (Mich 170, 16) — 2 **J** *omits*, *HL* c.qui qu'en doie peser — 3 **J** blecies e.f.agrevé, *QHL* e.durement grevé (*H* navré) — 4 **J** l.chief — 7 *J* tournous n.a.trop i avons esté, *ICH* a.tot estroit e.s., *E alters* — 9 *JEU* C.l.r.qui (*EU* si) n.h.d., *IKM* C.l.r.n.h.m.(**M** touz), *C* C.icil r.n.h.d., *H* C.l.r.alixandres nos a quelli en he, *L* Alixandres n.h.d., **M**E*U* molt grant c. — 10–11 *U omits* — 10 **C***L* a.l.ajousté (*L* auné) — 11 *KEL omit*, **M** C.n.par (*RSPQ* Et c.n.) h.tant, *J* j.m.n'e.a. — 12 *KHEU* M.u.r.v.di (*H* U.r.v.dirai) p.fine (*EU* sachiez de) v., *L* M.u.r.sacies si est voirs esporvé — 13 **M** *omits*, *CEU* (*and* RTCh *P*) f.avec i.raherté (*EU* assamblé) — 14 *J* fisiens p.iaus d.c.hors jour j. — 15 *HL* g.al partir molt m'en he — 15.1 **M** (*12,16,17,14,15,15.1,18*) Trop sont icil forrier chevalier aduré — 16 *HL* Mais p.q.l.f.s.o i.demoré (*L* auné), *KE* i.ajousté — 18 *KMRSPQC* Preu, **M** ja tant n'erent g., *CHL* (*and* RTCh) quant il plus so.g., *EU* quant il so.assamblé (*U* ajousté) — 19 *J* connestables — 21 **J***H* omit — 22 *IKCUL* g.se sont f.(*I* esrant, *K* tout droit, *U* trestuit) a., *J* trestout a., *H alters* — 23 *JI* s.forment (*J* f.s.) h., *KH* s.il molt (*H* plus) h., *U* s.lor pas h.

β86–88 (α57–59). — Les Gadrains sont en fuite, et Gadifer se met à l'arrière-garde pour protéger ses compagnons contre les Grecs qui les poursuivent de près. Corineus (voir les laisses β19, β21, β28, β54) a la témérité de reprocher à Gadifer sa retraite; presque à regret Gadifer frappe à mort le jeune neveu d'Eménidus, tout en le sermonnant sur la folie d'insulter un homme contrarié.

Alexandre lui-même donne un grand coup de lance à Gadifer, mais cela ne parvient même pas à désarçonner le vaillant seigneur de Larris. Il continue sa retraite, se retournant à plusieurs reprises pour défendre ses hommes contre les poursuivants; c'est cette préoccupation qui amènera sa perte. Dans un monologue il exprime sa grand'peur d'Eménidus, qui à son avis est seul responsable de la déroute gadraine.

β89

En parler bounement puet on bien gaaingnier,
Car maint home en voit on en bien monteplïer,
Ne ja pour dire orguel n'avra nus hom loier,
4 Ains en a souvent honte et perte et destourbier.
Jel di pour Gadifer, le nobile guerrier;
De toutes bounes teches n'ot en lui qu'enseingnier,
Il fu loiaus et simples et dous a acointier,
8 Larges et frans de cuer s'ot en lui biau parler,
Onques ne pot amer traïtor losengier;
La ou il sot preudoume molt le vaut avancier,
Ses bienfais metre avant pour lui plus essauchier,
12 Ne nus hom par nule ire ne l'oï laidengier
Franc home de parole ne en court fourjugier.
Bien l'ot oï li rois parler et desraisnier
Et le gentil baron de bien sor tous prisier,
16 En son cuer l'aime et prise et molt plus l'en a chier;
Bounement prie Dieu, qui tout puet justicier,
Qu'il deffende son cors de mortel encombrier,
Qu'il ne autres nel puist par armes damagier,
20 Car grant dolour seroit de tel home empirier;
Se il vif le puet prendre, n'en fera prisonnier
Pour quel veulle servir n'a amor souploier,

Lui et Emenidus vaura acompaingnier,
24 Ja mais ne conquerra la monte d'un denier
Dont ne soient andoi singnour et parçonnier.
Devant trestous les autres, le trait a un archier,
Le siut li maines rois qui le corage ot fier;
28 Bucifaus queurt plus tost que chevrieus par ramier
Ne fuit devant les chiens quant les voit approchier,
Le camp fait retentir, l'erbe fresche tranchier,
Les cailliaus par mi fendre et le fu esclairier,
32 Les fers des piés voler et les claus esrachier.
Gadifer le resgarde quant l'oï approchier,
A l'escu de sinople et au lion d'or mier
Que il vit en cantel par devant flamboier
36 Sot bien que ce estoit Alixandres d'Alier.
A un fais li guenchist, quel vaut contralïer,
Tout en oiant li dist: "Ne vous chaut si coitier,
Que ja trop longuement ne vous estuet proier
40 Que bien ne vous atende s'a moi volés plaidier;
Ceste terre est le duc, jou la veul calengier."
Entreferir se vont sans autre manachier,
Les chevaus et les armes ont fait si adrecier
44 Que les lances de fraisne, ou li fer sont d'acier,
Ont fait sor les escus par tronçons debrisier.
Li vassal furent fort et roide li destrier,
Ne furent mie ombrage, ains sont si droiturier
48 Que d'escus et de cors hurtent li chevalier;
Les boucles a fin or font toutes depechier,
Ens el camp sont volees et li doi candelier,
Les elmes couvint fraindre et les nasaus froissier,
52 Tous les vis se debrisent, n'i remest cuir entier,
Tres par mi les ventailles font le cler sanc raier
Et coure tout a val deci qu'ens el braier.
Gadifer de Laris, ou croissent li paumier,
56 Par desor Bucifal, qui le cors ot legier,
Tout envers sor la crupe fait le roi si ploier
Que l'archon daarain couvint tout esmïer,
Sor le pis dou cheval desrompre le poitrier;
60 Tout estourdi le lait, n'i vaut plus detrïer,
Ains s'en vait les galos sor frain tout un sentier.
Tholomers et Dans Clins i vinrent tout premier
Por lor lige singnour et secoure et aidier,
64 En la sele doree le font tost redrecier;
D'estourdisons revint, prist soi a affichier,
Son cheval fait restraindre, son poitral relacier,
Lance roide demande, que encor veut cachier.
68 "Sire, dist Tholomers, jou vous voi molt saingnier,

Molt par estes bleciés, bien vous doit anuier.
Fierement s'en vint or cil a vous acointier,
Gadifer de Laris ne vous sot manaidier,
72 Or savés com il set cop de lance emploier,
Molt i a crüel home et felon pautonnier;
Se vif le poés prendre, ce vous veul consellier:
Tous li ors de cest mont nel devroit respitier."
76 Quant l'entendi li rois, si se prist a irier:
"Puis qu'avés tel talent de mon anui vengier,
S'un petit le volés de plus pres encauchier,
Bon loisir en avrés, ce cuit, ains l'anuitier.
80 Pour quant vous ne l'avés or mie a essaier;
Du brun qu'amïés tant vous a fait senestrier,
Voiant moi vous en fist la sele a or vuidier
Et le coing de cel elme en la terre fichier.
84 Bien puis dire pour voir, ja celer nel vous quier,
De lui a encontrer n'avés nul desirrier.
De dire tel parole vous devrïés targier,
Qu'il n'est mie de chiaus qui servent de noisier,
88 Ains set bien un estour fournir et commenchier,
Si s'en set bien partir quant il en a mestier;
Et s'il en voit son lieu faire un bel recouvrier,
Ne lait mie ses gens trop de pres angoissier,
92 Ains les delivre bien quant les voit trop carchier;
Maint poindre bien enpris a hui fait acourcier,
Et a tous nos millours frain tenir et sachier.
Jou n'en voi qu'un tout seul envers lui eslaissier
96 Qu'il ne fache a la terre tout estendu couchier;
Jehui l'en ai veü teus trois deschevauchier
Li pires le cuidast tous seus prendre et lïer.
Dieus! com li voi ces armes courtoisement baillier!
100 Ains d'escu ne de lance ne vi mais si manier,
Mieus pris jou son fuïr que tout nostre cachier;
Cil qui l'a de maisnie se doit bien rehaitier,
Car nus mieudres de lui ne puet dame baisier;
104 Ains se lairoit detraire a queue de somier
Qu'il feïst pour paour dont eüst reprouvier."

VARIANTS

β89 (Mich 175, 12) **J** *omits, fragment b continues* — 1 **CL** p.bielement — 3 *HL* d.outraje — 4 *MRSPYbCU* A.e.a s.h., *QE* A.e.a l'en (*E* il) s., *HL* Ancois e.a s., *MUL* poour (*U* reproche, *L* anui) e.d.(*U* enconbrier), *RSPYbC* e.p.e.d.(*RS* reprochier, *Pb* recovrier), *QHE* e.h.e.d.(*QH* remprouvier) — 7 **CL** *omit* — 8 **M**b c.et si o.(*MPQ* ert) b. — 10–12 *H omits* — 10 *U omits* — 11 *MRSQYbL* S.biens fes, *PE* S.bienfais, *C* S.bons fais, *U* alters, *RSPQ* pl.avancier — 12 *CEUL* (and RTCh) N'onques nul jour p.i.nel vit on l.(*EU* correcier, *L* forjugier) — 13 *EL omit* — 21 *M omits*, *HL* S.jou v.l.puis p., *E* S.v.l.pooit p., *C* ne (*Cᵐ* et) faire p., *H* nel tenrai p., *E* n'e.feroit p., *U* nel f.p., *L* ja n'e.iert p. — 22 *MRSPYbCH* P.q.(*M* quoi, *H* qu'il) v.s., *QEL* P.que (*Q* quoi) s.le (*L* me) v., *U* Mes s'il le veul s., *MRSPYbC* n'a (*C* n'en) a.(*RS* m'a.) s., *Q* ne vers li s., *H* ne a moi s., *EUL* amer ne (*U* et) s.(*EU* tenir chier) — 23 *M* vodroie, *RSPYb* vorroit, *Q* voudra, *CEU* fera, *HL* ferai — 24 *M* conquerroie, *RSPb* conquerroient, *QCEU* conquerra, *Y* conquerroit, *HL* conquerrai, **C** valisant u.d. — 30–33 *L* omits — 31 *H* omits, *MRSPQb* e.les fers (*RSP* cos, *b* clous) e. — 32 *U* omits, *E* L.c.d.f.v.e.des p.e., **M***b* e.trestouz e. — 34–41 *L* omits — 35–36 *H* omits — 35 *MRSQC* en c., *PYEU* el c. — 38 *CU* (*and* RTCh) T.e.riant l.d., *H* O.grijois l.d., *E* En haut l.avoit dit — 45 *MHL* t.depecier, *C* t.esmiier, *E* t.pecoier — 46–51 *L* omits — 47 *U* omits, **M***b* a.s.fin d., *E* a.furent d. — 49–50 *E* omits — 52 *H* omits, *CL* cuirs — 55 *MQCL* G.du l., *RSPYb* G.des l. — 65 *YEL* a mervillier, *H* a avancier — 66 *HE* omit — 71 *MQCL* G.du l., *RSPb* G.des l., *Y* G.de l., **CL** (*and* RTCh *P*) n.v.vout, *MQbCL* (*and* RTCh *P*) menacier, *RSPYC*^*m* manaidier, *HEU* espargnier — 75.1 *CHU* (*and* RTCh) Que nel feissies (*H* ne le face) pendre u tout vif escorcier — 75.2 *CU* (*and* RTCh) Ne vous seroit nus pris de sa mort respitier, *H U* en un fu ardant le faites graellier — 76 *CEUL* (*and* RTCh) Et l.r.li (*L* lor) respont qui (*L* quant) se p. — 77 *CH* m.honte — 85 **M***bCL* D.l.a (*Q* plus) e.(*MPYb* r-e., *RS* l'e., *C*^*m* acointier), *HEU* Que (*H* Quar) d.l.e.(*U* acointier) — 92 *HEL* omit, *MY* t.targier — 94 *U* omits, **CL** (*and* RTCh) f.tirer — 99 *CL* (*and* RTCh *P*) a.a mon talent b. — 103 *MEUL* (*and* RTCh) p.lance (*MU* armes) baillier, *C* p.branc paumoier, *H* p.escu percier

NOTES

β89 8. No manuscript exactly preserves what must have been the GV reading. The first hemistich is that of **M***bE*, with the others showing individual variants; but the **M***b* reading for the second hemistich is unacceptable: *MPQ* construe *parlier* as nominative singular; while in the construction employed by *RSYb*, *parlier* would have to be interpreted as 'faculté de parler,' 'eloquence,' a meaning not elsewhere recorded. Hence we must adopt the reading of **C** (supported by *L*: *en lui ot biau parlier*), which means "et il y avait en lui un parleur éloquent."

β89 21–25. The manuscript testimony is extremely divergent on the details of this passage, which few scribes seem to have interpreted correctly. The meaning is: "S'il (Alexandre) peut le (Gadifer) prendre vivant, il ne le fera point prisonnier pourvu que celui-ci veuille bien le servir et répondre à l'amitié qu'on lui offrirait; il préférera faire de Gadifer le compagnon d'Eménidus, et il les fera copartageants de tout ce qu'il conquerra." To reconstitute the passage we take, in line 21, *n'en fera* from *RSPQYb* (*E*: *n'en feroit*; *U*: *nel fera*); in 22, *Pour quel* from *RSPYbC* and *n'a amor* from *MPYb* (*C*: *n'en amor*); in 23, *vaura* from *Q* (*CEU*: *fera*); in 24, *conquerra* from *QCEU*.

β89 50. Included in an enumeration of the knights' equipment destroyed or lost in jousting are two *candeliers*, belonging evidently one to each knight. Here however they seem not to be the kind of *chandelier* characterized by Gay (*Gloss. Arch.* I, p. 317) as a lance-socket attached to the stirrup, for at the moment of the joust the lances were doubtless resting on the felt-piece (*fautre*). TobLom cites a passage from *Gaydon* where, as here in the GV, the *chandelier* seems to be an alternative name for the gorget; see Gay, *s.v.* gorgerin. The *double dou coler* β84 33 appears to be still another term with this meaning.

β89 52. All manuscripts having this line read *n'i remest* and only *CL* change *cuir* (but not *entier*) to the nominative. The use of the oblique form in postposition was perhaps aided by analogy of *n'i remest* to such a construction as *n'i ot*.

89 71. The verb *manaidier* (*RSPYC^m*), which fits the context (compare *HEU: espargnier*) is preferable to *menacier* (*MQbCL*), which may be regarded as a *lectio facilior*. The infinitive in *-ier*(:) confirms Godefroy's correction in the *Errata* to Vol. V over the listing of three finite examples of this verb under the form *manaider*.

β89 81. To judge by this passage, *faire senestrier d'un cheval* has the meaning 'désarçonner.'

β89 87. "Car il n'est pas de ceux qui ne servent leur seigneur qu'en cherchant noise aux gens." Alexander is casting an indirect aspersion on the character of Tholomé himself; compare the character of Keu, the querulous vassal of King Arthur.

β89 103. It seems plausible that the clichés having to do with *armes*, etc., in *M*, *L* and the **C** manuscripts (and the RTCh), are outgrowths from the less stereotyped expression *dame baisier*, which is in all of **M***b* save *M*.

β90

  Molt a bien Gadifer son encontre emploié
  Quant il le roi meïsme a si estoutoié
  Que tout si millour home en furent esmaié;
4 Il n'i a un tout seul, tant l'eüst manachié,
  Qui de lui encauchier ait nulle couvoitié.
  Cil de Gadres en furent durement rehaitié,
  Avoec lui se resont tel quarante apuié
8 Qui tout estoient d'armes cremu et essauchié.
  Li fourier se resont ensamble ralié
  A une part dou camp comme bien enseingnié;
  Emenidus d'Arcage lor a molt bel proié
12 Que il de bien ferir soient tout pourquidié,
  Et il li ont trestout bounement otroié,
  Que pour perdre les vies ne feront mauvaistié;
  Dont brochent tout ensamble et seré et rengié.
16 La peüssiés veoir maint cheval eslaissié
  Et pour plus tost aler des esperons touchié;
  La ou s'entrecontrerent n'ot onques manachié,
  As lances et as brans ont tel jeu commenchié
20 Dont maint cors de vassal jurent mort et blechié,
  Des chevaus et des armes ont le camp tout joinkié.
  Cil de Gadres s'en tournent, qu'il n'i ont delaié,
  Teus quatorze des lor i sont deschevauchié
24 Qui tout gisent el camp ochis et detranchié,
  A esperon s'en vont dalés un bruel plaissié;
  La peüst on veoir maint gonfanon baissié
  Et a terre jesir maint escu vernicié,

28 Maint bon cheval de pris sullent et estanchié.
    Gadifer de Laris n'en a pas le cuer lié,
    De ses compaingnons crient, car il sont molt carchié;
    Bien set se il lor faut que mal ont esploitié,
32 Car tout cil qui pris ierent seront mal herbegié;
    Mais il a de bien faire si le cuer enpraingnié
    Qu'il ne fait nul samblant d'oume contralié;
    Sa lance avoit perdue si a le branc sachié,
36 Pour ses gens garentir a tel fais enbrachié
    Dont tout cil qui le voient se sont esmervillié.
    Autresi les en maine com li vilains a pié
    Encache devant lui ses bestes au marcié;
40 La retourne souvent ou il sont approchié,
    Chi endroit n'a il mie de son escu pitié,
    Tant le mist en present tout li ont detranchié,
    Que il en a perdu bien pres de la moitié,
44 En tant com il en porte estoient enfichié
    Tel set tronçon de lance en cascun ot lacié
    Gonfanon de cendal ou penoncel frangié.
    Bien s'en alast sans perte, mais si l'ont angoissié
48 Licanor et Filote, li doi frere prisié,
    Et Caulus Menalis, qui l'avoit encauchié,
    Que cascuns tint le fer de son tranchant espié;
    En l'auberc par derriere si l'en ont embronchié
52 Sor l'archon daarain que tout l'ont defroissié.
    Molt fu fors li haubers quant maille n'en rompié,
    Li vassaus se redrece quant li fust sont brisié,
    A l'espee qu'il tint si bien se deffendié
56 C'onques nus pour lui prendre la main n'i estendié,
    Ains s'en vait tous delivres, maugré iaus l'ont laissié.

VARIANTS

*β*90 (Mich 178, 16) **J** *omits* — 3 *EUL omit, CC^m* e.f.(*C* sont ausi) laidengié — 10 **M***b* com gent b.e. — 11 *MRSPbE* d'arcage, *QYCHU* d'arcade, *L* d'arcaide — 12 **CL** (*and* RTCh) Qu'il s.d.(*C* por, *H* al) b.faire trestot molt p.(*H* prest et aparilliet, *E* ensemble rehaitié, *U* durement chestié, *L* t.apareillié), **M***b* s.t.p.(*RSPb* s.bien p., *Q* s.appareillié) — 13 *CHUL* (*and* RTCh) l.o.ensanble — 17–18 *H omits* — 17 *CEUL* (*and* RTCh *P*) e.coitié — 25 **M***bCC^mEU* d.(*M* jusqu'a) u.b.(*bU* bois, *C* vies) p., *H* fuiant vers u.p., *L* A e.brocant fuient les u.p. — 27 *L omits, MPQYbEU* (*and* RTCh *P*) vernicié, *RS* vernissié, *C* vernisié, *C^m* vernesié, *H* vermilliet — 28 *EU omit, MRSPQbHL* p.suant (*L* sue), *YC* p.s. — 29 *MQYCL* G.du l., *RSPb* G.des l. — 39 **CL** (*and* RTCh) Va cacant (*U* Qui chace) d. — 40–41 *U omits* — 40 *HE omit* — 42 *fragment b discontinues* — 45 *HL omit, RSQE* o.fichié — 49–50 *H omits* — 51 *CU omit, H* Sor son escu a or que tout l'o.e., *E* Et mis enz el a.s.que l'o.e., *L* Poignent si son a.que tout l'o.e. — 52–53 *HE omit* — 52 *L omits, C* l'a.premerain, *U* l'a.du destrier q.t.l'ot embronchié — 56 *CEUL* pr.m.de doit (*L* braic) n'i tendié, *H* pr.n'i a l.m.tendié

NOTES

β90 49. There is nothing to show whether the GV author was attempting, through use of the accompanying title *Menalis*, to distinguish the Caulus mentioned here from the individual frequently referred to throughout the FGa merely as *Caulus*. He presumably got the term *Menalis* from Branch IV; see below, discussion of II β21.1, p. 140, note 32.

β91–98 (α60–67). — Les fourriers, si fatigués qu'ils soient, poursuivent les Gadrains fuyants. Eménidus finit par rattraper Gadifer, qui ne fléchit pas devant son devoir: la bouche pleine de louanges pour ce vaillant Grec, il se prépare pour une joute qui devra être décisive pour l'un ou pour l'autre.

C'est Gadifer qui périt, non sans avoir porté à Eménidus des coups presque mortels. Eménidus s'empare du cheval de Gadifer (détail qui manque à la version α). Survient Alexandre; lui et ses Grecs font l'éloge de celui qui n'est plus. Sur les instances d'Eménidus, on honore Gadifer d'un enterrement.

Eménidus s'est évanoui de faiblesse à la suite du combat, et les Grecs sont obligés de suspendre la poursuite de Bétis, qui en profite pour s'éloigner. Alexandre appelle son meilleur médecin, et fait coucher Eménidus sous sa propre tente à côté de Licanor, que Bétis avait gravement blessé (voir β63 [α46]). Le médecin promet la guérison de tous les deux, et les Grecs en ont telle joie qu'ils oublient la perte de Sanson et de Pirrus.

L'armée campe pour la nuit, puis à l'aube reprend sa marche vers Gadres. Alexandre désire vivement régler son compte à Bétis, aussi emmène-t-il ses guerriers à toute allure; mais Eménidus et ses fourriers, qui ont tous besoin de repos, restent en arrière et s'avancent si lentement que bientôt ils se trouvent séparés des autres par cinq grandes lieues. Ils suivent le cours d'une rivière qui les amène en Béthanie, où ils renouvellent leurs provisions et se raniment, en plaisantant, pour des combats imaginés. Mais comme on va voir, ce qui les attend en réalité n'aura rien de plaisant.

β99

Li fourrier ont mangié a joie et a plenté,
Puis furent li malade des mires resgardé,
Et cil quin ont mestier refaisié et bendé
4   Et remis en litieres et d'errer apresté.
Li sain as palefrois se sont pris et monté;
Emenidus d'Arcage a le sien demandé,
Litiere ne li plaist ne ne li vient a gré.
8   De bataille ordener n'i ot un mot sonné,
Mais li uns avant l'autre sont illuec arouté;
Puis que li rois est outre et li Grieu sont passé,
Ne cuident que par home soient mais destourbé.
12   Mais il avront angoisse ains le soir avespré,
Car li dus de Naman, Norés et Chanaé,
Et cil de la berrie, Persant et Philisté,
L'amiraus de Sarcais et li neveu Hobé,
16   Et cil de Boiscelet o son grant parenté,
Et tuit li Beduïn sont a iaus ajousté.
Pour Balet dessegier estoient asamblé,

Vint et cinc mile furent, tout chevalier armé
20 Dont li plusour estoient en bataille esprouvé;
Molt couvoitent qu'as Grieus puissent estre assanblé,
Chel termine et cel jour ont pieç'a desirré.
Par tans seront li Grieu a tel gent rahurté
24 Dont tuit li plus hardi seront molt effreé
Et tout li plus delivre durement encombré.
Se Dieus ne lor aïde, mort sont et affolé;
Se par tans n'ont secours, malement ont erré;
28 Ier orent assés paine, hui seront plus grevé.

VARIANTS

β99 (Mich 191, 25) — 3 *JKUL* C.qui en o.m.(*JK* m.e.o.), *IMCHE* E.c.q. (*IRSP* qui) o.m.(*IE* m.o.), **JM** refaisie (*J* refaise, *I* et faissie) e.b., **CL** reliiet (*H* rafresci, *U* sont lie, *L* atorne) e.b. — 5 **M** L.s.s.maintenant a.pa.m. — 6 *JQYCHUL* d'arcade, *MRSPE* d'arcage — 8 *IEL* (*and* RTCh) m.parlé, *U alters* — 9 *KEU* l'a.se s.tout a., *CH* l'a.se s.aceminé, *L alters* — 11 **M** N.doutent, **J** m.encombré — 12 *K* omits, *JIM* ai.l.s.(*Y* jor) a., *CUL* ai.que soit a., *H* ancois l.jor passé, *E* ai.soloil aconsé — 13 *EU* omit, **M** d.d.madan (*RS* -on, *Q* mandon, *Y* -am) qui tenoit c., *JK* noies (*K* noez), *IC* nores (*C* nore), *HL alter* — 14 *I* d.larberie, **M** d.barbarie, *EU* d.l.haine, *L* d.l.berriere, *JMC* p.e.p., *HEUL alter* — 15–18 *H omits* — 15 *JKMPQU* L'amiraut, **J** de sarrais (*I* sarais, *J* sanais), **M** de sarquois (*P* des arquois, *Q* sarquay, *Y* sarquelz), *CL* de sarcais (*C^m* sacuis, *L* sarcois), *E* des arains, *U* du larris, RTCh des arcois, **J** o (*J* et) son n.h., *MCL* (*and* RTCh) e.l.(*MQ* le) n.(*Y* neveus) h.(**M** hospé, *L* hombré), *EU* e.avec lui h.(*E* abé) — 16 **J** d.(*I* del) boscelet (*J* boqu-), **M***EU* (*and* RTCh *P*) d.(*SPEU* del) boisselet, *C* d.b., *L* d.le contree, *JUL* et s.g.(*L* tout lor) p., *IKMCE* (*and* RTCh *P*) o s.(*KC and* RTCh *P* lor) g.p.(*I* brant aceré, *Q* riche barné) — 17 *JI* i.aherté — 18–20 *E omits* — 18 *JCU* (*and* RTCh *P*) P.balet d.(*U* aidier), **M** P.secorre bales (*Q* balet), *L* Betis et li gadrain, *JU* s'e.a.(*J* r-a.), *KL* auné, *C* ahurté — 19 *JL* V.e.c.(*I* doi) m.f., **M** Et sont v.e.c.(*Q* set) m., *C* Quarante m.f., *HU* Et f.quinze m.(*U* set millier), *JUL* de chevaliers a.(*JU* menbré), *MC* t.c.nommé — 20 **M** p.e.par armes redouté — 20.1 **M** Or ne desirrent plus ne n'ont autre penssé — 21 **M** Mais qu'a.g.seulement, *J* grieu, *I* e.acosté, *KCH* e.ajosté, *L* e.meslé — 22–23 *E omits* — 22 *JKU* Che t.e.ce j., **M** Le t.e.le j. — 23 *JM* a t.(*J* tieus) g.r., *I* a i-t.g.jousté, *KHL* g.ahurté, *CU* g.asanblé —24 *JIM* s.(*J* erent) tout e., *H* s.espoenté — 26 *IK* S.d.n.l.est pius, *C* S'il n'ont par tans secors, *L* S.dame d.n'en pense, *U* malement ont ouvré — 27 *JCHL* omit, *IE* m.o.e., *KM* mal (*KQ* molt) seront encombré (*K* malmené, *Q* engainé), *U* tuit seront afolé — 28 *J* h. resont molt g., *MQ* or s.p.(*Q* o.re-s.) g., *RSPYC* et (*C* mais) h.s.g.

NOTES

β99 15. The designation of this emir appears four times (β99 15, β100 1, β109 8, β130 6); we have standardized it throughout. It occurs each time in the nominative, and each time constitutes a complete first hemistich. The GV author evidently used the elided nominative singular *l'*, for *li amiraus* occurs but once, in **J** only (β100 1), and in that instance **J** completes with *d'arcais*, a form which runs counter to the cumulative testimony regarding the geographical term. The scribes hesitate on the one hand between *de* plus initial *s*- and *des* plus initial *a*- (some write the two words as one), and on the other hand between the endings *-ais* and *-ois*. Since such chieftains are designated more normally by the name of their domain than by that of their subjects (e.g. *l'amiraut d'Escalone*, II 919), the form in initial *s-* seems the more acceptable; and for a place-name the termination *-ais* is more usual than *-ois*. The change from *de Sarcais* to *des Arcais* could easily have come about through analogy with (*Emenidus*) *d'Arcage* (and a city *Arca* or *Archis* exists on the coast of Syria, whose inhabitants could be the *Arcois*); to the writing of *-ois* as against *-ais* little if any significance may be attached in view of widespread scribal vacillation between the two in almost any given instance.

β99 16. The spellings of this place-name (also in β111 31 and β130 23) conform in the main to two types: (a) simple vowel *-o-* and presence of *c-* or *k-* sound (*bosc-, bosch-, boch-, boqu-, bok-*); (b) diphthong *-oi-* and mere *s-*sound (*bois-, boiss-*). The form *boiscelet*, found in *CCᵐ* in the present line and in *Cᵐ* in β111 31 (*CCᵐ* lack β130 23), combines features of both types and seems indicated for the text as a likely spelling in the β redaction. — Regarding the actual locality designated by this name, it is to be noted that in the *Itinerarium Ricardi*, ed. Stubbs, p. 13, there is counted among the emirs of Saladin the *admiralius de Boysseleth*. The editor in his marginal English summary assumes the place here named to be the modern Buseireh, a town situated some fifteen miles south of the Dead Sea. Note however that William of Tyre (*Recueil des Historiens des Croisades*, tome I) mentions, *passim*, the city of Bostrum, "*primae Arabiae metropolis*," which he asserts is popularly known in his day as Bussereth, Busereth (p. 715) or Bosseret, Boserez, Boseret (pp. 1103, 1108). This is the modern Bosrah, inland city of Syria some 100 miles south of Damascus.

β100

L'amiraus de Sarcais fu chevaliers vaillans
Et sages et courtois et largement donnans
Et biaus et bien tailliés et parcreüs et grans,
4 Et fu de noble atour et molt bien achemans,
Vestus a loy françoise et sot assés roumans,
Corageus iert et fiers et cointes et puissans
Et larges vivendiers et trop bel despendans,
8 De guerre iert coustumiers et bien entremetans,
As armes nel valoit Arrabis ne Persans
Ne Ermines ne Turs ne Mors ne Aufriqans;
Ains ne vint en estour qu'il n'i fust bien parans,   (J 73ro)
12 N'il n'ot si grant destreche qu'il ne fust deffendans.
Les Grieus en vit aler contre val uns pendans,
Car il faisoit l'engarde es puis, es desrubans;
Il escrie les siens, baus et liés et joians:
16 "Chevalier, or as armes, uns n'en soit atargans!
Couars est et mauvais et vieus et recreans
Qui a si fait besoing est lens et demourans."
Lors saut cascuns a terre, des armes desirrans,
20 Traient fors blans haubers, lacent elmes luisans

Et font chevaus restraindre, sors et noirs et bauçans,
Et ensaingnes lacier de paile fambloians.
Et li Grieu les parçurent, a cui net tieus ahans
24 Dont tous li plus hardis sera molt esmaians
Et li plus asseürs de la mort redoutans;
Emenidus vont dire qu'il iert ains nuit fuians
Ou mors sans recouvrier, ne l'en iert nus garans
28 Ne vigours de cheval ne fors lance ne brans,
N'il ne voient secours qui ja lor soit aidans.
Et il lor respondi, bounement sousploians:
"Nous soumes d'une court ou pris est et beubans
32 Et prouesce tous jours et barnages montans,
N'onques n'i tint son lieu mauvais ne recreans.
De cest mot vous ferai, se Dieu plaist, repentans
Et par bien contenir entre vous desmentans.
36 Petis iert lor effors quant j'en serai fuians;
Pour quant sor un cheval qui bien soit remuans —
Sor le bai Gadifer, qui tant par est lanchans —
S'en aille uns droit au roy, sages et bien parlans,
40 Die lui se lui plaist qu'or nous soit secourans,
Ou il laira de cha ses proudoumes taisans,
Qui pour lui ont soufert mains durs estours pesans;
Hui cest jour, se lui plaist, en soit gerredonnans."

VARIANTS

β100 (Mich 192, 13) — 1 **J** Li a.d'arcais (*I* d'arcaise, *K* a.tarcais), **M** L'a.de (*Y* des) sarquois, *CL* L'a.de sarcais (*L* -ois), *HEU* (*and* RTCh) L'a.des arcais (*E* arains, *U* du larris, RTCh -ois) — 4 *JE* d.bel a., *HUL* alter — 5 *IEUL* s.parler r. — 6 *U omits*, *JKC* f.e.hardis combatans, *IKMC^mHL* f.e.c.(*Q* vistes, *HL* rices) e.p., *E* f.c.e.enparlanz — 10–11 *E omits* — 10 *U omits*, **J** E.n.grieus (*J* grieu) — 11 **M** *omits* — 12 *JICU* N'i.(*JI* I.) n'o., *KEL* Ne n'o., *MRSPY* N'ainz (*Y* A.) n'o., *QH* Ne mez n'o.(*H* Et n'o.ains) tel d. — 13 *JK* L.g.v.avaler (*K* chevalchier), *EU* L'amiraus vint rengie — 14 **J** e.(*J* des) p.e.(*J* des) d., **M** delez uns d., *CEL* des (*L* as) tertres d., *H* de tous les d., *U alters* — 16 *J* Chevaliers o.armes, *JH* s.a., *IKC* s.arrestans (*C^m* atendans), **M** s.delaians, *EUL* s.demorans — 18 *EU alter* — 20 *JCE* T.f.b.(*JE* ces) h., **ML** Et vestent les (*L* V.l.bons) h., *H* Prisent les b.h., *U* Endossent ses h., *J* ces fors e.l., *IKHEU* et vers (*H* les, *EU* ces) e.l., *MCL* l.e.l. — 21 **JMC** s.(*K* bruns) e.n.(*JU* bruns, *C but not C^m* s.moriaus, *E* baiz), *MRSYC* e.ferrans, *L* alters — 22 **M** E.gonfanons l.d.cendal (*MP* cendaus) f., *JICL* d.(*J* et) p.(*IHL* pailes) f., *K* et gonfanons pendans — 23 *J* grieus, *JM* a c.n.(*RSPQY* vint) li a.(*M* si en sont angoissanz), *KHL* n.grans a., *U alters* — 24 *M omits*, *RSPYU* Que, *L* De coi l. — 25 *JPY* E.l.p.a.(*PY* asseures), *IK* L.p.asseures, *M* E.touz l.p.hardiz, *RSQC* p.segurains, *H* p.desirans, *EU* p.sovereins, *L* p.signoris — 26 *JRSPCC^mU* E.(*C* D'e.) vaut d., *IKMQEL* E.(*K* -don) v.d., *Y* E.parsoit, *H* E.d'arcade ont dit qu'i.i.f., *MEUL* qu'i.i.ancui f. — 27 *J* i.riens aidans — 28–29 *I omits* — 28 *EU omit*, *JK* N.force, *JKMY* n.f.(*J* fort, *K* grans) l.baissans (*K* tenans, *MY* bruians), *L* n.nus espius trencans — 29 *P omits*, *J* I.n., *JH* l.s.garans, *L* sec.dont il soient joiant — 30 *JC* E.cil l.(*J* li) r., *MC^mHE* E.i.l.r., *U* E.l.r., *L* Emenidus respont, *JYE* b.(*JE* belement) souspirans (*E* simplement), *HL* trop estes mescreans (*L* esmaiant), *U* bel et courtoisement — 32 *J* tout j. — 33 **M***HL* *omit*, *IC* n.envians — 34 *J* dieus — 35 **J** *omits* — 36 *JK* i.li e., **M** i.mes e., *JK* s.issans, *MRSPYL* s.laschans (*ML* laissans), *QCH* (*and* RTCh *P*) q.je lairai (*QH* q.lesserai) les chanz — 37 **JL** P.tant qu'aie (*K* T.com j'a.) c.(*J* un c.), **M***CC*ᵐ*EU* (*and* RTCh) P.q.sor (*C* s'aie) u.c., *H* alters — 38 *JI* C'est li bais g., *HUL* e.courans — 39 *JICEU* (*and* RTCh) S'e.(*I* Or) a.u.d.(*IU* mes) a.r., *K* S'e.a.u.messagiers, **M** A.a.r.u.messages, *H* Que li u.de nous fust vers le r. cevaucans, *L* Tramet un mesaigier a alixandre errans — 40 *JU* qu'il n.s., *E* que li s. — 41 **M** Ancui verra el champ, *HL* p.gisans — 42 *JKEUL* maint dur (*U* fort) estour (*L* ruiste caup) p.(*EUL* pesant), *IQC* m.d.(*I* fors) e.p., *M* tanz e.si p., *RSP* de m.e.p., *Y* tant dur e.p., *H* itant e.p. — 43 *JPU* H.ce j., *JCH* (*and* RTCh *P*) p.nous, *Q* p.leur, *EU* p.li

NOTES

β100 4. *achemans* (more normally *acesmans*) is derived from the verb *acesmer*, 'orner,' 'parer.' Here the participial adjective has the connotation 'gracieux.'

β100 26. *vont* is clearly in *IKQEL*. Its subject is *li Grieu* of line 23, and *Emenidus* is its indirect object. It is the only acceptable reading; the preterite of *vouloir*, appearing in *JRSPC* (*M* is questionable) is a natural error made by scribes who, taking *Emenidus* as subject of a simple construction, read *vont* as *vout*. Compare, moreover, such efforts as *Em.persoit* (*Y*), *D'Em.vieut dire* (*C*), or *Em.d'arcade ont dit* (*H*) perhaps to emend an already faulty source.

β100 35. "Et je ferai tant que vous vous infligerez un démenti à vous-mêmes par votre excellente conduite sur le champ de bataille."

β100 37. *Pour quant sor un cheval* is the reading of **M***C*ᵐ*EU* (and RTCh *P*). *JL* alter the construction thoroughly, employing a temporal conjunction rather than a concessive adverb: *Pour tant qu'aie* (*K*: *Tant com j'aie*) *cheval*. Compare *C*'s similar *Pour quant s'aie cheval*.

β100 39. Here *JCE* and the RTCh preserve the slightly obscure reading from which all the other more obvious variants must have grown: thus *IU*, *K*, **M** and *L* variously inject the word *mes* or *messagier*, which is implicit in the original.

β101

Trestout le premerain Licanor en apele:
"Fieus de franc chevalier, en dolante querelle
Resoumes hui entré vers tel gent qui revele.
4 Car montés sor le bai qui mieus vaut de Castele
Et plus tost quert assés que ne vole arondele,
Alés ent vers le roi conter ceste nouvele.
Vous estes molt navrés et pres de la fourcele,
8 Ne porriés souffrir d'un espiel l'alemele
Ne espee tranchant ne lance qui coutele;
Dites le maine roy, qui les grans os caele, (*J* 73vo)
Se tost ne nous sequeurt en l'oscure vaucele,
12 Ja mais jour ne savrons que ris ne joie espele;
Autresi soumes pris comme faus qui oisele
Joustice desous lui coulon ou tourterele."
Et li vassaus respont, qui s'afice en la sele:

VERSION OF ALEXANDRE DE PARIS

16 "Sire, ceste parole, ele n'est mie bele.
    N'est mie fins li cuers qui de paour cancele;
    Certes mieus veul avoir perchie la bouelle
    Que je ne voie as uns mestraire la merele,
20 Ne je ne pris mon cors vaillant une cenele
    Se par moi tieus escus ne fraint et escantele
    Ja mais ne portera li sire a feu astele
    Ne puis ne baissera ne dame ne pucele
24 Ne ne sera joïs de france damoisele."

VARIANTS

β101 (Mich 193, 19) — 1 *J* T.li p. — 2 *J* f.baceler — 3 *JHE* Soumes nous h.(*H* U n.s.) e. — 4 *JKEU* s.cel b. — 5 *J* E.qui q.p.a. — 6 *K* A.vous e.au r., **M** S'en a.droit au r., *EU* A.e.droit (*E* Si en a.) au r., *J* contre c. — 7 **M** Aussi e.n.molt p., *HUL* n.par desous (*L* u pis sos) l.mamele — 8 **M** s.d'espee, *L* s.de lance — 9 *JU omit*, *MRSPQ* N.de l'espie t.la l.q.c. (*MRSP* costele), *Y* N.la pointe t.de l.de castele, *I* t.clere q.bien c., *KCHE* n.l.(*K* fort dart) q.c.(*H* troncele, *E* ventele), *L* n.espius de vivele — 10 *J* q.le grant ost c., *ML* q.tante (*Y* toute, *L* nostre) gent c., *H* q.toute l'os c., *U* q.les grigois c. — 11 *J* scqueur, *KEU* e.iceste v.(*K* querelle) — 12 *JI* J.m.j.n.s.(*J* savront), *K* Que ja m.n.s., **M***CHL* J.m.n.s.(*P* savra, *QH* sera) j., *EU alter*, *JIHL* q.r.n.j.e.(*JL* apele), *KMRSPYC* q.(*Y* quelz) gieus n.r.(*C* r.n.g.) e., *Q* nul de nous geu e. — 13 *MRSPQU* c.oisiaus q.o.(*U* en bruiselle) — 14 *HUL omit* — 16 *JK* p.ne me seroit pas b., *IH* p.e.n'e.m.b., **M***E* p.ne m'e.m.trop (*E* molt) b., *C* p.e.ne m'e.pas b., *U* p.n'e.ne bonne ne b., *L* p.si ne m'e.m.b. — 17 *HL* m.sains — 18 **M***H* l.mamelle — 19–20 *HL omit* — 19 *JC* Q.j.n.v.(*K* face) a.u.(*I* a l'un, *K* a.lor), **M** Q.(*Q* Se) j.n'en voise a un, *EU alter* — 21–22 *U omits* — 21 *JQCL* S.(*I* S'a) p.m.(*I* mi) tel (*IK* cel, *L* taint) escu (*Q* blason), *MRSPYCᵐH* S.p.m.t.e., *E* S.je n'i part escu, *JRSPQCᵐH* fraint, *IKMYCE* fraing, *L* fraigne, *JIQCHL* escantele, *KMRSPYE* esquartelle — 22 *JCE* J.(*C* Dont) m.n.(*I* n'en) p.(*E* portere) l.s.a (*JK* au) f.(*E* buche a f.ne) a., *MRSPY* J. puis n.li lera (*RPY* lerai) a f.porter (*M* p.a f.) a., *Q* Qu'entier n'en p.ne le fer ne l'a., *HL* Dont li signor lairai jesir sor la praiele (*L* gravele) — 23 *JKRHEL* N.(*HL* Ja) p.n.baisserai, *IMSPQYC* N.p.n.baissera, *U* N.ne quicr mes baisier — 24 *JKRHEL* serai *IMSPQYC* sera, *U alters*, *HL* d.nule d.

NOTES

β101 12. Although the combined testimony of the **M** and **C** groups calls for the placing of *jour* at the end of the first hemistich, the line thus built is syntactically unclear. Quite apparently scribes were puzzled as to its meaning, for there were alterations of *savrons* to *savront* (*J*), *savra* (*P*), *sera* (*QH*). The line seems best interpreted by taking *jour* as an adverbial intensifier of *Ja mais*, as its position in **J** suggests (so *JI*, and *K*'s alteration has this same meaning); the other two groups could easily have simplified the order under the false impression that *jour* was direct object of *savrons*. The *que* is then the interrogative in indirect discourse, *ris* and *joie* are subjects of *espele*, and the meaning is: "Nous ne saurons plus jamais ce que signifient le rire et la joie." The *espele* is third person singular present subjunctive of *espelre*, *espeldre* 'signifier.' The infinitive of this verb occurs (as *espiaure*, *espiaurre*) in I 12 283, as *I* and *L* variant for *espondre*.

*β*101 21–24. The total testimony of the manuscripts is valueless in determining the person and number of the verbs in this passage (apart from *portera*, line 22). The rhyme, however, proves *escanteler* and thus also *fraindre* to be third singular; hence these verbs must be construed as intransitives whose subject is the singular *escus*. The sense of the passage then demands that *li sire* (rather than *je*) continue to serve as subject of *baissier* (23) and *estre* (24). Interpretation: "Si sous mes coups ne se brise et ne se rompt tel écu dont le possesseur ne portera plus jamais de bûche au feu, ni n'embrassera plus jamais, etc."

*β*102

    Emenidus lait tout a cascun son bon dire,
    Onques ne fist sanlant a nul qu'il eüst ire.
    Vers Caulus se retourne si li commence a dire,
4 Son bras li mist au col si li a dit: "Biaus sire,
    N'est mie bons chevaus qui tout adés sortire,
    Et tost remaint despis qui autrui veut despire.
    Nes puis mie semonre un a un tout a tire,
8 Mais vous qui estes sages et dou mieus de l'enpire,
    Alés ent vers le roi conter nostre martire,
    Que laissiés nous avés sor l'eur de desconfire.
    Dites li s'il li plaist qu'il ne nous lait ochire,
12 Car s'il pert tius barons il en remenra pire;
    Nous li avons aidié mainte gent a aflire."
    Et li vassaus respont, qui de cest mot s'aïre,
    De grant orguel esprent et de fierté souspire:
16 "Sire, de cest affaire vous veul bien escondire.
    Un autre, s'il vous plaist, vous i convient eslire,
    Qu'ains avrai tel feru n'ara mestier de mire."

VARIANTS

*β*102 (Mich 194, 4) — 2 *J* a nului qu'i.ot i., *IKM* a n.(**M** de rien) qu'i.(*IM* qu'en) e.i., *CH* a n.(*H* li dus) qu'i.en ait i., *E* que i.en e.i., *U* qu'i.ait ne duel ne i., *L* ne ciere qu'e.i. — 4–7 *U omits* — 4 *IHE omit*, *J* s.l.commence a dire, *L alters* — 5 *HL* m.boine cose de ceval q.trop tire, *I* a.se tire — 6 *J* E.remet t.au pis, **M** Cil r.touz d., *HL* A bon droit est d. — 7 *JIRSPQYCEL* Ne p., *KMH* Nes p., *C* m.a cascun s.et tos a dire, *RSPQYC*ᵐ*E* u.et u., *H* s.a cescun, *MHL* (*and* RTCh *P*) tire a t., *C*ᵐ et tols dire — 9 **M** A. au maine r., *EU* A.e.droit (*U* A.sire) au r., *J* contre n. — 10 **M***U* Car il n.a l., *C* (*and* RTCh *P*) Q.l.n.a ci, *YCH* (*and* RTCh) l'e.du des. — 11 *J* D.l.si l.p. — 12 **M***HEU* p.ses b. — 13 *J* aide, *J* a conflire, *MCH* a ocirre, *U* a destruire — 15 *CU omit*, **M** et durement s., *L* par mautalent s. — 17 *J* a.si v.p.en c.e., *RSY* p.v.c.a e., *P* p.v.c.e.

NOTES

*β*102 7. With the rest of the manuscripts showing individual variants, we find *un(s) a un(s)* in *JML* and *un(s) et un(s)* in *RSPQYC*ᵐ*E*. We adopt the former, which as an appositive construction requires a direct object for *semonre*. This is found in *Nes*, which, although preserved only in *KMH*, probably stood in the original; its easy corruption to *Ne* could have brought about the alternative *un(s) et un(s)*, which is itself a direct object.

β102 10. "Que vous nous avez laissés tout près d'être mis en déroute." Perhaps *sor l'eur du desconfire* (*YCH* and RTCh) is a better reading, but the *de* of all the other manuscripts constitutes an adequate one, as *desconfire* may be construed as an intransitive with passive value. The abstract use of the noun *eur* is unusual, for elsewhere recorded examples show it to designate only the 'bord' or 'extrémité' of a concrete object.

β103

Emenidus apele Leoine en sousriant:
"Fieus de franc chevalier, or n'alons pas gabant.
On ne doit pas tous jours croire conseil d'enfant;
4 Vous veés cest orguel qui si va pourprendant,
Et le meschief sor nous dolereus et pesant;
Alés en tost au roy sor le bai remuant,
Car je ne me puis mie consiurer de Ferrant,
8 Dites li, se lui plaist et il nous aime tant, (*J* 74ro)
C'or nous face secours, mestier en avons grant,
Ou de cha remanront si proudoume taisant,
Qui pour lui ont soufert maint dur estour pesant."
12 Et li vassaus respont: "Certes n'ai nul talent
Qu'ichi vous lais morir et m'en aille fuiant;
Ains avrai tel feru ou de lance ou de brant
Qui nous vient comme fous de la mort maneçant.
16 Nepoureuc n'est pas drois que nus proudons se vant,
Ne je n'en dirai plus, mais a Dieu vous commant,
Qui cest orguel abate qui chi vient derreant."

VARIANTS

β103 (Mich 194, 21) — 3 **J** t.(*J* tout) dis, *L alters* — 4 *JK* q.chi, *HEUL* q.nos — 8 *JIE* p.se i., *L alters* — 10 *MRSPY* O.bien (*M* tuit) seront en champ, *Q* O.au jor d'ui seront, **J**M*CC^mE* s.(*JK* li) p.(*Q* bon ami, *E* barnage) t.(*JC* vaillant), *HL* s.houme et si serjant (*L* h.recreant), *U* li meilleur de sa gent — 12 **M** r.n'a.mie grant t. — 13 *JI* m'e.tourne — 14–15 *U omits* — 14 *JK* A. irai t.ferir — 15 *J* c.foudre, *E alters* — 16 **J** Nequedant n'e.p.d., *MRSPYC* N. (*M* Ne pour ce, *Y* Non por quant) n'e.p.d., *Q* Mez n'e.mie resonz, *H* Et por cou n'e.p.d., *E* Et si n'e.il p.d., *UL* Por ce (*L* Mais il) n'e.mie d., *J* s'en v. — 17 *J* dieus — 18 *U omits*, *J* Pour c.o.abatre, *fragment c begins* (*see below, page 146*).

NOTES

β103 18. The verb *derreer, desreer*, usually transitive (see TobLom), is here intransitive with reflexive value ('s'emporter').

β104

Emenidus d'Arcage ne sot onques tenchier,
N'onques nul jour ne vaut lait dire a chevalier,

Ne nus hons ne li vit ferir un escuier
4 Ne laidement coser ne vilment manechier;
Bien voit qu'en aventure sont tourné li plus fier,
Ains nuit avront angoisse trestout li plus guerrier.
Sa vie, se il puet, vorra il calengier;
8 A terre est descendus pour ses cauces lachier,
Si se fait par le pis rebender et faissier,
D'une bende de pourpre estroitement loier;
Puis li vestent el dos un blanc hauberc doublier,
12 La maille en est seree, plus blance d'argent mier,
El cief li ont assis un vert elme d'acier,
A las le fait entour nouer et atachier;
Puis a çainte l'espee qui molt fist a prisier,
16 Et fait contre le vent l'ensaingne desploier
Et Ferrant amener, que il aime et tient chier,
Si li va front et col et crupe aplanoier
Et les ieus et le cors d'un mantel essuier.
20 Puis mande les barons pour enquerre et cerquier
Cui il vauront au roy pour secours envoier;
Sor tel l'ont devisé qui ne l'osa laissier,
Un povre vavassour de la terre d'Alier.
24 Emenidus li fait delivrer le coursier,
Le baiet Gadifer, qui le cuer ot legier;
Molt doucement li prie qu'il penst de l'esploitier
Et moustre pour ensaingnes au roy le bon destrier
28 Qu'Emenidus meïsmes ses cors li fist baillier;
C'or li fache secours, qu'il en a grant mestier,
Ou il l'a a tous jours perdu sans recouvrier. (J 74vo)

VARIANTS

β**104** (Mich 195, 3) — 1 *JQYCHUL*c d'arcade, *MRSPE* d'arcage — 2 *Y omits*, *JK* v.lai-d., *HEUL* N'o.j.n.v.d.laidure a c., *c* N'o.n.j.n.sot d.l.c. — 3–4 *HL omit*, *JEU* le v., *Cc* (*and* RTCh) N'onques n.h.nel v. — 4 *U omits*, *J* l.parler, *E* l.chacier — 6 *E omits*, *JC* Ancui a.a.(*J* averont duel), *IKMC*ᵐ*Hc* A.n.a.a., *U* A.veult avoir a., *L* Avint a tous ang., *JML* t.l.p.g.(*YL* ligier), *IKC* d'aus tos l.p.g.(*I* legier, *C* gruier), *H* l.millor chevalier, *U* a t.le premier, *c* (*and* RTCh *P*) del tout l.p.g. — 7 *JK* p.(*J* pueent) leur v.(*J* vorront) c. — 8 *JRSPQU* c. cauchier, *HL* p.son poitral l. — 9 *J* bender e.re-f.(*J* esfaitier) — 11 *JE* P.si l.ont (*E* avoit) vestu, *MHLc* (*and* RTCh *P*) P.l.metent e.d., *JEUL* u.bon h. — 12 *CUc omit*, *JI* p.b.d'a.m.(*J* d'aglentier), *K* faite de fin acier, *M* si resamble a.m., *H* b.com a.m., *E* m.si est b.come flors de paumier, *L* bone por tornoier — 14 *M* f.e.fierement a. — 16 *JL* l'e.bauloier — 18–19 *U omits* — 18 *J* crup — 19 *Y omits* — 20 *J* ses b. — 22 *J* d.que — 23 *M* t.au princier, *EU* alter — 26 *J* qu'i.pent — 28 *U omits*, *J* E.m.s.(*J* son) c. — 29–30 *L omits* — 29 *JI* Qu'il (*J* Qui) l., *JY* qu'or e.

β**105**

Li messages s'en tourne, qui des foriers se part,
Et sist el bai destrier qui le front ot liart,

Pour nïent douteroit paien ne Achopart
4 Ne nul cors de cheval qui soit jusqu'a Baudart.
Ains nonne aconsiui le roi au cors gaillart,
Dit li que pour ses homes retourt au dur essart,
Ne cuide que ja mais en trueve vif le quart,
8 Que cil lor sont venu qui d'asanler est tart;
Ne daingnierent pour iaus drechier lor estendart,
De bataille ordener ne firent nul esgart,
Ains vinrent a desroi comme ostoirs a marlart;
12 Mais se Dieus le roi sauve, qui ains n'ama couart,
Tel i vinrent tout sain qu'aront perchié le lart,
Que ja nes en garront escu ne touenart.

VARIANTS

β105 (Mich 195, 31) — 1 *JPQ* L.messagiers — 3–4 *L omits* — 3 *J* p.ni a., *KCc* (*and* RTCh) d.ne turc (*H* roi, *c* duc) n.a. — 4 *EU omit*, *JMC* (*but not C^m*) baudas — 6 *J* Di, *JKc* r.(*J* retourne) a d.e. — 8 **J** s.molt pres q. — 9 *JRSPY* daingneront, *J* atendart — 10 *L omits*, *JKCU* n.(*JC* n'i) f.n.(*U* mie) e.(*J* reggart), *IHc* n.furent en e., **M** n.pristrent n.e., *E* n'i ot ains pris regart — 11 *JMQE* c.ostoir, *U* c.faucons, *c* c.fauscon — 13 *JKCc* T.(*JKEU* Tieus) i v.(*C* venront, *C^mU* vienent, *E* vivent) t.s.qu'a.p., *IML* Teus i vint trestos (*L* fors et) sains qu'ara p. — 14 *E omits*, **J** j.n.(*JI* nel) gariront (*K* garira), **ML** j.ne l'e.g.(**M** guerra), *CHUc* j.n.e.g.(*HU* ne les garra), *JCC^mHLc* e.(*KHc* escuz, *L* aubers) n.t.(*J* talenas, *C* talevat, *L* toueart), **M** clavain (*Y* clavans) n.t.(*RSPQ* coenart, *Y* roenart), *U alters*

NOTES

β105 3. On *Achopart* see Armstrong, "OFr *Açopart* 'Ethiopian'," ModPhil 38 (1941), pp. 243–50, and "Yet again the Açoparts," MLN 57 (1942), pp. 485–86. For an occurrence in the RAlix of *açopart* '*tombeor* éthiopien' cf. *A* 355 4735.

β105 4. This -*art* variant of the OFr name for the city of Bagdad is listed in several instances by Langlois (*Table des Noms Propres*), and is to be found also in rhyme in the *Entree d'Espagne*, ed. A. Thomas (SATF), line 13266. Confirmation that it here designates Bagdad is perhaps seen in the use by three scribes (*JMC*) of the standard form *baudas*, in violation of the rhyme.

β105 13–14. The choice between a singular (*IML*) and plural (*JKC*) subject in line 13 is aided by the plural *escu ne touenart* of 14. The *JKHc* reading *vinrent* is as good as *CEU*'s present or future, compare line 11. *J* has *nel* along with *IML* in 14, but this must be rejected in favor of *nes* as in *KC*; the total reading *nes en garront* is found in *C* and in fragment *c*, and is supported by **ML** (*ne l'en g.*) and *HU* (*ne les g.*), **J** alone having the newer unsyncopated form *gariront*. For discussion of the word *touenart* see below, note to II 2956.

β106

Li messages ains noune a le roy conseü
Droitement au monter d'un ruiste pui agu,
A haute vois escrie: "Alixandre, ou vas tu?
4 Ha! sire, ne ses mie qu'as arriere perdu.

Celui laissiés en gage a la fiere vertu,
Qui fait en tant besoing connoistre son escu
Et a le vostre droit mainte fois maintenu,
8 Et li autre fourrier sont tout mort et vaincu
Et li dolant navré qui ja sont abatu;
Se par vous n'ont secours, ja n'ierent mais veü."
Li rois tire son frain quant il l'ot entendu,
12 Et dist au premier mot: "Tout soumes confondu,
Or arriere plus tost que n'estions venu!"
Onques puis dusqu'a iaus n'i ot regne tenu;
S'il les pueent trouver, cil erent chier vendu;
16 Dieus force lor envoit qu'il soient deffendu.

VARIANTS

β106 (Mich 198, 6) — 1 *JRSPQCL* L.messagiers, *Y* L.chevaliers — 2 *J* d'u. riche puis — 3 **M** e.gentils rois o. — 4 *J* que ar.as p. — 6 *JE* t.(*E* toz) besoins, *UL* t.de lieux — 7 *Cc* (*and* RTCh *P*) d.en maint liu (*U* d.volentiers) m.— 9 *J* q.s.j.a., *IKC* q.s.las et batu, *Hc* q.la s.a.(*H* enbatu), *EU* q.chier se s.vendu — 10–13 *U omits* — 10 *E omits* — 10.1 **ML** Pour ce c'un en i ait qui tiegne teste a bu — 11 *Jc* i.o., *E alters* — 12–14 *E omits* — 12 *CHc* (*and* RTCh *P*) m.or ai jo molt perdu — 13 *J* n'estoient — 14 *CHc omit*, **ML** O.(*Q* Ne ja, *L* Gardes) desci qu'a i.n'i o.(*MQL* ait) r.t.(*MRSPY* frain re-t.) — 15–16 *U omits* — 15 **M** *omits*, *CHELc* S.i puis ciaus t. — 15.1 *C* Car se pierc mes amis tien moi a confondu — 16 *E omits*, *J* envoist, **M** Or l.doint d.tel f., *CHc* (*and* RTCh *P*) D.f.l.dones (*C* l.en doinst), *L* Se d.f.l.done que se s.tenu, *J* s.secouru, *I* s.cier vendu — 16.1 *Q* Tant qu'il soient par nous aidie et secouru, *C but not C*ᵐ Tant c'ui puise venir a tot dis mil escu, *L* Tant que a tans i viegne bien seront secoru

NOTES

β106 14. In place of *regne tenu* the **M** group has *frain retenu*, evidently an emendation. The remaining manuscript testimony (**JQUL**) supports *regne tenu* despite the lack of accord with the gender of *regne*. Compare *n'i a regnes tenu* cited from *Garin le Loherain* by Godefroy (Comp., s.v. *rene*). Probably due to influence of cases where the *tenu* precedes: *n'i ot tenu regne*, etc.

β107

Li messages a bien sa parole rendue
Et li rois tous dolans l'a par cuer entendue;
D'ire et de mautalent tous li cors li tresue,
4 Plourans et souspirans a sa resne tenue,
Et dist au premier mot: "Bien ai joie perdue
S'ainsi m'est l'amistié de mes barons tolue.
Emenidus, fait il, par cui m'os s'esvertue,
8 Comme iert la vostre enseingne et doutee et cremue
Et vostre roide lanche en estour conneüe (*J* 75ro)
Et li cop redouté de vostre espee nue!
Mainte gent orgilleuse en a esté batue,
12 Ains ne l'en vi partir que ne fust desrompue;

Se de moi desevrés, toute est m'ost confondue,
Ains que reviengne en Gresse iert en trois lieus vaincue
Et la couroune d'or m'iert dou chief abatue;
16   Car se mors nous depart, tel dolour m'est creüe
Ja mais ne veul que terre soit par moi maintenue
Ne regnes justiciés ne honour deffendue."

VARIANTS

β107 (Mich 196, 23) — 1 *JRSPQL* L.messagiers — 3–4 *CHc omit* — 3 *E omits*, *J* l.sans l.remue, *U* Tout le sanc li fremist et l.c.l.remue — 3.1 *J* Et li rois fremist d'ire et escaufe et tresue, *K* Et li cors li fremist tous tramble d'ire et mue — 3.2 *K* Et devint ausi vers com fuele de laitue — 4 *IM* s.(**M** dolereus) a s.voie t., *J* r.estendue — 5 *CHc* (*and* RTCh *P*) Il a dit a ses omes, *J* toute j.a.p. — 6 **M** Se a.m'e.l'amour, *EL* S'a.m'e.la moitiez, *U alters* — 7 *J* E.dist i. — 8 *CHc* (*and* RTCh *P*) v.lance, *ICEUc* (*and* RTCh *P*) re-d. — 9 **Cc** omit, *JL* v.l.r.(*L* droite), *J* dont la pointe est ague — 10 *KL omit*, *JI* cols redoutes — 10.1 *C* Et m'ensegne par vos fierement maitenue (*C^m* redoutee et cremue) — 11–12 *Hc omit* — 11.1 *JE* Se tant par atendi (*J* en atendist) que elle en fust ferue — 12 *fragment b resumes, CHU omit, JK* qu'ele (*J* que e.) n.f.rompue, *L alters* — 13 **M**b t.e.m'o.esperdue, *CC^mHc* (*and* RTCh *P*) bien ai (*H* m'est) joie perdue (*C* espandue), *E* t.joie ai perdue, *U* t.l'o.e.perdue — 14 *CHc omit*, *JL* q.je viengne — 15 *CHc* (*and* RTCh *P*) L.c.d.c.me sera a., *JQ* d'o.de mon c.a. — 16 *J* teus d.m'et c. — 18 *JCHc omit*, *K* h.conquestue, *M* h.maintenue, *EU* h.acreue — 18.1 *L* Se celui pert qui m'a ma joie maintenue

β108

Li rois ses cors meïsmes est premiers retournés,
Les grans galos pleniers s'en va tous derreés;
De bataille ordener ne fu uns mos sonnés,
4   Onques n'i fu par lui uns conrois devisés.
Molt crient qu'a cest besoing ne soit trop demourés,
Pleure pour ses barons que il sot encombrés,
Hé! Dieus, com franchement il les a regretés,
8   Un et un par leur nons, tous les plus haus noumés,
Emenidus sor tous, en cui est ses pensés:
"Ha! gentieus chevaliers et frans et honnourés,
Par vous estoit mes pris et mes nons alevés,
12   Autres peuples baissiés et li miens amontés;
Com ai goie perdue se de moi desevrés!"
Tholomers s'est a lui a cest mot acostés,
Dans Clins et tout li autre dont li rois est amés.
16   "Sire, dist Tholomers, pour quoi vous ochiés?
Vous meïsme grevés et nous tous confondés,
Ensorquetout lait est que si vous dementés.
Pour Dieu! quant de cel homme si durement quermés,
20   Molt faites grant merveille quant de vous le partés.
Or vous lo par conseill se vif le retrouvés
Qu'il soit mais entour vous et vos autres privés;
Ne nous tourne a nul pris que tant nous sejournés,

24 Çou que solaus ne voit n'est de lui escaufés,
    Qui ne vient a l'estour pour qu'en ert il loés?
    Chil i est cascun jour, qu'atourné li avés,
    Mais ne puet avenir que tous tans soit estés,
28 Ne en toutes saisons ne cuit on mie bles.
    Tieus set molt des escés qui en l'angle est matés,
    Et tieus abat souvent qui puis est aterrés;
    En reprouvier le dit li vilains, chou savés, (J 75vo)
32 Qu'en trop souvent combatre ne gist mie santés."
    Et li rois le resgarde, qui tous fu anflambés,
    Et dist molt fierement: "Taisiés tost, çou gardés!
    Nus consaus envïeus ne puet estre celés,
36 Certes or i pert bien qu'envie li portés.
    Mais çou fait ses grans pris, dont il est renoumés,
    Et sa mervilleuse oeuvre et ses riches barnés.
    Tost dist la vilonnie qui bien n'est pourpensés;
40 Ceste parole est laide, ja ne la remouvés!
    Se la seit autre gent, vous en serés blasmés,
    Et poise moi pour vous que vous tant vilonnés."

VARIANTS

β108 (Mich 196, 33) — 1 *CHc* (*and* RTCh *P*) L.r.tous premerains, *CHUc* (*and* RTCh *P*) e.ariere tornés — 2–5 *H* omits — 2–3 *Cc* omit — 2 *K* omits, *JMb* ga. premiers, *Mb* s'esmut t.d., *E* s'en vint par mi les prez, *U* Il s'e.v.l.ga.et poingnant par les prez, *L* p.revient t.d. — 3–4 *U omits* — 4 *J* O.ne f. — 5 *RSQCc* omit, *J* besoig n'aie t., *MPYb* qu'a c.secours — 8–12 *c* omits — 8 *CH* omit, *J* n.les a plains et n., *I* p.alosés, *L* p.redotés — 9 *J* pensers — 10 *Mb* omit, *HE* e.f.e.alosés, *L* c.com esties senés — 11–12 *CH* omit — 11 *U* omits, *JE* m.n.(*E* los) e.m.p.a.(*J* ellevés), *K* m.los a., *Mb* P.lui e.ses p.e.ses n.a. — 12 *JEUL* A.(*UL* Autrui) pueple (*J* paille) baissie, *JIY* e.l.m.(*J* le mien) alevés, *M* e.l.siens a., *Q* l'alixandre a. — 13 *J* C.j'a. — 14 *J* Tholomer s'e.vers l., *ICLc* (*and* RTCh) s'e.a l., *KMb* s'e.les l., *H* s'o.au roi, *EU* s'e.de l. — 15 *Cc* omit — 16 *J* Tholomer, *Cc* (*and* RTCh *P*) Si li a dit biaus s.p. — 17–18 *CLc* omit — 17 *J* V.m.(*JK* meismes) g.(*I* ocies), *Mb* Vostre cors destruisiez, *J* e.t.n. deshaitiés, *IKM* e.n.t.(*I* vos cors) c.(*RSPb* ociez, *Q* desarreez) — 18 *JM* En.es.l. — 19 *J* dieus — 20 *HU* omit, *IK* g.folie, *J* d.lui de-p. — 21 *J* pour c.s.vous — 22 *JCHc* e.nous (*H* les) a.(*J* soions) penés (*c* prendés), *MbEUL* o (*M* et) v.a.p., *fragment c ends* — 23–30 *C* omits — 23 *JML* N.(*K* Ce) n.(*JRSPQb* vous) t.a n.(*JK* mal) p.q.t.n.(*JRSPQbL* vous) s.(*RSPQb* dementez) — 24 *J* soloil n.v.n'e.d.li e., *Mb* v.ne puet estre e. — 25 *J* p.qu'e.(*I* de coi) e.(*J* est) i.l., *Mb* Nus chevaliers en terre n'ert mes guieres l., *L* Cil q.va en e.p.coi n'e.i.l. — 26 *Mb* S'il n'est larges et preus et par armes doutez — 27 *J* a.qu'a — 28 *J* Et — 29 *J* qu'est en l'a.m. — 30 *Mb* omit — 31 *Mb* El proverbe — 32 *JL* En (*L* De) t.s.c., *C* (*and* RTCh *P*) Qu'e.c.s. — 35 *J* N.c.esmeus — 36 *JI* o.a-p.b., *KEU* o.p.il b., *Q* o.oi je b., *b* o.p.molt b. — 37–39 *C* omits — 37 *Mb* g.sens — 39 *JKL* q.en e. — 40 *U* omits, *J* j.n.le r., *MbL* j.n.l.maintenez (*RSPQb* mentevez), *E* n.l.dites j.mes — 41 *J* S.le — 42 *C* omits, *J* Che me p.p.v.quant, *Mb* E.m. meisme poi.q.(*Y* quant)

NOTES

β108 22. The only possible construction for the rhyme word is oblique plural;

hence the variant *penés* (**J***CH*), which cannot logically be so construed, is unacceptable. Of the manuscripts offering *privés* (**M***bEUL*), all but *M* construe *vos autres privés* as object of a second preposition *o*, while *M* alone coordinates it with *vous* as dependent on *entour;* but inasmuch as **J***CH* uniformly begin the second hemistich with *et*, it seems likely that the β redaction had *et* and consequently we adopt the reading of *M*. Obviously in this ambiguous line the testimony as regards *vos, vous, nos, nous* is wholly unreliable.

β108 29. "Il arrive même à un fort bon joueur qu'on le fasse échec et mat dans un coin de l'échiquier."

β109

 Li rois chevauche tost, qui ot fier le corage,
 Crient que par demourer n'i ait eü damage,
 A grant mervelle doute perdre de son barnage.
4 Et cil sont assanblé es plaines de Valage,
 Droitement au destroit de la roche a l'Aufage;
 Tout vinrent a desroi icele gent sauvage,
 Cil furent par escieles qui conseil orent sage.
8 L'amiraus de Sarcais et li sire d'Arcage
 Se vont entreferir par droite ire et par rage;
 Chevalier furent bon et orent fier corage,
 Et li cheval vont droit, qui ne sont mie ombrage,
12 Ne lor valent escu la monte d'un froumage.
 Les lances es haubers ne trouverent passage;
 L'amiraus ne se faint ne son cop n'asouhage,
 Sa lanche vole en trous par devant son visage;
16 Emenidus fiert bien qui molt ot vaselage,
 Prouesce par nature li vint et par corage,
 Ains ne vit on mauvais qui fust de son lingnage,
 Toute plaine sa lance l'en porte en mi l'erbage.
20 Or est en aventure de perdre singnourage
 Se de chiaus n'a secours qui li doivent houmage.

VARIANTS

β109 (Mich 197, 17) — 3–4 *EU omit* — 3 *CH omit*, **M***b* m.d.a p.s. — 4 *J* a.ans e.plains — 5 *EU* r.sauvage — 6 *E omits*, *JI* d.a cele, *UL* g.marage — 7 *QUL omit*, *J* q.conduit, *E* e.cil q.o.aage — 8 **J** L'a.(*J* amiraut) des arcais, **M***b* L'a.de sarquois (*RS* des s., *P* des arquois, *Y* de sarquelz, *b* desarcois), *CL* L'a.de sarcais (*L* -ois), *H* (*and* RTCh) L'a.des arcois, *EU* L'a.des arains (*U* arainnes), *J* emenidus d'a. — 9 *JIUL* p.envie (*I* iror, *U* courrous, *L* air) e.p., *KM*b*C* p.d.(*KC*ᵐ grant) i.e.p., *HE* et p.i.e.p. — 10 *J* Molt fierent bien andoi, *JK* e.(*J* si) o.f.c., *IC* e.molt o.c., **M***bEUL* e.de molt f.(*MRSPYb* haut, *E* bon) c.(*Q* d.grant seignourage, *Y* paraige), *H* e.trop f.de c. — 12 *J* escus — 13 *J* l.et h., *K* l.as h.fisent lor arestage, **M***bH* l.e.h.n.treuvent nul (*H* pas) p. — 14 *J* L'amiraut — 15 *HEU omit* — 17–18 *EU omit* — 17 *JIL* e.p.linnage (*I* parage) — 18 *CHL omit*, *J* A.n.vint hons m., *K* A.nen ot un m., **M***b* C'onques n.fu m.nus hom d., *J* s.parage — 19 *IM*b*EUL* l.l'abat e.

β110

L'amiraus fu honteus quant a terre se sent;
Cop d'un seul chevalier ne doutoit il noient,
Onques mais ne caï, or l'en poise forment.
4 Il resailli em piés, au cheval se reprent
Et comme hons vigereus par la resne le prent;
L'une main a l'arçon, l'autre a l'estrier d'argent
Volt li bers remonter, mais li dus li deffent,
8 Tel li doune dou branc qui reluist et resplent (*J* 76ro)
Que jus le rabati, le visage sanglent,
Si que tous estourdis a la terre s'estent.
Il ne fu mie bien poursiuis de sa gent;
12 Li Grigois l'ont outré et Filote descent,
Cil s'est a lui rendus et li vassaus le prent,
Emenidus resgarde si li dist douchement:
"Sire, qu'en ferons nous? Dites vostre talent,
16 Certes tout en veul faire vostre commandement."
"Au harnas soit rendus tost et isnelement
Et soit si bien gardés comme a tel home apent.
Par lui ravrons des nos aucun delivrement,
20 Ou se li rois le veut et s'ire li consent,
Si ert nostre compains, se Dieu plaist, longuement,
Et cerquera o nous le regne d'Orïent,
Qu'il n'a millour vassal desi en Ocident."
24 Troi chevalier l'en mainent desarmer vivement
Droitement au harnais, qui le martire atent.
Nepoureuc es destrois d'une roche qui pent
Se sont mis et enclos pour querre sauvement,
28 La se trairont li Grieu se force les sousprent,
Vint houme s'i porroient bien deffendre de cent.
Or seit li amiraus de quel folour se sent,
Qu'il n'a mie grant force et trop grant fais enprent.
32 A maint home meschiet d'assambler folement;
Si est il cestui fait, mais a tart se repent.

VARIANTS

β110–113 — *At β110, line 26, S ends Branch* II, *and for stanzas* β110 (*26*) *to* β113 (*10*), β *consists of* **JMCL** (**J** *includes* JIK; **M**, *MRPQY*; **C**, *CHEU*)
β110 (Mich 198, 2) — 3 *J* O.m.n.o.l'e.p.s. — 4 *KL* p.et a.c.(*L* p.a le resne) s.prent, **M***bCH* s.destent (*MRSC^m* deffent) — 5 *JQCC^mHE* v.a l.r.(*JE* terre, *H* siele) s.(*C* le) p.(*E* s'estent), *UL alter* — 5.1 *U* Emenidus li queurt et fiert si durement — 6–8 *U omits* — 7 *JI* V.l.b.(*J* dus) r., *K* Voloit l.rois monter, **M***b* Ja fust tost remontez, *CHEL* (*and* RTCh *P*) V.l'amiraus monter, *JE* m.l.bers l.d. — 9 *J* Q.j.l'a trebuchie, *EU* (*U 5.1,15, 9*) Qui l.rabat a terre — 10 *U omits*, *JIL* tout estourdi a l.t.l'e. — 12 *JK* g.sont o., *EUL* f.le prent — 13 *L omits*, *JH* C.e., *E* v.descent, *U alters* — 14 *JYEU* E.d'arcade (*E* -age), *IMRSPQbCH E*.(*MP* -don) r., *K* E.l'esgarde, *L* Vint a e., **M***bU* d.bonnement — 15 *CHE*

(*and* RTCh P) qu'e.ferai jou — 16 *U* omits, *J* tous — 16.1 *L* Emenidus respont qui le cors avoit grant — 17 *KHEUL* s.menez — 18 *J* E.si b.so.g. — 19 *JUL* Pour l., *JHU* avrons d.n.(*U* de sa), *KE* ravront (*E* avront) li nostre, *JL* ancui d., *I* a tel d., *H* jentil d. — 20 *J* ou li sire c., *I* e.il si le c., *EUL* e.dieus (*L* il) le nos c. — 21 *J* vostre c.s.dieus — 22 *JE* E.(*J* Si) conquerra o n.(*J* vous), *U* E.conquerrons ensemble — 23 **J** n'a si bon v., *H* n'a tel cevalier, **M**b**C** e.bonivent (*H* bocident) — 24 *JPH* desarme, *JQL* vistement, *I* ricement, *ME* esraument, *U* maintenant — 26 *JQEUL* el destroit, *JKEU* r.pendant, *H* r.se prent — 27 *IL* omit, *J* m.a esclos — 28–29 *CEU* (*and* RTCh P) *29, 28* — 28 *H* omits, *J* traient, *KE* tenront — 30 *J* O.soit l.a.d.fi a esciant, *KM*b*L* q.dolor — 31 *JU* t.grief — 32 *J* omits — 33 *J* S.a i.

β111

    Pris fu li amiraus par folement venir;
    Si voit on esploitier de fol conseil tenir.
    Ne se daingna pour iaus de bataille garnir,
4 Escieles deviser ne sa gent esbaudir,
    Ains les vint a desroi devant trestous ferir,
    Et cil le rechut bien qui les rens fait fremir
    Et tous iert coustumiers d'un grant estour furnir,
8 Et maint autre en a fait sor l'escine jesir;
    Peu conquiert uns seus hom d'encontre lui guenchir,
    Ne je ne cuit que cil puist del gaaing joïr,
    Pris est et retenus, n'a de tourner loisir.
12 Li dus par mautalent en prist tous a noirchir,
    Pour l'amiraut ravoir a fait ses cors bondir,
    Ses buisines sonner, ses araines tentir
    Et ses gens assambler et ses agais issir;
16 Il en metra son cors, çou dist, au couvenir   (*J* 76vo)
    Comme pour lui ravoir ou delés lui morir.
    Mais Caulus et li sien font les lances brandir
    Et Licanor li preus son cheval tressaillir,
20 Les cailliaus et les pierres de cler fu resplendir,
    Leoines point le brun, que le camp fait tentir,
    Par maintes fois l'ot on d'une lieue hannir,
    Et li preus Aristés les revait estourmir;
24 Cil ont fait maintes fois bien grant gent effreïr.
    La veïssiés chevaus de tost courre arramir
    Et les barons de Gresce de prouesce enaigrir,
    Tout ensamble a un front les vont si envaïr
28 Que par mi les harnas les font outre ferir.
    Pris ont et retenu le prince de Valmir
    Et un autre avuec lui de mervilleus aïr:
    Celui de Boiscelet, qui se sieut aatir
32 D'Alixandre empirier et ses homes laidir;
    Or s'en puet il meïsmes, ce m'est vis, desmentir,
    S'en est venus, ce cuit, trop tart au repentir.

VARIANTS

β111 (Mich 198, 36) — 2 M*b* Ainsi esploite l'en d. — 4 M*b* N.d.e.por s.g.r-e. (*MRPQb* garantir) — 7–8 *E* omits — 8–11 *U* omits — 8 *CH* omit — 9 M*b* P.eschape u.s.h.s'il ne li veut g., *E* Puis qu'il voit que nus h.ne vuet vers l.g. — 11 *JK* n'a del retour l., *L* alters — 14 *L* omits, *K* et ces cors re-t., M*b* s.trompes re-t., *C* et s.arains tonbir, *H* et s.agais bastir — 15 *H* s.arains tentir — 16 *E* Del tot m.s.c., M*bUL* du tout a., *H* par tans a. — 17 *JKQ* C.de — 18–19 *E* omits — 18 *J* f.ces, *KY* f.lor, *U* alters — 20–23 *Q* omits — 22 *U* omits — 23 *JI* revient, *C* reviout, *JHUL* envair — 24 *U* omits, J molt de g.e., *E* maint dur estor fenir, *L* roide lance croisir — 27 *J* omits — 28 *J* le h.le, J*E* vont o. — 28.1 M*b* Et pour paour de mort ledement resortir — 29 *H* d.malmir, *EU* d.montir — 30 *J* omits — 31 *JC* d.(*I* del) bochelet (*J* bok-, *I* bosc-), M*bHEU* d.(*EU* del) boisselet (*U* boic-), *C*ᵐ d.b., *L* alters, *J* q.si — 33 *KM*b m.(M*b* manois) c.m'e.v. repentir — 34 *QEL* omit, *J* S'e.e.c.c.v., *K* alters, *Y* a.refortir

NOTES

β111 19–20. *Licanor* is subject of a verb *fait* (implied from *font* in the preceding line), whose complements are *cheval tressaillir* and *cailliaus et . . . pierres . . . resplendir*.

β112

Li estours fu plus fiers que ne vous sai retraire,
Car li dus est molt preus et frans et debounaire;
Soars avoit a non si iert niés le roy Daire,
4 Naman li ot donné, un molt riche repaire,
Cité bele et garnie, ja ne verrés belaire.
De ses houmes qu'il pert ne set qu'il puisse faire,
Bien voit que lor orgieus lor tourne a grant contraire,
8 Ne vengier ne se puet s'en a duelg au viaire,
Ja sera mors de duel s'un peu ne s'en esclaire.
De gré se lait cachier pour iaus auques atraire,
Mais sages chevaliers fu lor sire et lor maire;
12 Se il le veulent croire, ne foloieront gaire.
Entour lui oïssiés navrés crïer et braire
Et peüissiés veoir cent mors tout sans suaire,
Car tous fu coustumiers de souffrir tel afaire.

VARIANTS

β112 (Mich 199, 33) — 2 *K* m.p.e.duis de cest affaire, M*bL* m.p.cortois e.d., *EU* m.f.e.douz e.d. — 3 *JMbCL* S.(*J* Savart, *H* Sarois, *EU* Soart, *L* Satars) a.a n., *IK* Savaris (*K* Salatins) a.n. — 4 J M*b* N.(*J* Namain, *I* Namans, *P* Matan) l., *CHL* (*and* RTCh *P*) Haman (*H* Hamans) l., *E* Et si l., *U* Et si l.o.d.et garnie et de molt riche afaire — 5 *U* omits, *JI* Cites, J*MRPQb* j.n. (*P* n'en, *b* n'i) v.b.(*J* belcaire), *Y* et qui bien fait a plaire, *CHE* (*and* RTCh *P*) et de molt b.(*CH* bon, *C*ᵐ rice) afaire, *L* n'ot meillor en cesaire — 6 M*b* h.qu'i.let — 7–8 M*b* omit — 7 *JI* o.l.t.a g.c., *K* (*and* RTCh *P*) o.est tornez a c., *CEU* o.l.t.(*C* torra, *C*ᵐ re-t.) a c., *H* o.l.tornera c., *L* o.l.t.ore a c. — 8 *HEU* Se v.n.s.p.il ne se prise gaire, *L* p.por ce a il d.maire — 9 *U* omits, *J* m.cou cuit son puet n. — 10 *JICL* D.g.s.l.(*H* g.laise) c.(*JIEUL* cair), *K* D.maltalant s'eslaisse, M*b* Des grieus s.fet c., J*MbCH* p.i.(*H* soi) a.(*K* p.as grijois) a.(*J* malfaire),

EUL p.grieus a lui (*L* g.avant) a. — 11.1 **C** (*and* RTCh *P*) Emenidus li preus li frans li debounaire — 12 *C omits*, *J* S.i.or bien l.font, *IH* S.bien, *K* Entors lui les estraint, *JKR* foloierent (*J* foloirent) — 13–15 *L alters* — 13 *K omits* — 14 *E omits*, *J* c.m.s.nul s., *IKC^m* c.m.t.s.s., **M***b*H*U* c.m.qui n'ont s., *C* tos m.et s.s.

NOTES

β112 5. The general cast of the second hemistich, together with its context (lines 4–5), points strongly to the interpretation of the rhyme word *belaire* as a special comparative adjective signifying simply 'plus belle.' Although the form *belaire* is not elsewhere attested in OFr, we have the following evidence in its behalf: (a) in Provençal, nominative *bellaire*, oblique *bellazor* (K. Appel, *Provenzalische Chrestomathie*, "Abriss der Formenlehre," p. xi, together with one example of *bellaire* in 64, 33); (b) in OFr, oblique *belesor*, *belisor* < BELLATIOREM (Godefroy, TobLom, *et al.*), and the neuter substantival *belais* < BELLATIUS (TobLom, Wartburg). It would therefore be normal to expect an OFr nominative *belaire* < BELLATIOR. Meyer-Lübke cites "afrz. *belaire, belezor*" (*Rom. Etym. Wærterbuch*, s.v. *bellus*), but he fails to mention specifically the Provençal, from which therefore he may have drawn one or both of these forms. — That the *belaire* is here used as an oblique creates no serious difficulty, for confusion early arose between nominative and oblique of the adjectives derived from Latin comparatives: *maire, maior*, etc.

β112 6. The third person form *puisse* is attested by every manuscript save *Q*, which reads *il ne set qu'en puist faire*.

β112 7. The manuscript testimony points to a probable error in the β redaction, perhaps the very one preserved in *EU*, which has lost a syllable in *lor torne a contraire*. The needed syllable is supplied in divers ways: *JI* insert *grant*, *K* and RTCh alter to *est tornez*, (**M***b* omit the line), *C* alters to the future while *C^m* prefixes *re-*, *L* inserts *ore*, and *H*, — incorrectly transcribed by Michelant (200, 5) as *lor traine a c.*, — seems to read *lor tornera c.* Since *JI*'s restitution, although commonplace, is as satisfactory as the others, we do not depart from the base.

β112 10–12. The context shows that the subject of *se lait cachier* (10) is Soar and that *lor sire* (11) is Emenidus, leader of the Greeks. The **C** redactor sought to make this clearer by adding a line which names Emenidus (11.1), but to provide a rhyme for 11.1 he pillaged line 2.

β113

Li estours fu molt fiers et richement ferus.
La peüssiés veoir gonfanons et escus
Que d'autre part en pairent li fer o tout les fus
4   Et blans haubers safrés desmailliés et rompus,
Mains elmes enbarés et rouons et agus
Et cors de chevaliers des seles abatus,
Car d'une part et d'autre en i ot de queüs.
8   Li gentieus chevaliers, li bien aparcheüs,
Qui fu en tant besoing redoutés et cremus, (*J* 77ro)

A les houmes le roi sagement maintenus
Et d'aler en folie gardés et deffendus.
12 De tant fu plus Soars dolans et irrascus,
Et dist par mautalent: "Bien sui vis recreüs!
Tous li mondes sera par cest home batus;
De mes millours barons m'a il ja trois tolus
16 Et des autres tans mors tous en sui esperdus,
Ne ja nes puis mener ou lor rende salus
Si comme a tieus amis o les brans esmolus,
Car cil qui tant est preus et fiere sa vertus
20 En a tous mes engiens desentis et veüs."

VARIANTS

β113–β132 — *At* β113, *line 11,* **M** (*including fragment b*) *shifts back from* β *to* α (*see* α76), *and for stanzas* β113 (*11*) *through* β132, β *consists of* **JCL** (**J** *includes JIK;* **C**, *CHEU*)

β113 (Mich 201, 1) — 1 *IMbL* durement — 3 *ICU* omit, *JKQ* li fer o tous les f., *M* li fers et touz li f., *RPb* li fers o (*R* a) tot li (*RP* le) f., *YHL* et li fers et li f., *E* Et d'a.p.reluire le fer a tot les f., *RTCh P* les fers a tout les f. — 5–7 *L* omits — 5 *J* Maint elme enbare e.r.a. — 6 *CEU* E. mains frans (*EU* bons) ch., **J** ch.(*J* chevalier) contre terre a. — 7 **J** d.confus — 8 *J* L.gentil chevalier — 10 *JK* s.detenus, *RPYb* s.retenuz — 12 *JCHEL* D.t.f.p.s.(*J* savars, *HL* li dus, *E* soart), *I* D.t.f.savaris, *K* T.f.p.salatins, *U* Et li dux si f.molt — 13 *CHL* (*and* RTCh *P*) v.confondus — 15 **J** m'a j.i.(*IK* les) t.t., *C* (*and* RTCh *P*) m'a j.tr.retenus, *HEL* m'a i.j.t.(*L* tant) t., *U* m'a i.mil confondus — 16 *JHL* tant m. — 17–20 *U* omits — 17 *JCL* N.l.(*I* je) n.(*JI* n'en, *CL* ne, *HE* nel) p.m.(*C* venir, *L* aler), *JKCL* o.(*E* que) l.(*JE* l'en, *H* li) r.(*L* soie a) s., *I* le chevalier caulus — 18 *ICEL* omit, *H* a tel ami — 19 **J** p.e.a f.(*K* fieres) v. — 20 *J* e.et sentis, *HL* e.asentis, *E* alters

NOTES

β113 3. The reading which we have adopted seems to impose itself despite the fact that no manuscript has retained it exactly. *JKQ* and RTCh *P* most nearly approximate it; *JKQ* however have *tous* in the plural to accord with *fus*, whereas the prepositional expression *o tout* provides a better meaning.

β113 17. *nes . . . lor* is the reading of *K*, supported for *lor* by *CL*. The readings *n'en, ne, nel* seem to be errors for *nes* (=*ne les*), where the plural *les* refers to *barons*, line 15. The plural idea is contained in line 18 (present only in *JKH*) where *J*, as well as *K*, reads *a tieus amis* in support of *nes* and *lor*.

β114

Molt fu dolans li dus quant il vit l'aventure
De ses millours barons qu'il pert a desmesure;
Bien voit que lor agais lor atourne a laidure,
4 Ne vengier ne s'en puet s'en a ire et rancure.
Emenidus d'Arcage, qui point ne s'asseüre,
Seur Ferrant va et vient plus tost que l'ambleüre;
Quant recouvrer puet lance grosse et roide et meüre,
8 Ens es vis lor guenchist et de lor preu n'a cure,

Cui il encontre bien nel tient enfeutreüre;
La ou la lance faut, si trait l'espee dure,
Cui il consiut a cop mis est a noureture,
12 Ja puis n'iert a grant soing de querre autre pasture.
Les houmes Alixandre ou il claime droiture—
Qu'il les a a garder s'on lor qiert desmesure,
Et maintenir les vieut sor toute creature—
16 Uns autres laissast bien si faite teneüre,
Ja longues n'en queïst manoir en vesteüre;
Et cil ne le cangast pour la terre de Sure,
Pour le regne d'Egipte avuec celui d'Assure.
20 Tous serrés les en maine vers la valee oscure,
Ne vieut souffrir desroi qui tourt a fourfaiture.
Tel duel en a li dus tous en esprent d'ardure,
Vers aus point le cheval et sa creance jure
24 Qu'ains la nuit lor fera mortel desconfiture.

VARIANTS

β114 (Mich 201, 21) — 2 *IKCH* (*and* RTCh *P*) p.en tel mesure — 3 *JE* tourne a desmesure — 4 *J* rancune — 5 *JCHU* d'arcade, *E* d'arcage, *L* d'arcarde — 7 *J* g,e.bien m. — 8 *I omits*, *J* En lor, *KCH* E.e.(*K* el), *EUL alter* — 10–11 *JKL omit* — 10 *CEU* Quant l.l.li f. — 11 *CU* C.i.ataint a c., *H* C.i.encontre bien, *E* Sachiez cil qu'il en fiert, *I* tos e.en aventure — 12 *U omits*, *KCH* q.sa p. — 13–19 *L omits* — 14 *JC*ᵐ Qui, *I* Que, *KCE* Qu'i., *H* Il, *U alters* — 17–19 *E omits* — 17 *U omits*, J n'e.vausist — 18 *CHU* (*and* RTCh *P*) Mais il, *IK* n.les, *KCU* laissast, *CHU* (*and* RTCh *P*) t.d'arsure (*C* d'arfure, *H* d'asure) — 19–22 *U omits* — 19 *IH* (*and* RTCh *P*) *omit*, *JCC*ᵐ P.l.r.(*CC*ᵐ l.cite) d'e.a.(*C* a tot) c.d'ausure (*J* de sure), *K* Ne p.trestoute e.ce li semblast laidure — 20–22 *C omits* — 21 *E omits*, *JL* a desmesure, *IK* a f.(*K* sorf-), *H alters* — 23 *CEU* (*and* RTCh *P*) V.lui, *L alters* — 24 *J* Que a.n., *EU alter*

NOTES

β114 14. The passage in which this line stands (lines 13–19) is difficult of interpretation and was likely corrupt as early as the β redaction. The manuscript testimony calls for *Qu'il* (so *KCE*, supported by *I* and *H*) rather than *Qui* (*JC*ᵐ), and *Les houmes Alixandre* in line 13 can best be taken as in loose apposition to *teneüre* in 16. Thus 14–15 constitute a parenthetical expression introduced by *Que* as a conjunction equivalent to *Car*.

β114 18–19. The similarity of these two lines, particularly in regard to their rhyme words, probably accounts for the survival of the second in only *JKC*. The lands alluded to in the rhymes were presumably Syria and Assyria, although *J* (and so perhaps **J**, since *I* omits and *K* alters 19) repeats *Sure* in 19, while **C** apparently had some form representing Assyria in both lines (for example *C* has *Arfure* . . . *Ausure*). We restore the *J* spelling for Assyria as it is found in β77 40, where as here the name is coupled with that of Egypt.

β115

Droitement au destroit sont li Grieu repairié,
Mais li dus les tint pres, que molt en sont carcié;

Emenidus d'Arcage ont ainsi angoissié
4 De vint lances li fer sont a lui apoié;
Levé l'ont des arçons et sor destre ploié,
Li cuirs des estrivieres pour le fais estendié,
Ferrant ont desous lui par force agenoillié; (J 77vo)
8 Mais ne fait nul samblant de cheval anuié,
Sus resaut vistement quant li fust sont brisié,
Et li dis des fers furent en l'escu enbroié,
Li autre de l'auberc sont a terre glacié.
12 Lor a Emenidus le branc tout nu sachié;
La furent li sien cop ruistement emploié
Et as plus orgilleus mortelment acointié,
Qui de lui puet tourner volentiers l'a laissié.
16 Mais il sont a cel poindre durement damagié,
Filote ont abatu et si deschevauchié
Que pris et retenu l'en menerent a pié;
Ains nel sot Licanor, qui le cuer a prisié
20 Et le corage franc et de bien enpraingnié;
Emenidus nel voit, tant l'ont ja eslongié;
Il nel perdront hui mais se n'est par grant pechié.
Laidement l'en menerent, ains n'en orent pitié,
24 Ains l'orent de cavestres sor un ronchin loié.
Dolens en iert li rois et li Grieu courechié;
Ains le soloil couchant l'aront si chier vengié
Que maint proudoume en ierent par armes detranchié.
28 Emenidus en a si grant fais embrachié
N'en tournera, ce dist, si l'ara ostagié
Si que ja dou gaaing n'ierent preu avanchié.

VARIANTS

β115 (Mich 202, 19) — 2 *JHL* q.(*JL* qui) m.e.fu c., *IKC* q.(*K* et) m.(*C* tuit) e.s.c., *E* alters, *U* qui m.les a c. — 3 *JCH* d'arcade, *EU* d'arcage, *L* d'arcarde — 4 *I* omits, *J* v.l.de f. — 6 *EU* omit, *J* Le cuir d.estivieres — 7 *H* 7, 6, *JIHEU* Et f.(*I* ferrans) d., *K* Ferrans est d., *CL* F.o.d. — 10 *J* l'e.enfichié — 11 *JIEU* omit, *KCH* L.a.(*H* Et l.dis) d.l'a.s.a (*K* a la) t.g., *L* Et l.cinc en l'a.qui molt l'unt damagié — 14 *JE* E.au — 16 *IC* i.l'ont (*U* fu), *L* alters — 20–22 *U* omits — 20–21 *E* omits — 20 *L* omits, *J* b.enplainnié, *IK* b.ensignié — 24 *L* omits, *J* canestre — 25–27 *C* omits — 25 *J* Dolent — 26 *JL* s.luisant — 29 *JL* c.cuit — 30 *L* omits, *JC* n'i.mais (*C* point) a., *EU* ne seront a.

β116

Duell ot Emenidus de la laide prison
Quant il en vit mener son gentil compaingnon
Loié sor un ronchin en guisse d'un larron.
4 Mieus veut morir, ce dist, sans autre raenchon
Que dusqu'a lui ne poingne, qui qu'en poist ne qui non;
De lui a delivrer se metra a bandon.
Une lance ot tolue un Arrabi felon,

74 VERSION OF ALEXANDRE DE PARIS

 8 Li fers en est tranchans et li fus de saison,
   Le duc en va ferir brochant a esperon
   Si tost comme Ferrans pot aler de randon,
   Que l'auberc li trancha tres par mi le blazon
12 Et le blïaut de paile et l'ermin pelichon,
   Les le tour de l'espaule prist un peu del braion;
   Ne l'a gaires blecié, bien ara garisson,
   Pour quant si l'abati, cargiet d'estourdison,
16 Ne desist a cele eure quatre mos de cançon
   Qui li dounast l'ounour au roy Marsilion.
   Puis a traite l'espee, plus fu fiers d'un lion,   (J 78ro)
   Chiaus qui le conte en mainent a si mis a raison
20 Que de mort ou de plaies n'a nus garandison;
   Par le resne le prant, que ne li deffent on,
   Les galos l'en amaine, ou il veullent ou non;
   Tieus effors ne fu fais par le cors d'un baron.
24 Sor le duc s'aresterent, qui jut en pasmisson,
   Tel set cent chevalier qui ont droite ochison;
   La demainent grant duel et molt grant criison
   Pour lor gentil singneur qui lor a fait maint don.
28 Emenidus passe outre, n'a soing de lor sermon,
   Molt est liés de Filote qu'a trait a garison.

VARIANTS

*β*116 (Mich 203, 13) — 4 *JI* Mais m.i v.m.s. — 7 *IKC* U.cane — 8 *UL omit* — 9 *JI* Li dus, *UL alter* — 10 *EU omit*, *J* ferrant — 11 *JKH* Q.le a.(*J* l'a.) l.tranche, *IEU alter*, *CL* Q.l'a.l.t. — 12 *HEU omit* — 15 *J* P.tant — 17 *K* a.bon r.phellipon, *E* a.riche r.challon, *U* a.r.otevion — 18 *CH* l'e.qui li pent au geron — 19–20 *L alters* — 19 *JE* Cil, *J* e.m.ont siui de randon — 20 *J* n'a mis — 20.1 *JK* Ou que il voit le conte la point a (*J* as) esperon — 21–29 *L omits* — 22 *J* amainent — 23 *J* p.l'effort d'u. — 25 *JK* T.(*J* Teus) s.mil, *C* T.s.vint, *J* o.tele o. — 26–27 *EU omit* — 27 *J* mant d.

*β*117

   Le duc ont mis em piés si home et si casé,
   Mais il se sent blecié et forment agrevé,
   A molt grant paine l'ont el cheval remonté;
 4 Molt grant mervelle en a quant il se sent armé,
   A paines li souvient comment il a erré,
   Pour quoi n'a quel besoing sont illuec assamblé.
   L'afaire recounut quant bien s'est pourpensé,
 8 Et a dit a ses houmes: "Mal avonmes erré!
   Or sont il el destroit, ne nous en sevent gré;
   Nous les tenimes vieus, qui fumes a plenté,
   Ses venimes ferir trestout desconreé.
12 Or i pert com nous soumes pour lor cols agrevé,
   Et se force lor croist, tout soumes affolé;

Baron, car nous traions a sauve fremeté."
Ains que li dus eüst l'affaire devisé,
16 Lor est sours Alixandres et li Grieu derreé;
Par derriere lor sont un autre val outré,
Qu'il furent sagement et conduit et mené.
Cil sont en aventure de damage tourné,
20 Ne je ne vois comment il en soient gardé.

VARIANTS

β117 (Mich 204, 6) — 1 *JU* p.s.prince (*J* price) — 2 *JKE* blecies, *IKEU* (and RTCh *P*) f.esgené, *L alters* — 7 *J* q.s'e.b.p. — 8 *U omits*, *CE* m.avons tot (*E* hui) e., *H* malement ai e., *L alters* — 10–12 *EU omit* — 10 *JH* t.mieus — 11 *L omits* — 12 *J* de l.c.a., *I* p.l.cors atorné, *K* par un seul molt grevé, *CH* (and RTCh *P*) c.il sont p.(*H* par) nos c.a., *L* c.il sont p.nous n'ont mie alé — 14.1 *CL* Prodon tant com lui loist doit quere sauveté (*HE* sa santé, *U* fere loiauté) — 18 *JI* e.guié

β118

Li rois voit a ses ieus çou qu'il voloit trouver,
Les uns pour damagier, les autres pour sauver;
Ses anemis connoist ses requiert comme ber,
4 De droit lor laisse coure, car il nes pot amer,
Et li sien aprés lui pensent d'esperonner;
Tant cheval font le jour d'angoisse tresüer,
Mais nus a Bucifal ne se puet acoster.
8 Li dus le voit venir, qui ne s'i puet fïer, (*J* 78vo)
Ne porra preu fuïr n'il n'a talent d'aler,
Ne sa tres grant paour ne pot ses cuers celer;
Belement veut morir, ce trueve en son penser,
12 Et dist qu'en bele fin veut son tans paruser
Mieus que vivre et baissier et laidement ouvrer,
Car molt doute preudons a soi deshonnourer.
Il sist sor un cheval qui molt fist a loër,
16 On ne peüst el mont nul millour recouvrer;
Envers le roi s'adrece, qu'il le veut encontrer,
Et li rois envers lui, qui nel vaut refuser.
Cascons veut ceste jouste a venganche tourner,
20 Li rois pour ses barons que cil veut agrever,
Et li dus, qui tieus est c'on en doit bien parler,
Le reveut enpirier s'il le puet assener,
Et le duell esclairier qu'il li veut aprester,
24 Et sa vie vengier, car peu cuide durer.
Il s'entrelaissent coure et sans plus arester,
Que l'uns ne daingne l'autre d'un seul mot deffïer
Ne de bien ne de mal araisnement donner;
28 Si durement se fierent, quant vint a l'asambler,
Des escus font les ais fraindre et esquarteler,

Les bons haubers derrompre et laidement fausser
Et les archons derrier pechoier et quasser
32 Et les chevaus sous iaus andeus aquatroner.
Li dus selonc la renge li fait le fer passer,
Qu'il en puet d'autre part bien la moitié moustrer;
Molt fut pres a cel cop de sa guerre finer,
36 Qu'il en prist de la char et s'en trait le sanc cler;
Mais la plaie ne fu mie griés a sanner,
Car Dieus et aventure fist le cop esciver.
Li rois li fait el cors le sien achier couler,
40 Par mi tous les bouiaus l'eschine desnouer,
Embedoi sont caü, nus ne s'en puet gaber;
Mais il ne furent mie parell au relever,
Car l'uns remest haitiés, l'autre convint pasmer,
44 Illueques maintenant le convint devïer.
Au caïr que il firent devinrent li renc cler,
Tourné sont au fuïr et laissent le plourer;
Ains n'i ot si courtois quil venist salüer,
48 Ne autre qui pensast de congié demander,
Ne preu ne sevent d'aus quel part doivent aler.

VARIANTS

β118 (Mich 204, 27) — 1 *J* c.qui v. — 2 *J* autre — 4 *J* i.nel — 5 *CL* (and RTCh *P*) prendent a raviner, *H* quanqu'il pot randoner — 6 *J* M.nul — 10 *HEU* omit, *J* N.si — 13 *EUL* omit, *J* v.abaissies ne l., *C* b.e.soi a relever — 14 *C* a laidement durer — 16 *J* deus millours — 19 *J* Cascon, *IHU* a damage t., *E* a son preu a-t., *L* en viutance t. — 20 *J* q.il — 23 *HEU* (and RTCh *P*) E.son cuer e.que poi quide (*E* se il ja puet) durer, *J* e.qui l. — 24–25 *J* omits — 24 *C* E.s.v.v.c.p.c.d., *H* E.son ire v.sil pooit assener, *E* S.v.chalengier se il puet eschaper, *U* E.s.mort veult v.qu'il n'en c.d., *L* E.s.v.abregier que petit puist d., RTCh *P* E.s.v.v.qu'il li voit aprester — 25–27 *U* omits — 25 *C* (and RTCh *P*) c.e.s.p.a., *H* c.s.nul point agrever, *EL* c.s.point de demorer (*L* desfier) — 26 *JICC*ᵐ*HE* (and RTCh *P*) Q.(*I* Ains) l'u.(*J* l'un, *CE* Li u.) n.d.l'a.d'u.s.m. (*H* point) d.(*IH* refuser, *E* de noiant redouter), *K* Onques ne l'u.ne l'autres ne volt de rien parler, *L* Q.li u.n.veut l'a.un tot s.m.soner — 29 *J* esquateler — 32 *JEU* omit, *H* alters — 33 *JKC* (and RTCh *P*) s.(*K* desous) la (*JC* le) r., *IC*ᵐ*L* s.le resne, *H* s.le car, *EU* s.l'eschine, *J* fust p. — 34 *JICHL* Qu'i.e.p.(*IH* pot, *L* fist) d'a.p., *K* Que on peust l'ameure d'a.p.esgarder, *EU* C'on poist d'a.p., *JI* b.le m.(*I* debot) m., *CL* (and RTCh *P*) le gonfanon m. — 36 *J* Qu'i.e.pert — 37 *J* M.li p.n'en f. — 39–40 *L* omits — 40 *E* omits — 41 *J* Embedeus — 43 *J* C.l'un devint h. — 45 *J* A.rachier q.i.fist en virent le sanc c., *H* q.i.fist — 47 *U* omits, **J** q.le v.sauver, *CHEL* (and RTCh *P*) q.(*HL* qui) v.s. — 49 *JK* q.p.puissent

NOTES

β118 23–26. Extremely corrupt passage in all manuscripts, although the vestiges of four separate lines are clearly discernible. The **J** reading for 23 is supported by *CL*, while *HEU* alter to *que poi cuide durer*, which in turn supports *C*'s (and in part *L*'s) reading for 24 in the absence of **J**. With **J** omitting line 25 also, we continue adhering to *C* among four divergent readings, for it may be argued that if C's rhyme word *arester* stood in the source, its resemblance to *aprester* in 23 might have caused the **J** ancestor inadvertently to omit 24–25. While I and K subsequently emended the opening of 26 to provide transition from 23, **J** preserved the *Que* which has the support of C^mHL (*CE* omit *Que* and lengthen the nominative *l'uns* to *Li uns*).

β118 32. For discussion of this comparatively rare verb denoting the kneeling or squatting action of a horse, see below, note to II 1167. That particular line had seemingly been deleted in the corresponding β stanza, but here the idea figures in a majority of the β manuscripts, with the following spellings: *aquaissoner* (**I**), *acrastoner* (**K**), *ajenouler* (**C**), *aqaistroner* (**C**^{m}), *agoitroner* (**L**), *aquatroner* (**RTCh P**). As the sum total of these variants furnishes little guide to what may have been the original β spelling, we retain the single one corresponding to the form adopted for II 1167.

β118 47. Between *qui le venist sauver* (**J**) and *quil venist salüer* (**CL**) the latter is more appropriate to the context, as related to the adjective *courtois* as well as to *congié demander* in the following line. Moreover **J**'s reading is readily explained as a misinterpretation of *saluer* as *salver*, the two words having identical appearance in medieval script.

β119

    Li rois a mort le duc, de verté le sachiés;
    Pour un seul petitet qu'il ne fu engingniés,   (*J* 79ro)
    Car molt fu a cel cop de la mort approchiés;
4   Se li fers ne fust hors devers destre glaciés,
    Ja fust mors a cel cop ou forment laidengiés,
    Ja mais ne conquesist les estranges rengniés.
    Li fourrier voient Grieus venir tous eslaissiés,
8   Bien sevent que li dus estoit mors tresbuchiés,
    Pour atendre au ferir ont tous les frains laskiés.
    La peüssiés veoir chevaliers esmaiés
    Et pour la mort d'un houme si fort estoutoiés
12 Que tout a esperon s'en fuient, cols baissiés;
    Les lances ont jetees et les escus laissiés,
    De deffendre nen est nesuns apparilliés,
    Mais au mieus que il pueent est cascons descarchiés.
16 Le jour fu mains chevaus aprés iaus estanciés,
    Des esperons hastés et de courre angoissiés,
    Mains fers tranchans de lance en cors d'oume baingniés
    Et mains bras tous entiers a chevalier tranchiés
20 Et mains ciés seur espaules d'espees roongniés
    Et mains riches prisons retenus et loiés.
    Bien sont que mort que pris toute l'une moitiés,
    Et ciaus qu'en escaperent ont ainsi laidengié
24 La paour leur en vaut trois fois estre saingniés.

VARIANTS

β119 (Mich 206, 3) — 2 *JE* qu'i.n'en f. — 5 *HEU omit, CL* o.f.(*C* molt fust)

damagiés — 6 *J* c.ces — 7 *fragment d begins* (*see below, pp. 146–47*), *J* grieu —
9 *EU omit*, *KHd* l.fers baissiés, *C* lor brans saciés — 11 *HEULd omit* — 12 *KU*
f.eslaissiés, *H alters* — 13 *HEUd omit*, *J* o.laissies si s'en vont es-l. — 15 *HEUd*
M.d'escu et de lance e., *J* cascon — 16 *J* maint cheval a.lui, *ICHd* eslaissiés —
17 *HEUd omit* — 18 *J* Maint fer tranchant — 19–20 **C** *omits* — 19 L*d omit*, *J*
maint branc — 20 *J* maint cief — 21 *KU omit*, *J* maint riche prison retenu —
22 J*EU* B.s.q.(*I* u) m.(*J* mors) q.(*I* u) p., *CHLd* B.en s.(*HLd* fu) m.(*Hd*
mors) q.(*CL* ou) p., *J* plus que d'u.m., *ICHd* t.l'u.m., *KUL* (*and* RTCh *P*)
plus de l'u.m., *E* bien presque la m. — 23–24 *HEUd omit* — 23 *J* laidengié

NOTES

β119 22. The reading *toute l'une moitiés*, as found in *ICHd*, is the only correct
one save *E*'s, which is individual. *J*'s is obviously faulty, and although four
other manuscripts (*KUL* and RTCh *P*) offer *plus de l'une moitiés*, this reading
is also erroneous with the preposition *de* governing the necessarily nominative
moitiés.

β120

En gent qui n'a singnour n'a mie grant deffois,
Et qui bien s'en depart molt en ciet li ganglois,
Ja n'iert de si haut cuer qu'il ne fache sourdois.
4   Cil sont mort et vaincu, si repaire li rois,
La ou li dus gist mors est venus de manois,
Doucement le regrete et sel plaint en grigois
Et dist: "Tel chevalier ne veïstes des mois.
8   Par mon chief! se il fussent seul de teus vint et trois,
Hui nous eüssent fait un gieu sarazinois,
Car il n'avoit tel prince dusqu'au regne as François.
Or dou bien atourner, car n'en irai enchois,
12 Si sera enfouis comme frans dus courtois;
S'iert portés en la place ou gerrons anevois,
Et puis enbalsimés pour longues durer frois,
Et tramis en sa terre par les vaus de Morois
16 A la france ducoise qu'en iert en grant effrois."

VARIANTS

β120 (Mich 206, 19) — 1 *J* La g. — 2–3 *HEUd omit* — 2 *L omits*, *I* b.les d.,
C E.cil q.b.le pert m.li c.ses jabois — 3 *JIC* qu'i.n.(*Cᵐ* nel) f.s.(*J* soudois), *KL*
que n'en f.s. — 5 *J* m.et v. — 7 *HEUd omit*, *J* n.verries d., *L* n.morra mais d. —
8 *HEULd* (*and* RTCh *P*) Et dist que s.i. — 10 *J* t.price d.r.a f., *I* r.a.irois,
EU r.d'ausois, *d* dusqu'en arabiois — 12 *JCL omit*, *K* Tant qu'il soit conraez,
HEUd (*and* RTCh *P*) S.ert aparilliez (*Hd* embausemes) — 13 *Hd* (*and* RTCh
P) P.i.e.sa tiere o.irons a.(*H* iromes ancois) — 14 *J* enblasimes — 15 *Hd omit*,
J p.ses v. — 16 *JCHL* qu'e.i.e.grant (*KH* grans) ef.(*C* souplois, RTCh *P*
esmois), *EU* qui en est en ef., *d* qui a le cuer cortois

NOTES

β120 12. Some scribes were apparently confused by the order of ideas in lines
12–15, where the king mentions the duke's burial in general terms before giving
specific directions regarding details preliminary to the funeral. Thus the seem-

ingly original reading is preserved only in *I*, while *JCL* were prompted to omit the line, and *KHEUd* to substitute for *enfouis* a detail in conformity with simple chronology: but *conraez* (*K*) and *aparilliez* (*EU*) merely repeat the idea already expressed in *atourner* of line 11, while *embausemes* (*Hd*) anticipates line 14.

β121

  Licanor ot le roi sa parole afichier
  Et le duc regreter et son pris essauchier,   (*J* 79vo)
  Molt l'en aime en son cuer si l'en vait araisnier,
4 Tout en riant li dist et sans contralïer:
  "On vous a bon, ce cuit, pour bien estoutoier,
  Cil est preus qui ne vieut souffrir vostre dangier.
  Cil se vint hui a vous par armes acointier,
8 Et vous moustra s'il pot auques de tournoier,
  Pour un peu ne vous a rescous le donoier,
  Dedens vostre hauberc repust tout son acier;
  Mais le franc connestable, qui le corage a fier,
12 Le vi si roidement jehui deschevauchier
  Qu'il se laissast couper d'un enfant le braier,
  Gaires ne li tenist de ses drois calengier.
  De celui vous os dire, ja ne m'en ruis targier,
16 Que je ne sai cors d'oume qui tant face a proisier,
  Ne onques de mes ieus ne vi tel chevalier;
  Il vous fait les orgieus des estranges plaissier
  Et les plus orgilleus a vos piés souploier,
20 Ne s'ossent li felon envers lui adrechier."
  Et li rois en fu liés, qui molt l'aime et tient chier,
  Doucement li respont: "Souvent nous a mestier,
  Il li ert bien merit se jou puis esploitier;
24 Se Dieu plaist, j'en ferai ains un an roi antier,
  Que ja en son roiaume n'i avra parçonnier."
  "Sire, fait Licanor, bien fait a otroier,
  Car vous nel porriés nul liu mieus emploier.
28 Cil n'est mie de chiaus qui gardent l'orillier,
  Ains vous sert assés mieus que teus est au couchier,
  Car s'il vient au besoing, si cop sont li premier,
  Et au tourner le truevent vostre anemi derrier,
32 Ne s'ossent envers lui gaires bien alaissier;
  Maint poindre bien enpris lor a fait acourchier
  Et les plus derreés frains tirer et sachier
  Et les plus orgilleus laidement tresbuschier,
36 Ja de lui vostre gent n'aront nul reprouchier."

VARIANTS

β121 (Mich 206, 31) — 3 *JK* s.l'e.veut — 5 *EU* omit, *J* En, *L* alters — 7 *J* C.s.mut h.p.a.contre v.a. — 8 *J* s'i.(*J* si) puet, *CHUd* (and RTCh *P*) s'i.

sot, *E* s'i.pot, *L* alters — 9–10 *HEUd* omit — 9 *KL* a tolut l. — 10 *J* s.espiel, *CL* r.s.branc d'a. — 10.1 **C***Ld* (*and* RTCh *P*) Et vous fist durement (*HEUd* roidement) cele sele vuidier — 11 *J* M.l.branc c., *KCL* M.li frans connestables — 12–13 *U* omits — 12 *KCL* L.fist s., *J* droitement, *IK* durement — 14 *CHLd* omit, *EU* alter — 15 *J* d.je n.m'e.sai t., *CL* d.je (*C* que) n.m'e.vuel t., *EU* alter — 16 *HEUd* omit — 17 *JEU* N.o.d.(*J* N.ainc mes en) ma vie — 18–20 *HEUd* omit — 18 *J* I.nous, *CL* o.d'e.(*L* de males) gens p. — 19 *J* orgilleux — 20–35 *I* omits — 21 **C***d* omit — 22 *J* Belement nous r., *KC*ᵐ*L* D.l.r., **C***d* (*and* RTCh *P*) Et li rois l.r., *KHLd* s.vous, *EU* alter — 23 *J* s.tant p. — 24 *J* dieus, *HEUd* (*and* RTCh *P*) d.me done vie (*H* vivre) j'e.f.r.a., *J* voi a. — 25 *HEUd* omit — 27 *JKHULd* C.v.ne le (*U* li, *d* la) p.n., *CE* C.v.(*E* V.) nel p.mie n., RTCh *P* C.v.nel p.n. — 28–35 *HEUd* omit — 28–29 *L* omits — 28 *JK* q.g.l'o. (*J* gaitent le celier), *C* q.servent de blangier, *C*ᵐ q.gietent lor alier — 28.1 *C* Et frotent lor ortaus quant vient au soumelier — 29 *J* A.v.est a.mieusdres, *CC*ᵐ q.t.vient (*C* tel vont) a.c. — 30 *J* C.souvent a., *CC*ᵐ c.i s.p.(*C* plenier) — 35–36 *C* omits — 35 *J* orgilleux — 36 *KH* nostre g., *L* alters

NOTES

β121 9. Licanor chooses this rather facetious way of implying that the king's vitality was seriously threatened by Soar, who almost deprived him of his faculty of love-making, by which perhaps he means of life itself. That *rescoure* here has the sense of 'ôter' is confirmed by the substitution in *KL* of *tolut* for *rescous*.

β121 28. Line present in only four manuscripts (*JKCC*ᵐ), each of which presents a wholly different reading for the second hemistich. Although there is no assurance that it is the GV reading, we adopt *gardent l'orillier* (*K*) as alone having a connection with the sense of the following line; compare also *C*'s extra line (28.1) which speaks of *quant vient au soumelier*.

β122

"Licanor, dist li rois, se Dieus me beneïe,
Molt par est haute cose prouesce sans envie,
Mais en vos compaingnons en a molt grant partie,
4   J'en harrai tel i a se il ne s'en castie,
Certes molt me desplait qu'en iaus soit vilonnie.
Mais en Emenidus, a la ciere hardie,   (*J* 80ro)
Qui le corage a fier et sans fole estoutie,
8   Ne poi onques connoistre orguel ne felonnie,
Ne je ne sai cors d'oume de sa chevalerie.
Pour çou que vous l'amés et tenés compaingnie
Et li portés honnour et faites singnourie,
12   Son pris metés avant si faites courtoisie,
De grant bien et d'ounnour li miens cors vous afie."
Cil fu sages et preus, qui molt bien l'en merchie.
Content de lor prisons, qu'il ont en lor baillie
16   Les trois millours barons d'Arrabe et de Surie,
Il sont riche d'avoir, d'or et de manandie,
Si sevent les destrois de la terre haïe.

INTRODUCTION 81

"Sire, retenés les s'Emenidus l'otrie,
20 Car d'aus porrés avoir et secours et aïe;
Par chiaus aron nous Gadres, faites le s'il le prie."
Et li rois li respont: "Chi n'a point de folie,
Ja mar arés paour que je l'en escondie."

VARIANTS

β122 (Mich 207, 17) — 1.1 *CHELd* (*and* RTCh *P*) Une cosse ai pensee nel lairai nel vos die — 3–5 *HEUd omit* — 4 *J* Je harrar — 4.1 *CL* D'autrui bien est dolans si ne m'agree mie — 5 *J* quant e.oi v., *C* qu'entr'aus a v., *L* si est grant v. — 7 *HEULd omit* — 9 *HEUd omit* — 11–12 *Hd omit* — 11 *EUL omit*, *C L*.deves faire h.e.porter s. — 17–18 *U omits* — 18 *E omits*, *CL* (*and* RTCh *P*) t.enermie, *Hd* gent paienie — 20–21 *HEUd omit* — 20 *C* d'a.porons a.grant s., *J* e.aide — 21 *I omits*, *CL* Por cou sont si garde (*L* le vous gardons), *J* fait est se on lor p., *KCL* f.l.s'i.l.p.(*K* l'otrie, *L* en p.) — 23 *H omits*, *JEU* q.j.le contredie, *IKd* (*and* RTCh *P*) q.j.l'e.(*K* les) e., *C* q.nus vos en desdie, *L* q.le vos e.

β123

Que que li rois parole de son baron qu'il prise,
Si vint Emenidus chevauçant en tel guisse
Qu'il n'ot si bel armé dusqu'au regne de Frise
4 Ne millour chevalier n'a mains de couvoitise;
Onques plus frans de lui ne vesti de cemise,
Ne de millour cheval ne vous cont nus ne lise.
Ha! Dieus, com grant dolour quant faite en iert devise,
8 Si que Ferrans ne fust tous jours en son servise!
Pour l'estour qu'est remés a sa targe jus mise,
Et tenoit un tronçon d'une lance maumise
Qu'il ot en un escu par grant vertu assise;
12 Ferrans vint l'ambleüre, qui vaut tout l'or de Pise,
Tout un estroit sentier dalés une falise,
Sous les fers tranche et ront l'erbe vert et alise;
Et li rois, qui de bien ot la pensee esprise,
16 Li va carkier l'ounor qu'il li avoit pramise.
"Tenés, fait il, biaus sire, par cui m'os se justise,
Toute la millor terre quant nous l'aron conquise.
Rois serés courounés, car ne voi ou mieus gise,
20 Certes si ne cuit mie que fole gent marchise
Vous retolent hounor quant vous l'arés conquise."

VARIANTS

β123 (Mich 207, 34) — 2 *CL omit*, *J* Il vit — 4–11 *EU omit* — 4–8 *Hd omit* — 4 *C omits*, *J* N.mieudres chevaliers n'a m.d.courtoisie, *IKL* N.m.(*L* si bon) c., *I* ne sai que vous quesise, *K* ne m.d.c., *L* ou ait mais c. — 5 *ICL* O. mildres d.l. — 6 *I* N.d.plus loial home, *C* n'ot om la segnourise, *J* n.n.die, *L* alters — 7 *CL* qu'en feroit departise — 8 *I omits*, *J* ferrant nen iert, *KCL* f.n.f.(*K* soit) — 9 *C omits*, *H* De l'e.c'ot vencu, *L* Lors vint emenidus qui s.t.ot j.m. — 11 *L omits*, *J* o.e.son e. — 12 *J* Ferrant, *CHLd* d.frise — 13–14 *E omits* — 14 *UL omit*, *CC^m* Si ot le fier trencant que il r.l'e.a.(*C* u l'ensegne ert asisse) — 16 *K* v.baillier, *CHLd* (*and* RTCh *P*) v.gagier, *J* l'o.qui l.a.permise, *I* a.asise, *EU alter* — 17 *J* justice — 19 *H* omits, *J* s.c.qnt — 20–21 *U* omits — 20 *J* m.qu'a f., *E* g.tafise, *L* q.g.a vos m., RTCh *P* g.matise

NOTES

β123 4. The line is absent from C*d* and the RTCh. For the second hemistich *I* and *L* are individual (although *L* confirms the rhyme-word *couvoitise*); the β reading must have been *n'a* (*J*) or *ne* (*K*) *mains de couvoitise*. It is a stylistic strain to construe, as does *K*, the abstraction *mains de couvoitise* as one of three objects of *n'ot* (3) where the other two are personal (*bel armé, millour chevalier*). On the other hand with the reading *n'a* ("ni à") the "[chevalier] à moins de convoitise" falls naturally into the series. The misreading of *n'a* as a verbal expression could easily have influenced *J* to switch to the nominative *mieudres chevaliers*, which is evidently wrong (*IKL* keep the oblique).

β123 20. The rhyme adjective, of which the masculine form can be assumed to be *marchis*, has not to our knowledge been located elsewhere, but it is of especial interest as perhaps constituting an adjectival forerunner of the OFr substantive *marchis* ('marquis'), which is known to be derived from a Gallo-Roman adjective built on Germanic MARKA+-ENSIS. Here the context admirably supports a meaning 'avoisinant,' i.e. 'qui habite les marches'; compare also Godefroy, *marchir* ('être limitrophe') and *marchissant* ('limitrophe').

β124

Sages, amesurés et de boune atemprance
Estoit li connestables et ot esté d'enfance;   (*J* 80vo)
Pour le roi mercïer envers lui s'en avance,
4   Et dist: "Sire, je sui tous en vostre aliance,
Certes ja n'iere liés de la vostre pesance,
Ançois le vengerai tous dis a ma poissance.
Ne soiés de ma plaie onques plus en doutance,
8   Le mire me laissiés, en cui j'ai m'esperance,
Ne douterai mais cop d'espee ne de lance
S'il i vient ains que l'ame en face desevrance,
Mais chevauchiés avant, querrés vostre venjance!
12   Je menrai les navrés souef sans derreance,
Ne cuit que par derriere vous viegne mais nuisance,
Et vous nous secourés s'oiiés nostre grevance;
Onques ne lor failli ne ne ferai faillance,
16   Et il m'aiment de cuer, ce sai bien sans doutance,
N'en tieus homes sauver n'a nule detriance;
Car el monde n'a home de si haute poissance,
N'empereour de Roume ne d'outremons en France,
20   S'il se devoit combatre pour sa deseritance,
De si fais chevaliers n'amast molt la croissance
Et n'en deüst bien faire une longue atendance.
Rois qui n'aime proudoume ne vers lui n'a creance,

24 Ne de bienfait n'est liés ne joians d'ounorance,
    Ne des avoirs pramis ne tient la couvenance,
    Se grans besoins li vient, s'en a tel mesestance
    Quant mieus cuide estre sire si tourne a mesqueance.
28 Vostre ver sont rimé de millor connoissance,
    Car tous jours sont proudoume liet de vostre acointance.
    Icest don, s'il vous plaist, metés ore en souffrance;
    Vous avés bien haus houmes et de noble poissance,
32 Mais lor richeces n'ont vers la moie samblance;
    Vos povres gentieus houmes faites tel secourance
    Qu'il soient de povrece par vous en delivrance
    Et vous servent a joie et dïent en oiance:
36 'Molt avons bon singnor, car tous jours nous avance,
    Qui pour mort li faura a son cuer ait pesance!' "

VARIANTS

β124 (Mich 208, 13) — 1 *J* temprance — 2 *J* e.de boune astenance — 5–6 *E* omits — 5 *JIL* j.ne serai l.d.v. — 6 *U* omits, *J* d.de m. — 7 *J* d.mal p., *ICH* (*and* RTCh *P*) o.p.e.balance, *K* ja p.e.esmaiance, *U* o.p.e.pesance — 8–10 *U* omits — 8 *JE* m.m.baillies, *K alters* — 9–10 *HEd* omit — 10.1 *C* De celui qui vers moi menra point de bubance — 11 **C***Ld* Or (*Hd* Et) — 12 *HEUd omit*, *J* s.s.delaiance, *L* s.s.demorance — 14–30 *U* omits — 14.1–2 *C* Et filote parole qui un petit s'avance Bien dist li counestables cis mos n'est pas d'enfance — 15–32 *E* omits — 15–30 *Hd* omit — 15 *C* n.nos f.n.nos fera — 16 *C* Rois ains nos aime molt — 17–20 *L* omits — 18 *C* C.il n'a si haut roi ne d.telle p. — 19 *JI* E.d.r., *C* n.roi qui soit e., *J* fance — 21 *CC*^{m} fait chevalier n'a.m.la c.(*C* l'acordance), *L alters* — 22 *C* Com est eumenidus qui les estors commence — 24 *J* j.d'ignorance, *L* j.sans dotance — 25 *J* a.permis — 26 *J* mesastence — 28 *C*^{m} m.consonance, *L alters* — 29 *J* C.tout — 30 *J* Ice d.m.o.s'i.v.p.e.s. — 31 *JK* V. a.maint haut houme (*K* m.preudomme), *IC*^{m}*HULd* V.a.b.(*H* bons, *UL* des) h.h., *C* V.a.molt preudoumes, *I* d.forte, *KC* d.haute, *U* d.grande — 32 *HUd omit*, *J* richece — 33 *L* omits — 34 *J* Qui s., *HEUd* (*and* RTCh *P*) Qu'i.s'ostent (*EU* issent) d.p.p.vostre d., *L alters* — 35 *C* omits, **J***L* d.(*L* donent) hounourance — 36 *J* c.t.dis n.a., *I* c.ades n.a., *C* dist aristes d'alcance, *E* que il bien n.a.

NOTES

β124 6. All manuscripts read *Ançois le vengerai*, and since many of these scribes habitually distinguish between *le* and *la*, we are obliged to accept *le* here and to interpret it as referring not to the specific noun *pesance* (line 5) but to the general idea "que l'on vous cause du chagrin."

β124 28. In all the manuscripts which contain it here (namely *JC*), the OFr noun for 'vers,' 'chanson' has suffered an analogical loss of the stem -*s* in the nominative plural (Godefroy gives one example of a like change in the oblique singular). — The meaning of *ver* here is figurative and the song in question is that imaginary song, good or bad, that one is supposed to sing about each knight (see TobLom, *chançon*, metaphorical use). Thus the line means: "C'est une chanson élogieuse (et non satirique) qu'on chante à votre sujet."

β124 35. The reading is that of *H*, with *en oiance* supported by *EU*. With a following quotation, this reading is superior to *J*'s, where *hounourance* appears almost certainly to be a corruption of *en oiance*.

β125

Li rois ot son baron quel veut bien consellier,
Molt par aime en son cuer lui et son castïer,
Vers lui point le cheval sel courut enbracier,
4 En escolant l'estraint, armés seur son destrier,
Et li dist en riant: "Molt vous doi avoir chier, (J 81ro)
Car tous dis vous penés de mon cors adrecier
Et de mon pris monter, de m'onnour essauchier.
8 Je me repenerai de vous bien avancier;
A pieche n'irés mais sans moi eschaugaitier,
Ne angarde pourprendre ne contree cerquier,
Borc ne vile rober ne la proie cachier;
12 Avuec moi remenrés les grans cités brisier;
Ne vous lairai hui mais aprés moi estraier
Pour tant d'or que porroient porter nostre sommier,
Car trop est grans perius d'aventure anvoier,
16 Bien tost vient si coiteuse n'i a nul recouvrier;
Ja mais n'irés en fuerre que jel puisse laissier,
Ne je sans vous cité ne castel assegier.
Pour l'amistié de vous ferai l'ost herbegier
20 Si ferai vostre plaie rebender et loier."
Lors commande li rois les tentes a drecier;
Sor la rive dou flun qu'il truevent net et chier
Se commencent li Grieu a grant haste a logier,
24 La remainent la nuit pour lor cors aaissier.
De molt riche viande se porent delitier,
Car le païs trouverent et garni et plenier.
Dol roi sont regardé tout li navié fourrier,
28 Lor plaies fait tenter, laver et essuier,
Et jus d'erbe couler et emplastres loier,
Deseure les entrais bender et refaisier,
A cascun fait trouver çou dont il a mestier.
32 Et li mires fu teus qu'il n'i ot qu'enseingnier,
Çou dit s'il ont besoing armes porront baillier
Et chevauchier en route s'il en ont desirrier,
Ja nes rouvera mais demi jour detriier
36 Ne seulement une eure le respit alongier,
Mais voissent en angarde lor grant anui vengier.
Et li rois bounement l'en prist a merchïer,
A gré li fait donner et argent et or mier,
40 Chendaus, tirés, samis et pailes desploier,
Tant l'en a fait donner comme il en vieut baillier;
Mais cist dons ne fu mie pour le court alongier,
Ains le veut retenir, car molt l'aime et tient chier.

VARIANTS

β125 (Mich 208, 29) — 3 *J* p.bucifal — 4 *U omits, JI* l'e.tos a.(*J* tout arme) seur l'estrier — 7 *KCEU* omit — 9–23 *U omits* — 11–14 *E omits* — 11 *JHd omit* — 12 *J* r.pour l.c.b., *H* r.l.contrees gaitier — 14 *KL* p.p.cinc cent s., *CHd* p.p.quatre s. — 15 *C omits, JI* d'a.e., *KE* d'a.cerchier, *Hd* (*and* RTCh *P*) d'a.essaier, *L* de fortune avoier — 16–23 *E omits* — 16–20 *Hd omit* — 16 *C* t.v.teus perius, *L* t.est s.mavaise — 17 *JI* f.pour quel (*J* quoi) p.l., *KCL* q.(*K* ou) j.(*C*ᵐ*L* jo) p.l. — 18 *J* cites, *C* Bors ne cites s.v.n. — 20 *CL* S.verai v.p., **J** r.(*IK* regarder) e.l.(*K* niier), *C* si le f.niier, *L alters* — 20.1 *CL* Et sarai se demain pories cevaucier — 21 *CHLd* r.toute l'ost a logier — 22–23 *L omits* — 22 *J* d'un f. — 23 *CHd omit, IK* l.g.molt en h.a l. — 24 **J** L.r.l.n.(*J* o lui), *CHEd* (*and* RTCh *P*) L.herbergent l.n., *U* Iluecques se herbergent, *L* Iluec furent l.n. — 25–26 *Hd omit* — 25 *L omits, CEU* m.beles (*U* bounes) viandes, *J* s.veulent d. — 28 *JI* L.p.f.(*J* font) t.l.e.e., *KCLd* (*and* RTCh *P*) L.p.f.(*C*ᵐ*Hd* font) l., *K* e.puis bien e., *CHd* (*and* RTCh *P*) et terdre e.e., *EU* estraindre e.e., *L* t.e.e. — 30–31 *Hd omit* — 30 *EU omit, J* rafaitier, *L alters* — 31 *J* d.lor est m. — 32 **J** t.qui n'i — 34–36 *U omits* — 34 *Hd omit, CEL* r.et lor voie esploitier — 35 **J** J.n.r.(*IK* convenra) m., *C* N.le roi ne couvient, *Hd* N.en rueve j.m., *EL* J.n.en estuet m., *JKH* d.j.d., *Id* a nul j.d., *CL* un seul j.d., *E* por lor mal d. — 36–37 *Hd omit* — 36 *C omits, EL* e.de r. — 37 *CEUL* Ains s'en v.a gadres, *J* grans — 38–43 *U alters* — 40–43 *Hd omit* — 40 *JK* t.e.p.et s.d., *L alters* — 42 *J* M.cel, *J* p.lor c., *ICL* p.le c., *KC*ᵐ*E* p.la c., *IKCL* eslongier

NOTES

β125 22. Of the scribes copying this line (*JCHd* and RTCh *P*), *I* alone objected to the rhyme word *chier* and substituted *fier*. Although the context seems strongly to demand the adjective *cler*, evidence is nowhere to be found of an authentic alternate form *clier* which might have stood in the source here (compare note to II 43). On the other hand the similarity of form between *cler* and *chier* (or *cier*) can quite possibly have brought about a certain vagueness in the line of demarcation between the meanings of these two adjectives; if so, *chier* then seems acceptable in some such shade as 'précieux,' 'charmant.'

β125 40. We have written *tirés* and not *tires* 'étoffes de Tyre.' Godefroy, whose examples of the word are in the plural and are drawn from texts which confuse final -*s* and final -*z*, gives later an example of *tiret*, seemingly in the same meaning; two other examples of *tiret* are cited by E. R. Goddard (*Women's Costume*, Baltimore, 1927, p. 183). It seems therefore probable that the term for 'étoffe de Tyre' was *tiret*.

β125 42. "Mais ce don n'indiquait pas que le médecin fût à court de quoi que ce soit."

β126

Emenidus a mout toute l'ost rehaitie,
Que bien mangüe et boit et gabe a sa maisnie;
Li mires li a si sa dolour eslegie (*J* 81vo)
4 Ne sent mais de sa plaie angoisse ne hascie.
A merveilles s'en est la court relaescie;
Ne prise mais li rois seul une nois perchie

Force de nule gent, tant soit outrecuidie,
8 De terre ne d'onnor, de haut seignour aidie,
Puis que d'Emenidus est sa gent conseillie.
L'andemain ains midi fu Gadres aseigie,
Mais ains qu'eüssent gaires de lor vingne tranchie
12 Ne lor jardins copés ne la place logie,
Ne l'ost se fust entour par force herbegie,
Lor fu une nouvele dolereuse nonchie:
Que la riche fretés qu'orent a Tir laissie
16 Est destruite et fondue et sa gent essillie.
Puis cele eure n'i ot aucuble desploïe,
Brehan ne pavillon, tref ne tente drecie,
Mais cuellie molt tost et toursee et carchie;
20 Droit a Thir s'en revont la plus droite cauchie,
Car ains mais ne veïstes une ost si courechie;
Se trouver pueent gent de combatre haitie,
Quant il s'en partiront, molt la lairont blecie.
24 S'or fust vis Gadifer, la ventaille lachie,
Qui de maint orgilleus ot la force brisie,
Desconfite et rompue mainte grant chevauchie
Et mainte roial ost durement damagie,
28 Mainte hardie char par armes enpirie,
Et Betis sains de cors, a la force proisie,
Qui bien ot maintes fois grosse lance brisie,
Et sa gent ne fust trop de combatre esmaïe
32 Et de souffrir l'estour lassee et annuïe,
Et ne fust d'autre part forment estoutoïe,
Ja se fust a la queue des Grigois apoïe,
Et sai que de l'agait fust la voie joinkie;
36 Mais or s'en va si cuite qu'ains n'i fu approchie,
Poursiuie de pres ne de loing berçoïe,
Et Gadres remest cuite a iceste foïe;
Lor paine n'i ont preu li Grigois amploïe.

VARIANTS

β126 (Mich 209, 19) *U omits* — 2 *JK* b.b.e.m., *KL* e.rit a, **C***d* e.jue a — 3 *J* a bien, *I* a tote, *C* a molt, *IC*ᵐ*L* d.alasquie (*L* alaissie) — 4 *J* N.s.pas d., *K* N.sentoit d., *IKHELd* (*and* RTCh *P*) p.ne dolor (*K* paine) n. — 8 **C***Ld omit*, *I* d'o.ne d.grant signorie — 9 *J* P.q.em.e.et s.g.enseingnie, *EL* P.(*L* Pour) q.em.ra s.g.c. — 10 *Cd* m.fust — 11–13 *Hd omit* — 11 *JCC*ᵐ M.a.qu'e.(*J* qu'il e., *K* qu'il aient) g.(*JI* gadres) d.l.v.(*JIC* vingnes) t., *E* g.nules tranchies, *L* g.le tere damaigie — 12 *J* N.les j., *L* p.vuidie — 13 *L omits*, *J* s.f.partout — 14 *Hd* (*and* RTCh *P*) Ne fust u.n.qui l.f.re-n., *J* nonchiee — 18–19 *Hd omit* — 18 *E omits*, *J* Brehang n.p.trait, *K* p.tret, *C* p.tres — 22 *JKCL* c.aatie, *IC*ᵐ*HE* C.haitie — 25–28 *d omits* — 25 *JL* Que — 26–28 *H omits* — 26 *L omits*, *J* Desconfit, *IE* m.cevalerie — 28 *CEL* Et m.bele c. — 29 *J* E.haitie s., *J* f.brisie — 30 *CHd omit*, *J* Q.b.ont m.f.grosses lances brisies — 32–33 *H omits* — 32 *Ed omit* — 33 *C omits*, *E* E.de la grant proesce, *L* E.de lor ruiste perte, *d* alters

— 35 *Hd omit, KL* q.des navrez, *CE* q.del gaaing — 36–37 *L omits* — 37–39 *C omits* — 37 *Hd omit, JKE* p.n.d.l.b.(*K* convoie, *E* enchaucie), *I* p.d.l.estoltiie — 39 *J* L.paines n'i ot p.

NOTES

β126 12. The rhyme word is evidently the past participle of the verb *lochier*, which has the meaning 'agiter,' 'mettre en tumulte.' All scribes (save *L*, who altered) spelled the word with *-g-*, perhaps under the influence of the commoner verb *logier* ('loger'), which vaguely suggests itself in this context but which cannot figure in a transitive construction.

β126 18. The precise characteristics of the tent designated as *brehan* or *brehant* seem not to have been ascertained. All examples recorded in the lexica give a singular *brehant*, plural *-ans* or *-anz*. In the present instance, however, four of the five manuscripts containing the word offer the singular *brehan* and the fifth *-ang*. The form in *-an* is interesting testimony in the light of two possible etymologies suggested by E. Gachet, *Glossaire roman des Chroniques rimées de Godefroid de Bouillon, du Chevalier au cygne et de Gilles de Chin*, Brussels, 1859, p. 71a: according to Gachet, *brehan(t)* may derive (a) from Welsh BRYCAN, BRYCCAN, Ducange's definition of which approximates the desired meaning, or (b) from OHG BRIHAN, BI-RIHAN, 'couvrir.' Our spelling in *-an(g)* tends to support either of these proposed derivations; furthermore the leveling of OFr singulars in *-an* into the rich class of words terminating in *-ant*, aided by a common plural *-ans* or *-anz*, is a not unusual phenomenon.

β126 37. Godefroy has only two examples and TobLom has none of the verb *bersoier, berçoier* 'attaquer à coups de flèche' (cf. the frequent *berser*). It is preserved here only in *J; CHLd* and the RTCh omit the line, while *IKE* alter to more commonplace verbs (compare *E: enchaucie*). The past participle is in the feminine singular, as are the preceding participles *approchie* and *poursiuie*, to agree with *queue* (line 34), which serves as subject of *s'en va* (line 36).

β127

Balés a la nouvele ains l'anuitier seüe—
Dou val de Guisterain fu tost a Thir venue,
Dieus, com joieussement l'a li dus recheüe!—
4 Que li rois son afaire et son siege remue,
Droit a Gadres s'en va, car mautalens l'argüe   (*J* 82ro)
Et la perte qu'il a par Betis receüe.
Tost fu ceste nouvele par la terre espandue;
8 Et Balés fu molt preus, qui de cuer s'esvertue;
Il n'a riche voisin dont il ne quiere aiue,
Et de Perse li fu molt grant force creüe,
Cent mile chevaliers d'une grant gent cremue
12 Que Daires li tramist, a la chiere membrue.
L'andemain par matin quant l'aube est aparue
A fait sa gent armer, la grant et la menue,
Onques n'i ot rüele ne si petite rue

16 Dont hors ne soit a armes par mi la porte issue,
    De trois liues en puet la noise estre entendue.
    Or ne voi je comment la tour soit deffendue,
    Et çou en est la soume, ja ne lor iert rendue.
20 La gent sor le rivage lor trait et lance et rue,
    Gietent as mangonniaus mainte pierre cornue,
    Pierrieres i acouplent qui l'ont fraite et fendue.
    Par mer lor a tramis une autre gent becue,
24 L'une moitié armee et l'autre toute nue;
    Par aus sera la tour destruite et confondue
    Et la gent qui iert ans ains la nuit decheüe.

VARIANTS

β127 (Mich 210, 15) *U omits* — 1 *J* a le n. — 2 *J omits*, **CL***d* D.v.d.costentaing (*H* gostoain, *E* josaphain, *d* godestain), RTCh *P* D.v.d.gotestain, *CEd* f.t.a t.v., *H* est sa gens tos v., *L* estoit arier v. — 4 *CE* Et l.r.s.a.e.s.regne (*E* s'enseigne) r. — 5 *JK* Tout d.a thir s'e.v., *CE* D.a tyr s'e.re-v., *J* mautalent, *fragment d ends* — 6 *IH omit*, *JK* p.balet r. — 6.1 **J** Et la paour qu'il a pour ses barons eue — 7 *J* p.le pais seue, *C* f.p.le pais la n.e., *C*^{m}*H* (*and* RTCh *P*) p.le regne e., *E* p.mi l'ost e., *L* p.betis e. — 9 *J* quere — 10–12 *H omits* — 11 *L* d'u.g.conneue — 12 **JL** a l.c.(*J* force) m.(*JL* cremue), *C* o sen ost esmeue, *E* a l.barbe chenue — 16 *J* D.n.s.h.a., *K* D.a force n'en s.la gent de-h.i., *H* D.gens n.s.armee, *EL* D.la gent n.s.tote — 19 *JH* E.c.e.iert l.s., *L* Mais itele l.s. — 20 *J* r.l.l.e.t.e.r., *C* r.l.lancent e.lor r., *C*^{m} r.e.l.lances lor r., *E* r.lancent traient e.ruent, *L alters* — 22 *EL omit* — 23 *J omits*, *IKCHL* (*and* RTCh *P*) u.a.g.b.(*IH and* RTCh *P* boc-, *C* biec-), *E* u.g.mout cremue — 24 *J* m.arive — 25 *H omits*, *CL* P.a.iert l.fretes, *J* gastee e.c., *C* et frete e.c., *L* maumise e.c. — 26 **CL** (*and* RTCh *P*) q.la garde ai.none (*H and* RTCh *P* vespre ert) d.

NOTES

β127 1. The *nouvele* mentioned here is not the "news" heard by the Greeks in the preceding stanza regarding Alexander's tower, but rather a piece of news which had reached Balés, duke of Tyre, to the effect that Alexander seemed to have abandoned his siege of Tyre in order to pursue his vengeance on Betis of Gadres. There is thus a break in chronology here, and stanzas β127–29 describe an episode occurring, evidently, as soon as a messenger reached Tyre from the Valley of Guisterain (see note to line 2), where Betis had taken a final losing stand before fleeing to Gadres with the king in pursuit, as related in stanza β74 (α69).

β127 2. The omission of this line from **J** may be due to the failure of a redactor to realize that *la nouvele* of line 1 was other than that received by Alexander concerning his tower (β126), which news would not have come *a Thir*. — In three of the manuscripts containing this line, the valley referred to is given the same name as the valley of β74 (α69), line 1658: *costentoin* (*CL*), *josafain* (*E*); in *H* the variation is slight (β74 *jousteain*, here *gostoain*); the RTCh omits the β74 line. For the α version, the form *Guisterain* is assured, and can plausibly be taken as AdeP's original name. Although the β redactor doubtless had the same form in both instances, it is impossible to ascertain what that form was. The author of the GV, however, presumably echoed AdeP's form, since he clearly meant to refer to the same valley. Hence we here adopt the name *Guisterain*.

β127 5–6. As in the case of line 2, a failure to distinguish two messages caused misinterpretation of these two lines. Manuscripts *JCKE* read *a thir* instead of *a gadres* in 5, the scribes having taken this and the following line as straight narrative (compare β126 20 and β129 34), whereas in reality it is the content of the *nouvele* received by Balés (lines 1–2). The correct reading *Droit a Gadres s'en va* is found in *IHLd* and the RTCh, while the extra syllable required by the alteration to *a thir* is supplied elsewhere in two ways: *JK* write *Tout droit . . .* and *CE* write *. . . s'en reva*. Finally in line 6 *JK* continue the misinterpretation by writing *balet* instead of *betis*.

β127 12. The second hemistich must be reconstructed from the testimony of *JL*. While *chiere* seems assured, the accompanying adjective *membrue* in *IK* is balanced by *cremue* in *JL*. However, *cremue* is the rhyme word of the line immediately preceding, and *membrue* thus seems preferable. Furthermore, modern *membru* can have the meaning 'vigoureux,' and although examples of this figurative use in OFr are not recorded, it may have been precisely the author's unusual extension of the adjective's primary meaning which caused all but two scribes to balk at its use in characterizing a face.

β128

La gent nue des nes ont engiens de manieres,
Pis agus et cisiaus, maus d'acier et crocieres,
Molt ont en lor galies penonchiaus et banieres;
4 Et buisignent et cornent cele gent pautonnieres,
Qui de mal commencier sont tous jours coustumieres,
De castiaus assaillir foles et prinsautieres,
Et au gaaing partir veulent estre premieres;
8 Nagent as avirons, orgilleuses et fieres.
Ne lor pueent riens nuire cil qui sont as arcieres,
Car il font couvretures des ondes marinieres;
A val en vont au fons a grans aunes plenieres,
12 Rompent le fondement qui soustient les maisieres,
Et traient par engien les quarriaus et les pieres;
Mais li fus qui gros sont, les solives plenieres,
Ne lor laissent la jus atourner lor carrieres
16 Ne a lor volenté ne pertruis ne corsieres;
Soioires firent querre, as apres dens morsieres,
Pour faire des grans fus piechetes menuieres.

VARIANTS

β128 (Mich 210, 36) *Cᵐ ends with line 18, U omits* — 1 *J* g.mesmes — 2 *J* P.(*IK* Peus) a.e.c.m.d'a.(*I* m.de fer, *K* si ont pis) e.c.(*J* croissieres), **CL** P.(*CᵐH* Pius) d'a.e.c.et martiaus (*H* c.tareles, *E* e.crupes) e.c. — 4 *J* Buisignes e.cornes, **JCL** c.g.(*IC* gens) p.(*KHEL* -iere) — 5 *J* tout — 6–8 *H omits* — 6 *C omits* — 8 *KL omit, J* N.et avirounent gens orgilleuse e.fiere — 10 *CEL* f.(*CE* ont) deseur aus couvertors de manieres — 11 *J* annes — 12 *L omits, J* R.li

f. — 13 *JE* engiens, *J* q.de manieres — 14 *C* omits, **J***E* l.(*J* de) s.(*J* solines) p.(*IK* entieres), *HL* l.soslievent entieres (*H* arriere) — 15–16 *L* omits — 15 *JH* l.carnieres, *E* l.chaieres — 16 *K* omits, *JIC*ᵐ n.croissieres (*J* cois-) — 17 *J* S.f.q., *IK* Des (*K* Les) s.font q., *C* Mairiens envoient q.es grans selves plenieres, *H* Cisoires font tos q., *EL* Sies d'acier (*L* trencans) font q., RTCh *P* Cisomeres font q., *J* a.a.geus m., *L* agues et m. — 18 *J* faires, *IC* perieres m., *C*ᵐ les perrieres manieres, *H* (*and* RTCh *P*) pieces a lor manieres, *L* p.de mainieres

NOTES

β128 1. *de manieres*, i.e. 'de diverses manières': "toute sorte d'engin."

β128 4. We should prefer to emend the somewhat offensive singular *cele gent* immediately followed by a modifying adjective necessarily plural in form; but there is no justification for a change to *celes gens* on the basis of the manuscript testimony: all retained *cele* in the singular, only two wrote *gens* (which to them was probably nominative singular), and as many as four preferred to leave the -*s* off the rhyme word. The confusion between form and number was so general with regard to *gent* (compare the singular as subject of a plural verb) that the *t*-form was doubtless acceptable to the β redactor even with an accompanying plural adjective.

β128 14–16. The meaning seems to be that the beams do not permit the divers to establish their mines (*carrieres*), entrances (*pertruis*) and galleries (*corsieres*).

β129

    Li mairien furent gros, li fus grant et plenier, (*J* 82vo)
    Car li rois les ot fait a force carïer
    Et a bandes de fer l'un a l'autre ataciér,
4   Nes porrent li ullage pour nule riens tranchier.
    Lors revienent as nes un autre engien drecier
    Pour destruire la tour et la gent perillier.
    Une galie longue ont fait appareillier
8   Et de seches estoupes a l'un cief bien carchier,
    Et l'autre cor emplirent d'araine et de gravier.
    Sor les estoupes sieent cil qui doivent nagier,
    Pour le fais droit tenir et garder de plungier,
12 Et nagent a vertu, ne laissent pour lancier,
    Tant que le cief devant ajoustent au planchier,
    Celui a tout l'araine, pour le mieus esploitier.
    Feu grigois en fioles portent li maronnier,
16 Es estoupes le meslent sans autre demourier,
    Pour lor vies sauver saillent el plain vivier.
    Li ciés qui pesans fu fist l'autre a mont drecier,
    La galie se joint contre mont au clokier,
20 Tout esprent maintenant, n'i a nul recouvrier,
    Del feu grigois i art cil qui ne volt noier;
    Cascons doute la mort, ja n'avra cuer si fier,
    La se laissent plusour en la mer tresbuscier;

24 Chiaus fist prendre Balés et tous vis escorcier
　 Ou as chevaus detraire ou les membres sachier,
　 Et les testes couper et sor pieus enficier.
　 Li rois l'oÿ a Gadres molt dolans annoncier:
28 Que Balés fist ses homes crüeument justicier,
　 Onques n'en daigna un retenir prisonnier,
　 Ne vaut oïr pramesse ne reçoivre denier.
　 Ains puis n'i ot parlé de pavillons drecier,
32 Car de rien ne peüst le roy plus courecier;
　 Tost fait cuellir ses tres et ses tentes carchier,
　 Droit vers Thir s'en reva le chemin droiturier.
　 Or se pourquast li dus, car il n'a que targier;
36 Et il si fait molt bien qu'il n'i lait chevalier
　 Dusques au flun d'Oufrate ou sont li bon arcier,
　 Et vers la Rouge Mer c'on ne puet espeskier,
　 Que ne mant pour avoir et semont pour loier,
40 Et tous ses bons amis, qu'il li viegnent aidier.
　 Et Daires li tramist un secours molt plenier,　　　　(J 83ro)
　 Teus cent mile a un front qui tout furent guerrier,
　 De bataille et de guerre et d'estour coustumier;
44 Cil vinrent Alixandre et sa gent damagier.
　 Li dus se doit molt bien de tel secours haitier
　 Et reprendre vigour et son cuer efforchier,
　 Car la gent que il a ne puet nus esprisier;
48 Se Dieus sauve le roy, qui le corage a fier,
　 Onques n'ama couart, pereceus ne lanier,
　 Tel i venront tout sain ne savront repairier.

VARIANTS

β129 (Mich 211, 14) *U omits* — 1 *J* grans e.pleniers — 4 *J* hunague, *IC* ullage (*C* usl-), *K* hullaingne, *HEL* alter — 5 *C* L.repairent a.n.u.a.e.cercier, *L* L.aprocent au mur u.a.e.plus cier — 8 *C* s.espines, *H* s.estampes, *JICHL* a l'u.(*JL* a u.) c.(*CL* cor) b.c., *KE* a (*E* font) l'u.des chies (*E* bors) c. — 8.1 **C** (*and* RTCh P) Et de seces esprises (*C* s.estoupes, *E* chaume et d'espines) qui ardent de legier (*C* a.volentiers) — 9 *C omits*, *J* E.l'a.c.(*J* tout, *K* L'a.coron) e.(*J* emplir), *HEL* (*and* RTCh P) E.l'a.c.(*H and* RTCh P cief, *E* bort) cargierent — 10 *C* S.l.espines s., *H* De-s.l'araine s. — 11 *J* g.le p. — 14 *KE omit*, *J* C.a tost, *I* C.ataunt, *L* La ou estoit, *JC* la raime, *IL* (*and* RTCh P) l'araine, *H* l'estoupe, *J* m.aploitier — 15 *H omits*, *J* e.fieles — 16 *J* En e., **CL** (*and* RTCh P) l.metent, *JIC* s.a.d., *K* pour le mieus esploitier, *H* s.plus de detrier, *E* s.point de l'atargier, *L* s.a.delaier — 17 *E omits*, *J* s.s.en, *IHL* p.gravier — 18 *J* Le cief — 19 *I* a.rochier, *CL* a.cloier (*C* clier), *HE* (*and* RTCh P) a.planchier — 20 *J* Tost — 25 *L omits*, **C** (*and* RTCh P) Et a.c.desrompre et, *J* en la mer noier, *IE* l.m.trencier — 26 *J* l.tentes tranchier e.s.p.ens ficier, *K* l.t.en fist de-s. — 30 *J* n.rescous de d., *IC* n.r.(*C* recouvrer) d., *K* n.d'argent ne d'or mier, *HEL* n.r.louier — 32 *J* C.l.ro.n.p.p.durment c. — 33 *J* t.vuidier, *K* alters — 34.1 **CL** (*and* RTCh P) Mais ne se puet tenir de balet manecier — 35 *J* n'a c'a t., *K* alters — 36 *K* alters, *CE* b.car il n'a c. — 37 *J* b.acier — 38 *JKC* espeskier (*K* -schier, *C* -scier), *IEL* espucier (*E* -uisier), *H* (*and* RTCh P) esprisier — 39–47 *H* omits — 39 *C* omits, *J* Qui, *K* alters — 40 *E* omits, **J** a.qu'i. (*JK* qui), *CL* a.or (*C* c'or) — 41 *JE* l.pramist — 42 *JI* Tel, *J* q.sont tres-t.g., *ICL* q.t.f.(*C* erent) g., *K* t.erent coustumier, *E* q.erent bon g. — 43 *E* omits, *JKCL* d'e. commencier, *I* d'e.c. — 44 *J* C.doivent, *K* C.volront, *E* C.vodrent — 45 *CEL* Bales s., *JK* L.d.de t.sec.s.do.b.re-h. — 46 *CE* e.s'ounor e., *J* c.souhauchier — 47 *ICE* n.set, *CEL* n.om prisier — 48 *J* c.ot f., *L* alters — 48.1 *C* Ses omes qu'a ocis compara il molt cier — 49–50 *C* omits — 49 *H* omits — 50 *I* omits, *JL* i v.(*L* venra), *KH* i vinrent, *E* i vienent

NOTES

β129 8–9. *l'un cief* is "la proue"; *l'autre cor* is "la poupe." See note to line 14.

β129 14. The manuscript testimony is split as to whether the bow (*le cief devant*) of the barge, which is brought close to the *planchier* of the tower (line 13), contains the inflammable matter or the sand ballast. *JC* say it was *la raime* ('le branchage'), which *H* confirms (*l'estoupe*), while *IL* claim it was *l'araine*. It is therefore advisable to approach the reconstruction with as precise as possible a mental picture of the whole procedure involved. Quintus Curtius, whose account (IV III) the GV author utilized for this episode, specifically states that the bow was loaded with pitch and brimstone, the stern with rocks and sand which elevated the prow even before the barge was maneuvered into position. We must suppose however that the GV author imagined a somewhat more complicated proceeding, for it is he who introduces the notion that those who man the boat serve at the same time as counter-ballast, sitting on the *estoupes* to prevent the craft from capsizing at the gravel-laden end. If then the *estoupes* are in the *cief devant* and are to be brought closest to the tower, the crew are obliged to navigate from the bow (a difficult operation), and to expose themselves, before they are ready to jump into the water, to missiles merely dropped straight down from the tower above. It seems more likely, therefore, that the operation conceived by our author is one wherein the crew, jumping from the stern which they have ignited, permit the sand-filled bow to sink with such sudden force that the stern describes an arc and attains a perpendicular position flush with the tower, thus firing its superstructure. Although the latter conception perhaps puts some strain on the laws of physics, it is yet more realistic than its alternative from the point of view of military strategy. We therefore adopt the *IL* reading *l'araine* in line 14, and in this decision we are helped by the thought that a well-meaning composer, no matter what operation he intended to describe, would be unlikely to confuse the picture by suddenly substituting for *les estoupes* the equivocal *la raime*, so similar in form to the name of the material from which it must at all times be distinguished.

β129 17. For *vivier*, 'eau habitée de poissons,' see *Roman de Troie* 29954 (the rendering by Constans in his *Glossaire* is questionable). In OFr the meaning of *vivier* is more comprehensive than it is in MFr; see Levy, *Prov. Woerterbuch* under *vivier*.

β129 27. The account of the destruction ends with line 26, and abruptly the author returns to the chronological point reached in β126, restating in lines 27–34 that Alexander learns of Balés' act, abandons his plans to besiege Gadres, and hastens back toward Tyre. The remainder of this stanza describes the assembling of Balés' allies at Tyre in anticipation of Alexander's return, and in β130 the scene shifts once again back to Alexander *en route*.

β129 38. The verb *espeskier* (*espeschier, espescier*) occurs here in *JK* and *C*. It is derived from Vulgar Latin *EXPISCARE, in the meaning 'to fish out.' In alluding to the Red Sea the GV author doubtless remembered its reputedly inexhaustible fish supply from a passage in the FGa itself, stanza α37 (β52), lines 771–75, which states that fishing in the Red Sea gave a yield so bountiful as to supply the entire land of Syria. — The meaning 'investigare' suggested by Godefroy for the one example of *espeschier* which he cites applies to *espeschier* <*EXPISCARE, for this meaning exists as an extension of the Classical Latin deponent *expiscor*.

β130

    Dolens s'en va li rois et li Grieu sont irié,
    Car lor castiaus est frais et lor homme essillié;
    Cil ierent bon wassal qui la furent laissié,
4 Cascons pour son ami ot le cuer gramoié,
    Li rois par mautalent tint le chief enbronchié.
    L'amiraus de Sarcais aprés a chevauchié,
    Ne savés chevalier un seul mieus affaitié,
8 De sens et de prouesce et de bien enseignié;
    Molt li poise dou roi qu'il voit si deshaitié,
    Courtoisement et bel l'en avoit araisnié:
    "Gentieus sire, fait il, trop vous voi esmaié;
12 Se la avés perdu, chi avés gaaingnié.
    Gardés qu'on ne vous tiengne pour trop affoiblcié,
    Ne Balés ne vous truise pour nul home esmaié,
    Mais faites que vostre houme soient molt bien vengié,
16 Si qu'en aiés vo cuer dou damage esclairié
    Que vous ont fait a Thir li fol outrecuidié.
    Mar i furent li vostre pendu et escorchié;
    Se Dieus me doune vie, de çou sont engingnié,
20 As espees tranchans lor sera reprochié.
    Nous vous en aiderons, qui l'avons fianchié,
    Le prince de Valmir en ai trouvé haitié,
    Celui de Boiscelet joiant et envoisié,
24 Par lor armes seront cil de Thir empirié.
    Pour vous ai si le cuer de bien faire haitié
    Mieus veul avoir le cuer a lance tresperchié
    Et le cief sor le bu d'espee roongnié
28 Et veoir mon lingnage a armes detranchié
    Que ne voie cel duel a joie repairié
    Et lor joie a dolour, ja n'ierent si haitié."
    "Amis, ce dist li rois, Dieus doint que soions lié!   (*J* 83vo)
32 De seul ceste parole avés si esploitié
    Buer veïstes le jour que fumes acointié."

VERSION OF ALEXANDRE DE PARIS

VARIANTS

β130 (Mich 212, 26) *U omits* — 2 *J* Or l.castiaux e.f.l.hommes e. — 4 *H omits*, *J* Cascon, *CL* (*and* RTCh *P*) a l.duel enforcié, *E* si o.l.c.irié — 6 *J* L'amiraut, *JIC* (*and* RTCh *P*) des arcais (*J* artais, *CH and* RTCh *P* arcois, *E* arains), *K* desargais, *L* de sarcois — 9 **CL** (*and* RTCh *P*) 6, 9, 7, *JI* p.que il le v. — 10 **CL** (*and* RTCh *P*) Le roi a sagement e.molt b.a. — 13 *J* G.que n.v.trueve t.p.a. — 14 *C omits*, *L alters* — 15 *J* vos houmes — 16 **CL** (*and* RTCh *P*) a.le (*L* vo) c.(*H* duel) de (*C* et) l'orguel e. — 18 *JE* perdu — 20 ·*J* s.repairié, *H* s.repaié — 21–23 *L alters* — 22–24 *C omits* — 23 *J* dou bokelet, *I* d.bascelet, *K* d.boschelet, *HE* d.(*E* dou) boiselet, RTCh *P* d.boisselet — 31 *J* qu'en soie — 32 *J* Desor c. — 33 *J* Bien, *EL* (*and* RTCh *P*) Bon

NOTES

β130 16. For retention of *vo* (**JL**) as against *le* (**C**), see note to β61 7.

β131

"Rois, dist li amiraus, ne soiés effreés;
Bien connois d'Oriant toutes les poëstés,
Les princes et les dus et les rois couronnés,
4 Et contes et barons demaines et fievés,
Et tous les chevaliers par armes renoumés
Et de peu et de grant en estour alosés.
Ce vous di jou pour voir—s'il vous plaist, sel creés—
8 Qu'a vos fieres compaingnes et as gens que avés
Porriés desconfire et rompre les armés
Que il puissent avoir ne semons ne mandés,
Ne pour avoir pramis ne pour loiers donnés,
12 Dusqu'as daarains lieus qu'Erculés a bounés.
Ne vous esmaiés mie se il ont gent assés,
Car nu sont et despris, onques nes redoutés,
Desconfis les avés se venir leur souffrés;
16 Nous vous en aiderons o les brans acherés
Qui avons en tournoi mains grans cols endurés,
Car vostre larges cuers et vos riches pensés
Nous a a vostre amour si dou tout atournés
20 Ne vous faurions ja pour home qui soit nes.
Bien nous savrés merir se le bien i trouvés
Et vous prouesce en nous et haute oevre i veés;
Mais qui or vous faurra, ne soit mais honnourés!"
24 Et li rois les en a doucement merchïés,
Puis lor dist: "Nus de vous n'est de çou engingniés,
De cuer vous amerai puis que vous moi amés."

VARIANTS

β131 (Mich 213, 24) *U omits* — 2 *J* connoist — 4 *CE omit*, *HL* (*and* RTCh *P*) d.e.casés — 5 *K alters*, **CL** (*and* RTCh *P*) a.esprovés — 6 *CE omit* — 7 *J* si v.pl. — 8 *C omits*, *J* Qu'a vo fiere compaingne, *HL* Que as f.c. — 10 *J* Q.cil pueent a.et s., *IC* Qu'i.peussent, *L* alters — 11 **JCL** (*and* RTCh *P*) N.p.a.(*C* avoirs, *L* nule) pr.(*KL* promesse, *E* prometre) n.p.l.d.(*JE* loier donner, *I* deniers loués, *H and* RTCh *P* avoir d., *L* avoirs doner) — 12 *JCE omit*, *I* Dusc'al d.l., *K* Dusques a.dairains l., *H* Trosqu'al daerain liu, *I* que reculer ferés, *KH* qu'e.a bondez (*H* bosnés), *L* Entresi as coulonbes que artus fist lever — 13 *J* i.g.o.a. — 17 *J* a.entour nous maint grant, **C**L (*and* RTCh *P*) e.estors (*L* bataille) — 22-23 *E omits* — 22 *H omits*, *J* E.nous — 23 *J* f.ja n.s.h., *C* f.n.doit estre h. — 24 *JI* r.l.a molt d., *L* alters

NOTES

β131 12. Line absent from *JCE* and the RTCh, and corrupt in *I* and *L*. There remain *K: qu'ercules a bondez* and *H: k'ercules* (erroneously transcribed by Michelant [213, 35] as *hercules*) *a bosnés*, which undoubtedly represent the original reading. A trace of it (*qu'ercules*) can be seen in *I: que reculer*, and *L* has preserved the content if not the form of the line. There is no example of the verb *bouner* used by *J*, in either the FGa or any other part of the RAlix, but the *J* spelling in Branch III for the *bonnes Artu* is uniformly *bounes* (III 1693, 2338, 4155).

β132

Molt par a tost li rois ses compaingnes menees,
Qu'en deus jours et demi les mena cinc journees
Tout selonc la marine, esquiant les valees
4   Et les tertres qui sont auquetes desalees.
Quant ont de Caïfas les destreces passees,
Adont coisirent Thir par les vaus descombrees,
Au travers de la mer, car cler fist sans nüees;
8   Virent les riches murs et les tours cretelees,
De blanc marbre et de bis menüement listees,
Les riques barbaquennes par grant mestrie ouvrees,
A grans goujons de fer et a plonc sacslees
12 Et molt parfondement de mer avironnees;
Primes les ont maudites et aprés deffïees.   (*J* 84ro)
Quant li rois i vint pres, a mains de deus journees,
Les testes as barons qui la furent copees
16 Virent ça hors sor perces as liches encroëes.
Lors a li gentieus rois grosses larmes plourees,
Hé! Dieus, com francement il les a regretees:
"Pour moi avés eü dolereusses saudees!
20 Ces testes que chi voi par despit haut levees
Vossisse bien avoir a fin or racatees;
Mais certes, se Dieu plaist, chier seront comparees,
Si qu'a vint mile en erent les cent guerredonnees.
24 Pour le vengier seront mes grans forces moustrees,
Ja mais n'en partirai s'ierent ces tours gastees."
Es places devant Thir, qui sont larges et lees,
En est venus li rois o ses grans gens armees.

VARIANTS

*β*132 (Mich 214, 13) — 4 *K* l.t.agus, *IC* (*and* RTCh) l.terres q.s., *JI* auquetes desalees (*I* tresalees), *K* qui n'ont voiests(?) autees, **C***L* auques desaornees (*H* adoulousees, *E and* RTCh *P* desalouees, *U* desaaugees, *L* desaentees) — 5 *J* le destrece — 6 *J* p.mi une valee, *L* alters — 8 *CEU* (*and* RTCh *P*) t.crenelees, *HL* alter — 11 *J* A gouvions (*I* govions) d.f., *C* A agrapes d.f., *HEU* (*and* RTCh *P*) A gr. (*E* Et a) goujons (*H* boujons) d.f., *L* De gros menbres d.f.espesement barrees, *JK* e.de p.s. — 14 **C***L* d.d.liuees — 15 *J* teste — 16 *J* h.seoir p.a l., **C***L* (*and* RTCh *P*) Vit c.de-h.les (*C* as) l.s.p.e. — 18 *J* Et d. — 19 *JIH* a.recutes, *K* a.souffert — 20 *HE* p.ces pius, *J* h.jetees — 21 *J* Vossisses — 22 *J* dieus p.chieres seron — 24 *JEU* P.aus, *L* P.lor — 26 *J* Et p. — 27 *CEUL* La vit l.maines r.tantes testes a., *JH* s.(*IH* se) g.(*JIH* grant) g.(*JH* gent) a. — 27.1–14 *and β*132.1–5 *addition by CEUL* (*see below, page 138*).

NOTES

*β*132 4. This is the only recorded instance of a formation *desalé* 'peu traversé' formed from *aler* 'traverser.' Every manuscript of the RAlix has an individual reading for the rhyme word, but the *tresalees* of *I* supports the *desalees* of *J*.

*β*132 11. The word *goujon*, applied to certain instruments, has a set of meanings closely associated with the secondary meanings of *boujon*, 'flèche' (see Godefroy, *gojon* and note to II 993), so much so as to suggest that *goujon* originated as a form of *boujon* in which the initial *b* was altered to *g* by some unidentified association of ideas (perhaps with *gouge*, but see Bloch, *Dict.*, *gouge*); note that in the present passage *H* substitutes *boujon* for *goujon*. The *J* redactor's *gouvions* seems merely a misreading of *goujons* (*gouions*) as *govions*. — The meaning here indicated for *goujon* is 'crampon.'

---

*β*133–162 (*α*80–109). — Pendant le reste du FGa, le récit de la version *β* correspond à celui de la version *α*.

Entre les laisses *β*132 et *β*133 les manuscrits *CEUL* de la version *β* offrent une série de laisses qui manquent au groupe **J** comme au manuscrit *H*, et que nous n'avons pas inclues dans le texte de *β*. Il se peut toutefois que ce passage ait fait partie de la rédaction *β*, voire de la Version Gadifer (voir ci-dessous, "The Manuscripts of the Fuerre de Gadres"). Nous donnons ici ce texte supplémentaire (basé sur *C*), qui s'ouvre sur une continuation de la laisse *β*132.

Suite de *β*132

27.1   Les bruns elmes laciés, les ventales fremees.
      Li Turc i sont, as ars, de tamaintes contrees;
      Cil ont cariaus trençans et les saietes lees,
27.4   Les fleces de fust roit et a glut enpenees,
      De venin entoscies et de mort aprestees;
      Li Beduïn ont canes, roielles et espees
      Et blances vesteüres et testes enguinplees.
27.8   Daires i ot tramis unes gens desfaees,
      Cent mille chevaliers a ensegnes dorees;

Cil avoient par gerre maintes terres gastees;
Mais se Deus le roi sauve ses compagnes privees,
27.12 Et les gens que il a de sa terre amenees,
Tel i portent joiant armes renouvelees
Qui(l) i lairont les testes qu'il orent tant gardees.

VARIANTS

*β*132 (Mich 214, 13) — 27.1–14 *JH* (*and* RTCh) *lack* — 27.2 *EU* La traoient a.a.genz de maintes c., *L* L.t.s.as defendes des estranges c. — 27.4 *C* Lel — 27.5 *E adds* Mout font a redouter veritez est provees — 27.7 *C* b.v.t.enguinplenees, *EU* b.covertures et (*U* cotes ont) granz et lees, *L* b.armeures — 27.8 *L* Satras — 27.10 *C* mainte terre — 27.11 *C* c.armees — 27.12 *C omits* — 27.13 *C* T.i p.or a.cier seront conparees, *EU* T.i vienent tuit sain a. — 27.14 *EU* t.qu'aillors o.g.

NOTES

*β*132 27.7. Here is a more than usually precise item of local color in which the Beduins' characteristic headgear is likened to the *guimple* (modern French *guimpe*, English *wimple*), which was a common enough item in the wardrobe of the medieval lady (see Gay, *guimpe*). Although the derived verb *enguimpler* or *enguimplener* (variant of *C*) has not been recorded, it is doubtless authentic for the source of *CEUL* and there is good reason to suppose its real existence in OFr — more probably in the simpler form *enguimpler*, as there seems little justification for the infix -*en*-.

*β*132.1

Li dus s'en fu issus a tot molt fieres gens,
Qui ert vistes et preus, arpres et tournoiens;
De ses bons chevaliers laisa molt poi dedens,
4 Par devant la cité fait ses devisemens
Et ensegne li quel i ferront as commens.
A la porte garder remest uns siens parens,
Afalés en Nubie estoit ses casemens,
8 Les cheveus ot plus noirs que n'estoit arremens,
Saciés n'avoit de blanc fors les ieus et les dens;
Cil retint avec lui de sergans quatre cens,
Et li dus fait defors ses establisemens,
12 Et demostre li quel mouvront a lor contens
Et porteront au roi les dolerous presens,
Car volentiers feront de quoi il fust dolens;
De son mal porcacier n'est pereçous ne lens.

VARIANTS

*β*132.1 (Mich *lacks*) *JH* (*and* RTCh) *lack* — 2 *L* Q.fu bons chevaliers — 3 *L 11, 3, 12, EU* c.fu m.asseuranz — 3.1–2 *E* Qui a cel besoig erent mout tres bien aidant Tost et isnelement que n'ala delaiant — 5.1–3 *E* Et esmovront a force le dur tornoiement Qu'alix' si est mout fier et conquerrant Et sa gent sont cruel et de fier contenant — 6 *E* u.seul sersant, *U* u.sulient — 6.1 *E* Qui mout par estoit fiers hardiz et combatant — 7–9 *C omits* — 7 *EU* Sires fu d'aufalerne

de nubie ensement — 8 *U* C.o.lons et crespes et menus ensement — 9 *U* Et si
estoit plus noir que nisum errement — 9.1–2 *E* Mout ert laiz et hydeus ce
sachiez vraiement De plus laide figure ne sai ge nes noiant — 11 *C* d.est d.es
e. — 14 *C* (*15, 14*) C.v.voroit qu'il fu.en grant tourmens

β132.2

Molt ot li dus Balés grans gens ensanble mises,
Jusques au flun d'Eufrate eut ses letres tramises
Et vers le Rouge Mer ses aïdes porquises.
4   Au roi Daire, qui fait en Perse ses justices,
Ot ses briés envoiés et toutes ses devises:
Se par tans nel secort, ses tors ierent malmises
Et fondus ses castiaus et ses grans cités prises,
8   Car li rois Alixandres a gens de maintes guises,
Les corages ont fiers et les cieres alises,
Mieus aiment a vestir blans obers que cemises,
Deus cités ont ensanble par lor orguel asises,
12 Et Betis desconfit et ses gens si aquises
Toutes les mieus valans orent mortes u prises,
Mort le duc de Naman et ses grans gens ocises.
"Or parront les vertus que vos avés pramises,
16 Or nos couvient soufrir molt dolerous juïses."

VARIANTS

β132.2 (Mich *lacks*) J*H* (*and* RTCh) *lack* — 2 *C* J.el f., *L* f.jordain — 3 *EU*
m.par mout estranges guises — 4 *C* Li rois daires q., *L* Li amiraus q., *EU* q.est
de mout aspres j. — 5 *C* b.e.e.mandes ses enpires, *EU* b.e.e.ses letres tramises,
L b.receus — 7.1 *E* Et ses terres gastees et arses et aquises — 9.1 *E* Et sont si
orguilleus que nule gent ne prisent — 10.1–2 *E* Et elmes a lacier que coifes de
tamises Et a porter escuz et les lances frenines — 12 *C* Car b.ont asis — 14 *EU*
M.ont l.d.d'araines, *L* Mors est li dus betis — 15 *C* a.tramises — 16 *L omits*,
EU Hui

β132.3

Daires ot cuis grans gens et de lonc et de pres,
Cent mille chevaliers a armes tous engrés;
Les a tramis ensanble, c'onques n'i ot relais,
4   Tel secors ne vit om sans deroi onques mais,
Bien se doit rehaitier li rices dus Balés
A ce qu'il eut les Turs de Mouse et de Robais,
Et tos ceus de Halape que conduist Ladinés
8   Li gentis chevaliers, fius Floridionés,
Biele dame et bien sage, fille au roi Manasés—
Vers cestui n'a garant escus ne jointes ais,
Petit dure es arçons qui il fiert a eslais—
12 Cil ot ceus de Damas, qu'en mena Didonés,
Qui fu de la seror au rice roi Irés,
La dame de Monmir dont avant vous retrés;

INTRODUCTION

    Les batalles ordonne li cuens de Folouais,
16 Chevaliers mervellous qui onques n'ama pais—
    Cil fu nes et estrais del linnage Hercilais,
    Molt par fu biaus et gens et avoit non Candais.
    Haubers orent vestus et deseur les ganbais
20 Et bons elmes d'acier de la forge a Bilais,—
    La u Vulcans forga les armes Acillés, —
    Et ensegnes lacies d'Aumarie et d'Orbais
    Et d'une autre cité que fonda Ulixsés.
24 Ancui s'i proveront li mellor plus irais,
    Esprover se poront li vanteor criais.

VARIANTS

β132.3 (Mich *lacks*) **J**H (*and* RTCh) *lack*, U *omits* — 0.1 *E* Bales si ne fu mie pereceus ne avers — 1 *E* Ainz o.quises g.g., *L* Bales — 3.1 *E* Li rois daires qui n'a vers alix' pes, *L* Li amir' de perse qui ot non orquinés — 5 *E* l.r.rois — 6 *C* Et avec e.tos ciaus, *E* d.l'ille d'aroés, *L* d.m.e.d.horés — 7 *E* t.i-c.de lape — 8 *EL* c.li f.floriadés (*L* floridonés) — 9 *L* f.le r.cersés — 10 *C* joites — 12–14 *C omits* — 12 *L* m.clinonés — 13 *L* r.r.arsés — 14 *E* L.d.d.montir, *L* Ladines de m.d.mie ne me tes — 15 *EL* o.et cil d.tolofés (*L* foleés) — 17 *E* l.achillés — 18 *E* n.tandés — 21 *CE* u lucans laca — 23 *E* f.viliez — 24 *C* A.s'apercevront l.vanteor criais — 25 *C* l.mellor plus irais, *E* l.v.engrés — 25.1 *L* Li ques fera plus d'armes et li ques n'avra mes

β132.4

    Es places devant Tyr ot molt larges conpaignes,
    Toutes en sont couvertes valees et montaignes.
    Il ont cevaus courans et grans yeves brehagnes
4 Et rices covertures et rices entrensegnes;
    A mervelles se rendent et font cieres grifanes,
    Ne prisent Alixandre ne ses gens deus castaignes,
    Ains dïent se les Grius pueent trover es plaignes
8 Il lor trenceront pis et testes et entrainnes,
    Ancui lor sanbleront lor terres trop lontaignes.
    Et dist li uns a l'autre: "Or gart que ne te faignes!
    Ausi les demenons par mi ces grans montaignes
12 Com fait li leus l'aniel quant le trueve es canpaignes."
    Et li sages respont: "Trop souef en barganes,
    Mar i venront li Griu se issi les mahaignes,
    Mais au partir veras qui ierrent les gaaignes,
16 Ja grant joie n'avras de rien que sor aus pregnes."

VARIANTS

β132.4 (Mich *lacks*) **J**H (*and* RTCh) *lack* — 1 *CL* m.l.canpaignes, *EU* m.beles c. — 1.1 *L* Li dus balés i ot mises les gens grifaignes — 3 *C* c.c.e.rices entrensegnes, *L* c.c.de molt rices bargaines — 4 *C omits* — 7 *C* g.truevent en la canpaiges — 8.1 *E* D'el les vodrent servir que de peler chastagnes — 10.1 *E* Se onques fuz preudome or soiez hui chasteines, *L* Se onques fumes preu or lor pelons castaignes — 11 *EUL* c.vaus sosteines (*L* sovraignes) — 12 *L* l'a.ou les brebis brehaignes — 13 *EU* l.autres — 15 *L* omits, *C* l.ensegnes — 16 *U* omits, *C* J.quant j.

β132.5

Vint et quatre batalles ot li dus de sa gent,
Qui tout estoient preut et de grant hardement;
Mais il i ot de teus asés espesement
4 Qui n'orent covretures fors lor dras seulement,
Et ce poés bien croire que ce fu povrement;
Ars maniers ont de cor, qu'i gietent roidement,
Tost s'en vait li quariaus quant la corde destent;
8 En cascunne bataille sont set mile et cinc cent,
Et de quarante sis orent acroisement;
Coumains les apielerent ens el Viés Testament,
Li ancïen le distrent se l'estoire ne ment;
12 Molt par les a li dus ensegniés bounement
Que il se prengent garde d'asanbler folement
Ne facent nul desroi, trestot serïement
Voisent le petit pas dusqu'en l'entasement,
16 Qu'il troveront l'orguel Alixandre en present.
Mais se Deus le roi sauve, a cui ounors apent,
Tel i venront joiant qui s'en iront dolent.

VARIANTS

β132.5 (Mich *lacks*) J*H* (*and* RTCh) *lack*, *U* omits — 10 *EL* Enortes (*L* Cortes) l.apelent — 11 *C* omits, *E* a.li d. — 11.1 *E* Ne poent plus soffrir que trop sont male gent, *L* Ne porent pas venir a front tot droitement — 13 *E* d'a. sagement, *L* d'a.sauvement — 16 *C* omits — 16.1–2 *L* Mais por noicnt devise li dus si faitement Qu'il n'avra pas bataille si tres hastivement — 17 *L* M.s. dame-d.s.alix.et se gent — 17.1 *L* Ja ancois ne veront demain le finement

NOTES

β132.5 10–11. There is to our knowledge no allusion to the *Coumains* in the Old Testament. As regards the *ancïen*, however, the author of this stanza may have had in mind a mention of the *Comani* in Pliny (Book VI, section 47).

EVIDENCE THAT THE β VERSION REPRODUCES AN EARLIER "GADIFER VERSION"

The comparison which we shall now give of the contents and sequence of the foregoing β version with contents and sequence in the α version will be facilitated if we treat the β version by blocks. This division into blocks will be useful later when we study the evolution which gave rise to the β narrative.

Block 1: β1–31 (α1–31). — Contents: Departure of Emenidus's foraging expedition from outside Tyre into the Josaphat valley, successful seizure of provisions, surprise attack on the *fourriers* by the army of Betis, duke of Gadres;

frustrated appeals of Emenidus for a messenger to Alexander; individual combats in the first phase of the battle between *fourriers* and *Gadrains*.

For Block 1 the β and α versions exhibit only minor differences of contents and sequence, as noted below.

(1) Within the body of stanza β11 (α11), β offers thirteen lines (185.1–13) which α lacks. They are an expanded description of the approaching enemy.

(2) Stanza β20, the first of many β stanzas lacking in α (though the only one in Block 1), introduces an unnamed nephew of Emenidus. It is located where α has α19, the appeal to Festion, which in β occurs earlier in the appeal-sequence, as β14. — With respect to order, it may also be noted that stanza β15 (α16) is in slightly different location from its location in α, and that β30–31 are transposed with respect to α30–31.

(3) β lacks stanza α21, the appeal to a cousin of Aridé. This is one of eight stanzas of the FGa present in α but not in β.

Block 2: β32–40 (α lacks) plus β41–44 (α52–55). — Contents: Continuation of victorious jousts by single Greeks, specifically Licanor and Filote, Caulus, Lioine, Perdicas; portrait of the exemplary Pirrus de Monflor, nephew of Emenidus; Pirrus's exploits in the battle (β32–40); portrait of Gadifer de Larris, noble Saracen, and the fatal encounter of Pirrus with Gadifer (β41–44).

In Block 2, β32–40 are supplementary β stanzas; β41–44 are present in α, but they are located (as α52–55) at a later point in the narrative, just following the stanzas which in β constitute Block 3. The contents and sequence of these four stanzas are identical in the two versions.

Block 3: β45–72 (α32–51). — Contents: Close of the first phase of the battle; Aridé's departure to summon Alexander; arrival of the king to the rescue, and his participation in the fray.

For Block 3 the continuity of the versions is identical; at several points, however, β offers material not present in α. These supplementary β stanzas are the following:

(1) β47–48: Licanor is unhorsed by Gadifer and rescued by Emenidus, who in turn unhorses Gadifer. Aridé applauds Emenidus and himself performs a deed of valor.

(2) β49 (α34), lines 732.1–20: These lines are a description of Emenidus's incomparable steed Ferrant.

(3) β61–62: The wounded Emenidus unhorses Betis. — Lines 1034.1–4 of β63 (α46), not in α, constitute a transitional link between β62 and β63: Betis jumps to his feet and remounts.

(4) β64–67: Gadifer is twice unhorsed by Emenidus. — Lines 1057.1–7 of β68 (α47), not in α, serve as a link between β67 and β68: Gadifer remounts, badly wounded and shaken by three falls.

Block 4: β73–85 (α68–76). — Contents: Battle of the Guisterain valley, and final flight of the Gadrans.

In Block 4 both the narrative and the sequence of β are divergent from those of α, as will be detailed below.

(1) The first three stanzas (β73–75 [α68–70]) accord in β and α.

(2) Stanzas α71–72, which intervene in α between β75 (α70) and β76 (α73),

appear in β farther on in the block, as $\beta82$ and $\beta84$ respectively. — Lines 1757.1–5 of the immediately following $\beta76$ ($\alpha73$), lines not in α, form a sort of introduction to the first of five supplementary β stanzas which follow.

(3) Stanzas $\beta77$–81 are not present in α. The first, $\beta77$, is the portrait of a chicken-hearted knight named Hymer, who appears nowhere else. — In $\beta78$ Gadifer captures Cliçon's mount. Meanwhile the king, Tholomé and Cliçon and other fresh Greeks drive hard into the Gadrans, but their morale is at its peak ($\beta79$). Emenidus exhorts the battered *fourriers* to action also ($\beta80$); Emenidus charges first and unhorses Betis, but the Greeks fail to press their advantage and the duke is once more restored to his horse.

(4) β next offers $\beta82$, a different version of the differently located $\alpha71$. Whereas in $\alpha71$ the joust is between *Betis* and Tholomé, $\beta82$ has it between *Gadifer* and Tholomé.

(5) Between $\beta82$ and $\beta84$ ($\alpha71,72$) intervenes an individual β stanza. Gadifer is led out of the battle in a dazed condition and put on his horse; Tholomé, who has fainted, regains consciousness and demands also to be remounted.

(6) The first five lines of $\beta84$ duplicate those of $\alpha72$, but from there on both form and content are at variance in the two versions. In α it is Tholomé who recovers first, renews his assault on Betis and leads away his horse; in β, on the other hand, Gadifer rights himself first, assaults Tholomé a second time, captures his horse and mounts Betis upon it.

(7) Stanza $\beta85$, not present in α, constitutes a link between the battle of Guisterain and the flight of the Gadrans. Gadifer has rescued and remounted Betis but the latter, bruised and discouraged, at last sees no alternative to flight from the Greeks. Gadifer agrees with Betis, and the retreat toward Gadres is begun. This retreat, recounted in the subsequent β block, corresponds to the narrative portion of α which *precedes* the battle of Guisterain.

(8) Stanzas $\alpha74$–76, which for the α version recount the final flight of the Gadrans after their rout in the Guisterain valley, are not present in β.

Block 5: $\beta86$–98 ($\alpha57$–67). — Contents: Gadifer's valiant rear-guard action during the Gadran retreat, ending in his death at the hands of Emenidus; delay of the Greeks in order to care for the exhausted Emenidus, Betis's complete escape, resumption of the chase on the morrow; separation of the *fourriers* from the main army.

Block 5 is located in α at an earlier point in the narrative, just preceding Block 4 and just following the α portion of Block 2, which there follows Block 3. Blocks 2 and 5 are linked in α by $\alpha56$, a stanza not present in β.

Within Block 5, content and sequence are the same for β and α save for the existence of two β stanzas absent from α: $\beta89$–90. In these Alexander, hoping to capture and convert Gadifer, approaches him but he defies the king, they joust, and the king is worsted ($\beta89$); Gadifer's effective thrust at Alexander provokes a flurry of combat in which however the Gadrans are beaten back and resume flight with Gadifer again bringing up the rear ($\beta90$).

In the concluding stanzas of Block 5 Gadifer is at last slain, Betis moves out of reach, the Greeks encamp for the night and in the morning resume the pursuit of Betis toward Gadres. The weary *fourriers* drop behind the main army, enter the land of Bethany, and complete their recuperation (β98 [α67]). But it is predicted that before nightfall they will find themselves in another serious plight. In β, this plight will be the battle with Soar, duke of Naman, related in the subsequent Block 6. In α, which lacks that block, it is the battle of Guisterain (Block 4), already a closed episode in β (β73–85).

Block 6: β99–125 (α lacks). — Contents: Attack on the *fourriers* by the army of Soar, duke of Naman, supported by the emir of Sarcais; recall of Alexander after a series of appeals by Emenidus reminiscent of those in the Josaphat valley; rescue, with the death of Soar and the capture of the emir.

Block 6 in its entirety appears only in β. The α narrative proceeds straightway from the battle of Guisterain to the siege of Gadres.

Block 7: β126–132 (α lacks). — Contents: Preparations for the siege of Gadres; Alexander learns of the destruction of his sea-tower at Tyre; details of its destruction by the Tyrians; Alexander's return to Tyre without waiting to take Gadres.

The stanzas which make up Block 7 of β are lacking in α, but their content is partially duplicated by the α stanzas α77–79, which in turn are absent from β. The respective β and α contents are summarized herewith.

In β, Alexander is about to lay siege to Gadres when he learns by messenger that Balés has demolished his maritime *chastel* at Tyre. Abandoning Gadres temporarily, the Greeks hasten to Tyre (β126). The scene then shifts (β127) in order to recount the actual destruction; Balés, supported by many neighboring hordes, begins the assault with a bombardment. The Tyrians next dive to the foundations of the tower with hooks (β128), but the piles resist and the attackers resort to firing the edifice with a burning barge; the occupants of the castle are burned or drowned (β129). As the scene shifts again, the king completes his hasty journey to Tyre, consoled en route by the converted emir of Sarcais (β130–32).

In α, Alexander lays siege to Gadres after Betis shuts himself in (α77). The siege continues for four days. Balés, learning that Alexander has gone to Gadres, orders destruction of the Greeks' blockade fortress (α78). At dawn the assault begins with a bombardment, after which divers sap the foundations with hooks; the building collapses and the garrison is wiped out. Alexander learns of the calamity and orders suspension of the siege of Gadres, for the Greeks must return to Tyre (α79).

Block 8: β133–162 (α80–109). — Contents: Capture of Tyre by the Greeks; their return toward Gadres, with the reduction en route of the city called Araine; capture of Gadres.

For Block 8, the content and sequence of β and α are in total agreement.

The foregoing analysis of the β and α versions has set forth not only the narrative content of each version, but also the interrelationship of their respective narrative sequences. It has further prepared the way for closer examination of that portion of the narrative, common to both versions, which presents the most striking divergence of sequence. This portion comprises Blocks 2 and 5, which in β are widely separated (as β32–44 and β86–98), but which in α are contiguous (as α52–55 and α57–67, bridged by α56). In β each of these two

blocks is adequately integrated in the essentially diffuse narrative. As regards
α, on the other hand, we propose to show that the same two blocks are irreconcilable with the surrounding narrative material. In effect, the presence in α of
stanzas α52–55, 56, 57–67 gives rise to a number of narrative inconsistencies
and actual narrative flaws, which for convenience of demonstration we herewith
list numerically.

1. *The two deaths of Count Sabilor.* — In α50, a stanza enumerating the
fourrier casualties which have been suffered in the Josaphat valley up to the
moment of rescue by Alexander, the statement is made (line 1155) that *li cuens
Sabilors* has been "*mors getés.*" After one intervening stanza the α portion of
Block 2 begins, and in the initial stanza of this block, α52, lines 1217ff., Gadifer
de Larris assaults and seemingly kills this same *conte Sabilor*.

2. *Failure to identify the character Pirrus.* — Before Block 2, no mention has
been made of an individual named Pirrus. In α53 of Block 2, however, a *fourrier*
called Pirrus appears, and slays a nephew of Gadifer. Only in the following
stanza (α54) is it belatedly explained that Pirrus is a nephew of Emenidus.

3. *The apparent absence of Alexander during an episode occurring after his
arrival.* — Alexander has reached the Josaphat valley in α49, and has participated in the battle in α51; but in the subsequent Block 2, stanzas α52–55, the
episode of Pirrus's death at the hands of Gadifer, no mention is made of the
king's presence. His first appearance following this episode is in Block 5, stanza
α58.[1]

4. *A reversal of Gadran morale.* — In stanza α51 Alexander, Tholomé and
Cliçon have dealt such havoc among the Gadrans that many of them are in
flight and Betis himself takes fear and checks his advance. Nothing occurs subsequently to turn the tide of battle in favor of the Gadrans; yet, in the following
Block 2, stanza α55 (lines 1299–1300) pictures not the Gadrans but the Greeks
as in full retreat, while α56 (lines 1313–14) represents Betis as wholly confident
of victory.

5. *Removal of the fourriers from the Guisterain battle-scene immediately before
their participation therein.* — In α72, line 1732, it is explicitly stated that the
douze per cut between the Gadrans and their mountain retreats; furthermore in
α73, line 1751, Aristé and Caulus are represented as active combatants in the
battle. Ten of the twelve peers, including Aristé and Caulus, were members of
the *fourrier* division. Yet in the preceding Block 5, stanzas α66–67, it has been
related that the *fourriers* fell far behind the main army, to relax and recuperate.
There is no record of their subsequent catching up, nor can such a circumstance
be taken for granted.

6. *An important discrepancy in the time-element.* — Stanza α73, line 1752,
recalls that previously on the same day (*le jor*) Betis had for a time held Aristé
and Caulus captive. This allusion is clearly to the earlier battle in the Josaphat
valley, specifically to stanzas α49 (lines 1136–37) and α50 (line 1154). Meanwhile however in Block 5, stanzas α64–65, a night has intervened.

7. *A false forecast.* — In the battle of Guisterain the situation of the *fourriers*

---

[1] α55 1290 and α56 1322 make allusion to the king, but only in general terms
which do not imply his actual presence.

is not particularly precarious; the king and his fresh troops assume the burden of that battle, with the *fourriers* playing merely a supporting rôle. Yet in stanza α67 of the preceding Block 5, a dire prediction is made with regard to the lot of the unhappy *fourriers*. The discrepancy between forecast and event is little short of astonishing.

Let us now add to the above considerations an observation on the narrative emphasis of Blocks 2 and 5. The content of these blocks in α sets itself distinctly apart from that of the surrounding text in its singularly unified emphasis on the rôle of a character appearing nowhere else in the poem, namely Gadifer de Larris. At the juncture where Block 2 begins, the *fuerre* is over: the *fourriers* have valiantly staved off destruction by the fierce Betis until help reached them; once Alexander has arrived upon the scene Betis is doomed, and the narrative subsequent to Block 5 will center about Betis's flight and Alexander's pursuit of vengeance. It is strange that at this moment, and only at this moment, there should be injected the portrait and wholly personal exploits of Gadifer de Larris, an epic personage drawn in lines that overshadow Betis and even Alexander: an infidel chieftain who because he is both brave and noble comes to be admired in life and honored in death by his mortal enemies, the Greeks.

Finally, it is to be observed that Blocks 3 and 4 form an essential fit. In α49, toward the end of Block 3, Betis sees Alexander approaching in the distance, *l'ensegne desploïe* (line 1142), and calls upon his supporters to stand behind him in this hour of need. In α51 the Greek and Gadran armies join battle, and Betis checks his forward advance as he sees Alexander slashing through the ranks of the Gadrans, who begin to flee (line 1187). In α68, introductory stanza of Block 4, as Betis still watches Alexander's *ensaigne* (line 1635, with which compare α49 1142) and the invincibility of the king's onslaught, he joins for a time his army in flight (line 1644, with which compare α51 1187). Yet between the companion stanzas α49–51 and α68 intervene Blocks 2 and 5, which depict irrelevant episodes and a wholly different state of affairs.

Thus it is that the essential non-integration of the α Blocks 2 and 5 with the rest of the α text raises a question as to the provenance of that portion which we may call the Gadifer episode. By reason of both its inner character and its outer structural relations, the Gadifer episode is not attributable to Alexandre de Paris (AdeP), who rewrote Eustache's RFGa for incorporation into the RAlix,[2] and who was responsible for the rest of the α text. The presence of the Gadifer episode in α is then due to the α redactor, who theoretically could either have composed it himself or have borrowed it. He did not compose it, because it appears also in β, where it forms an integral part of that version. The α redactor therefore borrowed the Gadifer episode and interpolated it into the text of AdeP which he was reproducing. He borrowed it either from the β redaction or from a lost redaction intermediate between AdeP and β.

As we have seen, the material composing the Gadifer episode of α is but a portion of a larger body of material centering about Gadifer, widely distributed through the β version. The β version of the FGa is thus not a redaction repro-

[2] See above, Vol. IV (EM 39), "Le Fuerre de Gadres chez Alexandre de Paris."

ducing the text of AdeP, but a redaction in which a newer, longer version of the FGa was substituted, if not *in toto* at least throughout stanzas β1–132,[3] for the version of AdeP.

What, then, is the origin of this longer version which supplanted AdeP in β and of which a portion was interpolated into AdeP in α? Either the β redactor himself composed this version, or else he drew its text from a lost intermediate redaction. The decision here depends upon the β redactor's habits as we know them for the RAlix as a whole. Conclusive evidence is present throughout the entire RAlix text that the β redactor had few if any pretensions as an author: he is nowhere else proven to have made either radical revisions in, or important additions to, his source. And since the longer β version consists precisely of substantial revisions and additions to the anterior version of AdeP, we are justified in inferring that it finds its origin not in the β redaction itself but in an earlier redaction now lost. Because the majority of the additions and one important revision have as their central feature and *raison d'être* the character Gadifer de Larris, we shall term our lost redaction the Gadifer Version.

It is not likely that this lost Gadifer Version (GV) was composed primarily as a substitute for the FGa portion of AdeP's RAlix. We know that the FGa story existed originally as a single poem, in the form of Eustache's RFGa. The latter was outmoded from the moment AdeP expanded it and incorporated it in his RAlix; yet in becoming obsolete it seemingly left behind a continuing popular demand for the FGa story as an independent unit. Evidence that this demand was met is furnished by the existence of three manuscripts of the FGa alone (V, C^m, U), as well as six fragments (a, b, c, d, g, h) which in all probability are remnants of independent FGa manuscripts.[4] These independent manuscripts and fragments are, to be sure, derived from either the α or the β redaction[5] of the RAlix, but their existence testifies to a tradition in all likelihood unbroken since the genesis of the RFGa. Thus the GV emerges as an important contribution to that tradition. Its date can be determined within certain limits. The *Histoire de Guillaume le Maréchal* contains two allusions to the FGa and the first is to Gadifer: *Unkes ne quit ke Gadefer / Des Larriz, qui tant out enor, / feïst tant d'armes en un jor* (1004–06).[6] The wording shows familiarity with the GV and implies that it was already widely known. The History, which was completed in 1226, was begun soon after the death of William in 1219, and the mention of Gadifer is almost at its beginning. Thus the GV must have been composed not later than the second decade of the thirteenth century, and it origi-

[3] See below, p. 118.
[4] Cf. the ratio of FGa fragments to the total number of existing RAlix fragments: six out of nine.
[5] See below, pp. 127, 139, 141, 146–47.
[6] The second allusion (*Lors dist Guifreis: "Ahi! ahi! / Com fu grant duels et grant damage / Qu'Eumenidus n'out tel message / Com vos estes a son besoing! / Mal fu que trop li fustes loing; / Molt li eüssiez grant mestier."* 8444–49) can also be to the GV. For the date of the *Histoire*, cf. *L'hist.d.G.l.M.*, p.p. Paul Meyer, Paris, 1891–1901, 3 vols., Vol. III, pp. vii-ix. Note further that at the beginning of *Gille de Chyn* there is an allusion to Gadifer and Emenidus (ed. E. B. Place, 1941, line 18).

nated later than the AdeP redaction, which belongs in the ninth decade of the twelfth century. It results that the date lies between 1180 and 1220.

THE EVOLUTION OF THE GADIFER VERSION FROM THE VERSION BY ALEXANDRE DE PARIS

Having established the existence of a Gadifer Version (GV) of the FGa, which existed independently for a time before replacing the AdeP version in the β redaction and furnishing the basis for an interpolation into the α redaction, we shall now be able readily to recognize that the GV was an expansion of the AdeP version, much as the latter was an expansion of the original Eustache poem. Let us first attempt a general critical estimate of the compositional value and author's intent as reflected in AdeP and in the GV.

In revising Eustache's RFGa in order to embody it into his version of the *Roman d'Alexandre*, AdeP desired to place increased stress upon the rôle of the great hero of the larger work. Consequently he enlarged upon the campaigns of Alexander against Balés of Tyre and Betis of Gadres, and to this end inserted various additions: 1) battle between the forces of Betis and of Alexander after the king's arrival in the Josaphat valley, a battle which moves the center of interest once and for all from Emenidus and his *fourriers* to the king himself; 2) pursuit of Betis and siege of his stronghold at Gadres; 3) interruption of the siege of Gadres by the news that Balés has destroyed the Greek blockading tower at Tyre; 4) expansion of the account of Alexander's reduction of Tyre; 5) renewal of the siege of Gadres and its final conquest by Alexander.

The author of the GV was likewise an amplifier who introduced extensive additions emphasizing new themes. Chief among these new themes is the rôle of the "noble Saracen" Gadifer de Larris, an enemy but a peerless knight who is opposed by the Greeks almost against their will (indeed Alexander tried to convert him), and is deeply mourned and honored when he dies. And to provide a match for Gadifer, model of knightly virtues, his inventor magnified the rôle of Emenidus, so that the two adversaries, whose death-struggle climaxes the career of Gadifer, temper their enmity with mutual admiration. Depth is given to the rôle of Emenidus and his plucky *fourriers* through a motif of rivalry between the *fourriers* and Alexander's main army — a rivalry not altogether friendly, for it engenders jealousy on the part of Cliçon and Tholomé, who alone among the twelve peers had not been sent on the *fuerre*. Emenidus emerges more magnanimous than ever from the play of conflicting interests, while Tholomé is depicted as quite obnoxious in his animosity. Finally, it would seem that the author of the GV, his theme exhausted once Gadifer is dead and Betis is defeated, was so reluctant to wind up his tale that he echoed it in a pale duplication wherein he created a potentially tragic situation for the *fourriers* similar to their plight in the Josaphat valley, not only permitting Emenidus to repeat the appeal-for-messengers drama, but also providing him with a worthy adversary among the ranks of the enemy: the emir of Sarcais, a less colorful imitation of Gadifer de Larris. — As a whole, the GV form of the FGa may be characterized as a typical medieval amplification, no longer possessed of unity of plot, character or tone; a composite in which the original author's structure remains as a frame, but only as a frame, its essential oneness lost in the maze of new twists imparted by one who sought to launch the "latest version."

Let us now return, for convenience, to our original division of the β version into blocks, and trace block by block the evolution of the GV from the FGa of AdeP.

Block 1 (GV: β1–31; AdeP: α1–31). — The first sign of the GV author's hand is lines 185.1–13 of β11, which constitute an expanded description of the approaching enemy, *la gent de Gadres* (line 180), and as such are linked with the preceding lines rather than with lines 186ff., Emenidus's appeal to Lioine. They are of little significance save as they early betray a tendency to digress. The quantitative content of the GV Block 1 is however little in excess of AdeP's, for while adding one stanza of his own the author judiciously deleted a pointless stanza of AdeP (α21). The stanza which he added (β20) represents the appeal of Emenidus to an unnamed nephew, son of his sister Aiglente; the nephew, objecting his youth and inexperience, refuses. The stanza occurs just after the AdeP appeal to an individual named Corineus (α18 [β19]) and just before the AdeP appeal to the unnamed mercenary unrecognized by Emenidus as his own sister's son (α20 [β21]). In it we may see one of our author's favorite themes beginning to take shape. The uncle-nephew relationship is to be high-lighted considerably in subsequent GV narrative, and the author doubtless wanted early to represent Emenidus as a model uncle. It is not likely that he meant to identify Aiglente's son with Pirrus de Monflor, another personage of his invention; on the contrary, if Emenidus is well provided with nephews (this one together with Corineus and Pirrus gives him three), Pirrus can later emerge in his tragic rôle as the favorite nephew of a soldier who takes particular pride in that important medieval relationship.

Block 2 (GV: β32–44; AdeP: 0). — With Block 2 the GV author began adding material on a large scale. The first four stanzas (β32–35) serve merely to spin out the series of single combats, assigning successful jousts to figures who were already familiar from the appeal-series and who theoretically should merit a record of prowess equal to that of their peers. We find a stanza devoted to Licanor and Filote, who will soon again figure disastrously in the AdeP stanzas β55–57; this seeming reduplication might be explained through the GV author's desire to maintain their prestige by first crediting them with victories. — The next five stanzas (β36–40) are intimately connected with the subsequent ones which relate the encounter of Pirrus de Monflor and Gadifer de Larris, for they constitute a prelude to that encounter: a portrait of the exemplary Pirrus, and samples of his prowess, accompanied by the loud praises of his uncle Emenidus, before he meets his tragic fate. — The remaining four stanzas (β41–44) introduce Gadifer through the tragedy of Pirrus. β41 is a preliminary sketch of the Egyptian hero; in β42 Pirrus slays a *nephew* of Gadifer; thereupon Gadifer, in grief-stricken vengeance, strikes to death this Pirrus who was Emenidus' joy, and there results an irreconcilable conflict between the two bereaved uncles. Committed though they are to a rivalry which must end in death for one of them, they will grow to admire one another; it is around this theme that the author builds up the rôle of Gadifer.

A prototype for the Egyptian hero was provided by Tiebaut l'Arrabi, the matchless Saracen who in *Folque de Candie* has a rôle so outstanding that he overshadows every other character in that poem, Folque included. A characterization of Tiebaut is given in a stanza (FCand 547) having the same rhyme (*-ier*) as the stanza of the GV (β41) wherein Gadifer is described. Similarities in the traits attributed to the two heroes and in the wording of the two descriptions evidence that one of the warriors was patterned after the other, and the relative dates of FCand and the Gadifer Version of the FGa enable us to affirm that the GV was the borrower. Schultz-Gora has shown that FCand was composed while Jerusalem was still in the hands of the Crusaders: that is, previous to October 2, 1187. We can add that it antedates the *Venjance Alixandre* of Jean le Nevelon, which contains an allusion (line 1203) to the siege of Arrabloi in FCand. Since the *Venjance* precedes the death of Count Henry I of Champagne in 1181, FCand cannot be later than the eleven-seventies, whereas the GV postdates 1180 at the very earliest.[1] This chronological testimony that the GV author took his cue from FCand accords with what we should expect, for with the exception of Gadifer the characters whom he introduces are commonplace and give no evidence that he was competent to invent from whole cloth so genial a hero. He did not even originate a name for his own illustrious Saracen but instead borrowed one which he found to hand in FCand, where a Gaidifer is several times casually mentioned (8386, 10909, 10926).[2] It is noteworthy that during the first crusades Western propagandist literature had portrayed the Saracens as monsters of cruelty and vice; no doubt FCand and the GV had no little influence in a more balanced estimate which became widespread in the 13th century.

Block 3 (GV: β45–72; AdeP: α32–51). — The GV author here left untouched

[1] On the dating see Schultz-Gora, ZRPh 53 (1933), pp. 311–17; *La Venjance Alixandre*, ed. E. B. Ham, EM 27 (1931), p. lii. That FCand contains a clear echo of the FGa (the *Alier* of *Alixandre d'Alier* 10554) and a probable echo (the name *Balet* 7315, etc.) furnishes no evidence that these names were taken from the GV or the AdeP version of the FGa, for both names could have come from the far earlier RFGa of Eustache, where they were already present; see above, Vol. IV (EM 39), "Le RFGa: analyse." — In β41 manuscript *H* interpolates two lines after 1200 (Mich 137, 7–8: *Simples estoit et dous et bons a acointier Douneor i ot large et mult bon vivendier*) and a third line after 1205 (Mich 137, 13: *Ne il ne vot a tort franc home forjugier*), lines which repeat FCand 547 9892–94. This is an interesting instance of cross-borrowing: evidently the *H* redactor, recognizing the similarity between β41 and FCand 547, borrowed the three lines from FCand, for no one of them is present in any other RAlix manuscript.

[2] The name Gadifer also occurs in *Ille et Galeron* (2656, 2809), in the *Vengement Alixandre* (924) and often in later works. — The Egyptian background of Gadifer was doubtless furnished the GV author by AdeP, who in II 33 tells of a *sénéchal du duc* [*Betis*] who was lord of Damietta and of the well-known palmgroves of that region, and held in fief territory extending as far as Larris. For AdeP's source for these details see above, Vol. IV (EM 39), analysis of II 33 696–99. The GV author did not mean to identify Gadifer with AdeP's unnamed *sénéchal*, for in the GV as well as in AdeP the latter is quite evidently killed (II 703).

AdeP's text, contenting himself with making four none too artistic interpolations. — The first is β47–48, two stanzas which in no way advance the narrative. Both β47 and AdeP's β49 open with the words "La ou li Grieu requeuvrent." Licanor is assaulted by Gadifer: the Saracen wrecks Licanor's armor, brings him down stunned and tries to make off with his horse; Licanor will next appear in AdeP's α40 (β55), wholly sound and well-armed. Emenidus smites Gadifer in return, unhorses him, and all but avenges on him the death of Pirrus.[3] Gadifer has thus been kept before the listener at the cost of some poor composition, since Licanor's situation in the interpolated episode fails to accord with his next appearance in the AdeP narrative. The unhorsing here of Gadifer by Emenidus (β47 26) represents the first of three such incidents,[4] to which there is a summary back-reference in the GV stanza β88. — The second GV interpolation in Block 3 comprises twenty lines added to the end of AdeP's α34 (β49). Chiefly a description of Emenidus's noble steed Ferrant, these lines were perhaps intended to add a specific note to an otherwise vague stanza. — The third GV interpolation is β61–62, which is intended to inspire ever-growing admiration for Emenidus, who, wounded now (AdeP's α42 [β57]), performs a mighty deed of prowess. Four lines (1034.1–4) were added in the GV to the opening of AdeP's α46 (β63), to supply a transition from the interpolated β61–62. — The fourth GV insertion is β64–67: the preceding AdeP stanza α46 (β63), recounting the Gadran assault on Licanor, Caulus and Aristé, and the liquidation of thirty minor Greeks, has marked the turning-point of the battle and will motivate Aridé's departure in quest of Alexander (AdeP's α47 [β68]). At this important juncture the GV author ineptly destroyed the accelerated tempo of AdeP's narrative by injecting these stanzas reintroducing the ubiquitous Gadifer. The latter, observing that Emenidus alone is still undemoralized, and itching to avenge the *laidure* committed by Emenidus upon Betis (cf. β62 24–26), attacks Emenidus. He is promptly unhorsed — this (β64 19) is the second in the series of three unhorsings[5] — and is saved from certain death by Betis; but he acquires a new lance (cf. β64 12) and we witness a renewal (by no means the last!) of the Emenidus-Gadifer rivalry. Both damage their arms and armor in this clash, both fall stunned to the ground. This (β66 39) is Gadifer's third fall.[6] Seven lines (1057.1–7) were also added by the GV author to the opening of AdeP's α47 (β68), to provide a link with the interpolated β64–67: these lines mention Gadifer, who disappears from the rest of the stanza, which is straight AdeP.

Block 4 (GV: β73–85; AdeP: α68–76). — This block, whose narrative content is the battle of Guisterain, was both revised and expanded by the author of the GV. The episode features combat between the Gadrans and Alexander's

---

[3] Line 29 of β47 is an echo of lines 655 of β45 and 692 of β46, references by AdeP to the death of Sanson in his stanza α24 (β24). The GV author is consistent here in depicting concern over the recently slain Pirrus, but inconsistent in failing to alter AdeP's lines 655 and 692 to read *Pirrus* rather than *Sanson* (as did the J ancestor), since in the GV Pirrus was a more recent casualty and a more cherished person than Sanson.

[4] See β64 and β66 for the other two.

[5] See β47 and β66 for the other two.

[6] Compare β47 20 and β64 19.

main army, and the main purpose of the GV recast was to provide a prominent rôle for Gadifer in this conflict — a rôle in which Gadifer will reveal himself as superior to both Cliçon and Tholomé, thus arousing jealousy on the part of Tholomé toward Emenidus (Gadifer's only match), and promoting a general rivalry between the *fourriers* and the main army. — The author preserved intact the three opening stanzas of the block (AdeP's α68–70 [β73–75]), but then proceeded to AdeP's α73 (β76), postponing and altering the latter's two intervening stanzas (α70–71), which he was to embody as β82 and β84 respectively. Let us note that the AdeP stanzas forming the sequence α69–71 are dominated by a single theme which binds them intimately together: the theme of a captured Gadran count named Nassal. In α69 Nassal is smitten and captured by Cliçon, in α70 Betis sallies forth to rescue Nassal, and in α71 Betis jousts with Tholomé to square accounts for the lost Nassal. Furthermore AdeP's α71–72, describing the Tholomé-Betis joust in which Tholomé captures the duke's horse, are intended as the fulfilment of the prediction in α70, line 1686, an event of which lines 1687–95 are merely an anticipatory summary. The GV author thus found that he could utilize AdeP's α71–72 for other content simply by interpreting α70 as complete within itself, containing both prediction and outcome. He therefore proceeded with AdeP's α73 (β76), in which he appended to Guimadochet's proclamation of a *sauve-qui-peut* five end-lines (1757.1–5) which place AdeP's soothsayer in a comical light and set the mood for the first of five inordinately long interpolated stanzas: β77, the humorous picture of a cowardly knight named Hymer. This greedy and dastardly individual addresses Betis in the name of *mesure*, suggests a prudent flight, admits his cowardice, throws down his lance and hastens to depart without awaiting Betis's answer. Betis senses the comic aspect of Hymer and calls after him an ironical commendation. — In β78 the spotlight is once again taken by Gadifer. He is impressed by the relentless pressure of the Greeks, but prefers not to yield the mountain (cf. β73 1646, β74 1650, β78 3). He sees Cliçon approaching, lets him dart by, and attacks him from the side, wounding him and hurling him to the ground unconscious; he seizes Cliçon's horse and leads it away unmolested because the Greeks tarry over Cliçon's prostrate form. The latter regains consciousness and angrily demands another horse so that he may square accounts with Gadifer. — In β79 Betis points out to his soldiers that it is not the arrogant young Alexander and his fresh troops, but the doughty Emenidus and his battle-scarred *fourriers* who still constitute the real threat. Meanwhile the king, Tholomé and Cliçon and other fresh Greeks drive ahead, but Gadran morale is at its peak and the battle is going to be the most terrific in human history. — In β80 Emenidus rejoices to find the Gadrans at their maximum fierceness, for now Alexander will have proof of the *fourriers*' earlier plight when they held the field alone — and Emenidus's appeal for help from that plight will appear justified. He beseeches his companions to show their mettle now if ever, and not to let their exhaustion serve as an excuse for allowing the freshly arrived main army to steal their show and afterwards, forgetting their earlier heroism, gibe at them over the wine. This notion dominates the next stanza (β81), portraying real rivalry between the *fourriers* and the main army, in which the *fourriers* must maintain the advantage accorded them by Betis in β79. In this next stanza it appears that at the beginning of the battle, and during Emenidus's harangue of β80, the *fourriers* had been catching their breath in one corner of the battlefield while the king, Tholomé and Cliçon occupied the limelight (cf. β79 50, β80 5–7, β81 3). This is choppy composition, for the statement of the *fourriers*' partial withdrawal needed to be made earlier: since Aristé and Caulus (*fourriers* both) have played a part in the action of β76 (α73), the listener has no way of knowing that the *fourriers* are not still in the thick of the fray. However, their reëntry into the battle is inspired by the notion of prestige vis-à-vis the main army, mentioned by Emenidus in β80 (cf. β80 24–36 and β81 24–25). Emenidus charges first and unhorses Betis with a mighty stroke that leaves him helpless for some time. Here is a further inconsistency with the foregoing material of β76 (α73), for in line 1753 of that stanza Betis was left on the ground, and there is no subsequent mention of his remounting.[7] In the AdeP version Betis is restored to horse in α74 (line 1758). Alexander could then and there have captured Betis, but he preferred to go congratulate Emenidus and deliver a eulogy of his *gonfanonnier* in the presence of the Greeks. This time Betis is definitely restored to his horse (line 75). The battle wears on, unabated. — In resumé, the GV stanzas β77–81, which introduce new themes (the cowardly knight, the rivalry between the *fourriers* and the main army) and which fail to accord with β76 (α73) as regards the participation of the *fourriers* and the condition of Betis, constitute a none too artistic interpolation.

The GV next offers β82, an altered version of the relocated AdeP stanza α71. Whereas AdeP had it that the duke was angered over the capture of Nassal (α69), the GV states that Gadifer was angered over the duke's great fall; so the joust will be one between Gadifer and Tholomé rather than between Betis and Tholomé, thus avoiding an apparent repetition of their encounter in β76 (α73) (which however was intended by AdeP merely as an anticipatory summary[8]). The duke's fall might be his fall at the hands of Emenidus in β81, but the fact that Gadifer directs his retaliation at Tholomé points rather to Betis's unhorsing by Tholomé in AdeP's α73 (β76), and confirms the interpolated character of the intervening stanzas β77–81, which nevertheless are drawn on for the assigning of the present rôle to Gadifer.

Between the GV revisions of AdeP's α71 and α72 intervenes an additional GV stanza. Its opening statement that "li vassal sont a terre queü" accords badly with line 1713 of β82 (α71), where the contestants had merely fallen prone on their mounts. — Now, as the battle drags on, Gadifer is led out of it in a dazed condition and put on his horse (cf. line 1). Meanwhile Tholomé, having fainted, regains consciousness and calls for a horse in language strongly reminiscent of the end of β78. This stanza is the clumsiest of interpolations, for β82 and β84 (α71–72) accord perfectly, and the opening of β84 in no way proceeds from the situation finally reached in β83 (cf. β84 1718, *Gadifer se recuevre*

---

[7] The J ancestor characteristically noted the absence of this necessary detail in the β redaction, and inserted into β76 the following line (1755.1): *A force est remontés mais ses las ot rompus.*

[8] See above, p. 111.

premerains, with the reëstablishment of both contestants already accomplished in β83). — The first five lines of β84 duplicate AdeP; then in the GV it is Gadifer who first regains control and dashes away, wielding his sword so furiously that it breaks against a passing shield. Thereupon he snatches a lance from one Greek and drives it through the body of another Greek. Tholomé (evidently restored now), aggrieved over the loss of one who was a member of his household, attempts to sneak around to the side and catch Gadifer unawares, but this stratagem fails as Gadifer turns in time and Tholomé merely breaks his lance on Gadifer's hauberk. Gadifer counters with a blow that stuns Tholomé, who remains in the saddle, but with his head hanging toward the ground. Gadifer seizes the reins of Tholomé's horse and refuses to relax his hold even when Cliçon spurs up and smites him a ferocious lance-blow. Tholomé would have been a prisoner had not Gadifer spied Betis in difficulties, rushed over to deliver his lord, and mounted him upon Tholomé's *brun* (the assumption must be that Tholomé fell off in the process, but the details are not made clear). — In the following stanza (β85, a GV addition) Gadifer has rescued and remounted Betis; but the latter, bruised and discouraged, at last sees no alternative to flight from the Greeks, who now have been rejoined by the recuperated *fourriers*. This last observation constitutes a link with the interpolated β77–81: the *fourriers* at first withdrawn, together with the notion that they were superior to the rest of the Greeks. Gadifer agrees with Betis, and the retreat toward Gadres is begun.

The AdeP version of the battle of Guisterain was completed with three more stanzas (α74–76) which the GV author excised. The latter's relocation of α73 (as β76) left no place for α74, which has Betis restored to horse but at the same time foreshadows a prompt end of his resistance; α75, in which Betis begins his retreat, is duplicated by the GV stanza β85. AdeP's α76 relates but a single incident of the flight, namely the capture of the Gadran Dicace's horse Boniface by Cliçon; the GV author substituted for this single stanza a long series of stanzas of major importance in his version, climaxed by the death of Gadifer.[9] These stanzas constitute the GV Block 5.

Block 5 (GV: β86–98; AdeP: 0). — Block 5 was all composed by the author of the GV; it is the last act in the tragedy of Gadifer. — In the opening stanza (β86) Betis is pictured as grief-stricken in this his first flight from a field of battle, and it is Gadifer who will assume the responsibility of covering the retreat of the disorganized Gadrans through a valiant rear-guard action. Corineus, one of Emenidus's nephews, rashly reproaches the desperate Gadifer and pays for it with his life. — In the following stanza (β87) Alexander himself attempts to strike Gadifer down, but his lance merely shatters and he fails to budge the

---

[9] In deleting α76 the GV author eliminated the name of Eustache (line 1777), cited by AdeP as his source for the FGa story. He furthermore destroyed an AdeP link between the battle of Guisterain and the siege of Gadres. In the account of the siege of Gadres we find Tholomé riding Betis's dapple-gray (α96 2224–28) while Cliçon rides Boniface (α100 2288). In AdeP these details allude to α70 and α76 respectively; in the GV, because of the deletion of α76, the second detail has no antecedent.

valiant Saracen from his saddle. — In β88, as Gadifer continues his retreat, he muses: "One man alone stands in the way of my safe arrival at Gadres, and that man is Emenidus, who has knocked me flat already thrice today and who single-handed is responsible for our defeat." Line 1447, where according to the β version he speaks of three falls:

Jehui m'a fait gesir trois fois a ventrellons

is an allusion to the three unhorsings of Gadifer by Emenidus already noted above (β47 20, β64 19 and β66 39, all GV additions). In characteristic GV fashion, this whole stanza is built around the notion that Gadifer has, and knows he has, no peer save Emenidus. — β89 sets forth Alexander's attitude toward the noble Egyptian: the king, who has by now seen samples of his prowess, hopes that Gadifer will not succumb, and if he can capture him alive he will make him the companion of Emenidus. Alexander approaches Gadifer, but the latter at once grows defiant and they joust; lances and armor are shattered, and the king is worsted, being stunned but not unhorsed. Tholomé and Cliçon appear, right Alexander in his saddle, and advise cruel reprisals if Gadifer can be captured. But the king replies caustically that he does not believe that they themselves will be keen to attempt these reprisals, and alludes to Tholomé's loss of his *brun* at Gadifer's hands (cf. β84): he extols Gadifer at further length, and winds up by pointing out that only one man (he implies Emenidus) has successfully stood up to Gadifer. — In β90 we find that Gadifer's effective thrust at the king has so encouraged the Gadrans that a few of them gather around the Egyptian and appear ready for battle. The *fourriers* have again retired, but Emenidus incites them to challenge Gadifer's group, and there ensues a stiff mêlée in which the Gadrans are worsted and resume flight with Gadifer again bringing up the rear. — Stanzas β91–92 constitute the prelude to the climactic Emenidus-Gadifer duel, re-emphasizing the nobility, the peerless-ness of each epic contestant. In β93 they exchange their final blows, and Gadifer is slain. Emenidus is foremost among the Greeks to mourn the great prowess of this unexcelled Saracen, who is accorded an honorable burial. — In β94–95 Emenidus is pictured as exhausted, and the Greeks perforce delay so that he may receive careful medical attention. Betis seizes this opportunity to retreat out of reach, and the Greeks settle down for the night. Stanza β96 opens (1581–91) with a description of the discomforts of that night which closely imitates a similar passage of Lambert le Tort (III 56 1055–60). In the morning the king and his troops resume the pursuit of Betis toward Gadres. But the special rôle of the *fourriers* is by no means terminated. Battered and weary, their leader convalescent, they drop behind the main army, change their direction and at a leisurely pace enter the land of Bethany, seize abundant provisions,[10] and complete their recuperation. Reinvigorated by rest, food and drink, they boastfully whip themselves into a belligerent mood in anticipation of their rôle in the eventual liquidation of Betis and of Gadres. But even before night-

[10] The reading of **JM** for 1626, *Tost furent li chasel* ['les métairies'] *brisié et assailli*, undoubtedly represents the GV; *li chastel* for *li chasel*, present in the α version and in the **C** group, is in each instance a misreading.

fall, predicts the narrator, they will need God's help to survive a plight far worse than any plight imaginable at the siege of Gadres. Here, then, we read the forecast of another battle which the *fourriers* must endure, and this is the battle with Duke Soar of Naman, related in the ensuing GV block.

Block 6 (GV: β99–125; AdeP: 0). — Although Gadifer was now dead, his inventor was in no way ready to end his personal contribution to the FGa story. Having gathered momentum, as it were, in his account of the Gadran flight, he next launched into a twenty-six stanza episode which is little more than a rehash of the *fourriers'* adventure in the Valley of Josaphat, with the addition of certain typical GV sidelights. As the *fourriers*, refreshed and rested, prepare to resume at their own leisurely pace the march to Gadres, they are overtaken by more allies of Balés, duke of Tyre: an immense army of Orientals commanded primarily by Soar, duke of Naman, a nephew of Darius of Persia. In bolder relief than Soar stands the figure of the *amiral de Sarcais*, a type of noble Saracen strongly reminiscent of the now defunct Gadifer. As this emir whips his troops into action and as they make for the *fourriers*, the latter in desperation appeal to Emenidus. Disgusted at their faint-heartedness, their leader nevertheless consents to dispatch a messenger to recall Alexander. The fact that this envoy will ride Gadifer's horse constitutes a link to the GV lines 1513.1–4 of β93, which state that Emenidus, after dealing Gadifer a mortal blow, took possession of his mount. — Now come four stanzas (β101–04) in which Emenidus appeals successively to Licanor, Caulus and Lioine to serve as bearer of a message to Alexander; each one refuses, and the mission is delegated to a *povre vavassor* who dares not disobey orders. This series of stanzas is manifestly modeled on the AdeP stanzas α9–22 (β9–22); Emenidus reassumes his rôle of *sage*, the knights reassume their rôle of *preux;* appeals and replies ring with the identical speech patterns of that earlier drama enacted in the Valley of Josaphat.[11] — As the messenger departs, battle is joined; the scene then shifts to the king, who on receiving the message exclaims: "Or arriere!"[12] And as he leads his army back to the rescue he laments for his barons, until Tholomé asks the king in sarcasm why he doesn't keep Emenidus tied to his apron-strings if he is loath to expose him to danger. Alexander angrily orders Tholomé to hold his tongue, since it is clear that he has spoken out of jealousy and that if others hear him he will be seriously blamed. — While awaiting the king's return, Emenidus has had to engage the emir. The latter receives his first unhorsing and is soon taken prisoner by Filote; Emenidus rules that he be carefully guarded so that if the king consents he may join the Greeks, for he has noble qualities. The battle develops favorably for the *fourriers*, though in the course of it Filote is taken prisoner and has to be rescued, a circumstance which recalls Filote's similar experience in the battle of Josaphat (compare AdeP α40–42 [β55–57]). By now Soar, wounded and dazed, realizes his folly in having attacked these Greeks without a plan of battle, and orders a general withdrawal.

[11] Stanza β101 employs the same rhyme as AdeP's α16 (β15) — the unusual -*ele* — although the addressee is a different person.
[12] This stanza (β106) rhymes in -*u*, which may be compared with AdeP's α48 (β69), where Aridé reaches Alexander from the Josaphat valley.

At this moment, however, he perceives Alexander approaching and reconsiders, preferring death to dishonor. He attacks and slightly wounds the king, but his blade slips and the king runs him through. After the ensuing slaughter of leaderless Asiatics, the king mourns for the dead duke in language reminiscent of the Greeks' earlier lament for Gadifer, and orders that the body receive honorable treatment (compare the GV stanza β93). — Licanor (who was said in the GV stanza β32 to be expansive) familiarly reminds the king of his narrow escape, and takes the liberty of pointing out that Emenidus had covered himself with glory vis-à-vis to this same ferocious duke. Alexander accepts Licanor's remarks in the spirit in which they were intended (quite different from Tholomé's) and vows that he must reward Emenidus by a crown within the year. As the dialogue continues, the king intimates to Licanor that royal displeasure will be incurred by certain barons unless they control their jealousy of Emenidus (he is referring to Tholomé, compare β108), while in Emenidus no pettiness is ever observable. — Alexander speaks to Emenidus of his intent to give him a kingdom, but Emenidus graciously begs his sovereign not to enrich him further at the expense of other less opulent vassals. Alexander vows that henceforth he will keep Emenidus at his side, and not send him off on any more *fuerres*. — Camp is pitched for the night, the army rests and eats. Here, precisely, is where matters had stood at the end of the GV stanza β96. One may compare, also, Emenidus' request in β124 — namely that he and his *fourriers* be suffered to proceed at their own pace while the king more rapidly pursues his vengeance on Betis — with the lagging behind of the *fourriers* as related in the GV stanzas β97–98.

In the foregoing account of a second near-disaster for the *fourriers*, the author of the GV provided himself with the opportunity to develop a second time certain themes for which he had special predilection: 1) Emenidus' appeal for a messenger under the stress of imminent combat, with opposition of *sagesse* and *prouesse* emphasized in the dramatic series of pleas and refusals; 2) portrait of a noble Saracen; 3) the superheroic proportions of the man Emenidus, as exemplified in his invincibility in battle, his lack of pettiness, his self-effacing modesty, his unwillingness to be overprivileged. The composer's primary inspiration for this lengthy episode could have been his desire to create a situation in the treatment of which he could re-exploit the appeal-refusal theme in verses of his own authorship, for the theme was not of his own invention in the beginning: it was Eustache's, further expanded by AdeP.

Block 7 (GV: β126–132; AdeP α77–79). — In the GV, an expansive revision was made in that section of the FGa dealing with the siege of Gadres interrupted by Balés's destruction of Alexander's blockading fortress at Tyre, a disaster which calls for Alexander's immediate return there before Gadres is reduced. AdeP, as reflected in α, treated those events with relative succinctness in three stanzas: α77–79, which follow immediately upon the battle of Guisterain (α68–74) and Betis' flight to Gadres (α75–76). The corresponding GV matter covers seven stanzas, which follow the felicitous conclusion of the *fourriers'* conflict with the forces of Soar. A night of repose follows this battle; β126 informs us that the next day by noon siege would have been laid to Gadres had not news reached the Greeks that the maritime *chastel* at Tyre had been demolished in their absence, with many casualties. In fury the Greeks set out for Tyre. Had Gadifer been alive, and Betis in good health, and the Gadrans not so thoroughly beaten by their first encounter, they would no doubt have harassed the departing Greeks, who actually withdraw with impunity; Gadres for the nonce *remest cuite* (β126 38). — An obscure cut-back occurs at the juncture between β126 and β127. Balés has heard the news — not the news of β126 (line 14) but news coming from the Guisterain valley — to the effect that Alexander has moved far toward Gadres in pursuit of Betis, and that the siege of Tyre is thus temporarily suspended. Many neighboring hordes gather to aid Balés in storming Alexander's fortress. The assault is begun, just as in AdeP's sequence, with a bombardment of the *chastel* by the attackers; it continues, again as does AdeP's account, with a stratagem paralleled in Quintus Curtius IV III 10 (destruction of Alexander's second mole), whereby the Tyrians dive down and undermine the foundations of the structure with hooks (*crochieres*, cf. α78 1841 and β128 2); in AdeP's account this device is successful, but the GV has it that although the attackers *traient . . . les quarriaus et les pieres* (β128 13), the logs resist and they are obliged to resort to the technique of driving a burning barge against the edifice, an operation paralleled in another Quintus Curtius passage (IV III 2–5, destruction of Alexander's first mole). The reason given for the resistance of the logs is that they were attached to one another *a bandes de fer* (β129 3), a circumstance reminiscent of Branch I 2898, where Alexander employs this precaution to insure the stability of his second mole. The stratagem of the burning barge seems however to have come to the GV directly from Quintus Curtius; and although this version is knit together into a single unit — textually the first stratagem is inseparable from the second (β128) and the second is inseparable from Alexander's departure for Tyre (β129) — nevertheless the skeleton of the earlier AdeP version can be discerned as the working basis: thus the *-ue* rhyme of α77 survives in β127, while the *-ier* rhyme of α79 persists in β129; furthermore similarities of wording are numerous.[13] The end-line of α79 is reflected in line 34 of β129; AdeP merely records Alexander's return to Tyre in anticipation of Eustache's resumption of the story in α80 (β133), whereas the GV author inserts a note on Balés' preparations to meet Alexander, as well as certain details of the king's actual journey. — With line 27 of β129 there is a sudden return to the chronology of β126: the king, about to besiege Gadres, learns of the calamity at Tyre, abruptly halts siege preparations and hastens to Tyre. There comes another awkward shift at line 35 as it is pointed out that Balés had better make haste to summon aid — which he does, in abundance. — In β130–31, as the king in anger makes his way toward Tyre, the emir of Sarcais, a prisoner of the Greeks since the battle with Soar, consoles Alexander with his sincere desire to aid the Greeks. — In β132 the Greeks, on

[13] Compare: β127 2 and α78 1814; β127 5 and α77 1800, 1802; β127 20 and α77 1810; β127 13 and α79 1846; β127 21 and α79 1850; β128 2 and α79 1857; β128 13 and α79 1859; β129 33 and α79 1873.

the double-quick all the way, come within sight of Tyre after two and a half days' march. Alexander espies the impaled heads of Greeks killed by Balés during the destruction, and swears a mighty vengeance.

Block 8 (GV: β133–162; AdeP: α80–109). — Beginning with stanza β133 (α80) there is no further trace of either revision or addition in the β version, and it is perhaps justifiable to infer that at this point the author of the GV concluded his personal composing and merely retained in unchanged form the remainder of AdeP's FGa.[14]

EXTENT OF THE UTILIZATION OF THE GADIFER VERSION BY THE REDACTOR OF α

The foregoing discussion has brought out two related facts with reference to that portion of the FGa narrative comprised by stanzas α52–67 (β40–44 and β86–98). 1) Within the α version, that section is incompatible with its context and is therefore not attributable to AdeP, author of the remaining α stanzas. 2) Within the β version, the two portions of text in question are integral parts of the β narrative and moreover exhibit manifold characteristics marking it as material added by the author of the GV, basis of the β redaction. Working from these two facts, we now propose to analyze the α redactor's procedure in borrowing and embodying the GV stanzas in question.

Let us begin by assuming that the GV was already, at the moment the α redactor sat down to make his text, a popular story, or in modern terms a "best seller."[1] It can well have been the motive of capitalizing on this popularity which led the α redactor to embody, at a chosen point in his narrative, certain colorful exploits of the picturesque Gadifer. He seems at the same time to have preferred to retain the shorter, more compact version of AdeP as his base: perhaps the β redactor's more radical procedure of substituting the GV *in toto* for the AdeP FGa in a RAlix edition was to come later, as popular demand for the Gadifer-story increased. We can picture, then, the α redactor watching for a chance to interpolate certain dramatic parts of the Gadifer-story. If he wishes to adhere to the essential AdeP framework and emphasis, he cannot distribute the episodes involving Gadifer as freely as they appear in the original GV. Apart from small GV additions where Gadifer figures momentarily throughout the narrative, the major "acts" in the Gadifer-drama are three: 1) his encounter with Pirrus during the Josaphat battle; 2) his part in the Guisterain battle; 3) his protection of the Gadran retreat, which leads to his death. As regards the second "act," the α redactor has already in his AdeP source a version of the Guisterain battle in which Gadifer does not figure: he therefore selects the first

---

[14] There is however a second possibility to be reckoned with here: in view of the sudden and absolute return to conformity of versions at β133 (α80) at a stage where the GV author had been making increasingly radical departures from his AdeP model, one might perhaps assume that at β133 the β redactor terminated his substitution of the GV for his standard RAlix source, i.e. AdeP. In this case the lost GV account of the captures of Tyre and Gadres could theoretically have differed considerably from the one account preserved.

[1] For supporting evidence of such popularity see above, p. 106.

and third "acts" and merges them into a single sequence. But also, in order that Gadifer may not appear as a complete *hors d'œuvre*, a suitable occasion must be found for his introduction. Such an occasion presents itself in AdeP's stanza α49. The arrival of Alexander has marked the turning-point in the battle of Josaphat — Betis can have no hope of winning, his troops can scarcely resist the entire Greek army; yet he makes a final desperate appeal to his subjects to come forward in his defense (α49 1144–50). It is a good moment for a courageous vassal to step forward, a good moment for the intervention of Gadifer. However, a technical difficulty arises to confront the interpolator: the logical Gadifer-stanza with which to open the interpolation is clearly enough β41, the portrait of Gadifer; but this stanza has the same rhyme (*-ier*) as α49, the stanza chosen as transitional link. Furthermore, AdeP's stanza α50 has the same subject-matter as the preceding (the situation at the moment of Alexander's arrival), and cannot well be separated from its companion-stanza. Likewise, the continuity from α50 to α51 (lines 1159, 1160) does not favor an interruption. Stanza α51 is AdeP's prelude to the flight of the Gadrans: the king's own vigorous participation in the mêlée. Betis' appeal in α49 is momentarily answered as five of his vassals assault the king (lines 1179–82), but as Cliçon and Tholomé and a host of fresh troops spur up, the Gadrans accept the inevitable, begin to fall back (line 1187), and Betis himself checks his forward advance (line 1188). However, in AdeP's next stanza (α68), Betis is pictured as already in discouraged retreat behind his men, with the Greeks in eager pursuit (lines 1645–46): the game is up. The juncture of α51 and α68, then, is the last workable opportunity for the interpolation of the Gadifer episode. Thus after α51 the α redactor places β41–44 as α52–55. And hence result the first four of the narrative flaws listed above (page 104): 1) the two deaths of Count Sabilor;[2] 2) failure to identify the character Pirrus;[3] 3) apparent absence of Alexander during an episode occurring after his arrival;[4] 4) reversal of Gadran morale.[5]

The α redactor's next problem was satisfactorily to couple the third "act" of the Gadifer-drama to the first. His endeavor resulted in stanza α56, which he

[2] In the GV, Sabilor's actual death (β41) occurs well in advance of his mention among the Josaphat casualties (β71). In AdeP (as in Eustache) the minor personage Sabilor was listed among the dead (α50), perhaps primarily in order to complete a difficult rhyme, but there was no record elsewhere of the specific event. Subsequently the GV author logically utilized the available Sabilor to provide a victim for Gadifer in his initial joust — a victim to offset Pirrus' preliminary victim, who was Gadifer's nephew.

[3] In the GV, stanza β42 (α53), which in α introduces Pirrus obscurely, is not an introduction at all but the continuation of a context in which Pirrus has already been introduced at length, through a portrait (β36) and a series of exploits (β37–40) balancing those of Gadifer.

[4] In the GV, the Gadifer-Pirrus episode takes place during the battle of Josaphat, quite some time before Alexander is summoned from Tyre.

[5] In the GV, the disorganization of the Greeks described in β44 (α55) is wholly normal: they are only the *fourriers* (not the entire Greek army) and they are vastly outnumbered by the Gadrans. Although they will stem the tide as long as they can, Aridé will soon seek aid from Alexander in order to avoid complete disaster.

manufactured *ad hoc*. To reconcile the situations represented in α52–55 (β41–44) and α57–67 (β86–98) was next to impossible, for in the former Betis is on the point of annihilating the *fourriers*, while in the latter, after a battle with the entire Greek army, he is obliged to flee in order to save his skin. The α redactor bravely attempted the reconciliation by representing Betis at the opening of α56 as supremely confident of victory (lines 1311–14), and then by having the tide quickly turned because Emenidus incapacitates the key man, Gadifer (lines 1323–29). Grounds are thus supposedly established for a major retreat, cf. α57 1330–39.

Line 1447 of stanza α59 (β88) challenged the α redactor's ingenuity, for in the GV it contained an allusion to three unhorsings of Gadifer by Emenidus, all three of which occurred in stanzas not borrowed by the α redactor: β47, β64, β66.[6] He therefore altered the line to read

Hui me fist du cheval gesir a ventrellons,

thus eliminating the *trois fois* and at the same time creating a reference to the substitute α56 (lines 1323–28), which is the sole preceding instance of a Gadifer-Emenidus tilt.[7]

The α redactor next found himself obliged to omit two stanzas from the GV series which he was now transcribing: namely, the GV stanzas β89–90. Their subject-matter (particularly that of β89) did not suit his context. Tholomé's disagreeable remarks to the king (lines 68–75) seem to arise from the essentially antipathetic character attributed to Tholomé in the GV, and are of a piece with his jealous animosity toward Emenidus, a theme passably exploited by the GV author. AdeP, on the other hand, had never represented Tholomé as deserving royal rebuke (cf. β89 77–86), and such a note appearing only once here would be almost certain to jar. Furthermore, the incident in which Tholomé loses his *brun* to Gadifer (referred to by the king in line 81) is one wholly foreign to the AdeP version, being part of the GV recast of AdeP's α72 (β84) in which Tholomé captured Betis' horse, in a portion of the poem not yet reached by the α redactor at the point in question. Barring a careful revision, then, he was forced to eliminate β89. And if β89 is omitted so must be β90, which proceeds from it. Moreover, the extreme length of these two stanzas — 105 and 57 lines respectively — is likely to cause their exclusion from the α redaction, where only one other stanza — α57 (β86), a vital one for its content — is of comparable length. It may be further noted that the progress of the action is in no way advanced by these two stanzas, a circumstance which further exposes their ponderousness to the editorial shears.[8]

---

[6] See above, p. 110.

[7] The notion of *gesir a ventrellons du cheval* is however inherently senseless. The individual α manuscripts struggled thereafter with the reading, some altering *gesir* to *cheoir*, others trying *el* (or *sor*) *cheval*. The latter picture, of the rider lying *flat on his horse*, is at best unrealistic, while the idea of *falling* rather than *lying* fails to accord with α56, which states that Emenidus strikes and wounds Gadifer, but which in no way specifies that the latter is made to *fall*.

[8] This fact did not escape the keen eye of the J ancestor, who deleted β89–90 in his transcription of the β redaction. — There is no need for more than passing

At what point was the α redactor to bring his interpolation to a close? The problem was to provide adequate transition to AdeP's next episode, the battle of Guisterain, which began with α68. In order to justify fear of the approaching Alexander (compare α68), it would have to be explicitly stated that Alexander was in pursuit. Such a statement is found in the GV stanza β97 (α66), a stanza which further involves the separation of the *fourriers* from the main army. It therefore seems to have occurred to the α redactor that if he included also the ensuing GV stanza β98 (α67), the end-lines of that stanza could further serve as the forecast of a coming battle in which the *fourriers* were to participate, and which would be precisely AdeP's battle of Guisterain.

However, in continuing his interpolation from the GV through stanza β98 (α67), the α redactor inadvertently introduced the three remaining narrative flaws listed above: the removal of the *fourriers* from the Guisterain battle-scene immediately before their participation therein;[9] the discrepancy in the time-element;[10] the false forecast.[11]

The foregoing discussion having sufficed, we believe, to establish that the α redactor borrowed α52-55 and α57-67, the only remaining question is whether his immediate source for the interpolation was the original Gadifer Version, or whether his source was the Gadifer Version subsequent to its incorporation into the β redaction of the RAlix. Since there is no evidence anywhere else in the RAlix that the α redactor ever drew material from the β redaction, and since there are no links in the text of the α interpolation to one rather than another of the β manuscripts, it seems safe to conclude that the original Gadifer Version served as the source of the α interpolation of Gadifer material, just as it served as the source of the β version of the whole Fuerre de Gadres.

In the three tables which follow we offer a concordance of the α and β versions (Table 1), a diagram of the interrelations of the three versions which, directly or secondarily, are derived from the Fuerre de Gadres of AdeP (Table 2), and a listing of the order of stanzas in the manuscripts which contain the Fuerre de Gadres (Table 3).

---

mention of a minor change which was made by the α redactor in α62 (β93). He there excised lines 1513.1-4 and altered line 1514. It is indicated that these lines stood in the GV and that the α alteration is merely an unsuccessful attempt at condensation; see below, note to II 1513.1-4.

[9] In the GV, the *fourriers* are not removed from the Guisterain battle-scene, which directly follows the arrival of Alexander. Their separation from the main body of Greeks precedes instead their encounter with the army of Soar.

[10] In the GV, no night intervenes between the battle of Josaphat and the battle of Guisterain. Night comes well after the close of the second battle.

[11] In the GV, the forecast of calamity for the *fourriers* points not to the battle of Guisterain but to the battle with Soar. In this latter episode the prediction is amply justified.

TABLE 1
CONCORDANCE OF THE α AND β VERSIONS OF THE FUERRE DE GADRES

The *Roman du fuerre de Gadres* of Eustache had been composed of stanzas which are reflected in I 129, II 1, 3–14, 17, 20, 22–25, 27–34, 38, 42–44, 46–48, 50, 75, 80, 82–84. AdeP expanded I 129 of the RFGa into I 129–57. For the remainder of the FGa (II 1–109) the present concordance lists the stanzas occurring in AdeP, in the α version and in the Gadifer Version and the β version.

AdeP	α version	GV and β version
1–19	α1–19: on AdeP (cf. β1–19) α lacks	β1–19: on AdeP (cf. α1–19)[1] β20: GV addition
20	α20: on AdeP (cf. β21)	β21: on AdeP (cf. α20)
21	α21: on AdeP	β lacks: GV deletion
22–31	α22–31: on AdeP (cf. β22–31) α lacks α (see below)	β22–31: on AdeP (cf. α22–31)[2] β32–40: GV addition β41–44: GV addition (cf. α52–55)
32–33	α32–33: on AdeP (cf. β45–46) α lacks	β45–46: on AdeP (cf. α32–33) β47–48: GV addition
34–45	α34–45: on AdeP (cf. β49–60) α lacks	β49–60: on AdeP (cf. α34–45) β61–62: GV addition
46	α46: on AdeP (cf. β63) α lacks	β63: on AdeP (cf. α46) β64–67: GV addition
47–51	α47–51: on AdeP (cf. β68–72) α52–55: on GV (cf. β41–44) α56: α addition α57–59: on GV (cf. β86–88) α60–67: on GV (cf. β91–98)	β68–72: on AdeP (cf. α47–51) β (see above) β lacks β (see below) β (see below)
68–70	α68–70: on AdeP (cf. β73–75) α (see below) α lacks	β73–75: on AdeP (cf. α68–70) β76: on AdeP (cf. α73) β77–81: GV addition
71	α71: on AdeP (cf. β82) α lacks	β82: on AdeP (cf. α71) β83: GV addition
72	α72: on AdeP (cf. β84)	β84: on AdeP (cf. α72)
73	α73: on AdeP (cf. β76)	β (see above)
74–79	α74–79: on AdeP α lacks α (see above) α lacks α (see above) α lacks	β lacks: GV deletion β85: GV addition β86–88: GV addition (cf. α57–59) β89–90: GV addition β91–98: GV addition (cf. α60–67) β99–132: GV addition
80–109	α80–109: on AdeP (cf. β133–62)	β133–62: on AdeP (cf. α80–109)

[1] The β order in terms of the α order is α1–13, 19, 16, 14, 15, 17–18.
[2] The β order in terms of the α order is α22–29, 31, 30.

Table 2

The Fuerre de Gadres: derivatives from the text of Alexandre de Paris

AdeP:FGa (I **129–57**; II α**1–51**, α**68–109**)

|
Gadifer Version (II β**1–162**)
|

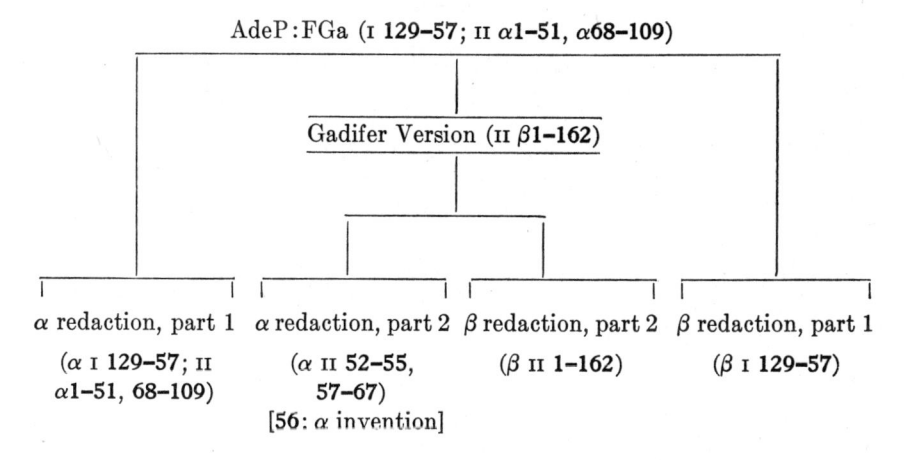

α redaction, part 1	α redaction, part 2	β redaction, part 2	β redaction, part 1
(α I 129–57; II α1–51, 68–109)	(α II 52–55, 57–67) [56: α invention]	(β II 1–162)	(β I 129–57)

Table 3

Stanza order in the manuscripts of the Fuerre de Gadres

This table lists, beginning with Branch II, all stanzas present in a given manuscript or group of manuscripts, and indicates in the case of manuscripts derived from more than one source whether the stanzas are based on an α source or a β source. Stanzas containing a point followed by a supplementary numeral (α56.1, β21.1, etc.) are absent from both the α canon and the β canon; in such cases parenthetical indication is given of all manuscripts in which they appear.[1]

GD: α1–48, α52–67, α49–51, α68–109.

TF: α1–48, α50, α49, α51–109.

B: α1–15, α17, α16, α18–20, β21.1 (also in *CH* and RTCh [*C*]*DP*), α21–45, α52, β39, α53–55, α46–50, α56, α56.1 (also in RTCh [*C*]*DP*), α57–66, α66.1 (only in *B*), (*B* lacks α67), α51, α68–79, β133–44, β144.1–3 (only in *B*).

N: α1–16, α20, α17–19, α21–38, α40–45, α52–56, α46, α39, α47–51, α57–65, (*N* lacks α66–67), α68–79, β133–38, (*N* lacks β139), β140–62.

V: α1–58, α58.1 (also in *HEU* and RTCh *CD*), α59–63.

---

[1] For details about the manuscripts and manuscript groups and about the FGa which Thomas of Kent interpolated into his *Roman de Toute Chevalerie*, see below, pp. 125–48. — Manuscript *C* of the RTCh has a lacuna at the beginning, so that the text opens with β89, line 93. Since the stanza order in the preserved portion of RTCh *C* nowhere shows any variation from that in RTCh *D*, we assume that the order for **1–89** was likewise identical with that for *D*. We therefore in the table indicate the presumptive order, inclosing however the *C* in square brackets.

M (*MRSPQY*): α1–29, β31–53, (M lacks β54),[2] β55–78,[3] β30, β79–113,[4] α76–109.

L: α1–6, α6.1 (only in L), α7–12, (L lacks α13), α14–29, β31–32, β30, β33–45, β45.1–2 (only in L), β46–63, (L lacks β64–67), β68–132, β132.1–5 (also in *CEU*), β133–62.

J (*JIK*): β1–16, (J lacks β17), β18, β18.1 (only in J), β19–20, (J lacks β21), β22–25, (J lacks β26–27), β28–53, (J lacks β54), β55–88, (J lacks β89–90), β91–162.

C (and *C^m*): β1, β1.1 (also in H), β2–13, β16–17, β15, β18, β20, β19, β14, β21, β21.1 (also in *BH* and RTCh [*C*]*DP*), α21, β22–29, β31, β30, α32, β32–75, α71–72, β76, α74, β77–86, β86.1 (only in *CC^m*), β87–132,[5] β132.1–5 (also in *EUL*), β133–62.

H: β1, β1.1 (also in *C*), β2–13, β16–17, β15, β18, β20, β19, α21, β21, β21.1 (also in *BC* and RTCh [*C*]*DP*), β14, β22–27, β27.1 (only in H), β29, β29.1 (only in H), β31, β28, β45–46, β48–49, β52–53, β32, β30, β33–35, β55–63, β36–39, β39.1 (only in H), β40–44, β47, β64–67, β67.1 (only in H), β50–51, β54, β68–72, β79–81, β81.1 (only in H), α58.1 (also in *VEU* and RTCh *CD*), β81.2 (only in H), β73, β78, β74–76, α74, β77, β82–85, α76, β86–90, β90.1–2 (only in H), β91–93, β93.1–3 (only in H), β94–162.

EU:[6] β1–16, β18, β22, β17, β21, β19–20, β23–36, β54, β37–53, β55–60, (*EU* lack β61–62), β63, (*EU* lack β64–67), β68–82, (*EU* lack β83), β84, α58.1 (also in *VH* and RTCh *CD*), β85–132, β132.1–5 (also in *CL*), β133–61,[7] β161.1 (only in *EU*), β162.

RTCh *CD*: β1–13, β16–17, β15, β18–19, β14, β21, β21.1 (also in *BCH* and RTCh *P*), α21, β20, β22–25, (RTCh *CD* lack β26–27), β30, β33, β32, β45, β28–29, β31, β34–44, β46, (RTCh *CD* lack β47–48), β49–60, (RTCh *CD* lack β61–62), β63, (RTCh *CD* lack β64–65), α56, α56.1 (also in *B* and RTCh *P*), β66, β66.1 (also in RTCh *P*), (RTCh *CD* lack β67), β68–72, (RTCh *CD* lack β73), β74–82, (RTCh *CD* lack β83), β84–90, α58.1 (also in *VHEU*), β91–97, (RTCh *CD* lack β98), β99–101, β103, β102, β102.1 (only in RTCh *CD*), β104–06, (RTCh *CD* lack β107), β108–10, β110.1–2 (only in RTCh *CD*), (RTCh *CD* lack β111–22), β123–24, β124.1–2 (only in RTCh *CD*), (RTCh *CD* lack β125–32), β133–49.

RTCh *P*: β1–13, β16–17, β15, β18–19, β14, β21, β21.1 (also in *BCH* and RTCh [*C*]*D*), α21, β20, β22–25, (RTCh *P* lacks β26–27), β30, β33, β32, β45, β28–29, β31, β34–39, β48, β40–44, β46, (RTCh *P* lacks β47), β49–60, (RTCh *P* lacks β61–62), β63, (RTCh *P* lacks β64–65), α56, α56.1 (also in *B* and RTCh [*C*]*D*), β66, β66.1 (also in RTCh [*C*]*D*), (RTCh *P* lacks β67), β68–72, (RTCh *P* lacks β73), β74–75, α71–72, β76, α74, β77–149.

[2] *Q* has β54 (between β38 and β39).
[3] *Y* lacks β63–67.
[4] *S* ends Branch II with β110.
[5] *C^m* ends with β128.
[6] *U* lacks β59, β77, β126–31, β132.3, β132.5.
[7] *E* lacuna: β136 and β137, lines 1945–76.

INTRODUCTION   125

THE MANUSCRIPTS OF THE FUERRE DE GADRES

The known manuscripts of the FGa, complete or fragmentary, number thirty-two. Twenty appear in manuscripts of the RAlix (*B, C, D, E, F, G, H, I, J, K, L, M, N, O, P, Q, R, S, T, Y*); two in manuscripts containing material of diversified character (*V, C^m*); one in a manuscript together with the *Voeux du Paon* and the *Restor du Paon* (*U*); three in manuscripts of the *Roman de Toute Chevalerie* (RTCh *C, D, P*); six are isolated fragments of the FGa (*a, b, c, d, g, h*). Location and description of most of the manuscripts containing the FGa were first furnished by Paul Meyer in his "Etude sur les Manuscrits du Roman d'Alexandre,"[1] and we retain here all sigla employed by Meyer in his classification. Not included in that study are the following manuscripts or fragments:

Roman d'Alexandre: Y. — Rome, Vatican, Reg. 1364.

Fuerre de Gadres: C^m. — Yorkshire, Birdsall House, Malton: Lord Middleton.[2]

Roman de Toute Chevalerie: RTCh *C* (Cambridge, Trinity College, 0.9.34); RTCh *D* (Durham, C.IV, 27b); RTCh *P* (Paris, BNF 24364).

Fragments of FGa: *g* (Brussels, Archives Générales du Royaume, Fonds des manuscrits divers 1411);[3] *h* (Fribourg, Archives de l'Etat, Littérature 22).[4]

A discussion here follows of the interrelationships of the manuscripts and fragments noted above, with regard to their texts of the FGa, *i.e.* II α1–109 (β1–162).[5]

Group G

1. *General.* — The scribal ancestor of the G group had, so far as our evidence indicates, a single source: the α redaction. Moreover, there is nothing to show that the G redactor in any way modified the text as it came to him in that redaction.

---

[1] *Rom.* 11 (1882), pp. 249–320. The variants offered by *O*, which is merely a fifteenth-century copy of *N*, have not been included in the present discussion. Of the manuscripts and fragments of the FGa, the following have been published: *B*, in Vol. I of the present edition (EM 36); *H* by H. Michelant, Stuttgart, 1846; *P* in facsimile, by M. R. James, Oxford, 1933; fragment *a* in facsimile, by E. Monaci, *Facsimili d'antichi manoscritti*, Rome, 1882, fasc. 2, No. 29; fragment *d* by A. Scheler in *Bibliophile Belge*, 3rd series, 9 (1874), pp. 253–60; fragment *h* by P. Aebischer in *Archivum Romanicum* 9 (1925), pp. 366–82.

[2] Earlier located at Wollaton Hall, Nottinghamshire, this manuscript is described in the Historical Manuscript Commission's *Report on the Manuscripts of Lord Middleton*, London, 1911. It is a collection of miscellaneous poems including, as a separate poem, the FGa, to which we have assigned the siglum *C^m*, on account of its close kinship to the text in manuscript *C* and of its location in the Middleton collection.

[3] Existence first noted by A. Bayot in *Rev. des Bibl. et Arch. de Belgique, année 1906*, pp. 411–12, 438–40; text identified by P. Meyer in *Rom.* 36 (1907), p. 121.

[4] Also published, see above, note 1.

[5] For the manuscript relations in II **110–49**, see below, p. 230.

2. Subgroups. — As elsewhere in the RAlix, the **G** group is composed for the FGa of the two subgroups GD and TF. — 1) The composer of the GD redaction transposed the two blocks of stanzas α49–51 and α52–67, with the resultant sequence for his text: α1–48, 52–67, 49–51, 68ff. He probably made this alteration in an effort to eliminate some of the most prominent contradictions in his α model — contradictions resulting from the awkward junctures caused by the squeezing of the Gadifer episode in between α51 and α68. It was of course impossible, by a simple transposition of preserved stanzas, to eradicate all those defects; yet the procedure wrought an improvement in three respects. In the GD revision: Sabilor's death (α52) properly occurs before he is listed among the casualties (α50); Alexander's arrival on the scene afterwards accords with his implied absence in the opening Gadifer stanzas; the authentic AdeP sequence α49–51, 68 is restored. These ameliorations, however, scarcely tip the balance in favor of the GD version, for three serious α flaws still remain (discrepancy in time-element, removal of the *fourriers* from the Guisterain battle-scene, false forecast) and furthermore a new discrepancy is introduced: Alexander is pictured, in α58 and α62–67, as in full command of operations long before his arrival is specifically recorded in α49–50. — 2) The composer of the TF redaction made but a single alteration in stanza order: he transposed the two stanzas α49–50, thereby effecting a logical sequence which he felt to be lacking in the original order. The transposition results in the following sequence: the king's arrival (end of α48), the situation when the king arrived (α50), the situation of the *fourriers* when they saw that the king had arrived (α49). The poor sequence in the original α49–50 is due to the fact that α49 is an AdeP interpolation into the Eustache version, and the TF scribe's alteration is of little consequence in comparison with the major α flaws which he made no attempt to eliminate.

Manuscript N[6]

The composer of the N redaction of the RAlix drew upon a variety of sources, and even within the FGa portion we cannot with certainty identify all of the models utilized. In Branch I, N was a reasonably consistent member of the **C** group, which was there a member of the α family. Where, at the opening of Branch II, the **C** group shifted from an α to a β source, the scribe of N abandoned his **C** source as a primary model, and turned to some earlier manuscript of the α tradition. Certain features exhibited by N in common with the text of manuscript B suggest the possible existence of a lost redaction, derived from α, which served as source for both manuscripts;[7] those features are, however, so sporadic that a hypothetical BN source must be thought of as purely secondary. Apart from very numerous individual traits of N having little or no significance, we note the following features of its text: 1) N locates stanzas α52–56 — which constitute the first section of α's Gadifer episode plus the α redactor's link to

---

[6] The symbol N is understood in all cases to apply both to manuscript N and to its fifteenth-century copy, manuscript O.

[7] The following textual accord is certainly not fortuitous: II 1661 (Et feri Dant Nassal de la terre au soutain), BN E.f.midoal d.l.t.a.s. Cf. also II 1679 and 1697, in which BN substitute the name *Midoal* for *Nassal*.

the second section — between α45 and α46. This procedure eliminates two α defects: Sabilor's double death, and the seeming absence of Alexander during the first Gadifer scenes. Furthermore the N location of this material, though not brilliant, is logical: in α45 the *fourriers* are in a state already bordering on collapse: in α52-55 Gadifer's appearance throws them into worse confusion; in α56 Betis is confident of victory; in α46 Betis deals such havoc that it tips the scales and determines Aridé's departure in α47. It is to be observed that B, as well as N, adopts this location for the introduction of Gadifer, a strong indication of common affiliation. B however fails to include α56 in this first block, a move which occasions further machinations by the B scribe at a later point.[8] — 2) N eradicated two further defects of its α model by the simple expedient of deleting stanzas α66-67. It is these two stanzas which recount the dropping behind of the *fourriers* and the unrealized forecast; thus the version of N keeps the *fourriers* with the main army, so that their presence in the forthcoming battle of Guisterain is wholly natural, and the listener is not led to anticipate for the *fourriers* a disaster which subsequently fails to materialize. — 3) After copying from his α model through stanza α79, the N scribe shifted to a β source closely associated with the C group[9] — a source which it is normal to think was the one abandoned by N at the opening of the FGa, but resumed now for the remainder of Branch II. — 4) Throughout stanzas α1-79, the section in which N was utilizing an α model, numerous minor instances of contamination are evident, the clearest of which point to contact of N with a manuscript of the J group. This influence of J not only includes variant readings,[10] but also extends to several scattered lines of N not present in α, *e.g.* II 53.1, 573.1, 730.1, 753.1.

Manuscript V

What comes to us in manuscript V is a truncated text of the α version of the FGa breaking off in the middle of stanza α63. The Anglo-Norman scribe brought his FGa text to a close about nine line-spaces from the end of a folio, and a series of concluding pen-squiggles jutting down from the letters of the bottom line indicate that he had completed his assignment, which was to draw off a separate edition of the RFGa. The chances are good that his model, also, was a *tirage-à-part* ending in the middle of α63, for so far as space was concerned the copyist of V was not obliged to stop where he did. Furthermore, at the point reached, the rôle of Gadifer de Larris in the α version was terminated, and one can imagine a demand for this type of abridgment. The ulterior source of the V text is the α redaction, and traces are absent of intermediary redactions linking V with any other member or members of the α family; yet that the immediate source of V was a *tirage-à-part* based on the α redaction, rather than the α re-

[8] See below, p. 129.
[9] For example II 1938 (Les ondes quil demainent font le berfroi si braire), J**C**BNL L'engien oissies croistre et si durement b.; also II 1909 (Ja ensi nen iert prise se n'en prenons conroi), **C**BNL J.mais (N si) ne sera p.s.n'e.p.c.
[10] For example II 640 (Cil est mors a dolor et maint autre autresi), NJ C.e. m.a d.qui qui crie merci.

daction itself, is confirmed by the presence in the *V* text of one spurious stanza: *α*58.1, which is also present in the *β* manuscripts *H, EU*, and RTCh *CD*, but which seemingly was no part of the GV canon.[11] The inference is therefore that this stanza was invented to figure in the RFGa edition which served *V* as model, and incidentally that it was from this or an associated model that the respective scribes of *H, EU* and RTCh *CD*, contaminators known to have seen various redactions which doubtless included some *tirages-à-part*, drew the stanza in question. The *V* text, which teems with faults and obscurities, is as follows:

α58.1

Gadifer fet semblant que de ren ne s'effroie,
Ei(i)nz repele sez genz ce k'il put e raloie
E regarde sor destre toz les vals de Marsoie,
4 Vi la gent Alixandre ki sour li se desroie
E dist a un son home: "Volunters vengeroie
Le dul e le damage se jo eise en avoie,
E si jo puis, al meins rescorrai jo la proie."
8 Il let coure ferrant tut une dure voie
E abeisse lance e l'ensegne desploie
E veit ferir un Griu, k'i[l] li perce le foie,
Puis parla haustement si k'Alixandres l'oie:
12 "Eumenidus d'Archage, si pur vous n'en aloie,
Ja pur nul de ces autres le champ ne guerperoie."
"Ne por moi?" dist Alixandres li roi. "Non, voir, si jo piroie."
Alixandres let coure tot une brüeroie;
16 Cum il vint pres de li, molt durement li proie:
"Vadlet, cum as tu noun, se t'amie te voie?"
"J'ai a non Gadifer, ke vos en mentiroie?
Fiers sui e coragus se atanz estoie."
20 E respond Alixandres: "Ami, car te renoie!"
Plus te dorrai terre que tu ne conqueroies."
"Sire," dist Gadifer, "Deheit ki l'otroie!
Est ço dunc largesce d'autrin quir coroie?
24 E cels que jo amenai en cest champ gwerpiroie?
Ja savet vous de verrai ke jo dunke mesferoie;
Si'n estoie el desus, volenters t'osciroie."

Manuscript *B*

For the RAlix in general, the text of manuscript *B* is derived from a version of *B*ˣ which in turn goes back to the version *B**, source also of the version *B*ʸ out of which AdeP constructed his redaction; see above, Vol. II (EM 37), diagram facing page ix. Thus as a rule *B* is wholly independent of AdeP and his derivatives, but the Fuerre de Gadres constitutes a notable exception. This episode is a *B* interpolation in a form containing overwhelming textual evidence

---

[11] For discussion and text of this stanza in *HEU* and RTCh *CD* see below pp. 141–42.

that it is primarily based upon the α redaction of the AdeP version of the FGa.[12] The main problem of the B text for the FGa is thus reduced to tracing its affiliation with the α redaction and with other AdeP derivates. Although the primary model was the α redaction, there are plentiful evidences that B consulted some other redactions as well: probably one and another of the *tirages-à-part* of the FGa whose existence is so amply substantiated. There follows a summary of the leading features of the B text.

1. Features in common with manuscript N. — As already cited above, there is some evidence of an intermediary α-type redaction serving as a source for B and N. This evidence consists of (a) the location of the first block of Gadifer stanzas between $\alpha 45$ and $\alpha 46$ (as B **136–40**), (b) the omission of stanza $\alpha 67$, and (c) occasional textual accords. The first of the above procedures, it will be remembered, eliminates the flaw of Sabilor's two-fold death. In contradistinction to N, however, B fails to include stanza $\alpha 56$ along with $\alpha 52$–55 in the early Gadifer sequence.

2. Postponement of $\alpha 51$ and invention of $\alpha 56.1$. — In N, with the relocation of $\alpha 52$–56 *en bloc*, the resultant juncture $\alpha 51$, 57 was adequate; in B on the other hand, the transfer of only $\alpha 52$–55 would have left an impossible sequence $\alpha 51$, 56. The B scribe consequently postponed the inclusion of $\alpha 51$, and the juncture $\alpha 50$, 56 is without strain. However, the B scribe felt the inadequacy of the next juncture $\alpha 56$, 57 (also removed in N), and overcame it as best he could by inserting between the two a stanza of his own invention, $\alpha 56.1$.[13] This stanza recounts that although Gadifer has suffered a severe wound inflicted by Emenidus (cf. $\alpha 56$), he is given adequate care by a doctor. Betis is so encouraged that, Gadifer concurring, he decides to strike at the *fourriers*. These however deal back such havoc that Betis begins to flee, Gadifer assumes a position in the rear, and thus the stage is set for $\alpha 57$.

3. Substitution of $\alpha 66.1$ for $\alpha 67$. — It may be recalled that N, by omitting $\alpha 66$–67, removed the α flaw of the *fourriers'* disappearance just before the battle of Guisterain, in which they are participants. The scribe of B recognized this flaw, but adopted a different remedy from that of N. He retained $\alpha 66$, including line 1609 (*Li forrier vont souef la petite ambleüre*), but in line 1598 substituted *petite* for *pleniere* (*ambleüre*), thus making the progress of *fourriers* and main army simultaneous. This stanza is followed by $\alpha 66.1$, B's individual substitute for $\alpha 67$.[14] It declares that Emenidus and Licanor were cured of their wounds, and that Alexander, Tholomé and Cliçon rejoiced. Meanwhile Betis, in flight, stops near a hill, gathers his men about him, feebly suggests further resistance to the diabolical Greeks, but shows no real confidence now that he has lost the staunch Gadifer. Yet as the pursuing Greeks come in sight, the duke gives orders for battle; the ensuing fray is that related in stanza $\alpha 51$, which the B scribe had reserved for this spot, and which in turn leads to $\alpha 68$. The B scribe

[12] See below, Variants to Branch II, and for the text of the FGa in B, see above, Vol. I (EM 36), B **90–186**.

[13] For the text see above, Vol. I (EM 36), B **147**. This stanza occurs also in the RTCh, regarding which see below, p. 148.

[14] For the text of $\alpha 66.1$ see above, Vol. I (EM 36), B **158**.

may merely have sensed the essential fit of α51, 68, or he may have observed their contiguity in one of his secondary models of the β type.

4. Inclusion of β21.1 and β39. — At least two of the B stanzas not belonging to the α canon were drawn from secondary sources. These are β21.1 (B 110) and β39 (B 137). — (a) Stanza β21.1, present in CH (and RTCh) of β, is located among the appeal stanzas and introduces the character Caulus de Milete or Caulus Menalis. It is suggested below that this FGa stanza is an imitation of IV 50, probably composed to figure in some *tirage-à-part* of the FGa, where a redactor saw a chance of enriching the appeal series by exploiting the existence of two warriors named Caulus. It was in some such source, perhaps the same as served CH, that the scribe of B presumably found this stanza. — (b) Stanza β39, present in all β manuscripts, was an authentic piece of the GV canon. There, it depicted certain exploits of Pirrus, the cherished nephew of Emenidus, in the sequence preceding the block β41-44 (α52-55). The B scribe inserted his version of the stanza between α52 and α53, and thereby achieved a symmetry which he sensed to be lacking in the Pirrus-Gadifer episode as adapted by α. The insertion provides a balanced pair of introductions: α52, Gadifer; β39, Pirrus; α53 opens "Pirrus voit Gadifer. . . ." Textually, it is impossible to relate the B version of β39 to any specific β group or manuscript, for the B text is badly mutilated. It consists of but twelve lines, of which two are individual and four have individual variants: β39 1-2, 2.1, 9-12, 12.1, 13-14, 5-6 in that order. In addition, a disproportionate accumulation of Italian dialectal traits (*e.g.*, *sgombre*, *hora*, *terrave*) leads to the conjecture that this reorganized, or disorganized, stanza was introduced by the B scribe purely from memory.

5. Shift from α to β source. — At stanza α80, the B scribe abandoned his α model wholly in favor of a β source. Whether this shift constitutes further evidence of B's affiliation with N, which effected the same shift, it is difficult to say. It is within the realm of possibility that the α source of B and N was a separate edition of the FGa ending with stanza α79. In any case B, along with N, is affiliated with the **C** group of β in the section β133ff.[15] And this shift of B to β, together with B's earlier inclusion of β21.1 and β39 which show the scribe's awareness of the β tradition, are probably sufficiently indicative of B's procedure to justify the view that the B interpolator of the FGa had constantly before him one or more β-type manuscripts, probably of the **C** stem, and that certain sporadic textual accords of B with **C**, even in stanzas where the primary model was certainly α, result from momentary inspection of those supplementary manuscripts.[16]

6. At the end of stanza β144 (α91), which terminates the episode of the siege and capture of Araine, the B scribe turned permanently away from the text of AdeP, one or another version of which had served him as models from the beginning of the FGa. For the eighteen-stanza AdeP account of the siege and

[15] For example, variants in II 1938, 1909; see above, note 9.
[16] For example II 1256 (Por son gentil neveu qui iert fieus d'aumaçor), *BCEU* P.s.g.n.qu'est f.de sa seror; also II 1268 (Et niés Emenidun et fieus de sa seror), *BCEU* E.n.e.qu'en ot au cuer iror (B dolor); also II 1205.1-3, lines present in *BCEU* (and fragments *gh*) only.

surrender of Gadres (β145–62 [α92–109]), B substitutes a three-stanza version (β144.1–3), the content of which runs as follows:[17] Attacking the city with the conventional weapons of siege warfare, Alexander and his men succeed in breaking down the gates, whereupon they swarm within the walls and kill many of the inhabitants. Cliçon is personally responsible for the death of Betis, and with his death all resistance to the Greeks ceases. The king bestows the city upon Divinuspater — a favor which, the writer predicts, will be ill-returned, since the recipient will later poison his sovereign. — The versification and the language of these three B stanzas are of decidedly inferior calibre. Of the forty-three lines, as many as thirty are defective metrically; Italianisms such as *fara, splana, spee, libre* (for *livre*) abound in undue proportion to the rest of the B text (but compare B's spurious version of β39). Such traits suggest that the B account was scarcely drawn from some pre-existing source (now lost) but rather was composed by the B interpolator himself.[18] It is not difficult to imagine that this redactor, having already injected some 2200 lines of the borrowed FGa, was hesitant to prolong the interpolation by another 300 lines which began a new episode and which were themselves but a later addition to the authentic RFGa. The fact of Alexander's victory over Gadres was still an indispensable element in B's cyclical treatment, but one which could advantageously be offered in condensed form. That the short version of B was directly inspired by the longer account of AdeP cannot adequately be proved, but two details pointing in that direction seem worthy of mention. AdeP states in II 2407–08 that Betis was fearful of Alexander's wrath over the slaying of Sanson:

> Bien set que Alixandres est tant ses enemis
> Por la mort de Sanson qui tant fu ses amis,

while the B account likewise mentions (B 3287–88) the death of Sanson as a motive for Alexander's vengeance:

> Il le fara apendre o la teste couper
> Por Sanson qu'il a mort, son maistre gonfanoner.

Furthermore, it is to be noted that while B has Betis killed by Cliçon, manuscripts EU contain an extra stanza (β161.1)[19] stating that Betis is slain by Cliçon. Not the work of AdeP, who mentioned the death of Betis almost casually (II 2404–05), this EU stanza was nevertheless probably introduced into the AdeP text in some *tirage-à-part* of the **C** tradition, of the type which the B scribe seemingly had at his disposal and from which he could have drawn this detail in composing his abstract. The bequest of Gadres to Divinuspater is not in AdeP; but since according to the latter Alexander left there only *ses gardes* (II 2412), it is not surprising that B should be prompted to introduce this

[17] For the text see above, Vol. I (EM 36), B 184–86.
[18] Even if the evidence of β144.1–4 (and β39) indicates that the incompetent B interpolator could not have composed the metrically and linguistically satisfactory individual B stanzas α56.1 and α66.1, any source which contained them, now lost, is wholly unidentifiable.
[19] See below, pp. 142–43.

specific personage, counterpart of Antipater who had just received Tyre, and well known to scribes and listeners familiar with the RAlix as a whole.

Group M

1. General. — The common ancestor of the M group utilized two, and apparently only two, sources for his redaction of the FGa. All through Branch I he had been following his primary RAlix model, a manuscript of the α redaction. As he proceeded to copy the FGa he adhered to this same model throughout stanzas α1–29.[20] At the close of α29, however, he wholly abandoned his α source in favor of a β source, and for stanzas β31–113 his version is a faithful reflection of the β redaction. His motive for shifting sources is perhaps fundamentally the same as that which had already influenced his predecessor, the α redactor, to borrow a portion of the GV: a feeling that his primary model was obsolete in so far as it lacked characters and episodes since added by a new author. Where the redactor of α had been content to adopt a condensation of the Gadifer de Larris theme, the scribe of M was ready to take everything which the new GV had to offer. He therefore turned to a β source, and textual evidence is superabundant that this source was a manuscript of the J stem. While accords of JM against the combined testimony of the rest of β and of α are numerous,[21] a smaller set of variants shows M in agreement with the rest of β against J[22] and thus reveals that the M ancestor derived his text not from the J redaction itself but from the earlier stage J*, evidence of which is elsewhere clearly established. At the close of α29, then, the M redactor shifted to his J* model in order to acquire the additional β stanzas which there appeared immediately following the next stanza (α30 [β31]). In making this shift, the M ancestor unwittingly omitted stanza β30 (α31), which in the β version of J* had preceded the other. It is perhaps his tardy discovery of this omission which prompted him to insert β30 at a curiously irrelevant spot: between β78 and β79. — As abrupt as M's shift from α to J* of β is his countershift back to his primary α model. Failing to complete stanza β113, by now perhaps sated with the perpetually self-renewing character of the β narrative, — the moment is that of the battle with Soar, and nineteen GV stanzas remain, — the M redactor returned to his α model to copy α76–79, the four stanzas which precede the point (α80) where the α and β versions merge. The resultant M version is superficially clever but basically senseless. Mention is made in β112, lines 2–3, of *li dus Soars*, and α76 1779 says: *Li dus voit Alixandre*. . . . The M scribe doubtless meant to correlate these two references, but in reality the second *dus* is Betis, defeated in the battle of Guisterain and about to flee to *Gadres* (cf. line 1800). For the remainder of the FGa the M ancestor used his α model.

[20] A single exception marks the M procedure here: in stanza α11 the redactor turned momentarily from his α source to borrow from a β source the lines 185.1–13.

[21] First clear example: II 618 (Et un conte abatu tout envers en un plain), JM E.u.gentil baron c'on apelle galain

[22] For example II 1280 (Et cil iert ententieus a son oncle servir), J Toute metoit s'entente a s.o.s. Also, a considerable number of lines lacking in J are nevertheless present in M, as is the lengthy pair of stanzas β89–90.

2. Subgroups. — The six manuscripts of the **M** group, namely *MRSPQY*, exhibit for the FGa the same complicated scheme of interrelationship as for the rest of the RAlix: the smallest subgroup, *RS*, has a common source with *P*; *RSP* in turn derive from a source in common with *Q*; these four in turn consulted the same source as *M*; which source together with *Y* stems from the **M** group redaction.

3. The Separate Manuscripts. — Manuscript *Q* is the only manuscript within the **M** group which gives evidence of having utilized more than one model. For the FGa such evidence is plentiful, but indecisive. The nearly constant contamination of *Q* is limited in scope to unimportant variant readings, save in one noteworthy instance: the *Q* scribe borrowed from a secondary source the stanza β54, which had been omitted by **J*** and consequently also by **M**. A series of minor *Q* variants, taken cumulatively, indicates contact of *Q* with some manuscript associated with the **C** group and probably nearest to *E*, *U* or the source of *EU*.[23] In the non-FGa portion of Branch II *Q* is affiliated with the **G** group of α, but in the FGa proper there is no evidence of such a link.

Manuscript *L*

The distinctive character of the *L* manuscript invites especial attention. The uniquely composite version of the RAlix launched by the redactor of *L* is compounded from sources which include, for portions of Branches I and III, a text anterior to the redaction of AdeP. Nevertheless, as regards the FGa, we can rest assured that however many models were used in the fabrication of the *L* text, no one of these models antedated derivatives of AdeP. This *L* text is rendered excessively cumbersome by the large proportion of individual variants which it contains, and although it cannot be advanced as a proven fact that *L* had three sources and only three, it seems unnecessary in view of the available evidence to seek beyond three specific sources for an explanation of *L*'s significant traits. These three are connected, respectively, with **M**, *H* and *EU*. — 1) Like the **M** ancestor, the redactor of *L* appears to have begun the transcription of the FGa with a manuscript of the α redaction before him. This manuscript may have been the one utilized by the **M** ancestor, but later indications tend to show that it was the **M** redaction itself.[24] — 2) At the close of α29, the scribe of *L* shifted from an α to a β source, just as did the **M** redactor, doubtless for the same purpose: to acquire the fuller, more modern content of the β version. Accords of **ML** which appear not infrequently after the shift[25] tend to support the normal assumption that *L*'s shift was in reality merely the shift of its source; however, almost immediately after the shift, there begin to

---

[23] For example II 484.1, line present in *QE* only; or II β36 44 (Et li elmes a pierres qui cler reluist en son), *QU* E.l'e.en son chief q.reluisoit e.s.

[24] For example II 414 (Encor nel connoissoient riche home ne princier), **ML** E.n.connoissoit serjant n.chevalier

[25] The majority of these variants appear merely as accords of **JM***L* (since **M** is here derived from **J***), but an occasional variant retained in *L* will betray itself as introduced by **M**, for example II 1462 (Gadifer aconsieut a un gacel issir), **ML** G.a.dont avoit grant desir

appear accords, more numerous than those of **ML**, which link L now with H, now with EU.[26] Furthermore the scribe of L, although at the moment of shifting he failed to copy stanza $\beta 30$ ($\alpha 31$), which preceded $\beta 31$ ($\alpha 30$) in the β model (cf. the procedure of **M** in shifting), immediately became conscious of his omission and inserted $\beta 30$ directly after $\beta 32$ — a further indication that his source was not exclusively the **M** redaction. We conclude therefore that in the section following $\alpha 29$ the β text of L was drawn from at least three sources: **M**, H, and EU. These seem permanent, so far as can be determined, throughout the remainder of the L FGa. In Branch I and in the non-FGa section of Branch II, L's affiliation with H in the β family is marked; it can well be that the HL link observable within the FGa is essentially the same as that manifested in the surrounding portions.

Entire stanzas individual to L in Branch II are limited in number to three,[27] and these seem to constitute nothing more than padding by a late redactor. The first follows stanza $\alpha 6$ in the early portion of the FGa where the standard L stanzas are based on an α source; the text is as follows:

$\alpha 6.1$

Molt ont bien li Grijois le mellee trovee,
Maint pesant caup i ot le jor feru d'espee;
S'i[l] n'ont encore gaires de proie recovree,
4 Ce qu'il en ont saisi ont il cier acatee.
Mais encor n'ont il mie le jornee passee;
Bien connistront lor perte quant l'en aront sevree,
Del sanc et de le car l'aront ains acatee
8 Que ja en puisse avoir Alixandres denree.
Bien se tinrent li Griu a cele trestornee,
Li caple est durs et fors, ne font pas desevree;
La oïsiés tenter sor iaume mainte espee.

The other two individual L stanzas occur as a pair between $\beta 45$ and $\beta 46$, in the portion where L is based on a derivate of the β redaction. They take as a starting point ten individual L lines substituted for the standard AdeP lines 664–75 of $\beta 45$: for Aristé's speech in praise of Emenidus, the L redactor substituted a passage in which, after Aristé kills a Persian, the over-zealous Filote has his horse killed under him. The second stanza ($\beta 45.2$) is visibly modeled on $\alpha 56$, which is absent from the β version but which stood in the α source utilized by the L redactor for his first twenty-nine stanzas. The text of the added L pair follows.

[26] For example II $\beta 35$ 14 (En la presse le fait parfondement entrer), HL Ens e.l.gringnour p.(L En l.p.parfonde) f.le cheval e.; or II 685 (Si que l'une moitiés est de l'autre sevree), EUL S.q.l'u.m.e.a terre (L e.armee) versee, followed by 685.1, line present in EUL only. Cf. also the EUL omissions of the GV stanzas $\beta 64$–67, and the corresponding AdeP opening of $\beta 68$.

[27] These three stanzas are listed in the Stanza Concordance for L version (see above, Vol. I [EM 36], pp. 422 and 424) as L **200**, which stands as $\alpha 6.1$, and L **239–40**, which stand as $\beta 45.1$–2.

β45.1

As brans de lor espees commencent a capler,
Por Filote rescoure se vont li Griu mesler;
Maint elme i ont trencié ains que puisent monter.
4 Cil que li Griu atainent ne püent vif aler;
Maint pui[n]g, maint pié, maint bras i veïsiés voler;
A! Dius! si grant damage que li Griu sont si cler!
A tant de fois comme le firent remonter
8 Cil de Gadres s'aïrent quant le virent ester,
Car il furent si pou c'on les peüst conter.
Isnelement guencisent, si vont a aus joster;
Ja convenra as foibles les plus fors redouter;
12 Ne poront li Grijois longement endurer,
Or les convient morir ou del besoing tor[n]er,
Car du fuir n'est contés que s'en doivent aler;
Cil les requirent bien qui nes püent amer,
16 Car il font maint de lor morir et craventer
Ou il veulent ou non, coi que doie couster.

β45.2

Emenidus li pre[u]s ne se vaut mie faindre
Quant vit ses compaignons de toutes pars açaindre.
Les paors que il out, ce estoit de remaindre;
4 Dont descendi li quens por son ceval restraindre,
Puis monta el ferant qui ainc ne se set faindre,
Par tel aïr s'afice que les estrés fait fraindre,
L'escu prinst es enarmes, ou bien se sot açaindre;
8 Miudres vasaus de lui ne pot espee çaindre
Fors le roi Alixandre, que nus ne puet ataindre.
Le duc Betis voloit, se il pooit, (a)cnpaindre
Et u sanc de son cors son blanc confanon taindre;
12 Betis fu molt corciés, mais ne sot ou plaindre,
Des omes Alixandre que il ne peut containdre,
Et si voit la se gent et ocire et destraindre;
Il en jure ses dius, ou se creance est graindre,
16 En se prison fera les plus orgelleus maindre.
Emendidus lait coure quant les siens ot complaindre,
Il s'enpaint en l'estor, as Grijois se va joindre
Et fiert si Gaidifer son escu li fait fraindre,
20 U il ot deus lions novelement fait paindre,
Si durement l'abat palir le fait et taindre;
Cis gius ne puet u[i] mais sans grant perte remaindre.

Group J

1. General. — The J group had, so far as our evidence indicates, a single ulterior source: the β redaction. As elsewhere in the RAlix, however, there are

indications that for Branch II there existed an intermediate redaction between
β and the immediate source of the J manuscripts: this intermediate redaction
we term J*. To J* is attributable the deletion of the related stanzas β21 and
β54, and perhaps the deletion of β26-27; it was the J redaction itself, however,
which excised β89-90.[28] To J* also may perhaps be ascribed a recast of β15-18,
which in the J version differ radically from the standard β version. After wholly
altering the two end-lines of β14, J offers: (a) a recast of β15 (appeal to Antigonus); (b) a recast of β16 (appeal to Aristé); (β17 absent); (c) the standard
β18; (d) an individual stanza (β18.1: appeal to Androine, who will figure later
in β31). Excluding the standard β18, the line-count of J's series (β15, β16,
β18.1) is exactly that of the standard β15-18 — seventy-seven lines, or approximately the equivalent of one folio. These facts suggest the possibility that a
folio of J*, which began with line 390 of β14, was lost and rewritten, and that
subsequently the standard β18 was reinserted into the J redaction (perhaps in
the margin). Manuscript C (not a member of the J group) offers an amalgam
of the standard and the J versions of stanza β16, in the order of lines indicated
below. The J text (based on J) of β15, β16 and β18.1 follows:

β15

Emenidus apele Antigonus o soy:
"Faites nous cest message, alés tost vers le roy,
Dite li que de nous prange hastif conroy,
4 Car laissiés nous a tous en perilleus tournoy;
Ains qu'il nous voie mais, serons taisant et quoy,
Car ausi soumes pris com li oisiel ou broy."
Et li quens respondi: "Non ferai, par ma foy!
8 Ne vous en poist il mie se je nel vous otroy;
De çou vous servirai dont je servir vous doy,
D'abattre a mon pooir cest orguel qu'ichi voy;
Se Dieus gart hui mon cors, ancui en carront troy
12 Qui puis nous porteront molt boune pais, ce croy.
Qui lait ses compaingnons en si mortel effroy
Ja ne doit mais en court, ce m'est vis, avoir loy."

4 JK C.l.(J laissie) n.aves e. — 8 J j.ne v.

β16

Emenidus d'Arcade apela Aristé:
"Frans chevaliers, dist il, car t'amenbre de Dé
Et dou roy Alixandre qui maint jour t'a amé,
4 Des pailes et de l'or dont il t'a tant donné!
Certes je nel vous ai pour nul mal reprouvé,
Mais pour la soie amour nous querrés salveté.

---

[28] Stanzas β21 and β54 must be assumed to have been deleted by the same
redactor (see note to II 319.1–5), and β54 is absent also from M, which in the
portion β30ff. is derived from J*. On the other hand M has β89-90, proving that
this pair of stanzas stood in J*.

INTRODUCTION 137

    Alés li dire as loges com nous avons erré
8 Et de confaite gent soumes chi enseré;
    Ains qu'il nous voie mais, serons si conreé
    Que de nos set cent homes n'ierent troi en santé.
    Ains nuit li porrons dire chier avons comparé
12 Çou que soliens estre dou gentil roy privé."
    Et li vassaus respont, au corage aduré:
    "Biaus sire Emenidus, bien vous ai escouté;
    A un des plus hardis m'en avés esgardé,
16 Qui de l'estor guerpir m'avés hui envïé.
    Avant que j'aie cop recheü ne donné,
    D'autre cose veul jou que vous me saciés gré,
    Car pour message dire ne me sai preu sené.
20 Pour çou que j'aing le roi, li tenrai feüté
    Et garderai ses homes qui me sont commandé;
    Quant partirai dou camp, je l'ai bien enpensé,
    N'ara gaires d'entier en mon escu bouclé;
24 De mon sanc ou d'autrui, se Dieus l'a destiné,
    Verrés ains mon hauberc taint et ensanglenté,   (J 44vo)
    Ne ja ne m'iert en court, se Dieu plaist, reprouvé
    Que jou aie mon cors par engien destourné."

C (italic numbers designate lines of the J *version*) 221, *2*, 222–226, *9–12*, 227–228, 228.1–2, *5–6*, *13–14*, 231, *16–17*, 230, *18–23*, 232–241, *26–27*, 242–243 — 5 J j.ne v.a.par n. — 6 J a.vous q. — 11 J c.vieu j. — 23 J m.e.boucler — 25 J ensangleté — 26 J dieus

β18.1

    Emenidus d'Arcade vit le duc approchier,
    Ses batailles conduire et bellement rengier
    Et contre les Grigois de bien faire enseingnier,
4 Et voit as premerains les escus embrachier
    Et les hantes de fraisne branler et paumoier,
    Tant riche confanon contre vent baloier,
    Penonchaus et ensaingnes contre vent desploier,
8 Tant elme fort et cler au soleil fambloiier
    Et la terre fremir sous tant courant destrier;
    Li plus hardis dou mont s'en peüst esmaier
    S'envers si fait orguel l'esteüst assaier.
12 Il en apele Androine, o le corage fier,
    Cil iert dou parrenté Alixandre d'Alier:
    "Amis, de ceste gent te veul merchi prïer;
    Pensse dou delivrer se le roy as point chier,
16 L'afaires est sor toi, pensse de l'esploitier.   (J 45ro)
    Se nous tout voulions folie commenchier
    Ou li rois eüst perte ne presist reprouchier,
    Nel devroies tu pas souffrir ne otroier,

20 Mais mettre le tien cors pour s'onnour essauchier."
    Et li vassaus respont: "Dieus vous gart d'encombrier,
    Car ains verrai mil lanches par ire peçoiier
    Et maint escu fauser et maint hauberc perchier
24 Et as rois fers des lances maintes seles voidier
    Dont li cheval irront par ces cans estraier.
    Ichi ma compaingnie ne vous doit annuier,
    Ains me devés molt bien del message espargnier;
28 On me soloit jadis o les millours laissier;
    De moi ne ferés pas, se Dieu plaist, messagier
    Tant com j'avrai l'escu et le hauberc entier.
    S'or lais mes compaingnons contre la mort irier,
32 Queus preus est se m'en vois la dolour annonchier?
    Mieus vaut dont que remaingne pour mes amis aidier,
    Car preudons tient bon lieu quant vient a tel mestier;
    Et se jou les guerpis en issi fait tempier,
36 Ne soit hom qui ja mais me tiengne a chevalier."

8 *J* f.e.clar — 15 *J* a.pont — 16 *J* L'afaire en e.s.t.pensses — 17 *J* tous — 19 *J* Ne devroie t.p.o.n.graer — 27 *J* aspargnier — 29 *J* dieus

2. The Separate Manuscripts. — As elsewhere in the RAlix, manuscripts *J*, *I* and *K*, which make up the **J** group, give sporadic evidence in the FGa of a three-way contamination resulting in variants common now to *JI*, now to *JK*, now to *IK*. — In addition, there is good evidence that for the FGa the scribe of *K* borrowed, infrequently, minor variant readings from a source affiliated with manuscripts *EU* of the **C** group.[29]

Group C

1. General. — The scribal ancestor of **C**, a group normally composed for the RAlix of manuscripts *CENH*, seems to have made a transcription of the FGa exceedingly faithful to the β redaction, his only model. — Manuscripts *C^m* and *U*, which contain of the RAlix only the FGa, are members of the **C** group; on the other hand manuscript *N*, for stanzas α1–79 of the FGa, followed a wholly different source. Thus the **C** group is composed, in the main, of manuscripts *CC^{m}HEU*.[30] — The presence in *CEU* (and in *L*, which in much of the FGa followed *EU*) of stanzas β132.1–5, which appear at the end of our β text, is a good indication that they stood in the **C** redaction (and were subsequently deleted by *H*; *C^m* ends with β**128**). They may even have been present in the β redaction itself, as authentic GV material, and have been excised by **J*** or **J**, but of this there can be no certainty. If they were not in β, they perhaps found their way into **C** from some secondary *tirage-à-part* of the GV posterior to its introduction into the β redaction.

[29] For example II 204 (Et mes chevaus corans iert revenus au pas), *KEU* E.m.c.c.venus dou trot a.p.

[30] For example II 24 (Qui bien set le païs et les destrois passer), *CC^{m}HEU* Q.b.s.les maus pas del pais esciver.

2. Subgroups. — 1) Manuscripts C and C^m offer almost identical texts; in our discussion and in the Variants to the α and β texts, the symbol C should be understood to stand for CC^m in all instances where the sign C^m does not also appear. It does appear occasionally, however, for in many of those instances where C^m is found to differ from C, the C^m variant is the more faithful to the original text; it even seems likely that the scribe of C^m rectified a number of obscurities in his model through the collateral use of a considerably older manuscript. — 2) There is little doubt that, for the FGa, manuscripts C and H form a subgroup, although for the RAlix in general C is more closely linked to E than to H. An ancestor of CH seems clearly responsible here for the extra stanzas β1.1 and β21.1, the texts of which are as follows:

β1.1[31]

Alixandres fu fiers et de grant hardement;
Devant les murs de Tyr se maintint fierement,
Et cil qui le vieut prendre sa vie i met et rent.
4   Mais haute est la muralle et de tenant ciment,
Et cil preut et hardi qui vers lui se deffent,
Et li sien se combatent cevalerousement,
Ne vuellent estre pris en castiel laidement.
8   Alixandres li rois a fait son sairement
Que devant qu'il l'ait prise n'en partira nïent,
De ciaus qui le deffendent prendra son vengement
Si haut com li plaira sans autre jugement.
12 La terre estoit marrastre a lui et a sa gent,
Car recouvrer n'i pueent ne soile ne forment,
Et si ert molt avere de vin et de puiment,
Et l'aigue sure a boire qui des mons lor descent.
16 Eumenidus apiele, c'on tint molt a vallent,
Et des autres barons tant que furent cinc cent.
"Alés, dist il, en fuere, par mon commandement,
El val de Josafalle, es plains de Monnubent;
20 La troverés vitalle, par le mien essïent,
Dont m'os porra bien estre peüe longement.
Sanses vos conduira, li preus o le cors gent,
Qui bien set le païs et tot le cassement;
24 Nos maintenrons l'estor et le tornoiement.
Jou n'ai cure d'avoir, trop ai or et argent,
Et mes cuers est trop fiers, qui por tresor ne ment;
S'il tout le me dounoient quanqu'a cel siecle apent,
28 Nel prendroie jou mie por lor delivrement;

[31] This additional stanza, occurring directly after β1 in CH, duplicates the content of AdeP's β1. There is little reason to think that it was in the original GV; it was probably acquired by the source of CH from some later *tirage-à-part*. The text given here is that of C; for the H variants see Michelant, p. 94, lines 4–36.

VERSION OF ALEXANDRE DE PARIS

    Mais alés m'ent en fuere tost et isnellement!"
    Et cil li respondirent: "Tout a vostre talent."
    A tant iscent de l'ost asés siereement.

β21.1[32]

    Eumenidus d'Arcade fu enbrons et pensis
    Quant voit que del mesage li est cascuns falis.
    L'aigue del cuer li file tout contre val le vis;
4   Bien set s'il n'ont secors nen estordra nus vis.
    Il voit un chevalier plus blanc que flors de lis,
    Cil estoit apielés dans Caunus Menalis;
    Eumenidus l'apiele, a proier li a pris
8   Qu'alle dire Alixandre, a Tyr qu'il a asis,
    Que molt tost les seceur(i)e, car a mort sont conquis.
    Cil entent la parole, d'orguel a fait un ris,
    Bien li a respondu com om maltalentis:
12 "Avoi, sire, fai il, n'estes pas mes amis
    Quant vos de tel afaire m'avés orre requis.
    Damerdeus me confonge, qui est poësteïs,
    Se por vos ne por autre hui cest jor me honnis!
16 Je sui ja tous armés, or m'en alle fuitis?
    Jou nel lairoie mie por l'or Semiramis
    Devant que mes obers soit ronpus et maumis
    Et mes cuers estroés por paor d'estre ocis.

---

[32] This supplementary stanza appears in *CH* (and RTCh) immediately following β21, and also occurs in manuscript *B* of the α version in the same relative position (see above, p. 130). Its content is the appeal of Emenidus to Caulus de Milete, and the phraseology of line 6 appears to be an attempt to distinguish the character addressed from the Caulus who was one of the twelve peers (cf. stanza α13 [β13]). In the *regrets* of Branch iv, there appear two personages of the same name: *Caulus*, one of the twelve peers, in iv **43** (*B* lacks); and *dant Caulus Menalis, sires de Melite*, in iv **50** (*B* 553). Furthermore, in Gui de Cambrai's *Vengement Alixandre*, mention of the personage *Calnus cil de Milette* led Bateman Edwards (EM 23, p. 107) "to suppose the existence of two persons of the same name, one of whom is distinguished by the apellation *de Milette*." The rhyme in *-is*, as well as the similarity of certain lines of β21.1 and iv **50** (cf. 6 and 931, 20 and 934, 21 and 937, 22 and 936 respectively) point to the derivation of one stanza from the other. It seems quite probable that iv **50** is the original model and β21.1 the imitation, because iv **50** explains the apellation *de Milete* by giving the Ovidian background of Caulus (or Caunus), see *Metamorphoses* IX 447–665. It is therefore to be assumed that the FGa of AdeP contained but one Caulus stanza (the standard α13 [β13]) and that the second was added to some *tirage-à-part* by a versifier aware, through knowledge of Branch iv, of the existence of two characters named Caulus in Alexander's retinue; thence it was acquired by the source of *CH* and by *B*, both of which redactions seemingly knew and consulted independent versions. The text given here is that of *C*, accompanied by significant RTCh variants; for the *H* version see Michelant, p. 106, line 38, through p. 107, line 30; and for the *B* variants see above, Vol. I (EM 36), *B* 110.

20 Li rois m'a ja Melans otroiié et proumis,
   Vergiaus et Yvorie, Aouste et Tors Garis,
   Et tretoute la terre desi qu'a Monsenis;
   Qui tel fief doune a oume, bien doit ses anemis
24 Tant soufrir en estor qu'il en aient le pris.
   A nulle rien del mont n'est mes cuers ententis
   Qu'a mon lige segnor ensaucier nuis et dis;
   Quant je sui a ceval, mon glaive el fautre mis,
28 Si sui ausi seürs com s'ere en paradis;
   Ains de faire mesage encor ne m'entremis,
   Si ne feraie hui mais, de çou soiiés bien fis."

RTCh *variants:* 5 Devant sey v.armer u.soudeur d.pris — 6 C'est caulus de milette c'um cleime menalis — 6.1 Armes avoit plus blanches que n'est la flour de lis — 19 por amur d'e. — 21 *D* y.e la cite ectoris, *P* y.e la volte ethoris

To the *CH* ancestor is perhaps attributable also the borrowing from α of stanzas α21 and α74. Finally, there are abundant textual variants in support of this subgroup.[33] — 3) The FGa manuscript *U* is unmistakably derived from a source in common with *E*: textual evidences of all types — common omissions, errors and emendations — are so abundant as to leave no doubt of close affiliation.[34] The *U* version, a late *tirage-à-part*, was seemingly copied from a manuscript of the *E* stem. While the principal source of the *EU* subgroup was of course the C redaction, the *EU* redactor apparently had access also to an α model: in omitting stanzas β61-62 and β64-67 (not in α), he was able to adopt the α, rather than the β, openings of β63 and β68 respectively. Evidence of such a link with an α tradition is perhaps also to be found in the supplementary stanza α58.1, which occurs in *EU* between β84 and β85, and in RTCh *CD* between β90 and β91, in the following form:

α58.1, version of *EU*[35]

Alixandres le voit, qui de riens ne s'esmaie,
Si li a demandé et vuet bien que il l'oie:

[33] For example II β32 9 (Escus ont de sinople, mais el cantel devant), *CH* Lor escu sont vermel fors qu'e.c.d.

[34] For example II 462 (La plus fiere ost du mont s'en peüst effreïr), *EU* Del p.f.o.d.m.li p.sovenir. Dozens of readings individual to *EU* are not even listed in the Variants to the β version.

[35] Stanza α58.1 is present also in *H* of β and in *V* of α. For the *H* text see Michelant, p. 160, line 23, through p. 161, line 12. We offer above in the discussion of *V* (see pp. 127-28, and text p. 128) grounds for believing that this stanza originated in the *V* stem, and was acquired therefrom by *H* and by *EU* independently. Examination of the widely differing *H*, *EU* and RTCh versions shows that the stanza is preserved only in a mutilated state. Part of the *H* version was certainly misunderstood by the copyist: lines 17ff. contain a rapid dialogue between Gadifer and Alexander, and line 22 (Mich 161, 6) should undoubtedly read *Lors a dit Alixandres*. . . . The *EU* version is nearly meaningless in its brevity; the version found in manuscript *V* (where it follows α58) is somewhat superior to that of *H*, which it closely resembles. The *EU* text given here is based on *E*.

142 VERSION OF ALEXANDRE DE PARIS

"Comant as tu a non, se l'empire tenoie?"
4 "Gaidifer du Larris, por coi le celeroie?
Por toz ceus que ci voi cest champ ne guerpiroie
Fors que por un tot seul a l'enseigne de soie;
Mielz vuel avoir percié d'une lance le foie
8 Qu'il me soit reprové que vis recreanz soie."

α58.1, version of RTCh CD

Ore s'en vet Gadifer tute la plaine voie,
E escrie s'enseigne e veut ben ke l'en l'owe,
E parla hautement, k'il n'out pas la voiz rowe:
4 "Eumenidus d'Arcage, si par vus ne m'en alowe,
Pur tuz ceus ke ci sont le champ ne guerpiroie."
"Nun pur moi?" dist li reis. "Non, pur veirs, si proie."
"Vassal, com as non, si Dampnedeu te voie?"
8 "Gadifer de Lariz, pur quai le celeroie?"
Lors li dist Alisandre: "Vassal, kar te renoie!
Asez te dorrai terre ke a tun oes conquerroie."
E Gadifer lui dist: "Deheit ait ki l'otroie!
12 Est çoe donc largesce de autrui quir coroie?
Si pur atrui avoir mon seignor guerpissoie,
Donc porreit l'en ben dire ke traïtres serroie;
Plust a ceu sire, ki tut le mond proie,
16 Ke ceste grant bataille, dont ceste gent s'effroie,
Fust mise sur deus hommes, puis fust la vostre e moie,
E vostre Eumenidus fust riches hom a Troie:
Ja de tute la terre ne vus larroie roie."

EU contain one further supplementary stanza, β161.1, the text of which follows:

β161.1[36]

En Gadres se combat li dux Betis forment,
A l'espee qu'il tint fiert si melleement
Et l'ocist et afole com li vient a talent;
4 Bien set que celui jour est li siens finement.
Se telz trois compaingnons eüst tant seulement,
Encor se vendist chier s'eüst delivrement.
Entre lui et Cliçon jousterent vraiement;
8 Les chevaus esperonnent, qui ne queurent pas lent,
Et fierent es escus, que touz li mieudres fent;
Mes li haubert sont fort, que maille n'en desment;
Ambedui s'entrebatent a terre soutilment,
12 Em piez resont sailliz molt aïriement,

[36] Individual to *EU*, this stanza is associated in content with a passage in manuscript *B*. For detailed discussion see above regarding *B*, p. 130, no. 6. The *EU* text given here is based on *U*.

Li dux feri Cliçon sor le elme devant
Si que tout li trencha le cercle flamboiant;
Se ne fust li chapiaus, qui le cop li deffent,
16 Mort eüst le meilleur de la grijoise gent;
Mes Cliçon refiert lui molt aïrieement,
De l'espee qu'il tint mult aïrïement
Li donna un grant cop, se vous di, molt pesant,
20 Li hyaume li trencha et la coiffe ensement,
Tout l'avoit porfendu desi ou pis devant.
La ou li dux chaï fu vaincue sa gent,
Et fuient qui miex miex, qu'il non ont nul garent.
24 Quant ce voit Alixandre, si en a joie grant;
Or metra il ses hommes ou mestre mandament.

3. The Separate Manuscripts. — 1) The scribe of manuscript C seems to have utilized at least three models, and has made what might almost be termed a redaction of his own. His principal source was undoubtedly the **C** redaction, through the intermediary CH: his textual readings are for the most part those of β, but his stanza order and content are those of α in many parts of his text. There is little doubt that the C scribe had an α-type manuscript before him: a series of insignificant textual accords between C and the α manuscript V is probably not weighty enough to limit C's secondary source to the V stem; indeed there is nothing to prove conclusively that this source did not antedate the α redaction — that it was not, in other words, an actual AdeP manuscript. In any case the elements which C drew from its α-type source are the following: (a) the α order of stanzas, **1–31**, for Block 1. C includes, however, the β stanza $\beta20$ between $\alpha17$ and $\alpha18$, and offers in addition the secondary stanzas $\beta1.1$ (after $\alpha1$) and $\beta21.1$ (after $\alpha20$) in common with H. — (b) At the end of Block 1, C offers stanza $\alpha32$, just as does α. Thereafter however C follows β copy for stanzas $\beta32$–**75**, and in so doing includes $\alpha32$ a second time (as **45**). — (c) After $\beta75$ ($\alpha70$) C again follows the α order, offering stanzas $\alpha71$–**74**; it then resumes with the β sequence of stanzas $\beta77$–**132**, and in so doing includes $\alpha71$ and $\alpha72$ a second time (as $\beta82$ and $\beta84$ respectively). Major textual divergences between the α and β versions of $\alpha71$–**72** are maintained in C in accordance with the α or the β location of the stanza. In the second occurrence of $\alpha71$ the rhyme is altered from *-aus* to *-is*.

At least once, the scribe of C looked at a **J** manuscript. **J** offers a radically altered, individual group version of stanza $\alpha14$ ($\beta16$); manuscript C's version of this stanza is an amalgam of the standard α-β text with the text of **J**.[37]

Between stanzas $\beta86$ and $\beta87$ C presents one individual stanza, the text of which is as follows:

$\beta86.1$

Gadifer fu molt preus et molt fist a loër,
Biaus fu et envoisiés et sages de parler,

[37] See above, pp. 136–37.

Bien counut un afaire quant il s'en vot pener.
4 Quant voit que il convient le duc del canp torner,
Dolans est en son cuer si commence a penser,
Car a lui pent li fais d'iaus conduire et mener.
Il sist sor un ceval qui molt fist a loër,
8 El regne as Arabis ne trouvast on son per;
Ses compagnons a fait devant lui arouter,
Deriere aus tos se mist por le fais endurer,
Tot en fuiant a pris ses piés a regarder
12 Et puis aprés sa lance o le fer d'acier cler,
Durement le paumoie, son escu fait bre[n]ler,
Plus cointement s'en fuit que ne vos sai conter.
A tant e vos Caunus u prent a sormonter,
16 Devers destre li vint, qu'il le vosist torner
S'il el frain Gadifer peüst son braç couler;
Gadifer l'ot venir et auques desreer,
Un poi le contratent, qu'a lui voura joster,
20 Et en contratendant fait son ceval hober;
A un fais li trestorne sans lui desareer,
Plus tost li est venus, sans mençonne conter,
Que nus cevrieus ne fait devant ciens en gaut cler.
24 Caunus n'ot point de lance, mais branc d'acier letré;
Gadifer l'ot molt bone, a un fer d'outre mer,
En l'escu de son col li vait un cop donner,
Qu'il li trence les ais et le cote a armer;
28 Li obers fu tant fors qu'il ne pot descloër,
Et la lance fu roide et li vasaus fu ber,
Caunus et son ceval fait en un mont verser.
Volentiers arestast quant voit esporonner
32 Le roi tot premerain, Cliçon et Tolomer,
Eumenidus d'Arcade et Leoine le ber,
Perdicas et Filote et Aristé lor per,
Et mil Grius qui le heent de la teste a coper.
36 Ainc ne veïste[s] ome si dolant desevrer
De bon ami quant l'ot s'il ala outre mer
Com cil se part del canp qui gentis est et ber;
Gadifer del Lairis, ensi se fait noumer,
40 De mellor chevalier n'orés hui mais canter.
De Caunus est partis sans lui desconforter,
Ne mostre pas sanlant de trestot son penser,
Les galopiaus s'en vait et tos jors sortirer;
44 A la fois se regarde et sans nul mot sonner,
N'ert mie trop crians ne n'ot soing de gengler,
Sa lance tient moïe por le plus pres torner,
Menüement trestorne por le cace arester,
48 Cevaus lor esboielle, chevaliers fait verser,

INTRODUCTION

    Ses companons delivre quant trop les voit grever,
    N'a destre n'a senestre ne l'osse nus outrer;
    Tos les plus encauçans fait il si afrener
52 De plus pres ne l'aprocent c'uns om poroit rüer,
    Et se nus li burist, par ceval sortirer,
    Se lance ne li faut, ne li puet escaper
    Que cil u ses cevaus n'ait un mes d'afoler.
56 Por aus tous s'en alast la u vosist aler
    Se ne fust por Betis et por sa gent tenser;
    Ses liges om estoit sel devoit molt amer,
    Plus redoute et crient honte que mort n'enprisoner.
60 Li rois vint a Caunus si l'a fait relever,
    Molt fu liés quant le vit desos ses piés ester,
    Car il cuidoit de fit que mors fust au joster;
    Son ceval fait restrai[n]dre, ses regnes renoër,
64 Car au caïr qu'il fist le couvint esteser.
    Caunus monte el ceval sans p[o]int de demorer,
    Auques estoit bleciés, car pres fu d'afoler,
    En la caco o'cst mis, pense d'esporonner,
68 Durement se rafice de Gadifer grever.

The net result of C's machinations is in no sense an improvement over the standard β text. — 2) The scribe of manuscript H was the arch-individualist, or if not the scribe of H itself at least a copyist postdating the stage CH. The order of stanzas in H is extremely irregular in comparison with the standard β order; more than ten H stanzas appear in no other FGa manuscript and must be considered individual fabrications;[38] finally the H text presents an overwhelming number of individual readings. Behind these confusing phenomena can nevertheless be discerned the same three types of source as already noted for manuscript C: (a) the **C** redaction through the medial stage CH, evidence of which has been cited in the case of C, (b) a secondary source of the α type; (c) a sporadic source in **J**. The consultation by H of an α-type and of a **J** source was, however, wholly independent of consultation of those sources by C: the various cases do not correspond. The clearest instance of accord between α and H as against β is α62, line 1512,[39] where H not only reads with α for the line in question but also lacks, as does α, the preceding lines 1511.1–4 of β. Here is

[38] We list here the individual H stanzas, together with their page-reference in Michelant.
    As β**27.1**, one stanza (Mich 112, 14 through 113, 15)
    As β**29.1**, one stanza (Mich 114, 3–16)
    As β**39.1**, one stanza (Mich 134, 16 through 135, 36)
    As β**67.1**, one stanza (Mich 145, 14 through 146, 8)
    As β**81.1–2**, two stanzas (Mich 160, 6–22 and 161, 13 through 162, 36), between which is located stanza α**58.1**
    As β**90.1–2**, two stanzas (Mich 180, 1 through 182, 5)
    As β**93.1–3**, three stanzas (Mich 184, 30 through 187, 33)
[39] II 1512 (De lui et de Ferrant fera la compaingnie), α and H D.l.e.du bon bai sevra l.c.

indication that the α-type source of *H* was no older than the α redaction (which borrowed the section containing α62 from the GV). It may be recalled that sporadically elsewhere in the RAlix *H* is linked with the **G** group of α; here, however, textual readings throw no light on whether *H*'s α-type source lay within or without the **G** tradition. — Textual accords of **J** and *H* are not infrequent throughout the FGa;[40] that *H* often utilized a **J** manuscript is borne out by a ratio of **J***H* agreements fairly constant for the entire RAlix.

Manuscript Fragments of the Fuerre de Gadres

Any or all of the six FGa fragments, so far as our evidence goes, may be remnants of *tirages-à-part*. Their very abundance, as compared with the number of fragments preserved for us of other sections of the RAlix, is an indication that they originally formed part of independent manuscripts of the FGa. Furthermore, five out of the six are fragments of the β version, and this points to the popularity of the expanded Gadifer Version of the poem. — We list herewith the contents of the six fragments, together with notations on their relationship to the battery of FGa manuscripts.

1) Fragment *a*. — α version. Text: α1 20ff., **2–15, 17, 16, 18–19, 20** 1–5. An examination of the text of *a* reveals at once and with complete clarity that this fragment is connected with manuscript *B* in a very close relationship; moreover its language, Italian-tinged like that of *B*, testifies that their common ancestor postdates the introduction of the *B* tradition into an Italian linguistic region. The language error of α2 35, common to *Ba*, is a clear illustration.[41] Further examples of accords of *Ba* against all other manuscripts are numerous.[42]

2) Fragment *b*. — Mainly β version. Text: β87 1401ff., **88–89, 90** 1–39 / β107 12ff., **108–112, 113** 1–10, α**76–77, 78** 1812–17. This fragment is neither more nor less than a member of the **M** group, drawn from a source in common with the subgroups *RSPQ* or *RSP*. Evidence of this relationship is constant and unequivocal throughout the text of the fragment, as seen in an abundance of **M***b* variants,[43] together with the shift from the middle of β113 to α76, a notable feature of the **M** redaction.

3) Fragment *c*. — β version. Text: β103 18, **104–107, 108** 1–22. A well-sustained series of variant readings classifies fragment *c* as a member of the **C** group, and among these are sufficient indications that the immediate source of *c* was very closely allied to the source of the subgroup *CH*.[44]

4) Fragment *d*. — β version. Text: β119 7ff., **120–26, 127** 1–5. Fragment *d*

---

[40] For example II 1125 (Aridés les en maine par mi un val herbu), **J***H* A.l.e. m.qui sist el bai crenu.

[41] II 35 En sera il perciés mains pis (*Ba* maint scu) et mainte entraille

[42] For example II 252 (Ne trovera el champ ne le grain ne la paille), *Ba* Ja mais per nul de nos n'ert vencue bataille; also II 25.1, line present in *Ba* only.

[43] For example II 1420 (Puis s'en vait les galos sor le destrier aufaine), **M***b* P.s'e.v.l.g.s.un baucant de maine; also II 1417.1, line present in **M***b* only.

[44] For example II β107 5 (Et dist au premier mot bien ai joie perdue), *CHc* Il a dit a ses omes b.a.j.p.; also common omissions by *CHc:* β106 14, β107 3–4, 14.

can with relative ease be identified as a member of the **C** group, and its closest relation within that group is with manuscript H.[45]

5) Fragment g. — β version. Text: β36 11–17 / β37 9–15 / β39 29–35 / β41 1203–05, 1205.1–3 / β43 1248–60 / β44 1305–10, 46 676 / β46 721–23, 49 724–27 / β52 769–76. As indicated by a series of readings two of which are of distinctly strong type,[46] fragment g belongs to the **C** group, within which it is closely linked to manuscripts CEU and fragment h.

6) Fragment h. — β version. Text: β38 8ff., 39–41, 42 1229–32 / β49 732, 50–53, 55, 56 901–06. Textual indications are plentiful that fragment h belongs to the **C** group,[47] while a more limited number of readings give evidence that it is immediately associated with the subgroup EU.[48]

Manuscripts of the *Roman de Toute Chevalerie*

The three manuscripts of Thomas of Kent's *Roman de Toute Chevalerie* (RTCh) contain within their text an interpolated FGa. This FGa of the RTCh is essentially like the GV, and was borrowed from a β version of the RAlix, for in many respects it shows close affiliations with the **C** redaction. Whether the RTCh FGa's divergences from the β FGa are attributable to utilization of a non-RAlix redaction of the GV or to individual treatment accorded it by the RTCh interpolator, it does not seem possible to ascertain.

The three RTCh manuscripts C, D and P stem from a common source,[49] into which a version of the FGa had been interpolated. Numerous readings which stood in that source show accords with the **C** group of the β version of the RAlix Fuerre.[50] Over and above these accords there occur a number of variants indicating that, within the **C** tradition, the RTCh FGa is derived specifically from a manuscript of the C stem.[51] Such readings constitute weak testimony of a C source for RTCh, but they are strongly confirmed by the number of omitted and added lines common to C and RTCh. Out of twenty-six lines or passages which are omitted by RTCh in common with RAlix manuscripts, thirteen are

---

[45] For example II β120 13 (S'iert portés en la place ou gerrons anevois), Hd P.i.e.sa tiere o.irons a.(H iromes ancois); also common omissions by Hd, which are extremely numerous.

[46] For example II 1256 (Por son gentil neveu qui iert fieus d'aumaçor), $CEUg$ P.s.g.n.qu'est f.de sa seror; also a common addition by $CEUgh$: β41 1205.1–3.

[47] For example II 772 (Une cité molt bele assasee et garnie), $CEULh$ U.c.m.b. plaine de menantie

[48] For example II β39 3 (Ne pour armes baillier corage si vaillant), EUh N.p.a.b.si preus ne s.v. Also, h fails to include stanza β54 between β53 and β55, which suggests the possibility that this stanza occupied, in the complete manuscript, the position it takes in EU, namely between β36 and β37 (stanzas lacking in h).

[49] For a more detailed analysis of the RTCh manuscript tradition see F. B. Agard, "Anglo-Norman Versification and the *Roman de Toute Chevalerie*," *Romanic Review*, 33 (1942).

[50] For example II 776 (Mais or l'ont crestïen trestoute desertie), C and RTCh M.o.l'o.c.mise en la lor ballie Par aus fu ele puis desertee et gastie (776.1).

[51] For example II 869 (Li estors est molt fiers tost serions sevrés), C and RTCh L.e.e.m.f.et crueus ce savés

omitted by C; and of these thirteen three are omitted by C only. And out of seventeen additions common to RTCh and certain RAlix manuscripts, fourteen occur in C; four of these are in C only.[52]

The numerical preponderance of C-RTCh accords leads, then, to the conclusion that the principal source of the RTCh FGa lay in a manuscript of the C stem. Occasional accords of RTCh are however to be observed with other manuscripts, and among these consideration must be given to certain agreements of RTCh with manuscript B. Outstanding among these is the presence of an entire stanza, $\alpha 56.1$, in B and RTCh only, which coupled with certain common variants[53] testifies to some sort of link between B and RTCh. Since the indications are that $\alpha 56.1$ was composed by a B redactor as part of a substantial emendation of his source, it may be presumed that the RTCh redactor had access to a manuscript of the B stem which he used sporadically as a secondary source.

After the RTCh tradition split into two stems, represented by manuscript P on the one hand and by the subgroup CD on the other, each stem was further contaminated from later manuscripts of the same two RAlix traditions, namely the C and the B, which had served as sources for the original RTCh FGa. — 1) Evidence is abundant that the redactor of P consulted a contemporary manuscript of the C stem, for in addition to numerous textual accords[54] we note the double occurrence in P, as in C, of a pair of stanzas first as $\alpha 71$–72 and again as $\beta 82, 84$; P also contains stanza $\alpha 74$ along with C, and throughout the section in question their stanza order is identical. — 2) The redactor of CD consulted a manuscript of the B stem, as is shown by his inclusion of stanzas $\alpha 76$–79 and by a series of textual variants common to B and CD both within and outside of the section borrowed.[55]

Conclusion

A salient feature of the FGa manuscript tradition is without doubt its high degree of instability by comparison with other portions of the RAlix. The history of its evolution from the unified, polished RFGa of Eustache to the verbose, formless versions of the late β manuscripts reflects a continuous process of "modernization" involving the introduction at nearly every stage of new lines, new stanzas, new episodes, new themes. No sooner had AdeP embodied into his RAlix the RFGa of Eustache greatly expanded by himself, than the redactor of the GV, meeting a demand for the continuation of the FGa as an

---

[52] For example II 640.1 Tout cil que li Griu tienent n'en ont autre merci (C and RTCh only).

[53] For example II 2088 (Mieus la veul avoir saine que il soient gasté), B and RTCh Bon conseil ont eu e sont bien porpensé

[54] For example II $\beta 101$ 2 (Fieus de franc chevalier en dolante querelle), C and RTCh P Fr.c.dist il e.d.q.

[55] For example II 1803 (Quatre jors et demi a la fuie tenue), B and RTCh D Tres lieues e demie a l.voie t. Worthy of mention also are CD's reading of *Midoal* with BN in II 1661, and CD's version of the opening of $\alpha 58$, which is that of BV (lines 1401.1–5 in place of 1402–04).

independent story, in turn expanded AdeP. Meanwhile the normally conservative α and β redactors of the RAlix, not content to reproduce their already obsolete AdeP model, borrowed all or part of the GV. And the unhealthy growth continued in the derivates of α and β. Thus the **M** redactor, not satisfied with his α model, abandoned his customary practice and appropriated a large portion of the longer β version; the **C** manuscripts dotted their texts with gleanings from various contemporary "offprints"; the "free-lance" *L* redactor ranged far and wide. The **J** redactor, while he did not amplify, introduced intelligent emendations characteristic of his workmanship as a whole. Alone the **G** redactor seems to have faithfully preserved an antecedent text; the succeeding pair of redactors, *GD* and *TF*, made certain ineffectual changes of arrangement. The *B* and *N* redactors went to considerable lengths of readjustment in an effort to achieve improved versions. Even the incomplete *V*, otherwise faithful to its α source, introduced one spurious stanza.

Accompanying this deterioration of the FGa text we observe an almost continuous interaction among many of the manuscripts, which results in textual contaminations of a type not seen in surrounding portions of the RAlix. Many of these contaminations, rarely maintained and rarely important, seem explicable only as echoes present in the redactors' memories and thus suggest that the FGa was a particular favorite, among stories of Alexander, for oral recitation.

VARIANTS AND NOTES TO BRANCH II

VARIANTS

For 1–79 (reconstitution of α version) variants of the α and β manuscripts are given in separate paragraphs; in the case of the basic manuscript G and of B, N and V the variants are fully recorded but individual variants of the remaining manuscripts are frequently omitted; the FGa episode in Thomas of Kent's Roman de Toute Chevalerie (RTCh) is derived from the RAlix C group and from time to time RTCh readings which show this are included among the β variants

1–29 — *For stanzas 1–29 (β1–29), α consists of GBNVML (G includes GDTF; M, MRSPQY); β consists of JC (J includes JIK; C, CHEU)*

1 (Mich 93, 1) — 3 *B* R. f. e vailant — 4 *N* f. de la tor — 5 *NQL* D. l. p. marage (*N* masage) — 6 *B* p. v. n. ariver, *N* p. n. v. n. torner, *VM* p. v. n. retourner — 7 *B* p. ester, *N* B. nef n. g. — 10 *BMRSPQ* a. doner — 10.1 *B* De cels de la cite ne fait mie a parler — 11 *B* e. al lancer — 12 *B* Car l. vile ni voloient n. r. n. doner, *N* v. r. n. delivrer — 13 *GM* a demorer, *N* A. arive, *V* A alix. an. — 14 *B* C. n. puet e. a. viande r. — 15 *B* L. r. se c. fortment a corrocier, *N* L. r. en c. p. ire a j. — 16 *GTV* qu'il (*G* qui) n. f., *B* E dit n'e. — 17 *G* E. d'a. a fait son cors armer — 18 *B* l'i commande a m., *N* commande ou l. m. — 19 *G* lioines — 20 *G* filotes — 21 *BQ* El v. d. j. les commande a entrer (*Q* aler), *V* El v. d. j. les fet li rois aler — 22 *G* q. o. sache nomer, *L* p. nomer — 22.1 *G* Et s'est la plus plentieve que on puisse trover — 24 *BP* Que, *GBL* d. passer, *NRSPQY* d. de mer, *VM* d. mener — 25 *B* r. r. o sei don clin e. — 25.1 *B* Li autre i vont tuit por la proie amener — 26 *GD* i. des loges, *TFB* g. armer

β1 (α1) — 5 *JIEU* D. l. p. marage — 7 *E* omits, *CH* B. nes n. g. — 11 *IKCU* C. dedens s. deffendent — 12 *JK* l. c. voloient garentir et tenser — 13 *J* a demourer — 16 *JCH* q.(*JCH* qu'il) n.(*JIC* ne) f., *E* u. n. f., *U* alters — 20.1 *CHU* Et maint autre baron que jou ne sai noumer — 24 *IU* Que, *JK* s. l. passage e. l. d. de mer, *I* d. mener, **C** s. les maus pas (*E* l. agaiz) del pais esciver — 26 **J** g. armer

NOTES

1 5. The manuscript testimony indicates that AdeP had *porte vers terre*, but Eustache must have had *porte marage*, and it is not impossible that this reading stood also in the AdeP text; see above, Vol. IV (EM 39), "Examen critique," II 1 5.

1 9. Erratum: period for comma.

1 10. Erratum: delete period. — The *lor* of 10 links back to the *lor* of line 5, which of course refers to the Tyrians.

1 17. *Emenidus d'Arcage* (Arcadia) is an AdeP alteration of Eustache's Emenidus de Carge, echoing the Eumenes Cardianus of Cornelius Nepos; see above, Vol. IV (EM 39), "Le RFGa: analyse." For *Arcage*, some scribes have an alternative form *Arcade*: *G* commonly uses an abbreviation *arc'* but when he spells in full he always writes *Arcage*; *DFV*, *MRSP*, *E* uniformly write *-age*; *B*, *Y*, *JCHL* uniformly *-ade*; *TN*, *Q*, *IKU* have both *-age* and *-ade*. In rhyme we find only *-age* (I 604, II 2805, II β109 8, IV 350) and there is no basis for assuming that AdeP had any other spelling than *Arcage*. — The *en fuerre aler* of 17 does not, strictly speaking, constitute a rhyme repetition with *ne puissent ... aler* of line 6. — For the special sense of *fuerre* (17) and *forrier* (20, etc.) as employed in the Fuerre de Gadres, see above, Vol. IV (EM 39), "Le RFGa, poème composé par Eustache," note 2.

VARIANTS AND NOTES TO BRANCH II   151

1 18. In I³ (**27** 3) the foragers had been 500 in number: *milites quingentos;* in the French the number has been altered to 700. The change to 700 was made by Eustache, for it is present in the FGaFlor (**5**): *septies centum milites.*

1 19. Erratum: Lioine (Lioines).

1 23. It is only here that Eustache makes any allusion to Sanson's laying claim to Tyre, but this one line was used by the ADéca and by AdeP as the starting point for a biography of Sanson and for a promise by Alexander to honor the claim; see above, Vol. IV (EM 39), "Le RFGa: analyse."

1 24. The *destrois passer* of **G***BL* was clearly the α reading and probably stood in AdeP. The *destrois de mer* of *N*, of *RSPQY*, of *JK*, and the *destrois mener* of *V*, of *M*, of *I* represent individual alterations. **C** alters the line.

VARIANTS

2 (Mich 94, 37) — 30 *BNRS* e. m. f. e. dure (*N* e. m. d. e. f.) — 31 *B* t. j. garnie — 32 *GB* Cil qui l'o., **TM** n'e. m. communaille, *N* ne sont pas garconaille — 34 *GD* omit, *FL* v. d. ge (*L* v. die) bien s. faille, *V 37–38, 34* — 35 *GD* omit, *TF* I avra il percie, *FM* m. coraille, *BV* E. s. pecie m. scu (*V* cors) e. m. e., *N* Si e. s. p. — 36 *GD* omit, *TL* E. d. mainz bons h., *N* E. respecie h. et mainte entiere ga ... — 37 *QL* T. v. a poi de gent

β2 (α2) — 31 **J** p. cou (*I* et crient) q'o. ne l'a. — 32 *U* omits, *J* m. commencaille, *H* m. garconaille, *E* m. communaille — 35 *J* Il i avra perchie, *I* E. estera p., *K* I avera perciet, *C* E. s. tres-p., *H* E. s. i. p., *E* E. s. depercie, *U* E. seront estroe, *JKC*ᵐ m. p. e. m. e., *ICHEU* m. p. m. coraille — 36 *JKHEU* bon h.

NOTES

2 28. For AdeP's alteration of Eustache's Josaphas to *Josafaille*, see above, Vol. IV (EM 39), "Le FGa chez AdeP."

VARIANTS

3 (Mich 95, 11) — 39 *GDRSPQY* Le (*Q* Cel, *Y* Au) soir, *TFVML* Le (*FVM* Cel) jor, *B* El jor, *N* Le vespre v. g. — 41 *GD* e. monter es d. — 43 *L* omits, *DTFBVM* q. li j. parut cliers (*DM* chiers), *N* q. vint a l'esclerer, *RSP* que j. dut esclerier, *Y* q. il dut esclairiers — 45 *TFBVL* O. trovee — 47 *BM* omit, *G* A. orent bones armes, *GDN* a. de bons haubers dobliers — 48 *GD* l. as fers t., *B* Escuz ont buen e. lances e d., **M** Ainz ont escuz e. lances et d. — 49 *GDN* c. de garde, *TFBVM* c. d'arrabe, *L* c. de pris — 50 *N* omits, *GD* d. desous les o., *TF* d. l.(*F* sor) u. b. de loriers, *RSPQY* b. d'aliers — 51 *B* Caulus d. — 52 *G* d'a. a parle — 53 *G* E. e. montes, *N* t. maint c. — 53.1 *N* Et a cueilli la proie dont li grieu ont mestier

β3 (α3) — 39 *J* El vespre v. l. g., *IE* Des or v., *KCHU* Cel (*K* Del) jor — 42 *C* omits, *JIE* s. b.(*JI* cris) e. s. n., *K* desci a l'esclairier, *H* les confanons laciés *U* que n'i font detriers — 43 *JC* (*and* RTCh) q.(*J* que) li j. parut clers (*C* ciers), *I* que j. parut entiers, *K* q. solaus dut raier, *C*ᵐ*HU* q.(*H* que) j.(*U* il) f. e., *E* q. vint a l'esclairier — 47 **JC** A. ert cascuns armes, *IE* a. de bons albers dobliers — 49 *JKH* c. de garde, *IE* c. de gadres, *C* c. d'arabie, *U* o. courrans c. — 50 *J* d. sor u. b. de loiiers — 53.1 **JC** Pour acuellir la proie dont as grieus ert (*C* d. il lor e., *E* d. il estoit, *U* d. avoient) mestiers

NOTES

3 39. Erratum: Le (Ce).

3 43. The *quant jors fu esclairiés* is supported by *G* and *Q* of α and by *C*ᵐ*HU* of β, but a reading *quant li jors parut cliers* is supported by *D* and *M* of α and by *J* and *C* of *β*; the remaining manuscripts have individual emendations. The *esclairiés* (*-iez*: *-iers*) and the *cliers* (*clers*: *-iers*) are alike defective. The testimony being conflicting, and inconclusive as to what stood in *α* or *β* or AdeP, the reading of the basic manuscript *G* has been retained. Note, however, that *chier* in the sense 'charmant' is used in *β*125 22; it may be that AdeP wrote in **3 43** *q.l.j.p.chiers* ['charmant'] and that the reading *cliers* represents an emendation due to the influence of such stock expressions as *quant li jors parut clers*.

3 47. Erratum: ierent (erent), iert (ert).
3 49. Erratum: d'Arrabe (de garde).

VARIANTS

4 (Mich 95, 27) — 54 *TFB* j. f. li g. assaillie — 55 *GBMRSPQ* a. de pr., *N* u. molt g. pa. — 56 *GD omit*, *FMQ* e. m.(*FM* un) grant t., *BYL* e. un l. t., *V* e. a l. t., *RSP* e. par l. t., *ML* t. raemplie — 57 *B* la vile, *N* le. si lor ont fet saillie — 58 *GMRSPY* ques gardoit, *B* q. la gardoit, *V* ki gardot — 59 *RSPQY* d'o. tote sa gent r. — 60 *BVL* D. l'ost, **M** Aus grieus vindrent devant, *B* r. arie, *N* r. lenie, *TFV* r. burnie, *M* r. naie, *RSPY* r. lerie (*R* serie), *Q* une r. antie — 61 *GD* Asses de p. g. i o. perdu l., *V* i a t., **M** Trusqu'a s. des grezois — 62 *G* l'o. laissie — 63 *G* E. le v., **M** Duel ot e. — 64 *N* S'o. v. n. s. pueent — 65 *TF* L. ralie, **M** L. regrete, *N* s'e. desplie, **ML** e. macidoine escrie — 66 *F omits*, *GL* a val l. p. — 67 *TFVL omit*, *GD* J. ores d. d. p. commencier la f., *B* c. la f., *N* p. f. c., **M** J. s. c. d. d. p. la f.

*β*4 (*α*4) — 54 *JE* j. f. li g. assaillie, *K* j. f. li grejois s., *U alters* — 55 *HE* A. (*H* Et prisent) de l. pr., *U* u. molt g. pa. — 56 *JKC* e. un (*E* a, *U* de) l.(*H* grant) t. raemplie, *I* e. m. l. t. r. — 58 *J* . . . l. s. ques g., *IE* ques gardoit (*E* conduit) — 59 *JK* d'o. a sonne la bondie — 60 *IHEU* r. naie, *C* r. terie — 63 *JKE* E. le v., *H alters* — 65 *CHE* e. macidone escrie — 66 *JHU* a val l. p. — 67 *JJ* s. d'ambes p. c. f.(*JK* c. la f.), *C* J. s. c. d. d. p. la f., *H* p. la guerre c., *E* p. emprise la f., *U* D. d. p. assemblerent si commence f.

NOTES

4 55. For *acoillir la proie* 'emmener le bétail' see TobLom *acoillir*.

VARIANTS

5 (Mich 96, 6) — 69 *GD omit*, *N* d. il furent s. — 70 *GDN* v. hurte, *B* q. si t. cor — 71 *N* Au p. qu'il encontre fet vuidier l. — 72 *G* Que l'a., *N* f. c. f. dusc'a quenons — 73 *TF* l. pis l. — 75 *TFVML* Li autre s'e.(*L* a. griu josterent) — 76 *GD* Li navre de lor sanc entaignent les blasons, *NML* f. jonchiez, *BV* l. bleicons, *B* 77, 76 — 77 *TF omit*, *N* f. s'entrehurtent, **M** f. s'entreheent — 78 *F omits*, *V* p. l. manchons

*β*5 (*α*5) — 68 *KCHU* Duel o. e., *E* E. chevauche — 72 *JHE* Le hauberc, *U alters* — 75–78 *U omits* — 75 *JK* p. s'entrefierent, *H* p. aprocierent — 76 *JKHE* f. joinkies, *I* f. covers — 77 *E omits*, *JI* T. f. s'entreheent, *CH* Si durement se heent (*H* d. encontrent)

VARIANTS

6 (Mich 96, 17) — 80 *GTFVMPY* t. qu'il, *GD* l. voisent, *NV alter* — 81 *B* e. trencant, *N alters* — 83 *GDBNVM* lucianor, *T* lari-, *RSP* lati-, *Y* liti-, *L* lanci-, *F* un des lor, *Q* si achenor — 84 *GT* Li p. hardis — 86.1 *MRSPQ* A ses vaches garder ne porra mais entendre

*β*6 (*α*6) — 80 *JC* t. qu'il, *U alters* — 83 *IHU* lucianor, *K* lasi-, *C* lanci-, *EC*^{m} lici-, *J* larionnet — 84 *E omits*, *JCH* Li p. hardis

VARIANTS

7 (Mich 96, 25) — 87 *G* m. esmeue — 89 *BM* l. desconneue — 93–95 *TFV omit* — 93 *N* t. de lui — 96 *B* Jusqu'en l. b. d'o. est quassee e., *V* d'o. l'a quassee e. — 97 *G* Et, **ML** l. brisa — 98 *TFBV* e. tint l'e. — 99 *B omits*, *TFVM* f. grant perde avenue, *RSPQY* f. molt mal avenue — 100 *BML* A (*QL* Qu'a) u. — 01 *B* F. l. l. derot e. l. c. rompue — 01.1 *GD* De l'auberc ne de l'elme n'avra il (*D* hui) mais aieue — 02 *GD* E. licanor, *BV* t. crenue — 05 *B* s'e. vait, *N* u. m. se fu t. espandue — 06 **M** g. o. d. p. tel plente r. — 07 *Y omits*, *M* u. grant t. sostenue, *RSPQ* e. grant piece maintenue — 08 *V* M. einz k'il erent quite

β**7** (α**7**) — 93–95 *U omits* — 93 *JCH* D. bu li a la te. a. br. d'acier to., *E* Q. la te. li a et tranchie et to. — 96 *JKC* d'o. l'a (*KC* est) quassee e. — 98 *I* e. tint l'e. — 99 *JCE* f. m. e.(*IKCE* oevre) v.(*JKCE* a-v.), *H* f. grans perde v., *U* f. grant painne creue — 100 *JICE* A u., *KHU* Car (*U* Que) a u. b., *JCH* o. eue — 01 *CH* Son elme avoit perdu e. sa c. abatue, *E* Que l'estrier li toli e. l. c. est c., *U* Ot son elme abatu e. sa c. c. — 07 *I* molt l. t. r., *C* u. molt l. t. peue, *HEU* u.(*U* molt) grant t. r.

VARIANTS

8 (Mich 97, 11) — 109 *G* en l'o., *B* l'o. isnelement — 10 **M** qu'i. i soient, *TF* n. s. grief, *BL* n. s. il tuit d., *NV* n. s. grains, *M* n. s. triste, *RSPQ* n. s. il molt d., *Y* n. esteront tuit d. — 11 *GDN* o. aune, *TF* o. fait mander — 13 *fragment a begins and continues through 396* — 15 *G* O. les, *BM* pu. astivement — 17 *QL* e. l. terre e. l. v. — 19 *GDF* b. de gadres vait les plains d'o.(*D* p. de dorlent, *F* g. l. vit premierement), *NL* v. (*N* par) l. plains — 20 *GD* f. trestout de maintenant, *BV* e. vit c., *N* E. voit et c. bien les f. vraiement — 22 *N* h. je le sai vraiement — 23 *GD* Qu'il e. maint l. p. qui l. — 27 *G* d'a. le v. p., *RSPQ* d'a. v. premerainement, *rest* d'a. les v. p. — 27.1 *RSPQ* Le duc betis de gadres entre lui et sa gent — 28 *P omits*, *BY* d. a sa gent, *TMRSQL* d. a ses homes — 29 *B* Veez la flor d., *V* q. v. iriement, *M* v. fierement, *RSPQ* v. ataignant, *Y* v. erraument — 31 *F omits*, *GD* M. ses cors s. h. q. or bien n., *T* M. de dieu s. h. — 32 *B* o. saver, *V* q. avera h. — 33 *B* Sil s. a. i. encontrement, *NML* cest grant e. — 34.1 *TVML* Mais ce ne puet pas estre que deus ne le (*T* nel nos) consent — 35 *N omits*, *TFVML* A tant s. — 36 *TFN* adouber

β**8** (α**8**) — 110 **JC** qu'i. i soient (*H* que li soirs) s. graint e. d. — 12 *H* b. quatre m. — 16 **C** D. gadres s'e. isci — 17 *JKHEU* e. l. terre e. l. v. (*JK* t. ensement), *I* c. le solel e. l. v. — 19 *HU* b. de gadres, *E* par l. plains — 23 *JK* (*20, 23, 21*) Qu'il e. mainent l. p. e. (*K* qu'en) l. — 25 *JC* J. n. t. jou m. d. t. plain a. — 26 *KEU omit* — 26.1 *JCEU* Li fourier les connurent et virent ensement — 27 *U omits*, *JCHE* d'a. les v. — 28 *HU* d. a ses homes — 29 *I* v. aigrement, *CE* v. fierement, *H* v. en present, *U* v. aprochant — 33 *K omits*, *ICEU* cest grant e. — 34.1 *CH* (*and* RTCh) Mais ce ne puet pas estre car deus nel nous consent — 36 **J** adouber, *C* acesmer, *U* bien garder — 37 *JK* Ains, **C** Puis

NOTES

8 111. In the text, Gadres is to be interpreted as the city or the city and its territorial domain (*la terre de Gadres* 1822, 1866, 2383); its battle hosts are designated *l'empire de Gadres* in 129, 279, 498. The spelling is almost always with final -*s*, a spelling supported by the meter in 2300. Only once does *G* have *Gadre* (161), in this case a form demanded by meter.

8 113. AdeP treats the name *Balés* as indeclinable, cf. rhyme in I 2951. For a probable oblique *Balec* in Eustache, see above, Vol. IV (EM 39), "Le RFGa: analyse."

8 119. For Betis of Gadres as Eustache's equivalent for the Biturius of Gadir in I³ and as AdeP's equivalent of the Betis of Gaza in Quintus Curtius, see above, Vol. IV (EM 39), "Le RFGa: analyse."

8 126.1. After 126 the β version has an extra line (*Li forrier les connurent et virent ensement*). There is no need to attribute it to AdeP, for it is not demanded by 127 ("E.d'A.fut le premier à les apercevoir") and its wording was probably suggested by 120.

8 127. Erratum: les (le).

VARIANTS

9 (Mich 98, 6) — 138 *DTB* d'enomonde, **M** d'ene(*MQ* eni-)monde — 42 *GD* l. cuident — 43 *B* v. a l. f., **M** v. o sa f. — 43.1 *TMRSPQ* Emenidus les voit ne puet muer ne gronde (*T* n. li vient pas a bonde) — 44–47 *F omits* — 44 *T omits*, *GV* Por lor (*V* la) g., *GN* n. a c.(*N* gent) qui r., *D* n. a c. quel r., *BV* n. a c. que r., **ML** n. a (*M* n'il n'a, *L* il n'a) c. qu'il (*RY* qui, *L* de) r. — 46 *T omits*, *GD* b. voit, *GDBNVML* des chies (*G* de ch', *DV* de chief, *BL* del chief, *NM* de ce, *R* de chies, *Q* chief del) — 47 *BNM* l. s'aponde, *RSPQL* l. s'esponde — 48 *F* Emenidus n'a o. q'e. la t. n. f., *N* Dont n'a — 49 *BN* Isnelement apelle, *B* l. d. nemonde, **ML** l. d. mirmonde — 50 *B omits*, *G* B. nies tes d. e., *D* B. e. li tiens d., *T* Molt e. b. tes d., *F* Va ja e. tes d., *N* Ja ert vostre d., *V* B. ja e. tis d., **ML** Ber ja e. tes (*L* cis) d. — 53 *F omits* — 54 *TF omit*, *B* l. per tant q. il ne li r., *N* Ne p. q. n. lera, *MRSPY* p. ce s. talent n. r., *QL* E. non p. q. n. let — 56 *TFN* A. porra — 57 **ML** E. a. de mon c. trenchie l. m. e.(*L* ostee une ponde) — 58 *NV* c. q. je (*V* meint) d. l. n'i t., **ML** Que i. de ce c. q. maint d. l.(*L* q. aucun d'aus) n'i t.

β9 (α9) — 138 *I* de meronde, *C* d'orionde, *H* d'enimonde — 39 **J** t. l. mons s. — 43 **JC***H* c. li (*C* comme) v. sa f., *E* c. taint vilain en f., *U* comme l'en fet l. f. — 43.1 *KE* Emenidus les voit ne puet muer ne gronde (*E* v. qui de proece habunde) — 44 *JC* n'a talent qu'il r., *I* n'i a c. qui r., *K* n'il ne seit que espondre, *H* n'a c. que il r., *E* mes n'a gent qui esponde, *U* ne son c. pas ne gronde — 46 *JC* des chies (*J* de chief), *IHEU* chief del (*H* de, *E* el), *K* q. des chies s. t. m. — 47 *ICC^m* l. s'aponde (*C* s'atorne) — 49 *IKHU* l. d'ori(*K* orim-)onde, *C* l. d. mirmonde — 50 *J* Molt e. b. ses d., *IKH* Ber ja as tu destrier, *C* Ber ja e. tes d., *EU* Bons e. vostre d., *JC* p. i. d'u.(*C* que) a., *IHE* p. isnel d'u. a.(*HE* i. n'a el monde), *KU* p. tost cort (*U* vet) que a. — 53–54 *EU omit* — 54 **J** P. q. n. laissa (*J* laira) pas, *C* E. ne p. q. n. l., *H* E. n. l. p. tant, *JI* qu'a s. s., *CH* q. molt tost n.(*H* q. t. n. li) r. — 56–57 *H omits* — 56 *J* A. porra — 58 **JC** (*K alters*) A. k'i. d. c. q. d. l. n. i (*J* ne lor) t., *H* Ne n'isterai d. c. q. d. l. n'i encontre, *E* Que je parte q. meint del l. ne t., *U alters*

NOTES

9 143. "Ils les serrent d'aussi près que le paysan serre son sac à argent."

9 144. Erratum: qu'il (qui). — Meaning: "Il n'a pas envie de répondre par une action semblable [de riposter]."

9 146. Erratum: des (de).

9 149. Here Eustache invents for Licanor a birthplace, Mormonde, just as, in 1073, he invents one (Valestre) for Aridé.

9 150. Erratum: B.ja e.tes (B.e.li tiens).

VARIANTS

10 (Mich 98, 27) — 160 *TNVM* t. t. m. — 61 *G* v. est s., *TBNVM* Est v., *RSPQY* S'est v., *DF* gadres, *L* d. g. d'a. — 62 *DTFN***ML** s. bien t. mil, *BRSP* u. rote — 63 *B* s. nos somes e. m. r. — 64 *B omits*, *N* a. c. s'e. desconforte, **ML** a. ne cuit c'uns en estorde — 66 *V omits*, *G* n. veul, *TF* S'a. au b. d'acier n'en

commens u., *B* S'ans n. voil c. o mon b. u., *QL* c. tel riote — 67 *N* C'o. encor breton n. f. t. e. sa r., **M** Juglerre n. — 68 *B* M. per sera h., *G* compote, *N* alters — 71 *G* pertruisies — 72 *GD* m. e. fendus, *N* o. environ sa ligote — 73 *V* omits, *GD* c. s'en istra fors a f., *B* frote — 75 *NQ* rasote — 76 *N* N. me gabera pas — 78 *TN* assote, *F* s'asote, *B* se dote

β10 (α10) — 161 *JC* Est v., *U* alters, *H* d. gadres d'ariote, *E* n. la gent de d'a. — 62 *U* omits, *JCHE* s. bien t. mil, *IK* Bien s. — 64 *U* omits, *J* a. q. c. s'e. d., *ICHE* a. ne cuit nus (*K* c'uns, *H* uns) en (*E* que n.) estorde — 66 *IKCEU* c. tele n. — 67 *JK* O. bers n., *H* C'o. encor bretons n. f. t. e. sa r., *U* Ains jougleur n'en chanta, *I* e. hapre ne en r., *EU* n'en harpe n'e. citole — 68–69 *U* omits — 68 *JKC* M. par (*J* en) sera h., *HE* M. sera hui h. — 70 *KEU* omit, *CH* b. sanble g. — 72 *CH* m. e. fendus, *IEU* o. environ la ligote — 75 *I* omits, *JKU* rasote — 76 *CHE* m'e. gabera — 78 *JK* rasote, *IE* redote, *U* s'asote

NOTES

10 160–61. "Toute la terre de Gadres et d'Amiote s'est ébranlée et s'est précipitée sur nous." The *mote* 'ébranlée' is an invention of AdeP, who seems to have derived it from *terremote* 'tremblement de terre' by treating *terremote* as if it were *terre mote* with *mote* used as if it were an adjective. *Amiote*, also an invention for rhyme, may have been vaguely suggested by *Damïete* (II 696). Regarding *Gadre* for *Gadres*, see above, note to **8** 111.

10 163–64. "A moins de nous secourir vite, Alexandre nous a engagés dans une querelle si grave que chacun s'en inquiète." The transferred meaning ('s'inquiéter') for *soi defroter* ('se gratter') puzzled the scribes, for in every manuscript of β except *J*, and in **ML** and *N* of α there is some form of *lectio facilior*. *B* and *U* omit the line.

10 167. In connection with this allusion to the Bretons and their *lais*, compare other evidences of Eustache's familiarity with the *matière de Bretagne*, notes to II 568 and 972.

VARIANTS

11 (Mich 99, 12) 179 *DMQ* d'anemoie, *TFN* d. normoie, *B* d. nomoie, *VRSP* d. nemoie — 80 *TFVQ* do. toz l. mons (*VQ* vals) o. — 81 *G* e. que pres qui s. e. m., *TF* e. que n'est espiz e. m., *B* e. ne font e. e. m., *N* e. que espines en haie, *PYL* s. en voie — 82 *G* e. baloie, *B* e. flamboie — 83 *B* T. cinc cent s'en **M** aprochent, *N* m. chevauchoient, **M** aprochier — 85 *B* q. atendist — 85.1–13 see β 85.1–13 — 86 *G* lioines — 87 *G* s. e., *N* a. que s. — 88 *DML* c. message — 90 *TF* omit, *B* Quant j. irai messajes — 93 *B* omits — 96 *GDBL* q. trais les aroie — 98 *G* Q. j. nus hom t., *D* a. tesmoing, *T* Q. j'a. j. tesmoig q. je traitres s., *F* Q. je a. testimoine q. je traitres s., *B* Q. je j. testemoing q. ver r., *N* Q. j'a. tesmoine, **M** Q. je aille el mesage desci que l'en m'en croie

β11 (α11) — 179 *J* d. normoie — 80 **C** do. tous l. vaus o. — 81 *CEU* omit, *JH* e. que n'est espis e. m., *IK* e. qu'espis n. soit (*K* qui git) e. m. — 83 *JEU* aprochier — 85.1–13 (*also in* **M** *of* α, *for which variants are here included*) **JMC** Lor anemi cascuns (**J** C. de chiaus de gadres) son confanon desploie (*Y* omits, *H* alters) Et li vens se fiert ens qui les langues baloie (*Y* omits) Molt ressamblent bien gent qui par forche guerroie Ja ne perdront de terre qu'il puissent (**MCH** s'i.pueent) une roie Et la paour del perdre les semont et aigroie (**M** asproie) De lor pais deffendre lor cuers (**MHU** nus d'eus, *E* chascuns) ne s'afoibloie Et (**C** Ains) dient bien entr'iaus qu'alixandres foloie (*U* omits *.7–13*) Ne tienent riens de lui a grant tort les guerroie (*IRSPQCE* pledoie) En tel liu met s'entente u folement l'emploie (**J** durement desvoie) Molt pensse hautement quant tante gent caroie (**M** chastoie, *H* mestroie, *E* guerroie) N'a talent cou m'est vis qu'encore se recroie Mais au partir de nous ert cains d'autre (**MH***E* de tel) corroie Ja ne li souverra de cou dont plus dosnoie — 87 *J* a. et au s. l'e., *I* a. l. s. li e., *KH* a. p. s. l'en (*H* l'i) e., *U* a. que s. lor e. — 88 **JC** c. message — 90 *J omits*, *IK* Se j. vois e. m. — 98 **J***CE* Q. j.(*IKC* jo) a. tesmoing, *H* Q. j'a. tesmognage, *U* Q. je ailhe el mesage devant que on m'en croie

NOTES

11 185.1–13. These lines of the *β* redaction, which constitute an expanded description of the approaching host of Gadres, were probably interpolated into the stanza by the author of the **GV**; see above, p. 108. The lines are present also in **M** of *α*, but **M** presumably acquired them from the **J*** redaction of *β*, source for a long portion of the **M** text beginning with stanza *α*30 (*β*31); see above, p. 132.

11 186. Erratum: Lioine (Liones).

11 190. The *desi que on me croie* seems to mean "jusqu'à ce qu'on soit forcé d'ajouter foi à mon message."

VARIANTS

12 (Mich 100, 10) — 200 *GD* C. faites c. — 02 *B* a. a mon branc de damas, **M** Ainz v. — 03 *RSPY* Si — 04 *N* c. c. venuz del trot a. p. — 04.1 *N* Que je ne lor aide a joer es eschas — 05 *TFVML omit*, *B* M. v. e. o vos hui m., *N alters* — 06 *B* l'e. fres ni joians ni gras, *N* Q. parte, *V***M** l'e. sein — 07 *GBNVML* S. je venoie (*GMQ* m'en aloie) a. r., *GVPY* armes saines et d.(*G* a. et sains mes d.), *B* per dire cest en bas, *N* ne fust mes escuz quas, *MRSQ* a. sains en mes d., *L* sains d'armes et de d. — 10 *B* d. ne mi ras, *V* d. n'ere ras

*β*12 (*α*12) — 200 *CH* C. me — 02 *JKHE* Ainchois vous aiderai, *U* Ainz v. — 03 *JKH* Et, *EU* Si — 04 *KEU* c. c. venus dou trot a. p. — 05 **C** (*and* RTCh) *omit*, *J* M.v. ancui o vous e. m. o. l., *I* M. v. jo e. o. ancui vencus et mas, *K* M. v. e. avuec vous mors et m. et l. — 06 *EU* Q. parte, *JKC* l'e. sains — 07 **JC** S. je venoie (*I* j. m'en vois) a. r.(*E* a tyr), *JK* entiers desous m.d., *I* a. u en m. d., *C* a. et sains de d., *H* armes saines et d.

NOTES

12 200. Erratum: double quotes at end.

12 207. Erratum: S.je venoie a.r.armes saines et d. (S.j'en aloie a.r.armé et sains mes d.).

12 208. The rhyme of 208 shows that Eustache used the normal OFr form *Josaphas*, for which AdeP substituted his own fanciful spelling *Josafaille*. The only instance where the latter is supported by rhyme is in II 28, in a stanza which is an AdeP interpolation; see above, note to II 28.

VARIANTS

13 (Mich 100, 22) *L omits* — 211 *B* E. apelle litonas qui fu dus — 12 *G* querra, *V alters* — 13 *BNMQ* confus — 14 *B* enclus, *NMQ* conclus — 16 *TFBVM omit* — 20 *V* Si einz n., *GV***M** a. d.(*RSP* a d., *Y* a desus), *DB* a. desus, *T* a decluz, *F* en reus, *N* a refus

*β*13 (*α*13) — 212 *J* querra — 13 *KHU* confus — 14 *K* conclus, *CHE* m. sons e.(*E* tuit somes) confondus, *U alters* — 17 **C** E. caulus l. respont — 20 *JIC* S'ains (*J* A.) n., *JCHE* a. desus, *I* el d., *KU* a reus

VARIANTS

14 (Mich 100, 32) — 221 *B* d. car i alez a. — 22 *VY* fierté — 23 *GNRSQL* monté, *DTFBVMPY* armé — 24 *N* N. v. aresteroient, *TNQL* v. ataindroient — 25 *B* amé — 26 *B* maté, *N* s. nos so. afolé, *RSPQ* finé — 27 *V* n. veals l. f. p. d., *TF 28, 27* — 28 *B omits*, *N* l'a. de lui — 31 *G* d. l'ost, *BV* m'en a. e., *TM* m'i a. e. — 32 *N omits*, *GDTBV* P. m. c.(*T* Mais p. foi, *V* P. ma foi), *FM* Alez i v., *D* demandé, *T* esgardei, *F* porpensé, *VML* porparlé (*Q* atiré, *L* q. ce a. pensé) — 34 *N* A. e. poi de temps m'e. a. blasmé — 35 **M** j'a. mon e. et percie et troé — 36 *G* percie et enb., *V* hoschee et enb. — 37 *D* en cors ens., *TNL* taint et ens., *FM* trestout ens. — 38 *BL omit*, *TF* d'outre en outre n. — 39 *GDL omit*, *B* Se pois v. au m. q. ci m'a. rogé, *N* Et je v., *VM* Si donc v., *F* m'a. demandé — 41 *GBNQL* Q. m'e.(*G* je) soie partis c. coars (*N* coart, *Q* com traitour) p.(*G* clamé, *DL* provés), *MRSPY* v. venir c. c. p.(*R* clamé) — 42 *B* Certes je non prendoie t. — 43 *GBNV* Por c.(*G* Par si) q., **M** Par couvent q. n'e., *L* Par si q.

β16 (α14) **J** *alters radically*, *C adds numerous lines interpolated from* **J**; *see above, pp. 136-37, 143* — 223 **C** (*and* RTCh) armé — 24 *CU* b. tot c. de mere n., *HE* b. tout c. q. or s.(*E* q. s.) n. — 28.1 **C** Ses pailes et son or et son argent douné — 28.2 *C* Et ses bieles riceces a cascun presenté — 29 *C omits*, *H* Et c. l. respondi ca a., *EU* Et aristes respont vous a.(*E* r. n'a. pas) — 30 *H* Par foi emenidus molt ai le cuer iré, *E* Biaus sire emenidus mout doi estre iré, *U* Mais or sachiez de voir molt doit estre airé — 31 *U omits*, *CH* A un des p. m., *E* Quant or a. p. coart, *CE* m'i a. e. — 32 *E omits*, *CHU* (*and* RTCh) Ales i v., *U* esgardé — 33 *CEU* Car s. je (*E* S. or ne, *U* S. ore) m'en estoie, *H* S. vous me veisscies — 35 *CU* j'a. mon e.(*C* espiel) e. mon h. f.(*C* escu quasé) — 37 *EU omit*, *C* E. mon b. en mon puing taint et ens., *H* E. l. b. acerin souillie et maillenté — 39 *CH* S. dont v., *H* m. q. or m'a. rové, *E* m. n'en sere blaasmé — 41 *EU* Q. m'e. soie p.(*E* foiz) c. c.(*E* com traitre) p., *C* v. fuir — 43 *CU* Por c.(*U* tant) q., *H* Par si q., *E* Q. j. ne aie en

NOTES

14 221-25. Lines 222-24 are an AdeP interpolation, which accounts for the clumsy structure of the passage.

14 223. Erratum: armé (monté).

14 233. Erratum: ja mais (jamais).

14 243. Erratum: Por (Par).

VARIANTS

15 (Mich 101, 22) — 245 *RSPQ omit* — 46 *TFVML* Antigonus, *GN* q. f. dus, *RSQY* foraille — 47 *V* Car ales, *GD* cele servaille, *F* m. sor c. destrier de taille, *B* c. cervigaille, *N* celle garaille, *M* c. sarnagalle, *RSPQ* c. cheval baille, *Y* c. cernagaille, *L* cele aufaige — 48-49 *GDV omit* — 48 **NM** qu'e. ne (*MSPQ* qui) prent c. — 49 *B* e. senegaille — 50 *GD* b. ne faille — 51 *GD* t. a devinaille, *N* tieng m. a sage — 52 *B* Ja mais per nul de nos n'ert vencue bataille — 55 *TF* c. en piz sos (*F* c. el p. pres) l., *B* c. el piz desoz l'entraille, *N* E. li vassaus navrez p. desouz l., *VM* c. p. desuz l. — 55.1 *N* Et li foies parra par dessouz l'entraille — 56 *GD* Que je ne soie o v., *TL* Que ne soie avec v., *F* Je serai en cest camp ou v. e. la b., *B* E m. v. e. o v., *V* M. v. morir ou v., **M** M. v. ci demourer (*Y* M. v. jou ici estre) — 57 *VM omit*, *GD* C. que p. d., *F* Qe je tant la desir qe nulle riens s., *B* C'ores p., *N* d. je vous le di s., *BN 58, 57* — 58 *GD* s. du regne, *BMRSPY* Qu'enperere d. r., *V* Q'e. emperor d. r.

β17 (α15) **J** *omits* — 246 *CHE* (*and* RTCh) Antigonun, *CH* q. f. dus — 47 *C* c. servagalle, *H* m. sor c. ceval d'arcage, *E* Amis v. i. e. m. sus tracecaille, *U* c. bai d'ortailhe — 48 *CEU* qu'e. ne (*E* qui) prent c. — 55 *HEU* c. p. desous

(*H* dales, *E* dedenz) l. — 55.1 *CH* Si que jus a la terre me coulera l'entralle, *EU* Que parte de l'estor ce vos di je sanz faille — 56 *E* M. aim a e. o v., *U* M. aing e. vencu — 57 *C* (*and* RTCh) *omit* — 58 *C* (*and* RTCh) Qu'enpereres d. r.

NOTES

15 247. In a later passage (**98** 2252), also by AdeP, the horse of Antiocus will be called Cervadoine.

15 248. Erratum: espreviers (espriviers).

VARIANTS

16 (Mich 101, 38) — 260 *FVRSPQL* antiochum, *M* d'a. festion en a. — 61 *N* s. le noir d. — 63 *VP omit*, *N* N'a si corant d., *GTM* au port (*M* au mont, *RS* au mor, *QY* as mons) de t. — 65 *GD* se. si mal vait la r., *BMRSPY* se. en si male r. — 65.1 *MRSPY* Nous somes enbatu que ne li ert pas bele — 66 *GD* Que n'e. t. u., *N* Ne porra nus torner n'e. c. — 67 *B* o. oez bone f., *N* o. o. grande f. — 68 *N alters*, **M** Et m. e. i. f. — 69 *N alters* — 70 *DTFBL omit*, **M** (*70, 68–69*) Q. verrai — 71 *GD* se g., *N* E. dessoz mon a. m. — 72 *G* S'adonques vois a t. a. r. s., *D* Adonc i., *BQ* L. i. au message, *N* Donc i. je a. r., *MRSPY* L. i. je a. r. par dessouz l. g. — 73 *G* A. cerra, **VM** A. savra — 74 *GD* D. a. sans vos ore q. hui mais m'en a., *TFM* D. a. se g'i v., *B* Daçait senz vos q. h. m'i a., *fragment a* Des ait se nes vos, *N* Deus se je ainz i v., *VL* D. a. s'ains i v., *TF* recreant n. m'a., *ML* q. coart n. m'a.

β15 (α16) **J** *alters radically, see above, page 136* — 261 *C* s. baiart, *EU* s. ferrant — 63 *U omits*, *H* as puis de t., *E* au mont de t. — 67 *HU* o. oies (*U* oi je) grant f. — 70 *C* Et a.(*E* verre, *U* sera) — 72 *CEU* Se l. en (*E* L. s. je, *U* Et l. s.) vois a. r., *H* L. noncerai a. r. — 73 *H omits*, *CEU* (*and* RTCh) A. savra — 74 *CU* D. a. se g'i v., *H* D. a. il sans moi, *E* D. a. s'a. li rois, *HU* q. coart n. m'a.

VARIANTS

17 (Mich 102, 14) — 278 *GDV* s. molt tost a e. — 80 *N* m. brochans a esperon, *V* s. t. millier — 85 *GD* Or je a., *F* Si a., *B* E i a., *V* O. irreie, *B* d. celdon — 86 *G* e. troves, *B* e. tuez a guise de mouton, *N* e. a toz jors — 88 *NL omit*, *B* l'o. 'n erent n. s. q. tuit l. v. — 89 *TF* j. n'i a. pardon, *B* sens autra g., *N* sans nulle raencon — 91 *RSQ* l. dus — 92 *G* l. en l'ost, *N* a. loges, *RSPQL* o. cuer — 93 *NRSPYL* a duel — 94 *TFBMRSPY* t. estes morz g.(*B* bricon) — 95 *GDT* G. tost l., *F* Or laissez tost l., *BNV***M** J. guerpirez — 97 *B* Hui p. tuit l. t. s. nulle garison, *N* t. ja n'aves garison, **M** Tuit p. hui l. t.

β18 (α17) — 278 *JIC* s. molt tost a e. — 85 *JE* E. je a. — 86 *JK* M. vauroie e. mors en guise de larron (*K* par desor mon blazon), *U* M. voudroie e. mis a g. destruison — 87 *CHU* d. l'estor — 89 *IE omit*, *JK* j. n'i avra pardon, *H alters*, *U* que j. garrant n'a. — 90 **J** *omits* — 91 *JC* l. dus, *HU* r. le roi (*U* r. alixandre), *E* L. avoit r. t. — 92 *JICH* (*and* RTCh) a. loges, *E* au tref, *IEU* m. en fis (*E* m. feimes, *U* je f. m.) que b. — 93 *U omits*, *C* a armes — 94 *JCHU* t. estes mort g. — 95 *JCHE* J. guerpires, *U alters* — 96 **J** A tout cou en avres si male r. — 97 **J** Que tuit (*J* T. i) p. l. t., *C* T. p. l. t., *H* Tout perderes l. t., *E* Tuit me lerez l. chiez, *U* L. t. me lerez, *J* s. nule garison, *IK***C** (*and* RTCh) n'i ares (*ICH and* RTCh ja n'a.) garison

VARIANTS

18 (Mich 103, 32) — 299–300 *V omits* — 302 *GD* t. fais a loer, *TF* Ahi r. d., *B* Gentil r. d. — 03 *N alters* — 04 *V omits* — 05 *B* E trastot c. dieus t. laisoit — 06 *GD* c. o. b. afier, *TFBV***M***L* je (*TFMY* ce) l'o. b.(*TMY* puis b., *RSPQL* b. le puis) afermer (*YL* afier) — 08 *B* q. tant fait a loer, *N* E. d. c. l. preu, *NV***M***Y* f. branler — 09 *GD* u. message — 11 *GBNV***M***L* commence a esgarder (*G* commenca a garder) — 12 *TF* d. u. pin e., *B* d. u. oliver — 13 *GDV***M**

Corineüs ot n., *TFN* Corneüs (*T* Cortieuz) ot a n., *BL* Corineus (*B* Corisnel) ot a n. — 14 *B* m. le c. ot fer, **ML** m. d. cuer estoit b. — 15 *TF* c. adouber, *N* alters, *RSPQY* c. conreer — 16 *BRSPQYL* d. s. cors — 17 *GD* v. forment — 18 *GDF* m. sor a. et s'i. d., *B* e. sa i. essaier e prover — 19 *V* p. enhaucer — 22 *B* pe. de l'esploitier, *V* pe. de eus d. — 25 *TFV* l'o. d'outre l. m., *B* l'o. d. sain laimier — 26 **M** E. b. g. t'e. s. — 27 *V* r. d'e. m. lesset penser — 28 *TF* S. vos v. s. a. — 32 *GDML* v. loer — 36 *B* e. lacier, *NV* e. noer — 38 *N* omits, *GD* P. por voir v., *B P* v. e. a c. d. l'e. commencier — 39 **M** q. je vos d. p. — 40 *N* omits, *B* d. v. bien lo v. — 41 *B* v. plus ester, *N* Q. g'istrai d.

β19 (α18) — 299 *JK* d. ses barons ne p. c. t., *I* d. c. ne p. nul c. recovrer — 305 *U* omits, *JIHE* E. t. cou que — 06 **JH** je (*JI* si) l'o. b. afier (*IH* afermer), *CEU* c. o. b.(*E* c. poons, *U* c. puis b.) afier (*C* afermer) — 07 **J** Ahi c., *CEU* s. avons d. — 08 *JKE* q. tant fait a loer, *J* E. d. c. l. preu, *C* f. branler — 09–22 *C* omits — 10 *J* Que nous alast au r., *IKU* Q. v. a alixandre, *H* Q. le v. d. au r., *E* Q. v. d. l. r., *JK* le message conter — 11 *JKHEU* commence a resgarder, *IC* commenca a garder — 13 (**J** *14, 13*) *J* Corneüs ot a n., *I* Corineüs ot n., *K* Pirrus avoit a n., *HE* Corineus ot a n., *U* Cornieus l'apeloit on — 14 *H* omits, *JU* m. d. cuer estoit b. — 15 *JE* La, *H* Et, *U* D. i e., *JK* c. acesmer, *I* p. le sien c. armer, *H* c. conraer, *EU* c. adouber — 16 *U* omits, **J** d. lui b. atourner (*I* adober), *E* d. s. cors atorner — 19.1–5 **J** (*K* omits *.4–5*) Le jour fist tant par armes s'il peust tant durer Li bons rois alixandres le fesist couroner Nies iert emenidus cou soloit on conter Mais la vcraie estoire le me rueve fauser Car n'ot onques neveu (*J* veu) fors pirrus de monclẹr — 21 **J** Amis d. c. g. vous v. — 22 *JKH* pe. d'iaus d. — 23 **J** S'or nous f. — 24 *JKC* d. bon r. m. — 25 *JI* Que granment t. d., **C** Et g. m. donner, *JIHEU* l'o. d'outre (*I* jusqu'a) l. m., *K* alters — 26 **J** E. b. g. t'e. s. — 27 **J** r. or me laissies ester, *CEU* (and RTCh) r. d'e. m. v. j.(*E* m. vodrai, *U* m. convient) p., *H* r. el vous volrai rouver — 28 **J** omits, **C** *41, 28, 42* — 30 *JU* Nus — 36 *JC* (and RTCh) e. noer — 38 *JKC* C. p. v., *HE* En apries v. — 39 *JE* (and RTCh) Car, *CU* Que — 40 *IEU* omit, *CH* e. si l'os afier — 41 *JK* n'i porres, *IH* n'i v.(*I* volres), *CEU* n'i queres — 43 *JIC* P. proeche i

NOTES

18 306. Erratum: afermer (afïer).

18 311. Erratum: commence a esgarder (commença a garder).

18 313. The person here named appears four times: II 313, 568, 850, 1357, but not a single manuscript is consistent in the form given his name; the principal readings are *Corineus* (with which can be grouped the *Corisnel* of *B*), *Corineüs, Corneus, Corneüs*. For the text the *G* readings have been retained, but the indications (see Variants) are that the original author had one form only and that it was *Corineus* (three syllables). In Wace's *Brut*, where the name is one which appears *passim* applied to a Trojan (ed. Arnold, SATF, 779, 781, 811, etc.), it has four syllables: *Corineüs*.

18 319.1–5. Conscious that the unidentified Corineus of **18** and the nameless *povre saudoier* of **20** (393) will eventually turn out to be one and the same person, the **J*** ancestor added these lines to **18** (β19) stating that others claim specifically that Corineus was a nephew of Emenidus, but that according to reliable sources his only nephew was Pirrus de Monflor. (Pirrus is a character original to the Gadifer Version, source of **J*** throughout the β redaction, and he appears in certain α stanzas [53–55] borrowed from the GV.) **J*** then dropped from his redaction both α20 (β21) and α39 (β54), eliminating entirely the uncle-nephew recognition motif developed in those two stanzas. Subsequently manuscript *K* of the **J** group made a further emendation in order to do away altogether with the Corineus called spurious by **J***: deleting lines 319.4–5, the *K* scribe substituted the "authentic" Pirrus in line 313 as well as in **28** 568, but failed to make the necessary alteration in **57** 1357.

18 331. Erratum: tüer (tuer).

VARIANTS

19 (Mich 107, 31) — 346 *BV***M** c. que (*B* tot) de fi (*MRSPQ* voir) l. savon (*MPQ* set on) — 48 *G* desseverrom, *DBN* c. le (*B* li) d., *TF* c. le comparron, *VL* c. les d., **M** bien les (*M* le) d. — 51–53 **G** omits — 53 *B* E rescoce s. homes, **M** Resqueue — 55 *MQ* Car, *RSPQYL* s. avras — 56 *B* Mout est p. n. m. tot d. f. la veon, *N alters*, *V* v. ci n. m., *V***ML** m. ke nous ci a. — 57 **G** m. saches et si douton (*T* m. s. e. cel d., *F* m. et nos trop le d.), *V* m. s'eissi n. c. — 58 *B* cui s'onor r., *fragment a* cui s. lo clamon — 59 **G** s. mentir i, **ML** L. hiaumes e. l. c. p. s. raencon — 61 *B* Deus com b. — 62 *V* omits, *G BN* E. d. ruistes (*GD* fieres) p.(*G* paroles) q. v. i solon (*G* v. soliom), **ML** E. d. bonnes p. q. v. i solon — 64 *B* que gaires n'i d., *N alters* — 65 **G** n. aut or l'avez (*G* o. laissies, *T* o. l'avons, *F* ez le vos) a b. — 66 *DTF* el cuer, *B* f. d'une lance el p., **M** c. trusqu'au p. — 67 *BV***M** q. anceis n'i j. — 68 *GBN V***M** v. respont (*G* v. a dit), *L alters* — 70 *GNV***ML** Car (*G* Ja) t., *B* Car itant c. j'a. ici sain l. — 71 *B* N. l'auberc de mon d. n. l'elme qu'est el s. — 72 *N* t. raencon — 73 *NL* e. male soupecon — 73.1 **M** Ices mauveses gens por quoi les criembrion — 75 *GD* i. s. asses p. tres b. — 76 **G** l. premiers cops c. — 77 *G* e. e. esprove — 79 *GD* omit, *TF* B. e. droiz q. d. v. — 81 *GNV***M** n'e. aient (*G* oient), *G* v. reprochon, *B* S. qu'en nos n'agent v. r., *fragment a* S. q. nos n'en aions v. r., *N* apres nous r., *L alters* — 83 *N alters* — 84 *B* Entr'els aient e. — 85 *BN***M** E p. — 85.1 *N* Mes soion preu et fier et si nous combaton — 86 *N* Et aions b. c. e. n. c. refraignon — 88 *BQY* s'e. fuie — 89 *B* s. s'a bone entention, **M** d. a mansion — 90 *GD* ancui i c.(*D* a. conoistra on)

β14 (α19) — 345 *E* and *U* alter — 46 *U* omits, *JE* c. dou mieus (*E* c. prive) de sa maison, *IH* l. trueve on, *KC* c. que de fit l. savon (*C* set on) — 48 *U* omits, **J** Or, *JK* c. le comparron, *IHE* c. le d., *C* c. les d. — 53 *IKH* Rescoeue — 55 **JC** Car, **J** t'a. e. e. salvee, *JKCU* s. avras — 56 *JI* T. vas querre ta m.(*I* no vie), *KU* T. v. ci n.(*K* ici no) m., *H* T. ies p. de ta m., *JH* que d. f. le savon (*J* set on), *I* si nos i atendron, *K* que d. f. a., *C* e. ici l'a., *E* e. d. voir l'a., *U* que a cop l'a. — 56.1 **J** Si n'avons nul garrant a cui nous apuion — 57 **J** m. se a a. n. mellon, *H* m. s'ensi n. c. — 58 *JEU* S. cha ne v. l. r., *J* que nous s. clamon, *KHE* de cui no fies tenons, *U* alters — 59 **J** omits — 60 *U* omits, **J** Car, *JICE* l. tient, *KH* l. gist — 61 **J** Mais quant il m. r., *CHU* Pius q. b.(*HU* il) m. r., *E* Certes puis q. m. menbre — 62 *EU* omit, *JCH* E. d. ruistes p. q. v. i soulon — 64 *JKEU* Que il (*J* Car i., *E* Et) m'e. b. a., *ICH* Qu'il m'e. sempres a. — 66 **J** el cuer (*I* fie) e.(*JK* ou), **C** v. e. atornes a grant confusion — 67 *JI* g. ains qu'a a. n. (*I* que nus n'i) j., *H* g. si qu'a a. n. j. — 68 **JC** v. respont — 69 *HU* omit, *CE* (*and* RTCh) e. vos palles en pardon — 70–74 *U* omits — 70 **JC** Car t. — 71 *JKH* hi. e. s., *CE* hi. reon — 71.1 **J** Ne roide lanche el poing ne espee au geron — 79 *JK* B. e. drois q. d. v., *E* Droiz e. q. d. l. v., *U* C'e. grans drois q. l. v. — 81 **JC** n'e. aient, *J* male retrection, *K* malvaise r., *EU* male (*U* nule) reprovoison — 85 *JU* P. c. n'e. mie d., *CE* (*and RTCh*) Et p., *H* Que il n'e. p. or d. — 87 **J** Ja d. t. c. m. n. verra s. maus n. — 88 *JCH* s'e. fuie — 89 *KHEU* d. a mancion — 90 **J** Baron gardes vous hui de laide mesprison, *CEU* (*and* RTCh) a. a. h. cest jor c., *H alters* — 91 **J** Honnis soit qui vieut estre en nul liu se chi non

NOTES

19 345. AdeP, who interpolated this whole stanza, had encountered the expression *du mieus de sa maison* in ADéca 524 and 622 and was doubtless pleased by its alliteration. He also introduces somewhat similar expressions in I 1058 and II 1006.

19 348. Erratum: deservom (desservom). — The manuscripts hesitate between *les* (i.e., *nos fiés*) and *le* (neuter). In either case the *chier deservir* is 'gagner à haut prix par son mérite,' 'mériter bien.'

19 362. Erratum: ruistes p.q.v.i solom (bones p.q.v.soliom).
19 368. Erratum: respont (a dit).
19 369. Erratum: comma at end (period).
19 370. Erratum: Car (Ja).
19 381. Erratum: aient (oient).

VARIANTS

20 (Mich 105, 26) — 392 *N* E. d'arcage delez u. — 93 **G**Q Descendu, *BNVMRSPYL* Descendre, *MRSPQL* p. chevalier — 96 *end of fragment a* — 96.1 **M** Mes n'ot hauberc ne hiaume que il eust molt chier — 98 *G* c. fuissent, **G**BNVM**L** t. s'il (*GDBVS* si, *T* se) — 99 **ML** n. l. daignast (*ML* vosist) b. — 400 *B* esp. e. l. p. l. baudrier, *N* esp. gresle p. l. baudrier — 01 *DTFB omit* — 02 *N* Bele c. — 03 *N* p. molt bien c. — 06 *B omits* — 07 *B* c. laisier — 09 *G* Nies, *DB* Filz, *rest* Nes — 11 *B omits* — 13 *T omits*, *GDRS* v. avancier — 14 *GN* c. haut h., *D* h. n. guerrier, *TBV* h. n. terrier, *F* c. nus des riches p., **ML** E. nel (*QL* n'i) connoissoit serjant n. chevalier — 15 *B* E. d'arcade lo p., *N* E. le voit s. — 19 *B* p. plus esploitier — 20 *G omits*, *D* d. c. mehagnier, *TF* d.c. (*F* des lor) damagier, *V* da autres e. — 21 **G**BNVM**L** Qui n. cuident (*G* Que n. cuidons), *B* c. hui malement d. — 22.1–2 **M** Et hom qui n'est armez ne se puet preu aidier En si aspre bataille n'avriez vous mestier — 23 *B* Et en savront bon gre tuit li doce per — 26 **M** s. tencier — 28 *V* O. n. me conuth alix., *M* C. j. n. connois alix., *RSPQY* Ne me connoist li rois ce me puet anuier — 29 *N omits* — 30 *TN omit* — 31 *TNY omit* — 32 *TNM omit*, *BVQL* m'e. laist — 33 *TNY omit* — 34 **G**BN je (*G* si) m'i., **V**M E. c. si jo pus me voldrai e., *L alters* — 35.1–2 *VL* Si jo n'ai bones armes a l'estor commencer Je porrai bien avoir meillour einz l'anuiter (*L* Miudres puis b. a. e. que viengne a.) — 36 **G**BNVM**L** p. me (*GDM* vos) v.(*FV* veul bien, *N* veul je, **ML** puis bien) a.(*D* esploitier, *TM* acointier), **M** Sachicz d'u. p. — 38 *N* v. issir p. — 39 *BN omit*, *G* s. j. n'i f. premier, *D* s. j'en is tot premier, *TF* s. de granz colx n'i f., *V* s. j. primers n'i f., **ML** g. e.(*RSP* corrouz) s'as premerains n'i f.

β21 (α20) **J** *omits* — 393 *CU* (*and* RTCh) Descendre, *HE* Descendu, *HEU* p. chevalier — 96 *CH* o. elme — 98 **C** t. s'il (*U* se) — 99 *EU* n. l. dagnast b. — 401 *EU omit* — 09 *CE* Nes, *HU* Fius — 12 *CEU* d. fevrier — 14 **C** E. n'i counisoit r.(*HE* haut) h. — 20 **C** Com (*C* Que) d. s. g. r. et (*C* que) d. c. e.(*CH* damagier) — 21 **C** (*and* RTCh) Qui n. cuident, *C* l. mahanier, *HE* l. empirier — 23–24 *U omits* — 25 *EU omit* — 29 *U omits*, *CH* N. ja (*H* jou) p. teus p. — 31–32 *U omits* — 32 *CHE* m'e. laist — 34 *CEU* E. c. se je puis (*C* deu plaist) me vorai e., *H* E. c. m'en vorrai orendroit e. — 35 *EU omit* — 35.1–2 **C** (*and* RTCh) Se jou n'ai bounes armes a l'estor commencier Jou avrai se deu plaist melors ains l'anuitier (*E* Bien tost avere autres se je puis esploitier, *U* Bien tost avra m. quant en sera mestier) — 36 **C** M.(*CHE* Et) d'u. a. p. me (*U* vous) v.(*C* veul jou, *H* veul ore, *E* puis bien) a.(*U* denoncier) — 39 *EU omit*, *CH* s.(*C* s'as) premerains n'i f.

NOTES

20 398. Erratum: s'il (si).

20 404–14. These lines, which were added by AdeP as an afterthought, were located here by an inadvertence. He had evidently intended to insert their con-

tent between lines 319 and 320 of II 18; see above, Vol. IV (EM 39), "Examen critique," II 20.

20 409. Erratum: Nes (Niés).

20 421. Erratum: cuident (cuidons).

20 434. Erratum: r., je (r.si).

20 435. "Bientôt je pourrais vous être utile, soit à vous soit à quelqu'un d'autre."

20 435.1–2. The β version has two extra lines: *Se je n'ai bones armes a l'estor commencier, Je avrai, se Dieu plaist, mellors ains l'anuitier*. They seem to be an addition to the Eustache text modeled upon the AdeP line 422; as their presence is supported by *V* and *L* of α, they probably stood in the AdeP text.

20 436. Erratum: me (vos).

20 439. premiers (premier).

VARIANTS

21 (Mich 105, 12) *CH* (*and* RTCh) *have* 21 (*absent from* β) — 441 *GDVH* U. c. apele, *TB* U. c. i v. — 42 *GDNQYC* ariste, *T* aridel, *FBVMRSP* arides, *H* aride — 45 **M** s. o sa gent n. m. — 46 *G* f. apreste, **M** O. s. f. champ n'ac. ap. — 47 *B omits*, *RSPQC* e. estre — 48 *GN omit*, *TBMQ* vincestre — 49 *B* Non i. d. il q., *N alters*, *V* p. d. li quons, **M** Je n'i. p. d. cil, *CH* N'i. mie fait cil (*C* il) — 50 *B* m. c. non ai a. t. f., *N alters*, *C* m. e. n'ai a. telle f. — 51 *G* le roi — 53 *MRSPQ omit*

β *lacks* α21

NOTES

21 442. Erratum: Aridé (Aridés).

VARIANTS

22 (Mich 109, 10) — 455 *G* m. atendre e. d. l'e. furnir, *N* m. fere d. grant e. s., *MRSPY* d. grant (*M* dur) e. s. — 56 *V alters* — 57 *GY* e. sentir, *B* e. bradir, *MRSPQL* e. tenir — 60 **G***B* Et t. c. d. a l., *NVML* Sous (*N* De) t. c. d. ot l. — 61 *DM* s. e. ces t. b.(*MRSP* tentir), *T* s. ces c. e. esbondir, *B* C. mainels taborniers e. cels c. esbondir — 63 *DNQY* Ariste, *GTFBRSP* v. vint s. baucant — 64 *B* lodines, *V* a. dan clines — 65 *GDT* Il en (*T* l'en) a apele o p. e. o s.(*D* ap. arides son ami), *N alters* — 67 *GDB omit*, *N* s. s. lor, *VL* s. s. nos — 68 *N alters* — 69 **G** v. a t., *BNV* Q. s. a. la (*N* Q. venront anque) nuit trop t., **ML** Q. en s. ancui trop t. — 70 *B omits*, *GNVML* a. a.(**M** devise) tart (*GTF* c'or) s. — 71 *GN* n. vaut, *DTBVML* n. vient, *F* n. vaudra m. o., *B* f. lo rendre ol f. — 72 *GDT* r. o. m. p. molt (*T* trop) h., *F* r. molt m. p. o. h. — 73 *B omits*, *GD* Des q., *MRSPY* m. puet, *RSQ* f. consentir — 74 *GN* s. ja bien, *V* Je soleie ja ben grant estor esbaudir — 75 *GDT* q. s. d. b. p.(*G* b. a vos) o., *FBNVM* q. b. d. s. p. o., *L alters* — 76 *F omits*, *GDT* C'o. n. p. nus m. cop de l. ferir (*T* m. une l. tenir), *V* Kar nul m., **M** Car ainz m. — 77 *DV* q. tant d. s. — 78 **M** E. p. ceus q. je v. — 79 *GD* d. m'en l. bien j., *TV* d. n. e. doint j., **M** f. que d. m'en l.(*RSPY* doint) j. — 80 *G* M. a. m. h. — 81 *N alters*, *V* h. dementir — 82 *V omits*, *G* g. raidon — 83 **G** m. d. grant (*DF* grief) s. c., *BNVML* m. d'aigre s. c.(*B* honir) — 84 **M** *omits*, *GD* n. quier l'estor g., *TFN* b. v. noveles — 85 *FN* h. blasmer — 87 *N omits*, *G* aprester

β22 (α22) — 455 **C** r. d. dur (*E* fier) e. s.(*CEU* fornir) — 58 **C** Et voit t. g., **J** en-c. mont b. — 59 *JU omit* — 60 *JEU omit*, *IKC* Sos t. c. d. ot l. t. f.(*KC* bondir), *H* Et t. ceval c. a l. t. tentir — 61 *J omits*, *IK* Tant rice cor d'ivoire et corner et b.(*I* d'i. c. e. resbaudir), *CH* s. et ces t. b.(*C* arains tonbir), *EU* s. ces arainnes b. — 62 **J** Li p. fiers cuers d. — 63 *JICHU* Aristes, *J* s. s. baucant

VARIANTS AND NOTES TO BRANCH II

— 64 **JC** ladinet (*I* ja-, *C* lo-, *EU* -el) — 65 *JIC* Il l'en a apelle — 67 *JKCEU* s. s. lor, *I* s. s'or nos — 69 *JK* Q. s. a. la nuit trop t., *I* Q. trop t. en s. ancui au r., **C** Q. en s. ancui (*E* Qu'il lor sera hui mes) trop (*U* a) t. — 70 *H omits*, *JCE* a. a. tart (*J* que, *K* c'or, *E* nos) soumes (*I* serons), *U alters* — 71 **J** n. vient il (*K* vaille, *I* face) m. o., **C** n. vient — 72 *K* r. o. m. doi ge h., *C* r. o. m. p. trop taisir — 73 *J* m. puet — 74 *IHEU omit* — 75 **JC** (*and* RTCh) q. b. d. s.(*IHEU* a) p. o. — 76 **JC** (*and* RTCh) O.(*C* C'o.) m. — 78 *J omits, IK* E. p. c. q. les v. (*I* nos somes), **C** (*and* RTCh) E. p. caus q. ci (*C* jou) v. — 79 *KHU* f. or (*H* et, *U* se) d. m'en l.(*K* doint) j., *C* d. n. e. doinst j. — 81–83 *U omits* — 82 *J omits* — 83 *JK omit, ICHE* m. d'aigre s. — 84 *J* b. v. nouveles — 87 **JU** *omit*

NOTES

22 459. Erratum: insert comma after resplendir.

22 460. Erratum: Sous t.c.d.ot (Et t.c.d.a).

22 463. Aridé was often confused with Aristé by scribes who were copying the RAlix, as can be seen in the variants for the passages where Aridé is named. The author of the FGaFlor made the same confusion, with consequent distortion of the whole of his translation of II 22; see above, Vol. IV (EM 39), "Examen critique," II 22.

22 469. Erratum: trop (a).

22 470. Erratum: tart (c'or).

22 471. Erratum: vient (vaut).

22 475. Erratum: b.d.si preudome (si d.b.preudomme).

22 483. Erratum: d'aigre (de grant).

22 484. The word *ensaigne* here has the meaning 'marque.'

VARIANTS

23 (Mich 110, 8) — 488–96 *N omits* — 88 *GDT* f. preu l. g. et molt s., *F* m. molt s. — 89 *V* Tost d. — 90 *B* o. retraiz e lor renges noerent — 91 *FBM omit*, *G* g. ratornerent — 92 *BV omit*, **M** Penonciaus et en. — 92.1 **M** Au plus tost que il porent de l'armer se hasterent — 97 *N* Molt f. g. l. m. quant — 99 *G* q. cinc — 501 *G omits*, *V* i meserrerent, *RSP* i mescheverent — 03 *RSPQY* A. l. roi — 05 *G* C. i. s. s. tres p.(*G* C. cil s. s. t. bon, *F* C. entr'auz s. s. p.), *G* q'a grant paine endurerent, *D* q'a grans p. reperent, *T* q'a p. entr'a. p., *F* q'a grans p. parerent, *B* qu'a grant p. entr'a. p., *V* k'a grant peine entr'a. p., **M** (*05, 04*) que entr'a. ne reperent

β23 (α23) — 488 *JH* f. preu l. g. et b.(*J* molt) s. — 90 *JCH* p. relacherent, *EU* p. recenglerent (*U* panons ont fermez) l. renges (*U* sengles) renoerent — 91 *HEU omit, KC* g. r. l. r. re-n. — 95 *JIC* Et d. — 96 **J** Et la parole est bele a c. — 96.1–2 **J** Hui serviront le roi qu'en lor vies amerent Pour mort ne li fauront n'onques ne li fauserent — 97 **J** Mais g. f. l. m., *JI* la o. il a. — 04 *IK* e. onques puis nes amerent — 04.1–3 *JCH* (*J 05, 03, 04, 04.1–3, C 03, 05, 04.1–3, 04, H 03, 05, 04, 04.1–3*) As espees d'achier molt pesans cols donnerent (*CH* d'a. grans c. s'entre-d.) Tant furent en l'estour (*CH* fierent as premiers) k'ainc cil ne s'en loerent Ne au partir dou camp gadrain ne s'en gaberent — 05 *JC* q'a p. entr'a. p., *HEU* que a p. i p.

NOTES

23 489. The context indicates that *s'armerent* here means 'ajustèrent leurs armes' rather than 's'armèrent.'

23 497. Erratum: grans (granz).

VARIANTS

24 (Mich 110, 29) — 506 *BV* A l'a.(*B* l'ajostier) d. gens, *N* A l'ajoster d. rans — 07 *BQY* d. l. reis li fist (*B* l'a fait) d. — 08 *V* fierent d. — 09 *N* alters — 11 *GD* s'e. volent (*D* brisent) l.(*G* les) t., *T* si qu'il en fait t., *FB* q'e. v., *N* fet voler les t., *V* k'el v. par t., *M* si en a fait t., *RSPY* Et s. de s. l. a fait quatre t., *Q* s'e. fet voler les tronz, *L* et le mist en t. — 14 *G* mors — 16 *N* d. trois moz en reprochon — 17 *N* omits — 18 *B* omits, *TF* q. gaires n. — 18.1–4 *N* Car nous li venderons ses grandes mesprisons Il nous a saillis san cause et sans resons Cele comparra cher aens que nous departoms Se dieu sau ma gent en qui nous nous fioms — 19 *FN* omit, *GDT* d. voir l. savons — 20 *FNY* omit — 20.1 *G* Certes mar i venistes nous la vos calengons

β**24** (α24) — 507 *E* omits, *CHU* d. l. rois li fist d. — 08 *JK* hurtent d. — 11 *J* s'e. fait voler t., *IK* si v. par t., *C* si en a fait t., *HEU* s'e. volent l.(*U* les) t.(*HE* troncon) — 13 **J** Q. sor le gros dou (*K* Q. tres par mi le) pis — 17 *CEU* n'e. arons

NOTES

24 506. The rhyme in 506 evidences that Eustache used *Sansons* in the nominative; AdeP used *Sanses*.

24 507. For the gift of the land of Tyre to Sanson, see above, Vol. IV (EM 39), "Examen critique," II **24**.

24 514. Erratum: mort (mors).

24 515. The contradiction between *Outre s'en est passés* and 516–20 arises from an alteration in the Eustache text made by AdeP; see above, Vol. IV (EM 39), "Examen critique," II **24**.

VARIANTS

25 (Mich 111, 7) — 521 *B* f. g. l. meschief, *N* alters — 22 *N* omits, *B* e. t. reiz — 23 *B* g. doloros — 24 *N* e. despiece ses dois — 25 *DF* omit, *G* e. pecoie, *N* Durement l. r. si se pasme trois fois — 28 *B* p. que sanson v., **M** p. vostre ami v. — 29 **M** te. que d. voir l. s. — 31 *D* omits, *G* u. destrois, *N* e. qui bons est et adrois — 32 *GD* omit — 33 *GD* f. si salatin, *F* E. feri salaton — 34 *B* g. anciener c. preiz — 35 *B* r. l. peiz, **M** Q. d. l. ventaille — 37 *G* f. molt bien, *NV* f. de li — 38 *MQ* g. se ralient — 39 *GD* s. a. m., *NV* n. lera l'a., *N* m. estroiz

β**25** (α25) — 521 *CE* (and RTCh) f. g. l. mescies, *H* f. grandes l. os — 24 **J** l. plaint, **J***U* et en detort ses dois — 25 **J** Doucement l. r. si s'est pasmes (*I* se pasma) trois fois, *E* Durement l. r. si en a torz s. d., *U* Belement l. r. e. en dist mos cortois — 26 *JI* Et reclainme (*I* regrete) a., *K* A. biau sire j. — 29–31 *U* omits — 29 *CH* te. que d. fi l. s. — 31 **J** e. tres par mi u. — 32 *JICEU* f. destrois — 33 *JI* Va ferir (*I* Si feri) salason, *C* salehaton — 34.1–2 **J** Molt ot en son corage et orguel et desrois Mais cil l'encontra bien qui brissa lor boufois — 35 **JC** Par d. — 38 *U* omits, *JCHE* g. se ralient — 39 *I* n. laira l'a.

NOTES

25 533. On the name *Salehadin*, the presence of which in 533 is due to an alteration by AdeP, see above, Vol. IV (EM 39), "Examen critique," II **25**.

VARIANTS

26 (Mich 111, 26) — 540 *GTFMRSPYL* Salatons, *DVQ* Salatins, *B* Salartons, *N* Salatres, *TFBN* sist a., *B* blancetale, *N* blanchecaille, *RS* blancevale — 41 *GD* U. molt corant d. q., *B* U. buen chival q., *N* U. f. d. courant q., *RSP* U. f. d. liart q. — 42 **M** vin b. — 43 *NV* omit, *G* m. e. limaille, *D* m. e. l. sale, *BQ* o. m. e. t. e. l. m. — 44 *GTFMRSPYL* Salatons, *DVQ* Salatins, *B*

VARIANTS AND NOTES TO BRANCH II   165

Salartons, *N* Salatres — 45 *V omits*, **G** Q. s. vers l., *BML* Q. s. sor l. m. r. onques h., *N* Q. s. sor un rivage — 46 *N omits*, *GD* o. toute i ert communable, **M** Qu'il n'i — 47 *N omits*, **M** M. quant il la conquist n'i avoit t., *L* M. quant l. g. l. prisent n'i remest t. — 48 *N omits*, *GMRSPYL* Salatons, *VQ* Salatins, *B* Salartons — 49 *G* Uns chevaliers — 50 *N alters* — 51 *GDT* P. l'a. d. d. tot contre val l'avale, *F alters*, *N* P. mi l'a. deriere son gonfanon li passe, *V* P. l'a. del frein del d. — 52 *T* esc. d. g. et n. e. p., *F alters*, *B* Ec v. u. e. d. g. n. e. p., *N* d. g. n. e. p., *V* u. gent ki mut ert n. e. p., **M** A tant vint u. esc. d'une g. n. e. p. (*MRSPY* sale), *L* d. g. n. e. male — 53 *F omits*, *GDT* est orde e. s. (*D* pale), *N* l. e. male, *MRSP* l. e. pale, *L alters* — 54 *B* Toz jors est e. e., *V* T. j. veut f. el est. c., **ML** T. j. vet f. en est. c.

β26 (α26) **J** *omits* — 540 *C* Salatrons, *HEU* Salatins (*E* -dins), *H* blancemaille, *U* blanchesale — 41 *H* U. ceval sejorne q. — 42 *U* b. ce n'est pas fable — 42.1 *U* Et mengue char cuite molue que li baille — 43 *CE* O. l. p. m. e. t. e. l. m., *H* Li portier l'on torse e. moulu e. l. paille, *U* Qui l. p. t. tous jours e. une m. — 44 *C* Salatrons, *HEU* Salatins — 45–47 *EU omit* — 45 *C* Q. s. sor l. m. r. onques h., *H* Pres est de l. m. r. encor tort et avale — 48 *C* Salatrons, *H* Salatins, *EU* Le destrier e. — 49–50 *EU omit* — 49 *C* l. cit d'auvale, *C*ᵐ l. cite d'ale, *H* l. t. d'augale — 51 *H omits*, *C* P. mi l'a. darain del d., *C*ᵐ P. l'a. daerrain del d., *E* P. sus l'a. derrier dou d., *U* Sus l'a. de derriere du d. — 52 *C* d. g. n. u avale, *C*ᵐ d. g. n. e. d. sale, *H* d. n. g. e. p., *E* d. g. molt n. e. p., *U* d'une g. n. e. p. — 53 *C* l. e. pale, *H alters*, *EU* m. est crueus et male — 54 *E omits*, *C* T. j. vait f. en l'est. c., *H* Tous jours sont en l'est. d. f. c., *U* D. f. en l'est. est tous jours c. — 55 *HU omit*, *E* f. de ferir m. m.

NOTES

26 540. This is the only known example of a word *blancherale*. In *La Vénerie* of J. du Fouilloux (1561) *ralle* is used to indicate some portion of a horse's leg associated with the hoof. G. Tilander (*Glanures lexicographiques*, 1932, p. 215) renders *ralle* as 'mollet' or 'cuisse.' In English a white-foot is a horse which has a white marking between fetlock and hoof, and the name Whitefoot is frequent for a horse with this marking.

26 543. The *portë on* could readily be emended to *porte l'on* (so *D*) or *porta on* (so *T*), but such an emendation is not indicated by the manuscript evidence, and would be wholly superfluous, for the RAlix has other cases of hiatus *e* before an inverted subject, such as III 5738 (*ja ne voië il Dé*).

26 545. Erratum: sor (vers).

VARIANTS

27 (Mich 112, 4) — 556 *GT* q. portoient r., *DFBNVML* q. portent les r.(*D* la roele) — 57 *B omits*, *G* t. courent, *N* L. a. portent e. — 58 *B* l. bruneles, *N* espandent l. cerveles — 59 *GDM* e. l. cerveles, *N* espandirent b. — 63 *B* m. montent, **M** cent c. — 64 *B* e. totes u. vanceles — 65 *B* p. e. l. cerveles, *N* p. e. l. boueles — 66 *N alters* — 67 *MRSPY* autres n.

β27 (α27) **J** *omits* — 556 *C* q. portent les r. — 58 *CC*ᵐ l. p.(*C* boielles), *H alters* — 59 *C* l. cervieles, *H alters* — 62 *C* c'amenerent tant b., *C*ᵐ qu'i. m. tant b., *HEU* qu'i. avoient (*H* n'a.) s.(*E* tant) b. — 64–65 *H omits* — 64 *E* u. vauceles — 65 *CEU* p. e. l. forcieles — 66 *CEU* Em. lor (*U* Et em.) crie, *HU* c'or (*U* car) i f. c., *E* f. avant c. — 67 *H* autres n.

NOTES

27 556. Erratum: portent les (portoient).

VARIANTS

28 (Mich 115, 5) — 568 *GDV* Corneüs (*G* Sorneüs) s. e. b., *TF* Corinies (*F* Orsabrins), *BL* Leoines, *N* Corneus s. sor baiart, **M** Corneus s. e. cheval (*Q* Corneüs s. e. bai) — 68.1 *N* N'ot en l'ost c'un cheval qui fust de si haut pris — 69 *V omits, GDN* g. eslais, *TBML* g. galos s'e.(**ML** g. l'a), *F* en la presse s'e. — 71 **G***N 72, 71, GDF* d a. apris, *N alters* — 72 *GD* c. le nies a., *TF* c. niez fu a., *B* F un de cels de la nief li dux, *N alters* — 73 *B* Q. l escu, *N* Q. la guige — 73.1 *N* Le blanc hauberc del dos li a rout et maumis — 74 *GD* d. a. o. il estoit a., *V* l. hons — 76 *N* p. vangier que s. soit o. — 77 *F***M** *omit, V* T. en p., *G* a. q'adont en o., *D* q. lors en o., *B* quin o. assez r., *V* a. k'en o. anc. r., *L* a. anc. en o. r.

β**28** (α28) — 568 **J** Corneüs s. e. b.(*K* Pirus s. e. cheval), **C** Corineus (*U* Cornieus si) s. e. b. — 68.1 **J** N'ot mie trois chevaus en l'ost de plus grant pris — 69 *U omits,* **J***CE* g. galos l'a (*J* g. s'est), *H* g. eslais est — 69.1 **J** En peu d'eure li ot molt grant terre pourpris — 71 **J** c. et des a. p., *C* c. q. d'a. i. p., *H alters, EU* c. et d'a. bien apris — 73.1 **J***H* Le blanc hauberc dou dos li a ront et maumis (*H* Que li h. d. d. ne li vaut deus tapis) — 73.2 *H* Que deus toises de l'anste ne li enbate el pis — 75 *HEU omit* — 76 *JK* p. vanter, *H* p. garder — 77 *H omits, IKCEU* T. en p., *JC* q. ains (*I* qu'ancois) en o. r., *C^m* quin o. a. r., *EU* q. en ont avant r.

NOTES

28 568. This is the one appearance of Corineus in a passage attributable to Eustache. The name Corineus echoes the king Corineus of Cornwall in the *matière de Bretagne;* and the allusion to Caesarea refers to Alexander's battle with Nicholas of Caesarea, no doubt as it is related in Albéric's *Alexandre;* see above, Vol. IV (EM 39), "Le RFGa: analyse." On the spelling of the name, see above, note to ii 313.

28 569. Erratum: galos (eslais).

VARIANTS

29 (Mich 113, 16) — 579 *F omits, GDTL* e. t.(*GD* tint, *L* mist) l'e., *BN***VM** e. l'e. t., *BQ* L. roide, *N* e. l'e. mis a. — 82 *N* s. son d. lancant — 84 *GD* f. bien — 86 *V* f. esclariant — 87 *G* mort — 87.1 *N* Et portoit queue droite et fer en sont devant — 89 *N alters* — 91 *B* f. iricz d., *N* A. lest corre — 92 *GDTBRSP* du roit, *TFNMYL* de son, *V* del bon, *Q alters* — 93 *VL* d'o. de l'escu d'ol., *MY* d'o. li pecoie et porfent, *RSPQ* d'o. la li pecoie et f. — 94 *MRSPY* g. ire — 95 *B 96, 95, V alters, RSPQL* l'abati m. sanglant — 96 *V omits, G* i pe., *F* S. aste est p., **M** Quant la l. p. n. lesse mie a t. — 97 *B* c. pois s. a t., *TNVL* s. a t. l. bon (*NL* nu) b. — 98 *N* E. s'en va v. — 99 *F omits, GD* On ne le tenra m., *TBN***VM** Il nel tendront (*T* Hom n. tendra) hui m., *L* Ja nel tenra li miudres d.

β**29** (α29) — 579 *H omits, KCE* L. roide, *JC* e. l'e. mis a., *IC^m* e. l'e. t.(*I* tint) a., *K alters, EU* e. met l'e. a. — 82 *J***H***U omit, E* s. le d. corant — 84 **J** C. on i f. t. s. on l'a. — 85–87 *J omits* — 86 *IK* L. maisnie le roi durement laidenjant — 87 *JEU* mort — 87.1 *J* Qui porte roide lance et fer en son tranchant — 88.1 *C* Durement l'a feru espris de mautalant — 89–91 *KEU omit* — 91 *C* f. qui nel va refusant, *H* f. del roit espiel trencant — 92 *CEU omit, K* c. li va donner, **J** de son esp., *H alters* — 93 *K* d'o. f. l'escu d'ol., *C 89, 93, 90, E* d'o. li va l'escu fendent, *U* Si le fiert sor l'escu que le vet pourfendant — 95 *H* l'abati s. — 96 **J** Li fus est pecoies, *C* S. l. i a perdue, *H* Quant li l. est brisie recouvre a le brant, *E* S. l. vole en pieces, *U* S. l. l. p., **J***CEU* n.(*EU* ne) l. mie a t. — 97 *H omits, JE* s. a t. l. bon (*E* nu) b. — 98.1 *JIH* Cui il ataint a cop il n'a de mort garant — 98.2 *H* Tant i a cos ferus et deriere et devant — 99 **J***CEU* Il (*I* Ja, *K* Cil) nel tenront hui m., *H* Que pas n. l. tenront d.

NOTES

29 579. Erratum: e.l'e.t. (e.t.l'e.).
29 583. Note the subjunctive *demant:* "Let no emperor, etc."
29 587. Erratum: mors (mort).
29 592. Erratum: de son (du roit).
29 599. Erratum: Il nel tenront hui (On ne le tenra).

VARIANTS

30–63 — *At* **30, M** *and L shift from* α *to* β (*see* β**30**); *and for stanzas* **30–63** (β**31–94**), *line* 1543, α *consists of* **GBNV** (**G** *includes GDTF*), β *consists of* **JMCL** (**J** *includes JIK;* **M,** *MRSPQY;* **C,** *CHEU*)
30 (Mich 114, 17) — 601 *GB* L. r. l. l'e. — 03 *GD* P. gentement, *V* P. gentement ne vint — 07 *G* Q. t. t. d'e. l. p. f., *V* Q. t. l. p. quite desci k'en f. — 08 G*BV* Ca.(*DF* Ga.) o., *N* Ga. o. n. e. f. f. bedouain — 09 *BV omit,* **G** t. de douain — 11 *N omits* — 12 *BN* De d. son capel — 13 *GD* La l. — 14 **G** c. fu qui crut e., *B* c. fu n. soz terrain, *N* Mes de chesne molt for n. s., *V* Einz ert c. molt frorz n. e. — 15 *G* L. f. d. nerf d. camel et d., *D* L. f. d. cerf d. chamueill, *TF* L. f. d. ners d. c. et d., *B* L. f. d. cuir o d. cerf o., *N* Et grevee d. ners d. camel o., *V* Englue des n. — 17 *B* u. almain, *V* u. romein — 18 *N omits* — 19 *GD* M. il — 20 *G* andoines — 21 *V omits,* G i. de cuir arain, *B* qu'est d. t. elenain — 22 *TF omit, GD* l'a. de chartain, *BV* l'a. corrocain (*V* corocain), *N* l'a. toulousain — 23 *B* m. e. plain, *N* m. tot a plain
β**31** (α**30**) — 600 *JKM* A. s. el noir (**M** vair) e. — 01 *H omits,* **JM***CEUL* L. r. sor fautre, *J* et tint l'arme en, *KEUL* tint l'escut (*L* le brant) en — 05 **JM** Il (*I* Se, *K* Puis) b. — 07 **JM** Cil — 08 *JIQCHU* Galafres (*IC* Ca-), *K* Galifer, *MRSPY* Ca., *E* Galoz avoit a n., *L* Galafes, **J***CEU* e. si f. f. germain (*C* grevain, *C*ᵐ gervain, *E* jordain), **M** galoain, *H* godevain, *L* mindovain — 09 *L omits, JEU* t. badouain, *IQC* t. matoain (*Q* mad-, *C* mid-), *KMRSPY* t. madiain (*K* mat-, *M* med-), *H* t. micovain — 13 *L omits* — 14 **JM***CEU* Ains ert c. molt (*KE* e. de c.) fo.(*JEU* roide, *I* grant) n., *H* Mais u. c. roide n., *L* Sa lance molt roide est n. — 15 *L omits, JIMRSPY* Et gluee o le nerf (*JRS* les ners), *KQ* Engluee (*Q* Engluez iert) d. ners, *C* L. f. d. niers, *HEU* Et (*H* Bien) l.(*U* saillie) d. cuir, **J** d. camel et d. d., **M***H* d. c. o. d. d., *CC*ᵐ d. c.(*C* cevaus) et d. d., *EU* ou d. cerf o. d. d. — 16 **M** *omits* — 17 *J* a. avoit il mort hui main, *IK* a. i o. mort u. c., **M** a. o. mort u. chastelain, **C** u. roumain, *L* u. c. — 18 **JM** E. u. gentil baron c'on apelle galain, *C* a. d'en trevers el canp p., *H* a. t. e. ens el p., *EU* a. en mi le champ t.(*U* de) p., *L* a. t. estordi u p. — 19 **J** M. or, *H* M. il — 20 *IHEU* f. en l'escu t., *L alters* — 21 *MYEU* t. evain, *RSP* qu'iert d. t. elenain, *C* t. balain, *H and L alter* — 22 *JU* coulourain, *I* toracain, *K* chastelain, **M** corrocain (*M* corret-, *Y* corac-), *C* corusclain, *C*ᵐ choruscain, *H* soverain, *E* colofrain, *L* coroain — 23 *JH* l'a. m. ens e. plain (*I alters*), *C* l'abati en l'erbain, *E* l'abati m. sovain, *U* l'abati m. e. plain, *L* l'a. m. sans reclaim

NOTES

30 609. Erratum: Madiain (madiain). — On *terre Madiain* (Eng.: land of Midian) see above, Vol. IV (EM 39), "Examen critique," II **30**, note 7.

30 615. Erratum: ners (nerf).

30 617. On *commain* (617) and *route commaine* (1419), both with a meaning 'bande,' see above, Vol. IV (EM 39), "Examen critique," II **30**, note 10. The word, which has not been found elsewhere, suggests a formation on CUM and MANUS; cf. the Latin *comminus* 'hand to hand' and the form *commanes* cited in

Du Cange. For a possible further example of *commain* 'bande' see below, note to II 1655.

30 621. Elain is AdeP's gallicized form of Helenus, son of Priam, whom he knew from the *Roman de Troie*. It is interesting to note that *B* and the model of *RSP*, not knowing any *Elain*, altered the reading to *Elenain* (viz., Helen of Troy), an additional example of feminine formations in *-e*, *-ain* (*Eve*, *Evain*, etc.).

30 622. The adjective *corroçain* 'de Coroscane' is in a passage interpolated by AdeP. Corosçane is named in line 834 of Branch IV; on the realm of Khorasan see Ivar Hallberg, *L'extrême Orient*, p. 298ff.

VARIANTS

31 (Mich 121, 13) — 625 *N* F. est a. s. son a. — 26–28 *F* omits — 26 *B* A. paians n'ot m. ne des oils nel vi, *N* Onques n. — 26.1 *B* Et ot escu de melfa a listez d'or fin — 27 *GD* D'u. c. p. c., *B* D'u. bon p. i. c. o. plus ric n. v. — 28 *G* i ont t., *D* i o. cosu, *T* i o. teissus, *B* f. o. teissuz enz el m., *N* i o. cousus — 30 *GDTV* A l'estendre, *B* A l'estregnier, *GD* ar. a l. d. failli (*D* salli) — 31 *B* d. qu'entres a. c. — 32 *GB* a. e. l'e. li., *DTFNV* a. li .e. l'e. — 33–34 *F* omits — 33 *BV* E. d. c. s. c.(*B* blecie) q. del cheval c. — 34 *TBN* c. l'en — 36 *GD* L. bon h., *GN* derrout, *BV* rompu — 37 *NV* t. l'acer b. — 38 *N* omits — 40 *G* d. e. l'arme s'en parti, *N* d. qui que truisse merci — 40.1 *G* Et maint autre a cel poindre i sont mort autresi

β30 (α31) — 626 *H* omits, *CE* A. n. virent m., *U* Onques nen ot m., *M* persant n. a., *CEU* paien (*U* ne turc) n. a. — 28 *M* i o. cousuz, *C* f. avoit t.(*EU* cosu), *L* f. o. tissu tot par m. — 29 *J* L. v. f. molt p. — 29.1 *J* Il enbracha l'escu s'a la lance saisi — 30 *JK* A la frainte d. a. — 31 *M* d. q. entr'eus ot c., *C* u. autre d. molt r. qu'ot c., *E* d. qu'entre les a. vit — 32 *JCEU* a. li. e. l'e., **M***HL* a. e. l'e.(**M** l'escu) li. — 34 *U* omits, **J** c. l'en v., **M***C* que il tient, *EL* qui le tient — 36 *I* omits, *JRSQU* desront, *K* romput, *MPYCHEL* desrout — 37 **J** m. le fust, *HL* m. la lance, *CEU* t. l'acier b., *L* t. l'esp. forbi — 38 *H* omits, *MYCEU* la lance — 39 **J** T. com dura li trons a t. — 40 *JI* d. qui que crie merchi, *K* d. e. l'ame s'em parti

NOTES

31 625. The adjective *amoravi* (*amoraviz*, *amoravin*, cf. TobLom) 'd'Amorave,' applied here to a horse, is used in III 6088 (*Amoraviz*) of the inhabitants of Amorave.

31 636. Erratum: derrout (derront).

VARIANTS

32 (Mich 115, 16) *For* **32**, *and for* **71–72**, *C has the stanzas twice, the second version* (*termed C*α) *being affiliated with* α — 641 *N* p. a loi de bon guerier — 42 *G* H. ot r., *NVC*α Lance, *N* f. bien samble chevalier — 44 *N* L. enseignes pendans, *V* d. son sengle — 45 *G* l. corage f. — 46 *V* h. m. sache guerroier, *C*α h. qui m. s. gerrier — 48 *B* D. coveitoit, *N* de gadres d. — 49 *BV* u. turc d. p., *N* alters — 50–51 *N* alters — 53 *GD* p. l. f. outre envoier, *T* p. en f. paroir l'acier, *F* p. en sailli un quartier — 54 *V* m. el graver — 55 *F* omits, *BN* C. comparra — 56 *FN* omit, *BV* l.(*V* en) plorerent hui — 58 *N* omits — 59 *DTBVC*α l. brisier — 60 *VC*α omit, *N* Ca a val a verser — 61 *N* omits, *VC*α E. cil cheval aloient p. le champ e. — 62 *GC*α A. l.(*TF* Et a. lait), *BNV* A. lor lait, *GDF* d. targier — 63 *B* a. encontrier, *N* A l'espee tranchanz les va toz escrier — 64 *GD* t. durement — 66 *TFBV* omit, *N* alters — 68 *N* a. ensegnier — 70 *FB* omit, *GN* vistement, *D* loiaument, *TVC*α vivement — 71 *FB* omit — 72 *V* omits, *B*

t. recatier — 73 C^α omits, *GDF* n. autre, *T* n. mires, *N* v. cop — 74 *TN* c. laiz est — 75 *GF* l. brisier, *B* l. porter, *N* p. armes

β45 (α32) *fragment g lacks (see above, page 147)* — 642 **JM**EUL Lance r.(*KEU* droite) s. f.(*I* La l. s. le f.), *C* Lance tenoit s. f., *H* Lance ot r. s. f. — 45 *JIH* l. corage f. — 46 **JM** *omit* — 47 **JM** *48, 47* — 49 **J** u. roy de bastre, *H* u. rice turc, *U* u. turc d. p., **JM**H neveu le roi (*MQYH* duc) gaifier, *CE* qui ert n. m., *U* que ot non m., *L* n. e. m. — 53 *HU omit*, *JMRSPY* S. c'outre d'a. p., *Q* S. q. d'a. p. pert l. fer un pie entier, *J* l'en a fait essauchier, *I* en peut on vir l'acier, *K* le fait a essiauier, *MRSPYEL* fait le fer (*L* sanc) essiauier (*MRSP* essaier, *E* essauier), *C* le fist outre essegnier — 54 **JM** *omit* — 55 **JM** c. pirrus, *JL* q. que, *HEU* q. q.(*H* que, *E* qu'en) d. anoier — 56 *H omits*, *JKQYCEUL* q. e. r., *I* q. rioient — 57 *IKMCUL* L. comencent l. renc — 58 **JM**HL *omit* — 59 *J* C. esc. estroes c. l. ef-f., *IKML* Cil escu a troer c. l. a f.(*I* brisier), *C* C. esc. est. et c. l. brisier, *HEU* Maint (*H* Tant) escu est. mainte (*H* tante) lance brisier — 60 *J omits*, *IKML* Cil vassal a verser (*L* capler), *C* C. cevaus e., *E* Et chivaliers verser, *I* cil auberc a percier, *K* e. bransler cil destrier, **ML** c. s. (*MRSPY* cil arcon) a v., *CE* e. c.(*E* les) s. v., *H* Et tant elme quasse tant auberc desmallier, *U* Et maint bon chevalier cheoir et trebochier — 60.1 **J** Chevalier (*J* -rs) a chair et archon (*J* -ns) a vuidier — 60.2 *I* Lors commence li rens sor destre a espessier — 61 **MCL** *omit*, **J** Dont li cheval fuioient (*I* Et cil c. coroient) p. le champ e. — 62 *JKML* A. lor laist — 63 **JML** A l'espee tranchant (*L* d'acier) s'i vorra a. — 64–75 *L has individual version* — 64 *JHU* e. molt f., *CE* e. si f. — 65 *J* esp. e. bras e. po. t., *I* esp. bras e. po. de-t., *KCH* esp. e. po. e. pi. t., **M** esp. e. teste (*M* pies, *Y* puins) e. bras t., *E* Le s. e. les cerveles esp. e. bras t., *U* esp. e. ses bras de-t. — 67 **JMC** t.(*JQY* com) faites, *IK* t.(*I* com) p. f. — 68 **JMC** a. enseingnier — 70 **JM**E fierement, *CH* vivement, *U* durement — 73 *IHEU* v. cop, *JYU* n. autres, *CH* n. mies — 74 **JH** c. lait est — 75 *JIMRSPY* C'onques m. d. v., *JIM* n. pot, *JEU* p. armes, *K* alters, *MRSY* l. brisier

NOTES

32 649. The name *Murga(i)fier*, here only a "nom de circonstance," appears in other poems; see E. Langlois, TNP.

32 653. The spellings for *essiauier* are: *essiauier* (*KYL*), *esiuier* (*N*), *essewer* (*V*), *essauier* (*E*), *essaier* (*MRSP*), *essauchier* (*J*), *essegnier* (*C*); the rest alter or omit the line. The word recurs in II 1384 and III 3435. The meaning is 'sortir (de l'eau)' but it is extended to include cases where a weapon which has transpierced a living body brings with it an outflow of blood.

VARIANTS

33 (Mich 116, 15) — 678 *B* n. si sent e. — 79 *G* n. doutent — 81 *GD* Q'encontre, *TFBV* Car contre, *N* Qu'arriere — 83 *GD* qui v. — 86 *N omits*, **G** s. q'en trois (*F* tros) est v., *BV* b. qui est antr'els v. — 87 *FN omit*, *GD* o. piecha f., *V* o. ele estoit q. — 88 **G** s. reculee, *N* est d'une part tornee — 89 *N* Q'a. resorti — 91 *B* A. que si p. d'e. i. el camp sanglentee — 92 *B* c. acatee — 93 *N* o. l'amende d. — 95 *BV* l'a. a d. pontes (*V* pointes), *N* l'a. au secours — 95.1 *V repeats 84* — 96 *GF* c. fondee, *DV* c. fermee, *TN* c. loee, *B* c. prisee — 97 *GD* d. m., *TBN* sor la m., *FV* desor m., *GF* m. fermee — 98 *GDT* S. (*T* Si) i. l. pesquerie (*DT* prumeraine) q. t. i. redoutee, *B* Ce est l. premeraine, *N* Et joste l. p. — 99 *N omits*, *G* a la rive, *DTB* en l., *F* as l., *V* al l. — 700 *GDV* bendee, *TBN* roee, *F* listee — 01 *N omits*, *B* Que l. b. de l'or — 02 *B* E. l. brune d. r. e. desmailee, *N* b. a or fin, *V* b. doublee — 02.1 *N* Et le hauberc del dos au trenchat de l'espee — 07 *N* b. f. molt tost r. — 08 *N* c. tot a une liuee — 10 *V* g. efforz — 11 *N* Dont o. champ g. — 16 *N omits*, *GD* E. a tout l. g. f. e. l. p. e.(*G* outree) — 17 *G* Tant q. toute l., *N* alters — 20 *T* selve r., *B* esc. ia broile r. — 22 *B* e.

proece d., *N* e. tel vertu d. — 23 *B* T. i poignent e. si ont r., *NV* e. et ont r.

β46 (α33) — 676 *fragment g discontinues (see above, page 147)* — 77 **ML** l'a. lor (*L* son) seignor — 78 **J** m. qu'il voient n. s. sont (*I* s'en fuit, *K* s. fait) e., **M***U* m. qu'ele ait n. s. t. e.(*U* n. s'estoit arestee), *C* m. q. v. n. s. vait e., *H* m. qu'il ont n. doutent la mellee, *E* m. qu'il aient n. la voit e., *L* alters — 79 *JHE* n. doutent l. m.(*H* d. il riens nee) — 80 **JM** L. ber — 81 *JKH* Car contre, *IMCEU* Encontre (*MPY* Qu'e., *RS* N'e.), *L* Contre le sien a. — 81.1-2 **JM** A un poindre qu'il fist l'a si entalentee Que tous li mains hardis ot molt riche (**M** fiere) pensee — 83 **JM** Qu'e. familleus n., **C** Qu'e. ne f. n., *L* Plus tost q. e. n. — 85 *EUL* (and RTCh) e. a terre (*L* e. armee) versee — 85.1 *EUL* (and RTCh) Et l'autre si remest en la sele doree — 86–87 *H omits* — 86 **JM** (*88, 89, 86, 87*) Quant l'e. l. faut, *JKMRS* qui en trons (*KM* trous) est v., *IP* qui en trois est v., *Q* qui est el champ v., *Y* qui est entre aus v., *C* qui bien ert amouree, *C*ᵐ qu'en trois tros est v., *EUL* (and RTCh) si est en deus v. — 87 *JICEL* o. ele estoit q. — 88 **JM** b. en est s., *JCL* s. refussee, **M** s. esfraee, *EU* s. reculee — 89 *JMYEUL* Q'a. est re-s., *IK* Q'a. en est s., *RSP* Q'arrieres est s., *QC*ᵐ Q'a. sont sortis (*C*ᵐ fui), *C* Q'a. e. fuie, *H* S. e. a. — 90 *QCL* L. dus, *J* a. s'a la la. couvree, *IKML* a. s'a la. r., **C** a. sa la. a (*E* a. la. avoit) r. — 91 *J* A. qu'i. partent del camp, *IK* A. qu'i. de-p. d'aus, **ML** A. qu'i. s'en p. d'aus, *C* A. que p. d'entr'aus, *HE* A. que p. del camp, *U* A. que part de l'estour, **J***MC* i. e. c.(**M** cler) s. gaee (*I* guiee, *K* boutee, *P* guee, *Y* gitee), *HEUL* (and RTCh) sera (*E* ert bien) ensanglentee (*U* en sanc mellee) — 92–93 *I omits* — 92 *JKL* m. son neveu, **M***U* m. d. pirrus — 93 **M***U* f.(**M** asprement) d.(*QU* demoustree), *H* f. acatee — 94 *CEUL* D. s. betis — 95 **M***H* a un poindre, *L alters* — 96 *M* damiade, *RSP* daimade, *QC* damiote, *Y* darinade, *H* amistie, **JM***EL* c. loee, *CHU* c. fremee — 97 *I omits*, **M***UL* Des le t. a.(*L* moyset), *JMCHU* f. desor m., *K* f. sor la m., *E* estoit ele fo. — 98 *H omits*, **J***EL* t. i. redoutee, **M** p. et toute la contree — 99 *U omits*, **JM***CHL* au l., *E* a lentis — 700 *J* roee, *IL* doree, *KMHEU* listee, *C* bendee — 01 *EU* De-s. l. b. d'or, **M** a. est fendue e. q., **J***H* e. troee, *L alters* — 02 **CL** b. del dos, *JI* d. li a rote (*J* frait) e. f., *KYCL* d. r.(*Y* fendue, *HEUL* deroute) e. depanee (*C* deserree, *L* desafree) — 05 **JM** c. dura li fus (*IK* fers), *JQYE* e. p. d'u. t., *CUL* l'abat mort en la pree — 06 *U omits*, *CL* Et p., *C* c. bien plus d'une tesee, **JM** s. affeutree — 10 **J***CL* qu'i. ont, **M** qui est — 12 *L omits*, *JKQ* un plasseis, *H* Dales u. forest, *EU* Desi a u. place (*E* un destroit), *QH* la ont fet (*H* s'est toute) arestee — 20–21 *U omits, L alters* — 20 **JM***CH* en l. selve (*IC* broille) r., *E* en estrange contree — 21 *fragment g resumes*, *E* Quant l. g. l'oirent durement lor agree — 22 *KH* c. tel force d., **M***UL* e. proece d., *E* Lors ont hardiement proesce recovree — 23 *EU* Dont (*U* Si) poignent t. e., *L* Que t. jostent e., *JICHU* n'i (*IC* si) o.(*CU* ont) r. t., *K* s'ont lor r. t., **M** et font la retornee, *E* n'i ont fait demoree, *L* a une randonee, *g* tout a une huee — 23.1 *E* Que il n'i a celui qui ait resne tiree

NOTES

33 681. Erratum: Car contre (Q'encontre).

33 686. The α reading seems to have been *si q'en* (or *qui en*) *trois est volee* and the β reading was probably *qui en trons est volee*, with *tronc* used in the sense 'tronçon' (the *trous* of several manuscripts is evidently a misreading of *trons*, or of *tros*=*trons*). There is no way to determine whether the original reading was *trois* or *trons*.

33 696. Erratum: loëe (fermee).

33 698. Erratum: renomee (renommee). — On *paumeroie*, the only example so far found of this word previous to the neologism *palmeraie*, see above, Vol. IV (EM 39), "Examen critique," II 33.

33 699. Erratum: Larris (Larriz). — There is no question that the place referred to is the city of Laris (el-Arish) on the Egyptian coast between Damietta and Gaza. The scribes, however, hesitate between *Larris*, place-name (*D, T, B: en Larris; E: a Larris*), and *larris* 'lande' (*F: as larris; V,* **JM**, *CH, L: au larris*).

VARIANTS

34 (Mich 118, 16) — 727 *G* s. pas peneant auquans, *B* s. pas parti a t. q., *N* s. per a per ne tant ne quant — 28 *B* omits, *N* alters — 29 *G* p. mil mars d. — 30.1 *N* Tote est lor sante en lor accerins brans — 31 G*BNV* vendent c. a. (*G* vendront c. a), *BN* a. turs e. — 32 *B* m. per fols ni p. e., *N* Cil ne trairont h.

β49 (α34) — 726 *KEU* a. i f. durement — 27 *MRSPY* B. sevent qu'i. n. s., *J* envers aus, *I* pas parel, *KMPYCH* pas per ne, *RSQU* espargnie, *Eg* per a per, *JRSPYU* tant ne quant, *MCg* a tant quanz, *Q* tant ne quanz, *C^mH* tans ne quans, *E* a tant quant, *L* B. se vendent por quant ne s. mie tant quans — 28 *fragment g discontinues, H* omits, **JM***CEUL* N'il (*U* Si) n. — 30.1 **JM** Toute est leur seurte en lor acherins brans (**M** espieus trenchanz) — 31–32 *H* alters — 31 *JE* vendront, *IKCUL* vendent c.(*I* bien), **M** Mo. s. vendoient bien, *QYCEL* a. turs e., *U* alters — 31.1 *I* Ja cil de faramie qui tant sont malfaisant — 32 *fragment h resumes (see above, page 147*), *JC* omit, *I* Ne t. nul des homes alixandre a e., *K* Ja li sires de gadres n. tenra p. e., **M** Ja cil de salonie (*Q* leur lignage) n. t. p. e., *E* Si que ne le t. por f. p. e., *ULh* Il n. t. h. m. d. (*L* au) f. p. e. — 32.1–20 **JM***CH* (*H has individual version*) Emenidus d'arcade en porte tost ferrans Ains ne fu beste nule (*KQC* mue) en cest siecle vivans Qui se tenist a lui quant il ert ravinans Ne mais fors bucifal qui fais est par samblans De celui ne cuit mie que il fust plus poisans Cil n'iert (**J** C. i.) tenres en bouche n'iert mie trop tirans (*JK* m. sor-t., *I* b. se n'e. m. ti.) Mais isniaus et delivres et en presce enbatans Qu'il ne redoute noise ne cri de paisans Ne hus de sarrasin ne tabours bondisans Ne cors ne moniaus ne resons d'olifans Ne escus de coulour ne gonfanons pendans Ne haubers ne espees ne elmes reluisans Micus se metoit em presse qu'a coulon faus volans Se li chevaus fu bons li sire ert molt vaillans (**J** omits) Iriement (**J** Joueusement) chevauche contre val uns pendans D'orguel et de fierte sous son elme enclinans Del donmage as grigois courecous et dolans A cel poindre lor fist abateis si (**M** p. qu'il f. ot a.) grans Dont li rois alixandres fu puis (**M** Si en f. a. baus et) lies et joians Et betis pour ses homes douteus et esmaians

NOTES

34 731. Erratum: vendent (vendront).

34 732.1–20. These lines represent a GV extension of a very brief stanza. Their deletion by *EUL* is parallel to the deletion by *EUL* of the GV stanzas β64–67; *H* presents a text altered in form though not in content.

VARIANTS

35 (Mich 146, 9) — 734 *V* d. mort — 35 *B* l. saut, *V* e. l. s. par desouz u. — 37 *GD* a nului (*D* nesun), *F* a cellui — 38 *G* c. nisuns n., G*BNV* se d.(*GF* s'en d., *B* s. desmaie) — 40 *B* c. l. esclaire, *N* (*41, 40*) d. que nus ne s'en esmaie

β50 (α35) — 736 **M** trois m. — 38 *Y* omits, *JCEU* M. d. s. c. v., *H* c. nes uns n., **JMC***Lh* se (*IPH* s'i) d. — 39 *J* s. resbaudist, *K* s. esclacist, *YCLh* s. resplendist (*H* reluist cler) — 40 *L* omits, **JM** La (*M* S'en, *RSPQY* Lors) prennent tel fierte, *H* De la clarte des armes, **J** c. l. esvaie, *HU* c. l. esmaie — 41 *E* omits — 41.1 **JM***H* Tel hardement lor donne que nus ne s'en esmaie — 42 **JM***H* Ains d., **JMC***Lh* querront

NOTES

35 738. Erratum: se (s'en).

VARIANTS

36 (Mich 146, 21) — 743 *N* m. alix. — 45 *NV* N. n'i (*V* N'i) a g.(*N* nul) d'elx n'a. l. broigne (*V* l'eschine) — 46 *B* Tres per mi l'h., *NV* P. d. le h.(*N* Et p. d. la broigne) la blanche char t.(*N* percie) — 47 *N* et d. s. en-v. — 48 *N* l'e. des grieus — 49 *BV* e. qu'en mai p. d. — 51 *B* p. ensi e., *N* s. fait, *V* Q. a c. p. fu — 52 *B* l'e. si a l. l. esloingee, *N* lan. lessie — 53 *B* s. baissee — 53.1 *N* Et philote li bers a l'espee sachiee — 54 *NV* l. seue e. — 55 *G* e. o, *D* e. a — 56 *B* omits, *N* c. baignie, *V* en sanc vermeil baignee — 57 *NV* c. jonchie

β51 (α36) — 745 **JM** n. n'a. l. broingne p., **C**h c. plaie (*C* blecie), *L* n. n'a. l. c. enplaie — 46 *HL* omit, **JM** P. d. la chemise la blanche char t., *EUh* h. maumise e. de-t. — 47 *U* omits, **JMCL** p. et d. s. es-v.(*I* s. est v.), *HEh* (and *RTCh*) p. car — 48 **JM***H* Quant, **JM***CEh* (and *RTCh*) l'e. des turs, *U* L'e. qui venoit — 49 *J* q. nus gresius ne chie (*J* pluie), *MRSP* q.(*M* qu'en) yver nois negie, *Q* qu'en iver ne chiet p., *Y* q. n'ert nois nigie, *C* q. ne chiet nois negie, *H* q. la p. ne cie, *EUh* q. n'e. la nois negie, *L* q. n'e. p. oie, *RTCh* q. p. n'e. d. — 51 *J* p. issi e. — 52 *IK* lan. brandie, **M***EU* lan. empoignie, *C* lan. saisie — 53 *Q* s. saisie, *HU* r. l'espee sacie, *L* s. empuignie — 53.1 **JM** Et filote li gens a s'espee sachie — 54 *QHEh* l. seue e.(*H* empugnie, *E* abaissie, *h* avancie), *U* l. lance eslongnie — 55 **JM** E. l. chevaus c. v. — 56 *JMEULh* e. cervelle touillie (*EUh* mollie, *L* boullie) — 57 **JM***H* 58, 57, **M** Que p., *CEULh* (and *RTCh*) D. maint bon chevalier iert l. sele v., *IKH* c. joncie — 57.1 *CELh* (and *RTCh*) Dont la tiere sera ravestue et joncie — 59.1 **JM** Et li retenu muerent sans trop longue (*QIK* m. a duel et a) haschie

VARIANTS

37 (Mich 119, 10) — 760 **G***V* l. grieu, *BN* l. turc, *GD* p. vuidie — 61 *N* Et li grieu se retraient — 63 *N* (*64, 63*) e. devers destre partie (cf 62) — 65 *NV* alter — 66 *B* ens. del regne, *N* alters, *V* E. si ont meint e. — 68 **G***B* Salatons (*G* -trons, *B* -rtons), *NV* Salatins — 69 *B* n. jovencels, *N* alters — 70 *N* alters — 72 *B* b. aisie — 73 *G* f. apele, *NV* Ele f. — 74–75 *V* alters — 75–78 *N* omits — 76 *GDT* M. cele o., *F* M. puis o., *B* c. tote a-d., *V* c. t. a-d. — 77 **G***B* Salatons (*GD* -trons, *B* -rtons), *V* Salatins, *B* p. civalerie — 78 *B* omits, *G* t. arramie, *D* p. ceste ramie, *F* t. estoutie — 79 *V* omits, *B* l'a. d. gens e. i b. maint e., *N* alters — 80 **G** m. des grieus, *N* m. alix., *V* r. k'el s'est m. — 81 *GDF* d. segnor — 82 *N* a cest besoing — 84 *V* o l'espee b. — 85 *TFNV* avecques l.(*N* ot o soy, *V* ensemble o sei) r. — 86 *B* Gent

β52 (α37) — 760 *CHUh* (and *RTCh*) l. griu — 61 **JM***ELh* Et li grieu (*E* tur) se retienent (*IE* retraient, *h* retornent), *U* alters — 63 **M***U* L. revint u. e., *JICUh* de la gent d. n., *E* que jesus christ maldie, *L* alters — 63.1 *CULh* (and *RTCh*) Qui estoit durement combatans et hardie — 64 *CEULh* (and *RTCh*) Et f. bien s. m. en c. compaignie — 65 **JM** N'i a nul qui ne port roide c. b., *H* N'i a cel n'ait r. e. — 66 **JM** p. avoient e. d'a. — 67 *EUh* omit, **JM** Et bien cuide cascuns faire c. — 67.1 **JM** Ains qu'il reviengnent mais aront molt grant haschie (**M** reviegne arriere ne qu'il voie s'amie) — 68 *U* omits, **JM***C^m HELh* Salatins (*K* -rtins), *C* Salatres — 69 fragment g resumes — 72 *CEULh* (and *RTCh*) b. plaine de menantie — 73 **J** omits, **M** Jerre (*M* Jerte, *P* Jene, *Q* Gresse), *C* Chiele, *HUgh* (and *RTCh*) Clere, *E* Clete, *L* Cele f., *QH* q. ele fu bastie — 74 **JM** T. p. ert environ large l. p. — 75 **JM** Q. toute soloit paistre — 76 *H* omits, *JRQY* c. desertee (*J* assorbee, *R* deserte) et gastie, *IMSP* c. deserte et agastie (*I* essillie), *Kg* c. t. d., *CEULh* (and *RTCh*) M. puis l'o. c. eue en lor ballie, end of fragment g — 76.1 *CEULh* (and *RTCh*) P. eus fu ele puis deserte (*U* essillie, *L* desertee) et agastie (*ELh* gastie, *U* maumise) — 77 **JM***C^m EULh* Salatins (*J* Solatius, *K* -rtins), *C* Salatres, *H* Salatons, *IMCELh* (and *RTCh*) p. cevalerie (*Q* premerainz envaie), *U* alters — 78–81 **JM** omit — 78 *HL* t. envaie — 81 *U* omits, *C* (and *RTCh*) d. segnor — 82 **M**

p. nostre gent departie — 83 **J**C*h* e. a la chiere hardie — 85 *JI* avoecques l. r., *KEUh* a.(*E* envers) l.(*Uh* eulz) s.(*K* les) r., **M***CH* ensamble o l. r., *L alters*

NOTES

37 760–63. The manuscript testimony for 760–61 is conflicting, even after we disregard *N*, whose readings indicate a composite rendering attributable to *N* contamination. For 760 the reading *Ensi comme li Turc orent place guerpie* has universal support except that **G** and *V* emend *Turc* to *Grieu* in an attempt to clarify the *les* of the α version of 761. In 761 the α reading, *Emenidus les tint* (present also in *CH* of β), demands an interpretation of *les* as being the Greeks (last named in 743: *la maisnie le roi*), a strained construction. The β reading for 760–64, distinctly more satisfactory, evidently represents the AdeP form of the passage:

> Ensi comme li Turc orent place guerpie
> Et li Grieu se retienent qu'il n'aillent a folie,
> Par mi un val parfont devers destre partie
> Lor resort une eschiele du regne de Nubie.

37 768. Erratum: Salatins (Salatons). — For scribal confusions of Salatin in stanza **37** with the Salaton in stanza **26**, see above, Vol. IV (EM 39), "Examen critique," II 37.

37 776. In the β version, *J* (*assorbee*) is individual, as is *I*'s rhyme word *essillie*; *Kg* show an apparently fortuitous coincidence with α. With these exceptions we discern a uniform β reading *deserte et agastie* back of the variants in **JM** and back of the *CEUL* group-reading, which offers *eue en lor ballie* but which employs *deserte et agastie* in an extra line (776.1). *Kg*'s coincidence with α is not difficult to understand in view of the use of a word inherent in the line together with the commonplace *trestoute*. If we accept *deserte et agastie* as representing β, it may have been the AdeP reading.

37 777. Erratum: Salatins (Salatons).

VARIANTS

38 (Mich 120, 3) — 787 *G* salatrins, *B* salartins, *N* v. poignant — 88 *TN 89, 88* — 89 *GN* s. cointes (*G* cointe), *B* s. rices, *V* s. courteis — 90 *N* Son c. ot c. de riches dras p., *V* d. d. riche p. — 91 *B* p. listes s., *N* p. tot fet s. — 92 *N* l. a o. deus m. — 95 *B* c. l. met — 97 *NV* P. c. prist l. justice (*V* p. vengance), *N* c. de fel chetis — 98 *GN* Car, *DTFBV* Et — 800 *N* vet l. — 01 *NV* F. trait — 02 *B* p. que ici j. — 03 *B* m. romp, *N* Doucement l. r. et depiece s. c. — 04 *N* P. le duel — 06 *G* aprochies — 07 *G* navre — 08 *BV* un b., *N* le bois des s., *NV 08, 07*

β53 (α38) — 787 *KQHL* v. poignant — 88 **M** omits, *EULh* l. claime f. — 89 *JKMCH* plus cointes (*JYC* courtois), *I* s. rices, *EULh* s. cointes — 90–91 *U* omits — 90 **J** Tout son cheval couvri uns riches dras (*J* d'un riche drap) p., **M***h* d. d. riches p., *CHEL* d. d. c.(*EL* pailes) p. — 91 *H* omits, *E* p. leu ert s., *L* p. tere s., *h* p. resnes s. — 91.1–6 **JM***CEULh* (*C* 88, 91.1, 89–80*2*, 91.3–6, 80*3*, *EUh* 88, 91.1–5, 89, *L* 88–89, 91.1–4, 90) Mais ains soloil couchant (*KCEULh* M. a. que soit li soirs) cangera ses latins Molt iert d'autre maniere ains que soit li matins (*CE* omit) Il n'estoit mie bien de sa paine devins Car il n'i assamblast pour un mui d'estrelins Ne pour trestoute espaingne (*MRSPQ* arrabe) o tout les melekins (*YEUL* omit) S'il ne fust plus musars (*MY* iriez,

RSPC derves, *Q* f. enragis) que derves en sains (*I* q. d. ne mastins, *K* q. d. frenesins, *M* q. d. anseis, *RSPQ* q. iries sarrazins, *Y* et d. c'anseys, *C* c'uns enragies mastins, *C*ᵐ q. musars anseins, *EULh omit*) — 92–808 *U omits* — 93 *HL omit* — 94–96 **JM** *omit* — 95 *H* omits, *Eh* l. g. sanguins, *L* l. bons brans acerins — 96 *E omits* — 97–98 *Q omits* — 97 *MRSPYHL* s. deserte — 98 *MPYE* s. cousins — 99 **JM** *omit* — 801 *CELh omit*, **JM** F. vint armes desous son e. e., *H* F. t. l'e. e. f. s. l'e. e. — 02 *H omits*, **J** Et v., *CEh* Cil est m.(*C* jus) trebucies a t. j.(*Eh* chiet) s., *L* Cil est m. a le t. trebucies et s. — 03 *L omits*, **JM** Doucement l. r., *C* Et filote r. son neveu et s. c., *H* B. l. r., *E* Philote l. regarde li nobiles meschins, *h* Filote l. r., **JM***Hh* r. et depiece (**J** e. si detort) s. c. — 04 **J***MRSPYH* P. la mort d. v.(*J* cheval, *MRSPY* baron, *H* vallet), *QELh* P. l'a. d. v.(*Q* meschin, *h* l'a. alix.), *C* Ront et p. le ceval c., *KHL* t. hutins — 05 *CELh omit* — 06 *H omits*, *CELh* Dont m. b. c. aprocent — 07.1 **M** Plus d'une aubalestee en duroit li trains, *h* Le vaslet ert vengiez einz qui soit li matins — 08 **J***ELh* un b., *H* le bos des s., **JM***HL 08, 07*

NOTES

38 789. Erratum: cointes (cointe).

38 791.1–6. Between 791 and 792 the β version has six extra lines, a forecast of Salatin's fate which will so soon (797–800) find its fulfilment that it is obviously superfluous. While it may possibly have stood in the AdeP text, it is more probably an addition by the author of the GV. — The *dervés en sains* of 791.6 is evidently 'fou à lier,' 'fou en camisole de force.'

38 799. Erratum: A mont (Amont).

38 807–08. The testimony as to line order is conflicting. **G***B* of the α version and *CE* of the β version have the order 807, 808, but *NV* of α and **JM** and *HL* of β have 808, 807. The second and smoother order is attributable to a justifiable effort of *NV* and **JM** and *HL* to improve the sequence, whereas it would be difficult to discern why **G***B* and *CE* should change from the better to the poorer order. What seems to have happened is that AdeP added to the Eustache text a final line 808 as a transition to the AdeP interpolation of stanza **39**, unmindful of its imperfect junction with 807, and that thereafter several redactors bettered the sequence by shifting 808 to stand before 807.

VARIANTS

39 (Mich 148, 1) — 810 **G***BNV* em. d. lui tint deus cités — 11 *G* l. traués, *N* f. e. deus l. tirez — 12 *V omits*, **G** m. les flans — 13 *B* f. n'est passez — 14 *B* d'u. bende faissez — 15 *NV* l'e. mellez — 16 *G* f. de sa gent s. — 17 *V* f. desarmez — 19–21 *V omits* — 19 *N* r. bouclez — 20 *DTFB* p. desus — 21–29 *N 21, 24–28, 23, 29* — 22 *BN omits*, *V* p. e. tornez — 24 *B* p. par desus les c. — 25 *G* a. par — 27 *V omits* — 28 *G* q. molt, *V* q. ert proz et senez — 29 *TV* t. adoubez — 30 *N alters* — 31 *N omits*, *V* esp. qui b. fu c. — 33 *TFN* est en ventre — 35 *GN* o. lassés — 38 *G* d. bons b., *N alters* — 39 **G***N* e. alés, *BV* e. tornez — 40 *B* b. fu listez, *N* l. pon e. — 41 *G* brac, *V* c. si qu'a t. e. versez — 42 *B* v. aprivez, *N* Et as autres s. f. — 44 *G* s. atornés, *V* a tels c. — 46 *N* r. et si e. r., *V* r. et q. e. levez — 48 *N* dont e. — 49 *GDF* j. ne vos i. c. — 50 *GNV* Corineüs (*G* Orineüs) me claiment (*G* m. claime, *V* ai non), *D* Orineus me claime on, *TF* Pirus me claime l'en, *B* Corisnel me noment — 52 *N* d. q. a. a passez — 53 *B* per m. — 58 *V* e. hui s. honourez — 59 *G* s. vos o. — 63 *V* a li quons al c. g. — 65 *B* v. bel sire or en pensez — 66 *B omits* — 69 *B* m. grief t. seriez s., *NV* t. serons de-s. — 70 *B* a. serai, *V* a. ert chier c. — 71 *BV* e. tort e. — 72 *G* s'aincois n.

β54 (α39) J*MRSPY omit, fragment h lacks* — 810 *E omits*, *Q* em. qui tant fu alosés, *CHUL* em. e. d. s. s. n., RTCh em. d. ly tint deus citez — 11 *H omits*, *C* f. frais et es-t., *EU* f. e. deus l. t. — 13 *HE* n'e. pasés — 14 *Q alters*, *C* d'un bendelet b., *H* de son flanc bien b., *U* d'u. selle b., *L* d'u. bende b. — 15 *CEUL* l'e. mellés — 17 *QL* c. qui p. b. f. armés, *H* c. qui tant f. adoubés — 19–21 *QL omit* — 19–20 *H omits* — 19 *EU* s. e. f. d'or mout r. — 20 *E* f. il environez, *U* f. environ o. — 21 *HU* f. u. b.(*H* f. ferrans) pumelés — 22–31 *C omits* — 22 *Q* L. danziaus, *HL* L. vasaus, *QHEU* a. s'en f. — 23 *Q omits* — 24 *Q alters*, *HE* p. d.(*H* jouste) l'u. d. c., *U* li conduit par andeus les c., *L* p. d. l'escu bendé — 25 *Q* c. a abatu es p., *HU* a.(*H* porta) e. m. les p., *EL* c. abati enz el p.(*L* en un pré) — 27 *QEU* s'e. a terre p., *H* s'e. ilueques p. — 29 *Q* Des ar. gaaignier que tant ot desirés, *HL* De l'escu (*L* l'auberc) e. del hiaume, *E* Des ar. au chevalier s'e., *H* t. adoubés — 30 *Q* L'e. pent a son col, *H* P. armes et espee, *E* P. la lance et l'e. — 31 *QL* esp. qui b. fu areés (*L* atornés), *H* esp. m. par fu biaus armés, *E* esp. par andeus les costez, *U* esp. m. fu b. afeutrez — 33 *CEUL* est el ventre, *H* est el pis, *CL* p. p. montés — 35 *Q omits*, *HUL* o. lassés — 36 *QHEUL* li destriers p.(*QH* sejornés) — 38 *Q* Q. s. li batoient les flans et les costés, *CHUL* Q. s. l. f.(*H* requerent) d. l.(*CH* o les, *U* d. bons) b. a., *E* f. des b. d'acier lettrez — 39 *QHEUL* e. alés, *C* e. tornés — 40–45 *C omits* — 40–41 *L omits* — 40 *QEU* U.(*E* Et) en f. d. l'e., *H* Si f. l'u. d. l'e., *QU* d. l. b. fu l., *HE* qui li pendoit au lés (*E* pent a. costez) — 41–43 *Q alters* — 41 *HE* e. alés — 42 *H* f. quant il fu a. — 44 *HE* a s.(*E* toz) rcusés, *L* a tes atornés — 46 *QHUL* r. et l. q. e. levés (*QU* montés, *L* q. re-l.), *CE* r. l. q. e.(*C* s'e.) r.(*E* remontez) — 49 *H* j. mes nen i. c. — 50 *Q* Pierrus m'apeloit on el pais dont fui nés, *CL* Corineüs ai non (*L* C. m'apelent), *HE* Corineus ai a (*E* je) non, *U* Je ai a non pirrus — 52 *Q* d. ai q. a. estés, *HE* a. passés — 55 *Q* s. mez o. sui recovrez, *H* e. ai a plentés, *UL* e. ai je as. — 56 *L* em. de lui tieng deus cités — 59 *QC* q. v. querant alés, *H* sacies c'est verités — 60 *HE omit* — 63 *Q* Tantost li a au c. a. s. b. g., *C* a molt tost au c. g., *H* a par mi l. c. g., *E* a d. son c. g., *U* a ensemble au c. g., *L* a li quens au c. g. — 64 *Q omits*, *EU* Et si l'avoit besie (*U* serre) — 65–67 *H omits* — 65 *QU* s. beneurés — 66 *U omits*, *Q* On. emenidus por dieu de moi p., *C* Com e., *EL* Or e., *E* j. et mes cors en santez, *L* j. que ai tos jors p. — 69 *H omits*, *QL* m. fors t. seriez grevés (*L* afinés), *C* (*and* RTCh) m. f. et crueus ce savés, *EU* m. f.(*E* granz) t. s. s.(*U* serons des-s.) — 69.1 *C* (*and* RTCh) Tost seriies de moi partis et desevrés, *E* Car j'avroie paor que ne fussiez grevez, *U* Voir dist emenidus vous en serez grevez — 70 *Q* v. de ce ne vous doutés, *CL* a. serai — 71 *Q* Je ne vous lesseroie por estre desmembrés, *CEU* Et l. b. d. m'esp.(*C* mes puins), *H* L. b. d. c. esp., *L* (*72, 71*) Et mes bons b. d'acier t. — 72 *Q* Ne ne m'en partirai, **CL** (*and* RTCh) Q. jou p. d. v., *QH* se n. s. morz jetés

NOTES

39 832–33. Seeing his feet firmly set in the stirrups, the knight is filled with courage. This expression is imitated in the *Prise de Defur* in lines 187–88, and again in 655–57.

39 850. Erratum: claiment (claime). — On the spelling of the name *Corineus*, see note to 313.

VARIANTS

40 (Mich 124, 17) — 875 *N* R. a. — 78 *B* suefrent h. en c. j.(*N* s. bien en l'estor) — 79 *G* b. tout a tans a., *D* b. e. a sejor, *T* b. ancores a., *F* Molt i venissent tost se seussent tel labor, *B* m. tost, *N* V. i v. certes m. b. a no s. — 80 *TN* sanator — 81 *V* c. fors des e. — 82 *T omits*, *G* guidomarchet, *B* guimadorret, *N* vuimadocher, *V* gimardocet — 83 *GBN* melide (*G* mi-), *V* midele, **G** t. soie (*D* soche, *TF* toute) l'onor, *V* t. riche m. — 84 *N* n'o. nul de sa richor — 86 *GBNV* N'i a n.(*B* cil, *N* cel, *V* nuls) q. d. l.(*V* n. d. celui) — 87 *N* r. et s. o. g.

iror — 88 *N 89, 88* — 89 *TF* p. as grijois e. t. — 90 *V* S. a feru filote — 91 *GD* s. l'estor, *N alters* — 92 *B* Chai e. s. c. l. chival correor, *N alters* — 94 **G** ti. en tel s. — 95 *N* d. l. aidier, *V* d. l. venger — 98 *N omits*, *V* f. desur s. — 99 *B* l'e. li lor — 900 *F omits*, *GDT* pe. se par tens n'a s.(*G* secor)

β55 (α40) — 873 *IQCHL* v. poignant — 75 *JIH* l. riche, *KM* l. noble — 76 *H omits*, **JM***CEULh* A. com g. — 78 *U omits*, *IMEh* soufrent h. en c. j., *CL* s. en c. j., *H* aront h. i-c. j. — 79 *JEULh* b. ains la nuit a., **M** b. encor hui (*Q* b. en brief terme) a., *C* b. e. a., *H* b. ame en mi l'estor, *IEUh* a l'estor — 80 **JM***HEUL* salator, *Q* belator, *Y* arator — 82 **JM** E. v. murmigalet, *C* guimadonet, *C^m E* guimadocet, *H* ginohocet, *U* guimarchodes, *L* guimardocet, *h* guimadeche — 83 **JM***h* melite (*Y* mielete), *IC* (*and* RTC*h*) tudele, *K* mindelle, *H* milaite, *EU* nivelle, *L* nubie, *JCEULh* r. maior (*JU* madour), *H* e. s'en avoit l'ounor — 84 **JM***H* e. sa contree, *J* n'o. un aresneor, *MCL* n'o. t. sortisseor, *H* nen o. malvais signor, *E* nen o. t. josteor, *U* n'o. meilleur ostoiour, *h* n'o. t. jotiseor — 84.1 **JM** Ains (**M** Il) se fierent de pres o les brans de coulor (*J* par irour), *CELh* Ses armes furent blances autresi come flor, *H* De pres le vet ferir o le branc par iror — 86 **JM** N'i a trois (*IKY* cel, *Q* nul) q. ne s.(*IKQ* soit) de son fief t., *CHL* N'i a n.(*C* deus, *H* cel) q. d. l. ne s. t.(*H* ne tiegne grant ounor), *EUh* N'i a cel q. ne (*U* celui ne) soit d. l. bon (*U* haut) t. — 87 **J** r. et tint m. (*I* e. si ot) g. h., **M***H* r. et de m. g. valor (*Q* ator), *CEULh* r. s. o. m. biel ator — 88 *CEULh omit*, **M** n'o. t. devineor — 89 *EUh omit*, *CL 84, 89, 84.1, 85*, **J** j. e. irrour (*K* honor) — 89.1 **JM***H* Sa lance fu molt fors et il vait (**M** f. i. la tint) par vigour — 90 **JM***CLh* (*and* RTC*h*) Si v. fer.(*J* S. feri si) filote, *IK* Si feri filotes, *KHL* l'e. paint a flor — 92 *JC* d. coureour — 95 **JM** d. relever (*JI* remonter), *CLh* (*and* RTC*h*) d. l. vengier (*H* aidier) — 96–98 *H omits* — 96 **M** Desus lui s'arresterent tel mil combateour — 97 **J** *omits*, **M** Q. on. a nul jor aus grieus n'or. a. — 98 **M** *omits*, *JKUL* f. desor s., *I* f. sor l'escu paint a f. — 98.1 **JM** As espees li sont de mort presenteour

NOTES

40 883. Erratum: Melide (Milide).

VARIANTS

41 (Mich 125, 12) — 902 *B* r. i c. tuit li p. — 03 *BV* e. caulus qui fu b. — 04 *DTFB* n. se pot c. — 04.1–2 *B* E trente set des autres qui se volent aster De gadrins desconfire et a la mort livrer — 05 *G* g. fierement, *B* g. durement, *N* l. dus — 06 *N* La o. t. m. piz — 07 *N omits*, *V* E, m. po. e. m. pie — 08 *TFN* si c. — 10 *B* g. salient, *N* q. v. si mener — 11 *G* e. preu, *F* e. gent, *N* De t. petit de gent q'o. l. p. conter — 12 *N* Fierement chevauchent, *V* Idnelement g. — 13 *N* Aus premiers cos le font as p. fiers c. — 14 *T* Nes, *N* Qu'a paines les p. l. e. — 15 *N* Et si savoient bien a b. re-t. — 15.1 *N* Ne porent longuement li grigois endurer

β56 (α41) — 902 **JMC***Lh* r. i c.(*JQU* vienent, *MELh* poignent) q. — 03 **JM***EU* e. caulus qui fu b. — 04 *CULh* E. li pros, **M***U* q. tant fet a loer (*U* douter), *E* E. meismes n. s'i v. oblier — 05 *J* l. turs, *I* l. dus, *K* l. contes, *H* l. gens, **J** venir et a., **M** fierement a., *C* crueument a., *HELh* entor lui a., *U* alters — 05.1 **JM** Et cachier et fuir guenchir et trestourner (**M** f. et g. e. tourner) — 05.2 **JM***H* Asses en peu de terre (*M* petit d'eure, *RQH* p. d. terme) les peussies trouver (*H* nonbrer) — 05.3 *JH* La veissies des brans maint ruiste cop doner — 05.4 **JM***H* (*H 09, 05.4, 10*) Au caple des espees les firent relever (**M** remuer, *H* e. sus en estant lever) — 06 *H omits*, **JM** La o. t. m. e., *end of fragment h* — 07 **JM***UL omit*, *H* Tant po. e. tante teste de chevalier coper, *E* po. a la terre v. — 08 **JM***C* A. com g. d. q. l. g. s. si c., *L alters* — 10–11 *EUL omit* — 10 **M***C* v. outrer, *H* v. monter — 11 **JM** C. il par sont si (*J* tant) p., *C* T. par e. p., *H alters*, **JM***C* q'o. l. peust n.(*JQC* conter) — 12 *IKQ* Isnelement g. — 13 *RSPQC* (*and* RTC*h*) p. f. endurer — 14 *RSPQ omit*, **JM***YCL* Nes

(*JUL* Ne, *HE* Nel) p.(*JKCHU* porent), *C* g. l. contrester — 15 **J***CHE* o. de l'estor t.

VARIANTS

42 (Mich 125, 28) — 916 *N* f. le conte — 17 *GD* m. felon, *TFN* m. ruste — 18 *B* p. entré, *N* a tres bien avisé — 19 *N* qu'a terre l'a versé — 20 *N* L. braon de l'esp. li a a. b. osté — 21 *N* Et sa gent le seceurent, *V* Et c. sunt entour l. — 22 *N* Et pour la grant navrere — 22.1 *N* Fierement l'ont rescous a lor brans acerés — 23 *N* omits, *V* g. sa rescourent — 24 *G* c. arriere r., *DTBV* p. f. relevé, *N* P. fo. et par vertu l'ont ou c. monté — 25 *N* v. lor ami ont bone volenté — 26–30 *F* omits — 26 *B* Cil qui f., *N* alters, *V* a. ont molt chier c. — 27 **G** ch. afeutré, *N* E. d'arcade lait l. c. aler — 28 *N* Puis s. f. e. l'e. irie comme sengler, *V* f. l. bon quons — 28.1–2 *N* Lors regarde entour et si a avisé Le plus fier qu'il choisi est ales encontrer — 29–30 *N* omits — 29 *B* Autresi coma faus q. vient — 31 *N* Lors se fiert es gadrains p., *V* Depart — 32–42 *N* *substitutes nine lines* — 32 *V* q. il sont aroté — 33 **G***BV* s. il molt (*G* si bien) e. — 37 **G** u. amiraus q. molt bien l'o. — 38 **G** m. fort ou ot f. — 39 *TV* e. dessafrei — 42 *G* l'a engrevé, *B* l'a esgravé — 45 *GTV* l. cervelle — 46 *V* p. dessevré — 47 *GDFB* l. des espaulles, *N* P. m. endroit s. p., *V* P. le m. l. des p. — 48 *B* e. qui vuidoit a, *N* s. de son cors q. issoit a — 49–53 *F* omits — 49 *GDT* cr. qui forment s. g. — 51 *DTB* a. plus — 52 *B* omits, *GDT* a. trestout — 53 *GD* s. nes deffent, *N* C. se i. s. l. faut, *BN* o. ovré

β**57** (α42) — 917 *JIYHEUL* m. ruiste — 17.1–2 **JM** (**M** *17.1, 17*) Li plus esmaie sont a un fais (**M** Touz l. p. esperduz a son sens) recouvré Mervilleus fais i ont li preudoume enduré — 20 *E* omits, **M***UL* esp. li a du bu s., *C* esp. li a — 21 *CEUL* (and RTCh) C. furent entor l. — 21.1–2 **JM** La ot paumes batues et maint cavel tiré Maint capel sebelin ont seur le cors jeté — 22 **JM** omit — 24 **M** Car f. o. p. f. e. c. r., *H* P. fo. ront fi. sus e. c. monté — 25 *IEUL* s. ami — 26 *H* omits, **J** C. qu'i. l'ont abatu, **M***E* i. ancui c., *UL* sera chier c. — 27.1 **JM** Desous les fers i ot maint cailliel esgruné — 31 *CEU* Depart — 32 **JM***L* q. il, **JM***C* (*and* RTCh) s. assamblé (*H* entassé, *E* alters), *L* s. a. — 33 **JMCL** (*and* RTCh) s. il molt e. — 35 **JM***U* omit, *CE* C. q. o. a.(*E* mielz) p., *H* C. q. ancois pooit, *L* Cascuns q. ancois p. — 36 *RSPQ* Ains qu'isse de l'estor en a cinc mors g. — 38 *JCEUL* D'u. lance — 39 **JM***U* h. dou dos l. a rout e. fausé, *CHL* (*and* RTCh) a ronpu e. desaffré (*HL* depané), *E* Que l'h. l. rompi et li avoit faussé — 40 *CEU* omit, **JM** E. l. c. dou v., *HL* alter — 42 *JCL* L. lance, *J* l'a agrevé — 45 *CEU* Q. par mi l'escinee, *H* Desi que es espaules, *L* Dusqu'en mi la poitrine — 46 *U* omits, **M** Puis a d. s. b. tout l. p. d., **JH** a un p. d., *C* a l. branc essué, *E* tout vistement coupé, *L* p. desevré — 46.1 *C* Puis en cope une piece del bliaut noelé, *E* S'en a le brant coupe a son brant aceré, *U* Puis a coupe un pan de son bliaut tané, RTCh *P* Et en ad une piece od l'espee coupé — 47 **J** P. m. endroit sa plaie, **M** P. deseure sa plaie, *CL* P. m. l. d. sa plaie, *H* P. encontre ses plaies, *EU* Si en avoit sa plaie estroitement b. — 48 *EU* omit, **JM** e. q.(*IMRSPQ* qui) issoit (*I* vuidoit) a, *C* e. q. voloit a, *HL* e. qui en cort a — 49 *JL* cr. qui s. m. a-g.(*L* escaté), *H* cr. qu'il ne soient outré, *EU* cr. ne (*U* que) soient trop g. — 50 **J** Et, **M** Mes, *CU* Que, *HE* (*and* RTCh) Quar, *L* Se cil s., *JH* l. verté, *EU* (*and* RTCh) l'enferté — 51 *JYHU* (*and* RTCh) a. plus, *M* a. nul, *E* a. pas, *L* a. mais — 53 *J* C. se de lui d., *K* C. se i. s. l. faut, *MQHEU* C. se i. l. d., *Y* C. li sens l. d., *L* C. s'i. tos s. l. faut tot sunt desbareté, *IKMHE* (*and* RTCh) o. ovré

NOTES

42 919. Erratum: amiraut (amirant).

42 923. Erratum: entre tant (entretant).

42 929–30. *Ausi comme esprevier . . . depart les estorniaus.* The scribe of *G* not infrequently leaves the nominative uninflected when it is separated from its verb or is in postposition. Here, as in other cases of the same sort, his spelling has been retained. In 683 (*Que faucons n'espreviers ne vole* . . .), where the verb directly follows the subject, he naturally writes the -s.

42 933. Erratum: il molt e., (si bien e.).

42 946. Erratum: desciré (deschiré).

VARIANTS

43 (Mich 126, 33) — 954 G*BV* conneue (*G* conneu bien) l'o., *N* conneu le mahaigne — 55 *N* d'a. le soffraigne, *V* d'a. se mahaine — 56 *N* omits, *B* d. l'entraille — 56.1 *V* N'i a nul des gazereins qui nule garde en preine — 57 *G* chire g. — 58 *N* v. l. duc — 59–60 *F* omits — 59 *TBN* l'a trove, *N* c. de soi meismes — 61 G*BV* En (*G* Il), *N* Et, *G* s'e. faigne — 62 *NV* ch. et escrie — 64 *F* d'alemaigne, *B* d. bargaigne, *N* d. bascaigne, *V* d. bahaigne — 65 *N* A. o. n. v. mes n. g. — 67 *B* p. l'aver — 69 *G* el c., *F* le c., *B* al c. — 70 *V* s'e. el plein de la champaine — 71 *B* li dux, *V* p. p. sa bargaine — 72–74 *N* omits — 72 *F* omits, *T* coustentinz d., *B* torastres d., *V* durestal d. — 75 *N* h. dont le cercle n. f., *V* q. par mi n. — 76 *GD* Ne il n'a t. d. force q. a c. s. taigne, *F* s. taigne — 77 *N* De tant c. i. est lo. — 78 *N* n. voit que i. — 80 *N* p. sane — 81 *F* omits, *GD* q. m. preudom, *TB* q. mainz homes, *N* q. orguilleus — 82 *N* s. bienfaiz — 82.1 *GD* Ja ne sera mais eure que forment ne s'en plaigne

β58 (α43) — 954 **JM**H*EL* conneue l'o., *CU* conneu la covaine (*U* besongne) — 55 **JKC***EU* d'a. l. s.(*JC* soutaigne, *K* soufraigne, *U* lor sorfrongne), *IM* (*and* RTCh) d'a. les (*I* se, *M* ques) mehaigne, *HL* alter — 56 *JK* E.(*J* Ert) f. e. e. c., *IM* (*and* RTCh) Qui est f.(*M* navrez) el c., *CL* Estoit (*U* Si ert) f. (*CL* navres) el c. — 57 *IRSPQYHEU* F. s. le duc b., *C* F. seulement b. — 58 *CEU* C. ot veu l. c. e., *HL* Qui v. — 59 *JI* l'ot trouve, *KUL* l'ont trovet, *M* le trovoit, *RSPE* l'a trueve, *QYCH* le (*Q* la) trueve — 61 *E* omits, **JM**C*HL* En, *U* alters, **M** c. ne cuidiez qu'il s'e. — 62–65 *EU* omit — 63 **M** (*and* RTCh) omit, *JK* p. se tiengne, *IH* p. s'e.(*I* p. e.), *CL* q. s'alit et e. — 64 *JIC* d. bretaingne, *K* d'aquitaingne, **M**C*ᵐ* d. brehaigne (*M* herbaigne, *Q* beh-), *HL* d'alemagne — 66 **JM** En son p. t. s'esp., *H* T. l'esp. en son p., *U* alters — 67 *EU* omit, *J* de cuintaingne, *K* de bretaingne, *H* de sardegne — 68 **JM** omit, *C* c. tout l. val d'u. p., *H* c. l. val de la campagne, *L* c. contre val u. p. — 69 *I* le c., *U* au c., **M**C*L* du (*L* au) pie (*Cᵐ* pui) — 70 *JL* (*and* RTCh) s r, *IM* s. dure, *KUEU* s. here, *H* s. male — 72 *JKH* coustantins d., *I* torestaus d., **M** corrostans d., *C* torestains d., *EU* (*and* RTCh) rois artus d., *L* torentains d. — 75 **JM** h. dont li cercles (*RSPQ* aclers) n. f., *CE* (*and* RTCh) q. par force n. f., *HU* q. t.(*H* entor) n. l. f., *L* q. il n. perce et f. — 76 *JE* omit — 78 **M** n. dit pas qu'i. — 79 **JM** Li sans l. — 80 *E* omits, *JKU* Mire l. a me.(*U* Or requiere s'il veult) q. sa p. r-e., *I* q. p. saigne, **M***L* q. sanc (*L* le) r-e. — 81 *HEU* q. m. home — 82 *L* omits, *JI* s. bienfais, *KC* s. bufois, **M** cil besoins

NOTES

43 954. Erratum: conneüe (conneü bien).

43 959–61. "Because the *maisnie* of Emenidus is so distant (*estraigne*) and because Emenidus' rescue (*recovriers*) depends wholly on his companions, Betis is jubilant."

43 961. Erratum: En (Il).

43 969. In the expression "le chief d'une montaigne" the *chief* has the meaning 'repli' and is applied to a valley penetrating up into a mountain. This meaning, which occurs also in II 1646 and 1650 and which is unrecorded in the lexicons, will be discussed in an article scheduled to appear in *Modern Language Notes* for November 1942.

43 972. On account of the widely conflicting readings, the *Corestins* of the basic manuscript was left in the AdeP text, but it is evident that Eustache had *Costentins* and probable that AdeP likewise had it. The readings are: *Corestins* (*G*), *Coratin* (*D*), *Costentins* (*T, JK, H*), *Corrostains* (**M**), *Torastres* (*B*), *Torestaus* (*I*), *Torestains* (*C*), *Corentains* (*L*), *Durestal* (*V*), *rois Artus* (*EU*, followed by RTCh). The *Costentins* has diversified support and finds some confirmation in the *rois Artus* of *EU*, which could readily be a *lectio facilior* for *Costentins*. Costentin is assuredly the Constantin king of the Britons who figures in the Arthurian legends.

VARIANTS

44 (Mich 127, 25) — 985 *V* cinc cenz l. molues — 86 *GD* E. m. hiaumes luisans, *F* E. tantes r. c. tantes e. n., *V* E. portent c. r. e. granz e. n. — 88 *B* Laidengees f. — 90 *GT* toutes u. vies r., *D* u. voie herbue, *F* c. qi fu hauz vers les nues, *N* c. ou il ot g. r. — 92 *N* omits — 93 *F* omits, *DTB* L. bouton, *N* boujon, *V* bozon — 94 *B* c. c. ramues, *N* f. si court m. — 95 *GD* Q. uns f. gruiers (*D* muierz) qui gantes a veues, *F* n. vole a. g., *BN* Q. nuls faus m., *V* Q. nuls f. m. — 96 *GD* omit, *B* o. eues, *N* a. baucent, *V* a. chaufrein — 98 *GD* m. ramues — 1000 *B* Ses r. amedos, *N* S'a ses r. noes que l. ot d., *V* S. ses armes a or — 01 *F omits*, *GD* reseroit, *B* reseront, *N* A celz de gadres sont

β59 (α44) *U omits* — 983 **JM***HE* (and RTCh) P. secoure — 85 **M***E* cinc cens l. molues (*E* espees nues) — 86 *QE omit*, *MRSPY* c. dreciees contre mont vers les n., *C* c. trencans — 89 *JC* et mournes e. v., *IY* et m. e. v., *KQEL* matees e. v., *MRSPH* et mates e. v. — 90 *J* t. une grant de r., *I* totes u. grans r., *K* t. une gaste rue, *MRSPYCEL* t. (*MRSP* par, *Y* en, *EL* lez) u. g. r., *Q* par mi estroites r., *H* vers une vielle rue — 93 *C* (*and* RTCh) *omit*, *JK* L. las en e., *I* L. blason, *MRSQE* bozon, *PL* boujon, *Y* bouson, *H* bouton — 94 **JM***CL* s'e. cort (*I* fuit) — 95 **MC** n. vole a. les g., *L* n. fait vol a. g. — 96 *E omits*, *J* C. s. p. a la fuite, **M** C. s. tint a la serre (*QY* sele), *H* C. est pis a. c. que li cors s'esvertue, *IQ* q. m. o. eues, *K* q. paine avoit eue — 97–99 *I omits* — 97 *C* (*and* RTCh) *omit*, **M** p. dissolues, *H* b. erent bien conneues, *E* S. resnes va noant qu'a peinnes a tenues — 98 *JK* D. u. bruiletes, **M** De-d. u. brueilles, *H* D. un boskeret dont li rain sont f., *E* Par d. u. broces, *L* (*and* RTCh) D. u. b., *Q* m. ramues — 1000 *J* S. ses r. a., *IKCL* S. ses r. noees, *M* Ses r. renoa qui estoient rompues, *RSPQ* Ses r. renoees, *Y* L. r. dou cheval, *H* Ses r. ambes deus a iluec retenues, *E* S. ses armes a or, RTCh Ses r. au bosoing — 01 **M** Or seront a. g., *H* A. g. resont or, RTCh E a. g. serront

NOTES

44 986. Erratum: canes (cannes).

44 992. Erratum: comma (semicolon).

44 993. The word *boujon* (*bouzon, bolçon*) in the meaning 'flèche' is quite common in Old French. It also has some secondary meanings such as 'verrou', arising from a real or fancied arrow-like appearance of the implement involved (see TobLom *bouzon*, Godefroy *boujon*). In 993 the context shows that its meaning is 'attache de rêne' or 'agrafe de rêne' (arrow-like bolt ending in a barb which hooked into the ring of the bit?). Some of the scribes replaced the *boujon* by a word indicating some other form of 'attache' (*D, T, B* by *bouton; JK* by *laz*). Meanings similar to the secondary meanings of *boujon* appear for the word *goujon;* see above, note to II β132 12.

44 995. Erratum: randone (randonne).

44 996. Erratum: cheval (ceval).

44 998. The line is interesting lexicographically, for it groups in its variants various derivatives of *bruille* 'bois' and of *broce* 'bois taillis.' The readings are *Dedelés u.bruilles* (**M**), *Par d.une broce* (*E*), *u.broceles* (**G***L*), *u.brocetes* (*B*), *u. bruilletes* (*JKC*), *u.bruillertes* (*NV*), *un boskeret* (*H*). The reading of *G* has been retained in the text.

VARIANTS

45 (Mich 128, 9) — 1003 *G* d. tertre avalees — 04 *GDT* l'orent m., *B* relont m. — 05 *FN omit*, *G* resnes — 05.1 *B* Betis ont remonte sens autres demorees — 11 *B omits*, *G* s. faire, *V* s. plus de — 12–14 *F omits* — 12 *G* beste d. b. por, *NV* Aussi c. cers d. lande ou biche e. — 13 *B* o. por, *NV* o. o les chiens effrees (*V* eslevees) — 17 *V* s'e. vunt — 20 *G* Eles l., *N* A mont l. — 21 *B* r. sorgitees, *N* i. en sont f. re-c. — 26 *TF omit*, *N* Et s. biaus dr., *V* p. roees — 27 *V omits* — 30 *T* f. dontees, *B* f. donees, *N* a. t. l. grans f. d., *V* h. l. f. re-d. — 31 *B omits*, *G* t. atornees — 32 **G** d. et a noient alees, *N* Que ja mes ne seront trestoutes a. — 33 *GD* franche gent — 34 *GDT* paines d., *FBV* p. d., *N* plentes d.

β60 (α45) — 1002 *J* P. r., *IK***MCL** (and RTCh) P. secorre — 03 **JMCL** (and RTCh) f. d'un (*JE* dou) tertre — 05 *KH omit* — 06 **JEU**L e. de s. g. pr., *H* alters — 08 *HEU* s. ami — 11 *H omits*, **JM** E. r. en ferrant s. nules d., *C* Puis monte en son c., *U* alters, *L* (*05, 11, 06*) Montes fu a c., *E* s. longue d. — 12 **JM***U* S. comme (*U* Ausi com) cers d.(**J***U* en) lande et bischcs (*U* ou beste) e., *C* Ausi comme li beste por br. e., *H* S. c. b. d. b. p. buisons e., *E* Autresi c. les biches qui fuient et effreent, *L* Autresi comme be. vont fuiant e. — 13 **JM** o. o les (**J** a lor) chiens eslevees, *C* o. por a. levees, *H* o. toute le jor brisees, *EU* o. o les (*U* lor) chiens demenees, *L* o. par lor cors eslevees — 16 **M** d. conseil d. — 17 *U omits*, **JM***C* C. l. plusour, *E* Que chascuns s'e. fuioit — 18 *C* (and RTCh) *omit*, **JM***RSPQ* Et o. l'estour guerpi, *Y* Et o. derier lor dos les targes jus g., *HU* L.(*H* Les) e. o. g., *E* La place guerpissoient, *L* Et les la. guerpies e. a terre g., *JKRSP* e. les la. g., *I* e. la. jus g., *M* g. les la. aterrees, *Q* e. les targes g., *HEU* e. lor la. g. — 20–34 *Y omits* — 21 *H omits*, *J* li sont f. devalees, *IK* f. alees, *QCUL* li sont a val (*C* fil) c., *E* S. q. a val les faces sont les lermes c. — 22 **JM** E. h. lor dist (**M** Il l. crie) baron deserves l.(*JK* vos) s., *CL* L.(*C* Il, *H* Dont) s'e.(*CL* e., *E* a crie, *U* li cria) e. h. d. (*CH* deserves) l. s. — 23 **JM** Qu'a. vous a p. — 24 **JMCL** a. e. ses vins — 26 *JI omit*, *K* alters, **M***CUL* p. roees, *H* (and RTCh) p. l., *E* e. s. coupes dorees — 27 *E omits* — 27.1 3 **JM** Et son vair et son gris et ses pourpres roees (**M** g. qu'il noz donne a charrees) Ses chevaus biaus et cras (**M** Et bons ch. de pris) ses mules afeutrees Et donne ses honours quant les a conquestees — 28 **JM***UL omit* — 29 *JK* l. vos p. — 29.1 **JM** Dont porra il bien dire mal les a (**M** d. que m. sont) aloees — 30 **JM** n. aves — 31 *IM* b. aves — 33.1 **JM** Fines prouesces sont au besoing esprouvees — 34 *C* v. m. p. e. m. jostes d., *EUL* c. m. proesces d.(*UL* moustrees)

NOTES

45 1017. Godefroy (*adosser*) cites this line (reading of RTCh) but wrongly gives the meaning as 'jeter.' In *adosser la targe*, *adosser l'escu*, the *adosser* evidently meant 'hang against one's back' [in preparation for flight], as comes out here and even more clearly in II 1776 and in *B* **147** 2434. The expression occurs still again in II β85 20.

VARIANTS

46 (Mich 130, 26) — 1036 *GD* C'o. mais tant d., *B* n'o. tel conoisence, *V* n'o. tant de p. — 37 **G** d. et toute s., *B* a tel fience, *NV* d. en cui a — 38 *TFB* d. t. vaillance, *N* d. t. samblance, *V* d. t. soffrance — 39 *N* Soz ciel n'a cele terre o. aient c. — 39.1 *B* Il le font per orgoil o ce e per bobance — 40 *FBN omit*, *G* n. s'aiment — 41 *N omits*, *GV* n. fait r. m. avra, *B* f. reuser — 42 *B* n. d'eliance — 43 *N* Va ferir l. — 44 *N* V. l. c. senestre — 45 *N* m. les flans — 46 *B* b. qui fu faiz a v., *N* t. l'espee qui les autres avance — 47 *N* sor l'e. de plesance — 48 *GDN* l'a. l'adante, *T* l'a. l'avance, *V* d. fors des a. — 50 *NV* d'u. samblance — 51 *B* t. sunt lige h., *N* s. tenance — 52 *GD* ecance, *TFV* acance, *BN* au(*B* ar-)quance — 53 *B omits*, *GDF* l. o. f. des-s., *N* g. nos i — 55 *T* pesance, *B* l. o. qui orent grant poisance, *N* dont on. l. g. risance — 57 *B omits* β63 (α46) *Y omits* — 1034.1–4 **JM***CHL* Betis resaut em pies comme hons de grant poissance (**M** p. qui ot ire et pesance) Et revint au cheval sans nule demourance Car il estoit des siens la milleur recouvrance N'onques mais en estour ne soufri mescheance — 35 **JM***CHL* Il esgarde les g. et la lor c. — 36 **JM***CHL omit*, *EU* Car o.(*U* O. en) tant d. g. n'o. s. g.(*U* ne vire de) p. — 37 **J***CHL* Si, **M** Puis, **J** d. et la soie c. — 38 *CH* d. t. valance — 39 *JI omit*, *K alters*, **M** E. m.(*M* Sous ciel) n'a nulle terre, *MRS* o. truisse c., *PC* o. t. c., *QHEU* o. aient c., *L* que lor soit c. — 39.1 *CHL* (*and* RTCh *D*) Il le font par orguel u cou est grans beubance (*L* par enfance) — 40 *QL* (*and* RTCh) *omit*, *IK* n. s'aiment, *EU alter* — 42 *J* n. estusanche, *I* n. en essance, *K alters* — 44 *EU omit*, **J** d. devers l. connoissance — 45 *U omits*, **J** m. l'escu — 46–47 *EU omit* — 46 *CH* (*and* RTCh) L. tint l. b., **J** a.(*I* a oevre) d. v., **M***CHL* (*and* RTCh) b. qui fu fes a v. — 48 **J***L* l'a. l'avance, *MH* l'a. l'adante — 49 **J***CL* e. p. ja v., *H* e. p. il v., *U* e. a prise v. — 50 *J* p. cent d'u. connoissanche, *I* p. gent tot d'u. creance, *K* p. cent turc de s'aliance, *MEU* d'u. semblance, *QH* m. de sa s.(*H* cointance) — 51 *JI* d. foi et d'a., *K alters*, **M** s. lijance, *C* s. valance — 52 *JI* equance, *K* aquance, *M* auquance, *RSQC*ᵐ aucance, *P* ocance, *C* ab. ar. de valance, *H* otrante, *EU* arcance, *L* escanne — 53 *J* g. nous o. f. de-s., *IKMC* g. nos (*C* lor) i o. f. s.(**M** grevance), *HEU* (*and* RTCh) g. i o. f. de-s.(*U* delivrance), *L* g. o. il f. de-s. — 54 *U omits*, *JI* e. es-maiance, *K* e. anui e. p., *C* e. d. e. grevance, *E* e. folor e. p., *L D*. l. r. al'. a. i. e. p. — 55 **JM** *omit*, *CHEL* l. o.(*E* doutent, *L* partent), *U* (*53, 56, 57, 55*) Et que molt ne se doute, *CHL* qui en orent (*H* e. ont la) poisance, *EU* et sont (*U* soit) en esmaiance, RTCh qui orent grant poisance — 56 **J** *L*. maisnie g., *JEU* p. s'avance

NOTES

46 1034.1 4. These β lines were added by the GV author to provide transition from his interpolated stanzas β61–62.

46 1038. Erratum: home (homme).

46 1052. It is only here, in a passage interpolated by AdeP, that a place of origin (Auquance) is ever assigned to Aristé.

VARIANTS

47 (Mich 149, 31) — 1060 *B* l. outrent sis o. s. aprochiez, *N* l. orent molt le jor e., *V* l. huent — 61 *B* trosqu'a uns vielz fossez, *V* jeske un broillez p. — 63 *N* s'a l'e. embracié — 64 *V* d. l. feer n'ert p. liez — 65 *GV* t. desproiés, *B* t. es-lassiez, *N alters* — 66 **G***BV* Q'ambedeus (*G* Que ansdeus), *N* Q. toz deus l. arcons — 68 *GD omit*, *B* p. afaitiez, *N* p. airié, *V* Chascuns des greus guenchist — 69 *B* t. m. les ont emperiez, *NV* q. bien s.(*V* q. les ont) acointié — 70 *G* fort, *B* t. e. debrisiez — 71 *B omits*, *G* E. t. escu — 72 *N omits* — 73 *GN* p. l. champ, *N* Ariste — 74 *TBV omit*, *GD* g. estoit molt deshaitiés, *FN* g. est forment (*N* g. dotent et) c. — 75 *N* i. s'est acointié — 77 *N* f. chascun de son e. — 78 **G** l'elme l. t. — 79 *N* l'a. de la sele la l'ont fet embronchier — 81 *BNV* l. bers (*V* quons) re-d. — 82 *B* s'e. s. d'a. esloingiez, *NV* s'e. d'a.(*V* s'e. li dels) acoin-tiez — 83 *G* eslongis, *B* h. qui non s. esmaiez — 86 *B* E v. b. e conois e bien s'est porpensez, *TFN* s. qu'il (*N* toz) sont a mort j. — 87 *B omits*, **G***NV* i. a. l. m.

(*GF* i. l. m. a.), *V 88, 87* — 87.1–2 *B* Si non fa cist message que tuit sont des chief rez   Arides volz la regna al destrier abrivez — 88–90 *B* omits — 88 *V* pa. corescos et irez — 89 *N* Sovent — 91 *G* omits, *V* n. ateinz ne b. — 93.1 *B* Ont correit un flum d'aiga dont perfont ert li guez — 94 *V* c. qui l'emporte — 96 *V* omits, *B* d. teus noveles d. l. r. n'i. pas liez

β68 (α47) — 1057.1–7 **JM***CH* (*Y* omits) Montes est gadifer mais il est molt blechiés   Trois fois est si queus tous en est combrisiés   Mais li siens grans corages n'est mie assouploiiés   Aincois vauroit molt estre as grigois repairiés (**M** rapuiez, *CH* racointiés)   Par lui nen iert uns seus autrement manechiés   Mais ses brans se li loist (*JQ* s'on li lait, *ICH* se il puet) i ert si emploiés   Que tous ert en cervele et en sanc tououlliés — 58–61 *Y* omits — 58 **JM** Chi (*K* Lors, *M* Si, *Q* La) refu l. estours — 59 **M** d. gadrains — 60 **JM** omit, **C** (*and* RTCh) l. outrent, *L* le partent, *EU* o. estotoiez — 61 (**JM** *62, 61*) *JC* dusqu'a u. vies (*C* grans) p., *IEUL* jusqu'a u.(*I* deus) bos p.(*IL* foilliés), **KM** (*and* RTCh) dusqu'a un bruel p., *H* desi que as p. — 61.1 **JM** Emenidus se rest as estriers affichiés — 62 **JM** (*Y* omits) Si l. a a c.(**M** un) p. f. e.(**M** fierement angoissiez), *EU* durement domagiez — 63 **JM** Tous premerains r., *E* E. d'arcage tint l'escu embraciez, *U* E. lest courre l'escu a embracié — 65 **JCL** t. eslaissiés — 66 **JMCL** Qu'ambedeus (*HEU* Que ansdeus) — 67 **JM***EUL* (*and* RTCh) est en terre f., *CH* est en un p. f. — 68 *EL* omit, **JMH** gu. les vers (**M** bruns) elmes laciés, *CC*ᵐ*U* (*and* RTCh) p.(*C* bien faire) a.(*U* eslassié) — 69–72 **JM** omit — 69 *H* omits, *C* m. s. esmaiés, *EU* g. le (*U* les) voient si en s. esmaiez, *L* g. en s. m. forment esmaiés — 70 *CL* (*and* RTCh) e. brisiés, *E* alters, *U* e. froissié — 71 *EU* omit, *C* (*and* RTCh) hi. quasiés, *H* f. t. hi. defroisiés, *L* alters — 72 *EL* alter — 73 *JMQYHEU* Aristes — 74 *CEUL* (*and* RTCh) omit, **J** g. dolans et c., **M** g. li prist molt grans pitiez, *H* g. fu molt forment iriés — 75 **JM** Et feri u. g., *CL* U. g. v. f., *JQ* d. se f. aprochiés, *IEU* d. estoit (*I* s'e.) aprociés (*E* apuiez), *K* de cui est aprochiez, *MRSPY* d. i. f. a., *CHL* (*and* RTCh) d. i. est (*C* ert) aprociés — 79 **J** l'a. premerain, *CHEL* l'a. de la siele, *U* alters — 81 *JCEUL* (*and* RTCh) l. ber (*JK* quens) re-d. — 82 **JMC** s'e. s. d'a.(*HE* d'a. s.), **J** acointiés, **C** (*and* RTCh) eslongiés, *L* alters — 83 *CH* (*and* RTCh) h. qui n'en s. esmaiés, *EU* Que i. n'i a celui qui pas l'eust (*U* q. ainz puis l'ait) balliez, *L* h. dont ne s. resongniés — 84 **J** omits — 86 *CEUL* (*and* RTCh) omit — 87 **JMCL** i. a. l. m.(*KHE* i. l. m. a.), *J 88, 87, CL 91, 87, 92, H 91, 87, EU 91, 87, 93* — 88 **M** pa. ainz n'i ot p. c., *CEUL* pa. oom om qui n'ert pas liés 88.1 *CEUL* Au bon ceval qu'il a les a si eslongiés — 89 *CEUL* omit, **JM***H* Souvent — 90 *E* omits, *KCUL* Li gadrain l'ont veut — 91 *JQCEUL* p. iaus — 92 *YEU* omit — 96 *JCHL* r. n'i. pas liés

NOTES

47 1057.1–7. These β lines were added by the GV author to provide transition from his interpolated stanzas β64–67.

47 1066. Erratum: Q'ambedeus (Que ansdeus).

47 1068. The α reading with its faulty inflection (*afichiés:* nom. pl.) is also present in *CU* of β, and so is probably the reading which stood in AdeP, who was subject to similar oversights. **JM** and *H* with *les vers elmes laciés* are flawless, but they probably made corrective emendations.

47 1070. Erratum: fors (fort). — Followed by a substantive, *tant* (and *maint*) can be: 1) a substantive with *de* (*tant de lances*); 2) a substantive with the following substantive in apposition (*tant lances*, cf. *tant gent* III 236); 3) adjectival (*tantes lances*); 4) indeclinable when, as here, part of a series (*tant . . . tant . . . tant . . .*). — In 1070, where the situation is complicated by the presence of an adjectival qualifier, the scribes employed every variety of flexional variation: *tant fors escus* (*VH*, and *B: tant escuz*), *tans fors escus* (*FC*), *tant fort escus* (*GDT*), *tant fort escu* (*NUL*).

47 1073. Eustache here assigns to Aridé a birthplace Valestre, just as in 149 he assigns one (Mormonde) to Licanor.

47 1074. Erratum: coreciés (corrociés).

47 1078. Erratum: l'auberc (l'hauberc). — Rhymes in which *r* before a consonant does not interfere with rhyming appear sporadically in all parts of the RAlix (II 210 with *ars* in *-as* rhyme, etc.). The present instance is unusual only because it happens to be the only case where *-ierz* comes up in an *-iez* stanza.

47 1087. Erratum: Alixandre li messages (l.m.A.).

47 1091. The *baillier* is here 'saisir,' 'attraper.'

47 1096. In this line, added by AdeP to the Eustache text, the *dont li rois iert iriés* causes a rhyme repetition with 1073. The reading is well supported (α version plus **M** and *EU* of the β version). In order to avoid the rhyme repetition the easy emendation to *d.l.r.n'iert pas liés* was made by *B* and *L*, and by the redactors of **J** and *CH*.

VARIANTS

48 (Mich 151, 14) — 1098 *GN* o. e., *D* o. veu, *TF* o. tenu, *BV* o. rendu — 1100 *B* d. les autres — 01 *NV* M. li samble (*N* M. samblent) b. — 03 *B* e. rompu, *N* E. s. el. percie e. s. h. — 04 *B* E. l. cival, *N* v. navre et enz el c. — 05 *BN* r. lors l'a bien coneu — 10 *B* omits, *N* j. ou s. m. — 11 *N* g. a c. p. com-m. —12 *BV* Ou t. mile h., *N* Il et m. de ses h. — 14 *N* l. en maine — 15 *TB* m. bon h. — 16 *GD* j. s'il seront e. l'e. deffendu, *T* j. c. lui ert e. l'e. avenu — 17 *DN* cl. il (*N* qu'il) i f., *F* cl. qe l. f. — 18 *DN* m.(*D* il) i a b. p., *TV* m. l. a b. p., *F* alters — 19 *N* omits, **G** r. forment — 20 *B* A. meesme e., *N* Molt regrete l. r. c. — 21 *G* p. s. li grieu i., *TFV* p. s. forment i., *B* d. s. d. grice, *N* p. s. dolent e. i. — 23 *N* P. lor a dit m. n'i ait plus a., *V* m. qu'av. nous a. — 24 *N* alters — 25 *N* Aristes, *B* u. broil foillu, *N* u. pre, *V* e. guie — 26 *B* j. per mei un val herbu, *NV* u. broil — 28 *N* g. a force et a vertu — 29 *G* e. fraint q. or

β69 (α48) — 1098 *Y* omits, *JIC* o. rendu, *KQEL* o. e., *MRSPHU* (and RTCh) o. tenu — 1102 *JIMCL* V. s. l.(*MQC* S. l. v.) b.(*MRSPQ* froissie), *KHEU* S. l. fu (*H* avoit, *E* ot) b., **J** e. ochie (*I* sacie, *K* ot frait) s. e.(*IK* branc nu), *H* e. malmis s. e. — 03 *J* E. vit l'el. quasse s. h. desrompu, *IK* E. s.(*I* le) el. quasse e. le cercle rompu, **M** E. s. el. quasse enbarre e.(*Q* el. en. q. e. tot) fe., *C* E. s. el. fa. e. s. h. rompu, *H* S. escu detrencie e. s. h. rompu, *EU* E. s. h. fa. e. s. el. fe., *L* S. h. estroe e. rout s. el. agu — 04 **JM** v. ou c. d'outre en outre f. — 06 *J* omits, *IMCEL* co. c'uns (*MQEL* uns) d., *KHU* co. car (*U* que) d. — 07 *U* omits, **JM** Il l. a demande, *JMQYHE* aristes — 08 **KM** l. respont sire m. — 09 **M** Car secourez voz h. — 12 **JM***CEU* (and RTCh) A tout (**M** bien) t., *HL* Quar a t., *QHUL* s. seure couru — 14.1-2 **JM** Emenidus d'arcade par mi le cors feru Pirrus mort son neveu qui peu avra vescu, *L* Sabilor ont ocis et pirus le menbru Et tant des autres gris dont seres irascus — 15 *MQEUL* (and RTCh) m. h. desvestu — 16 *KH* j. com lui (*H* lor) est e. l'e. avenu — 17 *U* omits, **JMHL** (and RTCh) cl. qu'il i f., *IK* cl. q. l. f., *CE* cl. il i f. — 18 *J* t. si l. e. b. p., *IMHEUL* t. il (*H* molt) i a b. p., *K* t. se l. a b. p., *C* t. qu'il l. a b. p. — 19 **JMCL** Lors, *J* r. le conte, *IMQ* regretent li conte, *K* regretent les contes, *RSPY* regretent le conte, *C* r. li dus, *H* regretent li griu, *E* r. sanson, *U* r. le duc, *L* regretent cil doi, RTCh r. forment, *J* aristes, *Q* phylotes, *H* perdicas, *EU* leoine, *L* aride — 20 **JM** (*21, 20*) a. d'e. — 22 **J** omits, **MC** j. trop p., *L* al. trop avons atendu — 23 *L* omits — 24 **JM***CEUL* G. q.(*IKY* qu'il), *H* G. q. tout me siuent li j. et li c., *C* n. caus n. cievelu — 25 *MQYEU* Aristes, **J***H*

ma. qui sist el bai crenu — 26 *EUL omit*, **J** Par mi une montaingne d. u. bruel
f., **M** Et par une montaigne dont li pui sont agu, *C* j. dejoute u. b. f., *H* j. par
mi un pre hierbu — 27 *JIMRSPU* g. se s.(*JIU* fussent) percheu, *YC* g. se s.
(*Y* les aient) apercu — 28 **J***H* g. par mi un val (*IH* pre) herbu, *C* g. a lor cous
lor escu — 29 **J** a e. entier q., **M** e. s. par tens l'a.

NOTES

48 1117. As the text of 1117 now stands, the *qui la fu* (reading of *GTF*, *B*,
V, and *IK*) seems to mean that Cliçon, "who was present at the interview,"
speaks up. The other manuscripts offer readings (*D*, *CE*: *il i fu*; *N*, *JM*, *HL*:
qu'il i fu) which must be included as part of the quotation of Cliçon's words:
"This man is certainly to be believed in the matter, for he was there." Since
such an interpretation accords with Tholomé's words in 1118 ("Forsooth he
shows it in his person"), and since *qui la fu* may be a misreading for *qu'il la fu*,
the second type of interpretation is probably what AdeP had in mind.

48 1119. The α version had *regrete*, whereas the indications are that the β
version had *regretent;* in the one case the person who *regrete* is Tholomé, and in
the other the persons who *regretent* are Cliçon and Tholomé.

48 1124. The *ne joene ne chanu* can be interpreted as nominative plural, with
singular verb on account of postposition of the subject, or as uninflected nominative singular due to the same cause. The *remaigne* instead of *remaignent* is
present in nearly every one of the manuscripts (*C*ᵐ has *remagnent* and *H* alters).

VARIANTS

49 (Mich 152, 7) — 1030 *V alters* — 31 *N omits* — 32 *BNV* n. s'a.(*BN*
s'apuit) au destrier — 34 *NV* c. se traient — 37 *BV* Caulun, *DTBNV* leoine —
37.1 *V* Antigoinz de grece ki molt fist a preiser — 38 *N* l. cors essaier — 39 *G*
b. de gadres, *N* b. de gadres se prist a esmaier, *V* l. pleins, *B* p. de gibier — 40
N Quant a veu les g. — 41–42 *F omits* — 41 *GDT* meismes — 42 *B* e. chief —
43 *B* o. parole — 45 **G** n. chevalchier — 46 *N* r. maint prison g., *V* r. forment a
g. — 47 *V* o. booing ooio felon o. f. 40 *G* a l'a. 50 *G* q. a. on o., *B* Main,
N q. en borse denier

β**70** (α49) *H has 44 introductory lines* — 1131 **JM** E. la force d. l.(**J** grieus),
JMRSPYU q. l. vienent, *L alters* — 32 *IK* n. s'apoit, *IQH* el destrier — 33 **JM**
omit — 34 **JM***C* c. se traient (*I* s'apoient, *H* estoient), *L* c. s'arestent — 35 **JM**
b. durement laidoier — 36 **M** p. virent deschevauchier — 37 **J** *omits*, *MRSPC*
Caulun, *H* Calnu e. lincanor, *Y* aristes, **M***CHL* leoine, *EU* C'est c. e. le. e.
licanor l. f. — 37.1 **JM***HEUL* Antigonus de gresce (**M***H* Antigonon d. g., *EU*
Et predicas li dus, *L* Predicas fu li quars) qui molt fait a proisier — 38 **J** Avoit
empris u. p. p. son p. e., **M** L. ont empris u. p. p. l. gent rehetier — 38.1–7 **JM**
La fist emenidus a loi de bon guerrier Que par mi lor effors va les saiins tranchier
(**M** v. l. lor de-t.) Ses compaingnons delivre qui molt l'avoient chier Par mi
le camp couroient cil cheval estraier (**M** *omits*) Qui'n puet avoir si monte sans
autre bargingnier (**M** *omits*) Tost furent a cheval li quatre prisonnier Molt
bien entalente de lor anui vengier — 39 *J* b. de gadres, **J** p. d'a.(*I* de lorrier),
M*CL* p. de gibier — 41 *KMSPQYCEU* meismes, **J** m. devant el chief (*I* front)
premier, **M** m. ses batailles r. — 42 **J** d. ses batailles rengier, *CEUL* d. contre
vent bauloier, *H* e. cief — 43 **JM** *omit* — 45 **J** V. l. force des grieus durement a.,
M Ce est l'os a. que veez a., *HEU* (*and* RTCh) n. cevaucier, *L* Veir poes l'empire a. a. — 46 *JK* r. grant avoir g., *I* r. d. g., **M** r. molt forment (*QY* r. f. a)
g., *CEU* r. mervelles g., *H* r. sor nous a g., *L alters* — 47 **JM***CL* c. besoing,
JKEUL soies, **M***H* s. felon e. f. — 48 *EUL* maintenez — 49 *JHEL* O. m.,

IKC C'o. m., **M** Car ainz m., *U* Car o. n., *JUL* n. trouvastes, *IK* n. trovassent, *C* n'acointasent t. g. a encaucier — 50 *IKH* e. coite, **JM***CL* (*as opening line of* β71) q. argens n. fins ors

NOTES

49 1134–38. The readings are hopelessly confused, for the scribes were doubly puzzled. They found it difficult to decide whether the proper names were obliques in apposition to the *quatre des douze pers* of 1136 or nominatives serving as subject of *enprirent* (1138), and they sensed a disaccord between the names and the list of prisoners in **50** 1154. The β version and *V* of the α version have an additional line (1137.1): *Antigonus (EUL: Perdicas) de Gresce qui molt fait a proisier*, a line which would bring the number of names to four and so would attach 1137–1137.1 to 1136; however the **J** group of the β version lacks 1137 and alters *enprirent* of 1138 to the singular, which indicates that the **J** redactor did not accept the interpretation of the rest of the β family. Lines 1134–38 are certainly faulty, but the diversity of the readings makes it inadvisable to attempt to reconstitute the AdeP text. On this account the *G* reading has been maintained intact, even including the *Aristé* without -*s* and the *Leoines* with -*s*, one or the other of which is wrong. Similarly 1137.1 has not been included, although the predominant indications are that it was present in AdeP. As the text stands, the subject of *enprirent* (1138) is the *fourriers* referred to in 1134.

49 1138.1–7. Seven lines inserted by the redactor of **JM** supply participation by Emenidus in the *poindre* of 1138, and relate that he rescues the four peers who in 1136 had been reported prisoners. These lines take the place of 1143, which the **JM** redactor consequently deleted.

49 1139. The *puis d'Alier* is hardly more than a clumsy invention modeled on the dissyllabic *Alier* of 1130 and serving to provide AdeP with a rhyme. It is present in **G** and *V* of α and in **J** of β. Noting its unsatisfactory character, *B* of α and **M** and **C***L* of β emended to *vers les puis de Gibier*, a substitution suggested by *vers les puis de Gibiers* of II 44.

49 1143. The meaning is that the Gadrans no longer give a thought to holding their prisoners.

49 1150. *Mieus vaut amis en voie que argent ne or mier* (**G***BNV* and *HEU*). For a similar proverb, see Morawski 1241. In order to utilize it here, AdeP deviates from conventional nominative flection, a practice common enough with him (and with others) when no verb directly follows the subject. In order to conform to scribal conventions, **JM** and *CL* transferred the proverb to the opening of **50**, changing it to read: *M.v.a.e.v.que argens ne fins ors*. There is no adequate ground for assuming that **JM**-*CL* preserve the author's reading and location and that it was **G***BNV* and *H*-*EU* who altered the line. To open a stanza with a proverb and then append the narrative text would be abnormal on the part of Eustache or AdeP or of authors in general. Note also that Lambert-2, whose account in Branch III teems with echoes of Eustache's FGa, uses the *Qant Alixandres vint* which opens II **50** as the opening for his stanza (III **339**) announcing the king's arrival when he comes to the rescue of his hard-pressed foragers.

VARIANTS

50 (Mich 153, 36) — 1151 *G* a. vit g. meschies, *N* a. voit que m., *V* Q. li rois v. a grius — 52 *G* Q'e. — 53 *N* E. tot dui a. f. e. l. — 54 **GN** *omit*, *B* c. ses compaing — 55.1–2 *N* Nus ne fust garantiz de la mort ne estors Se n'estoit alix. qui fet soner ses cors — 56–59 *N omits* — 56 *TF omit*, *B* Non eiseit m. — 57 *V* j. preist si mal m. — 58 *G* l. cinq, *V* h. n'i eust d. — 59 *B omits*

*β*71 (*α*50) — 1150.1 **JM***HL* Boune chevalerie est molt riches tresors — 51 *JU* a. vit — 52 *JIMC* e. ferus e. — 54 *JI* E. c. r.(*J* abatus) e. abatus (*J* r.) s., *K* A. e. c. r. par effors, **M** E. c. r. a.(*Q* amauris) e. s.(*Y* r. qui a pou ne fu mors), *CHL* E. c. r.(*H* ensement, *L* estoit pris) a.(*C* aride) e. s., *EU* E. c. r. et des autres aillors (*U* r. qui estoit preus des lors), RTCh *P* E. c. ses compaignons a. trestalors — 55.1 *U* Et pirrus de monflour qui valoit grant tresors — 56 *U omits*, **J***C* Nen issoit m. — 57 **J***C* r. pris eussent (*HU* p. i eust) t.(*I* mal) m., **M** j. preist si (*Q* preissent) mal m., *L* r. il fussent trestot mort — 58 *JIY* n'e. eust, *HEUL* n'e. fust uns seuls (*H* f. gaires, *U* f. nesun) e., **J** vint e.

NOTES

50 1153. Since 1153 contains the sole case of *Filote* without -*s* serving as a nominative, it is more than probable that *Et Filote abatus* is a bourdon due to the *Et* of 1154 and 1155, and that Eustache wrote *Filotes abatus* without the *Et*.

50 1154–55. Salor and Sabilor are mentioned only this once in the RFGa. Eustache introduces them in order to enlarge his list of casualties in picturing the sad state of the *fourriers* which stanza **50** is intended to stress. On the use made of Sabilor in the GV, see above, pp. 104, 119, 126–29.

50 1157. The verb *prendre* seems to be used in the sense of 'recevoir,' with *mors* 'morsure' having a figurative value of 'atteinte mortelle.'

50 1158. Erratum: set cens (sept cent).

50 1159. Among the allies of the Gadrans we find listed the Moors, II 731, 1159, 2145, as well as the Arabs and Turks and Persians. In addition it is mentioned of certain warriors that they are Africans, II 1756 and *β*32 16, presumably meaning negroes. For uncertainties in distinguishing among Moors, Negroes, and Ethiopians, cf. Armstrong, "Old-French *Açopart*," ModPhil 38 (1941), pp. 243–50.

VARIANTS

51 (Mich 154, 8) — 1160 *B* La ont l. g. s. a. g. a-j., *N* La o. l. grieu se s. a. g. a-j., *V* l. ga. s. a. gr. — 61 *B* e. merveillos e., *N* e. et fort e. re-d. — 62 *F omits*, *GDT* D. s'i vendirent l. cuivers deffaé (*T* l. grejois alozei), *BNV* D. i p.(*V* feroient), *N* l. povre d. — 63 *N* q. l. point — 65 *N* n. qu'a premier e. — 66–68 *N omits* — 66 *TF* Q'e. l. aiz (*F* laz), *B* Q'e. l. quatre b. a son e. — 67 *GDB omit*, *T* d. aquatonei, *F* d. agenoillé, *V* d. a. — 69 *N* L'escu li a percie et le a. f. — 70 *N alters* — 71 *FNV omit*, *G* a brisé, *DT* a quassé, *B* l'a. derien de la s. brisé — 72 *N alters* — 73 *N omits*, *G* t. ferré, *D* t. fermé, *T* t. serrei, *F* t. mort serré, *B* t. e., *V* t. enserré — 74 *N* Li rois c. s'enseigne — 77 *G* b. de gadres — 78 *BV* a. erré — 79 *B* O quatre ch. s'est desor lui t., *N* e. si ch. s. desor lui t. — 80 *GD* q. l'en f. e. s. e. doré — 81 *N* E. l. q. l'a feru — 85 *B* b. tant, *N* v. m. c. del b. d'acer d. — 86 *B* g. urté, *N* e. ont celz de gadre o. — 87 *N omits*, *B* s'e. si se s. r. — 88 *TFBN* le f., *NV* f. torné

*β*72 (*α*51) — 1160 *CEUL* La o. l. griu se s. a. g. a-j. — 61 **J***CEUL* (and RTCh) e. mervilleus e., *MH* e. perilleus e. — 62 **JMCL** D. i p., **M** l. couart d. — 65 **C** F. canor (*H* colas), *L* F. carot, *JK* n. s. se sont e., *IM* n. qui il a e., *H* n. qui li fu e., *E* n. qu'il avoit e. — 66.1 *C* Et canors feri lui ne l'a pas refusé,

U Et canor le refiert que n'i a demouré, RTCh *P* E calot refiert lui par molt roiste fierté — 67 **JM***HU omit, CC^m* Si que l. c. sont sor aus esqaistroné (*C* esglaciné), *E* E. le c. sor lui a force agenollié, *L* Car l. c. en sunt agenoullie u pré, RTCh Si que l. c. sont sor les croupes versé — 68 *CE* Canors, *H* Colas, *L* Caros, *U* S. l. avoit brisie qui est d. fust p., *JH* l. par le (*K* de fin, *H* o le) f. p., *E alters*, *L* l. d'un f. estoit p. — 70 *C* f. e. frenons, *HUL* f. e. pignon p. m. l. (*UL* li a ou) c. bouté, *E alters* — 71 *U omits*, *JKM* l'a. daesrain de la s. quassé, *IH* s. par deriere quassé (*H* troé), *CL* En l'a. dierain l'a. premiers (*L* d. a le fer) enbarré, *E* Que l'a. de der. a par mi tronconé — 73 *U omits*, *J* l'a e. t. seré, *IK* li a oltre seré (*K* passé), **M** en a outre enserré, *CL* (*and* RTCh) l'a e. t. e., *H* a le t. est alé, *E* li a le brant guié — 75 **J** caliot, **M** galion, **J** gil(*I* gi-)boé, **M** gel(*Q* val-)boé, *C* baloné, *H alters*, *EU* ba(*U* va-)loé, *L* balesgné — 77 *J* b. de gadres — 78 *JMPQYEUL* a. erré — 79 *CE* ch. se s. d'iluec t., *U* ch. s'en estoient t. — 80 *QEU* (*and* RTCh) s. e. listé, *L alters* — 81 *IPQYCL* t. l'a e. — 82 **JM** Par d. b., *H* Deseure b., *L alters* — 83 **M** A l. r. poignent dans clins e. t. — 85 **J** v. d'espees, **M***CL* m. pesant c. — 86 **C** l. gadrain (*H alters*) — 87 *H omits*, *CEUL* Durement s'en e.(*EL* s'esmaierent), **J** si s. del camp (*J* ont les dos) tourné, *CEU* si se (*EU* que il) s. r., *L* si s. un poi rusé — 88 *YU omit*, *JIC^m E* le f., *MRSQ* f. torné, *L alters*

NOTES

51 1162. "Les plus hardis étaient mal en point s'ils perdaient leurs armes." A similar expression occurs in II 2220.

51 1167. This line, present only in *TF* and *V*, was probably in AdeP and deleted by *GD*, *BN* and β on account of the rare word *aquatroné* (*T: aquatonei, F: agenoillé*); for other examples see Godefroy *aquastroner*, TobLom *acatoner*; the word occurs also in II β118 32. The original form of *aquatroner* was no doubt *aquatoner* (cf. OFr *acatir*, Eng. *squat*) with a variant form *aquatroner* under the influence of a popular etymology whereby this 's'accroupir' was associated with "se mettre à quatre genoux."

51 1171. Erratum: quassé (fausé).

51 1173. The verb *espeer* 'embrocher d'un coup de lance, d'un coup d'épieu' is translated by Godefroy as 'percer d'un coup d'épée' but his examples clearly show that it is not the *espee* but the *espié*. The word was not current with the scribes, for they nearly all altered it in one or another way, but it was retained by *B* of α and *C* and *L* of β.

VARIANTS

52 (Mich 136, 31) — 1189 *GDT* G. del, *F alters* — 90 *B* d'e. avoit a, *N* Q. le pais e. — 91 **G** E. regne de surie, *B* En la terre d'e. — 92 *F omits*, *G* Ne hom, *DTN* N'ome, *BV* Ni home — 93 *G* N. qui mieus s. s. — 94–96 *F omits* — 95 *GDTV* L. fuians — 96 *N* n. enplaidier — 98 *B omits*, *N alters* — 99 *F omits*, *DT* a retrerier, *N* t. re-f. b. acointier — 1202–05 *F omits* — 05 *N* a. l. f. abessier — 05.1–3 *B* Il en venoit de gadres per son seignor aidier Lo reireban amena dont il a grant mestier E sunt en sa compaigne bien set cent civalier — 06 *N* Q. ot — 08–09 *F omits* — 08 *G* n. angoissier, *B* d. plaindre les n. — 09 *V* f. molt abessier — 12–14 *F omits* — 13 *BNV* e. d'or mier — 14 *B* j. les cors d., *N* j. ala les r., *V* j. l. cler d. — 15 *G* p. qant, *N* v. le mestier — 16 *B* F. l. cors — 17 *G* c. sabilot, *N* c. gabilor — 21 *GN* v. o. e. o. p.(*G* plaier), *FBV* o. passer — 23 *N* T. l. m. li f. es. et froisier, *V* c. esmuer — 24 *F omits*, *N* E. le cors e. les membres — 25 *GDT* Ne sai dire com (*G* N. s. c.) puisse cist par l. r., *F* Cil ne puet mais por l. a nul tens r., *N* n. pe. a par l. r., *V* Une p. ne poit il s. par l. r. — 27 *GDNV* l. pire e. molt pr. — 28 *F omits*

β41 (α52) — 1189 *JKMQCL* G. dou, *I* alters, *RSPY* G. des, *h* (*and* RTCh) G. de — 90 *JICLh* (*and* RTCh) d'e. avoit a j.(*Ch* a. tout a ballier) — 91 **M** En toute l'ost de gadres, **C***h* En la terre (*H* l'empire) d'e.(*HU* de gadres) — 92 **JM***HL* Ne nul (*JMRSP* un), *CEh* N'oume, *U* alters — 93 *MQL* N. qui mieuz s. s., *RSPY* N. nus ne se sot mieus — 94 **J** Tous l. s. m. l. autrui d. — 95 *JIMCH* Et l. t. d. p., *L* L. fuians — 99 *J* a racointier, *IQ* a ressognier, *K* a anoncier, *MRSPY* a renoncier, *H* a acointier, *L* a retraitier — 1201 *JI* n'i o. riens qu'e., *CUL* n'o. en lui qu'e., *H* alters — 02 *JL* omit, *IKMEUh* b. m.(*K* si) le va. a., *CH* b. s. v. m. a. — 03 *fragment g resumes* (*see above, page 147*) — 05.1-3 *CEUgh* (*and* RTCh) Il ert meus (*Eh and* RTCh venuz) de gadres por son segnor aidier L'ariere ban amaine qui puis li ot (*C* dont p. orent, *g* dont il ara) mestier (*g adds* Anchois que il soit vespre ne il doie anuitier) Et sont en sa compaigne bien set cent (*U* co. deus mile, *g* b. troi mil) chevalier, *fragment g discontinues* — 06 **JMC** v. les r.(**JM** os), *L* alters, *H* et le noise engrangier — 07 **JM***EU* c. enforcier, *C* c. e., *H* os cevaucier, *L* c. abaisier — 08 *JHL* n. abaissier, *IEh* n. angoissier — 10 *KHL* I. s. en icest jor — 12 *L* (*and* RTCh) omit, *J* m. d. s., *IMCH* m. d. mont, *K* Q. de tous les m. en a. l. d. — 13 *H* omits, *MRSPYCh* (*and* RTCh) e. d'or mier — 14 *JCEUh* (*and* RTCh) j. l. (*IC* les) cors d. r., **M** j. granment les r., *H* j. l. c. d. r., *L* alters — 15 *IK* v. le mestier — 17 *QE* Encontre s., *L* La ou les encontra a., *J* s. a ale c. — 22 *JMQEULh* r. l'a fait a — 23 **J** m. froer et es., *MPQYCEL* m. et le c.(*MY* chief, *CE* col, *L* os) es., *RS* f. tout le c. les m. es., *H* f. tout le c. et la teste cs., *Uh* Qu'il. li a fait le col et les m.(*U* la teste) brisier — 23.1 *h* Tant redement l'enpaint del bon corant destrier — 24 *EU* omit, **JMC** E. le col (*C* l'escine) e. les (*I* le) b. e. les cuisses (*I* la cuisse) b., *Hh* Les cuisses e. les b. d'outre en outre b.(*h* li a fet esmier), *L* E. le cors e. les os tout a un fais b. — 24.1 **JM***L* La soiie mort fera (*L* i fist) maint homme courecier — 24.2 **JM** Et meisme alixandre des biaus ieus (*J* plourer et, *I* de pite, *K* de ses i.) larmoier, *L* Dont veisies les grius durement esmaier — 24.3 *L* Molt lor poise du mort s'il ne puent vengier — 25 **J** omits, **MC***Lh* (*and* RTCh) n. pe. par l. s. r. — 26 **JM***L* D. a. lor a fait, *CEUh* (*and* RTCh) E. d. a. i (*U* en) fist, *H* E. puis a fait d. a. — 27 **C***h* omit, **J** Tous — 28 **J** Petit porront j. m. as grans fais adrechier, **M** Qui n. v. m. riens p. grant fais embracier, **C***h* J. m. n. v. g.(*H* n. seront preu, *E* Que j. m. n. porront, *U* Que j. m. n'ierent preus, *h* v. preu) p.(*E* le) l. s. a., *L* Mais petit v. m. a grant fais embracier

NOTES

52 1189–91. These lines of the GV are clumsily constructed. The intended meaning seems to be: "Dans tout le royaume d'Egypte il n'y avait pas de meilleur chevalier [que] Gadifer."

52 1189. The sole example of *palmier* cited by Godefroy is from Ph. de Thaon's *Bestiaire*. To this should now be added the present one and echoes of it in β89 55 and in β93.1 35 (*H:* Mich 185, 28); also an occurrence in the Old-French translation of William of Tyre (XI xxix). — On the rôle of Gadifer see above, pp. 107–09. In addition to the occurrences there cited the name Gadifer appears in *Les Narbonnais* (cf. index to H. Suchier edition), and in the *Moniage Rainouart* (cf. M. Lipke, *U. das M. R.*, Halle, 1904, p. 69). For some still later occurrences, see the *Voeux du Paon* (Gadifer d'Epheson as nephew of the present Gadifer, line 159 and *passim*); see also *The Buik of Alexander*, ed. R. G. L. Ritchie, Vol. I, page xlvii, note 13, and page l, note 3.

52 1192. Erratum: N'ome (Ne hom).

52 1199. The reading *reprochier*, which is supported by *GBV* of α and *CEU* of β, puzzled most of the scribes, who substituted various *lectiones faciliores*.

Its normal meaning is 'reprocher,' whereas the context here demands a sense 'louer.' It evidently is associated here with *reproche, reprueche* 'proverbe' (cf. II 1642); *faire a reprochier* is then 'être digne à citer en proverbe,' 'être proverbial.'

52 1206–10. Again, as in 1189–91, a clumsy construction with loose articulation between the *Qant vit* clause and the principal statement beginning at 1210.

52 1208. Erratum: acoisier (acoissier).

52 1217–18. The author of the GV built these lines so clumsily that he obscured his meaning, which seems to be: "Il (Gadifer) alla revendiquer contre Sabilor le droit de son seigneur Darius à la ville de Tyr."

VARIANTS

53 (Mich 137, 35) — 1229 *N* q. s'eslesse — 30 **G** *omits*, *N 33, 30, 34* — 31 *B omits* — 33 *B* pe. bien pa. force e., *N* pa. valeur e., *V* pa. droit e. bien r. — 34 *B* c. l. bon aragoneis, *V* b. espanois — 35 *G* des destrois, *V* del frois — 36 *G* t. rois — 37 *TF omit* — 38 *GD* l'e. vienois, *N* l'e. espanois, *V* l'e. sabinois — 39 *GD* l'a. tyenois, *TV* l'a. de manois, *F* l'a. et les plois, *B* l'a. jafareis, *N* r. de l'a. ses plois — 40 *BN* m. l. fer — 41 *N* ar. qui soit bel ou sordois, *V* ar. a la terre manois — 42 *GD* n. barrois, *TF* n. anglois, *N* n. bergois — 43 *V* f. bon n. englois — 45 *N* g. ollenois — 46 *N* omits

β42 (α53) — 1230 *IC omit*, **JML** (*33, 33.1, 30, 34*) Car il a c., *KEU* Q.(*E* si, *U* Molt) a bien c., *H* (*33, 30, 34*) Et m. a c., *h* Il a m. c. — 32 *fragment h discontinues* — 33 *J* pa. biaute e., *ICHE* pa. son (*I* bel) cors e., *KM* pa. pr. e., *RSPQY* pe. tot pa. droit e., *U* pa. reson e., *L* pa. bonte e. — 33.1 **JML** Cui il ataint a cop bien li taut le janglois — 34 *J* b. fastonnois, *Q* b. espagnois, *Y* b. gastinois, *E* b. ravinois, *L* bai cassienois — 35 *H omits*, **J** del def.(*I* des forois), **M**CC^m*U* de def.(*C* des destrois), *E* c. qui est issus de bois, *L* alters — 37 **J**QCEL *omit*, *MRSHU* arme, *PY* armes — 38 **C** l'e. paviois (*E* de manois), *L* alters — 38.1 **JM** Perche li comme fuelle de trumel de (**M** en) marois — 39–40 *Y omits* — 39 *L omits*, **J** Le hauberc fause et r. qui fu sarragouchois, **M** L'a. fause et des-r. o l'acier vienois, *CEU* r. de l'a. les plois, *H* P. desous est fauses li haubers de manois, RTCh l'a. de manois — 40 *U omits*, **JML** Par mi le c. li m. le gonfanon d'o.(*KM* g. turquois, *L* le fer qui molt fu frois), *CHE* m. l. f.(*E* fer, *H* lance) — 41 **J** ar. si que virent tyois (*K* grigois), *CE* ar. ains ne li fist (*E* ar. a la terre) sordois, *H* M. l'a. sans parler d. ar. e. — 41.1 *E* Si c'onques n'i parla de deus moz ne de trois, *L* Si le trebuce a tere que ne dist deus ne trois — 42–43 *L omits* — 42 **JM**H C. n. sambloit as armes p., *J* n. englois, *Q* n. irois — 43 *MEU* A. sambloit bien (*YE* A. deissies) qu'i., **M** f. ou amiraus ou rois — 45 *Q omits*, **J**MRSPYHL C. vous (*J* lor), *JC* g. orlenois, *IKYC*^mH g. a., *MRSP* des g. alienois, *E* g. espagnois, *U* g. le servois, *L* g. sellentois — 46 *JI* c. n'acointastes d., *KH* c. n. joustastes d., **ML** c. n. josterez d., *CC*^m*EU* c. n. j.(*C* joutra) i. d.

NOTES

53 1229. Pirrus is a character restricted to the GV. For his choice of the name Pirrus, the author had precedent in the *Roman de Troie*, where Pirrus the son of Achilles plays a prominent part; a Pirrus also makes one appearance in the *Roman de Thèbes* (8769), where he is named as a Greek *cuenz palaiz*. The full name which the GV author assigned to his character was Pirrus de Monflor, see II β36 2 and **54** 1267.

53 1230. Erratum: afaire (affaire).

53 1235. No roebuck issuing from cover could keep pace with this horse; the *deffois* here has the meaning 'protection.'

53 1239. Erratum: de l'auberc les plois (l'a.tyenois). — The readings vary widely. *GD* have *r.l'a.tyenois*, where the adjective *tyenois* seems a fanciful invention; *T* and *V*: *r.l'a.de manois*; *B*: *r.l'a.jafareis*; **JM**: *Le hauberc fause et r.qui fu sarragouchois* (**M**: *L'auberc f.et des-r.o l'acier vienois*); *F* and *N* of the α version and **C** of the β version have *r.de l'a.les plois* (*F*: *r.l'a.et l.p.*, *N*: *r.d.l'a.ses p.*, *H*: *Par desous est fauses li haubers de manois*), which is indicated as the original reading. The *ploi* has here, as in II 535, the value 'maille de hauberc'; for other occurrences see Godefroy, *Comp*. The meaning is rare, the usual word for the links of a coat of mail being *maille* (cf. I 970, II 1417, III 1818, etc.).

53 1242-43. Note the favorable allusion by the GV author to the "François" in comparison with the "Provenciaus" and the "Basclois."

53 1245. The "jeux alenois" which Pirrus has demonstrated to Gadifer's nephew will be explained in 1265, where we learn that Pirrus was lord of Alenie.

VARIANTS

54 (Mich 138, 16) — 1248 *N* Dem. l. g. e. doleur et tristor, *V* S. iree l. g. — 49 *V alters* — 50 *V omits* — 51 *GB* l. luor — 52 *F omits, GD* d. es biaumes res plendor, *B* a. escuz g. clairor, *N* E. le soleil — 54 *B* Et a. e. destrece i s. l. plusor, *V* La coite e. le meschef — 56 *TFB* n. qui ert f. sa seror — 57 *B* Est pres d. — 58 *GD* m. et de bone c., *T* m. et de b. c., *F* m. qi fu teinz a c., *B* m. d'u. b. c., *N* m. qu'ert de b. c., *V* m. dur de b. c. — 60 *GDB* t. et porfent — 62 *GDT* l. color — 63 *GDTV* m. g. a n.(*GV* li g. m. n., *D* li g. nesun) j., *FBN* m. li grieu a n.(*FB* l. g. m. a n.) j. — 65 *GT* e. valenie, *N* A. estoit d'a. s.d. grant onor — 66 *GD* l. justice, *B* o. l. terre e. — 67 *N* e. fu nez d. — 68 *B* em. qui'n ot au cuer dolor — 71 *N* l. avra l. — 72 *N omits* — 73 *B* Si avront l. g. a c. p. jor — 74 *B omits, NV* b. et a.

β43 (α54) — 1248 *fragment g resumes*, **JM***U* grant p. — 49 *JH* Par, *MQU* Et — 50-54 *g omits* — 51 *JH* t. chieres a., *IKMQCL* l. luor — 52 *MC omit*, **JM***EUL* E. le soleil (*J* li solaus), *H alters, I* g. claror, *KEUL* ar. resplendor — 53-54 *L omits* — 54 *JIMRSPY* L'a. e. le destroit (*J* li destrois), *KQEU* (and RTCh) Et (*Q* Grant) a. e. destrece, *CC*ᵐ Et a.(*C* Anguisous) e. destroit, *H* L'a. e. le destrece, *JCC*ᵐ*E* (and RTCh) i s.(*C* furent) l. plusour, *MRSPYU* i s. l. m., *QH* i (*H* qu'il) soufrirent le jor — 56 *CEUg* (and RTCh) n. qu'est f. (*C* le fil, *E* et fil, *U* f. fu) de sa seror — 57 **JM** B. des esperons le destrier m., *CEU* b. contre les lor — 58 *JI* m. dur de boune c., *KCEUg* (and RTCh) m. d'u. b. c., **M** m. qui ot b.(*Q* q. b. o. la) c., *H* m. bien de bone c., *L* m. qui fu de grant valor — 59 *MH* E. va ferir pirrus, *H* le signor de monflor — 60 *JK* t. et pourfent, *fragment g discontinues* — 61 **J***H* D. qu'au gros d. — 62 *YH omit*, **M***U* l. color, *C* l. valor — 63 *QY omit*, **JM***CL* (and RTCh) s. li g. a (*K* s. l. g. mais, *E* s. mes l. g.) n. j. — 65 *JIEU* (and RTCh) e. alemaingne — 66 *CEU* (and RTCh) o. et l. terre e. — 67 *H omits, JU* a. sire estoit d., *I* a. e. fu nes d., *KL* a. sires i.(*L* fu) d., **M** P. avoit a non s'estoit nez d. m.(*Q alters, Y* n. n. ert d. maniflor), *CC*ᵐ a. s.(*C*ᵐ nes) estoit d., *E* a. s'i. sires d. — 68 *CEU* (and RTCh) em. qui'n ot au cuer iror — 69 *JQCL* t. vassaus, *K* t. neveus — 71 **J***MYEUL* Mais s'e. p., *RSPQ* Mais s'e. a d. l. vengier l., *C* S'e. peust, *H* S'e. d'arcade en p. a. la. — 72 **JM***C* I. li rendra (*C* rendist, *H* I. avera) m. — 74 *JCEU* e. piron, *JC* a. auques d'a., **M***EUL* a. nul (*EU* ot onques, *L* avoient) point d'a., *H* a. b. g. a.

NOTES

54 1263. Erratum: mais Grigois a (li G.m.).

VARIANTS AND NOTES TO BRANCH II   191

54 1265. The choice by the GV author of Alenie as the domain of Pirrus seems entirely haphazard. The name Alenie comes up in III 2037, III 5548, and IV 422, but in each case as an Asiatic country.

54 1268. In making Pirrus Emenidus' nephew, the GV author imitates a line (II 810) wherein AdeP attributes to Corineus this same relationship to Emenidus.

VARIANTS

55 (Mich 139, 11) — 1276 *G* a. avoit m. — 77 *T* c. chierir, *N* c. gehir — 78 *F omits*, *GD* a. grans e.(*D* besoins) — 79 *B omits*, *N* alters — 81 **G***V omit* — 82 *N* Et il l. r. d. — 83 *B omits*, *NV* n. s. faillir — 85 *GDF omit*, *TNV* t. m.(*T* t.) qui (*T* qu'il, *N* se) n. f. p. h.(*T* morir), *B* t. cop qui lo steust morir — 87 *GV* en l'est., *DTF* un est., *BN* en est. — 88 *N* alters — 89.1 *GDT* Qui fust en la compaigne (*T* bataille) au siege devant tyr — 90–93 *F omits* — 90 *NV* q. l'estor f. f. — 92 *T omits*, *GD* D. on doie b., *BNV* D.(*V* Hui) m. devez (*N* mieus doiez) b. — 93 *V* e. il molt g. — 96 *DTF* qu'iluec d. f., *N* qu'il les d. ferir, *V* qu'il le voie f. — 97 *N* e. palir — 99 *N* alters — 1300 *TFB omit*, *G* Derons, *N* tot l'a. — 01 *B omits*, *GD* Il, *TFNV* Si — 02 *V omits* — 03 *FB omit*, *GD* n. qu'il ot fait d., *V* D. la mort s. — 05 *GD* ch. q'a s. c. p. garir, *B* N'encontra — 09 *B* N. sevent a. contra l. e., *N* a. envair — 10 *F omits*, *G* m. lui, *DT* m. par, *B* m. de l'endurer o del fes sostenir, *N* N. porroit es., *V* m. ke

β44 (α55) — 1277 *M* d. s. los tesir, *RSPQ* d. lui avancir, *YEU* c. chierir — 77.1–2 **JML** Car nus de son aage ne fist plus a cremir (*JI* n. pot armes juuir, *RSPQY* a chierir, *L* n. pot armes saisir) Ne monter sor cheval ne fort lance brandir (*MQL* tenir) — 77.3 *L* Ne miudres ne pot estre as durs estors sofrir — 78 **ML** M. l'a. en l'estor au chaple maintenir (*Q* M. valoit en bataille por un c. fornir, *L* l'est. as rices caus ferir), *JKCEU* s. au (*K* a, *E* le) dur (*J* fort) estor s.(*C* furnir), *I* s. au grant fais sostenir, *H* s. a. d. e. s. — 79 *JL* Q. t. li (*L* le) m. v., *I* Q. trestot le millor, *KMCHU* Q. tout le m. vaillant, *E* Q. le millor de mont — 79.1 **JML** Et il avoit grant (*L* Li enfes ot bon) los por ce fait maint soupir (**J** g. droit c. vous di sans mentir) — 80 **JML** Car molt i. e.(*Q* Toz jors i. pres li enfes, *L* Tos jors fu entecies) a s. o.(**M** seignor) s., *HU* Car c. — 81 *QHU omit*, **J** Toute metoit s'entente — 82 **J** Et il l. r. d., **M** M. r. son oncle d. — 83 *CEU* d. visage, *L* d. valour, **M** n. s. faillir — 85 *H omits*, *JKC* t. cop dont l'esteust morir, *IMRSPY* t. m. que (*Y* qui) n. f. p. h.(*RS* morir), *QEU* t. cop (*Q* perte) que pres f. de morir, *L* t. m. com il peust sofrir — 87 **JMCL** q. li (*P* le) v. un est. — 90 **J** q. le mont f. f., **M** q. l'estor f. f. — 92 *JKHL omit*, *I 89, 92, 90, IYC* D. m. doies b. v. e. r.(*I* nule) c. o., *M* D. m. doivent b. v. e. c. nulle estre oiz, *RSP* D. on doit m. b. v. e. bone c. o., *Q* D. l'en puet tanz b. v. e. tant mainz lieus o., *EU* D. l'en doit de b.(*U* bien les) v. e. haute c.(*U* v. de la chanson) o. — 97 **JMCL** Car, *CEUL* e. palir — 98 *JRSPQY* a resjoir — 99 *JK* p. fuir, *C* p. laidir, *H* p. bondir, *EUL* p. guenchir — 1300 *E omits*, **JM***H* Des. e. der.(*J* derons), *CUL* (and RTCh) Der.(*U* Et mors) e. des.(*C* and RTCh desarmes), *JCH* p.(*I* et, *KH* tout) l'a. g., **M** p. la force (*Q* alters, *Y* les forrier) g., *U* p. la terre g., *L* p. place g. — 01 **JMCL** Si — 01.1 **JM** Et ferrant desous lui fierement tressaillir — 03 *HU omit* — 04 *JQH* A l'e. d'acier, *C* (but not *C*ᵐ) alters, *U* A l'e. qui tint — 05 *fragment g resumes* — 09 **JMCEU** N. sevent (**M** puent) a. en. l. es., *H* N. se sot a. en estor maintenir, *L* N. sevent en. l. a. es. — 10 **J** m. par es. et par s. c. f.(*J* souffrir, *K* es. ne le porrent souffrir), **M** m. par endurer et par s. c. souffrir, *CEU* m. de l'endurer et des c.(*EU* du fes) sostenir, *H* Fors que de l'escu vert et d. s. c. ferir, *L* m. que d'es. et d. sen cors covrir, *g* m. par es. ou par les cans f.

NOTES

55 1285. Erratum: qui (qu'il).
55 1292. Erratum: Dont mais devés (D.on doit m.).

55 1300. Erratum: Derous (Derons).
55 1301. Erratum: Si (Il), and delete first comma.
55 1310. Erratum: par (lui).

VARIANTS

56 (Mich *lacks*) — 1311 *B* s. puet p. afendre — 12 *GDTB* containdre (*B* contendre), *FNV* contraindre — 13 *G* v. les c. p. ses a., *B* p. a. s. destendre —16 *BNV* p. aceindre — 17 *B* a. en l. p. esteindre, *N* Et p. en l. p. et chair et estaindre, *V* l. place esteindre — 18–22 *F omits* — 18 *T* L. d. a pie, *BNV* l. cuens p. s. c. esteindre (*B* r-e., *N* estraindre) — 19 *B* P. r. desus — 20 *B* s. afendre, *V* s. afreindre — 22 *BV* a. ont n., *N* a. ou n. n. s'ose ajoindre — 23 *B* s. vit c., *N* s. oi plaindre — 24 *G* pl. e. l. pr. o. li estors iert g., *B* E. si poinge, *N* Enz e. l. greigneur pr. o. ele e. g. — 25 *B* l'e. l. faindre — 26 *G* f. novel en vert taindre — 27 *BNV* s. acier — 28 *GD* q. le p. b. a f. e., *T* Q. le p. desus en f. e. — 29 *N* g. si n. p. m.

β lacks α56

NOTES

56 1312. Erratum: contraindre (containdre).

VARIANTS

57 (Mich 171, 23) — 1330 *B* Or s'e. v. gaidifer — 31 *N* d. n. estor c. — 32 *G* Ne vaincus e. e., *N* Ainc n. — 33 *F omits*, *G* As s. n. fu l. c. pas granment eslongiés, *D* Anceuz n. f. l. c. t. fust pas r., *T* As s. — 34 *F omits*, *GD* S'est d., *GDT* d'armes e., *N* De b. c. ot e. a. — 36 *G* S'il i t., *DTNV* S'il l., *TFBN* v. en merv. — 36.1 *B* E betis est mout trist e fortment esmaiez — 38 *GD* que o. n'est en giés, *TBNV* qu'o.(*B* que o.) desaeriez (*T* desaaciez, *B* desniez, *N* desniciez), *F* qu'o. empreisonez — 39–41 *B omits* — 39–40 *F omits* — 39 *DT* a cort — 40 *N* l. verti, *V* l. mua — 41 *G* qu'i. estoit es. — 42 *N* h. bleciez, *V* N'i n. s. c. mie — 44 *N* h. enbuschiez — 45 *G* f. n'est ploiés, *BNV* f.(*B* fust) n'est pas viez (*B* liez) — 46 *F omits*, *N* Et le trestor ne sevent — 47 *GBNV* d. car (*GD* quant) — 48–51 *F omits* — 48 *B omits*, *NV* f. roidement — 49 *G* molt f., *N* f. vers eus e. a. — 51 *GBNV* De (*GDBN* Des) f.(*BNV* morz) e. de (*GDBN* des) p.(*BN* navrez), *GDV* e. d. b. enseigniés (*V* essaiez), *TB* est li chemins jonchiez, *N* e. d. durement plaiez — 51.1 *TF* Bien s'en alast vers gadres gadifers ce sachiez, *B* Si gadifer s'en vait ne vos en merveillez — 52–57 *F omits* — 52 *B* Sachiez ne d. pas e. honiz ni vergoignez — 53 *G* d. mesdis, *D* d. maudis, *B* d. maldit, *V* d. folie angoissez — 54 *G* q. d. bien, *V* E. d'autre chose p. — 55 *G* o. d'escrire, *B* p. cure, *N* p. home sene, *V* d'est. de mort e. e. — 56 *B omits*, *N* S. j. hons p. b. f. devroit e. — 57 *N omits*, *GDTB* Corineus (*B* Corisnel) li e., *V* Corineüs l'e. — 58 *GD* p. c. nous en fuiés, *F* Quant corneüs s'escrie vas. ca repairiez, *N* V. dist corineus p., *V* r. car molt v. a. — 59 *G* a. car — 61 *F omits*, *T* v. ja auques r., *B* v. alquantes r., *N* v. auques tost r. — 62 *B* p. cheuz — 63 *F omits*, *GD* l. marche, *B* v. conreez — 64 *G* G. se — 66 *B omits* — 67 *F omits*, *GD* d'a. s. d. v. sorcuidiés, *T* v. aprochiez, *N* S. d'a. q. d. v. n. f. ja corciez — 69 *F omits*, *GV* T. c. f. j., *T* c. enprendrai j., *N* Que j. f. t. c. — 70 *V* Mes l. j. en a. — 71 *G* J. serai tost a vos, *D* s. t. a l'u., *T* s. t. en l'u., *F* s. tost, *B* s. t. al ver si no m'i guincissez, *N* s. tart, *V* Meintenant s'est vers lui cele part adrescez — 72 *D omits*, *GTF* u. f. se, *V* Vers lui point le cheval — 73 *NV* c. en r. a (*V* c. encontre) lui — 74 *N* i. hardiz, *V* m. bien ensegnez — 75 *B* e. m. tres afichiez, *N* e. de guerre a., *V* bo. de proece a. — 76 *NV* b. affaitiez — 76.1 *V* Mes de co ne doit estre par nul home proisez — 77 *B* g. dreciez — 78 *GN* m. l. b. o. l. e.(*G* m. l. e. o. l. b.) p., *BV* m. l. b. o. l. auberc p.(*B* peciez) — 79 *B* e. l. fer palmiez, *N* D. l. l. cornieus — 80 *N* n'e. n. vius n.

— 81 *V alters* — 82 *G* g. fringiés, *DBV* g. frengiez, *TF* g. rengiez, *N* g. fresiez — 83 *BNV* p. trenciez — 84 *G* en rist tou e., *D* en e. ousoiez, *TFN* en e. o. glaciez (*N* plugiez), *B* en e. e., *V* en e. o. esseuerez — 85 *V alters* — 86 *V* l'a. est li cors a — 87 **G***NV omit*, *B* d. p. rampoigne — 88 *B* molt c. — 89 *N* g. trop parler e. — 90 *G P*. ces e. p. l. a. es. vos e., *N P*. c. e. par l. a. en cilz e., *V* Par vostre sorparler es. vous e. — 91 *B omits*, *N* p. se vous gloz n., *V* p. si vantant n. — 92 *BV* De c. — 93 *TF* l. paage, *NV* l. travers, *G* f. est — 93.1–2 *B* Por tant com vos afiert ja tant ne bargaigniez Assez avrez d'un poi quant desi gaagniez — 95 *G G*. des, *DT G*. del — 96–98 *B omits* — 96 *N alters*

β86 (α57) — 1333 *JCL* t. estoit r. — 35 **JM** O. s'en va desconfis, **JC***EUL* si est (*JC* et s'e., *KL* et e.) el c. b.(*CU* plaiés, *E* navrez), **M** s'est malement plaiez, *H* car el c. fu b. — 36 **JM***C* S'il l., *L* S. l., *JMEU* v. en merv. — 38 **JMC***L* qu'o. desaeriés (*MQ* desatiriez, *RS* desavisiez, *P* desaniiés), *H* que o. desniciés, *EU alter* — 39–41 *L omits* — 39 *U omits*, *CE* d. qui est a t. jugiés — 40 **JMC** (and RTCh) *omit* — 41 **JM***CEU* que i. s., *H* qu'i. en s. — 44 **M** s. l'escu, *JKM* enbuchiés — 45 **M** f. n'ert ploiez, *JCL* f. n'est (*C* n'ert) pas viés — 47 *J* d. car, *IKMCL* d. quant — 47.1 **JM** Li cans est apres lui des abatus joinkiés — 48 **JMC***L* (and RTCh) f. roidement — 50 **M** m. acoisiez — 51 *L* (and RTCh) *omit*, *JIMH* De f. e. de p., *K* Des navrez des p., *CEU* Des mors e. des navres, *JI* p. de b. essonniés (*J* ens-), *KMCH* e. de (*KC* des) b.(**M** trop) essaigniés (*K* mesaisiés, *PQCH* ens-), *EU* est li chemins jonchiez — 51.1 *K* Bien s'en va gadifers li gentis chevaliers, *EU* Se gaidifer en va ne vous en mervilliez — 52 *J* q. vauroit e., *IKMCEU* q. ne d.(**M** doute) e., *H* Si n'e. d. gadifer e. pas avilliés, *L* Comment que en doive e. — 53 *J* d. maudit, *I* d. mals dis, *K* d. mesdis, *HU* d. mesdire, *E* d. folie enplaidiez, *JIU* enseigniés, *K* emprengniés, *Y* ansoisiés, *C* anguisiés, *C*^m angoissiés, *H* avanciés — 54 *EU omit*, *J* s. approismiés, *K* s. entechiés — 55 *L omits*, *CC*^m p. o.(*C* vretet), *H* p. home, *E* M. de totes et de toz durement ess., *U* p. toutes estoires — 56 **J** e. avanciés — 57 *JK* Corneüs li e., *IMCL* Corineüs li crie (*Y* Et corineus l. c.), *C*^m*HEU* Corineus li e. — 58–59 **M** *omits* — 60 *JI* p. e., *KMCL* p. enchauciés — 61 **JM** v. auques tous r., *I* v. un petit r. — 62–63 *L omits* — 63 *U omits* — 66 **M***EUL* (and RTCh) *omit* — 67 **JM***HEUL* v. encauchiés, *C* v. s. c. — 69 *U omits*, *JIM* J. e. f. t. c., *KH* T. c. f. j., *C* T. c. e. f. or, *E* Que t. c. f., *L* Tele c. e. f., **J** d. poi (*J* j'en) i.(*JK* sui) a., **M***EL* d. ne fusse (*EL* sui) a., *CH* d. p. n'i. a.(*C* ne sui aisiés) — 70–71 **M** *omits* — 71 *JC*^m s. t. a l'u., *IH* s. t. a u., *KL* J. en chaira li uns, *C* J. le savra tos l'u., *EU* J. serez tost feniz (*U* alez), *JICH* s. n. me (*C*^m m'en, *H* m'i) guenchissiés, *KEU* s. v. n. guenchissiés, *L* s. v. n. me f. — 72 **M** b. f. touz liez — 73 **JMC***L* l'e. embuchiés (*U* embrouchiez) — 74 **JM***H* i. cointes, *HEU* m. bien afaitiés, *L* e. bien encoragiés — 75 *CEL omit*, *H* e. m. outrequidiés, *U* e. bien apparilliez — 78 **JMC***L* Que (*MSP* Et, *E* Tot) p. m. l. b. o. l. haubers (*J* escus) p. (*R P*. m. l. h. o. toz l. b. p., *SP* m. l. h. o. l. b. p.) — 80 *IKEU* n. ploiés — 80.1–2 **M** Que la hanste estoit roide et il fu molt iriez Par tel vertu l'enpaint si com vint eslessiez — 81 **M** Que s. roidement e. l. — 82 *JCEUL* e. e. sanglens, *JKMSP* g. frangiés, *I* g. fraigniés, *R* g. fraingiez, *Q* g. freigiez, *Y* g. raingiés, *C* g. fregniés, *H* g. roiés, *EL* g. frengiez, *U* g. frangniez — 83 *CL* (and RTCh) p. trenciés, *H* p. froisiés — 84 *JC* en e. tous, *JKYEU* ess., *I* aprociés, *MRSPQ* lanciez, *C* essegniés, *HL* (*84*, *83*) *alter*, RTCh *D* passez, RTCh *P* glaciez — 87 **JM***EUL* d. p. c.(*U* reproche), *C* Gadifer li a dit, *H P*. l. a dit en bas, **JM***CH* f. (*JCH* sire) u. p.(*H* en pais) v. t.(*QCH* taisiés), *EU* c. u. petit v. t., *L* c. u. p. v. refraingniés — 87.1 **JMC***L* (and RTCh) Pour dieu vous veul proier que ne me laidengiés — 88 *I* trop c., **M***HEUL* molt c. — 90 *J P*. ceus, *IC*^m*HU P*. c., *KM P*. moi, *C P*. ces, *E P*. ceste, *L alters* — 91–92 **J** *omits* — 91 **M***U* C. molt, *CL* Molt par, *HE* C. t., **M** p. se parliers n. — 93 *JIRSPQCL* l. travers, *Y* l. treuage, *IKYCHUL* f. est — 93.1–2 **JMC***L* (and RTCh) Pour quanqu'a vous afiert ja trop ne bargingniés (*KH omit*) Asses avres d'un peu quant ensi gaaingniés — 95 **JMC***L* G. dou (*RSPY* des) — 96 *EU omit*, *JIMC* (but not *C*^m

v. ne m'i., *JIH* li f. r. — 97 **JMH** Ains m'e. i. a (*I* vers) g., *CEUL* V.(*U* A) g. m'e. i., *JIM* d. et haitiés, *KCL* d.(*U* de verte) c.(*U* le, *L* bien) s.

NOTES

57 1338. Erratum: qu'o.desaairiés (que o.n'est en giés).

57 1345. Erratum: n'est pas viés (n'ert ploiés).

57 1347. Erratum: delivre, car (delivre quant).

57 1357. On Corineus see above, note to II 568.

57 1371. The expression *estre a un* is present in the *Roman de Troie* (26991), where likewise the context does not wholly clarify the meaning. Godefroy, under *un*, has an example of *estre a un* 'être d'accord', 'approuver', and an example of *estre en un* 'rester du même avis.' In 1371, *Ja sera tot a un* seems to be: "Cela me sera tout à fait égal," with the meaning of MFr "c'est tout un."

57 1378. Erratum: l.blasons o.l.escus (l.e.o.l.b.).

57 1382. Erratum: frengiés (frangiés).

57 1384. The spellings for *essiauiés* are: *essiauiés* (*G*), *ousoiez* (*D*), *essauiez* (*BJK*), *esseuerez* (*V*), *essauuiés* (*Y*), *essegniés* (*C*), *essaués* (*E*). The rest alter the line. The word recurs in II 653 and III 3435; see above, note to II 653.

57 1387–93. This taunt addressed to the dead Corineus echoes Alexander's taunt to the dying guides, III 1476–77.

57 1393. Erratum: iert (est).

VARIANTS

58 (Mich 173, 23) — 1401 *GD omit* — 02 *B* D. gaidifer h. — 02.1–5 *BV* La soe car isteit (*V* Kar l. c. de li ert) de mout grant bonte (*V* d. g. b. si) plaine Mout per (*V* Ke m.) est grant domages qu'ile (*V* quant ele) n'est tote saine Mais ce ne puet pas estre eu a male estraine Li sans li eist del cors (*V* Si que l. s. est eissu) per mi la maistre (*V* tres p. m. meinte) vaine Davant ses compaignons molt grant orgoil demaine (*V* Ore oiez g. prouesce cum il sa gent en meine) — 02.6–7 *V* N'ert mie enclos entre eus com escharlate en greine Ein aloit derere eus co est chose certeine — 03–22 *V omits* — 03–05 *B omits* — 03 *N* v. seurs o. est a — 04 *N omits*, *G* Qu'il se met a bandon p. ses homes d., *D* p. sez home en d., *F* Que il n'i vousist estre por tot l'or de micaine — 05 *N alters* — 06 *B* e. une t. — 07 *N* s. combat — 08 *G* br. hors b., *B* as bracons o. gitez e. — 09 *G* c. a val (*F* c. avant), *BN* a. per mei le val sobraine (*N* loigtaigne) — 10 *B* a. t. l. rote p. — 11 *BN* m. vait — 12 *N* alters — 13 *B omits*, *N* j. est — 14 *B* f. si g. c. en u., *N alters* — 15–16 *B omits* — 17 *TF* ne r. d. l. sarree braigne, *B* d. l'auberc doblaine, *N* Que m. — 18 *B* s. garaine, *N* s. graindaine — 19 *N alters* — 20–21 *B omits* — 20 *N alters* — 21 *G* s. un d. antaine, *DN* s.(*N* et) l. d. en mainne, *T* s. l. d. alvaine, *F* s. l. d. d'alainne — 22 *BN* l. force c.(*N* souveraine) — 23 *TF omit*, *GDBNV* Q. n'ot (*GV* n'out) l.(*V* malveis) l. c., *B* n. l. pesance v. — 24 *GD* L. t. trestous, *DT* a f., *F alters*, *N* o. f. le demaine, *V* quant f. le sormeine — 25 *G* econtre — 26 **G** Trestous (*G* Trestout) l. p. destrois (*F* hardiz), *BNV* T. l.(*NV* Tot le) p. darairans (*N* effree, *V* desirans) d. l'e.(*N* d. la chace) a.(*V* resteine)

β87 (α58) — 1401 *fragment b begins* (see above, page 146), *L* de molt mavaise estraine — 01.1 *L* Que navres est u cors ases pres de le vaine — 02–05 *L omits* — 02 *JMRSPYbH* D. t. baron h. — 03 **JM***bCH* (and RTCh *P*) Qui or s'e. v. t. s., *EU* Teus s'e. v. ore s., *JRSPb* et ja'n a t. e., *I* et o. a t. e., *K* ja avra t. e., *M* et en a t. e., *Q* fuiant par la champaigne, *Y* et ja a t. e., *Ċ* (and RTCh *P*) s'en a ja t. e., *H* et s'en a t. e., *E* qui ja avra e., *U* qui avra male e. — 04 *U omits*, *JIMRSPbC* Qu'e.(*JM* Que il, *R* Que je) l. c. t., *K* Qu'a mort sera navrez, *Q alters*, *Y* Qu'e. c. t. sien ligement en d., *H* Qu'il laisera tres-t., *E* Ne ja nel clamera, **JM***b**CHE* (*and* RTCh *P*) p. s. lige (*K* signor) d. — 05 **JM***b***C** M.(*RSPb* Ne) s. sens (*K* sans) n.(*E* Ice n. li, *U* M. de ce n.) v.(**JM***b* muet) m. d. m.(*H* dolente) fontaine (**J** d. paricheusse vaine) — 05.1 **J** Ne li grans sens (*I* biens) qu'il a (*I* qu'i. set, *K* de lui) de mauvaise fontaine, **M***b**CEU* (*and* RTCh *P*) Ne li sans de son cors de pereceuse vaine, *H* Mais de corage entir et de natural vaine — 06 **JM***b* Car il e. plus s. qu'en, **M***b**EUL* en une t. — 08 *EU* f. au besoing, *L* f. as mastins — 09 **M***b* Et c. q. enchaucoient l. — 10 **J***MEL* a. t. l. v.(*JIE* route, *L* terre) p., *RSPQYbCH* a. l. v.(*RPYbC* route) t. p., *U alters* — 12 *JCE* f. le g. e., *IMRSPYb* f. son g. e., *KQ* f. g. taint e., *HUL alter* — 13 *EU omit* — 15–16 *EU omit*, **J** *16, 15* — 15 **JM***b**H* D. son e., *CL* (*and* RTCh) Q. d. l'e. — 16 **JM***b**CHL* e. pieces, **J** a. bon r. m., *C* a. r. de m., *H alters*, *L* a. rice r. cadaine — 16.1–2 **JM***b**H* Li haubers fu si fors ce est cose certaine C'onques (**J** Que ains) ne li forfist vaillant une castaine — 17 **JM***b**H omit*, *CU* A.(*C* Mais) m. n'e. r., *E* Mais a. ne r. m., *L* Si que m. ne ront, *CUL* b. clavaine, *E* b. e. — 17.1 *L* Ne en auberc du dos ne li fist entresaigne — 18.1 *K* Et gadifers passe outre o la proesce sainne, *L* A tant va li rois outre ne fist autre barcaine — 18.2 **JM***b* Ains (*K* Si) recuevre une lanche grose et roide d'ebaine — 19 **JM***b* Et, *L* Et gadifer enc. u., *CEUL* r. foraine — 20 *CEUL* s. e. abat — 20.1 **JM***b**H* Et abat dales lui un fill de castelaine — 21–22 *U omits* — 21 **J** s. l. baiet qu'en maine, **M***b* s. l. baucant de maine (*Q* d'espaine, *Y* dou m.), *CC*[m] s. l. d. alfaine (*C* alfaigne), *H* apres le gent aubaine, *E* s. l. d. qu'il meine, *L* s. l. d. aubaine — 22 *I omits*, *JKM***b***CHEL* l. proeche humaine — 23 *J* Q. n'ert lasques de c., *IKM***b***C* Q. n'a l. l. c., *HEUL* Q. n'ot l.(*L* mavais) l. c., *IYE* n. n. proece v. — 24 *L omits*, **JM***b***C** o. f. le sormaine (*E* com f. l. demaine) — 26 *EU omit*, **M***b* Tout le p. effree, *JMY* l'e. refraingne, *ICH* l'e. a., *KRSPQL* l'e. r-a., *b* l'e. resaine

NOTES

58 1403. Gadifer is "tous sains" but not in the sense that he has so far suffered no hurt, for in **56** (1327–28) he has been gravely wounded by Emenidus. The meaning is that Gadifer has come off scot free from the encounter in **57** with Corineus.

58 1405, 1405.1. It seems probable that the GV contained both these lines, mentioning blood and brain, but that confusion arose between the two words *sans* and *sens*, and that some scribes considered the lines as duplicates and altered or dropped the second. For example: in **J** both words became *sens*, causing an inversion of second hemistichs through uncertainty as to which was "blood," which "sense," and causing *I* to alter the second to *biens;* similarly **H** and **L** altered the second line completely, and **G** condensed the two into a single line having the pattern of the first but the words (*sans, vaine*) of the second. What the α redactor did is not ascertainable; but the β reading, which seems certainly to reflect the GV original, is by the combined testimony of **M** and **C** approximately as follows:

> Mais ses sens ne muet pas de malvaise fontaine,
> Ne li sans de son cors de pereceuse vaine . . .

58 1415. For the *pene de l'escu* see glossary to Bédier's *Roland*. Whether the definitions usually given ('bord', 'bord supérieur', 'arête') are correct must await a better knowledge of the structure of the shields in connection with which the term *pene* is employed, and on this will depend the interpretation of the *premeraine* which in 1415 is used with *pene*. — All manuscripts spell *pene, penne* except *FNMH* (*pane, panne*) and *J* (*paine*). The word recurs in β84 28 (*pene, penne; JU: pane, E: paine*).

58 1419. On *route commaine* see above, note to II 617.

58 1421. Erratum: aufaine (autaine). — All manuscripts alter 1421 in ways which eliminate an adjective qualifying *destrier*, with the exception of *G* (*antaine*), *T* (*alvaine*), *C* (*alfaine*), *HL* (*aubaine*); these forms clearly point to an adjective beginning with *au-* and ending with *-aine* preceded by a labial consonant, and the *alfaine* of *C* alone among the authenticated adjectives meets all the conditions. This adjective *aufaine* 'sarrasin,' for which TobLom gives three examples where it is applied to a horse, seems akin to the substantive *aufage* 'cheval arabe,' also used adjectivally; cf. TobLom and also Schultz-Gora, note to FCand 2381. — The *HL* variant *aubaine* suggests the possibility that the *cheval albaine* of FCand (Vol. II, p. 403, line 3800, see also *albaine* in "Glossar zu den Anlagen") may be an alteration of an original *c.alfaine*, which would then be a further example of the word.

58 1423. Erratum: n'out (n'a).

58 1426. The **G** redactor's reading (*Trestous les plus destrois*) has no outside support and does not fit the context. *B* and *V* have individual readings which (like the *Tous l.p.effreés* of *N* and **ML**) seem to be alterations. The *Tous les plus desreés* of the β redaction (so J*CH*) has been accepted also for α as the obvious correction of the erroneous α readings. The verb *afraine* of **G**B*N* and *ICH* is confirmed by the other readings, which are nearly all such equivalents as *refraine, rafraine*.

VARIANTS

59 (Mich 174, 21) — 1428 *G* s. c. tres b. — 30 *B* Aisi vout encargier, *N* a. enchauce t. s. sans c., *V* a. defent — 31 *B* Coma b. s. si met per s. f., *V* b. s. quant lou veit s. f. — 33 *N* alters — 34 *B* t. ses galons, *N* f. oublie ses t., *V* N'avoit pas p. — 35 *B* r. s. plansons, *N* retorne s. b. — 35.1-4 *V A* ceus ki pres li erent moustrout gius felons K'il estoit proz et fiers ce vos pruis par resons Encontre gazeroins estoit bon compainors Et a la gent de grece ert cruels et felons — 36–38 *V* omits — 38 *TF omit, GD* Deus (*D* De) molt bons chevaliers, *B* De gres e d'en estors nos i a f. pesons, *N* Orgueilleus en l'estor aussi com uns p. — 39 *TF omit, G* Et l'u. o. t. l. c. et l'a., *B* c. l'a. part l. pormons, *N* c. l'a. le pomon, *V* As uns trenche les cuors as altres les polmons — 40 *B* P. d. a sei meismes, *V alters* — 41 *NV* s. granz s. — 43 **G***N* *43, 42*, *GDN* n. c., *T* n. chiez, *F* non est, *B* non chaie, *V* n. chece — 44–46 *F omits* — 45 *N omits*, *G* le g., *TB* t. vaint, *V alters* — 46 *B* m. mancons, *N* p. set m. — 47 *GD* H. matinet m. f. g. a, *TNV* H. m. f. d. (*N* sor) c. g. a, *F* Qe m. f. h. cheoir sovin a, *B* Il m. f. d. c. chair a — 48 *B* Eisement e., *N* A. adente com fusse a o. — 48.1 *B* Eum. d'arcade cui est granz ses renons — 49 *B omits*, *N* e. desprisiez, *V* L. n. voil — 50 *GN* n. chauca d'esperons — 51 *V* o. e. char — 53 **G** ch. laissons — 53.1 *N* C'onques en cest estor ne vi si bon baron

β88 (α59) — 1427 *KCL* a. a gadres (*E* li dus, *U* delivre) g.(*E* delivres) c. c. (*HEU* savons) — 28 *JMbC* qu'i. ert si p. — 30–31 *U alters* — 30 *K* M. ensi com la beste entreprent ses faons, *JIMRSPbHL* e. tres-t. ses c., *QYCE* e. t. s. s. c. — 31 *JIMb* C. la b., *K* Entreprent gadifers trestous ses compaignons, *JIMRSPYb* b. s. se met p. s. f., *QH* b. s. p. l. l.(*H* les leus) s. f., *CEL* b. s. quant leus (*EL* on) voit (*L* prent) s. f. — 35 *U* omits, *K* demoustrez s. b., **M**b*HEL* trestornez (*QHE* retornez) s. b. — 36 *E* omits, *QCL* e. e. raisons — 37 *UL omit* — 38 *Mb omit*, *JI* Agrever e. l'e.(*J* e. e.) l. i a f. p., *K* A ce trestor a f. de deus grijois p., *C* A cinc grius e. l'e. l. a il f. p., *H* Des grijois entor lui l. a f. tes p., *E* Des grieus l. a f. a cel tor maint p., *U* Des grieus ou grant est. avoit f. maint p., *L* De maint grijois a f. en cel est. p., RTCh *P* A gretis e nector l. i a f. p. — 39 *E* omits, **J** L'u.(*K* L'uns) o. t. l. c.(*K* foie), **M***bCHUL* A l'u.(*UL* As uns) tranche l. c.(*CHUL* fie), *JK* e. l'a.(*K* l'autres) l. r., *IMRSPb* l'a. pt (*M* pert, *S* part) li (*I* les, *R* le) r.(*MRSPb* pomons), *QYCHUL* a l'a.(*L* as autres) les (*Q* li, *YHU* le) r.(*QYUL* pomonz) — 40–47 *L* lacks second hemistichs — 40 **JM***bCL* (and RTCh) P. d. a soi meisme — 41–42 *K* omits — 41 *JCH* omit, *IU* P. nului q. j.(*U* ci) v., **M***bC^m* P. n. q. j. i (*MPQYb* en) v., *E* P. n. q. ici v., *L* P. nis un qui ci viegne, *IMbEU* s. grans s., *C^m* s. h. s. — 42 *CE* l. garcons (*C^m* grenons) — 43 *J* n. chiece, *IMRSPQEUL* n. c., *KC^m* n. chiet, *Yb* n. chiee, *CH* S. ce n'est par cel. q. — 44 **JM***bH* A l'escu de sinople d'o. fin (*J* d'azur, **M***b* a o., *H* u poins) est li l. — 45 *JIH* c. courans, *JK* q. t. vaint, *IH* q. tost va l. galons (*H* de randons) — 46 *HE* omit, *JI* p. c. mars de m., *KCU* p. un mui de m. — 47 **JM***bHEU* Jehui m'a fait (*MQHEU* Il m'a f. hui) g. trois fois a, *C* Trois fois (*C^m* fies) m'a fait jehui (*C^m* hui) g. a, *L* Il m'a h. fait trois fois — 48 *J* Ensement e., *K* com fuise en o. — 48.1 *H* Cou est emenidus connoistre le devons — 49 *EU* omit, *JK* L. n. quier, *IL* L. n. voel, **M***b* (*46*, *49*, *47*) Ja nel r. (*Q* quier) — 50–52 *L* omits — 50 *CH* (and RTCh) omit, *EU* n. chauca d'esperons — 53 **M***b* P. l. tout s.

NOTES

59 1438. Erratum: Deus Grigois en l'estor (De molt bons chevaliers). — The readings for 1438 have been much affected by hesitation between *de* and *deus*, which led to deletion by *TF*, *V*, **M**, major alterations by *GD*, *N*, *JI*, and minor alterations by the rest. That *Deus Grigois en l'estor lor i a fait paons* was the original GV reading is indicated by features reappearing in various manuscripts (see Variants) and by the tenor of the next line (1439).

59 1443. Erratum: chié (chie).

59 1447. The β reading for 1447 (*Jehui m'a fait gesir trois fois a ventrellons*) is in perfect accord with the β narrative, where Gadifer had been unhorsed three times (β47 26, β64 19, β66 39), and so is true to the GV. When the α redactor made his interpolation from the GV he included in it no one of these three passages and so he emended 1447 in an effort to make it refer to α56 1325–28, where Emenidus smites Gadifer a powerful blow without unhorsing him. The α redactor therefore attempted to convey a notion "Hui me fist gesir a ventrellons du cheval," but as rhyme and meter prevented his employing just this form he adopted the strained order which gave: *Hui me fist du cheval gesir a ventrellons*. Only *T* and *V* maintained this intact. The *GD* subgroup (*Hui matinet me fist gesir a v.*) and *F* (*Qe me fist hui cheoir sovin a v.*) and *B* (*Il me fist du cheval chaïr a v.*) remedy the structural defect but make an assertion which cannot refer to any event narrated in the α text. *N* alone has an emendation which is satisfactory structurally and yet allows the line to refer to 1325–28 (*N: Hui me fist sor cheval gesir a v.*).

VARIANTS

60 (Mich 182, 6) — 1454 *GDV* p. l'e., *TBN* l'e. p., *F* alters — 55 *GD* n. lor e. a g., *F* n. les en e. foir, *BT* n. lo (*T* la) e. g., *N* n. si lor e. g., *V* n. e. le champ g. — 56 *G* e. vinrent, *V* Et li griu l. v. — 57 *NV* lo. fuir — 58 *V* alters — 59 *B* e. en vienent — 61 *N* alters — 62 *GD* u. vaucel i., *F* u. ruissel i., *N* a. du garel i., *V* u. plein par i. — 64 *TB* d'un p., *D* p. obeir, *F* p. chierir, *BV* p. servir,

N p. veir — 66 *G* o. un millier e., *F* o. trente m., *B* o. cinc cent m., *V* s. oseient hui dis m. — 67 *TFN* h. f. fenir — 68 *G* p. s. souffrir — 69 *G* d. revenir, *T* d. departir, *B* a ver d. r., *N alters*, *V* a g. d. r. — 70 *F omits*, *GDT* a. ne q'en i. a p.(*G* au partir, *T* a venir), *BNV* a. ne (*B* en) d. — 71 *G omits*, *N* de. a do. esjoir — 72 *B* Hui c., *V alters* — 74 *F omits*, *GT* Q. fuir, *GD* m. d. hair, *N* Q. p. p. de mort m. deusse h. — 75 *N omits*

β91 (α60) — 1454 **JEL** p. l'e., **IKMCHU** l'e. p. — 55 *JU* n. les en e. g.(*U* partir), *IC* n. lor i e. g., *K* n. les en convient fouir, **MC**ᵐ*H* n. lor convient a (*QH* il) g., *E* n. le lor e. g., *L* n. lor e. de-g. — 56 *JMHU* e. firent, *E* e. meinnent t. les font de-p. — 61 *IC*ᵐ*U omit*, *KM* Les pierres es., *CEL* (*and* RTCh) L. p. et le graviele et, *H* Pierres esquarteler et, *E alters* — 62 *J* a. as fosses a l'i., *I* a. al ceval a loisir, *K* a. d'u. g. a l'i., **ML** a. dont avoit grant desir, *CH* (*and* RTCh) a. a u. bruellet (*H* destroit) i., *EU* a. qui aloit a loisir — 64 *IKC* d'un p., *I* p. cerir, *MRSPYEUL* p. obeir — 66 *EU omit*, **M** o. quatre m.(*Q* trente cens), *H* o. bien dis m. — 66.1–2 *JIM* Ne pour quant je senc tant (**M** q. t. re-s.) mon cuer de grant air Que bien os mon escu contre le sien guenchir — 67 *JIMCL* h. f. fenir, *K* h. f. m. — 69 *JIHEU* a dolour r., *KMYC* a noir d. r., *RS* a voir d. r., *PQL* a g. d. r., *CL* (*but not C*ᵐ) d. revenir — 70 *J* a. ne quoi dieus a p., *I* a. ne qu'i. as deus p., *K* a. ne qu'en i. d. p., **M** a. ou (*Q* a, *Y* en) d. i. a p.(*P* o. doloir ou joir), *CH* a. ne (*H* et) d. i. a p., *E* a. qu'a d. vient a p., *U* a. a d. a no p., *L alters* — 71 *JKP omit*, *CEUL* (*and* RTCh) d. d. au departir (*L* ne repentir) — 75 *JKC* q. n. face m., *EU* q. n. f. a m.

NOTES

60 1468. Erratum: souspir (soupir).

VARIANTS

61 (Mich 182, 29) — 1476 **G***NV* a. corage — 77 *GD* E. brie fu n., *F* De la b. fu nez, *TNBV* E. b.(*NV* berri) i.(*B* est, *N* fu) n. — 79 **G***NV omit* — 80 *V* S. cheitif li v. — 81 *G* v. l. nel tenist, *D* v. l. li tolent, *F* De torner v. cellui li tenist, *N* v. l. nel t. — 82 *B* guincissent pas a guise d. — 86 *B omits* — 88 *V* Ke vet corrant p. — 89 *V* a folage — 91 *N* N. f. donnees — 92 *V* b. k'i l. li u. l'autre sun g.

β92 (α61) — 1477 *U omits*, **JIM** E. berri (*M* berriz) fu n., *KC* E. b.(*K* baiere) n., *H* Al lairis fu n., *E alters*, *L* E. arabe fu nes — 81 *U omits*, **J** D'u. s. h. en-v. l. le tenist a o., **M** D'u. s. h. v. l. a-t a o., *C* D'u. autre h. v. l. li (*C*ᵐ lo) t. a o., *H* D'u. h. gadifer tenist il a o., *EL* D'u. autre h. en-v.(*E* a. endroit) l. le tenist a folage (*L* mutage) — 83 **JMC** (*and* RTCh) b. a un f., *HL* b. o. o. f., *EU* b. au bon f. — 84 **JMCE** *omit*, *H* En l'e. enbuscies, *UL* E. sor (*L* sous) l'e. — 85 *CEUL omit*, *IM* p. venir — 86 **JMCL** *omit* — 88 *JK* Li vint, **M** Requeurt, *MRSPU* e. marage, *Q* e. volage — 89 **J** s. lie d., *JIML* (*and* RTCh) a folage — 91 *UL omit*, *CE* n. departi h. — 92 *J* p. i avra livre g., *IKMCH* p. i la. li u. g., *EU* p. la. li u.(*E* la. chascuns) son g., *L* p. i la. u. d'aus g.

NOTES

61 1477. When the author of the GV invented a Gadifer de Larris (so entitled first in II 1189), he drew the place-name Larris from a mention of it by AdeP in II 699; see above, p. 109, note 2. The GV author seemingly chose "de Larris" as his term of origin for Gadifer because Larris was a place-name which had been associated in the AdeP text with the region of the palm-trees, and there is no ground to assume that he knew whether Larris was a town or a region. Thus the *berrie* of line 1477 may be a piece of explanatory etymologizing on his part, the "Larris" being treated as if it were derived from the common

noun *larris* ('terrain en pente' or 'terrain en friche') and associated in his thought with *berrie* ('lande' or 'plaine'). — Various scribes confused *berrie* with the place-names Berri and Brie, and made consequent metrical adjustments. Langlois (TNP s.v. *Berie*), followed by Schultz-Gora (FCand, proper-name list), gives a place-name Berrie as a region in Palestine, but the examples they cite can all be better interpreted as *berrie* 'lande.' Similarly, "par mi la Berrie" in Michelant and Raynaud's edition of *Itinéraires à Jérusalem* (p. 134) should probably be written "par mi la berrie."

61 1479. "En prenant cette décision il ne demanda pas conseil à son droit seigneur [Bétis]."

61 1481. The large number of scribes who made individual emendations shows that they were puzzled by this obscure line. Presumably what the author intended to say was: "D'être tout seul contre lui [contre Eménidus], il [Bétis] le lui [à Gadifer] aurait reproché." In the GV there are various other cases of strikingly poor workmanship.

61 1486. Line 1486, absent from *B* and the *β* version, probably stood in the GV and was deleted independently by *B* and by *β*, who preferred to link 1487 directly to 1485.

VARIANTS

62 (Mich 183, 12) — 1494 *V* f. les e. — 95 *V* Et funt et s. d. — 98 *TF* v. plus t. qu'en mer ne cort galie, *N* m. t. n'ot point de couardie — 99 *B* E. sa lance o. — 1501 *B* a. r. d'arcadie, *N* a. r. de nubie, *V* a. r. de percie — 02–09 *V 02, 06–08, 03, 09* — 04–05 *V* omits — 04 *BN* D. grant — 06 *B* omits — 08 *GDT* v. acuellie, *F* s. l. si tres bien emplogie, *N* s. l. droitement rechoisie, *V* s. hanste — 09 *G* P. de d., *BV* t. qui fu a o. brunie — 10 *G* b. a (*G* de) d. d., *B* Li a pecie l. b., *V* b. k'est c. do. — 11 *V* L. m. en trencha a icele envaie — 12–13 *V* omits — 12 *BN* s. l. fust — 13 *F* omits, *GDT* Q'a. est p. d. c. l. l. escuellie (*T* c. s'a sa voie acoillie), *BN* Car a. p. d. c.(*N* A. p. de son c.) est l. l. croissie (*N* guenchie) — 14 *GD* savra (*G* sera) l. c., *T* a fait la departie, *B* e. del cival sevre — 15 *GD* Λ. venoit, *B* A. en sorz, *N* A. chevache — 16 *G* V. l. cors — 18 *N* omits, all mss. Vos, *GD* et si p., *TV* et s'en p., *FB* et en p. — 19–23 *B 22, 19–21, 23* — 20 *G* puent, *B* v. puet nus s. n. v., *V* alters — 21 *F* omits, *GD* d. autres a., *V* m. n'a nuls autres a. — 22 *F* omits, *GD* m. a. s. mire, *TB* ce sera deablie, *N* m. a. seignorie, *V* Ke c. garisse ma. ico ne quid jo m. — 23 *G* es. ou il, *N* es. qui ja estoit souz v. — 24 *NV* s. compaignie — 25 *G* g. bonte, *V* alters — 27 *N* c. tramie, *V* sa bele c. — 28 *F* omits, *GDN* qui (*G* que), *TBV* quant — 31 *G* o. si oie, *B* q. la chose o. escoisie, *V* l'u. est essoie — 32 *V* omits, *N* Molt li plest l. — 33 *B* d. q. f. c. maintes feiz s'u., *V* alters — 34 *F* omits, *GDT* i. ne d., *B* M. fais b. d'un f., *N* B. s. que uns vilains nul jor n., *V* B. s. d'un f. home

*β*93 (*α*62) — 1494 *JI* P. e. hardemens m. et (*J* les) e., *KMCHEL* P.(*KE* Fiertez, *H* Orgius) e. m. e. f.(*K* proesce, *E* m. proesce) et (**M***CHE* les) e.), *U* Fier e. mautelentis les semont et atize — 95 *U* omits, **M***HE* Et es., *C* Ses es. — 98 *HEU* m. t. qui mautalens aigrie — 99–1501 *H* omits — 1501 *KMCEU* (*and* RTCh) a. r. de nubie, *L* a. r. de hongrie — 04 *U* omits, *JICE* (*and* RTCh) D. grant, *IKQYCHL* (*and* RTCh) et par, *JHE* grant b., *RSPQ* estoutie — 06 *IKUL* omit, *CHE* m. l. pre — 08 *JIEUL* v. acuellie, *K* v. guenchie, *H* s. l. droitement envoie — 09 **JM** P. de devant l., *CE* Q. p. desor l., *HL* Q.(*H* Tres) p. devant l., *U* Q. tres p. mi l., *CEU* t. qu'est a o. coulourie — 10 **JMCL** f. sor l. — 11–12 *U* omits — 11 *H* omits, *J* La ventaille trancha l. o., *IKCL* La maille t., **M** La maille en a trenchie l. o., *E* La maille l'en perca l. o. — 12 **M** s. l. fust — 13 **JQHL** Si qu'a. p. d. c., *MRSPY* Que a. p. d. c., *C* Si que bien p. d. c., *EU*

Et a. p. d. c., *J* li est l'ante croissie, *IKMCL* est l. l.(*KQ* hante) croissie (*E* guenchie, *U* glacie, *L* brisie) — 13.1–4 **JM***CEUL* (*and* RTCh *P*) Cil ciet dou cop mortal s'a la sele guerpie (*IME* l. s. vuidie, *U* l. lance glacie) Ses chevaus est si (*JU* molt) bons ne sai que plus (*KMPY* vous, *RSL* nus) en die (*E* omits) Onques mieudres (**M***U* O. si bons) n'issi dou regne de nubie (**M***C* persie) Emenidus en a la resne a or saissie — 14 **JM***CEUL* (*and* RTCh *P*) e. de ferrant fera l. c., *H* b. b. s'en va l. c. — 15 *EU* A. chevauche — 16 *CEU* (*and* RTCh *P*) e. l. lance qui plie — 18 *all mss.* Vos, *JIC* et s'en p., *K* et port a g., *MRSPY* et en p., *QH* et porte g., *EUL* pr. de la chevalerie — 21 *U* omits, *JIMHE* v. cop, *JK* n'ont il mestier d'a. — 22 *QL* omit, *JI* m. a. singnourie, *K* m. a. s. m., **M** Que cil garisse ma. je nel croiroie m., *CEU* (*and* RTCh) C. ne garra j. ma. de cou ne dout ge m., *H* ma. il avera bon m. — 23 **J** es. ou il, *H alters* — 24 *KML* s. baronnie, *H alters*, *EU* s. compaignie — 27 *JIMC* (*and* RTCh) sa bele (*J* blance) c., *JK* c. traitie, *I* c. norrie, *C* c. pourie, *E* c. percie — 28 *JIMRSPQCEUL* qui (*E* que), *KY* quant, *H alters* — 31 *JYC* l'u. est e., *MRSPQ* l'u. a e., *H alters*, *EU* q. plus ne s'i detrie, *L* q. ne s'atarga mie — 32 *JI***M** p. quant i. l'ot (*IRSP* l'a) b. o., *KC* p. q. i. ot b. o., *H alters*, *EU* p. q. i. avoit o., *L* p. qu'i. ot du duc o. — 33 *CU* omit, *JMHE* d. bien (*H* cou) e. v. q., *IKL* (*and* RTCh) d. que v.(*L* drois) e. q. — 34 *E* omits, **JM** B. s. qu'uns autres hons cest mot ne d. m., *CHU* B. s. que uns vilains icou ne d.(*H* v. n. le d. or, *U* v. si n. la d.) m., *L* Je s. b. d'un f. ne deisies vous m. — 34.1 *RSPQ* Mais molt estes vaillanz et plainz de cortoisie, *C*ᵐ Mais li frans hom le dist par sa grant cortesie

NOTES

62 1501. It is uncertain whether the reading in the GV was *d'Aumarie* (**G**, *JI*) or *de Nubie* (*N*, *KMCEU*).

62 1506. The pronoun of *l'en porte* refers to *la targe* (1502).

62 1511. The *aciers* is the steel of the *mailes* and the *brie* is used intransitively with a value 'est broyé.'

62 1513. Erratum: Si q'a.p.d.c.est l.l.croissie (Q'a.est p.d.c.l.l.escüellie). — The reading of β and BN (*Si q'a.p.d.c.e.l.l.croissie*) evidently stood in α as well as β; the reading with an inacceptable five-syllable *escüellie* is an error of the G redactor. *V* lacks 1512–13.

62 1513.1–4. These four lines of β, and the β reading for 1514 (*De lui et de Ferrant fera la compaignie*) are clearly indicated as having stood in the GV. They relate that Gadifer is unhorsed by Emenidus' thrust and that Emenidus takes possession of Gadifer's excellent steed. Their presence adds to the smoothness of the narrative and prepares the way for line 1523, as well as for a circumstance of the later GV stanza β**100** (37–39). The excision and alteration by the α redactor have no adequate justification.

62 1518. Erratum: Vos (Vois); s'en (si).

VARIANTS

63–75 — At **63**, line *1543*, *V* ends, and for stanzas **63** (*1544*) to **75** (β**94–126**) α consists of **G***BN* (**G** includes **G***DTF*), β consists of **JM***CL* (**J** includes *JIK*; **M**, *MRSPQY*; **C**, *CHEU*)

63 (Mich 187, 34) — 1535.1 *B* Que a mort gadifer dont maint furent dolaint — 36 *B* omits, *GDV* Ou e. n.(*G* li) h. t. f. q., *TFN* Il n'e. n. h. en terre (*T* h. de char, *N* h. tant) q. — 37 *F* omits, *D* Cui il e., *T* Et cil l'e., *B* Cil qu'il e., *N* Que cil e. — 38 *all mss.* f. e.(*N* f. ataint) — 41 *TF* Sor le ch. se pasme, *BV* S'e. p. quatre feiz (*V* p. as arcons), *GD* au t. qui l'ataint (*D* afraint), *TFV* car li chauz

l. s.(*V* sormeint) — 42 *GD* q'ot j. d. estraint (*D* s'e.), *T* q. j. n'en ot point, *F* qe grant duel en demeint, *BV* q. j. d. sofraint, *N* q. en a le cuer saint — 43 *F* omits, *GDT* p.(*G* tout) e. e. le sien cors deplaint, *B* p. bat — 44 *GD* G. hon s. m. — 47 *F* omits, *GDT* v. n. escu t.(*T* paint), *B* Que mielz de vos ferist en estor de braint — 48 *B* g. i sorvienent, *N* s'i avancent — 49 *B* E de-m. t. duel, *GD* d. dont, *TFBN* d. que — 50 **G** omits — 51 **G** m. m. a dit, *N* m. m. mande — 52 *GD* omit — 53 *N* s. molt d. p. n'est mestier c'o. l'e. — 54 *GD* L. lui b. ses plaies e. r., *TF* L. la b. e. bende (*T* b. rebendei), *B* L. la doucement, *N* L. la b. e. rafresche — 55 *GF* c. l'estraint, *DTB* m. l. piz — 57 *G* v. que ses gries maus — 58 *GDF* omit, *T* Aceiz li f., *N* b. e. drois

β94 (α63) — 1535 *IHEU* C. o. done, *IH* q. recut — 36 **JM** Poi e. n.(*JY* uns) h. t. f.(**M** h. el siecle q. r. n. d.(*J* ke r. i d., *I* q. deviser le d., *K* qu'a encontrer n. craint), *CL* Ou e. li h. en terre q. resognier n. d., *H* N'a sousiel chevalier que il r. d., *EU* Il n'e. n. h. en terre q. resognier n. d. — 37 **JM**C*H* Cui il e., *EU* Cil qu'il e., *L* Que s'il l'e. — 38 *H* omits, **JM** a. quant p. f. l'e., *CEUL* f. e. — 39 *JKMCL* s. la la.(**M***EU* selle) n. f., *I* s. l. n. l. f. — 41 **JM** S'e. p. s. ferrant, *C* S. ferrant s'e. p., *H* Se pasma quatre fois, *EUL* S. le ch. se pasme — 42 *JIRSPQYCH* q.(*RSP* que) j. d.(*CH* d. j.) souffraint (*IP* sorfraint, *Q* sorvaint), *K* q. sa j. en refraint, *M* alters, *EUL* q. d.(*UL* en q.) j. remeint — 43 *ML* omit, *JKRSPQYHEU* e. e. durement, *IC* e. e. d. — 44 *JKL* Amis — 45 **M** omits — 45.1 *J* Pour trestoute la terre c'ocheanus achaint — 46–47 *L* omits — 46 **JM** O. mieudres de vous n. — 47 *KEU* omit, *MH* v. n. escu t. — 48 **JM** E. l. g. s'i assamblent, *H* L. g. s'i asanlerent n'i a un seul n. l'a, *U* L. g. l'amoient molt, **J** n'i a col qui n. l'a., *EU* n'i a c. nel plaint — 49 *CEUL* (and RTCh) L. de-m. t. duel, *H* Isi grant dol demaine, **JM**C*L* d. que — 51 *JIL* m. m. prie, *ME* m. m. mande, *U* m. m. veult que l'o. — 52 *QUL* omit, *JIRSPY* t. com, *JIH* c. en grant (*H* grief) s. s. — 53 *JKUL* plaies — 54 *JICC*ᵐ Lave (*C* Iluec) l'a b. ratorne (*J* ressue, *I* essue) e. r., *KM* Leve (*Q* Lave) la (*K* li, *MPY* le) b. e. a. (*K* rafresche, *Y* r-a.) e. r.(*MQ* estraint), *H* Si l'a oint d'ongement e. bende e. r., *E* Lie l'a d'ongement ratorne e. r., *U* D'ongnement l'avoit oint e. lie e. estraint, *L* Sus a mis ongement si l'a. e. r. — 55–58 *U* omits — 55 *CEL* (and RTCh) omit, *IM* m. l. pis, *H* m. les flans — 56 *JI* q. s. dolant s. claint, *KC* q. s. forment s. p., *MRSPQ* q. se doulouse et p., *YE* q. s. d. s. p., *H* alters, *L* q. s. d. remaint — 58 *JQ* t. lor f., *I* t. l. f., *KCE* (and RTCh) t. a f., *MRSPY* Ains li f. b. en. t. est f., *H* t. l'a f. en. b. est drois, *L* Ains li a f.

NOTES

63 1535. Erratum: period (semicolon).

63 1536. Erratum: Ou (Il), and interrogation-point for comma. — *Ou est nus hom tant fiers qui refuser nel daint?* This is the reading of *GDV* and *CL* (*TFN* and *EU*: *Il n'est nus*; **JM**: *Poi est nus*). Such cumbersome heaping-up of negative expressions (*nus, refuser, nel*) would be surprising were it not that the passage is by the habitually careless author of the GV. What he seemingly meant was: "It could not be accounted a sign of cowardice to refuse combat with Emenidus"; but what he said was: "Where is any one so courageous that he will not deign to decline to accept combat with Emenidus?" The redactors who made emendations did not succeed in clarifying the line.

63 1538. Erratum: enpaint (l'enpaint).

63 1542. Erratum: soufraint (sorfraint). — The reading *qui joie dont soufraint* is supported by α and β. Meaning: "à qui alors la joie fait défaut [se change en tristesse]."

63 1547. The *taint* seems to be a substantive 'couche de couleur'; the con-

struction, which is supported by BN of the α version and by JI, $RSPQY$, C of the β version, gave pause to various scribes, for **G**, K, M, HEU alter or omit.

63 1549. Erratum: que (dont).

63 1550. Erratum: garist (guerist). — "Et Bétis cherche à se mettre en sûreté, et il ne s'attarde pas en route."

63 1554. Erratum: la (le).

63 1558. In the RAlix both forms of the adjective meaning 'confiant', 'sûr' are supported by the rhymes: 1) *fi, fiz* (FIDUM, FIDUS), and 2) *fis, fis* (FIXUM, FIXUS). In the present instance, where the *fis* is not in rhyme, there is no way to decide whether it stands for FIXUS or FIDUS. For the nominative singular in rhyme with *-is* see I 1903, III 166, 1007, etc.; in rhyme with *-iz:* III 2861, 6096, etc.

VARIANTS

64 (Mich 188, 25) — 1559 *TFB* po. foree (B froirie) d'a. — 60 *TFB* omit, N p. jusqu'en son — 61–62 *TFB 62, 61* — 61 G e. bede, B D'une faisse porprine l'ont b. e., N e. cerchie — 62 *GDN* L. c. s.(N Couche l'ont molt s.) l. r. e. s. (*DN* li) b., *TFB* C. molt s.(B A fait li reis coucier) le preu emenidon — 64 **G** a. armes, T son b., N le b., B Que li f. a. p. s. son arcon — 65 **G** omits, B Quant — 66 *GTF* d. navres les le p.(G les p.), D d. tres deverz le p., B q. parunt l. p. — 67 *GD* f. sor a. t. un riche p. — 68 G gr. curison, D gr. cusencon, T gr. esprison, N gr. avison — 69 B omits, G Q'a v., *DTF* Qu'en v., G sain — 70 *GDT* c. d'aus s. blason (D s. basozon) — 71 B f. de lance d. r. — 72 F omits, *GD* p. n'en (D n'i) a. — 73 F omits, T Que, B Qu'en s. p. autre graces — 74 B j. font en l'o., N l'o. tost — 75 G d. valflor — 76 T omits, *GD* g. reconfors — 77 N alters — 79.1 G Et de glui et de fuelles qu'il cuellent environ — 80 F omits, *GT* d. garison

β95 (α64) — 1559–62 H *59, 62, 60, 61* — 59 *KCH* po. fourree d'a., *EU* d. p. e. de coton, L d'un rice singlaton — 60 U omits, **JML** Es. f.(*JK* couzue), C Ouvree ricement, H Menuement ouvree, E F. es. n'i ot se plume non — 61 *QCHUL* (and RTCh) omit, **JM** e. faissie, E alters — 62 **J** L. c. s. l. r. e. s.(*JK* li) b., **MCL** (and RTCh) C. li grezois (C and RTCh P Ont coucie l. g., H A fait li rois coucier, E Si ont couchie desus) le preu emenidon — 64 **J** Qui la f., **M**CU Qui li (*YC* i) f., H alters, E Que il f., L I. f., *YCU* son b. — 66 **JMCL** Devers, *CH* (and RTCh P) D. d. le prist, *JHL* q. o.(H si c'o., L c'o. en) v. l. p., *MQY* qu'en (Q c.) parut (Y virent) l. p., *RSP* connurent l. p., C c'o. veoit l. p., E li parut li panon, U q. em pert l. p. — 68 **JE** ga. m. gr. entencion, *MQ* i m.(Q a mis) s'entencion, H ga. prist une livrison, U gr. emprison, L ga. fu en gr. soupecon — 69–80 H alters and expands — 70–71 C (and RTCh) omit — 71–73 U omits — 71 **J** omits, **ME** E. f. c., L E. c. f. — 72 **M** omits — 73 **M** Mar en (Q Mez nen, Y Car nen) ert p. — 75 *JICU* l. clere f. — 77 **J** omits — 78 *ICEUL* e. petit d'eure

NOTES

64 1569. Erratum: sains (sain).

VARIANTS

65 (Mich 190, 10) — 1581 G v. de — 82 N alters — 83 B E l. s. recevent q. c. a l. doucor — 84 N e. d. froit — 85 G e. amui, *GT* d. missaudor — 86 *GD* f. sain q. s. l. doucour — 89 B P. cn ont v. — 92 N omits, B L. ont t. e. t. cargiez per g. v.

β96 (α65) — 1582 *HEUL* omit, **JM** q. il v. l. n. m., CC^m q. l. n. v. m.(C n. fu re-m.) — 83 **J** q. vient — 84 **JM** Dou c.(*J* Des chaus) e. dou suer (*J* des suours, *MRSPQ* de la soif, Y d. solel), *CHL* C. d.(H del) c. e. d.(H del) s., E

Que d'ahan e. d. c., *U* Du c. qu'il ont en sont g. — 85 **M** E. l. e. travaillie li d. missodour (*Y* coreour), **CL** (*and* RTCh) E. l. e. a.(*L* E. li baron lasse) de sostenir l'estor — 86–88 *E* omits, *CHU 87, 86, L 87, 85, 86, 88* — 86 *KU* f. las, *Y* f. mas, *JKMCᵐL* q. s. l. d.(*L* calor), *IC* q. suefrent l. d., *H L*. ceval f. las et n. li plusor, *U* q. coutent l. d. — 86.1 **JM** Et li sain furent las (**M** s. tuit lasse) de soustenir l'estor — 88 *C* (*and* RTCh) omit, *HUL* Molt sont l. d. — 89 *JRSPY* b.(*RS* lent, *PY* lonc) sejour, *Q* v. et petit de sejour — 91 *C* Au m. par son l'aube, *HL* Entresi al demain, *EU* Desi que au m., *MCᵐH* que (*Cᵐ* quant) i. virent l. j., *CL* quant percurent (*L* c'a-p.) l. j., *EU* que aparut l. j. — 92 **JCL** tr. cuellir a (*JKL* par, *EU* de) g. v., **M** Quant la nuit fu passee si refont leur atour — 93 **M** Et s'e. tornent v. g., **JM** l. gentil p. — 96 **M** l'e. s'avivent de vigor — 96.1 *MRSPQ* Ja tant comme il la voient ne feront mauves tor

NOTES

65 1581–92. For this passage, in which the author of the GV is imitating III 56, see above, p. 114.

65 1583. In the sense 'soir,' *serein* is frequent in OFr, but in the sense 'humidité qui tombe au soir' the two RAlix examples (cf. III 1060) are by far the earliest so far located.

VARIANTS

66 (Mich 190, 24) *N* omits — 1598 *G* g. s'esmuet, *B* s'e. vont l. petite a. — 99 **G** T. ruistes p. e. grans vaus a droiture, *B* T. p. e. roches e. mainte combe escure — 1600 *B* d. qui l. fist la ardure — 00.1–4 **G** (*F* omits *00.3*) Li dus betys chevalche une molt bele mule Si ne crient alix. une pome meure Ains set bien que il iert torne a hurte (*G* huite) pure Et li rois alix. trestous ses dieus en jure — 02 *G* a. aveuc q. — 02.1 **G** Qui gisent par le champ mort a la (*F* c. tuit plat a) terre dure — 03 **G** et ardure — 05 *B* t. t. s. leiaute e. j. — 08.1 *GDT* Ne l'amera il pas ses dieus en asseure — 11 *GDFB* omit, *T* Teiz s. c. c. dont ot son ost mellure — 12–18 *GD* omit — 12 *F* omits — 13 *T* C. heent, *F* Molt heent fort l. d. et sa grant forfaiture — 14 *B* m. de g. f. l'a. — 15 *F* omits, *T* P. rere, *B* P. poison lo g. del mal e. — 16–17 *T* omits — 16 *B* s'o. la quiert d. — 17–18 *F* omits — 18 *B* omits, *T* les g.

β97 (α66) — 1598 **J** trestoute l'a., **MUL** l. petite a., *CH* sa p. a.(*H* alcure), *E* l. plaine a. — 99 **J** T. ruistes p., **M** T. p. e. roches, **JM** e. grans vaus a droiture, **CL** T. p. e. roches e. mainte combe oscure — 1600 **JMCE** M. m. betis — 02 **MC** omit — 04 **JM** A. b. n. promet, *C* A b. n. m., *HEUL* Ne b. n. m. — 05 *HEUL* t. a t. s. loiaute e. j. — 06 *J* J. n. le garira, *IMRSPY* J. nel garandira, *KQCL* Q. j. n. l'e.(*CHUL* le) g. — 07–08 *H* omits — 07 *P* omits, **JM** Il n. l. p. (*RS* I. n. p. mie), *C* N. l. p. mie, *CᵐL* N. n. l. p., *E* Ja n. l. p., *U* alters — 11 *L* omits, **JMC** B.(*I* O, *K* Et, *H* Sont) s. c. c.(*JRSYU* chevaliers) t.(**J** tous, *E* bien) e.(*JHE* eslis) p. m.(*H* droiture, *EU* nature) — 12 *JMCEU* L. plusour sont s. h., *HL* L. p. i.(*L* furent) s. h., *HEU* d. s. teneure — 14 **JM** g.(**M** saner) molt bien l., *H* alters — 15 **JCL** P. e. l.(*KEU* les) g.(*JK* garra), **M** P. e. a g. (*RSPY* garir) le r.(*P* drancle) e. l'a.(*Y* l'ardeure), *JIUL* d. r.(*J* ranele, *U* malage) e. d'a., *K* et d. rancle e. d'a., *CE* del rancle (*E* mal) e. de l'a., *H* d. drancle e. d'ardeure — 16 *MHEUL* A. porront p. s'o. lor, *JC* s'o. li (*IK* s'il ne), *RSPQYCL* quiert d. — 17–18 *L* omits — 17 *U* omits, *JMCᵐH* Et v. b. et m. quanque requiert nature (*RSPY* droiture), *C* Et v. pora bien b. et m. a nature, *E* Tot m. et v. b. mout i met bien sa cure — 18 *IC* omit, *JKME* C. b. les (*J* le) gardera, *H* Dist qu'il le g., *U* Que molt b. les garra, *J* d. mal et de froidure, *K***M** d. mal et d'e., *HEU* d. t. e.

NOTES

66 1613. Clearly "le duc" refers here to duke Emenidus; this is slightly con-

fusing, for earlier in **66** (1597) *le duc* means Betis. For a previous occurrence of "le duc" as a designation of Emenidus, cf. II 680.

66 1615–18. The reading of the α version has been retained in the text, but there is no way to decide whether it is this reading or that of the β version which more clearly reflects the GV. β had approximately:

> Par entrait le gari de raancle et d'ardure,
> Armes porra porter s'on lor fait desmesure,
> Et vin boivre et mengier quanque requiert nature,
> Car bien le gardera de mal et d'enfleüre.

The only real difference is that α takes *li mires* of 1614 as subject of the verb in 1618, whereas for β the subject is the idea expressed in 1617. Some scribes seem to have hesitated as to which should be the subject, and this occasioned various omissions and alterations.

VARIANTS

67 (Mich 191, 8) *BN omit* — 1621 *G* Qui f. — 22 *G* fuerre a., *T* fuelle a. — 25 *G* betain — 26 *G* Tuit — 29 *G* T. com l. c. ot l. v. — 30 **G** Si (*GD* Se) — 31 **G** E. b. m. (*D* menacier) — 33 *T omits* — 34 *G* d. n'en a pitie m.

β98 (α67) — 1620 **JMCL** Ont l. grieu t. e.(**C** ale) e. esploitie e.(*CU* esploitierent si, *E* s'espoignerent si) — 21 **JMC** Qu'i. fu. d. fo.(*EU* gadrains) g. c. l. parti, *L* Que i. ont c. g. l. les fo. devanci — 21.1 *L* De le cite de gadres ont le haut mur coisi — 22 **JM***CHU* o. le (*C* lor, *U* lo) ch. les (*HU* vers) l. flun a., *E* o. tant ale que au flun sont verti, *L* o. les un f. lor ch. a. — 24 *YEU omit*, *J* o. so. il resbaudi, *IK* o. resont t.(*I* il) g., **M** o. furent t. g., *CH* o. so. il t. g., *L* si so. t. refroidi — 25 **M** *omits*, *CC*ᵐ*E* (and RTCh) *L*. entrent en b.(*C* surie), *HU* En betanie entrerent, *L* L. t. d'arbroies le p. bien g., **JC** b. u. p. bien g. — 26 *Y omits*, *JRSPQ* l. casal, *M* l. quernel — **J** E. l. p. e. la c. e. li v. r., **M** E. le pain e. le vin ont maintenant saisi — 28 *JI* qu'i.(*J* qui) l'o. d., *KH* car i.(*K* bien) l'ont d., **M***L* bien l'o. d., *CEU* cil qui l'ont d. — 28.1 **J** Cou qu'il (*I* qui) lor en remaint (*K* qu'i. e. ont magiet) n'ont mie deguerpi, **M** Ce (*Q* Celui) qui (*Y* que) lor est remez (*Q* l. remaint) n'i ont mie guerpi, *CC*ᵐ Et cou qui (*C* qu'il) lor remaint n'ont mie deguerpi, *H* Cou que lor demanda n'ont il mie guerpi, *E* Et cou qui lor remaint n'ont il mie guerpi, *U omits*, *L* Cou que lor est remes n'ont il mie guerpi — 29 **M** *omits*, *CEUL* (and RTCh) Si tost — 30 **JMCL** Si (**M** Or) r.(*H* furent) t. haitie (*C* Se sont t. re-h.) e. d. g.(*EUL* joie) e.(*JK* aati, *EU* garni) — 31 **JMRSPCH** E. b. m.(*MRSH* menacie), *QEU* E. menacent b., *YL* Por (*L* De) b. manecier, *JCH* e. tout (*J* tous) l. e., **M** e. l. a. e. (*Y* enemis), *E* come l. e., *U* e. trestouz ses amis, *L* se sunt bien aati — 33 **JMCL** a. l. jour a.(*M* a. que past le midi, *E* a. soleil a., *U* a. que j. soit failli) — 34 **M** *omits*, **JC** a. tout s. m. et honni (**C** peri), *L* a. m. s. et maubailli

NOTES

67 1622. If the GV author had other than fanciful geography in mind, *le fleuve* of 1622 presumably refers to the brook Cedron, which was a little to the westward of Bethany.

67 1626. The reading *li chastel* stands in the α version and in **C**, but in both instances is no doubt a misreading for *li chasel*, 'les métairies,' 'les maisons de paysan' (**JM**).

67 1630. Erratum: Si (Se).

67 1631. Line 1631, for which no adequate verb can be supplied, must be interpreted: "Et Betys [est] maneciés et lor autre enemi [sont manecié]." Such faulty constructions have long since ceased to surprise us in the texts derived from the GV.

VARIANTS

68 (Mich 164, 11) — 1638 *G* N. vile n. palais, *B* p. qui por el ni destraigne, *N* p. ne vile qu'il n. p. — 39 *GT* lor t., *B* p. ver, *N* p. vif — 40 *N* l. rois fors e. sa gent si grifaine — 41 *DTN* les d., *N* p. n. guerpir — 42 *G* l. des — 44 *BN* O s. g. devant l. — 45 **G** E. l. grigois l. sieuent — 46 *B* omits — 48 *B* omits, *G* entr'aus, *DF* entiers, *T* autres, *N* tos sains — 49 *BN* omit, *F* n. chiet

β73 (*α*68) — 1636 **JML** Qu'il (*J* Qui) e. tant (*L* si) o., *C* Com il e. o., *HEU* Q. s.(*H* tant) e. o., *CHE* (but not *C*ᵐ) g. s. estrainne — 37 *H* omits, **J** t. ci. n. ch. qu'i., *EU* t. ch.(*U* cite) que a force n. f.(*U* preingne), *MRSPQC* n. praigne — 38 **JH** omit, **M** p. qu'a f. n. destraigne, *CC*ᵐ p. ne cite (*C* frete) qu'il n. p. (*C* fragne), *EUL* N. t. n. p. (*E* n. cite, *U* N. tour n. chastel nul) q. p. f.(*E* a f., *U* p. terre) n. p.(*U* freingne) — 39 **JMH** omit, *CL* p. vif, *EU* p. f. — 40 **JMH***EUL* omit, *C* Et que il est si f. et sa gente c. — 41 *U* omits, **JM** Li dus nel (*J* ber nes) p. s., *CE* Ne s. n. l.(*E* le) p., *H* Q. n. le p. s., *L* Voit q. fuir n. p. n. f. n. se d., *JKME* s'en d., *IH* li d., *C* l. d. — 43 *JRSPQH* Q. m. a.(*RSPQ* eschec) f., *I* Q. povre f. l'a., *KMYC* Qui m. a.(*MY* eschec, *C* marciet) f., *EU* Qui (*U* Cil) f. m. marchie, *L* Molt f. cil m. cange, *JRSPQHL* qui pl. pe. que g., *I* qui poi prent que g., *KY* pl. i pe. que g.(*K* qu'il n'i gangne), *MCE* pl. pe. qu'i. ne g., *U* qui pe. et non g. — 44 *CEU* omit, *HL* alter — 45 **JM** e. cascun plaist qu'il i vaingne (**M** ques ataigne), *H* E. l. grijois l. siuent, **CL** n'i a cel (*C* un, *E* nul) q. — 45.1–8 **JM** Or ne cuidies vous mie que gadifer se faingne Ne que ja devers lui li bien faires remaingne Tresqu'a bon chevalier ait perchie l'entraingne Darriere tous s'est mis o lance de sardaingne (*JRSPQ* sart-) Onques nen acointerent li grigois si grifaingne Molt le truevent le jour estoutic (*MRSPQ* enforcis) et estraingne Des mors et des navres lor joinque la campaingne N'encontre chevalier que de lui ne se plaingne — 46 **J** Il et l. d. s'arestent, **M** Et l. d. s'arrestut — 47 *H* omits — 48–49 *CEUL* omit — 48 **M** cler sa. — 49 *H* omits, **M** M. vait b. gadifer qu'il n. chiet o. m., **J** q. or (*I* cil que) on n.(*K* n. se) m. — 49.1 *JK* Bien le firent li grieu as brans en ceste ouvraingne

NOTES

68 1640–41. This puzzling reading is assured for the α version and is supported by *C* of the β version. The **J** redactor (followed by **M**) avoids the difficulties by deleting 1640 and emending 1641 to *Li dus nes puet soufrir* etc. The key to the involved structure seems to lie in the fact that in composing II 68 AdeP introduced echoes of III 35 688 (*Ne fuir ne s'en veut ne ne set com remaigne*) and that he made his readjustment clumsily. What he was aiming to express may have been: "So haughty is the duke and so great an army is his that he is unwilling to flee definitively from Alexander and his *gent grifaigne*, yet he is unable to endure their attack." This would fit the context, which goes on to say (1642–49) that the duke makes a compromise by following his retreating troops but rallying them for a stand in a terrain which provides a better defensive base.

68 1642–43. For this proverb see Morawski 1985; see also I 3169–71.

68 1646. For the *chief* 'repli' here and in 1650, see note to II 969.

68 1647. "He orders his army to make a stand (*alit*, sbj. of *aloier*) and to close ranks."

68 1649. The α version reading *qui ne muert ou mehaigne*, with *mehaigne*, intransitive, meaning 'se blesse gravement,' displeased *B* and *N*, for they deleted it; it is perhaps the β version reading, *qui or on ne mehaigne*, that stood in AdeP.

VARIANTS

69 (Mich 164, 11) — 1650 *TF* d'une m., *B* m. s'ajostent — 52 *GD* N.(*G* Nes) truevent, *F* N. tement, *BN* del p. — 53 *G* s. demeurent, *D* s. revienent, *N* s'ajosterent — 54 *N* i muet — 55 *GD* A. ars, *N* t. de plain — 56 *G* j. ont faim, *N* j. s. vain — 57 *GT* vies (*i has stroke*), *D* viez, *F* D. testes e. d. piez, *B* armes, *N* ues, **G** i laissent l. p. — 58 *B omits* — 59 *N* r. cers n. biche n. d. — 60 *GDT* f. par p., *F* f. le p., *B* vait lo p., *N* d. c. par le p. — 61 *GD* f. d. n.(*D* d. vasal), *TF* f. un vasal, *BN* f. midoal — 62 *BN omit* — 63 *BN* d. son col n. li valut (*B* vaut) — 64 *B* a. fist fauser lo c., *N alters* — 65 *G* li t. t., *B* s. haste si mist al branc la m., *N* la. puis mist le branc en m. — 66.1 *B* E midoal lo conte encontra les un plain — 67 *G* sor l'e. castelain, *N* sor l'e. tot de p. — 68 *GD* s. l'a. premerain, *BN* Q. trastot l'enversa s. l'a.(*N* l'escu) — 69 *B* s'a. si l'ahert p., *N* s'a. si le prist p. — 70 *B* c. l'o. en sa main — 71 *BN omit* — 73 *G* A. si l'a baillie, *B* Pois si l'a commande, *N* Puis les commande macedoine e. g. — 74 *B* s. fraire — 75 *B* c. l'ont hostage, *N* c. lor, *GDFN* au (*DN* a) d., *TB* en (*B* l'en) d.

β74 (α69) — 1650 **J**HEUL d'une m., *JIMEUL* m. s'arestent, **K** m. tornerent, **C** m. j., *H* m. monterent — 51 **CH** (*and* RTCh) *omit*, *EU* l. vassal molt vain — 52-53 *U omits* — 52 **J** *omits*, **M** f. dehors, *QYCE* du p. — 53 **J** Illuec s. retenoient (*I* s'entretornerent, *K* s. retornoient), **MH**L I. arestcrcnt (**M** s'a.), *CE* I. s. retirent (*E* reclaiment), **JM** l. m. premerain, **CL** l. m.(*H* tout l. plus) d.(*C* a dierain, *L* segurain) — 53.1 **JM** Devant vausissent estre tel erent daarain — 54 **JH** i muet — 55 **M**CL A. ars, **JM**CL (*and* RTCh) q.(**M** i) t. li coumain, *HE* q. c. t. c., *U* i t. li c. — 56 **M** Si p., **JM**CL j. ont fain, *HEU* j. s. vain — 57 **J** D. c. e. d. yves (*K* D. destriers arrabis), **MH** vies, *CEU* armes, *L alters* — 58 **JM**YH d. joustetain (*I* jodestain, *K* jouste un tain, **M**Y joustatain, **H** jousteain), *RSPQEU* d. josafain, *CL* d. costentain — 59 **JM**CHL r. ce.(*L* ors) n. ch.(*K* biche), *EU* r. ch. n. ce. — 60 **JM** S. t.(*JI* Qui tant) courust (*K* corre), **JIMHL** f. par p., *KCEU* f. le p. — 61 *H omits*, **JIM** Fiert n. de salore (*J* sailloire), *K* Entre lui et yonas se ferirent a plain, *CEUL* E. fiert un chevalier (*C* f. si u. vallet), RTCh *D* f. midoal — 62 *CEUL* (*and* RTCh) *omit*, **J**KH d. c. molt (*J* bien) m.(*K* furent) l., *I* d. quant i. m. de plain — 63-64 **J** (*and* RTCh) *omit* — 63 **CL** L. escus d. son col n. li valut — 64 *U omits*, *CHEL* t. ses a., *C* fist fauser le c., *H* f. l. lorain, *E* fist passer le fusain, *L* met le fier d'acier sain — 65 *CEUL* la. et met au branc s. m. — 66 *H* (*and* RTCh) *omit*, *KCEUL* A. partir d. la j.(*C* sa lance), *Y* A. retrait d. — 68 **JM** S. l'ar. l'adenta tout estordi (*JI* estoune) et vain, *CH* Q. tres-t. l'adenta (*C* l'enversa), *EU* Q. l'avoit (*U* Q. il l'a) enverse, *L* Q. il l'enverse ariere, *H* l'ar. premerain — 69 *J* s'areste, *KL* s'aproche, *EU* s'acline si l'ahert p., *JICL* si le prist (*J* l'a pris) p. l. f. (*L* main), *H* et met la main au f. — 71 **CL** (*and* RTCh) *omit* — 72 *E omits*, *CH* (*and* RTCh) Le roi d. m. l. rent, *U* Au roy d. m. l. tendi par l. frain, *L* Desi au roi ne fine si li rendi au plain — 73 **J** A garder l. coumande, **M** A. l. c. medor (*M* magor) e. galoain, *CEUL* (*and* RTCh) Et li rois l. commande, *H* Alix. l. baille un cevalier glarain — 74 *H omits*, **M**PY s. frere — 75 **M** *omits*, *JICH* E. c. l.(*C* lor) o.(*H* done) o., *EUL* E. l. livra (*U* livrent) o., *J* d. mile m. d'argent, *IU* d. cent m. a. d., *E* d. cel jor a. d.

NOTES

69 1653. "Là s'arrêtent en arrière les meilleurs."

69 1654. In 1654, an evident echo of 1648, the only interpretation making the line more than a mere rhyme-filler is that a number of warriors renew their saddle-straps and go to participate in the battle.

69 1655. The *que cil traient certain* is the α reading (also in *H*); β has *que traient li Coumain* (cf. also *Coumains* in II β132.5 10). It seems probable that AdeP had the β reading and that the α reading is a *lectio facilior*. The Comani, a pagan people, are mentioned by Pliny (VI 47) and by William of Tyre (II XXI); for other mentions see Hallberg, *L'extrême Orient*, s.v. *Comania*. French examples in Langlois, TNP and in Joinville's *Vie de Saint Louis* **495–98**. — It is not impossible that the *coumain* of II β 1655 is a common noun, in which case it would be a further example of the *commain* 'bande' of II 617.

69 1657. Erratum: armes (vies). — The reading *vies* is present in or supported by **G**N of α and **JM** plus *H* of β; *armes* is present in *B* of α and **C** (less *H*) of β. This might seem to supply stronger evidence for the *vies*, but there are several reasons for attributing *armes* to AdeP. That knights should lose "des chevaus et des vies" constitutes a strange combination, whereas the loss of "des chevaus et des armes" does not; moreover this very combination comes up elsewhere (β90 21: *Des chevaus et des armes ont le camp tout joinkié*). Besides, it is easy to see how an alteration from *armes* to *vies* might arise. Every scribe of the RAlix was familiar with *r* silent before a consonant, for this phenomenon was characteristic of Lambert le Tort and was perpetuated by all the redactors (see for instance the rhymes of III **10**). Consequent confusion of *armes* with *ames* 'âmes' often occurs. In the present case such a confusion probably caused substitution of *vies* for the quite unsuitable *ames*. If this view be adopted, it is needful to posit the alteration only for **G**N and for **J** (**M** is based on **J**, and *H*, which from time to time shows contamination on **J**, could also have taken the *vies* from **J**). Granting that AdeP had *armes*, the line mentioned above as occurring in the β version (β90 21) should be listed as one more of the many instances where lines peculiar to the β version echo lines common to the α and β versions.

69 1658. The name of the valley, an invention of AdeP, is uncertain. The α version had *Guisterain*, but the manuscript testimony points, for the β version, to some such form as *Joustetain*. The name recurs only in II β127 2.

69 1660. Erratum: par (le).

69 1661. The modern *sultan* is first found in the sixteenth century. Since a corresponding term of any earlier date has very rarely been found, it is worth while to record the spellings in 1661: *soutain* (*GDF*, *P*), *soustain* (*T*, *Y*), *soltain* (*B*), *soudain* (*N*, *JI*, *MRSQ*, *CEUL*). In II 2621 the term reappears as *soudant*. In FCand, ed. Schultz-Gora, 11435, it is present as *soutain*.

69 1672. For the manuscript readings establishing the spelling *chaufrain* versus *chanfrain*, and for the form *chaufrain*, see Armstrong, MLN 55 (1940), pp. 134–36.

VARIANTS

70 (Mich 164, 32) — 1677 *G* s. s. boute, *B* s. fu e. — 78 *B* Que j. n. p. gadres, *N* n. perderont p. — 79 *G* M. d. nassal, *DTF* M. del vasal, *BN* D. midoal, *TFB* c. li poise q., *GTF* qu'il ont p., *DNB* qui (*B* car) est p. — 81 *BN* omit — 82 *GBN* E.(*B* Lors) vont (*D* vot, *T* voit) e. s. (*BN* la) b., *F* tel q., *B* tels q. cens et sis, *N* b. troi quatre cinc et sis — 86 *N* d'e. en fu d. — 87 *GT* f. bien — 89–95 *F* omits — 89 *GDT* v. sept cent d. (*T* v. quatre c.) g., *BN* v. dis mille g. — 91 *BN*

b. est (*N* et) peciez e. — 92 *N omits* — 93 *B* e. mout l. — 95 *GDT* En icele b., *N* o. il fu puis o.

β75 (α70) — 1676.1 *U* Dan clin si a brouchie le bon cheval de pris — 77–83 *U omits* — 78 **JM** O. j. n. perdront g., *CEL* O.(*CE* Dont) j. n. p.(*EL* perdront) rien, *H* Hui mais n. perdera p. — 79 *JIRSPQY* M. d. n. l. c., *K* M. d. son vavassor, *MC^mEL* M. du (*E* d'un) vasal l. c.(*L* li poise), *CH* M. d. vasal (*H* vasart) l. c., *JIMRSPQ* sont dolant, *KYCH* e.(*YH* fut) d., *E* en dolent, *L* durement, **J***YCH* qu'il e.(*JI* ont, *YH* fu) p., *MRSPQC^mEL* q. e.(*RSPQ* fu) p. — 80 *YH omit* — 81 *C omits*, **JM***H* I. point l. vair destrier (*K* l. cheval v.), *EL* I. b. l. c.(*E* destrier), *J* s. s'e. f. des rens m., *I* et s. s'e. a p. m., *K* es grans galos s'e. m., *E* s. s'estoit a. p. m. — 82 **JM** E. voit e. s. b. t. q. cens d. p., *C* Il voit e. s. b. tel q. cent et dis, *HL* E. ot e. s. compaigne t. q. cens d. p.(*L* c. marcis), *E* E. maine e. s. b. t. q. cens et sis — 83 **J** Il n'i ot nul de chiaus ne fust d'a. p., **M** Nen i a un tout seul ne s. d'a. p., *CEL* N'i a nul (*C* un) qui ne s. d'a. pr. et p., *H* Qu'il nen i a un seul ne s. d'a. eslis — 85 *JIMRSPQH* l. vairs (*M* noir) destriers d., *KYCEUL* l. b. c.(*Y* destriers) d. — 89 *J* v. tous ses amis, *IKMCL* v. dis (*K* vint, **M** set, *HL* deus) mile g. — 90 **J** f. noirs et teris — 91 *HEUL omit*, *C* b. pecoies e. — 92 *L omits*, **C** E. cairent — 92.1 *QH* A l'arrester suz li (*H* Par les regnes a or) fu li chevaus saisiz — 95 *MU* pirrus, *C* perrus — 95.1 *H* Et apries le douna dans calnu menalis

NOTES

70 1679. Erratum: Nassal (Nasal).

70 1682. Erratum: voit (vont); cens (cent).

70 1689. Erratum: dis mile (sept mil de).

70 1692. The construction changes abruptly, *les flors de lis* being the subject of *hurterent*.

70 1693–95. AdeP composed 1693–95 as a forecast of the passage by Lambert-2 in III **233** 4177ff. which relates that Alexander in his Porus duel rides Tholomé's horse. Note also that the wording of 1695 is an echo of the wording in III **102** 1774. For the horses of Tholomé and Cliçon, see above, Vol. IV (EM 39), "Examen critique," II **76**.

VARIANTS

71 (Mich 167, 21) *For term C^α see above*, **32** — 1697 *T omits*, *DF* Del vasal, *BN* D. midoal qu'est (*N* Quant m. fu) p. ses buens a. c.(*B* corals), *C^α* Del vallet — 98 *GD* q. molt t., *all manuscripts* c. par v. — 99 *D omits*, *G* a. plus q'a. — 1702 *G* ens esc. a e. — 03 *G* h. percierent l., *C^α* h. trencierent l. — 04–05 *N omits* — 05 *B omits*, *C^α* a. coraus — 06 *G* e. commuaus, *B* l. hastes — 07 *BNC^α* S. durement si hurtent — 08–09 *G omits* — 08 *N* p. ou reluist li c., *C^α* b. froisierent s'en vole li c. — 09–10 *N omits* — 09 *C^α* Et li elme ensement — 10 *C^α* r. les poitraus — 11 *BNC^α* F. ni lorain (*N* Escus ne f.) ni sele — 12 *C^α omits*, **G** Les (*GD* Lor) a. derrier brisent e. r. les (*GD* lor) p., *B* Li arcon sont brise e. r. li p., *N* Toz les a. debrisent e. r. les p. — 13 *GD* c. s'asisent a. les c., *TFBNC^α* a. des (*N* de) c.

β82 (α71) *C alters rhyme to -is* — 1696 **JMCL** Gadifer fu dolens, *JKH* e. l. p. f. m. m., *IEU* e. l. p. li (*U* i) f. ma., **M** e. ce li f. m. m., *C* e. forment arramis, *L* e. l. estors f. ma. — 97 *L omits*, *JMCH* Del duc q. f. cheus, *JC* li s. a. c.(*C* c. a.), **M***H* ses sires naturaus, *EU* D'un vassal q. est (*U* Por le v. qu'e.) p. ses bons a. c. — 98 **JM***EUL* I. broche l. d., *CH* I. p. l. v.(*C* brun) d., *all manuscripts* c. par v. — 1700 **JM***H omit*, *C* Ainc chevaliers n'ot tel ne m. li fius felis, *EU* O. mais ne f. t.(*E* O. mieldres n. f.) ne m. q. b., *L* Ains ne f. nul meillor certes fors b. — 03–07 **JM** *omit* — 03 *C* t. l. samis, *HU* m. l. blasons trencierent l. c.(*U* chamaus), *E* m. l. clavons rompirent l. clavaus, *L* h. en trencent l. bliaus — 04 *H* (*05*, *04*)

VARIANTS AND NOTES TO BRANCH II

f. a quel que fust, *L* f. a un des deus — 05 *C omits*, *HEUL* E.(*H* Ja) tournast a grant p. — 07 *C* Des cevaus s'e. et de cors et de vis, *H* S. fort s'ont encontre l'un l'autre d. v., *EL* S. durement se hurtent des escus a esmaus, *U* Des hyaumes s'e. ente deus les v. — 08–13 **J** *08, 10, 09, 12, 11, 13,* **M** *08, 10, 09, 12, 11, C 10, 12, 11, 13, H 08, 10, 12, 13, E 08–11, 13, U 09–11, 13, L 08–10, 13* — 08 *CU omit,* **JM***H* Q. l. b. en fraingnent (*H* Q. li escu pecoient) s'en vole (*MRQH* volent) li c., *EL* Q. l. b. pecoient ensamble par igaus — 09 *CH omit, EUL* Et l. hyaumes (*U* E. des escus) ausinc (*L* Li hiaume hurtent si) qu'en vole li cristaus (*L* esmaus), *J* f. li vassaus, **M** e. rompent (*Q* s'en volent) l. frontaus — 10 **J** s. r. l.(*JI* li) f., **M** s. froissent l. nasaus, *C alters, HEUL* et r. lor (*U* le) poitraus (*H* nasaus) — 11 *HL omit, J* F. es. n'armeures, *IK* F. ne es. n. sele, **M** Es. f. n. en., *CEU* F. ne lorains n. sele — 12 *EUL omit,* **JM** Les cengles ont rompues (*I* o. perdues, *KMRSPY* sont r., *Q* des-r.), *J* par desous les p., *I* e. rompus les p., *K* e. perdus les p., **M** desnoez les p., *C* Les p. convint rompre tot droit en mi le pis, *H* Lor arcon pecoierent s'en r. les p. — 13 **M** *omits,* **J***H* Par l. c. s'abatent (*H* volerent) a. des c., *C* [S]us de arcons se portent cascuns s'est es pas mis, *EUL* a. des c.(*U* a. li vassaus)

NOTES

71 1697. Erratum: charnaus (carnaus). — For *amis charnaus* see TobLom, *charnel*.

71 1698. Erratum: par (por).

71 1701. The *estre suus en* seems to mean 'avoir confiance en,' with Tholomé as the antecedent of *qui*.

71 1705. Erratum: charnaus (carnaus).

71 1709. "Ils se mettent en morceaux les visages et les *nasaus*." Various scribes omit or alter the line, but the somewhat clumsy reading is assured by its presence in *DTF* of α and *JM* of β.

71 1712. Erratum: Les a.ont brisiés e.r.les p. (Lor a.sont brisé e.r.lor p.). — Confused by uncertainty whether the verbs *brisier* and *rompre* were used transitively or intransitively, every redactor made some alteration in this line. The exact reading in both α and β is uncertain, but the meaning is clear.

71 1713. Erratum: des (les).

VARIANTS

72 (Mich 169, 1) *For term C^α see above,* 32 — 1714 *N* f. navre — 15 *BN* O. mais ne vi p.(*N* si), *TF* h. atorner, *B* h. estoltier — 16 *BNC$^\alpha$* de dos (*C$^\alpha$* trois) arpens a. — 17 *G* retorner, *DT* recovrer, *F* acesmer, *BC$^\alpha$* o. uns de cels (*C$^\alpha$* nus d'andeus) s. p. relever, *N* Q. l'uns eust loisir de son vis relever — 19 *B* Davant ce que l. — 20 *G* D. l'e. trenchant — 21 *BC$^\alpha$* Que de son h., *N alters* — 22 **G** *omits*, *B* h. doblier f., *N* Sor la senestre espaule f. l. c. avaler — 23 *BC$^\alpha$* b. fauser, *N* a fait del b. raser — 24–25 *F omits* — 24 *B* E. l'e. d'a., *TB* t. abevrer, *N* l'c. a fet el cors entrer — 25 *BC$^\alpha$* v. lo ciel, *DT* t. voler, *C$^\alpha$* t. torner, *N alters* — 26 *BNC$^\alpha$* e. enz el sablon fichier (*N* meller, *C$^\alpha$* torner) — 27 *TB* c. covrer — 28 *N omits* — 29 *B* d. mena s'e. p. s. g. assembler, *N* g. conforter, *C$^\alpha$ alters* — 30 *B* Adonques v. les g. ajoster, *NC$^\alpha$* g. fierement (*C$^\alpha$* g. entor lui) assambler — 31 *B* il. amasser, *N* il. remonter, *C$^\alpha$* il. avaler — 31.1–2 **G** Et les grius (*G* le duc) metre ensemble et sor lui arester La veissies d'espees tant felon (*DT* pesant, *F* ruste) caup doner — 32 *BC$^\alpha$* m. poignent, *N* m. s'en vont — 33 *BNC$^\alpha$* E. rovent a. greceis, *B* g. bien l. d. g., *N* g. des destriers a g., *C$^\alpha$* g. l. angardes g. — 34 *BC$^\alpha$* p. venir ne r., *N* p. illueques r. — 36 *BNC$^\alpha$* te. e tant civals colper (*N* ta. pie de-c.) — 37 *GD omit, BN* n. l'estut demander, *C$^\alpha$* n. f. a demander — 38 *TF* c. illuec q., *BNC$^\alpha$* Il c. q. ses termes fust venuz de-f. — 39 *B* s. fier e. n'orez ja

m. p., *N* s. fait e. n'oirent m. p., *C*$^\alpha$ s. g. bataille n'oistes m. p. — 39.1 **G** Tout le pris en porterent dans clins et tholomer

β84 (α72) — 1715 *H* omits, **JL** O. mais n'o.(*K* O. n'oistes) si (*L* mius), **M** Ainz mais n'oistes p., *C* O. n. n'o. p., *E* Mes ne veistes home si fort estotoié, *U* O. mes n'o. h. si ensemble jouster — 17 **JL** Q. o.(*I* Ne se peut, *L* C'o. puis) li uns d'a., **M** C'o. n. seus d'a.(*RS* C'o. li uns d'a. deus, *Q* C'o. neiz uns d'a.), *C* Q. nus des deus vassaus, *H* Q. li uns ne li autres, *EU* Q. nus d'a.(*U* Ainz q. n.) s. p. redrecier ne lever (*E* l. n. r.), **JM** s. p.(*I* en nul sens) acesmer (*J* rachamer, *IY* r-a.), *CHL* s. p. relever — 18 **JMCL** Gadifer s. r.(*J* relieve, *IKMCL* recuevre) — 19–39 *in the place of 1719–39, β has an entirely different text (1718.–1 51); for the β text see above, pp. 44–46.*

NOTES

72 1724. We might be inclined to expect that so grave a wound would be fatal, but the subsequent context (**74** 1758 etc.) shows that it was not. The *embarer* ('enfoncer') is the reading of *GD* and *C*$^\alpha$; *T* and *B* have *abevrer*; *N* alters the second hemistich to *a fet el cors entrer*; *F* deletes 1724–25, and the β version has an entirely different text for 1719–39.

72 1728. Erratum: *a mener (amener).* — The *ne l'en laisse a mener* means "il ne renonce pas à l'emmener."

VARIANTS

73 (Mich 165, 16) — 1740 **G** f. fors (*F* fiers) li estors (*T* la bataille), *BN* f. grans la bataille — 41 **G** E. la (*G* En l., *T* La ot, *F* De l.) bataille dure (*F* fiere), *BN* Li estor (*N* L'e. fu) perillos — 42 *N* Es vous un ch'r d. pe., **GN** pe. et (*GD* es-) pons (*N* poins) et l., *B* pe. poneez e l. — 43 **G** mades (*TF* madaz), *GD* e. cariaus d. l.(*G* carteaus d. seus), *TF* e. clariaux, *BN* Apres vint (*N* va) les galos estarrans d. l.(*N* clerus) — 44 *N omits*, *GD* tinrent, *T* traistrent, *F* mistrent, *B* Sor le duc s'a. e. tienent — 45 *B* E per lui r. — 46 *G* a. qui, *BN* M. anceis qu'il m.(*B* montast) — 47 *B* Des r. de lor lances, *N* D. maces e. d'e. q. t. fu irascuz — 49 *GDB* le p., *TFN* se p., *B* f. si est avant v. — 50 *B* a. que il l'ait, *N* M. ainz qu'i. soit montes l. sera c. — 51 *N* Estez vous par l'e. a. — 52–57 *F omits* — 52 *B* q. il o. ja t., *N* de perse qu'iccl orent t. — 53 *B omits*, *G* s. que il e. cheus, *N* Del c. l. trebuchent — 54 *B* c. ot les branz mantenuz — 56 *N omits*, *G* Guidomarches — 57 *GD* l'estor, *T* alters, *B* li camps, *N* s. li estors e. failluz

β76 (α73) — 1740 **JMCL** f. grans la bataille (*K* li meschies, *HE* li estors) — 41 **JM** E. li estours molt (*K* fu, *Q* si) fiers (*IK* fors), *C* Li estors perclous, *H* E. li estors mortes, *E* E. fort et perilleus, *UL* E.(*L* En) l'estor perilleus — 42 *U omits*, **M** Bilas (*RSQ* -os), *H* Dalis, *JK* pe. i point e. l.(*K* liaglus), *I* pe. e. ponces l., **M** pe. point e. elyagus (*Y* lyagus), *C* pe. li ber eliadus, *H* pe. i point tous irascus, *E* pe. point par les puis aguz, *L* pe. e. point eliagus — 43 **J** E. m.(*J* mados) l'o. e. quarriaus (*I* madeus, *K* quarres) d. l., **M** M.(*Q* Mandez) li o. e. quarranz (*M* -aus, *Y* -eus) d. leuruz (*RS* bertrus, *Q* betruz, *Y* li herbus), *CEUL* Apres va les galos (*L* point li hardis) escerrans (*E* esqualais, *U* carios, *L* escarnis) d. l.(*L* larus), *H* E. matans l'o. e. carrans d. lilus — 43.1 **M** Gadifer des (*MQ* du) larriz li vassaus conneuz — 44 **JMCL** e. traient — 46 **JML** M. a. qu'il fust montes (*IMSPQY* puist monter), *CEU* (*and* RTCh) M. ancois qu'il montast, *H alters* — 47–50 *KM omit* — 47 *JIH* D. troncons e. d'e. t. en fu esp.(*H* que t. en f. confus), *CEUL* (*and* RTCh) Des (*L* De) troncons de lor (*E* D. gros t. des) lances q. t. fu esp.(*C* t. est esp., *U* t. esp.) — 49 *JI* Il se p. a l'estrier (*J* au cheval) s'e. a. c.(*J* as estriers) v.(*J* salus), *CH* L. d. se (*C* le) p. a. f. s'e. a. c.(*C* a l'estrier) v., *EUL* L. d. i est montez s'e. en l'estor v.(*L* m. et es ascous salus) — 50 *EU* (*and* RTCh) *omit*, *JI* M. ains qu'i. puist monter, *JICH* l.

sera c., *L* a. que montast fu il m. c. — 51 **JM** P. le camp, *JEL* vont p., *IMC* vint p., *KH* v. p., *U* esperoune — 52 *JIMEL* qu'il (*L* que) o. l. j. t., *K* q. il ont hui t., *CH* q. li rois amoit plus, *U* qui l'ont l. j. t. — 53 *E omits*, *CUL* (*and* RTCh) De lor c. l. h. s. que i. e. ceus — 54 *EU omit*, **M** a. branz d'acier moluz, *C* c. fierement main-t., *H* D. le duc betis f. l. c. t., *L* c. o les brans esmolus — 55 **M** Les espees t. — 55.1 **JM** A force est remontes mais ses las ot rompus — 56 **JM** Murmigales, *C* Guimadones, *Cᵐ* Guimadoces, *H* Ginohoces, *EUL* Guimardoches — 57 *JCEUL* s. li estours (*U* besoins) e. v.(*U* venus), **M** s. c. li chams e. v. — 57.1–5 **JMCL** (*and* RTCh) Au poindre premerain carra nostre vertus Certes je voroie estre en ma maison tous nus (*HL omit*) Et li dus le resgarde (**M***H* li respont) qui n'iert pas corbatus (*J* p. cuer faillus, *KEU* n'i. mie esperdus, **M***L* q. mout fu irascus, *C* q. n'ot p. cuer perdus, *Cᵐ* q. n'ot p. cuer batus, *H* q. ne fu mie mus) Et dist (*H* Certes) vous estes pires que en camp recreus (**M** *omits*) Dieu ne plache qu'en court soies ja mais veus (**M** J. m. e. bonne c. n. doiz estre creuz, *H* J. damel-d. n. p. que en s. creus, *L* J. n. p. ore d. de cou s. creus)

NOTES

73 1740. Erratum: la bataille (li estors).

73 1741. Erratum: l'estors perilleus (la bataille dure).

73 1742. Erratum: Pons (Ponz). — There seems little doubt that in AdeP the second hemistich was *Pons et Eliagus* but that, on account of hesitation between *eliagus* and *e liagus* and of similarity between *pons* and the verb-form *point*, α had *et Pons et Liagus* and β had approximately *point et Eliagus;* see Variants. — On the probable reappearance of Pons, see below, note to II 2316.

73 1743. Erratum: Carraus (Carreaus). — The Carraus de Lerus of 1743 reappears in II 2212 in the oblique as Carraut de Lerin, where AdeP gives a different termination to the place-name to adjust it to a different rhyme; cf. note to II 2320. The name Lerus, here rhyming in *-uz*, is again used by AdeP with Abilans de Lerus in II 2259, where it rhymes in *-us*.

73 1744. Erratum: tinrent (tirent).

73 1749. Erratum: se (le).

73 1757. Erratum: l'estors (l'estor).

73 1757.1–5. These lines of the β version, which further depict Guimadochet as a coward, were added by the GV author seemingly as an introduction to his interpolated β77, which furnishes comic relief in the portrait of another cowardly knight, Hymer.

VARIANTS

74 (Mich 166, 4) *C* has **74** (*absent from* β), *cf. above*, **32, 71, 72**; *H* has **74** *and* **76** (*absent from* β) — 1760 *BNCH* v.(*H* ert) a. en (*B* v. tote a. e., *C* v. toute a.) u. v. — 61 *H omits*, *T* maint n., *BC* Lai poissez veir maint n. — 62 *BCH* E. mainte bone e.(*H* m. grant baniere) de paile et d. c., *N* E. t. e. a or — 63 *BNH* E l. r. v.(*N* fu) premiers (*H* devant), *C* v. tous premiers — 64 *H* (*60, 63, 64, 62*) *alters* — 65 *BC* M. mene bonement, *N* M. dient belement, *H* M. le fait noblement *and adds* 65.1–8 (*see* Mich) — 66–67 *H omits* — 66 *GD* t. envers l. d. e., *T* t. l. d. vuidier e., *NC* C.(*N* Qu'il) f. a brief t. — 67 *N omits*, *G* j. n'en donront c., *C* e. s'atagnent

β lacks α74

NOTES

74. The β version lacks stanzas **74–79**, but **74** is in the subgroup *CH* of the β family, where it seems to be a borrowing by the redactor of the *CH* subgroup from some member of the α family; see above, p. 141.

VARIANTS

75 (Mich *lacks*) — 1769 *G* h. si — 71 *T* m. errei, *B* se il l. prent malament a o. — 73 *G* l. puel, *DT* folement a o.(*T* errei), *BN* l. p. tenir — 74 *B 75*, *74* — 75 *G* Ne seront vers le roi a nul j. racordé, *B* Ne lo laireit tant v. que il fust avespré, *N* N. le l. v. tant qu'il fust avespré — 76 *N* l'e. acolé — 76.1 *BN* Al plus tost que il puet s'en va (*N* fuit) vers la cité

β *lacks* α75

NOTES

75. For the cumbersome and defective structure of stanza **75** as it stands in the AdeP version, see Vol. IV (EM 39), "Examen critique," II **75**.

75 1776.1. *BN* have an additional line at the end of **75**: *Al plus tost que il puet s'en va (N: fuit) vers la cité*. Since **75** is absent from β and since for this section of the text α is composed only of the **G** group and *BN*, 1776.1 may theoretically have been added by *BN* or have been present in AdeP and have been deleted by **G**; but as there has been no recent mention of the city of Gadres, the line is almost certainly a *BN* addition suggested by *A la fuie s'est mis* of **76** 1782 and by *Droit vers Gadres s'en fuit* of **77** 1800.

VARIANTS

76–79 — At **76**, **M** (*including fragment b*) *shifts back from* β *to* α, *and for stanzas* **76–79** α *consists of* **GBN'M** (**G** *includes* **GDTF**; **M**, *MRPQY*); β *substitutes* β*127–132 dealing with the same theme; for the* β *text see above, pp. 87–100.*

76 (Mich 171, 5) *H* has **76** and **74** (*absent from* β) — 1777 *Q* ystace, *b* witace, *H* ustase — 78 *B omits* — 79 **M***b* q. de mort l. — 80 *B***M***b* l. p. bailier — 81 *B* p. qu'a de sei l. f. m. l. place, *H* f. rougir — 82 *GDN* c. sa chape, *F* c. sa trace — 83 *N* Es vous l. d., **M***bH* a l. trace — 84 **G** E. consieut (*F* ateint), *GB* c'o. claime boniface, *N* que on claime d., *H* que on a. ustace — 85 *G omits*, *B* c'o. apelle dicace, *H* qui ot non b. — 86 *H omits*, *GDTN* co. ne (*DT* nes) q. l., *F* co. mais q. l., *B* co. plus q. l., **M***b* l. n. vaut une l. — 87 *G* l. movoir n. s. p. u. eschace, *DH* u. eschace, *T* u. esgace, *B* Si or l'e. lait aler — 88 *FBN* t. pris, *H alters* — 89 *G* e. nis q., *T* e. nes q., *N* e. n. que li soz s. m., *H* e. or se gart que il face — 90 *N omits*, *B* l. si trav. a l'entrer d'u., *H* Clincons point al travers si le fiert sans manace, **M***b* Par d. l. se met a. travers d'u. — 91 *B* D. la l. lo fiert, *H* Si grant cop en l'escu — 92 *NH alter* — 93–94 *H omits* — 93 *B* J. per t. c. il v. ne perdra mais la trace, *N alters*, **M***b* t. c. il mes v. n'en i. j. — 94 *DB* t. le cace, *T* t. le sache, *F* a. si q'a t. le lace, *N* De la sele le l. c. t. le sache, **M***b* D. a. le sou-l. a t. le raquasse — 95 *H alters* — 96 *TFH* r. le sache — 97 *B omits*, *DN* calduit, *TF* carduit, *Y* carduel — 98 *H omits*, *N* et en cesar c.

β *lacks* α76

NOTES

76. Stanza **76** is absent from all manuscripts of the β family except *H;* its presence in *H* is no doubt due to its having been borrowed by the latter from the **G** group of the α family, with which in other parts of the RAlix *H* shows contamination; see above, pp. 145–46.

76 1777. For the evidence that this Eustache was the author of the original French FGa, and for the spelling *Estace*, see above, Vol. IV (EM 39), "Examen critique," II **76**.

76 1784–85. The name Dicace seems a purely fanciful invention by AdeP. For Boniface as the name of Cliçon's horse, see ıı 2288 and above, Vol. IV (EM 39), "Examen critique," ıı **76** and ıı **96–97**.

76 1786. For *ne que* after a negation with the same value as *ne mais que*, see Lerch, *Hist. frz. Syntax*, Vol. I, p. 113.

76 1788. The reading *le tient pres* ["he sticks close to the horse Boniface"] is assured by accord of the **G** group and the **M** group. *F* and *BN* alter *pres* to *pris* ["he holds him tight"], which would accord better with the figure in 1789 of the Lombard holding his mace but which conflicts with the context, for Cliçon has not yet laid hands on the horse.

76 1789. The *ne que* construction repeats, at unpleasantly brief interval, the *ne que* construction of 1786. — The joke about the Lombard who when armed with a club is not afraid to fight a snail (see line 1786, *limace*) is a stock one in Old French literature; see G. Baist, ZRPh 2 (1878), pp. 303–06; Adolf Tobler, ZRPh 3 (1879), pp. 98–102; Alfons Hilka, *Der Percevalroman* (*Li Contes del Graal*), notes to lines 5945–47.

76 1791. Erratum: lance, ou (lance ou).

76 1793. This line of AdeP is pure padding, for in 1795 we shall learn that Dicace is slain.

VARIANTS

77 (Mich *lacks*) — 1799 *G* g. ont, *BN* g. fu — 1800 *N* s'e. torne — 01 *BMb* A. lo, *N* s. l'e. tote n. — 03 *B* Tres lieues e. d. a l. voie t. — 09 **G** q'a p.(*G* q'a grant paine) i. eue (*F* tolue), *B* qu'a peice n'i. r., *N* i. perdue — 10 *N* p. qu'on r.

β lacks α**77**

VARIANTS

78 (Mich *lacks*) — 1813 *GT* j. conree, *N alters* — 14 **G***NMRYb* gadre, *BPQ* gadres, *BN* t. portee — 15 *B* m. corteis tot tart a l'avespree, *N alters*, **M***b* p. une matinee — 16 *N alters* — 17 *end of fragment b* — 19–20 **M** omits — 19 *B* a s'aventure c., *N* Tot par l. l. a — 20 *T* f. trestornee, *B* C'o. p. negun h. n. l. f. trastornee — 21 **M** Et — 22 *G* e. estoit entree — 23 *G* celui d. c. qui'st l. c. enfremee, *B* cele d. c. q. s'en ert e. e., *N* cele d. c. q. la est sejornee, **M** cele d. c. q. est dedens e. — 25 **M** p. membree — 28 *N* d'a. denree — 29 *BM* s. destruite m. contree, *F* t. destornee, *N* t. desertee — 30 *BM* s. disnee — 32 *B* t. vee, **M** Q. l'eve d. la m. n. a t. vee (*RP* vaee) — 33 *G* g. amenee — 34 *B* t. en plusor leus q. — 36 *B* m. destrute es-c., *N alters*, **M** m. e. toute c. — 37 **M** omits, *B* f. ariere tornee — 38 **M** La grant eve d. m. — 40 *TF* d. nostre g. armee (*F* esmee), *B* g. asaiee, *N* p. d. n. g. s. molt bien armee — 41 *B* d'a. e coignie a., *N alters*, **M** d'a. et corroie noee — 43 *B* l. font, **M** p. la ou e. e. — 44 **M** p. mostree — 45 *GD* Si f., *B* e. garree

β lacks α**78**

NOTES

78 1814. Erratum: Gadre (Gadres).

78 1821–23. AdeP's allusion to a *chastel*, whereby he means the "château fort devant les murs de Tyr," which has not been mentioned since the opening lines of Branch ıı, is confusing, for the first impulse would be to associate in some way the *chastel* of 1823 with Gadres; the probability of such confusion is increased by the distance of *celi* from *la gent Alixandre* to which it refers.

The purport of the message from the Gadrans to the Tyrians is that, save for the garrison of the blockading tower, the whole of Alexander's army has not only quit the siege of Tyre but is engaged in prolonged siege operations against the far-away city of Gadres.

78 1845. Erratum: otroïe (otroié).

VARIANTS

79 (Mich *lacks*) — 1846 *BN* a. si com d. — 49 **G** *omits*, *N* Illueques v. s. p. drecier, **M** v. ces tyriens plungier — 50 *G* E. tous tous s. — 51 **G** E. la grant t., *B* l. enperier, *N* l. depecier — 52 *G* fendre, *B* E. esmuer, *N* Es. effondrer — 53 *GD* n. princier, *BN* s. c.(*N* deffendent) a lei de bon g.(*N* d. chevalier), **M** s. deffendent a trere et a lancier — 54 **M** *omits*, *B* D. s'antremetent de t. e. de l. — 55 *G* s. p. gaitier, *DB* s. p. drecier, *N* e. p. ce n. lor a mestier — 56 *B* p. a fait d. sa g. — 57 *G* p. d'acier e. c. a sachier, *B* E c. aveit p. e. coignie d'a., *N* Si a c. un p. e. un crochet d'a., **M** f. ou un grant croc d'a. — 58 **G** Illueques v. les t. — 59 *B* q. d. l. t. e. s., *N* alters, **M** E. percier — 60 *B* Aler au font a val, **M** e. a val r. — 63 *G* T. que il f. la tor, *B* e. pecier, **M** verser e. t. — 64 **G** l. grius qui ens ierent — 65 *B* U. mes s'e. est tornez qui v., *N* r. conter — 66 *B* Quant alix. ot lo dit del messajer — 67 *B* Pois — 70–72 **G** *omits* — 70 *B* l. p. trovier — 71 *B* Ja n'avra h. e. t. quil poisse esplaidier, **M** t. qui l'en p. aidier — 73 *B* L. font cuillir lor tentes e. lor s. cargier, *N* Vont s'en cuillir lor t. e.chargent l. s. — 74 *TB* p. d. l'esploitier, *F* p. del r., *N***M** p. d. chevauchier

β lacks α79

NOTES

79 1852. Erratum: la ch. (le ch.).

79 1856. AdeP's abrupt change of subject, so that it is necessary to supply the Tyrians as subject of *font*, caused *B* to alter *font de lor gent* to *a fait de sa gent*.

79 1872. Erratum: cest (ce).

VARIANTS

For **80–149** (reconstitution of the AdeP *text, common source of the* α *and* β *versions*) *variants of the* α *and* β *versions are listed together under the individual stanza captions; in the case of the basic manuscript* G *the variants are fully recorded, but individual variants of the remaining manuscripts are frequently omitted*

80–91 — At 80, *BN* shift from α to β, where they are affiliated with the **C** group, and for stanzas **80–91** α consists of **GM** (*G* includes *GDTF*; **M**, *MRPQY*); β consists of **J***CBNL* (*J* includes *JIK*; **C**, *CHEU*)

80 (Mich 215, 6) — 1875 *MRPQKCHEL* m. est re-v. — 77 **G** *omits* — 77.1 *CBL* Et ses homes noier (*C* tuer) et en la mer perir (*B* morir, *L* gesir) — 78 **G** A. se p., *YCBL* A. les p., *GUB* g. un s. — 79 **G** Ahi b. fait il tant me d. — 80 *CHUBL* r. ensanble o m., *N* alters — 82 **J** f. a g. et a dolour m., *L* a grant dolor m. — 83 *GDYNL* M.(*L* Et) se j. d. m. l. — 85 *CBL* f. escorcier o.(*CE* et) sor (*B* es) carbons r., *N* alters, **MJ** o. e. espoi r. — 86 *GM* c. environ si, *PJKE* si hordir — 87 *G* n'e. p. uns

NOTES

80 1879–82. The barons to whom this apostrophe is addressed are evidently those who have been killed in the destruction of the *chastel*.

80 1886. The verb *ordir* 'entourer' recurs in II 1900, II 2270, and III 4930. An initial *h* (*hordir*) is written by *G* twice, by *P* and *E* uniformly, by *J* and *K* once; elsewhere no *h*.

VARIANTS

81 (Mich 215, 20) — 1888 *B* d. quant s. g. vit p. — 89 **G** Devant l. a., *B A* soi fait apeller — 90 *N* Gardez, *L* Faites garder l. p. — 91 *JKE* Gardes qu'il n'i remaingne ne b. ne g., *CU* Gardes que n'i l. ne b.(*C* l. ja ne nef) ne g., *HBL* Gardes n'i l. nef (*B* mie) ne b. ne g. — 92 *JCBL* C. ont, *QJN* s. commant, *J* quant la cose ont oie, *CHBL* car (*H* qui, *L* qu'il) ne le (*C* il nel) heent mie, *EU* n'i a nul qui desdie — 93 **M** (*92, 95, 93*) Molt en m.(*RPQY* M.a-m.) o l., *JCBL* E. s. mainnent o iaus (*J* O i. en ont mene), *N* E. m. avec l. — 96 **GMJN** tele (*M* celle, *K* ceste) e., *CB* une e.(*CU* envaie), *L* alters — 97 *GDMRPQ* a navie — 98 *TF* n'i avra, *HL* n'i aront, *GFM* s'i. ne veut c'o. l'o., *D* si ne v. c'o. l'o., *TN* s'i.(*T* cil) i v. c'o.(*N* qu'il) n'o., *JCL* s'i. v. c'o. n. l'o., *HU* alter, *EB* s'i. v. que n. l'o. — 1900 *U* omits, *FMJCHEBNL* Q'i. l. a sa c.(**M** Que sa c. l. a) d. t. se.(*MQJL* environ) si h.(*F* c. si forment chalongie, *JI* saissie, *K* e. asegie, *B* garnie), *GPE* hordie, *DTMRQYCH* ordie — 02 **G** o*r*nits, *Q* o. i. petit s. f., **J** en cui peu n.(*K* c. il p.) s. f., *CN* o. i. molt poi s. f., *H* Et m. a peu d. g. o. i. petit s'en f., *U* o. i. peu n. s. f., *L* Car el plus d. s. g. qu'il a petit s. f. — 03 **G** N. devers n. p. n'a (*TF* ne) s. ne a., **M** N. n'at. d. nului (*P* mes d. nul, *Y* mais nul lieu) ne s. ne a.(*R* n'at. nul s. d. nul home qui vive), **J** N'at. m. d. nului ne s. ne a.

NOTES

81 1889. A casual mention of Elie will recur in II 2110; the name seems to have been invented by AdeP to provide a rhyme-filler in *-ie*. As a name for French knights, Elie is frequent in epic poems; *e.g.*, in the *Chanson d'Antioche* (Vol. I, p. 125).

81 1892–94. The *Licanor et Elie* of 1889 demands plurals in 1892–94. The readings with singular verbs (*a fait, mena o lui*), and with a rhyme in 1892 (*s'umelie*) assuring the singular, are in the α version and are supported by *N* of the β version. The β family, except *N*, has readings which all show plurals but which differ among themselves, especially in the case of 1892. The α readings have been retained only because the differences among the β readings make it uncertain what stood in the AdeP text. AdeP may, however, well have had the **J**-group reading:

> Cil ont fait son plaisir quant la chose ont oïe,
> Et si mainent o iaus de Grigois grant partie
> Assés en poi de terme, qu'il ne targierent mie.

The accord of *N* with the α family is readily explicable, for though *N* in **81** is following the β family it had been following the α family up to stanza **80**, and may have continued consulting α readings for a while after the shift.

81 1896. Erratum: tele establie (cele establie,).

81 1898. AdeP, having in mind that the *secors* would consist of troops, employs the term 'kill' (*ocie*), which strictly speaking should not have *secors* as object. "Ni aucun secours ne viendra qu'on ne le détruise s'il vient."

81 1900. For *ordir, hordir* 'entourer' see note to II 1886.

VARIANTS

82 (Mich 215, 36) — 1904 *MJUNL* li compaignon — 05 *GC* Tresq'a. demain a l'a., *EU* Desi au landemein, *L* Desi que au m., *NL* sejornent e. — 06 *GU* s. proece, *YJB* s. perriere — 06.1 **G** Les douze pers commande a venir devant soi — 07 **CL** S. d. a.(*H* Il a dit a ses homes, *EU* Puis lor a dit s.), **M** or e. a m., **C** b. e. m., *BL* per deu e. m. — 08 *JBN* si f. — 09 *E lacuna begins*, **J** Que j. ne sera p., **C***BNL* **J**. mais (*N* si) ne sera p. — 10 *RPQYCHBN* p. e. carroi, *U* p. a esploi — 13 **J** *omits*, **G** p. s. nos, *GD* si (*D* li) f., *TFMCBNL* lor f.(*CL* ferons) — 14–15 *YU omit* — 14 *GDTMRPIKCHN* sel m., *B* cil metront, *L alters* — 15 *G* a. convoi, *DTFIK* a. conroi, *MRP* a. deloi, *QL alter*, *JB* a. caroy, *CH* m. ensi le loc et croi (*H* par foi), *N* Que ja n'i convenra en fin a. charroi — 16 *H omits*, *JCBN* h. ne chevalier f. m., *U* (*17, 16*) *alters*, *L* N'i a. chevalier par desus f. que m. — 17 **M** Et j. p. n'i metrai, **JC***BL* Bien me (*C* B. i, *H* Tres b.) serai (*B* B. istarai) armes (**J** garnis, *U* B. le fera garnir, *L* B. s. atornes) d'a. e. de c., *N* Que ja n'i ara home a a. n'a c. — 19 *JKC* s'i. mescheoit d., *IBN* s'i. nos mesciet d., *U* Q. por rien ne voudroie qui meschieist d. — 20 *DTF* a. nel f. p., **J** a. ainsi iert p. — 22 **M** s. assis — 23 **CL** a. la vile, *KHN* b. en requoi — 24 **JC***BNL omit*, *G* g. d. caucoi, *D* g. d. deroi, *T* g. d. ravoi, *F* g. d. manoi, **M** g. devant moi — 25 **G** s. malvais — 26 *GDT* a. l. desroi

NOTES

82 1910. The *berfroi*, which duplicates the statement and the rhyme of 1913, is present in the **G** group (and *M*) of α and in the **J** group and *L* of β. In the **M** group of α and in *CHBN* of β the reading is *charroi* ('appareil de transport'), probably the form which stood in the AdeP text.

82 1913. Erratum: lor (si).

82 1915. Erratum: conroi (convoi). — The reading which has the best support is *conroi*, present in the **G** group of α (*G: convoi*) and the **J** group of β (*J: caroi*). This gives *conroi* as rhyme-word three times within nine lines, but *prendre conroi* 1909, *conroi* 1915 ('équipement,' here 'force motrice'), *conroi* 1917 ('apprêts') are from the point of view of OFr rhyme different words. It is true that a careful technician would have avoided as many as three sound-repetitions at such short intervals, but AdeP was not a careful technician. Various scribes found the triplication disagreeable, and in 1915 *G* changes to *convoi*, *MRP* to *deloi*, *J* and *BN* to *charroi;* the remaining scribes delete or radically alter.

82 1922. This line must mean that beside the king's *berfroi* there are three from which his army will make a simultaneous assault, an interpretation which involves having the *en* refer all the way back to the *berfroi* of 1913. The specific location indicated by *de ça devers la mer* is contrasted with *de la devers la mer* of 1911 and implies "close to the sea from the landward side."

82 1924. Godefroy has *ravoi* 'ravine,' 'torrent' and *de* (*a*) *ravine* 'avec impétuosité'; for the Provençal, Levy gives *rabeg, rabei* 'Lauf,' 'Strom' and *de rabei* 'schnell.' Line 1924 is present only in **GM** and the reading *de ravoi* stands only in *T; G, D* and *F* have individual variants for *ravoi*, and **M** alters *de ravoi* to *devant moi*. The line may be an addition of the α version, or it may have stood in AdeP, in which case the omissions and alterations would be explained by the rarity of the expression *de ravoi*.

VARIANTS

83 (Mich 216, 19) *E lacuna* — 1927 **C***BNL* q. l. solaus e. — 28 *YB* p. traire — 29 *G* si l. f. avant t., **M***JCB* ses (*B* sil) f. a. m. a-t., *I* si se f. a. m. traire, *K* ses a fait a. m. traire — 30 **JC***BNL* l. grieu sont arme q. n. t.(**J** a. n. demoure-

rent) — 33 *G* r. v. l. a. — 34 **J** *34, 33, HNL* E.(*L* Puis) monte en son (*H* un) e.
— 35 **J***UB* I. courut a. b., *C* I. fist faire un b., *H alters*, *L* Un b. ot fait faire —
36 **M** Premerains i monta, *CL* Si e. desus (*L D.* estoit) m. — 37 **M***IKHBL* al
mur r. — 38 *G* o. qui d., **J***CBNL* L'engien oissies croistre et si durement b. —
39 *G* Q. c. c. tres bien, *QH* Q. c. c. qui l'oent, **GM**J*CBNL* que il (*DBMC* tous,
RPQU tout) doie (*GM* doivent) d. — 40 **CL** omit, *G* c. tardent des murs, *DF*
c. lai ens, *T***M***JBN* c. dedens s'a.(**M** s'efforcent) — 42 *B* omits — 43 **M** Ainz que
il s'en retort, **G** l. f. il c., *MYJKCBN* l. movra, *L alters* — 44 *CB* p. escaper,
GT n'en v., **J***IUBN* n.(**J***IN* bien) savra, *C* n. vodra, *H alters*

NOTES

83 1929. Erratum: ses f.a.m.atraire (se les f.a.m.traire).

83 1936. In spite of the resulting tautology we must render 1936 by "il y
monte pour être le premier à commencer l'affaire." An interpretation "il y
monte le premier" would conflict with the statement (1916) that the king took
no one else into the tower.

83 1939. Erratum: il (tous).

83 1940. Erratum: dedens (lai ens).

VARIANTS

84 (Mich 216, 36) — 1945–76 *E lacuna* — 45 *B* a. mout l'a b. coneu — 46 *JB*
T. seulement m., **M** v. a mont el b. ou il fu — 47 *J* tost l., *IKB* chier l., *MYCN*
a. rendu — 49 *GD* Alix. le voit e. t. u. d. m.(*D* voulu), *B* E. l. s'en vait e. t.
u. d. agu — 50–53 *U omits* — 50 *GD* L. l. l. l. rois, **G** sel f. p. mi (*D* s. feri en)
l'escu, **M** Le dart l. a lancie sel feri p. v., **J***N* sel f. par tel v., *H* sel f. de grant v.
— 50.1 **M***JN* Que l'escu de son col li a fret et fendu — 51–55 *Y omits* — 51–54
GD omit — 51 *CH* e. la car c., *U alters* — 52 *MRPIKN* P. m. chief, *MRPC*
bien m'a. a., *Q* bien ai ton cop sentu, **J***H* bien m'aves assentu, *B* bien m'a. or
offendu, *N* t. m'a. aperceu, *L* molt m'a. bien assentu — 53 *TF* m'a. conneu,
J d. tout m'a. — 54 *F* u. fort espie m., **MN** A. l'avise si l'a d'u. d. feru (*N* et
fiert d'u. d. agu), **J** t. agu, *CH* u.(*C* le) d. trencant agu, *U* Mes li rois a. si l'a
avant feru, *B* d. qui fu m., *L* d. tot nu m. — 54.1 *B* E feri si lo dux e de si
grant vertu — 55 *TFH* e. le h. r., *ML* Q. l'escu li perca l'h. li a r.(*QL* l'h. a
des-r.), **J** L'escu li a p. e. le h. r., *CN* e. l'h. des-r., *U* L. t. li rompi e.froissa
s. escu, *B* Q. l. t. li pece l'h. li a r. — 56 **M***UL* P. m. l. p. li a s., *N* Que p. m.
!. p. a s. — 56.1 *HL* Arriere (*L* Envers) entre sa gent a le duc (*L* g. l'avoit mort)
abatu, *B* Si que dedenz des murs ot li duc cheu — 57 *F omits*, *GDT* e. deschire,
JI f. le cervele espandu, *K* j. li faillent si perdi la vertu — 58 **J***CL omit* — 59
CH l. e. entre ses gens c. — 61 *B* Deus com s'est porpensez — 62 *D* a t. j.
maintenu, *TJ* a t. j. ramentu, **MC***BNL* qui sera m.(*QHL* q. ert ra-m., *YCN*
ramentu, *U* maintenu) — 63 *T***C** p. e.(*CH* apres) l. jone (*C* povre) e. l. chenu
— 65 **J** M. par a b. l. r.(*JI* son droit) pour itant pour-s. — 66–69 **J** *omits* —
66 *CB* Car, **M***NL* b. a mont — 67 **M** E. s. la dedenz, *CUL* E. ens s.(*L* Saut en
le cit) joins pies, *H* E. s. en la vile, *B* E. s. t. en piez — 70 *GDN* f. t. commeu
(*D* conneu), *QU* f. tesant e. m., **J***CHBL* f. si (*KH* et) c. e. m. — 72.1 *B* Predicas
li hardiz l'a bien de pres seu — 73–82 **MN** *omit* — 73 *CL* t. ber — 74 *G* v. entr'a.
si e., *F* v. vers li sont e., **J** v. seure li sont couru, *U* sorent sor li sont e. — 75 **J** a.
ochis et confondu, *CL* a. ocis o. r., *H* a. o. ocis o. venchu, *B* a. e pris e r. — 76 **J**
(*77, 76*) Illuec s'est adosses a u. a. f.(*K* si a trait le branc nu), *CHL* Mais —
77 *GDHL* se t., *TJ* s'est t., **J** devers u., *E lacuna ends* — 78 **J** Fierement s. d.
a s. b. d'a. n.(*K* a son col son escu), **C** d. au b. d'a. moulu — 79 **J** *omits*, *CB* s. d.
t. p.(*C* s. trestot seule) couru — 80 **J** Mais cil tout l. d. s. el. et s. es.(*K* d.
comme un rain de ceu), *CEU* d. e. percent — 81 *CHL omit*, *EU* l'o. a fine
force, *JU* a la terre a. — 83 *N omits*, *B* u. mu — 84 *B omits* — 85 *CN omit* —

86–88 M*N place between 97–98* — 86 *U omits, G* As m. e. as entailles s. li g. venu, *JEN* l. bretesques, *C* Des nes e. des bretesces s. li g. issu, *L alters* — 87 *JKCL* p. venu, *U alters* — 88 *GDFMU omit*, **J** E. c. def. i entrent a force et a vertu, *C* i. e. s. devant v., *H* i. i s. molt tos v., *E* i. s. apres enbatu, *N* E. c. dedens i entrent ded. se s. feru, *L* Oevrent e. c. i entrent q. ont def. estu — 89 *JKE* Trestout l. premier h.(*J* Trestous li premiers hons), *ICN* T. l. p. h.(*I* Trestous li premiers hons, *C* Trestos li premerains) q.(*I* qui) l. r.(*IN* le roi) perceu (*I* apercut), *U* Trestout l. p. q. le roi a v., **GL** q'a l. r.(*L* que il a) conneu (*T* que l. r. i connu), *RPQY* qu'alix. a v. — 90 *TMRQYJCEUN* aristes s. d. (*TY* ses druz, *C* ses d.), *L* perdicas s. d. — 91–93 **M** *omits* — 93 *EUN omit*, **G** S'i. l. d. i. l. fist (*T* tint) e. b.(*GD* molt) l. a t., *J* a rendu, *I* t. b. l. a atendu, *CH* a paru, *B* Se li reis li promist b. l. a atendu, *L* t. que b. fu aparu — 94 **G** p. c. parole, **MJ***UNL* Por icele (*I* iceste) a.(*U* parole), *CHE* p. celle a., *B* p. soe a. — 95 J Q. l'e. d. to. inde l., *B* P. li d. l. te. qui fu a. r. p. — 96–97 *CHU omit* — 96 *GE* e. naples, **M** e. c. de tout l'a r., **J***N* e. bastre (*N* bacle) dusqu'en oceanu, *BL* e. c.(*L* bautre) quant l'e. — 97 **J***BN omit*, **GM** Bastres (*G* Bastes, *DT* Batres), *FY* orianz, *E* Et trestoute la terre t., *L* Capes e. o. jusc'as bonnes artu — 98–2000 *N omits* — 98 **M** e. bien feru — 99 *JL* f. furent ars e.(*J* sont tout mort ou) p., *CH* f. s. a forces p., *EU* C. q. la furent p. s. tuit mort e. vencu (*U* p. si furent confondu) — 2000 *GDC* c. crient m., *GD* q. sauf, *JCHL* q. vif, *E* q. se furent r., *U* q. dont

NOTES

84 1946. The *tendu* modifies *berfroi* rather than *le* and means "en état de tension"; see 1938–39.

84 1949–50. The displeasing duplication (cf. 1954) is to be laid to the charge of AdeP, for 1947–53 are one of his numerous interpolations into this stanza.

84 1953. "Si tu arrives à me donner un second coup, j'en serai bien étonné."

84 1957–58. In the RFGa, lines 1957–58 were located between 1959 and 1960; it is AdeP who made the readjustment. In an effort to correct the resulting faulty text, *HL* add a line after 1956 stating that the duke is smitten to earth, and *B* inserts at the same place a line of different wording but of similar tenor.

84 1971–72. The *louee* is here temporal: "They remained for more than time to go a *lieue* without striking a blow."

84 1973. Once the king is on the city walls he is inside rather than outside the city, and he could readily proceed, without a second leap, to a tree "en mi la cité" (1976–77); it would therefore seem open to question whether in 1973 AdeP is referring back to the leap from the *berfroi* to the walls (1966–68) or whether he is implying a second leap: from the walls down into the streets. An allusion which AdeP will himself make (III 2629–31) to the present passage points to the former interpretation; see above, Vol. IV (EM 39), "Examen critique," II 84, note 11. Besides allusions to the "saut de Tyr" in the RAlix, it is also mentioned by Jean Renart (*Guillaume de Dole* 5306–07).

84 1976–77. An *arc volu* (term found also in the *Roman de Troie* 14824, and elsewhere in the form *arvol*) is an 'arceau.' The two lines seem to conflict, for it is said that in the city there is a tree with leafy branches and that Alexander betakes himself to it under an arch. The illuminator of the Venice manuscript (fo.32ro), puzzled by the passage, portrays the king under an archway from the upper surface of which a tree rises. The meaning can be inferred only

if we consult a Quintus Curtius passage which AdeP is here imitating: this says clearly that the king takes refuge under a tree whose leafy branches shield him from the darts of his enemies. Apparently AdeP is using *arc volu* figuratively (cf. MFr *arceau de verdure*) to mean "arceau formé de branches d'arbre." For the Quintus Curtius passage see above, Vol. IV (EM 39), "Examen critique," II 84, note 5.

84 1996. When AdeP in 1989–97 introduces Aristé and the award to him of the realm of Porus, in anticipation of this award as recounted in III 230, he supplies the geographical names (1996–97) from places mentioned in Branch III as located in Porus' domain. Caspes, land of the Caspian gates, will figure as tributary to Porus in III 748 and 979, but in the form *Caspois*. In 1996 only the M group of the α version and BL of the β version have the name; G and E, meeting it for the first time, alter *Caspes* to the unsuitable but familiar *Naples;* in the remaining manuscripts condensations or omissions have resulted in its disappearance.

84 1997. Porus' realm of Bastre, with a frequent variant form *Bastres*, appears often in Branch III but only in the oblique. In II 1997 we have the one instance of a nominative, but in view of the double form of the oblique it is uncertain whether the -s is intended as flectional, the more so because none of the manuscripts except F and Y attach a flectional -s to the *Oriant* which is here coupled with the *Bastres*.

84 1998. The *maintenu* is here adjectival: "Là vous auriez pu voir une offensive entretenue."

VARIANTS

85 (Mich 218, 19) — 2001 M*EUN* p. son (*N* molt) grant (*EU* fier) v. — 02 M*EU* D. b. sor le m. s. p. son outrage, J*N* Q. d. b. s. sor le m. p. tel r.(*K* Q. sor l. m. s. d. b. p. t. r.), *CHBL* Qu'il s. sor le m. d. b. p. tel r. — 03–05 *C omits* — 03 J*L* Onques nus hons nel vit (*L* O. ne v. h.), *EU* A. nus (*U* Nisun) hom ne le vit ne le t. a rage, *KH* a outrage — 04 **G** Car, *GDFHE* n. h. n. pooit a., *U* n. h. n. p. mie a., *N* n. n. li pooit a. — 06 J*C* v. l. boune g., M*CHL* o. l. c. douz e. s.(*C* large), *U* estoit simples e. large — 08 *G* d. qui i m. un est., *D* d. que il vit en est., *T* m. en un est., *F* m. el maistre est., M*L* d.(M baille) et m. ens (*M* li m.) en ostage, J*H* m. en son est., *C* d. qui m. ens a est., *E* alters, *U* d. et le m. en est., *B* d. cil m. enz per est., *N* Au repirier i m. sabilor en ostage — 09–10 M*N omit* — 09 **J** Puis e. o. e. l. f. molt d.(*JI* angoisseus) d., *EU* alter, *B* f. mout d. escange — 10 *T* l'e. et fist par son folage, *FJIB* d. m.(*JB* put, *I* gent) lignage, *K* l'e. qui li ot fait homage, *CHL* l'e. a tort et a outrage, *EU* d. fol c. — 10.1–2 *JK* Mal li rendi pour bien ce fu grant cuivretage Mais tieus est la nature de sers de mal parage — 13 **M** b. se l'ire n'asouage, J*N* b. et si home savage — 13.1 **J** Ja mais n'ierent sans paine en trestout lor aage — 14 **J** r. prent le duc, *G* n. li n., *D* n. li laira souage, *TF* molt avra bon corage, M**J***N* n'i (*N* ne li) laira autre gage, *CHBL* fors (*BL* que) la teste en ostage, *EU* qui que tort a folage — 15 *CHBL omit*, **M** p. ja n'i avra parage, *E* La t. soulement en avra e. o., *GIU* li laira, *D* n'i laise, *TFN* ne li lait (*N* laist), *J* n'i laira, *K* ce demande

NOTES

85 2008–10. This assertion that Antipater was accorded Tyre as his domain was inserted by AdeP in preparation for the passage in the second version of the Plot (III 7730–34) where it will be stated that Antipater holds Sidon and the

whole fief attached thereto; see also above, Vol. IV (EM 39), "Examen critique," II 85.

85 2011–15. On this statement that the Greeks took a straight course for Gadres, which will be duplicated in 91 2136–41, see above, Vol. IV (EM 39), "Examen critique," II 85.

VARIANTS

86 (Mich 218, 34) *N omits* — 2017 G*EU omit* — 18 *E omits*, T*FM*B contre u., *U* devers u. montaigne, *L* n. u. terre lontaine, G*DI* r. antaine, *rest* aut-, haut- — 19 *EU omit*, **G** E. l. combe (*G* coste) d'u. v. a v. l'a.(*GD* a veu en l'a., *T* a veu une a.), **M** d'u. v. avoit choisi a., **J** d'u. v. par desous vit a.(*J* l'a.), *CB* E. l. combe (*C* coste) d'u. v. a v. a., *H* d'u. v. e. a v. a., *L* d'u. v. avoit une fontaine — 20 **G** U. riche c. m. p. e.(*G* m. plentive e. molt) s., *CHL* m. riche, *EU* U. c. choisi par enpres une araine, *B* m. f. e. de richece plaine — 21 *B omits* — 26–27 *JI omit* — 26 *DFCH* l. quinzaine — 29 **MJ** s'il (*M* s'en) l. vos (*J* me) rendent (*M* rendoit) s., *C* se vos l. prendes s., *H* c'on l. nos rendist s., *EU* Assez s. mielz que l. nos rendisent (*U* s. il m. q. l. r.) s., *B* se l. nos rendent s.

NOTES

86 2018. Erratum: hautaine (autaine).
86 2019. Erratum: combe (coste).

VARIANTS

87 (Mich 219, 12) — 2031 *H omits*, **J***UBN* E. pres, **J***EUL* tendent maint (*JI* lor) p., *B* t. maint p. — 32 *FRPQYHEB* u. part — 33 *CHL* f. perdicas — 34 **M** R. m. a une porte (*Q* part), **J***H* R. m. a d.(*K* Mest a l'une) d. a. o iaus m. bon b.(*KH* m. compaignon), *EU* De l'autre part a m. le preu eumenidon, *L* Mist as deus maistres portes — 35 **G***DFCHUL* m. a. antigonon, *E* m. en a. amendon — 36 **M** A. moi a arene, *N* A. moi vous meismes, **J** o. e. prendes u. — 37 *TFEB* D. a c. dedens, **M** Et d. leur l. e., *JN* Et d. c. dedens, *IK* A c. l. dedens d., *CU* D. c. de l. e., *H* D. c. de la vile, *L* Dire a c. de l. e. — 38 **M***N* S. p. t. n. la (*N* S. l. cite n.) r. a f. la p., **J** S. molt tost (*I* S'or endroit) n. s. r. maintenant l. penron (*K* r. et sans arestison), *H* S'esraument n., *B* S. p. vos n., *GD* a forques l. pendron — 39 *EU omit*, **G***H* J. n'e. porrai u. prendre, *C* J. n'e. prendrai u. seul, *N* J. nul n'e. prendron que la teste n'aion, *L* Ne j. u. n'e. tenrai dont aie r. — 40 **M***EUL* l. respondirent — 41–42 *EU omit* — 41 *FCH* Antigonus, antiocun, *NL* Antigonus — 42 **J** En l. cite en v., *JIHNL* brochant a e. — 45 **J***EU* R. l.(*EU* Que r.) la cite, *B* R. nos, *N* Que li r. la v. la cite le d., *CH* v. les murs — 46–47 *B omits* — 46 *CHU omit*, **M** E. c. p. mestre e., **J** Si qu'el p. h. e., *N* Enz el premier e., **G** metrons — 48 **M***NL* s'e. partira n. n. n'e. torneron, **J** J. mais n. t.(*JI* n. s'e. mouvra), *EU* t. ne li ne si baron — 49 *GD* qu'i. a. m. — 50 *HB omit*, **M***L* Ne j. n'e. p. u. q., *GFUN* a. raencon, *D* q. p. entre en arcon, *KE* q. viegne a raencon, *L* dont pregne raencon — 52–58 *L omits* — 52 **J***U* Ne s. pas s. h. d. l. riens n. t. — 53 *N omits*, *B* vailisant u. boton — 54 *EU omit*, *TJHN* m.(*JN* assaut) e. n. nos desfendron — 55–56 *N omits* — 55 *TJH* a.(**J** manace) e. n. le desfion — 57 *MRPY* L. m. prenent congie, *Q* Et l. m. s'e. retornent, **G***CH* q. oent (*FC* orent) la r.

NOTES

87 2050. Erratum: garison (guerison).

VARIANTS

88 (Mich 220, 4) — 2059 **G***DFYC* s'en s., *TMRPQIKHBNL* en s., **J***EU* a. s. l. message e., **G***DL* m. alé, *F* m. torné — 60 **G***CHL* c. t.(*G* tous) l'a. que cil li

VARIANTS AND NOTES TO BRANCH II 221

o. m.(*T* qu'il o. a ceus trovei), **M** E. re-c. l'a. s. c. i. o. esré (*R* trové), **J** c. lor message s. c. lor o. m., *EUN* c. t. l'a.(*N* c. la parole) s. c. i. o. trové, *B* s. c. i. l'o. m. — 61 *CEU omit*, **M** Q. cil ne rendront mie d. l. bonne cité — 62 **J** s. maint — 63 *G* d. lor e. d. vos, *TF* d. vos e. d. l. — 64 **M** A. respont, *JIN* d. s. encor (*I* d. s'encor s.) d., *K* d. a les tu d. — 65 *M omits*, *TFRPQYBN* C. d. antiocus, *KE* Et cil li respondi (*E* ont respondu), *TRPQJCEU* s. torné — 66 *BN* q. tost — 67 **M** *omits (but see 71.1)*, **J** Et d'a. la vile, *UN* D'a. la cite, **G** p. soient (*DT* erent) bien porpensé, *EU* p. soient (*U* sommes) tuit a., *L* g. e. porpensé — 68–69 *EUN omit* — 70–71 **C***N omit* — 70 *G* Et li rois i m., *JB* A. i monte, *L alters* — 71.1 **MJ***BL* D'assaillir et de prendre (*B* D. p. e. d'a.) garni et (*L* p. estoient) apresté (*J* p. molt bien entalenté, *I* p. erent tot apensé, *K* p. sont trop bien pourpensé, *B* conreé) — 73 **M** Tuit (*Q* Tost) fussent pris li baile — 75.1 *QJ* Seignors ce dist li uns (*JK* S. d. l. u. d'aus) qui premiers a parlé (*Q* or n'i ait point gabé, *K* or oies mon pensé), *HU* Et dist li uns a l'autre mal somes engané (*U* que avez empenssé), *E* Si ont tuit dit ensemble a lor conseil privé, *L* Dont dient li plus saige oies nostre pensé — 76 **MJ***CBL* b. garni e. a.(**MJ** apresté) — 77 **J** *omits*, **M** A (*QY* Contre) eus ne p. guerir (*Y* durer), *C* N. pueent de-t., *E* N. poist con-t., *BN* N. poireit (*N* Ne les puet) re-t., *RPYEU* ch.(*EU* ne mur) n. fermeté — 78 **J** S. li rois n. puet prendre, **G***RJCB* m. avomes e.(*G* m. avromes ouvré, *TE* m. nous est encontrei), *MPQY* nous avons m. e., *N* m. sommes engané, *L* mar fumes onques né — 80 *GD* Segnor c. le f.(*D* S. quel la ferons) a, *TF* C. f. la p., *Q* M. fesons p. a eulz, *EU* Si (*U* Or) faisons p. a lui, *L* Signor c. faisons p. — 81 *G* soiomes, *rest* soions — 82 **M** m. en s. tantost monté, **J** m. en s. a tant a., *H* m. s. cele part a., *UB* c. d. monté, *L* m. en s. li prince a. — 84–85 *B omits* — 84 **G***JH* i. l'o. — 85 *G* Qu'i. vaudront — 88 *GDT* q. tout avoir (*G* aie) g., *F* q'ensi soiez g., **MJ***CH* q. i. s. (*JC* fusent) g., *EU* qu'ele fust tot g., *B* Bon conseil ont eu et sont bien porpensé, *N* q. je l'aie g., *L alters*

NOTES

88 2063–64. Lines 2063–64 could be considered as a shift from indirect to direct discourse, but it is equally permissible to hold that the author (AdeP) in using *des nos* ('des nôtres') is speaking as if he were himself a Greek. For this he had a model in III 2172, where the author (Lambert-2) identifies himself with the Greeks.

88 2078. Erratum: avomes (avromes).

88 2081. Erratum: n'en soions (nen soiomes).

VARIANTS

89 (Mich 220, 36) — 2089 *DMRPQN* e. l. souplie, *JCEUB* vers l. s'umelie — 90 **M***N* E. ot qu'il l. r. ainz que s. a., *EU* La ville li r. ainz qu'e. s. perie — 91 *QJ* A s. t. s'e. re-t., *HEUBNL* g. baronnie — 92 *HN omit*, **M** d. devant sa hebergie (*Y* desor l'erbe florie), *EU* sor l'erbe qui verdie, *B* e. sa compaignie, *L* e. sa bone aie — 94 **MK***CN omit*, *JI* Quant li rois les regarde, *GD* le v., *TFHUBL* les v., *E* la v. — 95 **M***CHL* c. prisons, *TFE* de surie — 97–2107 *N omits* — 97 **M** A. fait il (*Q* He bon rois a.), *G* a. a c. l. — 98 *CL* pr. mestier ai de t'aie (*L* pr. si a. m. d'a.) — 99 *CE omit*, **MJ***B* m. a.(*MRPYB* m'est) que (*PYB* quel) te die, *L alters* — 2100 *E omits*, *C* Sire doune me d., *L* Si te requier un d. — 01 *KBN omit*, **G** Q. t. g. largete (*TF* -teiz) m. p. r.(*G* amenrie, *D* estine), *M* Q. t. g. l. a. m. p. aemplie, *RPQY* Or a.(*Q* S'avra, *Y* Que a.) t. g. l. (*R* proesce) m. p. emplie, *JI* Q. t. g. l. a. m. p. r.(*I* emplie), *C* Q. t. g. largetes a. m. p. enplie, *HEU* Et de (*E* Que de, *U* Si que) t. g. l. m. p. r., *L* Si que m. p. soit de riquece emplie — 04 *G* b. de c. — 05 *CEU* v. l. p. del regne — 06.1 **J** El tref le roi descendent ou li dragons flambie (*J* l. ors res-f.), *U* Viennent devant le roi en sa tente polie, *L* Descendu sont a pie devant se compaignie — 11 *GCL*

m. requist a., *D* m'apela d'a., *TF* m. prioit d'a., *EU* mestier a d'a. — 14 *EU* Ceste cite t. d.(*U* Tien i-c. c.) e. l., *JI* a. l. t. et la maistrie — 15 *E omits*, **M***JIUN* t. ta v.

NOTES

89 2094. Erratum: les (le).

VARIANTS

90 (Mich 221, 29) — 2120 *HEU* Ja tant comme je vive — 20.1 *QJHEUL* (*HEU 20.1, 20*) Et se nus t'en fait tort a moi t'en clameras — 22 *L omits*, *GDRYB* R. done me a. c., *TPIKC* R. done'm a. c., *F* R. a. don me done, *M* R. moi done a. c., *QJHN* Donez moi a. c., *E* R. done moi a. c., *U* A. c. me done — 23 *G* L. c. n'a mestier, *D* L. c. n. m'afiert, *TF* L. c. n. m. siet — 24 *G* d. lui d. — 25 *GDFMRPN* s. d. d. e. a., *TYC* s. deus m'ait dr. e.(*T* i) a.(*Y* dr. a.), *QJK* r. par mon chief (*J* ma foi) dr., *IEUB* A. r.(*EU* Par mon chief dist li rois) chevalier dr., *H* r. puet si estre dr. e. a., *L* r. bien croi que dr. — 26 *RQY omit*, **J***UN* s. ton penser (*N* talent), *HL* s. q. tu ies, *E* s. la proece — 27–29 *CEU omit* — 27 *FQYHL omit* — 28 *YJ omit*, *GQH 27, 32, 28–31, 33* — 29 *F* u. f. d. frise, *MY* u. p. f., *QJL* u. f. d. p.(*QL* u. p. s'assist) qui fu fais a d.(*QL* baudas), *H* u. p. d. soie, *BN* u. f. d. p. — 29.1–2 *J* S'est li rois akeutes jouste lui filotas Si i fu licanor dans clins et perdicas — 31 *T***M***BN* Q. n'a soing d'a.(*B* d'aice) p. m.(*B* mais), *J* Q. ne veut a. p., *EU* Q. n'a c. d'auques (*U* Q. ne veut a.) p. ainz vuet deniers (*U* avoir) ou dras, *L* Q. n'a cure d'a. m., *G* m. a.(*G* a. un) d. — 32 *GQKHBL* M. ne seroit r.(*GQHL* bons), *MQYKCHN* d. damas, *B* r. per tot l'or de domas — 33.1 *EUB* Son senechal (*B* cambarlenc) apele qui ot non quinquernas (*B* c'on clame quinquinas) — 34 **M***EU* A. chevalier — 35 *GT***M***N omit*, *CEUB* d. qu'alix. dounast

NOTES

90 2122. The reading *done me autre chose* or its equivalent *done'm autre chose* was altered by various scribes to avoid the elided *me*. The writing in *G* has been retained, but cf. iv 598 (where *G* lacks the line): *Portés m'en Alixandre*.

90 2133. The *satrapas* is the reading of all manuscripts. It is the earliest example so far located of the word *satrape* and the only one where the final *-a* of Latin *satrapa* has been maintained. Latin *satrapa* (rather than *satrapes* or *satraps*) was well known to clerics as it is the standard form in the Vulgate.

VARIANTS

91 (Mich 222, 12) — 2136 *GHL* l. terre — 38 *GCEU* j. mut li rois, **M** j. e. montez — 40 **J** O. puet savoir bet. — 42 *J* Mais il ot bien cele oevre de chief en chief s., *L* bet. fu mors c'est bien ch. s. — 42.1–10 *individual L lines introducing a son, Baudris, whom from here on to the end of the episode L substitutes for Betis* — 43 *J omits*, **M***BN* p. touz sens (*M* p. tretout, *B* p. t. ceus) — 44 *JEU* g. beque, *B* g. creue — 45–46 *N omits* — 45 *U omits*, *D 47, 45–46*, *TCEB* p. e. noire, *H* p. e. morne — 46 *G* ysbaine, *DTYH* bretaigne, *FC* betaine, *MP* behene, *RQ* brehaigne, *EU* esture, *B* becaine, *J* De betaine (*JK* bretaigne) li est molt grant g. acreue, *L* Baquin i sunt venu u. g. noire et nue, *GQEU* querre u., *GTFMH* g. bocue, *D* g. cremue, *C* g. biecue, *EU* g. menue, *B* g. becue — 47 *FIL omit*, *GDT* D. o. g.(*T* lons) e. creus, *GD* corte eschine tortue (*D* et bocue), *T* et p. l. parc., **M** P. o. l. e. lons (*Q* o. lo. granz les, *Y* grans) d. g. (*Q* forte, *Y* longue) e. e. p., *EU* D. o. g. comme porc com il sont en pasture — 48 *JB* C. d'aus p. h., *CN* p. mace — 49 *G* e. qui, *T* e. quant — 49.1 **M** Icelle gent est morte ainz qu'ele soit veincue — 50 **M** T. chevauche par f. qu'a l. v. est venue, *JL* T. c. li grieu, *EU* T. c. ensemble, **G***JCBNL* v. ont v. — 51 **M** *omits*,

IH tr. e. plain, *C* tr. e. canp, *EU* tr. si l'a isnel (*U* molt tost) tendue, *B* tr. si l'a au plan tendue — 51.1-3 *B* E bien saca a certes mout est corta sa vie S'alix. lo prent ne laira ne l'ocie Ses engins fait drecier e la peirere que rue

NOTES

91 2137. The *autres gardes mue* is a crossing of "remplace les gardes" and "substitue d'autres gardes."

91 2146. The manuscripts disagree about the place-name. The principal readings are *Betaine, Brehaigne, Behene, Bretaigne, Becaine.* It is hardly possible that AdeP would have selected Bethany as the home of uncouth savages. Bithynia, located in Asia Minor and frequently alluded to by William of Tyre, had in Old French the form *Bithine,* as we learn from the French translation of William's *Historia* and from the *Faits des Romains,* and we may feel fairly sure that it was *Bithine* that stood in the AdeP text. There is no record that Bithine was ever mentioned in the *chansons de geste* and it would be a name unknown to the average scribe, which would account for the alterations we find in the manuscripts. — The savages of 2146, who also appear in 2262 and 2279, are in each instance termed by the α version *gent boçue* and by the β version *gent becue.* It seems almost certain that AdeP had *becue* ('au nez aquilin'), for this accords better with what is said about them in 2147 than does *boçue* ('bossue').

91 2150. Erratum: ont (ot). — Through an oversight AdeP uses *chevalchent* as if the Greeks had been recently mentioned, doubtless doing so because he already has in mind to open stanza **92** with "Li Grieu."

VARIANTS

92-109 — *In the place of* AdeP II **92-109**, *B has three individual stanzas* (*B* **184-86**) *ending that part of B which corresponds to Branch* II *of AdeP, and for stanzas* **92-109** α *consists of* **GM** (*G includes GDTF;* **M**, *MRPQY*); β *consists of* **JCNL** (J *includes JIK;* **C**, *CHEU*)

92 (Mich 222, 28) — 2154 **M** *53, 56-59, 54-55, 60,* **J** Les pers et l. b. — 55 *C omits, G* ch. e. maistres, *GDTJE* g. est p. fiere, *U* alters, *L* g. a p. cieres — 56 *MRPY* f. assistrent l. p., *QJI* f. assist en l. p.(*J* tel maniere) — 57 *G* m. la ou p. tost fiere — 58 *GDT* c. q.(*G* qu'en) la (*T* sa) b., *JIH* e. ades c. — 59 *IE omit, GDT* f. en l'estoire p., *F* f. et victoire entiere, *MRPYJCH* f. e. e. e. p.(*RP* pleniere), *QU* f. en bataille pleniere, *KL* alter, *N* f. e. e. l'e. p. — 60 **J** L. grieu ont tout pourpris, *GJKL* le pre, *MEU* le bois — 61 *U* omits, **M** v. ja ne sera si chiere, **J** v. dont l. t. est p., *E* v. la ou ele est plus chiere — 62 *MPYN* i lessent m. b., *RQ* il en font m. b., **J** i (*JK* en) metent maint en b. — 63 **M**N Et q. f. (*QY* il sont) g., **M**KEU si s'e. tornent (*KEU* si re-t.) a. — 64 *GD* m. plus c.

NOTES

92 2157. The adjective *corsier* occurs again in the RAlix in III 2420 (*voie corsiere*), where TobLom correctly renders it as 'begangen.' For 2157 Godefroy interprets *porte corsiere* as meaning 'poterne,' but to speak of a gate as being the most postern is inacceptable; we can readily interpret *la porte corsiere* as 'la porte la plus fréquentée.'

92 2159. Erratum: estor (l'estour).

92 2164. The meaning seems to be: "Aussi longtemps qu'ils [les Grecs] y resteront, l'armée n'en [*i.e.*, de vitaille] sera jamais dépourvue." A value 'à court de' for the adjective *chier* is indicated, but it has not been found elsewhere.

VARIANTS

93 (Mich 224, 6) — 2168 *TJ* m. laidement — 69 *G* e. envoia, **J** m. esraument — 72 **G** E.(*GDF* Mais) c. p. n. v. pas a., **J** S. c. p. n. li v. a gre et (*K* l. siet e. ne v.) a t. — 73 *G* m. tel tholomers c., *JEU* m. th. t. cose c., *L* m. th. t. p. briement — 74 *Q omits*, *FCE* D. en s. e., *RIU* D. i. feront e., *J* D. i s. e., *N* D. enc. s., *FKEU* mil c., **GJKL** sanglent — 75 **J** m. en vient a l'ost — 78 *FJHEUL* I. (*FE* Q'i., *J* S'i.) fors d., **MN** Et i. d., **M** t. sanz nul delaiement, *JI* t. laissies li quitement — 79 **M***KC* a. t.(**M** qu'il) vos fera m., *JIUN* a. t. en s. m., *HE* a. q. vos (*E* en) s. m. — 83 *H omits*, **GDKL** J. me s., *TFMKEU* v. voiant t., *N* v. a tres-t. — 85 *TYJCH* t. se prent, *F* t. s'espant, *UL* t. destent — 85.1 *EL* Si li avoit dit (*L* En l'oreille l. dist) soef et belement — 86–90 *Q omits* — 86 **GJ***CNL* A l. m.(*F* Au bien m., *JH* Au matinet, *U* Au m. il), **M** Demain m., *MRP* li rois — 87 *HEU* l. mestre p., **M***IL* i. fierement, *K* i. voirement, *CH* i. bielement — 88 *TFC* t. je l'o., **M***L* t. ce me vient a talent, **J** t. dahait ait quil deffent — 90 *EUL omit*, **M** l. ne sent

NOTES

93 2174. The *il* anticipating *maint chevalier* displeased eight of the scribes and they made individual emendations to eliminate it.

93 2184. This statement that it behooves a king to keep his word echoes Prov. 17, 7: "Non decent stultum verba composita, nec principem labium mentiens."

93 2186. *A le matin*, with its surprising *a le*, is decisively indicated for α and β and AdeP. **M** (*Demain m.*) emends; so likewise certain individual manuscripts: *F: Au bien m.; U: Au m.il; J* and *H: Au matinet*. With these exceptions *a le* stands in all manuscripts. For other examples of this *a le matin*, which has the same meaning as the more frequent *a l'endemain* 'au lendemain,' see *Folque de Candie* (ed. Schultz-Gora), Vol. III (1936), p. 284, note to 10335, and the references there given.

VARIANTS

94 (Mich 224, 32) — 2192 **J** b. revient, *TJIUNL* dont i. estoit m.(*L* venus), *E* d. la ou fu venuz — 93 *GDJU* m. qui, *TL* m. que — 94 **J** J. p. mouvoir d. s. (*K* p. homme qui soit), *EU* Ne p. tot l'or del mont, *RPQY* tr. abatus — 95 **M***EU omit*, **J** T. qu'ait p. l. cite, *L* T. c'ait prinse l. v. — 96 *JN* Et les tours craventees, *G* p. rendus — 97 *TMJKCUL* r. dolens — 98–2202 *F omits* — 98 *G* Dahais, *MRPQ* D. a. qui je soie, *Y* D. a. dist li dus, *EUN* D. a. enz el col (*N* piz), *L* De mahom soit honis, *GDC* ja s. v. v., *TEU* q. s. v. renduz, **M** q. s. v. v., **J***HN* q.(*I* ja) v. ert (*H* v. sera) recreus, *L* q. ja ert v. v. — 99 *U omits*, **M***JCHN* q. v. soie, *TJN* vaincuz, *E* qu'e. v. receuz — 2200 **GJ***CNL* qu'i. n'e. p.(*G* p. n'e.) e., *MRPY* Sire d. t. n'e. p. trop e., *Q* Qui tel chose me m. il n'e. p. e. — 01–07 *Q omits* — 01 *G* b. receus — 02 *CH omit* — 03 *F* Por mon dieu ou je croi, **M** b. les ai c., *IH* b. n. est c., *K* b. n. sons c., *E* b. vos ai entenduz, *U* b. sera c., *L* pau vous o. c. — 04 *JI* n. s'apareillent, **G***CNL* f. venus — 05 **G** cent g., **J** b. e. moniaus m.

NOTES

94 2200. Erratum: n'est pas (p.n'e.).

VARIANTS

95 (Mich 223, 11) — 2209 **GJ** luidin (*F* la-), **MKH** ludin (*Q* lun-), *I* latin, *C* lutin, *EU* lubin, *N* bisoin, *L* jupin — 11 **PCU** *omit*, *GD* As v., **J** e. carin (*J* cain), *H* Luges li preus i fu sabos e. castein, *E* E. v. venu poignant samuel e. cain, *L* Saligot et luiguet samuel e. cartin — 12 *PCL omit*, **GMH** mades (*G* madas, *Q* mandez), **J** mandent (*J* madoc), *EU* maudras, *N* mande, **G** corrans, *M* carcaus, *R* erronz, *Q* karrans, *Y* cartans, **J** caraut, *H* bruians, *EU* quarcel, *N* calant — 13 *C omits*, **J***EU* m. chevalier m., *L* m. damoisel m. — 14 *CEU omit*, **J***N* c. l'estour — 18 **M** Par mi ces escuz pains — 19 **MHL** *omit* — 20 **J** *omits* — 21 **G** s. arriere

NOTES

95 2209. The Ludin of *porte Ludin* may possibly have been suggested by the Ludim mentioned in the Bible as a descendant of Noah (Gen. 10, 13).

95 2212. Erratum: Madés (Madas); Carraut (Carrans). — On *Lerin*, see above, note to II 1743 (*Lerus*).

95 2220. "Les plus hardis périssaient vite s'ils perdaient leur armes." For a similar expression see II 1162.

VARIANTS

96 (Mich 223, 24) — 2224 **CHL** Et q. tholomer v., **M** l. v. afilé — 25 **GEU** D. ses c. estoit abatus, **M** D. l. c. c., **J***N* D. l.(*K* ses) c. dans clins (*I* dan clin), *C* D. l. c. betis, *H* D. l. preus gadifer, *L* D. guengisent li preu devant la porte u p. — 26 *L omits*, **GDFU** c. m. j. l'o.(*U* c. molt l'avoit) amé — 27 **M** Se merveille n'en (*QY* S. grant m. n') est, *TL* ne t. — 28 *GD* S. g. c.(*G* grant caup) se donerent betys e. t., **J** G. c. se vont doner — 30-32 *U omits* — 30 **MJKCEL** b. et — 31 **G***E* h. so. f. si se t. s. — 32 *EL omit*, *G* s'entrencontrent — 33 *EUL* ch. sont versé — 34 *G* A r. — 35 **TMI** a bilas, *H* a dinas, *N alters* — 36 *MY* pe. et de gadres fievé, *RPQ* pe. qui molt ot de fierté, **J***L* pe. et (*L* ne) de grant parenté, *C alters*, *H* U. pr. fu del regne de la tiere biné, *EU* pe. qui est de josne aé, *N* Au p. d. p. s'est manois ajosté — 37 *TC* t. versé, **J** Si bien s'entreferirent a t. sont alé

NOTES

96 2227. The *nel tient*, where *tenir* seems to have a meaning 'empêcher,' is well supported. Only *T* and *L* have the more natural *ne tient*, which fits in well with 2231; **M** alters the whole construction. All other manuscripts have *nel tient*.

VARIANTS

97 (Mich 225, 4) — 2238 **M** et bilas, *H* et dinas — 39 *TFK* carduit, *Y* carduel, *J* carduin, *I* cardin, *E* caudrus, *U* cadus, *L* canduit, *DJKE* c. re-d., **M** c. s. lieve, *UN* c. de gresce — 40 **M** es. a cele foiz et las — 41 **J** E. tres p. m. l. tentes — 43 **G** l.(*G* le) c. d'a. — 45 *QCH omit* — 47 **M***U* d. i v. plus que l. p., *E alters* — 48 *U omits*, **GN** C. v. (*GD* N'i v.) s. d. puis s'e., **M** C. vet sanz d., **J***CHL* C. v. s. delivrance, *E alters* — 49 *KHEU* d'u. neveu, *L alters*

NOTES

97 2242-43. This passage, with its sword which Atenas is said to have won from the Trojans and which had served Eneas, is an echo of *Roman de Troie* 26313, where there is mentioned a Greek named Acamas and where the name Eneas (26314) forms the rhyme for Acamas. In several of the *Troie* variants we find At- for Ac- and in the AdeP variants we have Archenas (*F*), Atamas

(*J*), *Adamas* (*C*); but *Atenas*, soundly supported as the AdeP spelling, was probably influenced by the name *Athenes* 'Athens.' For another AdeP echo of the *Troie*, see above, note to II 621.

97 2248. **G**, supported by *N* of β, has *voit sa demorance;* **M**: *vait sans demorance;* β (except *N*): *voit sa delivrance.* Evidently AdeP had either *vait sans demorance* or else *voit sa delivrance.*

VARIANTS

98 (Mich 225, 15) — 2251 **J** Es vous, *TF* p. m. la presse, *KN* p. la bataille — 52 *GD* s. s. chevaldoine, *FHEU* s. s. un cheval, *F* qe l'on claime bocus, *J* r. caus, *IKN* r. ocus, *H* r. artus, *EU* r. cetus, *L* r. belus — 53 *I omits, DTKCL* n. conclus, *EU alter* — 54 *N omits,* **GRPYL** j.(*G* joindre) a gebus (*G* re-, *D* gi-), *MQKU* gelbus, *J* jabus, *I* gelus, *C* grelus, *H* calnus, *E* jerhus — 55 *GDTRPYJ* s. p.(**J** s'abatent) a r.(*I* el palus), *F* s. porterent dejus, *M* s'entreporterent jus, *Q* s. p. andoi jus, *C* s. p. arier jus, *H* s'en vont a tere jus, *EU* Toute plaine sa lance l'abat du cheval jus, *NL* s'entrabatirent jus — 56 **J** L. p. se redrece — 57 *GD* m. l. c.(*G* l'esquine) qui l. r. — 58 *GDHN* J.(*GD* Ja'n) eust pris l. t., *GDCH* s. n'i poinsist — 59 *CEU omit*, *TJN* e. sa compaigne, *G* apilans, *DPQJ* abilas, *N alters,* **G** d. laus (*T* et cauz), *J* d. reus, *I* d. letus, *H* b. abilamidalus, *L* d. lanus

NOTES

98 2252. In an earlier passage (II 247) Cervadoine was termed Cervagaille.

98 2253. The *confus* of 2253 ('déconcerté,' nom.sing.) does not constitute a true rhyme-repetition with *confus* in 2250 ('mélangés,' nom.pl.), but it was emended to *conclus* in scattered manuscripts.

98 2255. For *a reüs* 'en sens contraire,' 'en bas' see a further occurrence in III 1698.

98 2259. The personage Abilans is mentioned only here, and the line is hardly more than a space-filler. Presumably *Abilans* is an oblique and the meaning is then that the duke arrived in company with the troops of Abilans de Lerus. AdeP may have borrowed the *Lerus* from the name Carraut de Lerus which he employs in II 1743; see above, note to 1713.

VARIANTS

99 (Mich 225, 25) — 2260 *G* e. e. g. est e., *JHNL* e. e. l. noise e. — 61 *CHN* L. g.(*HN* Et l. griu) sont arme — 62 *JCHL* g. beque, *TEU* e. haie — 63 **M** P. u. des posternes, *JEUL* P. mi u. p., *N* P. la fausse p., *GL* l.(*GDF* li) o. f. a. (*T* envaie), **MJ***EN* l. font une a.(**MEN** envaie, *IK* salie), *CH* l. o. faite salie, *U* o. f. une envaie — 65 *E omits*, *MK* durement, *RPY* belement, *IHU* malement — 66 *G* t. esbahie — 68 *FQU* malement, *MRP* fierement, *JC* durement, *TFMJH* a (*T* en) f., *L alters* — 70 *F omits*, *G* les a., *DMJICN* l'a (*IEU* l'ont) acainte (*DE* en-c., *C* traite, *H* enclose), *T* lor a faint, *KL alter*, *GPE* e. hordie, *DTMRQYJIUHN* e. ordie, *C* e. coisie — 71 *G* C. le — 72 *GCHL* s. tante — 73 *JI* Et d. d. p. l'o. bien en. et es., *K alters* — 74 *GD* g. es le vous a., *FN* g. e. l.(*N* lor) voie a. — 76 *GDN omit* — 78 *E omits*, *TMRPYH* g. assaillie, *QJ* g. estormie, *IK* g. estoutie

NOTES

99 2262. AdeP doubtless had *becue* rather than *boçue;* see above, note to II 2146.

99 2270. Erratum: l'a açainte (les açaint). — For *ordir, hordir* 'entourer,' see also II 1886.

VARIANTS

100 (Mich 226, 7) — 2279 J*CHL* g. beque — 80 **G** p. s'en est (*TF* se rest) dedens (*F* par mi) f. — 82 *GDCHN* dinas, **M** billas, *FRPQJIE* noiremue, *H* noire mule, *N* vaire mue — 84 *HEU* omit — 85–87 *JI* omit, *K* alters — 85 *TH* omit, *G* e. cousue, *D* e. frenue, *F* e. crenue, *M* e. franjue, *R* e. frangue, *P* e. frainjue, *Q* e. freignue, *Y* e. fresue, *C* e. fregnue, *EU* E. ot en sa lance (*U* o. de samit) d'un offrois bien cosue (*U* tissue), *N* e. vousue, *L* b. l'e. a or batue — 86 *U* omits, *G* s'i aieue, *HL* r. et tint (*L* u puing) l'espee nue, *E* alters — 88 *GTFE* p. le destrier, *U* p. bucifal, *FYNL* q. forment s. r.(*NL* s'esvertue), *JC* q. molt tost s. r. — 89–99 *Y* omits — 89 *CH* omit, *G* poisse, *DT* o. tolue — 90 **M***JL* s. d'ambes (*J* de deus) pars, *EU* s. la bataille d'a. pars ferue (*E* de deus p. maintenue), **G***H* m. veue, *QL* m. creue — 91 *N* omits, **M** u. pree h., **J** Il (*K* Lors) l. c. andoi p. mi la plaine h. — 92 *JN* S.(**J** Molt) g. c. se dounerent — 96–99 *EU* omit — 97 **J** c. l. a et l. s. tolue — 99 **M***INL* D. c. point

NOTES

100 2279. For *boçue* AdeP no doubt had *becue*; see above, note to II 2146.

100 2280. This line repeats word for word II 1805.

100 2288. The name Boniface for Cliçon's horse, both here and in II 1785, is borrowed from III 2070.

VARIANTS

101 (Mich 226, 28) — 2305 *G* p. ot joste s. — 08 *G* esc. et pavellon, **M***JCNL* N'o. qu'esc. et esp.(*N* hauberc) et l. et g., *H* N'o. esc. ne esp. l. ne g., *EU* esp. et esc. a lion — 12–13 *H* omits — 12 *G* poncon, *E* poincon, *U* peincon, *L* puicon — 13 **J** p. mil (*I* li) b. — 15 *DF* bucifaus, *TFRPYJC* l'e. a bandon — 16 *GN* a poncon, *DFMRPY* a porcon, *TJC* a pincon (*K* de randon), *Q* a fagon, *H* a poron, *EU* v. ferir amandon (*U* amadon), *L* a mahon — 17 *G* m. l. fert, **M** m. la lance si qu'en taint le panon, *JI* a tres-t. l. penon — 18 *C* omits, *HE* m. de l'arcon, *L* m. de randon — 20 **M** omits, *IHL* p. mahon, *K* p. ludon

NOTES

101 2312. Pinçon, here introduced for the first time, is the prince who in 2323–32 sorely wounds Alexander.

101 2316. The readings indicate that the α redactor had *Porçon*, a name appearing nowhere else, and the β redactor *Pinçon*, which the context shows to be an error. *G* and *N* emend Porçon to Ponçon, seeking thus to identify him with the character mentioned in II 1742 in the nominative form *Pons*. See also above, Vol. IV (EM 39), "Examen critique," II **92–109**, note 27.

101 2320. Using one of his favorite stylistic tricks, AdeP introduces a proper name which he will again employ but with the final syllable varied to fit a new rhyme (cf. 2322). Note the same trick in the *Seraphin*, *Serafoi* of 2323 and 2354.

VARIANTS

102 (Mich 227, 11) — 2322 *U* omits, *G* g. s'estraignent, *D* p. malbin, **M** p. malin (*M* marl-), **J** p. ludin (*I* lat-), *H* p. mabrin, *E* p. lubin — 23 *TJIL* v. pincon (*I* voiron), *K* v. poingnant poincon sor, *GDTJK* sarrasin, *F* serain, *I* malaquin, *E* loradin, *U* le laidi — 25 **M** q. sa gent tret a fin — 28 *JH* d. hauberc doublentin, *U* d. b. doublentin — 32 *DTYL* r. i o. bien p. b., *F* r. i o. u. p. b., *MRP* r. eust bien p. b., *Q* r. emplist on u. b., *EU* alter, *N* r. en i o. p. b. — 36 **J** Pour voir c. del roi, **M** qu'aler doie a

NOTES

102 2322. On *Mabin*, see note to 2320.

102 2327. What is meant by the *las* of a dart is not clear. The word *las* occurs in III 5845, but it there means helmet-lacing.

VARIANTS

103 (Mich 227, 26) — 2339 *GD* l. c. qui est d. — 42 **J** D'un o. li oingnent q. p. tel v. — 43 **J** Toute garist l. p. e. trait hors l. d. — 44 **M** a. n'a mengier i.

VARIANTS

104 (Mich 227, 36) — 2348 **J** *omits* — 50 **GM***L* ch. c. u.(*TFM* le) t.(*DTL* desroi), **J** ch. demainent tel desroi, *C* ch. vindrent par grant effroi, *H* ch. s'armerent a desroi, *EU* ch. qu'orrent en leur conroi, *N* ch. menerent leur desroi — 51 *FICH omit*, *TJKN* De coi, *EUL alter* — 52 *GD* d'a. v. p. tout p. s. — 53 *TF* b. maintient (*F* mainent) tout l. t., **J** b. maintientent (*K* maintient bien) l. t., *L* b. commence l. t. — 54 *G* Adont e., *JIL* v. pincon, *MRPQ* q. s. s. arafoi — 56 *CEUN omit* — 57 *CHL* A. le voit, **M** v. par mi u. bruieroi — 59 *all mss.* Ja c., *JCL* p. li u. d'aus (*KCH* des) deus (*EU* com) je c.(*H* par foi), *N* p. ainsi comme je c.

NOTES

104 2348. "Ils s'en réjouissent, mais sans avoir une raison suffisante."

104 2358. Previous text editors write *d'esploi* as *desploi*. Besides three occurrences of this rare expression in the RAlix (ADéca 745, II 2358, 2559), three more in TobLom, and one of *desplois* in the ChSax (I, p. 229: *Prist l'escu et la lance au confenon desplois*), it is present in FCand (2959, 4973, 7899). By the side of the verb *desploier* there must have existed *esploier* (as shown by Prov. *esplegar* and the MFr adjective *éployé*), on which was built a post-verbal substantive *esploi* preserved only in the set expression *d'esploi*, having elsewhere been driven out by *desploi* 'déploiement' (see I 2286: *desploi*). The *d'esploi*, which lived on only as a qualifier of *gonfanon* and which had the value 'deployé,' may have been felt as an adjective by the scribes who rhymed *Dis mile confanons despleis* with *Grant noise i a et grant esfreis* in the Roman de Troie 10627–28 (a defective rhyme, for the *esfreis* should be *esfreiz*), but Benoît probably had *grant esfrei* ('émoi') and *gonfanons d'esplei* (see Variants to passage in Constans ed.).

104 2359. Erratum: Ja (La).

VARIANTS

105 (Mich 229, 1) — 2361 *JEU* a. fierement, *N* a. envers li, *KEUL* l'araisone — 62 *G* m. f. e., *DMYJ* durement e., *T* contre lui e., *FN* vers lui fort (*N* tost) e., *RPQC* fierement e., *H* vistement e., *E alters*, *UL* envers li s'abandone — 63 *HE omit*, **M** Et sachiez de verte que d. r. n. s., *GUL* n. resone, *TN* ne sejorne, *FK* f. d. r.(*F* que point) ne l'araisone, *C* n. ramponne — 64 *QJE omit*, *GDU* u. paree pome, *T* la p. d'u. a., *F* u. porie pione, *MRPH* u. p. d'avone (*RH* avaine), *Y* la monte d'u. pome, *I* le valle d'u. pome, *K* un tout seul grain de nonne, *C* u. penne de monne, *N* plus que fust u. gone, *L* un paile d'arragone — 65 *JH omit*, *GD* l. pecoie (*D* percerent) c. par mi u. g., *TF* u. prone (*F* ploine), *C* u. poume — 68 *U omits*, **M** Que t. f. le hurte, **J** Si durement l'a.(*J* l'empaint) tous li cans (*I* airs) e. r., *H* T. durement l'a., *E* A l. t. l'enporte si q. tote r., *GCL* qu'a l. t. l'estone

VARIANTS

106 (Mich 229, 9) — 2369 *GD* P. li princes j. e., *TF* P. j. a l. t.(*T* j. toz armez) e. m. l. c.(*F* qui fu trestoz) p., *JI* Li quens j. a l. t., *KHE* Li princes j. a (*E* fu a la) t. — 71 *TFRPQJCN* m. assez, *L* n. f. m. asasés — 73 *G* As f. roncis — 74 *CHE* omit — 77 *HEU* omit — 78 *HE* omit,, *G* c. dessevré — 80.1 **M** Grant duel en demenerent environ de touz lez

VARIANTS

107 (Mich 229, 19) — 2383 *TF* omit — 84 *G* autrestel — 85 *GD* t. n'en avra, **J** t. n'en prendroit (*I* -ra), *HUNL* t. ja n'avra, *E* t. n'en fera — 86 *JK* Q. l. raseroit d'o., *I* Q. l. cargeront d'o. tot rase u. d., *N* Q. l. donroit d'o., **MK** tretout plain u. d. — 88 *GD* m. et a tencon, *TF* Sa g. v. devant lui m. sor le sablon, *YK* m. a grant (*K* tel) tencon, *C* E. v. sa g. m. a honte et a tencon, *H* m. a raencon — 89 *TF* omit, *G* m. nul, *D* m. un — 90 **ML** g. confusion — 91 **M** t. a grant (*Q* et la, *Y* la g.) destruicion, *E* t. a grant c., *UL* t. e. l.(*L* grant) perdicion, *N* alters — 94 *GTRPIK* p. moiene, *DYE* p. maiene, *F* p. maine, *M* p. neeine, *QH* p. se traient, *J* p. moinane, *C* p. plus grantde, *U* p. marrage, *N* p. petite, *L* p. micaine, *GCN* b. l. g., *MRPY* tornent l. g., *QH* bessiez li g., **J** s'enfuit a esperon, *EU* s'arestent (*U* se traient) a bandon, *L* porte son g. — 95 *TC* e. garson, *JIHUN* e. baron, *EL* alter — 96 *GL* e. apres (*F* brochant, *L* de pres) a e., *JCE* e. a force de (*C* apres d. grant) randon, *I* e. ociant a bandon — 97 *K* omits, *GDF* p. s'en passent, **MJ** p. les m., *I* p. s'en entrent de randon — 99 *CEU* omit, **GNL** A e. d.(*DNL* de) g. c. s. a (*N* grant) f., **M** Sont e. li g. li prince et li baron, **J** Sont e. d. g.(*J* S. e. en la vile, *K* I s. e. li sien) a molt grantde f., *H* A l'entrer d. g. i ot molt grant f. — 2400 *CH* omit, *GDL* d.(*L* sor) hiaumes, *TF* d. lances, **M** d. hommes, **J** tel noise (*K* brait), *E* d'espees e. d'armes t. t., *U* d. pers merveilleuse t., *N* d. armes, **MNL** c. d.(*L* d. ces) b. grant t. — 01 *C* omits, *GDTU* d. e. o. o. l. ton, *MRPY* d. o. o. o. la raison (*M* le reson), *Q* d. oir les peust on, *J* d. o. o. bien l. ton, *E* d. o. o. la tencon

NOTES

107 2400. Erratum: hiaumes (hommes).

VARIANTS

108 (Mich 230, 16) — 2403 *G* omits, *DIC* f. o. t. l. b. e., *T* f. o. le feu ou b. mis, *FU* f. si o. t. l. b. pris, **M** f. o. t. l. b. porpris, *J* f. o. t. l. b. amplis, *K* f. t. l. baille o. porpris, *H* f. et o. l. b. e., *E* f. et si o. l. bois pris, *N* f. et o. l. b. porpris, *L* f. o. l. duc entrepris — 03.1 *CH* Molt ot li dus grant dol quant se vit entrepris — 04 *GDCHL* omit, *TF* E. ont le duc betiz atrapei et sozpris, *JIN* E. l. b.(*N* ville) d. e. l. d. b. p., *K* E. le duc ont enclos molt i a d'anemis, *EU* Le duc betis de gadres fu des grezois sorpris — 05 *EU* omit, *GD* A. c'on t.(*G* q'ens viegne) betys, *L* A. que viegne li rois fu baudris si aquis — 06 **M** T. f. s. deffendoit, *C* Molt s. deffendi bien, *H* (*03.1, 07, 08, 06, 10, 05, 11*) T. forment s. deffendent, *EU* Molt durement s. cuevre, *L* Mais maint caup recut ains, *GIKCHL* desor s. e. — 08–09 *F* omits — 09 *CHL* omit, *G* f. de g., *TEU* f. jadiz — 10–12 *EU* omit — 10 *JC* m. a armes — 11 *G* r. est c., **M** q. o. l. r. pris — 12 **J** omits, **G** E. a mis s. grigois

VARIANTS

109 (Mich 230, 26) — 2414 *THE* i ot mis d. g., *IKU* i mist de ses g. — 16 *H* omits, *GICL* e. l. r. c.(*D* e. l. r. harnois, *T* e. l. corranz chamois, *F* e. avenanz c.), **MJK** r. harnois, *EU* e. l. panons d'orfrois — 17–18 *L* omits — 17 *TFE* omit, *G* Q. iront, *D* Q. fierent, **M** Q. se f. o l., *N* Et se vont a. l. — 18 *CE* De ceus m. li rois, *N* (*19, 18*) Avec lui e. m. — 23 *JL* D. o. puet (*K* O. p. bien) savoir d. — 24 *GU* l. croist, *E* l. mut — 24.1 *C* Ci fenist la bataille del duc et des grigois, *U* Ici finist li fuerres du roy macidonois

230 VERSION OF ALEXANDRE DE PARIS

VARIANTS

110-149 — *U* ends with **109**; at **110** *Q* shifts from **M** to **G** and **C** shifts from β to **G**; for stanzas **110-149** α consists of **GCM** (G includes *GDTFQ*; **C**, *CEN*; **M**, *MRPY*); β consists of **JHL** (J includes *JIK*)

110 (Mich 231, 1) *L omits* — **2425** *CE* Li bons rois alix. qui molt fist a proisier Adont s'est retornes (*C* Tantost s'en e. tornez) i. e. s. c. — **25.1** M*Q* (*Y* lacks) Et sont en sa compaigne maint bacheler legier — **26** *G* p. chif — **28** *CE* L. terre va. p. e. le castiel brisier — **32** *GD* j. lor (*D* li) ont d. — **32.1** *CE* L'endemain par matin au point de l'esclairier — **33** *CE* M. l. r. alix. que p. n. v. targier — **35.1** M*Q* (*Y* lacks) En l'ost font la viande venir et charroier

NOTES

110-49: general remark. Having completed his version of the Gadres foray and the capture of Tyre, AdeP composed forty stanzas (II **110-49**) which form his transition to Branch III. In the main they are devoted to recounting a battle between the Greeks and the Persians wherein he combines elements adapted from the battles of Issus and Arbela as narrated by Quintus Curtius. He accepts the conflict between Alexander and Darius present in Branch III (III **9-12**) as representing one battle and inserts into Branch II another, for which he adopts a new name, the battle of the *Pres de Paile:* a name which he found in a medieval source and which appealed to his fancy. There follows a list of the works he utilized in composing II **110-49**. The submission of Ascalon (II **110**) is developed from an incidental mention in the *Historia de Preliis* (**24**) that Alexander sent part of his army to await him at Ascalon, but the principal reason for its inclusion by AdeP was doubtless the prominence of Ascalon in William of Tyre's *Historia* and in other histories of the crusades. The submission of Jerusalem (II **111**) he found in the *Historia de Preliis*, which in turn had based it on Josephus (*Antiquities* XI 8). For the symbolic gifts of poppy seed and pepper seed (II **112-17**) AdeP again turns to the *Historia de Preliis* (**34-36**); he had already in Branch I (I **88-90** and **99-104**) introduced a set of symbolic gifts, but the gifts there named and the treatment of the theme had been different. For the battle of the *Pres de Paile* (II **118-48**), AdeP took the name (II 2571, 2574, 2873, 3067) from William of Tyre's *Historia*, where the Pratum Palliorum in Cilicia twice figures prominently (XIII xxvII and XV xxIII). Darius' peace proposals and Alexander's rebuke of Perdicas for advising their acceptance (II **121-26**) are linked to the battle of Arbela (QC IV xI-xxII, with Parmenion instead of Perdicas IV xI). Similarly, Alexander's stratagem for destroying the scythed chariots (II **127-30**) was drawn from the Arbela battle (QC IV IX and xv). AdeP, however, turns for the main portion of his account of the capture of Darius' family (II **143-48**) to the battle of Issus (QC III xI-xII, also IV x and V II). As we should anticipate, the battle in the *Pres de Paile* is filled out by a set of stock medieval jousts.

VARIANTS

111 (Mich 231, 12) — **2443** *IHL* d. t. s.(*H* des le t.) isaie, *K* des le t. j. — **44** *CE* m. li dona e. b. — **45** *CE* M. le profete e. — **47** **C** A. l'aeure — **49** **CJ***HL* E. q. sor aus li mostrent (*N* E. qu'il l. ont moustre) — **50** *CE* p. que lors jure et a. — **54** *GDH* l. affie

NOTES

111 2443. Erratum: saint (Saint).
111 2445. Erratum: Moÿsés (Moÿses).

VARIANTS

112 (Mich 231, 32) — 2456 **J**HL qu'il o. n. f. — 58 *G* greva, *T* plaissa, *CEM* mata — 59 **J***HL* Ciaux q. v. l. s. tournent, *GDJHL* les l. — 60 *FI omit*, *GDH* E. q. d. a., *TNJK* E. q. d. amoit (*N* ama), *CEM* E. q. de rien le muet (*E* li tence, *M* l'anuie), *L* Q. par d. se moue, *J* maisement l. e., *K* durement l. greva — 61 *GQNJH* E. e. l., *CEML* Dedens l. — 62 **C** S. pavillons f. tendre, *JN* S. t. f. drechier, *K* S. t. a f. tendre, **G***QC* e. s. g. r.(*N* consella), **M**J*HL* e. s. g. se loja (*K* e. l'ost se haberga) — 63 **C** J. m. n'avera j., **M** Mes j. m. n'a. j. — 64 *L omits*, *CEJH* Q. d. l'oi d. — 65 *GDQ* dayres d. s'a., *JL* de coi il s'a.

NOTES

112 2456–62. These seven lines were borrowed by **J** and *N* as the opening of a twelve-line stanza which they interpolated between the first and second stanzas of Branch III.

VARIANTS

113 (Mich 232, 7) — 2469 **C** d. grenois, *H* d. manois — 70 *GD* e. bone — 73 *GD* a chascun sor l. l. — 76 *GD* cinc o. t. — 78 *G* b. novele — 80 **G***C* a. m. cortois — 81 *G* Q'i. contrera, *KH* ce que (*H* de) d. d.

VARIANTS

114 (Mich 232, 21) — 2483 **C**J*H* l. semaine — 84 *H omits*, *TF* en sa tente demaine, *JL* tout droit un diemaine — 85 *GL omit*, *T* S. troverent s. le roi de macedaine — 86 *NJHL* E. ot e. l. maint fil de castelaine — 87 *NJHL* Maint gentil vavassor (*N* Et ot environ lui) m. prince maint chastaine (*J* m. fil de chastelaine, *I* m. p. de cataine, *K* et m. p. demaine, *L* m. conte m. demaine) — 88 *JHL* d. raison — 93 **G***C* h. q. c. q.(*GD* c. en) d., **M** Plus sont sogiet a daire q. chase q. d., *JHL* h. n'est mie chose vaine — 94 *GD* ta c., *GTEK* m. pierres, *MRP* Que n'ai encharchiez, *Y* Qu'en ceste c. grant, *H* N'est g. e. ceste c. qui sunt de menue graine — 95 *N omits*, *JHL* T. les a. m. — 97 *TFNM* conquerrons, *QJHL* conquerra — 2500 *F omits*, *GDTQ* q. m. p. e. s.(*T* certaine), *C* dont vieut que li souvaigne, *ENIHL* dont forment le (*IHL* l'a-) s., **M** q. ne fu pas vilaine (*RP* q. n. f. mie vaine), *J* q. forment fu s., *K* q. m. fu soverainne

NOTES

114 2493. The α reading *que chasés que demaine*, in apposition to the object, would demand that *demaine* be interpreted as collective singular ('seigneurs doués d'un fief'). It might seem better to read with **M** *que chasé que demaine;* however the β reading *n'est mie chose vaine*, a manifest cliché, may well be an emendation introduced in order to avoid *que chasés que demaine* and so slightly confirms this as the AdeP reading.

114 2497–98. The *vous* is addressed to Alexander and his men, and so is not in conflict with the *tu* (2489–92) addressed to Alexander.

VARIANTS

115 (Mich 233, 3) — 2501.1 **M** Et tiex paroles dire dont li dut anuier — 02 **M** dont se dut correcier — 03.1 **M** Mes par foi ce n'est pas enfes a rehetier — 04.1–10 **M** *interpolates ten lines* — 06 *JHL* M. d. l. t. — 07 *JHL* Lors p. li rois — 08

CJHL C. graine — 10 **NJ**HL O. ce dist l. m. e. — 11 **GNJ**HL b. guerrier — 13 **GD** en bataille molt f., **TF** et corageus et f. — 16 **J**HL De grans os d.(H D. grant estor soufrir) — 17 **MJ**HL m. boutillier — 18 **J**HL un (H de) g.

VARIANTS

116 (Mich 233, 21) — 2519 **J**HL un g. — 20 F omits, **GDTQ** Enten f. i. messages q. je te v. ment. — 21 N omits, **GCEM** S. co. ci. t. d. po.(C S. co. ci. po. est, E S. co. p. de pouare) e. o. pl.(C ore pl., **M** seroit pl.), **J**HL S. co. ci. po. est asses pl.) — 23 **M** g. fier e., **C** p. un, **J**HL p. grant — 24 **QNI** omit, **GT** recoivre — 25 **GC** le toivre (D l'ac-, TF l'az-, Q l'a-, N l'asc-), **M** l'at- (MP le t-, R l'ac-), J l'av-, I l'as-, K l'atr-, H et t-, L le coivre — 26 L omits, **CE** chaus et, **JH** grans et, **CEMJ** grains d. — 27 **GCJ**HL et v. g. a.(D g. acoivre, F grant estoivre, **CE** g. encoivre, J gant a poivre, K g. sans gloire), N comme g. fet de voire, **M** bien le vos voeil mentoivre

NOTES

116 2527. The presence in 2527 of *gent atoivre* 'bel appareil' and in 2525 of *atoivre* 'bétail' caused various scribes to avoid the second *atoivre* by altering 2527.

VARIANTS

117 (Mich 233, 31) — 2531 **GD** Por l., G ne s. g. — 32 **GD** omit — 36 L omits, **C** t. la lecherie (N t. leur legerie), **JH** tout ce que senefie — 37 **J**HL ne li celerent mie — 40 **J**HL Dient qu'il n'a el mont tele c. — 40.1 **J**HL Qu'il ne vainquist a forche a l'espee fourbie — 46 F omits, **GDT** v. en l'o. roi d. par b. — 47 G E. cil, lor d. — 48 **TFMC** omit, **GQEN** C. c. q. n'i v., **DRPY** Ci. q. ca n'i v., **J**HL Et dist qu'il n'i perdront (**IH** perdra), **GD** n'i metra q. l. v., **J**HL fors seulement l. v.

VARIANTS

118 (Mich 234, 15) — 2550 **J**HL omit, **GDN** la terre — 51 **GNL** q. t. de lui — 54 H p. le plaisir le roi, L p. l. pres en l'erboi — 55 **GDF** f. tuit p. e. plus d. ce. m. e.(F ce. m. e. vinti) t., **QCM** f. p. p. e. d. ci. ce. m. e. t., *rest alter* — 59 L m. penon a orfroi — 60 **J**HL i. e. grant e.

NOTES

118 2555. In *furent plus de . . . troi*, the logical takes precedence over the grammatical agreement.

118 2559. On "gonfanon d'esploi" see above, note to II 2358.

VARIANTS

119 (Mich 234, 25) — 2561 **GN** o. ajoste, **J**HL o. veue, G ses g. — 66 **GDCEL** t. se sont a., H a t. l. o. laisiés — 67 **M** 67, 65–66 — 69 **J**HL M. dusqu'a l'endemain, G l'estor — 70 **TFJ**HL omit, **GDQEN** P. s.(QE P. seul veoir) l. g.(GD lor tres) a l.(GDN et l.) t. l., C P. seur les gens qui vienent qui se veulent logier, **M** P. seul veoir l. g. et l. granz richetez

NOTES

119 2564. *Sor l'eaue de Gangis*. AdeP, in this weird mislocation of the Ganges river, is following Branch III (see III 45, 79, 182, 353, 2223). According to the Pseudo-Callisthenes and the *Epitome* of Julius Valerius, the battle of Issus took place on the Stranga, an unidentified river. The Ganges, which may be an emendation for this Stranga, is already present in the *Epistola ad Aristotelem* (ed. B. Kuebler, p. 192, line 3).

119 2570. *TF* and *β* (*JHL*) lack this line. Its absence from *β* leaves us uncertain whether it was in AdeP and deleted by *β* and *TF* or whether it was an *α* addition.

VARIANTS

120 (Mich 234, 34) — 2571 *JI omit*, *GDTF* pailes, **C** P. m. l. p. sor l'eve, *KL* P. m. la praerie, *GDTF* s'e. li rois (*T* l. oz) o. — 73 *DERPI* p. est, *FH* p. fu, *rest* p. sont — 74 *GD* f. i.(*G* f. icel) gues, **M** Et p. c. f. seur l'eve li pueples ostelez, *C* p. ipolies a. — 75 *JHL* Q. d. f. estendre — 76 *G* bon p., *JHL* o. e. p. d'or f. — 77 *CE* Bougerans et diaspres, *JHL* O. e. a. e. pieres — 79 *JHL* Al. f. bien, *GDTF* f. d'a. b. p., *Q***CM***JL* d'a. part (*CE* de cou bien) p. — 82 *GDFQCEL* t. cel j. — 83 *GDTQI* E. d. a. — **M***J* e. honorez — 85 **M** *omits*, *GDJ* q. p. alosés, *JHL 86, 85*

NOTES

120 2571. The *pres de Paile* are named four times (II 2571, 2574, 2873, 3067). The manuscripts hesitate between *Pai-* and *Pa-* and between *-le* and *-les*, but the two rhyme occurrences (2873, 3067) indicate *Paile*. It seems probable that AdeP used indifferently the singular or the plural, for in 2574 the *s* of *pailes* is supported by the meter. In 3067 the rhyme is with *-aire*, but the spelling *paile* with *-l-* is there retained except by *QMRP*, which in this one instance write *paire*.

120 2574–78. AdeP here volunteers that the *pres de Pailes* received this name because Darius had decorated the battle-field with cloth of gold and other of his treasures. The actual Pratum Palliorum referred to in William of Tyre's *Historia* is a Latin rendering of the Arabic Marj al-Dībāj as the name of a Cilician plain, the rich beauty of which recalled the coloring of handsome tapestries. For this Arabic explanation of the name, see the *Geography* of Aboufeda (ed. by J. Reinaud and MacGuckin de Slane, Paris, 1840), p. 251, and the *Geographical Lexicon* of Yaqūt (ed. F. Wuestenfeld, Leipzig, 1866–73, 6 vols.), Vol. IV, p. 488. We owe these references to the kindness of Dr. N. A. Faris of Princeton University.

120 2579. Only *GDTF* have *d'autre bien*, an adequate reading with support in *CE* and with some further support from the presence of *bien* in the first hemistich of *JHL*. The *d'autre part* of *Q*, **M**, *JHL* and *N* may be a *lectio facilior* substituted independently, or it may have been the AdeP reading.

120 2585. *Pire est riches malvais que povres honorés* is not among the proverbial expressions listed by Morawski.

VARIANTS

121 (Mich 235, 13) — 2589 *FCEJHL* b. mander — 91 *N omits*, *JL* f. joster — 92 *GDQ* en c. d. — 96 *G* peres e., *GDTFNR* l'o. veer — 99 *QRJH* mal (*J* moi) penser — 2601 *GCEJL* E. l. faus s. repaine, *CEI* g. grever, *JHL* d. (*IL* de, *H* d'as) preudoumes — 02.1 **M** Ne cuit qu'il ait si gente jusqu'a la roge mer — 06 *MY omit*, **G** P. i. n. p.(*G* porrons, *T* -as, *Q* -ont) e. p. l. es.(*G* l. e. p. es.), **C***R*P P. i. p. bien le regne e. p. es., *JHL* P. tant porra li regnes (*H* guerre) bien (*H* tout) e. p. demorer — 08 **GM** quel (*G* qui, *FP* quil) p. a.(*G* acorder, **M** assembler), *CE* qui le p. soder (*C* q. bien fait a loer), *N* ques p. asjouster, *JHL* (*H 08.1, 08*) Molt est bons cis (*JK* M. p. e. b.) consaus q.(*JL* qui, *KH* quel) p. a.(*H* volroit aciever) — 08.1 *JHL* Car vos ne la (*JL* C. n. l.) pories (*J* pourriens, *K* poez, *H* pores) el mont (*I* en liu) mius marier

NOTES

121 2597. In *G* the case flection is as a rule carefully observed, but the -*s* is from time to time absent when subject is separated from verb, especially in such passages as this, where the *qu'il demaine* obscures the case; cf. a similar instance for the very word *orguel* in III 258.

VARIANTS

122 (Mich 235, 36) — 2611 *JHL omit* — 12 *JHL* ens en l'ajornement — 13 *GDF* s. v. maintenant, *TN* n'i ot (*N* font) arestement, *QCEM* s. v. e., *JHL* A la tente l. r. vienent isnelement — 14 *G* l'e. du tref, *F* l'e. devant, *N* l'e. des tentes, **C** desc. bielement (*E* sagement, *N* errannment), *JHL* chascuns a pie descent — 15 *G* a s. t. s., *JHL* a cui proece apent — 16 *FCE* u. e. a argent, *JHL* d'un chier drap d'orient — 17 *CE* a c. a or poignant (*E* piment), *JHL* Une enseigne e. s. l. a c. q. s. d'argent — 18 *CE* R. en estoit li fu. li fe. trenche forment, *JHL* Li fu. en est molt r. li fe. trenche forment — 21 *JHL* pe. noncent l'acordement

NOTES

122. The text, in accord with the α version of **122**, mingles -*ant* and -*ent* rhymes. Such mixing occurs from time to time in isolated lines of AdeP, but not on this large scale. The β version (*JHL*) has only one of the -*ant* words (*garant* 2619) and not improbably it is β which is truer to AdeP.

122 2621. The *soudant* (*Y: soldant*) 'sultan' has previously been used in a form *soutain* or *soudain;* see above, note to II 1661.

VARIANTS

123 (Mich 236, 12) — 2622 *GD* s'estoient — 23 *JHL* D. p. l. s. lige — 26–28 *JHL omit* — 27 *CE* O. mes rois de grece, **M** Ainz mes h. d. t. geste — 29 *CE omit*, *GFNJL* T. peres e., *GD* ti ancestre, *Q* as siens h. — 33 *JHL* A m. l. te done — 34–37 *T omits* — 34 *JHL omit*, *FMN* a. a heritage, *QMRY* avuec a m., *N* t'otroie a m. — 35 *FNMJHL omit* — 36 *GD* q'a t. l. p. ait d., *QCEJHL* v. mais q. t.

NOTES

123 2629. *Tes pere* (or *Tes peres*, in either case nom.sing.) *et tes ancestres* (nom.sing.) *firent au sien homage* is the reading supported by every manuscript except *CE* (which delete), *GD* (*ti ancestre*), *Q* (*as siens*). Interpretation: "Ton père et le père de ton père firent hommage au père de Darius."

123 2635. As 2635 is present only in **GC**, it probably does not go back to AdeP.

VARIANTS

124 (Mich 236, 23) — 2638 *FQCKH* L. r. ot — 43 *GDQNMIKL* gente — 46 **G** Qu'il n'e. s. por, *JHL* Q. ja mais d. l. g.(*JL* terre) n'ert estroes blasons — 46.1 *JHL* Ne haubers endosses ne chauciet esporons — 48 *FC omit*, *GDTJL* Si verromes vo., *QNMH* E. s. ve.(*QNMH* ferons) vo. — 52–54 *H omits* — 52 *JIL* S. v. si le f. — 53 *G* L. q. q. v. faites, **M** L. q. q. bons vos ert, *JL* f. bonnement l'otrions — 54 *GD* et nos le vos loons, *TF* saves queil la ferons — 55 *H* d. perse la cite c. s. — 57 *GF* s. f. et m. e. brons — 59 *JHL* cis consaus n'est pas bons — 60 *G* n. cerrons, **C***R* n. ferons, *JHL* J. ore a ceste fois v. los (*IK* vo conseil, *L* nul conseil) n. ferons (*L* querrons) — 61 *GDEJIL* b. mains g. — 62–63 *F omits* — 63 *JHL* Qu'a nul parconier, **M** a. de partir s. nus nons (*M* hons)

VARIANTS AND NOTES TO BRANCH II

VARIANTS

125 (Mich 237, 12) — 2666 *GCNIHL* formie — 69 *GDTF* o. toute c. p. — 71 *F* omits, *GDTQ* N. ja por c.(*T* N. j. per ne compeig, *Q* N. j. par c.) ne l'a. e. m. v.(*GD* ne lairai ne vos die, *T* n'averai en partie) — 72 *GD* au m. — 2674-2785 *D has lacuna of one folio* — 75 *G* conree — 76 *GQ* o la t., **M** N. v. s. f. prendre — 78 *G* en trestoute ma vie, **M** ou so. sens ou f. — 79 **JHL** A.(*IH* Et) sera tote m.

VARIANTS

126 (Mich 237, 29) *D lacuna* — 2680 *G* retornent — 83 *H* omits — 84 *TJ* omit, *G* J. en j., *FQ* J. a j., **JHL** J. en toute s. v. — 85 **JHL** ja n'avra p. — 86 **JHL** s. fronce l. grenon

VARIANTS

127 (Mich 238, 7) *D lacuna* — 2695 **G** l. cler s. raier — 97 *G* l. maint baron chevalier, **GC** chevalier — 2701 s. e. d.(*G* s. e. vint, *F* cinquante e. cinc) m., *rest diverse* — 01.1 *H* Lor font crier par l'ost et hucent li b. — 02 **JHL** Devant l. g. qui f. nobile et b. g. — 03 **JHL** omit — 11 *GTCJI* quil maine, *rest* q.(*FEH* quil, *J* qui, *L* que) m. — 14 *G* l. commanda — 15 *GFN* as g. chaploier (*F* acointier, *N* aprochier) — 19 *F* omits, *GT* n'a. encontres (*T* n'a. lor force), **JHL** Q. c. l. estor n'a d.(*H* n'aront esfors) — 20 *GCNKL* porrons — 21 **M** A. m. son orgueil abessier, **JHL** A. le sot par un sien escuier — 22 **GE** Car, *N* Quant, *QN* g. de fourrier, *JL* g. de paumier — 23 **JHL** r. au roi por la cose (*H* p. l'afaire) noncier — 24 **JHL** omit, *F* c. ne tercier, *CE* c. ne noncier, **M** c. n'entercier

NOTES

127 2708-11. In III **32**, chariots with scythes attached to and projecting from them are used (by Porus). Here AdeP has Darius use chariots and scythes, but it is not clear that he considers them to be attached to the chariots. The *portent* of 2710 might have as subject the chariots (2708) or the knights (2709), but **128** 2727 somewhat favors an interpretation that it was the knights who handled the scythes. That the chariots are drawn by elephants is a detail which AdeP imagines.

127 2721-24. The theme of a visit by Alexander in disguise to a hostile camp is utilized effectively in III **90-97**; its presence in II **127** is due to its having stood in the Latin source which AdeP was utilizing at this point (cf. *Historia de Preliis* **60-63**). The resulting duplication and the casual character of the present mention displeased the redactor of the β version (*JHL*), who emended 2721-24 by substituting, for Alexander's serving as his own spy, the report of a spy to the king.

VARIANTS

128 (Mich 238, 36) *D lacuna* — 2727 *CE* omit — 29 *NJHL* omit, *GQE* l. o. f., *TF* fait les oz, *CM* l.a f. — 30 **JHL** Cil l. a. o.(*K* L'escuiers l. o., *H* Se l. a. o.) — 31 *GQCEJIL* Et q., *GT* s. vauroient, *G* g. joster — 33 *F* omits, *G* et confondre e., *CE* eslochier e., *MP* et fauchier e., *JL* t. e., *rest individual*, *G* e. tuer, *R* e. faucher, *N* e. grever — 34 *F* omits, **M** le contrere a, *H* coureceus a — 37 *G* E. faire — 40 *J* omits, *C* mener, *I* corner, *KHL* torner — 41 **M** omits, **GC** roes (*G* roees, *C* ruees), **JHL** c. et conduire (*H* maintenir) et m.(*I* guier, *H* garder) — 42 *Q* p. e. quatre, *CNPY* p. e. trois, **JHL** p. entr'iax, *FJNH* l. l. aler, **M** l. l. outrer (*Y* entrer) — 43 *CE* p. retorner, **JHL** q. un tout seul n'en p. e.(*H* escaper) — 44 *GF* errer, *T* aler, **M** passer — 45 **JHL** a. et pensent del haster — 46 *JK* trebuchier et v. — 47 *G* P. s'arestent, *F* P. se metent — 49 *TENY* porront, *H* P. tans l. pores vus

NOTES

128 2725–34. The defects of this long clumsy sentence which sums up what has just been related have abundant parallels in other AdeP additions to the RAlix.

128 2741. The reading of the α version (here **GC**, for the **M** group deletes 2741) is *Ciaus qui doivent les curres o les roees* (*G: roees, TFEN: roes, C ruees*) *mener*. The *roes* or *ruees* may be 'roues' but an expression *mener les curres o les roues* is dubious and no satisfactory emendation suggests itself. The β version (**JHL**) has *C.q.d.l.c.et conduire et mener*, which is a smooth reading but which has the air of a *lectio facilior*.

128 2742. In 2716 and 2732 Darius had ordered his charioteers to attack in four directions. In 2742 Alexander orders that the Greeks, on the arrival of the Persian chariots, open up into four parts and let them pass through the gaps. Thus the α version; save that *P, Y, C, N* write *trois* for *crois* and that *Q* alters *en crois* to *en quatre*. The β version (**JHL**) has a *lectio facilior: se partent entr'iaus*. The expression *q'il se partent en crois* seems to mean that the Greeks shall deploy into four rectangles to form a voided Greek cross (a gammadion) with the arms of the cross opening up before the advancing chariots and with the soldiers in the rectangles facing round so as to be in a position to attack the chariots from the rear.

VARIANTS

129 (Mich 239, 23) *D lacuna* — 2750 *GDNMJ* ordenee — 51 **GCM** et a. — 52 *N* omits, *G* Et, **JHL** Quant — 54 *FMRPYL* Gardent q.b. (*MRPY* q. cil), *G* l'a. qu'el ne s. pas fors mise — 56 *G* r. as autres, **JHL** r. el champ (*H* errant) o l'a. est (*IL* o l'a. rest, *K* o li a. e., *H* o l'a. qu'e.) a. — 60 *F* p. l. moie, *CMJHL* p. l. nostre (vostre) — 61 *FJL* omit, *G* lor j., *TC* la j., *QMIKH* grant j.

NOTES

129 2750–55. Once again, as often, AdeP indulges in repetition of what has already been related in detail. In 2754 we should expect *gardent*, but the *gart* is abundantly supported. *F* and *L* and most manuscripts of the **M** group emend to *gardent*.

VARIANTS

130 (Mich 239, 35) *D lacuna* — 2764 *GEMIL* e. couru — 65 *G* o. qui, *ENH* o. quil, *GTF* q. traient — 66 *G* quis e., a. trestor, **M** a. sejour — 68 *FN omit, GD* Et g. — 70 *T* b. ne preissent p. t., *H* b. ne prisent nul retor — 72 *GQM* oc. et as b. — 73 *G* li o. f., *TFNI* i o. f. — 74 *H* omits

VARIANTS

131 (Mich 240, 13) *D lacuna 2777–85* — 2777 *G* Q. s. c. v. d. mener a — 79 **JHL** Molt en a grant dolor — 81 *CE* omit, **MJHL** r. du cheval — 82 **GM** Sor s., *GFN* t. vers s. e., *GMPJ* e. s. mire, *C* e. s'aire, *H* e. hermine — 83 **JHL** profondement sousp. — 84 *GTF* a o. (*TF* ot en ordre) a t.(*G* per sire, *T* c'oi dire), **C** a o. a l'ire (*N* par i.), **JHL** a o.(*H* ordenees) par ire — 85 **JHL** A ses meillors b. l. — 86 *H* omits, **JL** Puis les a araisnies — 87 *JKH* s'amor — 88 *GH* a g., son e.

VARIANTS

132 (Mich 240, 24) — 2791 *G* f. l. t. detrenchies — 94 *T* omits, *GD* menees e. r., *F* conrees e. r., **M** serrees e. r. — 95 *G* A d. — 96 **JHL** omit, *GDTF* Lores,

GDT b. devisies, *F* b. acuellies, *C* b. ahaities, *E* b. airies, *N* b. eslessies, **M** b. a. — 97 J*HL* L'une en vait d. l'a., *GDM* e. ensegnies — 98 *G* a. amaisnies — 2800 *GD omit* — 01 *GI omit*, *N* s. iries, **M** s. molt lies, *H* s. parties — 02 *MYJHL* Q. as, *NMJHL* e. so. les d. — 03 *L omits*, *GD* proisies, *TF* molt lies, *MCEI* parties, *H* peries

VARIANTS

133 (Mich 241, 3) — 2805 *F omits*, *YK* emenidun — 06 *F* Molt fu prouz alix. et de gentil parage — 07 *QN omit*, *GD* d. lor eschiele v. — 08 *F omits*, *CM* Q. l. p. e. menoit (**M** avoit) p., J*HL* Q. l'ensegne dairon portoit p. — 10 *JHL omit* — 11 *GD* q. t. l. sorhage (*D* sorhache), *TQM* q. t. l. s.(*T* l. sorbage, *Q* l. soubarge, *M* li enbarge, *RP* l. s., *Y* ensozbarge), *F* par desor le visage, *CE* q. t. l'adomage, *JHL* Le hauberc li fausa car son coup n'asoage — 13 *F omits*, *GDT* a prise, *JHL* l'e. par grant ire et par (*H* p. droite fiere) rage — 14–15 *GD omit* — 16 *G* le. requierent, *D* le. recurent, *F* le. abatent, *QJHL* q. s. hardi, **M** q. furent preu — 19 **C***H* grant d. — 20 *JHL* m. qui quel tort a folage

NOTES

133 2805. The cumbrous expression in this line seems to be a merging of *en la premiere eschiele* and *en l'eschiele Emenidon d'Arcage*. Note the similar constructions in 2823 and 2835. — The oblique is usually *Emenidon* (so here in *Y* and *K*) but *Emenidus* appears from time to time; cf. II 17, 1502.

133 2811. The *sorbarge* of the α version (var.: *sorbage, soubarge, enbarge, sozbarge, sorhage*) was eliminated by the redactor of β (*JHL*), who altered the whole line. There seems to be no other record of a verb *sorbargier*. The indicated meaning is 'engourdir'; the word may be connected with *bargié* 'enflé,' for which see TobLom *bargié* and Tilander, *Lexique du RRen* s.v. *bargi*.

133 2813. It is uncertain whether the reading of the α version, with *-ache* in an *-age* rhyme, or the β version (*JHL*), with a different reading for 2813 which has an *-age* word, represents the AdeP text.

VARIANTS

134 (Mich 241, 18) — 2823 *MRP* Encontre u. b. — 24 *GDTF* d. chaumiere (*D* en haumiere) — 25 *GDT* Qui, *JHL* Cil, *GFN* s'o. b., *QM* e. s. l.(**M** main) une riche b. — 27 *F omits*, *GDQMRP* m. chascune — 28 *JHL omit* — 30 *G* chiers e. g., *JHL* c. e. bruiere — 32 **GC***JH* D.(*D* Derompant, *I* Desrompues) l'en (*G* le, *D* les en, **C***IH* les) m., **M** Desrompus (*Y* Toz desconfis) les en (*Y* les) m., *L* Que tout ferant les m., *H* s. l'a. gent a. — 33 *JHL 33, 32*

NOTES

134 2825. It is possible to consider Tholomé (2822) as the subject of *portoit*; should we assume that the Persian Perchael (2824) is the subject, this line constitutes a case where the term 'oriflamme' is applied to the banner of a pagan.

134 2827. The *n* of *n'i* is in all manuscripts. AdeP may well have written this second negative adverb, especially in 2827 where, on account of the *n* which ends the preceding word, there is no difference in pronunciation between *bien n'i fiere* and *bien i fiere*.

VARIANTS

135 (Mich 241, 29) — 2835 *TF* b. qui vint (*F* fu) d. g. randon (*F* renon), **M** b. devisee par non — 36 *L omits*, *JH* T.(*H* Et t.) i avoit d'a., *GDTF* a. n'e. s. dire l. n., **M** a. j. n'e. s. nombroison — 37 *GD* monter n'i, *JHL* ferir n'i — 38–43

JHL omit — 38 GCE son g., **M** un g. — 40 GN li caupa — 43 **G** Ne o. p. icele (GQ N'o. p. i. eure), **CM** O. p.(MY por) c. e., G font a., FN ot a. — 44 GD omit, **M** Qui (RP Ains) s'e. vet d. f., JHL Por un poi ne s'e. tornent f. — 46 CEH O (C En, H A) l.(CE la) quarte, NJL Et l. q. — 47 TQ omit, GDFC A q. d. e.(C q. autres e.) j. a d.(DE se j. d., C s'ajostent de randon), **M** Dont j. as q. des e. d., JHL Se j. a q.(H S. joustent a q. autres) des e. d. — 48 GDT f. e. p. siglaton, F f. con se fust auqueton — 49 G D. h. et d. e. — 54 G O. n'i avera garde, JHL N'i a. m. p. s. d. bien faire n.

NOTES

135. The α version of **135** bears numerous marks of poor workmanship. It opens (2434–35) with a clumsy construction (bataille . . . Mabon) similar to the one present in 2805; it has two glaring rhyme repetitions (2837, 2843 and 2847, 2852); it introduces an unskilful parenthesis (2839); it has an oblique where the nominative is demanded (Caulon 2845). The β version (JHL) lacks 2838–43 and is thus free from one of the rhyme repetitions and from the 2839 parenthesis, but the other blemishes are there.

VARIANTS

136 (Mich 242, 7) — 2856 QC Q. l. l. brisierent, GD s. baissierent, T s. haucerent, FE s. laisserent, JHL Q. l. l. sont fraites s. sont baissie l. c. — 57 GQ p. le cheval — 62 GDTF Q'entresi ens esp., JHL Q. d. ens es dens l. — 63 JHL omit — 64–66 F omits — 65 GDT g. los e. p.(G e. porprent) — 66 GD c. retienent — 67 G L. ensegnes, G e. l. caup s. freni — 68 GRPHL s. mis — 71 G E. l. bataille — 72 **M** i s. li grieu h., JHL Teus set cens en i ot qui ont le camp guerpi

NOTES

136 2861–62. The overflow si . . . que is more marked than any we find in sections of the RAlix antedating AdeP.

136 2865. The Clin, oblique form as nominative, is supported by all manuscripts and so is attributable to AdeP; cf. 2845.

VARIANTS

137 (Mich 242, 24) — 2873 GDTF p. fu molt grant l. b. — 74 **JH** n'ont parle de gas-(J gra-, I gab-, H gast-)aille, L n'ont crie de ruigaille — 75 GD N'i o. r. n. goue (D gabe), TFQCM N'i o. n. r.(Q o. r.) n. g.(T joie, Q joue), JHL Ains s'entrefierent bien, GDQCM n. p. d. gas-(G gui-, D vin-, QRPC ga-, EMY gaz-, N gass-)aille, TF mais chascuns se travaille, JHL sans autre (JL nule) devinaille — 77 GFL Filados, **M** Sinados (M Sirados) — 79 **GCM** D. en. i., JHL D. en mi le f., **GC**IKH el f. s. l. v.(T e. f. sans devinaille, F e. f. senz nule faille, IK par desous l. v., H par devant l. v.), **M** sous le f. el viaire (M f. a esmalle), J par devant le viaire, L par desor le sorcaille — 80 G**NM**JL l. par desous la ventaille (GD molt cuide que il vaille), CE l. nel tenes mie a fable (E a falle), IK l. sans nulc davinaille (K controvaille), II l. par dedevant l'entaille — 81 CE T. d. des g.(E T. d. les siens) ce n'est pas devinaille, JHL Des g. ot fait d. n. — 82 GMK c. esprevier f. q., Q comme le grain de paille — 83 JHL Q. i. consieut a cop ne vaut une maaille (K n'a arme qui li vaille, L mors est sans divinaille) — 84 **M** omits — 87 JHL Ja mais a un estour ne cuit que gaires vaille — 88 GD omit, TF L. gent d. f. de cest cop a., **M** f. les persanz a. — 88.1 Y Car ce ert lor resors au fort de la bataille

NOTES

137 2874–75. In all manuscripts except *D*, *TF*, *L*, one or another form of the same word is present in 2875 or else in 2874: *gasaille* (*gaz-*, *gass-*) in *MYENK*, *guiaille* (*G*), *gaaille* (*QRPC*), *graaille* (*J*), *gabaille* (*I*), *gastaille* (*H*). The word occurs also in I 979. Godefroy has one example (spelled *gaaille;* cf. also the *gastaille* listed by Godefroy without definition or reference but doubtless referring to the *H* reading). The two RAlix examples seem to fix the meaning as 'enjouement'; cf. the Provençal *gazalha* 'camaraderie.'

137 2876. An inept comparison; the reverse ("comme la paille de la graine") is what is demanded.

137 2879–80. The manuscript testimony points to an early bourdon producing in 2880 a repetition of the second hemistich of 2879. As it is impossible to determine the original 2880 reading, the emendation introduced by the *GD* redactor has been retained in the text; it reads adequately enough, but the *cuide* is out of harmony with what would be for both AdeP and *G* the normal form (*cuit*), and the *vaille* repeats the rhyme-word of 2887.

137 2882. Erratum: ostoir (ostor).

VARIANTS

138 (Mich 243, 3) — 2890 *G* f. siloquee, *rest* f. si-(*D* sa-, *Y* fi-)lo-(le, lu, la)cien(tien), **GM** herlos (**M** erloz), *C* alor, *E* eslor, *NIH* esclos, *J* aillos, *KL* ellos — 91 *GD* f. o. seur tous, *TFQ* f. o. e. e., *C* f. et o. trop, *E* f. o. e. a plor, *N* f. o. e. apos, **M** f. o. des os, *JHL* U. g. o. f. et despos — 92 *GTL* margos (*G* -ors) — 94 *F* omits, **GC** N. c. h. m. d. v. b. l.(*GD* m. molt tres b. v., **C** m. d. v. tous l.) e., **M** N. c. d. v. ennevois l. e., **J** N. c. h. m.(*I* N. vos re-c.) molt b. l. gavelos (*I* hui mais b. a galos, *K* le signor des ellos), *H* N. c. molt b. h. m. l. vos galos, *L* H. m. n'arons de v. ne pointes ne galos — 95–96 **G** *omits* — 95 *JHL 96*, *95*, *K* u. pas — 96 *K* quinargos — 97 **G** si fremist tous li o., *K* e. f. li tas — 98 *K* n. s. mas — 99 *K omits*, *GCE* e. d. nos e. d. lors

NOTES

138 2891. The reading for the final adjective is uncertain; whatever it may have been, it did not satisfy the redactors, as is evidenced by the makeshift emendations of *GD* (*seur tous*), **M** (*des os*), *C* (*trop*), *E* (*a plor*). The *enpos* of *TF* and *Q* (cf. also *apos* of *N*) or the *despos* of *JHL* suggest that one or the other of these forms stood in AdeP. The adjective *enpost* 'rébarbatif' fits the context, but we should expect *une gent* . . . *enposte* (unless by the side of *empost* there was a second form *empoz;* cf. *empoz*, obl.masc., in rhyme with *-oz* in Benoît's *Ducs de Norm.*, book I, line 369, cited by Godefroy and TobLom). Note also that *une gent* is in apposition to *des Herlos* of 2890 and that in 2892 the agreement of the relative clause shifts back to the plural *Herlos;* in view of the habitual carelessness of AdeP, he may have treated the *enpos* as oblique plural and have had *orgelleus et enpos*. It is dubious whether, with Godefroy and TobLom, we should take the *despos* of *JHL* as an adjective formed on *despot*, for the earliest recorded occurrence of the substantive *despot* 'despote' is in the *Conquête de la Moree;* moreover, here again as in the case of *enpos* we should expect a feminine (*despote*).

138 2894. If the meaning is "we shall recognize your trail by the blood which drips from it," the statement is inappropriate, for in 2895 it is indicated that Alexander immediately smote Silicïen dead. Each member of the β version (JHL) has some makeshift emendation, and **G** avoided the difficulty by deleting 2895–96.

138 2895–99. K deletes 2899 and shifts 2895–98 to form the beginning of the next stanza, altering the four rhyme-words to make them fit.

138 2896. Erratum: Arcage (Arcade). See above, note to II 17.

VARIANTS

139 (Mich 243, 14) — 2900 JHL ce n'est mie de g. — 02 *fragment e begins* — 03 *I omits*, H f. baudin, NeJ d. c. gaudinas, MK d. c. ladinas — 04 *F omits*, GCE obsident, NeJL occident, **M** ocilent, H ofide, G e. f. palas, **C**e e. f.(Ne e. lioines) pulas (E pinas, N lupas, e lypas), MJHL e. leoines glin-(MR gul-, P grinl-, Y glil-, J glutan-, I glui-, HL gluin-)as — 05 FM omit, NeJHL e. filotes, G guinas, D ginas, T granas, Q glumas, CE gulas, Ne glinas, JHL pilas — 06 F *omits*, GD A. pestier, T A. grezien, C A. pavien, E A. paicien, JHL e. c. satrapas (H serpentas) — 07 *TEIHL omit*, GDe sarpetus (G sartepus), F -pedon, Q -pedou, C -perens, N -peens, **M** -potrus, J -petras, K -pides — 08 *FJI omit*, G A. i f. gangius e. b., DTQM e. gangis (M gauchis) e. b., **C**e e. gau-gis (C -dras, E -gris) e. b., KHL e. gaudin e. drias — 09 GD omit j., NeJHL josta o, **G** cor-(GDF cori-)beri-(F bi-)as, CE corbiadas, N cornibrias, e corinbias, **M** coribe-ras (M -las, Y -nas) JHL corba-ras (JL -das) — 12 GDNe Des h. d.(G h. et d.) e., TF Des e. sor h., Q De haubers et d'e., CE De lances et d'e., **M** S. h. d. e., JHL Des armes et d. brans

NOTES

139. As we should expect, the list of the twelve peers here given conforms to the listing already made by AdeP in I 31.

139 2902ff. Paul Meyer had access to a "fragment Deschamps de Pas," which he entitled fragment *e*. According to him it was to be deposited in the Bibliothèque Nationale, but efforts to locate it there or elsewhere have proven fruitless. It consisted of 284 consecutive lines beginning at II 2902 and continuing through III 80. Meyer published 38 of these lines (II 2902–13, 3075, 3095–96, 3098–3100; III 1.1 1; III 17, 78–80), partly in the *Revue des Soc. sav.*, 1869, pp. 477–78, and partly in *Rom.* 11 (1882), pp. 320–22. The text is so nearly identical with that of N as to suggest that one is a copy of the other (*e* is the copy, to judge by III 80, where N has the standard *Gresce* but *e* an individual *Perse*). In the Variants the *e* readings have been recorded only for 2902–13.

139 2906. Sathanas in the α version, but Satrapas in the β version. Since Sathanas, frequent for Satan prince of demons, is a bit surprising as the name for a man, the Satrapas of β may represent the AdeP reading.

139 2908. For *Gaugis* (**C** and JHL) the *Gangis* of **GM** (but G: *Gaugis*) is hardly more than a faulty writing by influence of the river name.

139 2909. Erratum: Arcage (Arcade). See above, note to II 17.

VARIANTS

140 (Mich 243, 26) — 2913 Ne c. et grejois c. p., H c. l. turc e. l. p., *first section of fragment e ends, see note to 2902* — 15 TFIHL r. faisant — 16 JHL le v.

apres siuant (*IH* en v. a. poignant) — 18 *FJHL omit* — 19 **M** o. gaborant — 20 *T omits*, *G* d. grans gant, *QN* d. gent grant, **M** d. gramant, *K* d'occidant — 25 *JH* Arides, *L* Rapiniaus, *JIHL* r. en plorant — 26 *JHL* F. estoient germain

NOTES

140 2919. Erratum: Arcage (Arcade).

140 2920. The manuscript testimony for *grant gent* is strong. Mixing of *-ent* and *-ant* rhymes appears in sections of the RAlix composed by AdeP (cf. 2925 and the whole of II 122), but subsequent redactors frequently emended to eliminate it, as is the case here for *T*, *Q*, **M**, *N*.

VARIANTS

141 (Mich 244, 3) — 2927 *JH* Arides, *L* Rapiniaus — 28 *G* sen e. — 29 *TL omit*, **M** l'o. avisé, *JH* r. et molt en a ploré (*H* e. m. l'e. a pesé) — 37 **M** Que tout l'a trebuschie a val en un fossé — 44 *JHL* Molt l'o. bien soscouru et par force monté — 45 *GEJHL* ont (*J* sont) f. — 46 *GD* E. vassaus a. e. chevaliers, **G** c. navré, *JHL* E. a terre a. maint c. a.(*I* navré) — 47 *JH* Arides, *L* Rapiniaus, *GD* l. chief — 48 *JHL* c. par mi le cors navré (*I* c. et mort et afolé)

NOTES

141 2943. Erratum: Arcage (Arcade).

141 2946. The construction can be justified if we interpret as: *Et [maint] vassal et chevalier armé abatu;* but at best it is involved and some of the redactors found the line confusing and made emendations.

VARIANTS

142 (Mich 244, 25) — 2951 **M** P. d. q. deus, *JHL* P. d. mil chevaliers, *NJHL 52, 51* — 52 *C omits*, *JHL* r. l'en menerent d. son e. — 53 *EL omit*, *GM* A. e., *G* p. isnel, *JH* qui ot cuer de l. — 54 *JHL omit* — 55 *L omits*, **M** c. ostor le m., *JH* Plus tost en vint vers lui (*H* e. vi. armes) que ostoirs vers m., *H* 55, 53 — 56 *CE* f. s. l'escu d'or mat (*E* l'e. liart), *N* a feru d'un faussart, **M** Alix. le f. de s. l. c., *JHL* S. f. l. r. d. p. de s. son c., *GDQRPKH* c. (*G* coomart),*TFMYJIL* toenart — 57 *GY* les a. — 58 *G* n'a cuer d. — 59 *G* p. s'est pasmes, *CI* p. s'esbahist, *ENML* p. s'esv., *JKH* p. se fremist, *GD* na-(*G* no-)turnart, *TIL* saturnart, *F* atumart, *QNJKH* satu-(*N* sau-, *JK* sato-)mart(*H* -rat), *CE* si a. sumart, **M** sala-(*M* sara-, *Y* sacha-)mart — 60 *JHL* r. de persie — 61 *JHL* f. s'est mis par l. v.(*IH* tous les vaus) — 64 **M** Et daires s'en foui qui let son estandart

NOTES

142 2956. Godefroy (also Gay, *Glossaire arch.*) has *tonëart* 'bouclier' and records no variant form *coënart*. The word appears twice in the RAlix. In II 2956 it is spelled with *c* in *GDQRPKH* (in *H*, Michelant alters to *t*) and with *t* in *TFMYJIL*. In II β105 14 it is spelled with *c* in *RSPQ* and with *t* in *JIKMCHL*. In the text of the present line the spelling with *c* of the basic manuscript has been retained.

142 2961. The *val de Pinart* 2961 and the *val de Pinele* 2969 are doubtless a further example of a stylistic trick employed by Lambert-2 and imitated by AdeP; see above, note to II 2320. It is possible that this *val de Pinart* may have been suggested to AdeP by the name of the Pinarus river, which appears in the Quintus Curtius account of the battle of Issus (QC III VIII 16 and 28, III XII 27).

VERSION OF ALEXANDRE DE PARIS

VARIANTS

143 (Mich 245, 4) — 2965 *JHL* n. que trestous en c. — 67 *H omits* — 69 **M** par l. v., *JHL* tous (*H* sous) les vaus — 70 *GD* a laissie, *GL* e. s. fille — 71 *G* Qui avoit c. le v. et i., *L* E. s. feme a v. c. q. i. g. dansele — 73 *JHL* t. les maine ses c.(*I* s. festist, *H* s. joinst, *L* si en rit) e. joiele (*H* cierele) — 75 *GQE* sot l. n. — 76 *JHL* L'iaue qui ist (*H* li cort, *L* li i.) des ieus (*JL* dou cuer) li (*HL* et) moille la m.

NOTES

143 2969. On *Pinele*, see above, note to II 2961.

VARIANTS

144 (Mich 245, 15) — 2977 *GTF* al. venue — 78 *GNH* Q. dayron o. vaincu, *JL* Q. il o. vaincu d., *G* g. fu perdue — 79 *J* b. fait mue — 80 *QM* M. d. ot, *G* de pert, *GQMH* q'ot e. — 81 *Q* Ensement d., **M** Et seur tout d. s. m. qui est si deceue — 82 *GTCNIK* o. eue — 85 *CJHL* point d'e. — 87 *GD* e. remanoit n., *G* aieue — 88 *G* e. l. planche — 89 *GTQCN* q'a tenue — 90 *GCEL* c. bonte, *H* c. joste, *QRKH* h. vendue

VARIANTS

145 (Mich 245, 29) — 2992 *NJHL* d. b. tournés, **M** o. en b. l. p. desjostez — 93 **GC** et e. c. — 96 *GD* qa. el c. f. navrés, *JHL* et ses autres barnés — 98 *GDTF omit* — 99 *GC* s. mena a s. t., *JHL* ques tient en grant chiertés — 3002 *GD* l'e. a et plevi — 03 *GD* Q. j. mais h. — 04 *G* Par coi d. doive estre — 05 *JHL* N. demora puis g. — 06 *GDTFK* c. definés, **C** c. afinés — 07 *G* d. d. faite i. seurtés — 09 **GN** si e. f. a. — 10 *GDTRPY* p. ferus, *FN* p. batuz — 13 *GDF* lor m. n. lor v., *CEH* fiertés — 14 **M** f. pour ce sui plus desvez — 15 *JHL* Pour c'e. m. la dame e. s. c. afinés — 17.1 *GDTF* Et ma mere meisme dont je sui molt amés

VARIANTS

146 (Mich 247, 1) — 3018 *G* s. mere, **GL** molt (*TL* et) dolens e. p. — 23 **GM** li rois en e. ma., **CJ**HL d. e. g. e.(*CE* de c'est g. e., *JH* c'e. il g. e., *K* il en est molt) ma. — 28 *GDCE omit*, *TF* p. ne estre ses amis — 29 *GN* D. lui, *E* D. la — 30 **G** s'en a f. u. faus r. — 31 *GDTQ* f. dayres — 32 *G* M. est, *T* M. as, *JHL* h. grijois (*I* h. et dous), *GD* et loiaus en., *TFJKH* et (*H* a) crueus en., *QML* et f. e., *CE* et fel as en., *N* et seres mes amis, *I* et fex tes en. — 39 *G* a. tirs — 40 *GDT* e. l. mur anteis, *F* li crenel fort et bis, *Q* e. l. m. bien assiz, *JHL* l. m. de marbre (*KL* d'araine) bis — 41 **GL** *omit* — 41.1 *F* Alixandres li rois qi tant est poestis — 42 *N* Li rois y e. e., *L* Lai ens entra li rois, *GDTF* esc. qu'il a pris — 43 *G* m. qui sont o.

NOTES

146 3039. Quintus Curtius (V II 17) had stated that Alexander established the mother and children of Darius at Susa. For Susa AdeP substituted the city of Sis, in the late medieval period capital of Cilicia; see Paul Meyer, AlGr II, p. 160.

VARIANTS

147 (Mich 248, 3) — 3048 *GD* Et, *G omits* v., *D* r. d. mainnent d. s. p. — 50 **G** t. home — 51 *JHL* Q. erent molt h. — 52 *GDTFI* decolé — 56 *N* Alix. li rois, *JHL* L. maines rois d. m. — 57 *G* Q. je ne l'o. r. — 59 *GDTF* Que ele a al. — 62 *JHL* les m. que m'aves devisé (*H* demandé) — 62.1 *JHL* Et tant com vos plaira de chiaus qu'avres trouvé — 63 *FCE* h. h. conreé, *JHL* Si s. p. vos h. h. enteré

VARIANTS

148 (Mich 248, 25) — 3066 *G* M. p. fu a. li bons r. d., *D* q. fox r. d., *T* q. bons r. d., *F* q. preus r. d., *L* q. dous et d. — 67 *FN omit* — 69 *G* f. qui q'iert b. — 70 *GD* sa. r. ou so.(*D* ou color), *H* sa. clere com r. q. e. — 70.1–2 *L* Ainc de si bele dame n'oi nus om retraire Rosenes fu nomee la bele de bon aire — 71.1 *F* A moiller l'espousa qe pis ne li voust faire — 72 *JHL* De l'al. ap. daire

NOTES

148 3070.1–2. *L* introduces these two extra lines naming the daughter of Darius as Rosenés and thus preparing the way for the introduction by *L* of the marriage of Alexander and Rosenés, which *L* will interpolate as **16.1–4** of Branch III. Compare the further introduction by *L* of eight lines (3078.1–8) in II **149**.

VARIANTS

149 (Mich 248, 34) — 3076 *GDQM* navrés, *TFN* tuez — 78.1–8 *L* La pucele commande a deus de ses privés Qu'ele soit bien gaitee et ses cors honerés Ne nus ne li requere que li tort a viuté Car se mos en estoit ne teutis ne sonés Cascuns seroit pendus destruis et trainés Et cil li respondirent sire ne vous doutés Si bien le gaiterons que gre nous en sarés Li rois de la parole les a molt merciés — 79 *JHL* n. s'e. mie arestés — 80 *DH omit*, *G* d. nobiles cités, *CE* d. bounes fremetés, *L* Qui estoit bien g. et si avoit assés — 81 *DH omit* — 82 *D omits* — 84 *GDTF* n. iert tout (*T* si) v. — 85 *GD* p. molt en s. — 86 *GD* e. tous l. mons f. — 87 *GDTF* a oes (*DT* avuec, *F* a) u. home a. — 88 *H* clincons e. a. — 91 *G* f. tendres, *CIH* mes tr. — 94 *GDT* sevrés, *K* montez — 95 **G** m. est aveuc l. a. — 96 *GDTF* Q. l. s. leva (*F* baissa), *C* Q. s. fu tornes, *DH* t. miedis f. p., *C* t. e. miedis p., *H* 96, 94–95, 98–99, 3100.1, 96(bis), 97 — 97 *IN omit*, *TF* d. soie, *JK* Li rois o (*K* et) sa compaingne e. revenus as tres, *L* S'en est li maines rois en son tref r., *H* En s. t., *E* r. arestez — 98 *GCEL omit*, *NM***JH** A. n. d.(*NRPK* A. n. dit, *H* Si n. d. a.) q.(*NK* que) d. b. (*I* bertain, *K* vernai, *H* berri) f. n. — 99 **G***CEL omit* — 3100 **G***CEIHL omit*, *NM*J*K* Q.(*NJK* Qui) c.(*QN* or, *Y* si) a l. s. v.(*K* mos) o l. la.(*R* lombars, *JK* autres) j.(*N* mellez, *M* jetez) — 3100.1 *JKH* Que li fuerres de gadres est ichi afinés (*H* e. a cest vier finés)

NOTES

149 3078.1–8. The third line of this *L* interpolation, *Car se mors en estoit ne teutis ne sonés*, is corrupt. Emend *mors* to *mos* and *teutis* to *tentis?*

149 3087. The statement that the world is too small for Alexander's needs and powers is a favorite with AdeP; see his use of it in I 515 and 2032.

149 3088–89. Here the laughter is a "faux rire" which does not imply joy but nervousness: two of them laugh it off but they are all startled.

149 3090–97. Transition lines suggested to AdeP by III 16–17, 45 (and 79).

149 3098–3100. The authorship claims in II 3098–3100 (and in III 1) were deleted by the **G** and the *CE* redactors. *L* likewise deleted II 3098–3100 but has III **1**, for which however *L* follows the Amalgam text instead of the AdeP text.

149 3100.1. The β-version manuscripts which retain AdeP's epilogue to Branches I–II are *JIKH*, so that the presence in *JK* and *H* of 3100.1 indicates that this extra line goes back to the β redactor. *H*, while retaining 3100.1, deleted 3100; *I* deleted both 3100 and 3100.1, thus leaving incomplete the sentence opening with 3098–99. — This line of the β redactor contains "Fuerre de Gadres" employed as a title for the Gadres foray; for other occurrences see above, Vol. IV (EM 39), "Le RFGa, poème par Eustache," notes 4, 5, and 6.

INDEX TO VOLUME V

The present index is for use in connection with the Introduction and Notes; the indexing of the texts of Branch II (EM 37) and the β version of the Fuerre de Gadres (pp. 1–100) is reserved for a general index which will terminate the entire RAlix edition. The following types of items are here listed: words of lexicographical interest; proper names upon which special comment is made in the Notes to Branch II (pp. 150–243) and to the β text of the FGa (pp. 1–100); names of individuals, places, and literary works discussed or cited in the Introduction and the Notes. References to the Introduction are by pages, and to the Notes are by captions.

Abilans (Gadran warrior). Notes to **73** 1743, **98** 2259.
Aboufeda (author of *Geography*). Note to **120** 2574–78.
Acamas. See **Atenas**.
acoillir. Note to **4** 55.
Açopart ('Ethiopian'). Notes to **50** 1159, β**105** 3.
ADéca: *Alexandre décasyllabique*. Notes to **1** 23, **19** 345, **104** 2358.
ademois. Note to β**24** 12.
AdeP: Alexandre de Paris. Not author of Gadifer episode in α version 105. Claim to authorship of Branch II, note to **149** 3098–3100.
adosser. Note to **45** 1017.
Aiglente (sister of Emenidus). 108. Aiglente's son 101, 108.
Albéric (author of *Alexandre*). Note to **28** 568.
Alenie (domain of Pirrus). Note to **54** 1265.
alenois. Note to **53** 1245.
Alexander. Apparently absent during episode occurring after his arrival (defect in α version) 104, 119, 126, 127.
Alexandre décasyllabique. See **ADéca**.
Alexandre de Paris. See **AdeP**.
Alier (*les puis d'A.*) Note to **49** 1139.
α redactor. Responsible for presence of Gadifer episode in α version 105. Composed one stanza (α56) 119–20.
α version. Defects 104–05, 119, 121.
Amiote (place). Note to **10** 160–61.
amoravi. Note to **31** 625.
Androine (Greek warrior). 136.
Antioche (*Chanson d'A.*). Note to **81** 1889.
Antipater. Recipient of Tyre 132, note to **85** 2008–10.
aquatroner. Notes to **51** 1167, β**118** 32.
Araine (city). Siege and capture 103, 130.
Arbela (battle). Note to **110–49**.
Arca, Archis (city). Note to β**99** 15.
Arcage (*Emenidus d'A.*). Note to **1** 17.
argüel. Note to β**37** 9.
Aridé. His cousin 101.
Aristé. Held captive by Betis 104. Recipient of Porus' realm, note to **84** 1996.
Arondel (place). Note to β**37** 2.
Ascalon (submission of A.). Note to **110–49**.
Atenas, Acamas (warrior). Note to **97** 2242–43.

INDEX

aufaine. Note to **58** 1421.
Auquance (*Aristé d'A.*). Note to **46** 1052.

B **manuscript.** 128–32. *B* text of FGa an interpolation derived from AdeP 128–129. Leading features of *B* text of FGa 129–32. B* version 128. B^y version 128.
Balés (duke of Tyre). 103, 116, 117, notes to **8** 113, β**127** 1, β**127** 5–6.
Bastre (domain of Porus). Note to **84** 1997.
Baudart ('Bagdad'). Note to β**105** 4.
belaire. Note to β**112** 5.
berçoier. Note to β**126** 37.
berrie. Note to **61** 1477.
Bestiaire (of Ph. de Thaon). Note to **52** 1189.
β **redactor.** Not author of Gadifer Version 106.
Bethany (land). 103, 114, note to **67** 1622.
Betis (duke of Gadres). 100, note to **8** 119. Killed by Cliçon in *B* version 131.
Bithynia (land). Note to **91** 2146.
Biturius of Gadir. Note to **8** 119.
blancherale. Note to **26** 540.
Boiscelet (city). Note to β**99** 16.
Boniface (horse of Dicace). 113, notes to **76** 1784–85, **100** 2288.
bonnes Artu. Note to β**131** 12.
Bosrah, Bostrum (city). Note to β**99** 16.
bougerant. Note to β**66** 33.
boujon. Notes to **44** 993, β**36** 17, β**132** 11.
brehan. Note to β**126** 18.
Bretagne (*matière de B.*). Notes to **10** 167, **28** 568.
Bretons. Note to **10** 167.
Brut (of Wace). Note to **18** 313.
Buik of Alexander. Note to **52** 1189.
Buseireh (city). Note to β**99** 16.

C **group of manuscripts.** 138–46. *C* manuscript 143–45. *C^m* manuscript 125, 130. *CH* subgroup of manuscripts 139–41.
Caesarea. Note to **28** 568.
candelier. Note to β**89** 50.
Carraut (Gadran warrior). Note to **73** 1743.
Caspes (domain of Porus). Note to **84** 1996.
Caulus. Held captive by Betis 104.
Caulus de Milete. 130, 140 note 32, note to β**90** 49.
Caulus Menalis. See **Caulus de Milete.**
Cedron (brook). Note to **67** 1622.
Cervagaille, Cervadoine (horse of Antiocus). Notes to **15** 247, **98** 2252.
chaufrain. Note to **69** 1672.
chief. Note to **43** 969.
chier. Notes to **3** 43, **92** 2164, β**125** 22.
ChSax: *Chanson des Saxons.* Note to **104** 2358.
Cliçon. Kills Betis in *B* version 131. Cliçon's horse, notes to **70** 1693–95, **76** 1784–85, **100** 2288.
coënart. See **toënart.**
commain. Notes to **30** 617, **69** 1655.

Commains (pagan people). Notes to **69** 1655, β**132.5** 10–11.
Conquête de la Morée. Note to **138** 2891.
conroi. Note to **82** 1915.
Corineus (nephew of Emenidus). 108, 113, notes to **18** 313, **18** 319.1–5, **28** 568, **39** 850.
Cornelius Nepos. Note to **1** 17.
corroçain. Note to **30** 622.
Costentin (King of Britons). Note to **43** 972.
Coumains. See **Commains.**

Damietta (seneschal of D.). 109 note 2.
Darius (king of Persia). Notes to **110–49, 120** 2574–78. Uncle of Soar 115.
defroter. Note to **10** 163–64.
desalé. Note to β**132** 4.
destrois. Notes to β**67** 10, 20.
destruction of Alexander's sea-tower. 103, note to **80** 1879–82. Revised and expanded in GV 116–17.
deviser. Note to β**38** 6.
Dicace (Gadran warrior). 113, notes to **76** 1784–85, 1793.
Divinuspater. Recipient of Gadres in *B* version 131–32.
double. Note to β**89** 50.

Elain (Helenus of Troy). Note to **30** 621.
Elie (Greek warrior). Note to **81** 1889.
Emenidus. Rôle in GV 107, 116.
enguimpler. Note to β**132** 27.7.
enseleüre. Note to β**77** 22.
Entrée d'Espagne. Note to β**105** 4.
Epistola ad Aristotelem. Note to **119** 2564.
Epitome (of Julius Valerius). Note to **119** 2564.
Erec et Enide. Note to β**79** 12.
Esmeré (Hungarian prince). Note to β**36** 35.
espeer. Note to **51** 1173.
espelre. Note to β**101** 12.
espeskier. Note to β**129** 38.
esploi (*d'e.*). Note to **104** 2358.
essiauier. Notes to **32** 653, **57** 1384.
EU subgroup of manuscripts. 141–43.
Eumenes Cardianus. Note to **1** 17.
eur. Note to β**102** 10.
Eustache (author of RFGa). 105, 106, 107, 113 note 9, 119 note 2, 126, 148. Occurrence of name in FGa text, note to **76** 1777.

Faits des Romains. Note to **91** 2146.
false forecast (defect in α version). 104–05, 121, 126, 127.
FCand: *Folque de Candie.* 109, notes to **58** 1421, **61** 1477, **69** 1661, **93** 2186, **104** 2358.
Ferrant (horse of Emenidus). Description in GV 110.
FGa: *Fuerre de Gadres.* As independent story 106.
FGaFlor: *Fuerre de Gadres* of Florence. Note to **22** 463.
Filote (Greek warrior). 108, 115.
Flamenca. Note to β**79** 26.
Florence de Rome. Note to β**36** 35.

Folque de Candie. See **FCand.**
fourriers. Removal from Guisterain battle-scene (defect in α version) 104, 121, 126, 129. Rivalry with main Greek army in GV 107, 111, 112.
fragment *e* of Branch II. Note to **139** 2902ff.
fragments of FGa. 106, 125. Manuscripts 125, 146–47.
frïelent. Note to β80 35.
Fuerre de Gadres. See **FGa.**
G group of manuscripts. 125–26. *GD* subgroup of manuscripts 126.
Gadifer de Larris. Rôle in α version 105. Rôle in GV 107, 111. Prototype in FCand 109. Thrice unhorsed by Emenidus 110, 114, 120, note to **59** 1447. Death 102, 114.
Gadifer d'Epheson (nephew of Gadifer de Larris in *Voeux du Paon*). Note to **52** 1189.
Gadifer episode (in α version). 105, 118–21, 126–27.
Gadifer Version. See **GV.**
Gadrans. Reversal of their morale (defect in α version) 104, 119.
Gadres. Note to **8** 111. Siege of Gadres 103, 113 note 9, 116, 117, 130–31, note to **78** 1821–23. Capture of Gadres 103, 118 note 14, 130–31.
Ganges (river). Note to **119** 2564.
Garin le Loherain. Note to β106 14.
gasaille. Note to **137** 2874–75.
Gaydon. Note to β89 50.
Gille de Chyn. 106 note 6.
goujon. Note to β132 11.
Guillaume de Dole. Note to **84** 1973.
Guillaume le Maréchal (*Histoire de G. le M.*). 106.
Guimadochet (African soothsayer). 111, note to **73** 1757.1–5.
Guisterain (valley). 117, notes to **69** 1658, β127 2. Battle of Guisterain 101–02, 104, 110–11, 113, 116, 118, 121, 126, 127, 129, 132.
GV: Gadifer Version. Origin 106. Date 106–07.

H **manuscript.** 145–46.
Historia de Preliis. Notes to **110–49, 127** 2741–44.
Historia Francorum. Note to β79 26.
Hymer (cowardly Gadran knight). 102, 111, notes to **73** 1757.1–5, β77 1.

I **manuscript.** 138.
Ille et Galeron. 109 note 2.
independent manuscripts of the FGa. 106.
Issus (battle). Notes to **110–49, 119** 2564, **142** 2961.
Itinéraires à Jérusalem. Note to **61** 1477.
Itinerarium Ricardi. Note to β99 16.

J group of manuscripts. 1, 135–38. *J** redaction 135–36. *J* manuscript 1, 138.
Jerusalem (submission of J.). Note to **110–49.**
Josaphat (valley). 100, 103, 104, 115, 119, notes to **2** 28, **12** 208.
Josephus. Note to **110–49.**

K **manuscript.** 138.
Keu (vassal of King Arthur). Note to β89 87.

L **manuscript.** 133–35. *L* text of FGa derived from AdeP 133.
Lambert le Tort. Imitated by author of GV 114.
Lambert-2. Notes to **49** 1150, **70** 1693–95, **88** 2063–64, **142** 2961.
Larris (*Gadifer de L.*). 109 note 2, notes to **33** 699, **61** 1477.

Lerin, Lerus, Leruz (place). Notes to **73** 1743, **98** 2259.
Licanor (Greek warrior). 108, 110.
Lombards. Note to **76** 1788.
Ludin (gate). Note to **95** 2209.

M group of manuscripts. 132–33. *MRSPQ* subgroup of manuscripts 133.
Mabin, Mabon (gate). Note to **101** 2320.
Madiain (land). Note to **30** 609.
marchis. Note to β**123** 20.
membru. Note to β**127** 12.
Menalis. See **Caulus de Milete.**
Metamorphoses (of Ovid). 140 note 32.
Middleton (Lord M.). 125.
Midoal (variant of name Nassal). 126 note 7, 148 note 55.
Milete. See **Caulus de Milete.**
Moniage Rainouart. Note to **52** 1189.
Mormonde (*Licanor de M.*). Note to **9** 149.
mote. Note to **10** 160–61.
Murgaifier. Note to **32** 649.

N **manuscript.** 126–27, 129.
Naman. See **Soar.**
Narbonnais (*Les N.*). Note to **52** 1189.
Nassal (Gadran warrior). 111, 112.
nephews of Emenidus. See **Aiglente, Corineus, Pirrus de Monflor.**
Nicholas (king of Caesarea). Note to **28** 568.
nouvel (*n.roi de Gresce*). Note to β**79** 12.

O **manuscript.** 125 note 1, 126 note 6.
ordir. Note to **80** 1886.
Othon (*la fille O.*). Note to β**36** 35.

palmier. Note to **52** 1189.
Parmenion. Note to **110–49**.
paumeroie. Note to **33** 698.
pene. Note to **58** 1415.
Persians. Battle with Persians, note to **110–49**.
Philip (father of Alexander). Note to β**79** 12.
Picard dialect. Traits in GV, notes to β**61** 7, β**130** 16.
Pinart, Pinele (valley). Note to **142** 2691.
Pinçon (Gadran warrior). Note to **101** 2312.
Pirrus de Monflor (nephew of Emenidus). 101, 108, 118, notes to **18** 319.1–5, **53** 1229, **54** 1268. Unidentified in α version (defect) 104, 119, 130. Death 104, 108, 110 note 3.
Pliny. Notes to **69** 1655, β**132.5** 10–11.
ploi. Note to **53** 1239.
Pons (Gadran warrior). Notes to **73** 1742, **101** 2316.
Porçon (Gadran warrior). Note to **101** 2316.
Porus (king of India). Notes to **70** 1693–95, **84** 1996.
Pres de Paile (battle). Notes to **110–49**, **120** 2571, **120** 2574–78.
Prise de Defur. Notes to **39** 832–33, β**64** 6.
Proverbs (Bible). Note to **93** 2184.

INDEX

Pseudo-Callisthenes. Note to **119** 2564.
published manuscripts of FGa. **125** note 1.

Q **manuscript.** 133.
Quintus Curtius. 117, notes to **8** 119, **84** 1976–77, **110–49**, **142** 2961, **146** 3039, *β*129 14.

rainier. Note to *β*77 20.
RAlix: *Roman d'Alexandre.*
ravoi (*de r.*). Note to **82** 1924.
reprochier. Note to **52** 1199.
reprouver. Note to *β*79 9–10.
Restor du Paon. 125.
RFGa: *Roman du Fuerre de Gadres.* 105, 106, 107, 122.
rissue. Note to *β*20 17.
Roland (*Chanson de R.*). Note to **58** 1415.
Roman de la Rose. Note to *β*79 26.
Roman de Thèbes. Note to **53** 1229.
Roman de Toute Chevalerie. See **RTCh.**
Roman de Troie. Notes to **30** 621, **53** 1229, **57** 1371, **84** 1976–77, **97** 2242–43, **104** 2358, *β*129 17.
Roman du Fuerre de Gadres. See **RFGa.**
Rosenés (daughter of Darius and wife of Alexander in *L* version). Note to **148** 3070.1–2.
RS, RSP, RSPQ **subgroups of manuscripts.** 133.
RTCh: *Roman de Toute Chevalerie.* 123–24, 125. Manuscripts 125, 147–48.

Sabilor (Greek warrior). Note to **50** 1154–55. Double death of Sabilor (defect in *α* version) 104, 119, 126, 127, 129.
Salatin (Gadran warrior). Note to **37** 768.
Salehadin (archbishop of Gadres). Note to **25** 533.
Salor (Greek warrior). Note to **50** 1154–55.
Sanson (vassal of Alexander). Note to **24** 506. Sanson's claim to Tyre, notes to **1** 23, **24** 507. Death 110 note 3, 131.
Saracens. Medieval conception of Saracens 109.
Sarcais (emir of S.). 103, 107, 115, 117, note to *β*99 15.
Sathanas (Persian warrior). Note to **139** 2906.
satrapas. Note to **90** 2133.
scythed chariots. Notes to **110–49**, **127** 2708–11.
Seraphin, Serafoi (horse). Note to **101** 2320.
serein. Note to **65** 1583.
Sis (city). Note to **146** 3039.
Soar (duke of Naman). 103, 115–16, 121 notes 9 and 11, 132.
sorbargier. Note to **133** 2811.
sortes biblicae. Note to *β*79 26.
sortirer. Note to *β*35 30.
soudant, soutain. Notes to **69** 1661, **122** 2261.
Statuts des Tanneurs de Bordeaux. Note to *β*37 9.
Stranga (river). Note to **119** 2564.
sur ('acide'). Note to *β*64 6.
symbolic gifts. Note to **110–49**.

TF **subgroup of manuscripts.** 126.
Tholomé (Greek warrior). 102, 112–13. Tholomé's jealousy of Emenidus 107, 111, 115, 116, 120. Tholomé's horse, note to **70** 1693–95. Loss of Tholome's horse to Gadifer 113, 114, 120.
Tiebaut l'Arrabi (Saracen in FCand). Prototype of Gadifer 109.
time element. A detail of the time element (defect in α version) 104, 121, 126.
tiret ('étoffe de Tyre'). Note to β**125** 40.
toënart. Notes to **142** 2956, β**105** 13–14.
Tyre. Siege of Tyre 117, note to **78** 1821–23. Capture of Tyre 103, 118 note 14.

U **manuscript.** 141.

V **manuscript.** 127–28.
Valestre (*Aridé de V.*). Note to **47** 1073.
Vengement Alixandre (of Gui de Cambrai). 109 note 2, 140 note 32, note to β**37** 2.
Venjance Alixandre (of Jean le Nevelon). 109.
Vie de saint Louis (of Joinville). Note to **69** 1655.
vivier. Note to β**129** 17.
Voeux du Paon. 125, note to **52** 1189.
Voyage au Paradis. Note to β**64** 6.

William of Tyre. Notes to **52** 1189, **69** 1655, **91** 2146, **110–49**, **120** 2574–78, β**99** 16.

Y **manuscript.** 125.
Yaqut (author of *Geographical Lexicon*). Note to **120** 2574–78.

(continued from second page of cover)

20. A Classification of the Manuscripts of Gui de Cambrai's *Vengement Alixandre*, by BATEMAN EDWARDS. 1926. vii+51 pp. 80 cents.
21. The Oxford Provençal Chansonnier, a diplomatic edition, by WILLIAM P. SHEPARD. 1927. xx+251 pp. $3.00.
22. *Gérard de Nevers*, Prose Version of the *Roman de la Violette*, edited by LAWRENCE F. H. LOWE. 1928. xxxiv+177 pp. $2.25.
23. Gui de Cambrai: *Le Vengement Alixandre*, edited by BATEMAN EDWARDS. 1928. xi+146 pp. $1.50.
24. *Le Couronnement de Renard*, poème du treizième siècle, publié par ALFRED FOULET. 1929. lxxviii+125 pp. $2.00.
25. Essays on the *Vita Nouva*, by J. E. SHAW. 1929. ix+236 pp. $2.00.
26. Antonio Pucci: *Le Noie*, edited by KENNETH MCKENZIE. 1931. clxii+101 pp. $2.50.
27. Jehan le Nevelon: *La Venjance Alixandre*, edited by EDWARD B. HAM. 1931. lxvi+126 pp. $2.00.
28. Micael de Carvajal. *Tragedia Josephina*, edited by JOSEPH E. GILLET. 1932. lxiv+205 pp. $2.50.
29. Damien Mitton (1618–1690), *bourgeois honnête homme*, by HENRY A. GRUBBS, JR. 1932. viii+63 pp. 80 cents.
30. The Influence of Accentuation on French Word Order, by HUNTER KELLENBERGER. 1932. vi+107 pp. $1.00.
31. The Relationship of the Spanish *Libro de Alexandre* to the *Alexandreis* of Gautier de Châtillon, by RAYMOND S. WILLIS, JR. 1934. vi+94 pp. $1.00.
32. *El Libro de Alexandre*, texts of the Paris and the Madrid manuscripts prepared by RAYMOND S. WILLIS, JR. 1934. xl+461 pp. $5.00.
33. The Debt of the Spanish *Libro de Alexandre* to the French *Roman d'Alexandre*, by RAYMOND S. WILLIS, JR. 1935. vi+59 pp. 80 cents.
34. Five Versions of the *Venjance Alixandre*, by EDWARD B. HAM. 1935. viii+87 pp. $1.00.
35. *La Prise de Defur* and *Le Voyage d'Alexandre au Paradis Terrestre*, edited by L. P. G. Peckham and M. S. LA DU. 1935. lxxii+118 pp. $2.00.
36. The Medieval French *Roman d'Alexandre*, Vol. I. Text of the Arsenal and Venice Versions. 1937. xvi+495 pp. $5.00.
37. The Medieval French *Roman d'Alexandre*, Vol. II. Version of Alexandre de Paris: Text. 1937. xxiv+358 pp. $4.00.
38. The Medieval French *Roman d'Alexandre*, Vol. III. Version of Alexandre de Paris: Variants and Notes to Branch i. In preparation.
39. The Medieval French *Roman d'Alexandre*, Vol. IV. *Le Roman du Fuerre de Gadres* par Eustache, essai d'établissement du texte. 1942. viii+110 pp. Not sold separately. 39–40, bound in one (cloth), $5.00.
40. The Medieval French *Roman d'Alexandre*, Vol. V. Version of Alexandre de Paris: Variants and Notes to Branch ii. 1942. vi+250 pp. Not sold separately. 39–40, bound in one (cloth) $5.00.
41. The Medieval French *Roman d'Alexandre*, Vol. VI. Version of Alexandre de Paris: Variants and Notes to Branch iii. In preparation.
42ff. Further volumes in preparation.